COLONIA

Thomas R.P. Mielke, 1940 als Sohn eines Brasilienpastors in Detmold geboren, lebt in Berlin. Nach einer Ausbildung zum Fluglotsen und dem Besuch der Webeakademie Hamburg arbeitete er drei Jahrzehnte als Kreativdirektor in internationalen Werbeagenturen. Neben historischen Bestsellern wie »Gilgamesch«, »Inanna« und »Karl der Große« schrieb er weitere historische Romane und Romanbiographien. Hierzu gehören »Attila«, »Die Avignon-Trilogie« oder jüngst »Die Varus-Legende«. Seine Bücher erreichen sechsstellige Auflagen und wurden in mehrere Sprachen übersetzt.

Dieses Buch ist ein Roman, und alle darin geschilderten Ereignisse sind frei erfunden. In besonderem Maße gilt das für Handlungen und Äußerungen der auftretenden oder erwähnten Personen, auch wenn einige von ihnen nicht der Phantasie des Autors entsprungen sind. Darüber hinaus sind Ähnlichkeiten mit lebenden oder toten Personen rein zufällig.

Im Anhang befinden sich Personenverzeichnis und Literaturauswahl.

Thomas R. P. Mielke

COLONIA

Roman einer Stadt

emons:

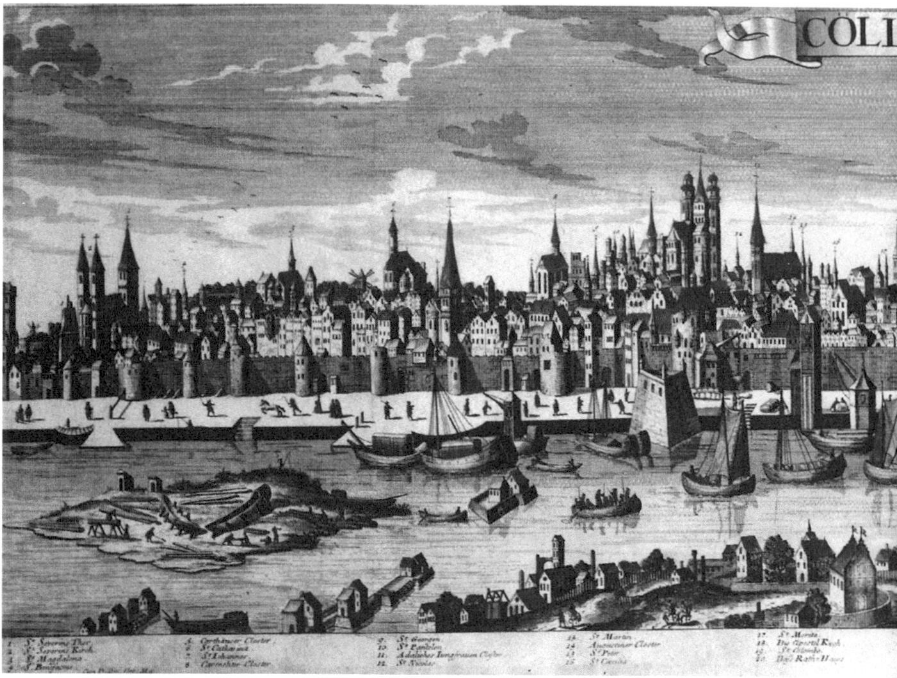

Cölln am Rhein, Blick über Deutz nach Köln, Kupferstich von Elias Baeck, um 1740

HEIN
St Clara
26 Die Ertz Bischöffliche Kirch
27 Große St Peters Kirch
29 Dominicaner Closter
31 St Ursula
32 Maccaber Kirch
33 St Iohannes
35 St Cunibert
37 Der Rhein Strohm
38 Flecken Deutz

MIX
Papier aus verantwortungsvollen Quellen
FSC® C083411

Umschlaggestaltung: Tobias Doetsch, Berlin
Druck und Weiterverarbeitung: CPI – Clausen & Bosse, Leck
Überarbeitete Neuausgabe
Printed in Germany 2011
Erstausgabe 2008
ISBN 978-3-89705-599-5

1. DER HEILIGE HAIN

UND ES BEGAB SICH in dieser Zeit, dass ein Gebot von Kaiser Augustus ausging ...

Nein, so weit sind wir noch nicht. Ich muss nämlich noch weiter zurückgehen in meiner Erinnerung – mitten hinein in die Zeit der Eroberungszüge jenes mörderischen Kriegsherrn Gajus Julius Cäsar, der auch noch Vergnügen daran fand, all seine Verbrechen wie ein Notarius aufzuschreiben. Dorthin sollt ihr mir folgen – in jene Zeit, in der die Erde und der Fluss noch eine eigene Seele hatten und uns allen doch nur die Wahl zwischen Tod, Verrat und Sklaverei blieb.

Wir wussten, dass wir verloren waren, aber wir waren gelähmt durch diese unfassbare Invasion des Grauens. Sie nannten es Zivilisation und Kultur des Imperium Romanum. Unsere sonst so lauten und raufustigen Männer oder die starken, alles lenkenden Frauen glaubten sogar an das, was sie uns Kindern zur Beruhigung erzählten.

Sie hatten alles versucht: Opferfeuer in den heiligen Hainen, Prozessionen über die Wiesen und Felder, Reinigungsbäder im großen Strom und die Anrufung der Ahnen. Nichts davon hatte die Feinde aus dem Süden aufgehalten. Und dann, als alle bereits fliehen wollten, hörte ich, dass noch einmal ein Fest gefeiert werden sollte mit allen Männern, Frauen und Kindern, den Tieren, den Weihkesseln und dem Räucherwerk der Priester.

»Ein letztes Fest!«, riefen wir Kinder aufgeregt, obwohl wir nichts verstanden. »Ein Fest, Ogma, dem großen Gott des Wortes zur Ehre!«

Ihr werdet nie von mir hören, dass diese Zeit paradiesisch gewesen sei. Schon bei dem Gedanken an meine erste Kindheit ziehe ich frierend die Schultern zusammen. Ich sehe den schnellen Zug schwerer Regenwolken, die Feuchtigkeit überall und den schwelenden Rauch unter den Schilfdächern der Häuser. Noch immer knirschen Splitter von unseren Mühlsteinen zwischen meinen Zähnen. Ich habe den fettigen Geruch von ungewaschener Schafwolle in der Nase und den Gestank von Schweinekot aus der Suhle inmitten des Dorfplatzes.

Vor uns hatten schon viele Stämme und Sippen im Lindental und auf der Bodenwelle zum Flussufer hin gewohnt. Dann waren die Römer mit ihren bösen Zeichen auf den Schilden, den blutigen Schwertern und goldenen Adlern an langen Stangen gekommen, grausame Eroberer. Nach dem sehr langen Winter waren wir nur noch zwei Dutzend Familien. Zwanzig von rein keltischem Blut und vier, in die germanische Mädchen von Stämmen jenseits des Rheins eingeheiratet hatten. Obwohl immer einige der Frauen schwanger waren, gab es nur wenige Kinder im Dorf. Die meisten waren an Hunger, Krankheiten oder aus Angst gestorben. Ich weiß noch, dass ich manchmal am Ufer des Flusses gesessen und darüber nachgedacht habe, ob ich wirklich ein Sohn meiner Eltern war. Auch andere in meinem Alter stellten sich heimlich die gleichen Fragen. Keiner von uns wusste, ob er wirklich ein Kelte war, ein Germane oder gar die Frucht einer Vergewaltigung durch betrunkene römische Legionäre. So vieles hatte sich in den letzten Jahren bereits vermischt. Ebenso wie es strohblonde Römer gab, hatten einige Männer und Frauen der Kelten auch dunkle Haare und Augen. Selbst unter den Germanen gab es so viele unterschiedliche Stämme und Völker, dass niemand wusste, woher sie kamen und durch welche Gebiete sie inzwischen gezogen waren.

Ich habe nie verstanden, warum Folkarix, der als mein leiblicher Vater galt, mich Rheinold genannt hatte. Es hieß, er habe es meiner Mutter zuliebe getan, denn sie war Ubierin und hatte auf der anderen Seite des Rheins gelebt, jenseits der sieben Berge. Mir aber klang mein Name einfach zu germanisch …

Die Lichtung, in der sich zum vollen Mond die Erwachsenen aus den noch nicht zerstörten Dörfern trafen, lag am nördlichen Rand der Ufererhebung. Diesmal stand die erste Vollmondfeier nach der Frühlingssonnenwende unter schlechten Vorzeichen. Ich erinnere mich so genau daran, weil ich kurz zuvor elf Jahre alt geworden war – gerade alt genug, um mitzugehen.

Wir brachen am späten Nachmittag auf. Die Erwachsenen waren den ganzen Weg über sehr still. Die nächsten Dörfer waren so weit entfernt, dass ein Mann mit einem vierrädrigen Wagen und davorgespannten Ochsen einen halben Tag brauchte, um sie zu erreichen. Überall blühten Frühlingsblumen, aber ich dachte nur an unser Dorf und an unsere Angst, die immer größer wurde.

Während des Winters waren mehrmals Fremde am anderen Ufer des Flusses aufgetaucht. Männer mit langen Speeren und rotblonden Haaren, vor denen wir uns fast noch mehr fürchteten als vor den römischen Eroberern. Niemand konnte sagen, wann wieder Fremde aus den Bergen in Richtung Sonnenaufgang auftauchten, um Feuer in unsere Hütten zu werfen, schreiend die Tiere fortzutreiben und alle, die sich ihnen in den Weg stellten, unter lautem Gejohle zu erschlagen.

Während wir immer weitergingen, überlegte ich, wovor ich mich mehr fürchtete: vor räuberischen Ger-Männern am Ostufer des Rheins, den waffenklirrenden Horden römischer Legionäre oder vor den raunenden, unvermutet auftauchenden Geistern und Dämonen, die überall lauern konnten. Ich sah mich vorsichtig um, konnte aber nichts entdecken. Doch eigentlich waren die Unsichtbaren das Schlimmste für mich. Man konnte sie bestenfalls durch einen kalten Luftzug spüren, konnte ahnen, dass sie aus einer Quelle aufstiegen, ihr Kichern zwischen aufgestellten Steinen am Wegesrand hören oder vor Schreck erstarren, wenn einer der teuflischen Kobolde hinterrücks zuschlug. Wenn das geschah, wurde der Ast, auf dem gerade ein Kind saß, plötzlich morsch und brach, der Mann hinter seinem hölzernen Hakenpflug glitt auf einem Stein aus und schlug sich die Beine auf, oder die Flammen eines Herdfeuers stiegen urplötzlich als glühende Lohe am aufgehängten Dörrfleisch vorbei durch die Dachöffnung der Uhlenflucht und verbrannten alles …

Es dämmerte bereits, als wir uns unserem Ziel näherten. Mein Vater hob die Hand, und wir verlangsamten vor dem heiligen Hain unsere Schritte. Früher, so hieß es, hatte jeder Verstorbene ein Recht auf die letzte Ruhe in den heiligen Hainen gehabt. In den vergangenen Jahren waren es so viele geworden. dass kein Platz mehr war unter den Eichen mit ihren Misteln.

Sämtliche Tiere des Waldes verstummten, als wir uns der Lichtung näherten. Wir traten auf die große, freie Fläche zwischen hohen, bereits dicht belaubten Bäumen und stellten uns in Gruppen um den Feuerplatz und den Opferbrunnen zwischen drei hohen Eichen auf.

Nach und nach erkannte ich die steinernen Figuren von verschiedenen Göttern und ein Standbild der dreieinigen Matronen. Ogma, der gehörnte Gott des Wortes, stand als steinerne Statue direkt neben dem Feuer. Er verdeckte halb die Stele des Gottes Taranes, der bei den Völkern im Osten Thoran oder auch Donnergott hieß. Ich fürchtete auch ihn, aber ich starrte nur auf den Kopf des Gehörnten. Die Mundspalte unter der klobigen Nase wirkte unwirsch und fast angewidert. Auch der gebogene Wulst der Augenbrauen kam mir in diesem Moment eher leidend als zornig vor.

Ich sah, wie mein Vater sich aufrichtete und mit großen, langsamen Schritten auf eine Gruppe von Druiden zuging. Gleichzeitig musste ich daran denken, was er mir geantwortet hatte, als ich ihn zum ersten Mal nach unserem unsichtbaren Geheimnis gefragt hatte.

»Die Heilige Kraft ist wie ein wunderbarer Regen, der nach aufrichtigen Gebeten und Beschwörungen vom Himmel kommt«, hatte mein Vater gesagt. »Oder auch wie Blitz und Donner, die furchtbar und verheerend sind, wenn der rechte Glaube fehlt ...«

An jenem Tag vor vier Jahren hatten wir am Flussufer gestanden. Er warf mir Fische aus einer Reuse zu, die ich in Weidenkörbe einsortierte.

»Und wie entsteht sie eigentlich – die Heilige Kraft?«

»Wie entstehen Wind und Sturm?«, lachte mein Vater gutmütig. »Man kann sie nicht sehen, aber vielleicht ist es der Flügelschlag eines Schmetterlings irgendwo, der etwas Staub in der Luft bewegt – Staub, an dem sich die Regentropfen festhalten können, wenn sie vom Himmel zur Erde fallen.«

»Du meinst, die Heilige Kraft ist immer da – so wie der Staub«, dachte ich laut weiter. »Vielleicht *Gedankenstaub*?«

Ich werde nie vergessen, wie verblüfft mich mein Vater anstarrte. Er ließ die Reuse ins Flusswasser sinken, dann holte er tief durch die Nase Luft und sagte: »Das habe ich noch nie gehört, mein Sohn. Aber das Wort gefällt mir ... Gedankenstaub, aus dem die Träume, Wünsche und Ideen, Visionen und noch Größeres geboren werden!«

Ich war sehr stolz über sein Lob. »Kann man ihn sehen … oder anfassen?«, fragte ich, jetzt schon ein wenig mutiger.

»Jeder Mensch kann seine Gedanken sehen«, lachte mein Vater vergnügt. Ich sah ihn zweifelnd an.

»Obwohl sie eigentlich gar nicht da sind?«

»Ich kann manchmal sogar sehen, was *du* denkst«, grinste er. Ich erschrak heftig und wich unwillkürlich einen Schritt zurück. Gleichzeitig schüttelte ich abwehrend den Kopf.

»Nein!«, stieß ich hervor. »Das darfst du nicht! Das sind *meine* Gedanken!«

»Hoho, mein Sohn!«, lachte er und legte seinen ausgestreckten Finger auf die Lippen. »Sprich nicht zu jedem über deine innersten Gedanken. Merk dir das ein für alle Mal!«

»Was ist so schlimm daran?«, wollte ich wissen. »Oder gefährlich?«

»Nichts zwischen den Göttern hoch im Himmel und den finstersten Dämonen in der Tiefe ist großartiger, aber auch gefährlicher als Gedanken, die aus den Menschen in die Welt gelangen. Sie können Kranke heilen, Wunder tun und die Dämonen besiegen. Aber sie können ebenso mörderisch und vernichtend sein, wenn das, was du Gedankenstaub nennst, zur falschen Zeit am falschen Ort von Ungläubigen, Unwissenden missbraucht wird.«

»Dann sind heilige Orte und Gegenstände doch eigentlich gar nichts wert, wenn keine guten Gedanken dazukommen und niemand daran glaubt«, überlegte ich.

»Sei nicht so übermütig!«, mahnte mein Vater und legte seine Hand auf meine Schulter. »Aber es stimmt schon, was du sagst: Selbst unsere Druiden wissen nicht mehr, was sie denken, fühlen und beschwören sollen. Nicht einmal mehr das alte Wissen der Eingeweihten hilft gegen all die Schrecken in dieser neuen, schlimmen Zeit …«

Das alles hatten wir vor vier Jahren besprochen. Von jenem Tag an war ich fest entschlossen, ganz besonders sorgsam mit meinen eigenen Gedanken umzugehen. Aber jetzt erschrak ich, als ich plötzlich meinen Namen hörte. Ich sah den Vollmond durch die Eichenzweige. Für einen Augenblick wusste ich nicht, wer mich rief und was ich tun sollte.

»Komm hinein in den Zauberkreis des guten, heiligen Feuers, Rheinold, Sohn des Folkarix!«, rief eine viel zu helle Männerstimme.

»Geh, Rheinold!«, flüsterte meine Mutter hinter mir. »Es ist der allerletzte Versuch. Wenn dies nichts bringt, werden die Römer uns zusammentreiben und den hungrigen Löwen im Opferkreis von Rom zum blutigen Fraß vorwerfen ...«

Ich sah ihr liebes, ernstes Gesicht im Feuerschein. Sie hatte es nicht leicht gehabt bei uns, denn ihre Sippe lebte noch immer hinter den sieben Bergen. Das Volk der Ubier hatte nicht gekämpft, sondern sich zu aller Schande den Eroberern unterworfen. Wären mein Vater und der alte Druide nicht gewesen, die Dorfgemeinschaft hätte meine Mutter schon längst vertrieben.

Auf nackten Füßen lief ich über das Laub und fühlte mich auf einmal ganz allein. Es war, als würde mich ein unsichtbares Gewand wie eine schützende Rüstung einhüllen – als würden mich gute Geister auf dem ganzen Weg bis zum Feuer der Druiden begleiten.

Ich sah die langsamen Bewegungen und hörte die endlosen, monotonen Gesänge. Ungefähr fünfzig Erwachsene hatten sich im Kreis versammelt. Als dann der oberste der weiß gekleideten Druiden plötzlich die Arme erhob, schrak ich zusammen.

»Das ganze Land ist nur noch ein einziger schmerzhafter Schrei!«, rief der Alte mit seiner schrillen Stimme. »Überall wehren sich freie Stämme und Völker gegen die furchtbaren Eroberer mit ihren glänzenden Rüstungen. Und gegen ihre Verbündeten aus unseren eigenen Sippen, die jetzt noch schlimmer morden als die Römer selbst.«

Der alte Druide stand mit hoch erhobenen, zitternden Armen dicht vor dem kleinen Feuer. Alle anderen hatten die Köpfe gesenkt. Sie nahmen die Klage des Weisen an und schämten sich allesamt dafür, dass es so weit gekommen war.

»Uns Völker der Kelten nennt dieser grausame Feldherr Cäsar allesamt Gallier«, stieß der Druide hervor, »nicht achtend die Stämme und Sippen. Auch für die Menschen jenseits des Flusses haben die Römer nur noch ein einziges Wort. Sie nennen die Nachbarn im Osten Germanen – ganz gleich, ob sie Brukterer, Friesen oder Semionen sind. Aber kein römisches Gesetz führt uns zusammen, kein Mistelzweig kann verhindern, dass auf den Ebenen die Flammen des Krieges weiterwüten …«

Er machte erneut ein kurze Pause. Dann riss er sich mit ruckartigen Bewegungen und angewidertem Gesicht sämtliche Amulette vom Hals, streifte die Armringe ab und warf alles zusammen ins Feuer. Es krachte und zischte. Bläulicher Rauch wie die Samensporen von knallend aufplatzenden Bovistpilzen stieg senkrecht nach oben. Ich war so erschrocken, dass ich für einen Augenblick zu atmen vergaß. Noch nie zuvor hatte ich davon gehört, dass sich ein Druide während einer großen Zeremonie von seinem Schutzzauber trennte.

»Verflucht sollen sie sein, die Schattenwesen, alle Dämonen und Geister!«, kreischte der alte Druide. »Verflucht all jene, die uns verlassen haben und uns nicht schützen konnten. Verflucht die dreieinigen Götter und diese heilige Quelle, an der wir seit Urzeiten unsere Opfer darbringen. Ich gebe alles zurück an den gehörnten Gott, der unser Schmied war und unsere heiligen Kräuter aß. Folgt mir gemeinsam zur letzten heiligen Handlung, die uns noch bleibt!«

Ich spürte einen eisigen Schauder auf der Haut. Wie alle anderen hatte ich davon gehört, dass in geheimen Zeremonien oftmals das Blut von Gefangenen vergossen wurde, um den Willen der Götter aus ihren Eingeweiden zu erkunden. Ich kannte auch die grausamen Berichte über geweihte Menschen, denen ein Schwert in den Rücken gestoßen wurde, damit die Druiden aus ihren Todeszuckungen die Zukunft voraussagen konnten. Ich wusste von Gekreuzigten und von Kesseln, in denen die Misteln zusammen mit anderen heiligen Kräutern und abgeschlagenen Gliedmaßen von Frevlern und Verurteilten gekocht wurden. Doch was sich jetzt ereignete, betraf mich selbst, meine Eltern und alle hier Versammelten.

Ich fürchtete, dass diese Schmährede keine Anrufung der Götter mehr war, sondern Verrat. Und kaum gedacht, brach auch das Wort schon aus mir hervor.

»Verrat!«, schrie ich laut. »Er will uns töten, ehe es die Römer tun!«

Ich erschrak und schämte mich zugleich über meinen unbeherrschten Eifer. Doch niemand sonst achtete auf mich. Sie nahmen mich nicht einmal wahr.

Mehrere weiß gewandete Druiden spannten ein großes Tuch auf und gingen damit bis zu den Eichen. Um sie herum stellten sich Männer aus unserem Dorf mit kleinen Tonkrügen auf. Die Öffnungen der Krüge waren zu drei Vierteln mit getrockneten Schafsblasen bespannt. Aber die Männer schlugen nicht auf das Trommelfell, sondern stießen mit harten Klöppeln aus Holz hindurch und schabten über die Rillen im Inneren der Töpfe. Schon bei den ersten Tönen, die wie ein unheimliches Quaken von Fröschen klangen, lief erneut ein Schauder über meinen Rücken.

Diesmal war niemand aus unseren Dörfern mit in den Krieg gezogen, den Ambiorix, der Anführer aller Eburonen, gegen die vordringenden Römer führte. Beim ersten Mal hatten die Römer gesiegt. Beim zweiten Mal waren unsere Götter stärker als die Eroberer gewesen. Doch jetzt, in der Stunde der höchsten Gefahr, gaben die Druiden endgültig auf.

Es war Folkarix, mein Vater, der jetzt aufgefordert wurde, in die Krone der Eiche zu steigen. Er zögerte und schüttelte den Kopf. Aber der älteste der Druiden reichte ihm die goldene Sichel. Wie betäubt griff mein Vater zu. Er trug nur einen ungefärbten Leinenkittel. Während die anderen ihre Amulette bereits ebenso wie die Druiden fortgeworfen hatten, sah ich am schmutzigen, schweißnassen Hals meines Vaters noch immer die kleine Kapsel aus dem geteerten Brustknochen der Bärengöttin. Sie stammte vom Vater seines Vaters und war nicht größer als das Ei eines Rotkehlchens. Ich kannte das Amulett mit dem ledernen Band und hatte auch die spiralförmige Einkerbung schon einmal berührt, die von einer Spitze zur anderen um die Kapsel lief. Die beiden Enden der Kerblinie endeten in kleinen, genau gegenüberliegenden Löchern auf beiden Seiten. Vor ein paar Jahren hatte ich einmal versucht, durch die beiden Löcher zu sehen, aber mein Vater hatte mir nur lachend das Haar gezaust, als ich nichts sah und ihn nach dem Grund dafür fragte.

Und plötzlich verstummte der Sprechgesang der Druiden. Ich sah, wie sich mein Vater nackt auszog. Einer der Druidengehilfen nahm ihm seinen Kittel ab und legte ihn zu einem kleinen Päckchen zusammen. Ein anderer hob die hölzernen Sandalen auf und legte sie dazu. Das laute Schaben aus den Trommelkrügen hörte ebenfalls auf. Der älteste der Druiden ließ sich einen Becher reichen. Er nahm ganz langsam einen tiefen Schluck, hielt den Becher in alle vier Himmelsrichtungen, neigte mehrmals den Kopf und gab den Becher an meinen Vater weiter.

Ich spürte, wie sich mein Hals zusammenschnürte und mir unwillkürlich Tränen in die Augen traten.

Sie sollten ihn nicht opfern!

Ich wollte schreien, doch meine Stimme versagte. Erst jetzt nahm der alte Druide auch noch das Lederband mit dem Amulett vom Hals meines Vaters und hielt es mit der linken Hand hoch. Ohne zu zögern, hängte sich mein Vater die goldene Sichel mit ihrer scharfen Schneide um den Hals. Dann ging er zur mittleren und größten der Eichen und begann langsam und vorsichtig hinaufzusteigen. Die Männer und Frauen um das Feuer wandten ihren Blick in meine Richtung.

Sie sahen mich an, als wäre ich derjenige, der nun nackt vor ihnen stand. Ich begriff nicht, was hier geschah. Kräftige Hände nahmen mich bei den Oberarmen und drückten mich vorwärts. Sie zwangen mich am Feuer vorbei auf den ältesten der Druiden zu. Gleichzeitig sah ich eine andere Gruppe. Sie schob und drängte ebenso wie meine. Aber sie hatten keinen jungen Mann mehr, nicht einmal einen Jungen, den sie für die Zeremonie aufbieten konnten ... sondern ein Mädchen. Ich kannte es, obwohl es aus einem Dorf weiter flussaufwärts stammte.

Ursa. Sie brachten sie von der anderen Seite zum Feuer. Sie war ebenso alt wie ich und inzwischen wunderschön geworden. Und diese Fee, diese himmlische Magierin, trat jetzt wie eine Erwachsene in den Ring. Sie hob erneut den Kopf, ließ ihr langes Haar in goldblonden Locken über die Schultern fließen und blickte sich nach allen Seiten um. Nur ich schien Luft für sie zu sein. Sie hatte nicht einmal ein abfälliges Lächeln oder ein Blitzen ihrer großen blauen Augen für mich übrig, als ich jetzt vor die Druiden trat.

»Nimm dieses Erbe der Wissenden und Eingeweihten«, sprach mich der Älteste an. »Aber ich warne dich ... es kann tausend Jahre dauern, bis du verstehst, was ein Amulett oder Talisman wirklich ist. Doch lass dich nicht verführen – weder durch Angst noch

Zweifel oder niedere, selbstsüchtige Gedanken. Du kannst an der ganzen Welt verzweifeln – aber die Kraft in diesem Amulett betrügst du nicht! Es ist die Kraft des Glaubens, durch die jedes mit jedem und alles mit allem und in sich selbst verbunden ist.«

Die Lippen des alten Druiden zitterten vor Anstrengung. Er legte mir das Lederband mit dem geteerten Knochenamulett um den Hals. »Viele Menschen werden dich für ihren Feind halten, weil du nicht so bist wie sie ...«

Ein Schwarm von Pfeilen flog über uns hinweg. Er lichtete die Reihen der Druiden und der Dorfbewohner. Blut schoss aus ihren Wunden. Der alte Druide brach zusammen, aber er sprach noch, während er starb: »Nimm alles auf dich, Rheinold ... und auch die stete Wiedergeburt als schwerste aller Prüfungen.«

Das dröhnende Siegesgeschrei der Eroberer zerfetzte seine letzten Worte. Ich roch den beißenden Teerdunst aus dem Amulett und den Schweiß meines Vaters. Dann sah ich, wie die Flammen des Feuers in die Höhe schossen. Sie fingen sich im wehenden goldenen Haar von Ursa, hüllten sie ein wie ein glühendes Wespennest. Ich spürte, wie das Amulett auf meiner Haut brannte. Sämtliche Götterstatuen auf der Lichtung leuchteten in einem eigenartigen, milchigen Blau.

Ich sah die Lanze nicht, die mich zu Boden stieß. Ich fühlte nur eine vollkommene Leichtigkeit in all meinen Gliedern. Es kam mir vor, als wäre ich plötzlich zu einem Vogel geworden und könnte über alle anderen hinwegfliegen.

Gleichzeitig sah ich, wie die Flammen auch meine Mutter einhüllten. Und durch das Feuerbild hindurch erkannte ich, wie mein Vater hoch im Geäst der Eiche die Mistel schnitt. Zu spät. Ein Römerpfeil traf ihn zwischen den Schulterblättern. Sein nackter Körper stürzte an mir vorbei und prallte gegen den Rand der Opferquelle. Erst jetzt brach auch mein eigener Todesschrei aus meiner Brust.

2. AGRIPPA

ICH FLOG NOCH IMMER, unsicher wie ein junger Vogel, der sich zum ersten Mal aus seinem Nest entfernt. Als ich die Arme ausbreitete, trugen sie mich nicht so, wie ich erhofft hatte. Ich biss die Zähne zusammen, suchte verzweifelt nach einem Halt in der Luft. Und dann, als ich mit letzter Kraft alle anderen Gedanken verjagte und mich ganz auf das Geschenk des Druiden um meinen nackten Hals konzentrierte, spürte ich einen Widerstand an meinen flach ausgestreckten Handflächen. Mein Körper fiel nicht mehr, sondern schwebte. Und wie die Wildgänse im Herbst bewegte ich ganz langsam meine Arme als große, starke Schwingen. Ich flog sehr flach bis zum Feuer, glitt waagerecht durch die Flammen und stieg über die Baumwipfel dem vollen Mond entgegen.

Mit diesem wunderbaren Gefühl brach alles ab.

Ich öffnete die Augen und versuchte, mich zurechtzufinden. Friedliche Sommerwolken zogen über den Himmel, und die Blätter bewegten sich leise in einem milden Wind. Es dauerte eine ganze Weile, bis ich erkannte, wo ich mich befand. Als ich mich halb aufrichtete, spürte ich dichte Grasbüschel zwischen meinen Fingern. Das war kein Frühlingsgras mehr!

Ich sah mich um. Außer umgestürzten Abbildungen verschiedener Götter und den Standbildern der dreieinigen Matronen war nichts auf der Lichtung zu sehen. Ich schüttelte den Kopf. Wie war das möglich? Wie konnten so viele Männer und Frauen und dazu all die Kinder den heiligen Platz verlassen haben, ohne dass ich es bemerkte?

Ich stand auf, sah mich nochmals um und suchte nach Spuren der vergangenen Nacht. Langsam spürte ich, wie meine Lippen und mein Mund immer trockener wurden. Ich konnte nicht den geringsten Hinweis auf andere Menschen entdecken. Kein Zweig war abgerissen, kein Grasbüschel niedergetreten. An der Feuerstelle fand ich nicht einmal Reste von angekohltem Holz. Wenn nicht die Steine der Einfassung schwarz gefärbt gewesen wären, hätte ich daran zweifeln müssen, dass hier jemals ein Feuer gebrannt hatte. Ich sah zu den Misteln in der mittleren Eiche hinauf. Für einen Augenblick glaubte ich, ganz oben das Gold einer Sichel im Sonnenlicht aufblinken zu sehen. Aber das konnte eine Täuschung sein.

Ich war tatsächlich allein im heiligen Hain. Es fiel mir schwer, an die gerade noch erlebten Ereignisse zu glauben. Ohne die flackernden Flammen des nächtlichen Feuers, ohne die Gesänge der Druiden, das rhythmische Quaken der Trommeltöpfe und den aufwallenden Kräuterrauch war der heilige Platz kein Mysterium mehr, sondern nur noch eine friedliche Lichtung. Selbst das Abbild des Gehörnten war nur noch ein lebloser Stein.

Ich stieß mit den Füßen gegen halb verwitterte Reste großer hölzerner Sandalen. An ihren Seiten hingen noch Reste von Lederstreifen in den eingeschlagenen Schlitzen. Es waren die Holzschuhe, die ich unter allen anderen immer wiedererkennen würde. Sie hatten meinem Vater gehört ...

Was war geschehen, wenn nicht mehr als zwei bearbeitete Holzbrettchen übrig geblieben waren? Ich bemerkte, dass ich nackt war, und sah den blonden Flaum unterhalb meines Bauchnabels. Meine Gedanken rasten wild durcheinander. Es konnte nicht sein – es konnte einfach nicht sein, dass ich allein irgendetwas Furchtbares überlebt haben sollte. Ich war nur ein Junge aus dem Dorf am Fluss, kein Druide. Wie alle anderen im Dorf kannte auch ich die Hoffnung auf ein Leben nach dem Tod, das den besten und tapfersten Männern und Frauen zuteilwerden konnte. Aber ich hatte nie davon gehört, dass auch Kinder zu diesen Auserwählten gehörten. Ich tastete mit den Fingern vorsichtig über mein Kinn, über die Wangen und den ersten Bartwuchs auf meiner Oberlippe. Gleichzeitig strich ich über den weichen Flaum auf meinem Bauch.

Ich hätte jubeln können vor Freude, holte tief Luft, nahm die Schultern zurück, reckte mich und lachte so glücklich wie nie zuvor. Ganz gleich, was mit mir und den anderen geschehen war – ich jedenfalls lebte und genoss die hellen, wärmenden Strahlen der Sonne auf meiner nackten Haut.

Die Schuhe meines Vaters waren mir noch immer zu groß. Ich ließ sie stehen und nahm nur die Riemenreste aus den hölzernen Schlitzen an beiden Seiten mit. Unterwegs griff ich mir ein paar Zweige und band sie mit den halb verrotteten Lederstreifen so zusammen, dass sie wie ein Lendenschurz oder eines der Windeltücher aussahen, mit denen wir an heißen Sommertagen unsere Blöße bedeckten.

Der zugewachsene Weg durch den Wald kam mir fremd und unbekannt vor. An mehreren Stellen musste ich überlegen, in welche Richtung ich weitergehen wollte, denn weder am Boden noch zwischen den Stämmen der Bäume konnte ich erkennen, wie der frühere Pfad zum heiligen Hain verlaufen war. Erst als ich den uralten Uferweg erreichte, der ein paar Dutzend Schritte vom Wasser entfernt an der Uferböschung nach Norden und Süden verlief, fand ich mich wieder zurecht. Schneller, als ich erwartete, tauchte die lang gestreckte, nur wenige Speerwürfe große Insel im Fluss auf, deren Nordspitze genau dort begann, wo unser Dorf gestanden hatte. Das Land hob sich noch ein wenig mehr über den Fluss. Doch wo waren die Hütten des Dorfes geblieben? Mein Herz schlug immer härter, und das Blut in meinen Ohren begann zu rauschen.

Vorsichtig und nach allen Seiten sichernd, ging ich weiter. All das kannte ich doch! Ich ging weiter flussaufwärts, blickte in die Senke, in der noch immer der Duffesbach floss, ehe er in den großen Strom mündete. Der Bach bildete eine natürliche südliche Grenze zwischen der flachen Ufererhebung und der weiten, nur manchmal hügeligen Ebene bis zu den Ardennenbergen.

Bis zu diesem Bach waren die Römer gekommen, als sie das erste Mal bei uns auftauchten. Wenige Jahre später hatte Ambiorix mit unseren besten Eburonenkriegern eineinhalb Legionen der Feinde vernichtet. Kurz danach, als meine Eltern glaubten, ich schliefe bereits, hatte ich gehört, wie sie darüber sprachen, dass es uns Kelten eigentlich schon viel länger gab als diese furchtbaren Römer. Ich hörte von der langen Wanderung unserer Stämme, von den vielen Göttern der Griechen und von einer Stadt namens Byzanz zwischen den Meeren, in der unsere Vorfahren auch noch voller Verehrung Keltoi oder auch Galater genannt wurden …

Und dann, als ich gerade elf Jahre alt geworden war, hatte das

Imperium mit seinem blutrünstigen Eroberer Cäsar seine unerwartete Niederlage gerächt. Es waren die Wochen gewesen, in denen immer neue Gerüchte unser Dorf erreichten.

Ich blickte zum Bach hinunter, sah den kleinen Wirbeln zu und setzte mich auf einen großen Feldstein an der Böschung zum Rhein hinab. Was sollte ich tun? Wo weitersuchen?

Erst jetzt kam ich mir entsetzlich einsam und verlassen vor. Ich hatte plötzlich Angst, dass die Römer alle Menschen und zum Schluss noch sich selbst vernichtet hätten und nur ich als Letzter übrig geblieben war. Selbst eine schnippische und von sich eingenommene Ursa hätte ich ertragen. Zumindest für ein paar Fragen und Antworten von ihr. Zum ersten Mal in meinem Leben begann ich zu verstehen, was mein Vater gemeint hatte, wenn er von Freiheit und Kampf bis zum letzten Blutstropfen sprach.

Ich spürte weder Durst noch Hunger. Trotzdem beugte ich mich zur Seite und hob eine helle Eichel auf. Ich biss die harte Schale weg und nagte mit den Schneidezähnen ein wenig von dem bitteren, leicht nussigen Inneren der Eichel ab. Es zog mir den Mund zusammen, so bitter schmeckte es. Aber ich spürte, dass diese Bitterkeit ganz genau richtig für mein Gedärm war. Schon wenig später fühlte ich mich wie neugeboren. Und dann musste ich plötzlich lachen. War ich vielleicht wirklich neugeboren? Wiedergeboren wie ein Druide?

Ich wollte diesen verwirrenden Gedankenstaub schnell wieder fortwischen. Aber es gelang mir nicht. Die Häuser waren ebenso verschwunden wie die Gärten und die Felder, die Menschen und die Tiere. Ich selbst kam mir aufgrund des Flaums auf der Oberlippe höchstens drei oder vier Jahre älter vor. Das allein wäre bereits ein Wunder gewesen, das ich nicht erklären konnte. Aber in einer so kurzen Zeit wuchsen keine Felder wieder zu. So wie die Bäume und die Sträucher aussahen, mussten mindestens fünfzehn Jahre seit jener Nacht vergangen sein, in der mein Vater von der Misteleiche gestürzt war und ich sein Amulett erhalten hatte.

Was tun, wo bleiben, wohin gehen?

Ich wusste, wer ich war, woher ich kam und wo ich mich befand. Ich wusste sogar, wie mein Leben geendet hatte. Aber ich wusste nicht, warum ich jetzt lebte und nicht wie alle anderen meines Volkes tot und erschlagen, vergangen und verwest war.

Flussabwärts in Richtung Castra Vetera musste es noch Lager der ersten Römer in der Gegend geben. Flussauf nach Bonna ebenfalls. Doch hier, wo unser Dorf gestanden hatte, gehörten alles Land, die Uferböschung und der Wald nur mir allein. Ich konnte ganz neu anfangen – mit einem Windschutz, einer kleinen Hütte, einem Feuerplatz.

Im selben Augenblick fiel mir ein, dass ich nicht einmal ein Stück Eisen, Zunder und Feuerstein besaß. Nein – das war nicht die Aufgabe, die mir die Götter zugedacht hatten! Aber was dann?

»Nur einen Hinweis«, murmelte ich und erschrak sogleich über den dunklen, krächzenden Tonfall meiner Stimme. Ich stockte, dann versuchte ich es noch einmal: »Nur ein klein wenig mehr … Gedankenstaub!«

Ich erschrak erneut, doch diesmal nicht darüber, dass ich wie ein Mann sprach, sondern über das Wort. Ich war es gewesen, der es zum ersten Mal gesagt hatte! In meinem vorigen Leben.

Ich war so sehr mit mir selbst beschäftigt, dass ich kaum bemerkte, was um mich herum geschah. Als ich das Getrappel von Pferdehufen hinter mir hörte, war es bereits zu spät. Gleichzeitig brachen das Klirren von Waffen und lauter Stimmenlärm aus dem Unterholz. Noch ehe ich mich herumwerfen konnte, fielen die langen Schatten von Reitern an mir vorbei bis zum Fluss.

Legionäre! Ich erkannte sie an den Schatten der Helme und der hoch erhobenen Schwerter. Und dann Worte, die ich verstand – in meiner eigenen Sprache:

»He, Junge! Was machst du hier?«

Junge! Er hatte Junge gesagt! Aber ich war kein Junge mehr! Ich wusste, dass die Römer ihre Sklaven so nannten, ganz gleich, ob sie Kinder, Erwachsene oder auch Greise waren. Ich wollte aufspringen, mich mit meiner ganzen Kraft gegen denjenigen werfen, der mich derart beleidigte und verächtlich machte. Mein Zorn ließ mir fast den Kopf zerbersten.

Ich war nackt, ohne Waffen, aber ganz tief in mir musste das Vermächtnis meines ganzen Volkes verborgen sein. Jetzt brach es hervor. Ich kam aus der Hocke, riss beide Arme hoch und schrie aus voller Brust: »Ich bin Rheinold für jeden … und kein Junge!«

Die blitzenden, schwer gerüsteten Schatten im Gegenlicht der untergehenden Sonne wichen verdutzt zurück. Selbst ihre Pferde wieherten, als würden sie mich auslachen. Ich fühlte, wie meine Kraft noch stärker wurde, und schrie noch einmal: »Ich bin Rheinold!«

Zehn, fünfzehn Wurfspeere mit biegsamen Spitzen aus weichem Eisen fuhren rund um mich in den Boden. Sie bildeten einen Käfig um mich. Ich nahm die Arme herab und schüttelte verächtlich den Kopf.

»Ihr macht mir keine Angst!«

Erst jetzt fiel mir auf, dass ich die ganze Zeit in der Sprache der Römer geschrien hatte. Der Reiter, der mich mit meiner Sprache überrascht hatte, schnalzte mit der Zunge und preschte auf mich zu. Das Sonnenlicht glitzerte in seinen schweißnassen blonden Bartstoppeln. Ich blieb stehen und dachte an die Schuhe meines Vaters. Jetzt wären sie nicht mehr zu groß für mich.

»So, du hast also keine Angst vor uns!«, rief der Reiter mir zu. Mir war, als hätte ich ihn vor langer Zeit schon einmal gesehen – damals, als die Römer so viele von uns getötet hatten. »Was bist du? Gallier, Germane? Ein entflohener Sklave?«

Er hielt sein aufgeregt hin und her tänzelndes Pferd nur mühsam im Zaum. Ich kniff die Augen zusammen. Der Glanz der goldenen Römerrüstung blendete mich fast noch mehr als die Strahlenblitze der untergehenden Sonne.

»Ich bin kein Sklave!«, schnaubte ich. Dann reckte ich mich und rief: »Ich bin Rheinold, vom Keltenvolk der Eburonen! Wir haben den Eroberer Gajus Julius Cäsar besiegt und in die Flucht geschlagen!«

Sie stutzten, rissen ihre Münder auf und starrten mich wie ein verhextes, zweiköpfiges Fohlen an. Für einen langen Augenblick wankten sogar die goldenen Feldzeichen auf ihren Stangen. Dann fasste sich ihr Anführer, stieß ein prustendes Glucksen aus und schlug sich mit der Faust vor seinen Brustharnisch.

»Ich gratuliere dir, dass ihr Cäsar besiegt habt!«, rief er so laut, dass ihn auch alle anderen auf ihren reich geschmückten Pferden hören konnten. »Doch dein hinterhältiges Barbarenvolk hat nichts mehr davon! Es wurde ausgelöscht, Junge! Und du … du kannst von mir aus alles sein, aber kein Eburone hier vom Rhein! Von diesen Aufständischen hat kein Mann und keine Frau, nicht mal ein Säugling überlebt! Das schwöre ich, so wahr ich Marcus Vipsanius Agrippa bin!«

»Ja, Junge! Beuge deinen unwürdigen Barbarenkopf vor dem neuen Statthalter von Gallien!«, rief ein Zweiter. Aber ich wollte nicht. Alles in mir wehrte sich dagegen. Gleichzeitig fühlte ich, wie das Amulett meines Vaters heiß auf meiner Brust brannte. Und plötzlich verloren die Römer jegliches Interesse an mir. Ich stand noch immer nackt vor ihnen, verstand jedes Wort, doch sie taten so, als würden sie mich einfach nicht mehr sehen …

Stattdessen reihten sich ernste, bartlose Männer mit Falten um die Augen auf ihren Pferden direkt neben mir an der Uferböschung auf. Keins ihrer Pferde und nicht einer ihrer blauen Mantelumhänge berührte mich.

»Die Insel dort mitten im Rhein ist wie eine natürliche Festung. Wollen wir dorthin übersetzen oder hierbleiben?«, fragte einer von ihnen. Er nahm seinen Helm ab und wischte den Schweiß von seinem fast kahlen Kopf. Agrippa wandte sich nach allen Seiten um und musterte die Gesichter seiner Gefolgsleute.

»Zu klein für eine anständige römische Stadt und für ein Heerlager«, meinte der Kahlköpfige. »Als oberster Planer der beiden Legionen rate ich eher zu einem Lager weiter südlich, auf der anderen Seite des Baches.«

»Aber diese Erhebung gefällt mir noch besser für unsere Pläne«, sagte der Mann, den sie Statthalter nannten. »Wir brauchen einen Mittelpunkt in dieser Gegend, eine umwallte Colonia als Festung und Metropole für eine spätere Provinz Großgermanien.«

Der Kahlköpfige ritt prüfend ein paar Schritte am Rand der Uferböschung entlang. »Ich meine, dass wir hier zunächst einmal eine Stadt für die Ubier anlegen sollten. Wir könnten dann ein paar Jahre beobachten, wie sich das Oppidum dieser Germanen entwickelt.«

Der Anführer der Eroberer nickte. »Ich traue diesen germanischen Barbaren auf der anderen Seite des Rheins nicht. Wer von uns weiß, wo ihre Geister und Dämonen hausen und welche Macht ihre Priester und Altäre noch immer besitzen?«

Ich verstand viel mehr, als mir in diesen Augenblicken bewusst war. Trotzdem schien ich für die Männer nicht mehr vorhanden zu sein.

»Hier könnte die südliche Grenze einer späteren Stadtmauer sein«, zeigte der Kahlköpfige. »Wenn wir selbst jenseits der Bachsenke lagern, haben wir genügend Platz für unsere beiden Legionen.«

»Dann arbeitet alles so aus, wie wir es besprochen haben. Wir bauen zwei Lager – eins für die Ubier hier im Norden des Baches und eins für uns auf der anderen Seite.«

»Ja, edler Marcus Agrippa«, sagte der Ältere, »das ist eine weise Entscheidung. Und um allen Befürchtungen von Anfang an richtig zu begegnen, sollten wir in der Siedlung der Ubier einen großen, alles beherrschenden Altar für die Götter des Imperiums errichten.«

Agrippa lachte. »Geschickt, geschickt!«, sagte er. »Dann schlagen wir gleich mehrere Fliegen mit einer Klappe.«

»Ein starkes Legionslager an der gefährlichen Nordgrenze des Imperiums, eine rein germanische städtische Siedlung nach unseren Vorgaben und ein römischer Altar in ihrer Mitte. Keine schlechte Voraussetzung für eine spätere Stadtmauer und einen Hafen zwischen diesem Platz und der Insel im Fluss.«

»Dann fehlen eigentlich nur noch die Weinberge«, seufzte einer der Reiter, der bisher noch nichts gesagt hatte. »Aber der Wein würde hier wahrscheinlich viel zu sauer.«

»Ich denke, wir führen genügend Weinkarren für einen ganzen Winter in unserem Tross mit«, meinte Agrippa. »Hier jedenfalls muss erst einmal gründlich gerodet werden!«

Er hielt an einer Stelle, an der vor alten, umgestürzten Götterstelen die Reste eines ehemaligen Feuerplatzes zu erkennen waren. Er winkte den Trägern der Feldzeichen. Dann sah ich, wie er sich ein wenig vorbeugte, ruckartig in seinem Sattel zurückschnellte und mit der Rechten den goldverzierten Adlerstab zwischen den Resten des Brunnens und der Feuerstelle in den Boden rammte.

Keiner von ihnen hörte meinen Aufschrei. Ich lief auf die dicht zusammengewachsenen Eichen zu. Eher durch Zufall hatte ich ein Mistelnest mitten im Gewirr der Zweige entdeckt. So schnell ich konnte, kletterte ich in den Baum.

»Von diesem Punkt aus will ich den Fluss und das umgebende Land beherrschen!«, rief der Römer schräg unter mir. »Vermesst die ganze Gegend und macht einen Plan. Ich will eine Stadt hier sehen, mit geraden Straßen und großen Plätzen im rechten Winkel. Denn hier wollen wir die Ubier von der anderen Rheinseite ansiedeln. Sie bitten schon lange um unseren Schutz, weil sie fürchten, dass sie von Sueben aus dem Osten überrannt werden.«

»Sie wollen den Rhein als Schutz.«

»So ist es. Deshalb soll ihr Häuptling spätestens zum nächsten Vollmond mit einem Ochsenpflug die Furche für die Umwallung des ganzen Platzes ziehen. Und zwar nach unseren Plänen!«

Ich suchte in Gedanken nach einem Bild, wie eine solche Siedlung aussehen könnte. Aber da war nichts – keine Erinnerung, nur seltsame Visionen, mit denen ich nichts anzufangen wusste. Ich dachte bereits, dass ich auch dorthin durch die Jahre fliegen könnte, und so ließ ich die Zweige los und breitete meine Arme aus. Aber ich irrte mich – und dieser Irrtum brach mir bei meinem erneuten Aufprall das Genick.

3. OPPIDUM UBIORUM

ICH ERWACHTE DAVON, dass ich fror. Ich roch Schnee und wusste sofort, dass Winter war. Ich hörte Stimmen. Manche klangen nach Ubiern, andere nach Römern. Doch irgendwie kam keine Ordnung in das, was an meine Ohren drang. Die Stimmen um mich herum sprachen davon, dass Cäsar schon vor acht Jahren durch Mörderhand umgekommen sein sollte. Ich hörte Vögel zwitschern wie im Frühling. Herbststürme brausten über mich hinweg. Jemand sagte, dass Agrippa ein Jugendfreund von Octavian sei. Den aber würde der Senat in Rom fast schon mehr vergöttern als den ermordeten Cäsar. Man wolle ihm sogar den Ehrentitel Augustus verleihen …

Als ich zum zweiten oder auch dritten Mal erwachte, erkannte ich, dass ich in einer rauchigen Hütte lag. Sie war fremd und kam mir doch vertraut vor, denn sie erinnerte mich an das Holzhaus, in dem ich aufgewachsen war. Ein Dutzend neugeborener Ferkel quiekte aufgeregt in einem geflochtenen Verschlag neben dem schmalen, niedrigen Hauseingang. Ich sah das helle Blond von Frauenhaar im Gegenlicht. Die Frau – oder war es ein Mädchen? – beugte sich über den Ferkelstall neben der Feuerstelle. Sie nahm eines der kleinsten Tiere hoch und hielt ihm einen tropfenden Milchlappen ins Maul. Das winzige Schwein sog und schmatzte.

Ich richtete mich etwas auf. Dabei knackte mein Lager so laut, dass sie herumfuhr. Im gleichen Augenblick erkannte ich ihr Gesicht.

»Rheinold!«, rief sie halb erfreut und halb erschrocken. Ich wünschte, dass ich nicht mehr aufgewacht wäre. Aber wie war es möglich, dass ausgerechnet sie hier war? War sie nicht ebenfalls bei dem Überfall der Römer umgekommen? Und wenn sie irgendwie überlebt hatte – was machte sie als Eburonin in einer Ubierhütte?

Gleich darauf überschüttete sie mich mit einem Sturzbach von Fragen und Freudenrufen. Sie sprach so schnell und teilweise so fremd, dass ich kaum die Hälfte verstand.

»Sie wollten wissen, wer du bist und warum du dich so eigenartig benommen hast«, erzählte sie und legte die Stirn in besorgte Falten. Im hellen Sonnenlicht, das von draußen hereindrang, sah ich, dass sie etwa sechzehn Jahre alt war.

»Wie habe ich mich denn benommen?«, fragte ich vorsichtig.

»Wie ein Narr«, antwortete sie lachend. »Du hast in deinen Fieberträumen mehr geredet, als die Ubier hier im neuen Oppidum verstanden haben ... vom heiligen Hain, von Druiden, von einem Opferbrunnen, von deinem Vater und von ...«

Sie stockte, bückte sich über die aus Zweigen geflochtene Barriere am Eingang und setzte das winzige Ferkel wieder ab. Es quiekte so laut, dass ich mir unwillkürlich die Ohren zuhielt. Von draußen näherte sich ein Schatten.

»Wovon noch?«, fragte ich schnell. Sie legte einen Finger auf die Lippen und schüttelte den Kopf. Der große Schatten im Eingang gehörte zu einem rothaarigen Mann, der ihr Vater sein konnte. Er kam ohne Zögern auf mich zu, warf einen Blick auf mich, streckte beide Hände aus, griff fest um meine Oberarme und hob mich leicht wie eine Feder hoch.

»Wird auch Zeit!«, knurrte er nur. Er trug mich nach draußen und stellte mich wie eine Statue vor der Eingangstür ab. Das Sonnenlicht war so gleißend, wie ich es noch nie zuvor gesehen hatte.

»Halb Eburone und halb Ubier also!«, schnaubte der Mann. »Ich bin Halvar, der Bruder deiner Mutter.« Er streckte die Finger aus und berührte mein Gesicht. Dann räusperte er sich mit einer Spur von Unsicherheit. Erst jetzt sah ich, dass er wie viele der römischen Legionäre nur noch abgebrochene und schwarze Zähne hatte. Zu viel Brot aus Korn, das zwischen Mahlsteinen zu steinigem Mehl zerkleinert wurde. Bei uns war das Korn in Mörsern zerstampft worden ...

»Wie fühlst du dich?«

»Bestimmt noch nicht gut«, warf das Mädchen ein. Sie war ebenfalls aus dem hölzernen, mit Reet gedeckten Haus gekommen. »Er war so gut wie tot ...«

»Still, Ursa!«, befahl Halvar. »Wir haben dich und später ihn nur bei uns aufgenommen, weil ihr die letzten Eburonen hier seid. Du weißt, dass wir ihn jetzt wieder ins Legionslager bringen müssen!«

Ich spürte, wie sich alles in mir drehte. Wie war das möglich?

Hatte Agrippa nicht gesagt, dass alle anderen tot seien? Und was war eigentlich geschehen, seit die Römer mich entdeckt hatten?

Von Osten her wurden junge Stimmen laut. Sie sah zur Seite. Erstaunt erkannte ich, dass ich mich in einer Siedlung befand, die viel größer war als alles, was ich bisher gesehen hatte. Für einen Augenblick glaubte ich sogar, dass hier aus einem Legionslager eine Stadt mit festen Häusern entstanden war. Doch woher kam mein Gedankenstaub? Wie konnte ich mehr als ein paar Gerüchte über Städte und Legionslager kennen? Unwillkürlich tastete ich nach dem Amulett meines Vaters.

Es war verschwunden.

Eine Gruppe von jungen Männern, kaum älter als vierzehn, fünfzehn Jahre, marschierte in der Art römischer Krieger mit eisernen Legionärsschaufeln und Holzeimern auf einen großen rechteckigen Platz. Nie wäre ein keltischer Dorfplatz wie der Versammlungsplatz in einem Kriegslager angelegt worden. Es schmerzte mich, als ich sah, wie sehr sich diese Ubier bemühten, den Römern nachzueifern.

»Habt ihr dieses Dorf gebaut?«, fragte ich Halvar. Ich glaubte ihm noch nicht ganz, dass er mein Onkel war.

»Wir alle haben es gebaut«, bestätigte er. »Und unsere Siedlung ist die erste hier, die kein Dorf mehr ist, sondern eines Tages sogar eine Stadt werden kann.«

»Was? Eine Römerstadt?«

»Eine ubische Römerstadt!«, bestätigte Halvar stolz. »Und alles, was du hier siehst, ist in einem einzigen Winter entstanden, gebaut von zwei Legionen und unserem Volk.«

Ich schüttelte ungläubig den Kopf. Nie zuvor hatte ich gehört, dass die Römer eine ganze Stadt für eroberte oder unterworfene Völker gründeten.

»Warum?«, fragte ich und blickte unsicher zu Ursa hinüber. »Warum ausgerechnet an diesem Platz?«

Sie nestelte an ihrem Halstuch, dann öffnete sie die Bronzefibel am Hals ihres Kleides. Ich vergaß, Luft zu holen. Genau am rosigen Ansatz ihrer Brüste hing an einem gewebten Band aus bunten Wollfäden die schwarze geteerte Knochenkapsel meines Amuletts. Ich öffnete bereits den Mund, aber dann sah ich in ihre Augen, und ihr warnender Blick ließ mich verstummen.

»Du wirst die Gruppe dort übernehmen!«, sagte Halvar. Er hatte nichts bemerkt. »Es wird Zeit, dass du abarbeitest, was du uns bisher an Nahrung und Zeit für deine Pflege gekostet hast.«

Ich hörte kaum hin. Mein Amulett, dachte ich nur – was hat sie mit dem *Knöchelsche* gemacht? Konnten darin Geräusche, Farben, Düfte und viele andere Eindrücke gesammelt werden, auch wenn mir nichts davon bewusst war? Etwa für jeden, der es trug?

In meinen Ohren bummerte es plötzlich. Ich sah mit Sternen tanzende Regenbogen am Himmel, als hätte ich zu viel Kräutersud getrunken. Ich stöhnte angestrengt und rang nach Luft. Das war ein aufregender, aber noch viel zu schwerer Gedankenstaub für mich!

Die jungen Ubier waren von Anfang an hilfsbereit und willig. Da ich durch Mutter ihre Sprache kannte, gaben sie sich große Mühe und behandelten mich fast wie ihresgleichen. Wir unterstanden einem jungen, eifrigen Syrer namens Lucas, der jeden Morgen aus dem Römerlager in unser neues Dorf kam. Nachdem er uns in knarrigem Latein begrüßt hatte, liefen wir gemeinsam vom Duffesbach an der Uferlinie des Flusses entlang bis zu der Stelle, an der die lang gestreckte Insel im Strom ihre Nordspitze hatte. Der Rückweg führte uns einmal um den Erdwall mit den Palisaden des rechteckigen Oppidums herum. Auf diese Weise legten wir jeden Morgen etwas mehr als viertausend Schritt zurück – und am Abend noch einmal die gleiche Strecke in umgekehrter Richtung.

»Sie wollen, dass ihr auf euch selbst aufpasst«, erklärte Lucas, und seine schwarzen Augen funkelten. »Als ein Contubernium von Ubiern, aus dem einmal eine Kohorte von Verteidigern entstehen soll.«

Meine Gruppe bestand aus fünf Jungen vom östlichen Rheinufer und drei Mädchen, von denen zwei bereits seit längerer Zeit am Westufer des Flusses lebten. Zwei andere kannten sogar das Castra Bonnensia, das die Römer an dem Platz errichtet hatten, den wir Bonna nannten. Lucas, der Syrer, stach alle aus, denn er war bereits an den Pyrenäenbergen und in Ägypten gewesen.

Nach einigen Monaten gab es kaum noch Geheimnisse zwischen uns. Nur wenn sie fragten, welche besondere Bedeutung der Feuerplatz und der zugeschüttete Opferbrunnen hatten, wich ich ihnen aus.

Lediglich Ursa ließ sich nicht abweisen. Sie hatte mir im Frühjahr mein Amulett nicht zurückgegeben, als wir nahe am Fluss auf einer Wiese lagen. Bäume und Buschwerk rahmten diese Stelle ein und hatten sie zu unserem Versteck gemacht. Im Dorf wurde die Baumblüte gefeiert. Niemand würde uns vermissen. Es war schon ungewöhnlich warm, und der Blütenduft mischte sich schwer mit dem ihrer Haare. Ursa trug das Amulett noch immer an einem langen Band um den Hals.

»Es wird noch da festkleben«, murmelte ich, während ich mit meinen Lippen an dem Band entlang zum Amulett hinabfuhr. Zum ersten Mal schmeckte ich die zarte Haut ihrer kleinen Brüste. Ich sah, wie sich etwas bei ihr regte. Sie lachte leise und zog mich näher an sich heran. Dann küsste ich sie und streichelte über ihre Haare. Ich hörte eigenartige Laute von ihr, die mir fast die Besinnung raubten. Und dann geschah eigentlich alles auf einmal …

Als wir zum Dorf zurückkehrten, trug ich das Amulett wieder, und es war uns gleich, ob die misstrauischen Blicke der anderen der schwarzen Kapsel galten oder unseren erhitzten Gesichtern.

In diesen Wochen stieg Halvar zum Oberhaupt weiterer Familien und Sippen auf. Immer mehr neue Häuser wurden gebaut, und immer mehr Ubier kamen von Süden her und über den großen Strom. Ich wusste inzwischen, dass er es gewesen war, der mit einem Ochsen und einem hölzernen Hakenpflug die Bodenfurche an einem Rechteck von bunten Wimpeln entlanggezogen hatte. An einigen Stellen im Westen und Südwesten folgte die Umrisslinie der geplanten Stadt dem natürlichen Verlauf von Bodenwellen und der Uferabsenkung des Duffesbachs im Süden.

Bis zum Herbst kamen mehrere tausend weitere Umsiedler. Sie verteilten sich über das weite, leere Land, aber viele von ihnen wurden zurückgehalten, um die Stadt zu füllen, die zum größten Teil erst in den Plänen der römischen Spezialisten bestand …

»Die Stadt der Ubier soll einmal zehntausend Menschen beherbergen«, sagte Lucas, als er an einem schönen Herbstabend aus dem Legionslager zu unserem Feuerplatz zurückkehrte. Wir bewohnten inzwischen ein festes Blockhaus, das wir uns an der Stelle gebaut hatten, an der die Uferstraße die Siedlung nach Norden hin verließ. Unsere Wachstation war die erste, die fast ausschließlich von Bewohnern des Landes am Fluss besetzt war.

Lucas setzte sich auf eine Bank aus halben Holzstämmen, von der aus die nördliche Spitze der Insel gut zu erkennen war. Ursa brachte ihm etwas Brot und Käse, dann holte sie einen Tonkrug mit selbst gebrautem Bier für uns drei. Wir sprachen darüber, wie wohl die Palisaden vom Fluss her aussehen würden, wenn erst einmal steinerne Mauerwerke mit vielen Türmen das Stadtviereck einrahmten.

»Das wird eine starke und schöne Festung am Fluss«, meinte Lucas. »Und dazu die tausend Schritt lange und an der breitesten Stelle fast einhundertundachtzig Schritt messende Insel im Fluss – das sieht bestimmt wie eine riesige Galeere aus, die vor den Hafenanlagen ankert.«

»Von welchen Hafenanlagen sprichst du?«, fragte ich.

Er lachte und hob die Hände. »Ich vergaß ... ihr wisst ja nicht, wie großartig eine Stadt am Fluss aussehen kann. Ich habe schon viele gesehen, und ich sage euch, dies hier kann eine der schönsten werden ...«

Ich beschloss, ihm zu glauben, auch wenn mir Ursas große und anbetungsvolle Blicke, mit denen sie an seinen Lippen hing, ganz und gar nicht passten.

Lucas hatte ein Auge auf Ursa geworfen und blieb jetzt immer häufiger über Nacht im Oppidum Ubiorum. Wie schon so oft blickten der Syrer und ich auf Ursas langes goldblondes Haar, das sich in einer weichen Welle über ihre Schultern ergoss. Wir konnten uns nie daran sattsehen. Und doch gab es keinen wirklichen Wettstreit zwischen uns. Wir wussten alle, dass Halvar nie seine Zustimmung zu einer Verbindung von mir und Ursa gegeben hätte. Ich hatte ihn schon einmal vorsichtig danach gefragt, aber er hatte nur geknurrt und unwirsch abgewinkt.

»Ihr seid wie Bruder und Schwester«, hatte er gesagt. »Nicht wirklich zwar, aber in manchen Dingen gelten noch immer die uralten Gesetze der Eingeweihten ...«

Außerdem stand noch immer etwas Unausgesprochenes zwischen ihr und mir. Ich wusste, dass wir über kurz oder lang darüber reden mussten. In dieser und in den folgenden Herbstnächten dachte ich immer wieder darüber nach. Ich sehnte mich nach Klarheit, wollte wissen, was bisher mit mir geschehen war. Aber ich hatte auch Angst vor der Wahrheit …

Im Spätherbst, gleich nach der Eichelmast für die Schweine, ließ Halvar an der nordwestlichen Ecke einen Teerofen vor den Palisaden errichten. Tag um Tag zog der beißende Rauch quer über die ganze Siedlung. Niemand bestritt, dass Teer für die Wundheilung und als Wagenschmiere wertvoll und wichtig war, aber die Teeröfen selbst und die Männer, die an ihnen arbeiteten, stanken wie der Gehörnte nach halb verschweltem Kienharz und Köhlerholz.

»Was willst du eigentlich?«, fragte Ursa, als ich mich darüber beschwerte. »Du riechst doch auch nicht anders!«

Für einen Augenblick wollte ich protestieren, aber dann lachte ich nur und nahm sie kurzerhand in die Arme. Sie entwand sich meinem Griff, und Halvar tat, als würde er die kleinen Neckereien nicht bemerken.

Im Jahr nach dem Bau des Teerofens gingen Ursa und Lucas zum Kommandanten des Legionslagers. Sie bekamen ohne Schwierigkeiten eine Heiratserlaubnis. Halvar konnte nicht ganz verhehlen, dass ihm für seine Pflegetochter ein Italer, ein Grieche oder ein Offizier aus Hispanien lieber gewesen wäre. Doch Lucas war ein guter Mann, der sich in seiner Legion bewährte …

Zehn Jahre später erreichte uns endlich die Nachricht, die viele eigentlich schon viel früher erwartet hatten. Wie so oft drang sie auch diesmal nicht aus dem Lager der Legionäre zu uns, sondern durch reisende Händler. Schon als die vier Fernhändler mit zwei Ochsenwagen und ihrem Tross von Helfern, zwanzig Bewaffneten, den dazugehörigen Frauen und den wie üblich mit großem Abstand folgenden zerlumpten Schmarotzern durch das Tor im Westen in das Oppidum Ubiorum einzogen, spürten die Menschen, dass diese Händler etwas Besonderes waren.

Die Meldung von ihrer Ankunft verbreitete sich sehr schnell zwischen den Insulae, wie die großen, erst teilweise mit Häusern, Ställen und anderen Gebäuden bebauten Rechtecke zwischen den

Straßen von den Römern genannt wurden. Der Forumsplatz lag genau an der Schnittstelle zwischen der Nord-Süd-Straße und der Straße von Tongern. Er war eine Insula breit und von Norden nach Süden zwei Insulae lang.

Der Anführer der Händler ritt auf einem kleinen braunen Pferd, hatte wildes schwarzes Haar und trug einen kurzen, mit bunten Schleifen und Bändern geschmückten blauen Legionärsmantel. Auf seinen Kopf hatte er sich einen Römerhelm ohne Wangenschutz gesetzt, von dem ebenfalls bunte Bänder herabflatterten. Seine drei Begleiter waren ähnlich gekleidet.

»Männer und Frauen«, rief er in ubischer Sprache, »Germanen und Ubier, Freunde und Brüder ...« Er mischte ubische Worte mit denen der Usipeter und Tenkterer und lateinischen Vokabeln, die auch die anderen kannten. »Hört, was ich euch bringe«, rief er laut. »In den entferntesten Gegenden des Imperiums habe ich kostbare Schätze und wertvolle Gegenstände so günstig eingekauft, dass ich sie euch in den nächsten Tagen schon für ganz kleine Münze abgeben kann. Aber ich bringe noch mehr ...«

Er nahm für einen Augenblick beide Hände nach unten, senkte den Kopf wie zum Gebet und wartete, bis nur an einigen Stellen noch ein paar Kinderstimmen zu hören waren. Dann riss er die Hände erneut hoch, blickte zum Himmel hinauf und rief: »Freut euch mit mir und mit Agrippa, der diese Stadt gegründet hat. Denn Kaiser Augustus hat ihm Julia, seine einzige Tochter, hört ... hört ... hört ... er hat sie dem großen Feldherrn Agrippa zum Eheweib gegeben ...«

Wieder war es für einen endlosen Augenblick nahezu still auf dem riesigen Platz. Doch dann brandete ein ungeheurer Jubel auf. Ich begriff nicht, warum sich die Germanen derartig freuten. Es dauerte lange, bis wieder so viel Ruhe eingekehrt war, dass der iberische Händler noch etwas sagen konnte. Nur wenige verstanden ihn, als er rief: »Räumt die Stadt auf! Macht dieses Oppidum zum Schmuckstein Galliens! Säubert die Straßen von Unrat und schließt die Löcher in den Dächern und Wänden der Häuser. Denn schon im nächsten Jahr wird Marcus Vipsanius Agrippa zum zweiten Mal oberster Feldherr in Gallien, und er wird eure Stadt besuchen!«

In den folgenden Monaten bemühten sich Halvar, Lucas und Ursa unermüdlich, den angekündigten Besuch von Marcus Vipsanius Agrippa zu einem Freudenfest im Oppidum zu machen. Und genau das wurde es auch. Die Menschen huldigten dem großen Römer auf eine bescheidene, fast kindliche Art. Auch die Legionsveteranen und die Bewaffneten südlich des Duffesbachs erwiesen dem obersten Feldherrn in der Provinz Gallien weit mehr als die ihm zukommenden Ehren.

Nachdem sich Agrippa einige Tage lang alle Berichte der Verantwortlichen für die Grenzstadt und das umliegende Gebiet der Ubier angehört hatte, entschied er, dass die Stadt an der Rheinfront weiter befestigt und ausgebaut werden sollte.

»Der göttliche Kaiser Augustus hat den Wunsch, dass wir das Imperium Romanum bis zur Elbe hin ausdehnen«, teilte er bei einer Versammlung von Legionskommandanten und Anführern der Ubier mit. Wir hatten uns vor dem Prätorium, dem Zelt des Kommandanten der fünften Legion, versammelt. Zwischen dem Altar und den Hauptzelten standen in einer Reihe die Standarten mit ihren geschmiedeten und vergoldeten Tiertrophäen an der Spitze. Agrippa zeigte auf die Adlerstandarte und sagte: »Kaiser Augustus und ich als sein Schwiegersohn wollen, dass dieser Adler über den Rhein hinweggetragen wird. Wir wollen, dass er als oberstes Symbol von Roms Macht und Größe bis zu den kalten Meeren im Norden und an das Ende der Welt fliegt.«

Sämtliche Kommandanten und Kohortenführer der fünften Legion klopften auf ihren Brustharnischen Zustimmung. Auch die Anführer der Ubier murmelten Beifall. Nur ich schwieg, denn in Wahrheit hieß die Botschaft aus der Ewigen Stadt erneut Krieg und Verheerung, brennende Katen, weinende Frauen und Kinder, Sklaverei und Vertreibung …

In den drei folgenden Jahren wurde die Zusammenarbeit zwischen den Ubiern und den Römern aus der Legion immer enger. Jedes Mal, wenn verdiente Männer nach fünfundzwanzig Dienstjahren mit dem Anrecht auf eine Abfindung in Gold und dem Anspruch auf ein Stück Land entlassen wurden, bot ihnen der Legionsconductor auf Befehl von Agrippa zusätzlich ein Haus, Vieh und gutes Saatgetreide, wenn sie bereit waren, auf dem anderen

Rheinufer zu siedeln. Einige wagten es, aber die meisten beschieden sich mit dem, was ihnen nach dem Gesetz der Legion ohnehin zustand …

Der Platz zwischen den einzelnen Gebäuden war groß genug für ein paar Haustiere, einen kleinen Acker und einen Garten für Kräuter und Gemüse. Auf diese Weise entstanden viele kleine Gehöfte innerhalb der rechteckigen Umwallung am Westufer des Rheins. Jeder, der wollte, konnte zusätzlich auch noch ein Stück Wald oder Buschwerk außerhalb des Schutzwalls roden.

Das Leben am Rheinufer erschien vielen schon bald so friedlich, dass sie sich mehr um ihr Vieh und Getreide, den Fischfang im Rhein und die Ankunft von Händlern kümmerten als um die Wälle und Palisadenzäune ihrer Stadt.

Doch vier Jahre nach dem Besuch von Agrippa setzten die Sugambrer über den Rhein, schlossen sich mit Usipetern und Tenkterern zusammen und rauschten von Norden her in einem wilden, brennenden Sturm am Oppidum vorbei. Sie kamen so plötzlich und wussten so genau, was sie wollten, dass selbst die erfahrensten römischen Kommandanten vollständig versagten.

»Sie wollten es doch so!«, rief ich spöttisch den Ubiern zu, die den Römern zu Hilfe eilten. »Sie wollen, dass der Legionsadler über den Rhein hinweggetragen wird!«

So schnell, wie die Sugambrer mit ihren Verbündeten aufgetaucht waren, so blitzartig verschwanden sie auch wieder. Und dann erkannten die Römer, dass die Germanen sie an ihrer empfindlichsten Stelle beraubt und beschämt hatten:

»Sie haben den Legionsadler gestohlen!«, riefen sich die Legionäre gegenseitig zu. Vollkommen fassungslos und entsetzt musste auch der Statthalter Lollius die schwerste Schlappe seines Lebens eingestehen. Die unerwartete Niederlage war so groß, dass er tagelang keinen seiner Offiziere sehen wollte. Viele befürchteten bereits, dass sich Lollius in sein eigenes Schwert gestürzt habe. Keiner der Kohortenführer und der Zenturionen war mutig genug, die Germanen über den Rhein hinweg zu verfolgen. Doch dann ließ Lollius mich rufen.

»Du bist doch auch einer von denen, die wir besiegt haben!«, meinte er weinerlich. »Warum tut ihr Germanen das?«

Ich blickte ihn ohne jedes Verständnis an.

»Wer tut etwas?«, fragte ich. »Verzeih mir, aber ich verstehe die Frage nicht.«

»Was weißt du schon von meinem Leiden!«, jammerte Lollius. »Mein Ruf ist hin, mein Reichtum hohl, und selbst mein Penis lässt den Kopf hängen! Kein Kaiser Roms, kein Oberbefehlshaber darf ruhen, solange das Germanenland noch wie ein Keil von Norden und von Osten gegen die Grenzlinie aus den Flüssen Rhein und Donau stößt! Wir müssen einfach die Grenze immer weiter in germanisches Gebiet vorschieben!«

»Und was passiert mit denen, die dort wohnen?«, fragte ich fassungslos.

»Ach, die paar Bauern in diesen schrecklich dunklen Wäldern bis zur Weser und zur Elbe!«, stieß Lollius hervor. »Die könnten es als unsere Hilfsvölker so angenehm wie ihr hier haben!«

Ich würde diese Römer nie begreifen.

Wenig später hörten wir, dass sich weder Agrippa noch der Kaiser in Rom mit dem Zwischenfall im Lager der fünften Legion abfinden wollte. Doch dann eilte ein Gerücht wie die Flutwelle des Rheins im Frühjahr durch die Ubierstadt. Ich selbst erfuhr es von Lucas.

»Habt ihr gehört?«, rief er allen zu, kaum dass er vom Legionslager aus über die kleine Brücke über den Duffesbach geritten war. »Der Kaiser kommt … er kommt aus Rom hierher!«

Später saßen wir mit den Ältesten der Stadt bei ein paar Krügen Met oberhalb der Uferböschung zusammen. An diesem Abend war die Aufregung überall sehr groß. Die Männer tranken mehr und schneller als sonst üblich. Schließlich sprach Lucas aus, was andere bisher nur gedacht hatten.

»Ja, ihr habt recht!«, sagte er. »Es heißt, dass Octavian … der Kaiser … der Augustus … seinen Stiefsohn Tiberius für ein Jahr zum Statthalter in Gallien machen will. Er will, dass überall am westlichen Rheinufer neue Militärlager und Kastelle gebaut werden. Es heißt auch, dass er mindestens fünfzig schwer bewaffnete Stützpunkte zwischen der Nordsee und dem Main verlangt hat …«

»Und das alles nur, weil die Sugambrer diesen verdammten Adler gestohlen haben«, schnaubte Halvar mit halb geschlossenen Augen. Er hustete immer öfter, und keiner der Männer glaubte, dass er den nächsten Winter überstehen würde.

Der göttliche Augustus kam wie ein Wetterleuchten, mit mehr Gold und Glanz, als irgendeiner von uns jemals gesehen hatte. Trotzdem wurde der lang Erwartete eine Enttäuschung. Genau genommen ritt er nur ein einziges Mal von Westen her über den Forumsplatz bis zur Uferböschung. Ich stand ganz in der Nähe, als er zur lang gestreckten Rheininsel hinübersah und das Ostufer des großen Stroms musterte. Ich dachte schon, dass er den Befehl zum Abholzen der Wälder am anderen Flussufer geben würde, aber dann hörte ich, dass er mit seinen Anführern nur über Vorratslager auf der Insel und die Möglichkeiten für ein Kastell auf der Ostseite gesprochen hatte. Noch am Rhein teilte er das ehemalige Gallien in die drei Provinzen Gallia Lugdunensis, Gallia Belgica und Aquitania. Und keiner, der davon erfuhr, konnte ahnen, dass diese Dreiteilung ein halbes Jahrtausend lang Bestand haben sollte …

Augustus blieb fast drei Jahre in Gallien, während sein Freund und Feldherr Agrippa an anderen Stellen kämpfte und schließlich im unruhigen Dalmatien umkam. Uns ging es gut in dieser Zeit. Die Legionäre hatten mit sich selbst und ihren Bauarbeiten zu tun, und wir beschlossen, uns selbst nicht mehr Ubier, sondern ab sofort Agrippinenser zu nennen.

»So viel Ehre muss sein für den Gründer dieser Colonia«, meinte Lucas. »Augustus hat sogar befohlen, dass hier auch noch ein römischer Altar errichtet werden soll. Und der Altar der Ubier soll als das oberste Heiligtum für ganz Germanien gelten.«

4. DIE VARUSSCHLACHT

DER ARA UBIORUM sollte dort errichtet werden, wo die Straße vom Forumsplatz aus in Richtung Westen führte.

Wir begannen mit dem Bau zu der Zeit, als Kaiser Augustus seinen Stiefsohn Drusus nach Gallien schickte. Mit ihm kamen auch Baumeister, Steinmetzen und andere Handwerker von den Küsten jenes sehr großen Meeres im Süden, das keiner von uns bisher gesehen hatte. Die Römer nannten es »Mare Nostrum«. Von Anfang an wurden am neuen Altar nicht nur Ubier, sondern auch Auserwählte der verschiedensten germanischen Stämme und Völker zwischen Elbe und Rhein zu Priestern ausgebildet. Einige von ihnen waren Söhne von Stammeshäuptlingen, die als Offiziersanwärter oder auch Geiseln nach Rom geschickt worden waren. Andere entstammten den Ehen von germanischen Edlen, die sich schon länger in Rom aufhielten und dort Römerinnen geheiratet hatten.

Zu den ersten Männern, die den Kult von Roma und Jupiter zelebrierten, zählte auch Segemund. Ich lernte den Sohn des Cheruskerfürsten Segestes unten am Rheinufer kennen. Er saß da und spuckte Kirschsteine ins Wasser. Ich hatte die roten Früchte vom Schwarzen Meer noch nie gekostet, die sich viel schwerer trocknen ließen als das andere fremdartige Obst, das von den Römern inzwischen auch in der Colonia angebaut wurde.

»Magst du?«, fragte er mich, nachdem ich ihn schon eine Weile beobachtet hatte. Ich setzte mich neben ihn ins Gras, nahm ein paar Kirschen und biss sogleich schmerzhaft auf die Steine. Er lachte und schlug mir gutmütig auf die Schulter. Von diesem Tag an wurden wir Freunde.

Nach und nach erfuhr ich von ihm, wie er in den Dienst der römischen Göttinnen getreten war. Er hatte bereits in Rom gelebt, als Arminius, der heimliche Verehrer seiner Schwester Thusnelda, dort Offizier geworden war. Sie alle waren inzwischen längst in den Norden zurückgekehrt.

»Du bist ein seltsamer Mann, Rheinold«, sagte er eines Abends, nachdem er in einer Taverne unter den Arkaden einen Becher teuren roten Wein von der Rhone für uns beide bestellt hatte, der hier fünf Asse, also gut einen viertel Denar, kostete. »Für einen Mann meiner Herkunft schickt es sich eigentlich nicht, mit einem Mann ohne Herkunft zu sprechen ...«

»Was soll das?«, fuhr ich ihn an. »Willst du mich zornig machen?«

»Weiß irgendjemand, wer du wirklich bist?«, fragte Segemund mit einem listigen Grinsen zurück. »Du lebst bei Halvar, aber du hast kein Weib, keine Familie, nicht einmal eine Sippe oder ein Ahnengrab ...«

»Na und?«, lachte ich mühsam, und wie ich hoffte, gerade noch rechtzeitig. »Wie viele römische Veteranen leben in dieser Kolonie? Wie viele verdiente Männer ohne Anverwandte, die den Erdkreis von einem Rand bis zum anderen gesehen haben? Und die dennoch hier ihre Heimat und ihren Frieden gefunden haben.«

»Du musst nicht weiterreden«, unterbrach mich der junge Priester. Er beugte sich ein wenig zu mir herüber. Für einen Augenblick hatte ich das Gefühl, dass dieser Mann sehr viel mehr wusste, als ich ahnte. Er konnte einen schnellen, flüchtigen Blick auf mein Amulett erhaschen, schmunzelte und richtete sich wieder auf.

»Knöchelsche?«, fragte er wie ein Verschwörer.

»Was ... was meinst du damit?«

»Ich sagte doch, dass ich ein Mann mit Herkunft bin«, antwortete Segemund leise. »Ich kenne alle Götter und Religionen, für die es in Rom Tempel oder Altäre gibt. Ich kenne Götter aus Ägypten und Damaskus und sogar den geheimen Mithras-Kult aus Persien, zu dem sich manche Legionäre treffen. Mir sind auch die Götter bekannt, die den Himmel der Germanenvölker mit Streit und Heerscharen von toten Helden durchziehen.«

Er gönnte sich eine Pause, lächelte nochmals und schüttelte ganz leicht den Kopf. Eher zufällig berührten seine Finger meine Hand. Dann beugte er sich erneut vor und flüsterte: »Wie viel Zeit hast du bekommen?«

Ich wusste nicht, ob ich ihn ernst nehmen oder auslachen sollte. »Was meinst du damit?«, fragte ich zurück und sah ihm direkt in die Augen.

»Es ist noch nicht sehr lange her«, sagte er und hielt meinem Blick stand. »Nur etwas mehr als ein gutes Menschenalter. Aber du könntest dabei gewesen sein, als die Legionen Cäsars das Volk der Eburonen bis auf den letzten Mann ermordet haben …« Er sog leicht die Luft durch seine Nasenlöcher. »*Fast* bis zum letzten Mann, zur letzten Frau!«, fügte er dann hinzu.

Ich spürte, wie das Blut in meinen Ohren rauschte. Wie kam ein junger Priester römischer Gottheiten dazu, mir ohne jeden Anlass sein geheimes Wissen zu offenbaren? In einer Weinschenke, wo sich sonst nur noch höchst zwielichtige Gestalten lümmelten?

»Du hast ein *Knöchelsche* erhalten«, sagte er plötzlich ohne Umschweife. »Das Amulett auf deiner Brust. Daran habe ich es gesehen …«

Er stand ganz langsam auf und ging zu Tür. Dort drehte er sich um. Für einen Augenblick der Ewigkeit erstarben alle Geräusche in der kleinen Taverne. Es war, als würden sich alle anderen absichtlich zur Seite drehen und sich ganz einfach weigern, ihn oder mich zu sehen. Genau das Gleiche war mir schon einmal passiert – damals, als Agrippa an den Rhein kam …

Die neue Speerspitze des römischen Imperiums überlebte die ständigen Vorstöße gegen die wilden Völker der Germanen östlich des Rheins nur fünf Jahre lang. Aber Drusus starb nicht im Kampf gegen Sugambrer, Cherusker oder andere Germanenstämme, sondern stürzte volltrunken vom Pferd. Nach ihm übernahm sein fünf Jahre älterer Bruder Tiberius das Kommando der Invasionstruppen in Germanien. Er war so erfolgreich, dass der Kaiser ihn adoptierte, obwohl er eigentlich die Söhne seiner einzigen Tochter Julia als mögliche Nachfolger vorgesehen hatte.

Ich fand all das, was in Rom mit Heiraten, Scheidungen, Verbannung und Adoption zu tun hatte, derartig verwirrend, dass es kaum lohnte, sich irgendetwas zu merken. Tiberius selbst sollte ein paar Jahre aus gekränkter Eitelkeit im Exil auf einer Insel namens Rhodos verbracht haben. Erst als beide Enkel des großen Augustus bei irgendwelchen Eroberungszügen ums Leben gekommen waren, erinnerte sich der Princeps an seinen Stiefsohn, den er nicht mochte, und adoptierte ihn. Wahrscheinlich steckte auch da irgendeine Frau dahinter. Ich denke, es war Tiberius' Mutter Livia

Drusilla, die Augustus geheiratet hatte, als sie mit Drusus schwanger war.

Tiberius wütete so lange zwischen Rhein und Weser, bis die Markomannen in Böhmen ein eigenes germanisches Königreich ausriefen. Tiberius wollte mit einigen tausend Legionären losziehen und ihnen aufs Haupt schlagen, doch da brannte es auch an der mittleren Donau, und fast ein Drittel der römischen Heerscharen musste gegen die Aufständischen zwischen Donau und dem Adriatischen Meer kämpfen. Ein schrecklich wildes Gebiet mit noch wilderen Völkern und Stämmen, wie ich von Händlern erfuhr.

Tiberius' Nachfolger als Oberbefehlshaber und Statthalter am Rhein wurde ein gewisser Publius Quinctilius Varus. Er war in dritter Ehe mit Claudia Pulchra, einer Großnichte von Augustus verheiratet und damit Angehöriger der kaiserlichen Familie. Aber er war auch mit einer Tochter von Agrippa verheiratet gewesen. Das machte uns den Mann eigentlich sympathisch, denn der wiederum war Schwiegersohn des großen Augustus.

»Der Schwiegerenkel vom mächtigsten und reichsten Mann der Welt«, meinte Lucas, nachdem er lange nachgedacht hatte. Dann aber hörten wir, dass dieser Gouverneur nicht lange fackelte, wenn es um römische Gesetze ging. Er war bereits Statthalter in den Provinzen Africa, Asia und Syria gewesen. Als sich nach dem Tod von König Herodes die Judäer zu einem großen Aufstand erhoben, soll Varus zweitausend Rebellen ans Kreuz gehängt und mehrere tausend Einheimische in die Sklaverei geschickt haben. Kein Mann also, mit dem wir scherzen durften …

»Hoffentlich hat Kaiser Augustus mit dieser Entscheidung nicht einen verhängnisvollen Fehler begangen«, hörte ich mich am gleichen Abend beim Wein in Lucas' Haus sagen. Auch Segemund war da. Er schloss nur einen Moment seine Augen. Es war ein Zeichen für mich, dass er verstanden hatte und mir zustimmte …

»Ich fürchte, es nimmt kein gutes Ende mit dem neuen Statthalter«, berichtete Lucas kurz darauf. Trotzdem schien alles gut zu gehen. Varus hielt sich nur selten bei uns im Oppidum Ubiorum auf. Er hatte sein Hauptquartier flussabwärts in Castra Vetera aufbauen lassen. Von dort aus kam er leichter die Lippe hinauf bis zu den befestigten Winterlagern. Außerdem hatte er erfahrene germanische Fürsten als Berater und sogar Fürstensöhne vom großen Weserbogen in seinem Stab. Auch wir am Rhein waren ein wenig stolz darauf, dass Kaiser Augustus die beiden Cherusker Arminius und Flavus inzwischen zu römischen Rittern geadelt hatte.

Aber am meisten beschäftigte uns das Gerücht, dass Varus ungeheure Schätze aus dem Palast und dem Tempel von Herodes mitgenommen hatte – angeblich, um sie irgendwann den Judäern zurückzugeben, sobald Augustus oder der Senat in Rom ihr Land zu einer römischen Provinz ernannt hatten. Nicht alle Israeliten wollten das, und viele hatten sich in Widerstandsgruppen versteckt. Doch mehrere tausend Judäer, die in Rom lebten, unterstützten die Vereinbarungen.

»Gold«, sagte Lucas sehnsüchtig, »heilige Gerätschaften, Juwelen und Geschmeide, von denen einiges noch aus den Gräbern von Salomo und David stammen soll.«

»Kenne ich nicht«, meinte Segemund, als wir ihn danach fragten.

Fast zwei Jahre lang ging alles gut. Kein Germane zwischen der Elbe und dem Rhein wurde gekreuzigt, obwohl einige doch noch in die Sklaverei mussten. Andere dagegen bekamen die zweifelhafte Auszeichnung, sich zu Gladiatoren ausbilden zu lassen. Und dann brach Lucas eines Abends wie Blitz und Donner in unseren Frieden ein.

»Ich habe gerade von Baumeistern am Altar der Ubier gehört, dass Varus einige von seinen Schatztruhen nachkommen lässt, die er angeblich aus der Provinz Syria und aus Jerusalem mitgenommen hat.«

Wir sahen Lucas verständnislos an.

»Es handelt sich tatsächlich um heilige Gegenstände aus den Tempeln der Judäer … Leuchter, riesige Wächterfiguren und sogenannte Brottische aus schierem Gold.«

»Alles für den Altar der Ubier?«, wollte ich wissen.

Lucas hob nur die Schultern. »Keine Ahnung«, sagte er. »Auf jeden Fall soll eines der Schatzschiffe noch vor Mittsommernacht hier anlegen. Es soll so lange hier warten, bis Varus vom Sommerlager am großen Weserbogen zurück ist.«

»Ein Schatzschiff«, sagte Halvar bedächtig, als ich ihm davon erzählte. »Bei uns im Hafen. Und das viele Tage lang ...«

»Und viele Nächte«, stimmte ich zu. »Bei Ogma, dem großen Gott des Wortes, da kann so mancher schwere Schicksalsschlag geschehen ...«

Ich sollte recht behalten, aber ganz anders, als ich es gemeint hatte. Eigentlich hatte ich alles hervorragend geplant. Es war nicht einfach, aber wir hatten wirklich das im Hafen nachlässig bewachte Schatzschiff des fernen Statthalters in einer Neumondnacht gegen ein anderes austauschen können. Gegen ein Frachtschiff, das genauso aussah und beladen war. Wir hatten es zuvor in Bonna gestohlen und danach dort die Schiffswerft abgebrannt. Durch diese List fiel keinem auf, dass wir gut ein Jahr lang eines der üblichen Flussschiffe mit flachem Boden in einem Seitenarm des Rheins versteckt hatten. Wir konnten stolz auf uns sein, und das waren wir auch, denn immerhin hatten diese Boote schon eine Länge von beinahe dreißig Schritten und waren fast fünf Schritte breit.

Doch als wir dann das Schatzschiff von den steinernen Uferpollern lösten, gelang es uns gerade noch, das falsche Schiff mit falscher Ladung am Kai anzulegen. Das andere Schiff aber war an ein paar Stellen morsch und undicht geworden. Es sank, noch während wir versuchten, es ein paar Schritte flussabwärts wieder sicher zu vertäuen.

»Nicht einmal hundert Sklaven hätten rechtzeitig umladen können«, seufzte Lucas immer wieder. »Hoffentlich sinkt auch unser falscher Kahn so tief in den Schlamm, dass er tausend Jahre lang verschwunden bleibt. Denn wenn sie merken, dass der Varusschatz nur noch aus Schutt und Steintrümmern besteht, werden sie jeden Einzelnen von uns am Kreuz zum Sprechen bringen.«

Dann lachte ich ein wenig bitter und gab ihm immer den gleichen Kommentar: »Warum nicht gleich zweitausend Jahre? Weg ist weg, und dann kann man auch großzügig sein mit dem, was man nicht bekommen hat.«

Ich drehte immer wieder an meinem Amulett. »Hoffentlich kommt Varus nicht so bald zurück und will sein Schiff haben ...«

Monate später erfuhren wir von der größten Katastrophe seit der Niederlage von Cäsars Legionen durch die Eburonen in der rheinischen Tiefebene.

Auf dem Rückmarsch von der Weser waren die Legionen des Publius Quinctilius Varus an den Flanken des Teutoburger Waldes, von der Dörenschlucht bis hin zum Fluss Haase an mehreren Stellen nacheinander in Fallen der Germanen geraten. Nirgendwo hatten sie zu einer Phalanx aufmarschieren können, nirgendwo hatten sie in geübten Formationen angreifen und tagelang nicht einmal erkennen können, was vor und hinter ihnen geschah.

Von denen, die ein Schwert trugen, kam kaum einer durch.

Die Germanen vernichteten alle drei römischen Legionen und auch die sechs Kohorten in ihrer Begleitung. Insgesamt achtzehntausend Uniformierte kehrten nicht mehr an den Rhein zurück. Wie viele Menschen aus dem Tross ebenfalls ihr Leben verloren, wurde nie gezählt. Varus verlor nicht nur goldene Legionsadler, sondern all das, was in zwei Jahrzehnten blutig erobert worden war. Ich weiß nicht, was ich davon halten soll, dass es der geborene Cherusker und römische Ritter Arminius war, der ihn verraten und getäuscht hat.

Doch dann begriffen wir, dass wir die Einzigen waren, die wussten, wo das Schatzschiff lag! Aber wir durften nichts davon aus dem Fluss holen. Denn alles konnte irgendwann erkannt werden. Sogar viel später noch, ja, sehr viel später …

Erst im Jahr darauf gelang es Tiberius, die Rheinfront neu zu organisieren. Es war, als würde eine neue Härte in der Stadt einkehren. Vieles von dem, was sich in den vergangenen Jahren als leichte und lockere Lebensart eingeschlichen hatte, war plötzlich nicht mehr zulässig: kein Wein am Abend mehr, keine Legionäre in den Tavernen, keine Germanenmädchen in den Lagern der Legionen.

Drei Jahre später erhielt Julius Cäsar Germanicus von Tiberius die gesamte Streitmacht als neuer Statthalter von Gallien. Als Sohn des betrunken vom Pferd gestürzten Eroberers Drusus wusste er ganz genau, wie die Germanen dachten, angriffen und kämpften. Im Lager am Duffesbach standen jetzt die erste und die zwanzigste Legion. Sie nannten sich Legio Germania und Valeria Victrix.

Die Menschen, deren Eltern und Großeltern vor einem halben Jahrhundert hier angesiedelt worden waren, mussten miterleben, wie ihr Oppidum sich immer mehr in eine römische Garnisonsstadt verwandelte. Jahr für Jahr gingen hier mehr Bewaffnete aller Dienstgrade durch die Straßen. Überall entstanden neue Häuser aus Stein, aber nicht nur einfache Holzhütten für Veteranen mit ein paar Kühen und Schweinen, sondern feste und große Gebäude, deren Steinblöcke mit eisernen Klammern zusammengehalten wurden.

Obwohl es immer noch die Legionslager am Duffesbach gab, hielten sich die Anführer, Kommandeure und der Quartiersstab mit Beamten und Verwaltern, Ärzten und Feldmessern sowie den Verwahrern der Militärakten zunehmend in der Stadt auf. Der Verkehr war jetzt zu allen Tageszeiten so dicht und lärmend, dass oft nicht einmal die Jüngsten rechtzeitig vor den donnernden, ratternden Wagen mit ihren eisernen Radreifen unter die schützenden Arkaden springen konnten. Die Ara Ubiorum war endgültig zur Frontstadt der römischen Legionäre im Norden des Reiches geworden.

Es war ein schöner Frühsommerabend, und ich beschloss, ein Stück kurz gebratenes Fleisch mit etwas Weißbrot in einer Taverne zu essen und einen Becher Wein dazu zu trinken. Ich kaute gerade genüsslich am ersten, ein wenig harten Fleischbissen, der viel verführerischer roch, als er schmeckte, als in den Straßen vom Forumsplatz her Geschrei und Waffenlärm laut wurden.

Eines der drallen Mädchen, das neben einfachen Speisen und Getränken auch sich selbst anzubieten hatte, ließ einen leeren Weinkrug fallen, der in tausend Scherben zersprang. Weder die Gäste noch der Wirt, die derlei Ungeschick sonst mit lautem Gejohle begleiteten, nahmen diesmal Notiz davon.

»Aufstand!«, stieß der Wirt schnaufend hervor und riss die Fäuste hoch. Seine Stimme klang noch heiserer als sonst. »Das ist das Ende für Kaiser Tiberius! Und es musste ja so kommen …«

Ich wunderte mich sehr über die Meinung des Wirtes. War es nicht gerade dieser neue Kaiser gewesen, der nach der größten Niederlage des Imperiums mit fester Hand wieder für Ordnung gesorgt hatte?

Ich fühlte mich nicht gut in dieser Nacht. Aus irgendeinem Grund glaubte ich, dass ich im Zentrum des Sturms vielleicht sicherer war als an anderen Plätzen der Stadt. Gerade noch rechtzeitig näherte ich mich dem Haus des römischen Statthalters und seines Eheweibes Agrippina. O nein, ich war keineswegs verliebt in die jüngste Tochter von Marcus Vipsanius Agrippa, die zudem auch eine Cousine ihres Mannes Germanicus war. Agrippina galt bei allen, die sie nicht näher kannten, als eine fast überirdische, verführerische Schönheit, gleichzeitig aber auch als eiskalt, berechnend, intrigant und über alle Maßen von sich selbst überzeugt. Allerdings – sie war im Gefolge eines Feldherrn aufgewachsen, kannte das Leben in Legionslagern und wusste sehr genau, was sie wollte.

Im Durcheinander des Aufruhrs gelangte ich ungesehen bis in ihren Ankleideraum. Mit den Worten »Erschrick nicht ... ich bin es ... Rheinold« trat ich eilig ein, hob beschwichtigend die Arme und hielt ihr meine leeren Hände hin. Sie war gerade dabei, sich Löckchen an den Seiten ihres Kopfes drehen zu lassen. Eine der Dienerinnen las ihr etwas vor, zwei andere manikürten sie.

»Hört ihr nichts, hier?«, fragte ich verwundert. »Draußen tobt der Aufstand gegen den Kaiser!«

»Ich weiß«, sagte sie nur. Sie wirkte weder überrascht noch verängstigt. Aber sie lächelte auch nicht.

»Willst du nicht fort?«, fragte ich unruhig. »Du musst fliehen! Mit deinem Sohn Caligula!«

»Warum sollte ich meinen Mann verlassen?«, fragte Agrippina verständnislos. Ich starrte in ihre großen, wunderschönen Augen.

»Weil sich Gefolgsleute von Varus gegen deinen Mann und den neuen Kaiser in Rom auflehnen. Sie wollen euch umbringen.«

»Ich kann jetzt nicht weg«, antwortete Agrippina. »Wenn ich gehe, ist diese Stadt verloren!«

»Aber ich kenne einen Weg, wie du aus der Stadt herauskommst«, sagte ich schnell. »Wir können bis zu den Ardennenbergen gelangen. Und von dort aus zu den Treverern an der Mosel.«

»Ich will nicht weg«, beharrte Agrippina standhaft. Im selben Augenblick betrat ihr kleiner dreijähriger Sohn den Raum. Er trug den quadratischen blauen Soldatenmantel und hatte sich mit einem Spielzeugschwert gegürtet.

»Tu es für ihn!«, flehte ich. Ich sah, wie sie mit sich kämpfte. Sie blickte mich an, die Sklavinnen und ihren Sohn.

»Bring ihn fort«, sagte sie dann.

Der schwere Wagen ratterte viel zu laut durch die Nacht. Obwohl sich Caligula wie ein tapferer Soldat benahm, spürte ich die Angst, mit der das Kind sich an mich klammerte. Wir waren ohne große Schwierigkeiten aus der Stadt und dann quer durch das Legionslager gekommen. Noch sah es ganz so aus, als wären die Legionäre zu sehr mit sich selbst und ihrem Aufstand beschäftigt. Aber Julius Cäsar Germanicus und seine Frau Agrippina dachten nicht daran, ebenfalls zu fliehen. Germanicus war wild entschlossen, jeden Widerstand gegen Kaiser Tiberius zu unterdrücken.

Wir hatten das Lager der ersten Legion fast durchquert, als unser Wagen, dessen Kabine durch starke Lederriemen über dem Fahrgestell nur ungenügend abgefedert wurde, anhielt. Jemand brüllte auf die beiden Pferde ein. Etwas krachte laut gegen die beiden Holzwände.

Ich hielt meinen linken Arm schützend um Caligula und war darauf gefasst, dass jeden Augenblick ein Speer oder eine Lanze durch die kleine Fensteröffnung an der Seitenwand gegen uns geschleudert würde. Doch nichts dergleichen geschah. Ich wusste, dass ich nicht die geringste Möglichkeit hatte, den Jungen länger als ein paar Augenblicke zu verteidigen. Doch wenn ich schon zu irgendetwas nütze sein sollte, dann wollte ich das Leben des unschuldigen Kindes wenigstens so lange mit meinem Körper schützen, wie es mir möglich war.

Die Seitentür des hölzernen Kastens wurde aufgerissen. Im Schein von blakenden Fackeln tauchten verschwitzte Gesichter auf, sichtlich betrunkene Legionäre. Ich bezwang meine schlotternde Angst, kam von der hölzernen, ledergepolsterten Sitzbank hoch, trat auf die erste Stufe des Einstiegs zum Kastenwagen und richtete mich auf wie ein Priester ... ein Druide.

»Seht, Männer!«, brüllte ich ihnen furchtlos entgegen. »Seht, wen ich hier habe! Es ist euer kleiner Liebling Caligula ... euer Soldatenstiefelchen ... ein Kind noch, das aber euer Kaiser und Herr werden könnte!«

Sie hatten eiserne Schwerter in ihren Fäusten und hölzerne Stangen mit scharf geschliffenen Spitzen. Ich aber richtete ein lebendiges Schwert auf ihre Herzen und Gefühle. Mit ganzer Kraft wünschte und hoffte ich, dass sich die wütenden und aufgebrachten Männer durch den Anblick des Jungen erweichen ließen. Mehr noch: Ich wollte, dass sie in Caligula eine Art Adler und Feldzeichen erkannten, dem sie folgen und gehorchen mussten, wenn sie sich in ihrem Innersten nicht selbst verletzen wollten.

Ich fühlte, wie mir der Schweiß ausbrach. Meine Knie begannen zu zittern. Beim nächsten Wort, das ich den Legionären entgegenschrie, würde ich heiser sein, aber ich musste ihnen Stärke zeigen und sie zugleich besänftigen. Nur dann würden sie vergessen, dass ihre Absicht eigentlich Aufruhr und Mord war.

Als die ersten Fackeln sich nach unten senkten, wusste ich, dass ich gewonnen hatte.

»Wir ... wir wollen ihm nichts tun.«

»Wie könnten wir auch?«, rief ein anderer und lachte heiser. »Es lebe Caligula, unser gestiefelter Adler!«

Der kleine Bursche in meinen Händen krähte vor Freude und Vergnügen. Ich nahm ihn etwas herunter und zeigte ihn nochmals nach allen Seiten. Die ersten der Männer kamen dicht an uns heran. Sie streckten ihre Hände aus. Der erste streichelte über das seidige Haar des kleinen Jungen. Ein anderer berührte mit den Fingerspitzen seine Wangen. Und dann wollte jeder der meuternden Legionäre einmal das Kind berühren, durch dessen Anblick sie aus wilder Raserei wieder zur Vernunft gekommen waren.

»Weder der Kaiser noch die feinen Herren des Senats wissen, wie es östlich des Rheins aussieht«, sagte Germanicus eines Abends bei einem Gastmahl für die ersten unter seinen Offizieren. Ich war inzwischen zum Berater aufgestiegen, und wann immer er das Bedürfnis danach hatte, fragte er mich nach meiner Meinung.

»Was denkst du, Rheinold?«, richtete er in diesem Moment das Wort an mich. »Werden meine acht Legionen ausreichen, um ungefährdet ins Land der Chatten und Cherusker einzudringen und die Gebeine der Toten zu bergen, die dieser unglückliche Varus vor sieben Jahren im Osning verloren hat?«

Ich reagierte schnell. »Ich denke schon. Der Dienst als Totengräber wird den Legionären nicht gefallen, aber die Ehre Roms und der Dank des Imperiums haben immer Vorrang.«

»Ganz recht, das haben sie«, lobte Germanicus. »Selbst wenn sie allzu oft sträflich missachtet werden!«

Ich kannte ihn lange genug und spürte sofort die Warnung und die Schärfe in seiner Stimme. Besorgt fragte ich mich, ob er nicht doch mitbekommen hatte, auf welche Weise sich Agrippina bei mir für die Rettung Caligulas bedankt hatte. Ihre Schönheit hatte ihr erlaubt, in ganz eigener Münze zu bezahlen, und ich glaube nicht, dass es je einen Mann gegeben hat, der sich ihrem Wunsch hätte entziehen können. Ich hatte es erst gar nicht versucht.

Sie wusste, was sie wollte, und ließ mich darüber nicht einen Moment im Zweifel. Schon als sie mich rufen ließ, hatte sie es so eingerichtet, dass wir ungestört waren. Nur eine junge Dienerin richtete noch das Obst in hölzernen Schalen, als ich Agrippinas Gemächer betrat. Ihr Anblick raubte mir fast den Verstand. In duftige Gewänder gehüllt, die so wirkten, als genügte bereits ein Windhauch, um sie wegzuwehen, stand sie am Fenster und winkte mich heran. Ich näherte mich ihr, wie von unsichtbaren Fäden gezogen. Nicht nur ein Windhauch, sondern wahre Stürme tobten in meinen Ohren. Ich hörte nicht mehr, was sie sagte. Aber es hätte auch keiner weiteren Worte bedurft …

Das alles war bereits mehrere Monate her. Jedermann wusste längst, dass Agrippina schwanger war. Doch erst an diesem Tag ließ Germanicus seinen prüfenden Blick etwas länger auf mir ruhen. Ich fühlte mich plötzlich so unwohl wie schon lange nicht mehr.

»Dieses Jahr ist es bereits zu spät«, sagte er mehr zu mir als zu den anderen. »Aber im nächsten Jahr werden wir, sobald das Wetter und die Wahrsager es zulassen, zu einem neuen großen Zug aufbrechen. Ich will, dass sich meine Absicht schon jetzt überall herumspricht. Und ich will eine neue, doch diesmal siegreiche Schlacht, um danach bis zur Elbe vorzustoßen.«

Ich spürte genau, dass er nicht die ganze Wahrheit sagte. Doch dann begriff ich, dass er mir auf seine Art mein Todesurteil mitgeteilt hatte. Und die Vollstreckung binnen eines Jahres, im östlichen Barbarenland, auf dem Todesacker der römischen Legionen …

Genau eine Woche später schenkte Agrippina einem kleinen Mädchen das Leben. Ich selbst sah mein erstes Kind einige Tage nach der Geburt. Agrippina die Jüngere blickte mich mit seltsam verständig wirkenden Augen an. Ich starrte wie benommen auf die golden leuchtenden Löckchen rund um ihren winzigen Kopf. Ihr Gesicht kam mir so bekannt vor, dass ich unwillkürlich aufstöhnte.

Ich sah, wie ihre Mutter lächelte. Und ich muss eingestehen, dass es Dinge zwischen Himmel und Erde gibt, die ich weder mir noch euch erklären kann.

Die Legionen des Germanicus näherten sich von Westen her dem Ort der Schmach und Niederlage. Einige Einheiten marschierten über den alten germanischen Hellweg, andere zogen im engen Tal der Wupper nach Osten. Und wiederum andere folgten dem Lauf der Lippe flussaufwärts bis zu den Quellen von Ems und Pader. Ich selbst gehörte inoffiziell zur Legio Germania. Die wenigen Germanen, die sich uns entgegenstellten, wurden erbarmungslos niedergemacht oder gefangen genommen. Ich wusste, dass sich selbst für verwundete Cherusker immer noch gute Preise auf den Sklavenmärkten im Süden erzielen ließen. Auch für die Frauen der Besiegten gab es reichlich Gold …

Wir zogen mehrere Tage lang an den Westhängen des Osnings entlang, der auch Teutoburger Wald genannt wurde. Allmählich wurde uns immer klarer, was sich vor sieben Jahren in dieser Gegend wirklich abgespielt hatte.

»Ich verstehe nicht, wie Quinctilius Varus derartig blind in diese Fallen laufen konnte«, meinte Germanicus am zehnten Abend inmitten der überall aufgedeckten Knochenfelder. Die freigelegten Gebeine der Erschlagenen zeigten deutlich, dass sie überall dort niedergemacht worden waren, wo Hohlwege und Schluchten zwischen den Bergen wie Trichter gewirkt hatten.

»Überall das Gleiche«, sagte Germanicus kopfschüttelnd, während er wieder einmal an einem Gräberfeld entlangging. Von Anfang an ließ er sich von viel mehr Priestern, Wahrsagern und Eingeweidebeschauern begleiten als üblich. Sie sprühten unablässig irgendwelche giftig stinkenden Flüssigkeiten nach allen Seiten. Rechts und links stieg Buchenwald steil an, und ein kleiner, namenloser Bach zwängte sich zwischen den Bergflanken hindurch. An dieser Stelle lagen die Knochen der toten Legionäre, ihre verrosteten Schwerter, schon halb verrotteten Schilde und modrig gewordenen Kleidungsstücke so dicht übereinander, dass wir durch kniehohe Leichenreste staken mussten. Bisher hatte mich der ganze Zug nur wenig berührt, doch jetzt, als unter meinen Füßen die Knochen zerbrachen, spürte ich eine dunkle, drohende Angst. Ich fürchtete mich vor den Seelen der Toten ebenso wie vor der unausgesprochenen Drohung, die ich nicht vergessen hatte.

Gleichzeitig schämte ich mich für unser herzloses Tun. Wie konnten die Legionäre und sogar der oberste Statthalter der Römer derartig achtlos über die Knochen jener Männer gehen, die einst die gleichen Uniformen getragen, die gleichen Waffen geführt und für die gleichen Ziele gekämpft hatten wie diejenigen, die jetzt alles einsammeln und begraben sollten?

Ich lehnte mich gegen einen Findling. Eine eigenartige Schwäche machte meine Knie weich. Vom Bach her wehte eine gelbliche, nach Schwefel stinkende Wolke auf mich zu. Ich schluckte und schnappte nach Luft. Mir wurde heiß im Kopf, obwohl die Sonne noch sehr zaghaft durch das junge Grün an den Bäumen leuchtete. Hoch über mir hackte ein Specht gegen die Rinde einer Akazie. Für mich klang es wie der Schwerterschlag gegen hölzerne Germanenschilde …

Ich war kein Römer. Aber ich lebte schon lange mit ihnen, und vielleicht lag es daran, dass ich in diesem Augenblick wünschte, dass der verräterische, in Rom ausgebildete Cheruskerfürst Arminius für seine heimtückischen Überfälle bestraft werden sollte. Er hatte den Kaiser ebenso verraten wie die Männer, mit denen er gemeinsam für das Imperium Romanum geritten war. Er lebte immer noch mit dem römischen Ehrennamen: als gefeierter Anführer der Germanen.

Ich wollte mich gerade umdrehen, als ein Geschrei laut wurde. Es kam von jener Stelle, an der die Bergflanken so dicht an den Bach reichten, dass keine zwei Menschen nebeneinandergehen konnten. Im selben Augenblick sah ich eine Frau zwischen zwei rotgesichtigen Legionären. Die Helme hingen den Männern schief auf den Köpfen. Aber sie strahlten vor Stolz und Erregung.

»Was soll das?«, rief ihnen einer der Zenturionen zu. »Wir sammeln Knochen hier und keine Weiber!«

»Thusnelda ...«, gab der erste Legionär trotzig zurück. »Es ist Thusnelda, das Weib dieses verfluchten Cheruskers Arminius ... mit ihrem Söhnchen Thumelicus!«

Ich blinzelte, hustete und hielt mich mit beiden Händen an dem grauen Findling fest. Der Statthalter Roms kam mit seinen Wahrsagern und Priestern heran. Er musterte Thusnelda und ihren kleinen Sohn; dann drehte er sich mit einem kaum wahrnehmbaren und doch höchst zufriedenen Lächeln zu mir um. Er hatte, was er mir noch zeigen wollte. Und meine Zeit war abgelaufen.

5. CCAA

FÜR EINEN AUGENBLICK stand ich unsicher unter den steinernen Bogen am Straßenrand. Obwohl ich sie kannte, kamen sie mir plötzlich sehr eigenartig und fremd vor. Es war ein schöner Tag. Ich hatte nichts weiter vor, als in der Nähe des Fischmarktes mit ein paar Bekannten ein Gläschen nicht zu sauren Wein oder einen Krug Bier zu trinken, aber irgendetwas stimmte hier nicht.

Ich erinnerte mich, dass ich mein Haus verlassen hatte, um zum Hafen zu gehen. Ich, Rheinold, der Fischhändler, musste nicht mehr selbst auf den Fluss hinausfahren, Reusen auslegen oder Netze einholen. Das alles erledigten seit Jahren Sklaven und Freigelassene in meinen Diensten. Ich schüttelte den Kopf und wollte bereits über die Straße gehen, als mich ein Brennen auf der Brust von meinem Vorsatz ablenkte.

Ich spürte den kleinen Gegenstand unter meiner Tunika. Ich blickte an mir herab, sah den Gürtel mit dem kleinen Zierdolch und den Beuteln aus besticktem Leder über meiner Toga, wie sie auch die anderen Bewohner der Stadt zu tragen pflegten. Ich hatte fein gearbeitete Sandalen an, die bis zu den Waden geschnürt waren.

Aus den Häusern drangen immer neue Duftschwaden von Knoblauch und Öl, von Gemüsesuppe und gekochtem Fisch. Den ganzen Weg bis zum Hafen hinab roch ich kein einziges Mal Fleisch. Keine zehn Schritt von der Taverne entfernt, von der aus ich über den Fluss blicken und etwas trinken wollte, fiel mir ein, dass mein Leben keineswegs so friedlich und geordnet war, wie ich vor Sekunden noch geglaubt hatte.

Dreißig Jahre! Dreißig Jahre lang hatte ich mich im Herzen der Stadt aufgehalten, die beinahe die Metropole der römischen Provinz Großgermanien geworden wäre. Aber warum? Warum hatte ich so lange ohne Erinnerung an meine Vergangenheit und meine früheren Existenzen gelebt? Ich ging langsam bis zur Taverne, grüßte bemüht nach allen Seiten und setzte mich im Freien an einen Tisch.

»Bier oder Wein?«, rief der Wirt und knetete seine Hände.

»Nein, bring mir Met!«

Er kam noch immer händeknetend auf mich zu. »Du kriegst keinen Met mehr, Rheinold!«, flüsterte er. »Nie mehr, verstehst du! Nur noch ganz kleine Gläser mit einem Schlückchen Sauerbier! Alles andere ist zu gefährlich, denn jedes Mal, wenn ich dir Met bringe, prahlst du nach dem dritten Krug mit deinen magischen Kräften und behauptest nach dem fünften, dass du ein wilder Einzelgänger bist und sogar einen römischen Kaiser gezeugt hast.«

Ich verzog das Gesicht, dann knurrte ich: »Derartiges würde ich niemals sagen. Nicht ich, mein Freund, der ehrlichste aller Fischhändler in der Colonia.«

»Gewiss, das bist du«, antwortete der Wirt diesmal furchtlos. »Aber vielleicht bist du auch noch ein anderer.« Er richtete sich auf und wich ein, zwei Schritte zurück. »Vielleicht bist du ja tatsächlich derjenige, der aus dir spricht, wenn du betrunken bist und süßer Honigwein deine Seele befreit hat.«

»Was soll das?«, fuhr ich ihn an. »Was willst du damit andeuten?«

»Ich höre sehr viel«, antwortete der Wirt verschlagen. »Und ich höre, dass man in Rom wieder einmal nach Magiern, Priestern und Hexen sucht, die mehr können als Gift mischen. Du solltest dich vorsehen, Rheinold. Denn wenn du wirklich der Vater von Agrippina sein solltest, wird sie nicht zögern und dich ebenfalls in die Ewige Stadt holen.«

Sie holte mich nicht. Weder in diesem noch im folgenden Jahr. Ich machte einige gute Geschäfte und vergrößerte meinen Fischhandel um einen weiteren Flusskahn und einen Anbau im Garten meines Hauses. Da meine Ehefrau, ein bescheidenes, kräftiges Ubiermädchen vom Hafen, seit fünf Jahren nicht mehr lebte und wir leider keine Kinder gehabt hatten, war es sehr einsam in meinem großen hölzernen Haus zwischen dem Prätorium und der nördlichen Stadtmauer.

Gelegentlich, wenn mir die Stille am Abend zu bedrückend und der Gestank aus den Abfallgruben zu deftig wurde, ging ich durch die Straßen der inneren Stadt zum Forumsplatz zwischen dem

Mars-Tempel und dem halbrunden Tempel der Ubier. Dort dachte ich oft an Segemund und seine Schwester Thusnelda. Sie waren als Gefangene aus den Barbarenländern im Triumphzug durch die Straßen der Ewigen Stadt geführt worden. Was dann mit ihnen geschehen war, wusste keiner der Reisenden oder der Händler zu berichten ...

Als im Spätsommer erneut ein Händler aus Iberien auftauchte, nahm ich mir besonders viel Zeit für ihn. Er nannte sich Jacobus, und seine Gesichtshaut wirkte so hart und rau wie meine Stockfische. Ich hatte einige Freunde und andere Händler vom Hafen eingeladen. Wir sprachen über die letzten großen Schlachten an den Rändern des Imperiums, über korrupte Senatoren, rebellische Sklaven auf den Latifundien der Adligen und über die Germanenüberfälle, die seit dem Tod von Caligula nicht mehr abrissen.

»Ach, dieser Caligula«, seufzte der Händler aus der hispanischen Provinz. »Die Römer haben auch ihn ermordet. Immerhin hat der neue Kaiser Claudius sämtliche römische Truppen auf die linke Rheinseite zurückbefohlen. Aber es stinkt zum Himmel, wenn man sieht, wie gierig sich die besten Familien Roms darum schlagen, eine von ihren Töchtern zur neuen Kaiserin zu machen. Was glaubt ihr, welche Vermögen inzwischen an Bestechungsgeldern hin und her geflossen sind!«

»Und?«, fragte ich. »Weiß man schon, welche Familie gewinnen wird und welche der Schönen die besten Aussichten hat?«

»Es wird die Braut mit dem schlechtesten Charakter, einem Herzen aus Stein und einem Lästermaul sein, in das ich auf der Suche nach Wahrheit niemals meine Hand legen würde«, lachte der Händler trocken. »Bisher gibt es zwei Favoritinnen. Eine von ihnen ist Lollia Paulina, die Enkelin des Consuls Lollius. Die andere kennt ihr alle, denn es ist Agrippina die Jüngere, die hier in der Ubierstadt geboren wurde. Sie ist zwar auch nicht mehr ganz frisch mit ihren zweiunddreißig Jahren, aber die schwierigste Hürde für sie ist ihre enge Verwandtschaft zu ihrem Onkel Claudius.«

»Warum ist das schwierig?«, fragte einer der Gewürzhändler vom Hafen. Er kaute ständig auf irgendwelchen scharfen Körnern herum. »Er ist der Kaiser des riesigen Reichs. Und wenn er so mächtig ist, wie es heißt, kann er auch die Gesetze ändern.«

»Da wäre ich mir nicht so sicher«, antwortete der Spanier und wiegte nachdenklich den Kopf. »Das Eheverbot zwischen nahen Verwandten ist kein Gesetz, das erst die Römer erfunden haben. Aber ich wäre sehr dafür, wenn sich Agrippina doch noch durchsetzt!«

Ich lachte leise vor mich hin. »Kann es sein, dass du bereits ein wenig in die Zukunft denkst?«, fragte ich unverblümt. Er hob eine seiner dichten Brauen und verzog den Mund zu einem Grinsen.

»Ich denke, dass sie sich irgendwann daran erinnern wird, wo sie geboren wurde. Dann könnte diese Stadt tatsächlich eine neue Metropole hier im Norden werden.«

»Du kannst in mein Geschäft einsteigen, wenn du Lust hast«, bot ich dem Händler sofort an. »Mit deinen Verbindungen und meinem Ruf hier könnten wir einen guten Handel aufbauen, der von der Rheinmündung bis zu den Römerstädten an Main und Mosel reicht.«

»Du bist sehr schnell«, meinte der Mann und hob sein Glas. Dann reichte er mir die freie Hand. »Du hast zwar noch nichts von der Welt gesehen, aber ich mag euch Männer hier am Rhein.«

»Was sollen wir groß reisen?«, lachte der kauende Gewürzhändler. »Wer etwas von uns will, der wird schon kommen …«

Mein Leben als Händler in der Stadt der Ubier und römischen Veteranen war im Großen und Ganzen angenehm. Die meisten der Römer glaubten, dass ich einer der Urbewohner der Stadt war und mir dadurch gewisse Privilegien erworben hatte. Andere hielten mich für einen Mann, der wusste, wer in der Verwaltung korrupt und dadurch nützlich war. Außerdem hielt sich das Gerücht, ich sei als junger Bursche für ganz besondere Dienste vom Statthalter Germanicus mit sehr viel Gold belohnt und mit Fischereirechten im Rhein beschenkt worden.

Wenn das Wetter es erlaubte, ging ich auf der Innenseite der Palisaden auf der Umwallung die wenigen hundert Schritte bis zum großen Turm an der Nordwestecke der Stadt. Jedes Mal, wenn ich an diesem Punkt ankam, erinnerte mich der Geruch nach Teer an mein Amulett. Vom Turm aus wandte ich mich direkt nach Süden, bis ich die Via Decumana erreichte, die vom Forumsplatz in der Mitte der Stadt durch das Westtor in Richtung Tongern führte.

Nach weiteren drei Häuserblocks bog ich mit der Umwallung nach Südosten hin ab. Ich mochte diesen Teil der Stadt, in dem kein Römer wohnen wollte, der etwas auf sich hielt. Denn zu viel Rechtwinkligkeit, Logik und Symmetrie tat mir in meinem Innersten ebenso weh wie meinen keltischen Vorfahren. Außerdem war das Leben hier lauter und quirliger als in den anderen Stadtteilen. Und manchmal hatte ich auch das Bedürfnis nach weichen Mädchenarmen. Die gab es hier reichlich für einen Obolus als kleine Münze.

Noch im selben Jahr änderte die Generalversammlung in Rom die geltenden Gesetze. Kaiser Claudius konnte seine Nichte Agrippina die Jüngere heiraten. Und tatsächlich bewies die neue Kaiserin nur wenig später, wie einflussreich sie wirklich war: Sie setzte durch, dass die Ubierstadt ihren eigenen Namen erhielt und zu einer Veteranenkolonie mit römischen Stadtrechten ernannt wurde.

Ich war in diesen Monaten voll und ganz auf die Ausweitung des Fischhandels festgelegt. Dabei ging ich nicht besonders feinfühlig mit unseren Konkurrenten um. Mein Gold und das meines Partners Jacobus in Iberien ließ über Nacht Boote im Fluss versinken, Lagerhäuser abbrennen und zum Trocknen aufgespannte Netze zerreißen. Fischer und kleine Händler, die einsahen, dass sie nicht gegen mich ankamen, suchten nach neuer Arbeit.

Wie zufällig ergab es sich zu dieser Zeit, dass die ganze Stadt neu geplant, umgebaut, vergrößert und erneuert werden sollte. Überall wurden Steinmetzen und Handlanger, Mörtelmischer und Schmiede benötigt. Aus Fischern wurden Gerüstbauer, aus Händlern Hilfskräfte der Straßenbaupioniere. Und alle hatten etwas davon …

Die alte Befestigung aus Holz und Erdwällen wurde eingeebnet. Die neue Mauer folgte der alten Stadtbegrenzung, die zum Fluss hin nach Norden und nach Westen etwa tausend Schritt lang war und die nur im Süden eine Ausbuchtung erhielt, um dem Uferhang des Duffesbachs zu folgen. Der Cardo Maximus lief von Norden nach Süden. Östlich davon und zum Hafen hin lagen die beiden kleineren Stadtviertel. Die beiden größeren zogen sich nach Westen bis zur Stadtmauer und wurden in ihrer Mitte bis zum Forumsplatz hin von der Via Decumana geteilt. Die beiden großen Straßen waren jetzt so breit, dass ein Mann wie ich zweiunddreißig Schritte brauchte, um von einer Häuserfront zur anderen zu gelangen.

Ich erfuhr stets rechtzeitig, welche der Häuser für die neuen Straßen abgerissen werden mussten, konnte lukrativ verkaufen und andere Parzellen gegen den aufgegebenen Besitz eintauschen.

Noch erstaunlicher als all das, was in diesen Jahren an Mauern und Türmen, riesigen Stadttoren und neuen Tempeln gebaut wurde, war für mich die gewaltige unterirdische Kanalisation, in der ein erwachsener Mann wie ich aufrecht gehen konnte. Andere mochten die neuen Theater, die Circusanlagen und die prächtigen privaten Häuser mit Atrium und Peristyl bewundern – für mich war all das wesentlich weniger wert als der geniale Einfall, den Gestank aus den Leibern so vieler Menschen von offenen Jauchegruben und stinkenden Abwasserbächen in den Straßen unter die Erde zu verbannen. Das und nicht die prächtigen Mosaiken an Wänden und Fußböden der neuen Häuser war für mich der eigentliche Beweis dafür, dass Ara jetzt wirklich dazugehörte und die höchste römische Stadtwürde als Colonia Claudia Ara Agrippinensium verdient hatte …

Doch vier Jahre nach Verleihung des römischen Stadtrechts schien alles plötzlich wieder infrage gestellt. Kaiser Claudius wurde auf Befehl seiner Gemahlin Agrippina der Jüngeren vergiftet. So konnte Nero Claudius Cäsar, Agrippinas siebzehnjähriger Sohn aus einer früheren Ehe, zum neuen Kaiser werden. Und so wie eine böse Tat die nächste magisch nach sich zieht, schossen vier Jahre später gewaltige Stichflammen aus der unterirdischen Kanalisation unserer Stadt.

Das Großfeuer vernichtete viele Häuser und halb fertige Tempelanlagen und fraß sich bis fast zum Hafen durch. Im Jahr darauf ließ Kaiser Nero seine Mutter Agrippina ermorden. Zehn Jahre später brachte er sich selbst um.

In den Wirren, in denen sich mehrere mächtige Männer um die Nachfolge des toten Kaisers stritten, traf ein Mann am Duffesbach ein, dessen Vater dreimal Konsul in Rom gewesen war. Ich hörte davon, dass der neue Statthalter Aulus Vitellius ein überaus leutseliger und freigebiger Mann sein sollte. Es hieß, dass er sogar die einfachen Legionäre mit Küssen und Umarmungen begrüßte. Selbst mich empfing Vitellius wie seinesgleichen.

»Du sprichst Latein. Du hast Erfolg. Du bist ein wichtiger Mann in dieser Stadt«, rief er mir lobend entgegen. Er stand sogar auf, um mich mit ausgebreiteten Armen zu begrüßen. Wir tauschten Freundlichkeiten aus, dann entließ er mich mit den Worten: »Denk immer daran, dass ich einmal Kaiser sein werde!«

Schon wenig später rannten überall johlend und laut schreiend Legionäre mit Waffen und Fackeln, aber ohne jegliche Kopfbedeckung durch die Straßen. Ich sprang auf, kleidete mich an und lief auf die Straße hinaus. Viele von ihnen waren betrunken. So schnell ich konnte, drängte ich mich an ihnen vorbei.

Ich erreichte vor allen anderen das Prätorium, stürzte durch die Vorhalle und suchte Vitellius. Keiner von seinen Sklaven ließ sich blicken.

Erst als ich mich dem Speisezimmer näherte, entdeckte ich einen Feuerschein. Und dann kam mir Vitellius in seinem Hauskleid vollkommen betrunken entgegen. Er hatte in jeder Hand einen großen gläsernen Becher, aus dem roter Wein auf das Bodenmosaik schwappte.

»Mein Freund! Mein lieber Freund!«, rief er mir lallend entgegen. Er lachte und wollte sich wieder umdrehen, um direkt in die Flammen zu laufen. Im selben Augenblick stürzten die ersten Legionäre lärmend aus der Eingangshalle und durch die Gänge bis zu uns vor. Einige wichen erschrocken zurück.

»Ein schlechtes Vorzeichen!«, schrie einer.

»Zurück! Zurück!«, ein anderer. Ich sah, wie eine neue Gruppe das hundert Jahre alte und noch immer blanke Schwert des als Gott verehrten Julius Cäsar aus dem Mars-Tempel mitbrachte. Ich warf mich zwischen sie, griff das Schwert und brachte es Vitellius. Die Männer grölten vor Begeisterung. Ihre Rufe übertönten alle Ängstlichen.

»Seid guten Mutes!«, kreischte jetzt Vitellius. Er wankte, aber er beherrschte sich. »Das Feuer leuchtet nur für uns ... für mich als euren Kaiser!«

Im Sommer erfuhren wir, dass im fernen Ägypten noch ein zweiter römischer Feldherr zum Kaiser gewählt worden war. Noch ehe irgendjemand das Durcheinander überblicken konnte, hörten wir in der Stadt immer neue Gerüchte. Es hieß, die Legionslager nördlich und südlich der Stadt seien angegriffen worden. Aber es gab auch Männer, die behaupteten, Germanen und Offiziere der Legionen würden sich insgeheim verständigen. Dass sich irgendetwas anbahnte, merkte ich auch daran, dass meine Heringslieferungen aus der Nordsee überfällig wurden.

»Es sind die Bataver vom Niederrhein«, berichtete einer meiner Fischer, der sich schließlich zu Fuß bis zur Stadt durchgeschlagen hatte. »Sie haben sämtliche Frachtschiffe auf dem Fluss festgelegt und behaupten, dass dies alles zu unserem eigenen Nutzen sei.«

Den ganzen Herbst hindurch blieb es unruhig in der Stadt. Immer wieder tauchten Männer auf, die noch niemand jemals zuvor gesehen hatte. Mal waren es Treverer, mal wieder Bataver, dann Tenkterer oder Angehörige irgendwelcher anderer Stämme und Sippen von der anderen Rheinseite. Anfang Januar kamen einige der angesehenen Männer aus dem Rat der Stadt zusammen mit Offizieren aus den Garnisonen Castra Vetera und Bonna in mein Haus. Ich bat sie auf die Bänke in meinem Atrium, dann fragten sie, wann ich wieder mit Heringslieferungen rechnete.

»Das hängt davon ab, wie sich die Bataver und ihre Verbündeten benehmen«, antwortete ich zurückhaltend.

»Und da wir mehr darüber wissen wollen, haben wir uns gedacht, dass dein Haus, Rheinold, ein guter und neutraler Platz für Gespräche mit ihren Anführern ist.«

»Ich will mit all diesen Dingen nichts zu tun haben«, protestierte ich sofort.

»Es könnte sein, dass wir alle viel enger zusammenarbeiten müssen als bisher«, sagte der Legat der ersten Legion, die inzwischen flussaufwärts in Bonna stationiert war. »Vielleicht weißt du es noch nicht, aber vor einem Monat hat Vespasian Rom erobert und unseren Kaiser Vitellius getötet!«

Ich blickte ungläubig von einem zum anderen. Gleichzeitig wurde mir klar, warum sie sich mit aufständischen Germanenstämmen zusammenschließen wollten. Sie hatten keine andere Wahl, denn durch den Tod ihres gewählten Kaisers waren sie plötzlich selbst zu Feinden Roms geworden …

Als die Apfelbäume in Blüte standen, kam ein Dutzend Fremder in meinem Haus zusammen. Als Wortführer erkannte ich den Bataver Julius Civilis, der wie einige der anderen längst einen römischen Namen trug. Sie waren einzeln in der Stadt angekommen und wohnten in verschiedenen Herbergen. Es war zu warm für Met oder Bier. Deshalb tranken wir alle den sauren, mit viel Wasser verdünnten Wein, der in der Stadt selbst angebaut und gekeltert wurde.

»Wir wissen ganz sicher, dass wir römische Legionen auf unsere Seite ziehen können«, sagte der Bataver Julius Civilis ohne Umschweife. »Selbst wenn Kaiser Vespasian alle seine Legionen gegen uns in Marsch setzt, werden wir ein eigenes gallisches Reich gründen. Und diese Stadt hier soll die Hauptstadt werden …«

»Meint ihr nicht, dass ihr ein wenig vermessen seid?«, fragte ich vorsichtig.

»Bist du etwa gegen uns?«, fragte Classicus, der Anführer der Treverer von der Mosel. »Unsere Römer und Legionäre werden sich auf keinen Fall Vespasian unterwerfen.«

»Aber bedenkt doch!«, sagte ich. »Ein paar Legionen hier am Niederrhein und vielleicht noch ein paar andere an der Mosel oder am Main – das reicht niemals, um gegen das ganze Imperium aufzustehen.«

»Und warum nicht?«, gab Classicus stolz zurück. »Manche der Kaiser in Rom haben es mit einem Zehntel davon geschafft.«

»Sie hatten mehr Gold als ihr«, stellte ich nüchtern fest. »Und Gold glänzt nun einmal verlockender als Blut.«

»Du bist ein Schwarzseher, Rheinold«, spottete Julius Civilis.

Ich spürte in den folgenden Tagen und Wochen, dass wichtige Informationen an mir vorbeigingen. Eines Tages tauchte Civilis mit einem germanischen Heer vor dem Nordtor auf. Aus dem Süden kam ebenfalls bedrohliche Kunde. Kaiser Vespasian hatte seinerseits Legionen in Marsch gesetzt; Trier war bereits gefallen. Der Rat der Stadt beschloss, sich öffentlich aus dem Konflikt zwischen den vorstoßenden Germanen und den ebenfalls näher rückenden

Truppen des Kaisers herauszuhalten. Noch ehe es zum Zusammenstoß zwischen Vespasian und den Batavern kam, fiel die CCAA von Julius Civilis ab.

Vollkommen fassungslos erlebte ich mit, wie überall in den Straßen Angehörige des Rebellenheers aufgegriffen und eingesperrt wurden. Doch dann näherte sich Civilis mit einer Elitekohorte. Jetzt war guter Rat teuer. Die Agrippinenser konnten nicht zugeben, dass sie sich bereits hinter den Kaiser von Rom gestellt hatten.

Ich hatte nicht die geringste Ahnung, dass der aufrechte Bataver Julius Civilis und die mit ihm kämpfenden Legionäre in eine furchtbare Falle liefen. Sie zogen stolz und kampfesmutig von Westen her in die Stadt ein. Noch auf dem Forumsplatz jubelten ihnen die Menschen zu.

Unmittelbar neben dem Platz waren in einer großen Lagerhalle Bänke und Tische aufgestellt worden, um – wie es hieß – die Befreier vom Joch des Imperiums mit Wein und Braten, Gesang und Tanz zu erfreuen. Die ganze Stadt feierte, und der Jubel wurde immer lauter.

Ich ging von einer Ecke zur anderen, fragte diesen und jenen, wollte wissen, warum alle so fröhlich waren, und erhielt doch keine Antwort. Junge Mädchen wollten mich zu den Musikanten und zum Tanz ziehen. Nie zuvor hatte ich eine derartig ausgelassene und fröhliche Stimmung in dieser Stadt erlebt. Einige begannen bereits, kleine Ruderboote vom Fluss hochzuholen. Sie setzten sie auf Ochsenkarren und kletterten selbst hinein. Wie in einer feierlichen, doch ungeordneten Prozession rumpelten römische Reisewagen, Getreidekarren und Ochsengespanne mit Booten rund um den Forumsplatz. Sie nahmen den Weg über die gepflasterte Via Decumana, kehrten nach zwei, drei Häuserinseln nach Norden um und kamen über den Cardo wieder zum Platz und zum Altar der Ubier zurück. Ich wusste nicht, was das alles bedeuten sollte.

Plötzlich dachte ich an mein Amulett, das ich abgenommen und zu Hause verstaut hatte. Ich lief, so schnell ich konnte, zu meinem Haus im nordöstlichen Stadtviertel. Ich konnte mich nur mit Mühe an den vielen Menschen vorbeidrängen, die alle dem Forumsplatz entgegenstrebten. Endlich erreichte ich mein Haus, gelangte an den neugierigen Sklaven vorbei in mein Schlafgemach und griff nach dem Kästchen, in dem ich mein Amulett aufbewahrte. Und plötzlich roch ich den Rauch von Teeröfen, von flammenden Opferfeuern, von Weihrauch und Kräutern und von verbranntem Fleisch.

Mit einem gellendem Aufschrei stürzte ich hinaus. So schnell mich die Füße trugen, rannte ich auf die jetzt fast menschenleeren Straßen. Es schien, als hätten sich sämtliche Bewohner der Colonia auf dem riesigen Geviert des Forumsplatzes rund um den alten Altar der Ubier versammelt. Doch nicht das Heiligtum war die Quelle der widerlich stinkenden Rauchwolken, sondern die Scheune, das große Lagerhaus, in dem der Bataver Julius Civilis und römische Mitkämpfer gefeiert worden waren. Ich starrte auf die hoch aufstiebenden Flammen, die bereits auf die benachbarten Häuser übergriffen.

Das also war der Grund: Das angebliche Gastmahl als Dank der Stadtältesten für die Befreier sollte in Wirklichkeit zu einer tödlichen Feuerfalle werden! Vier Wochen nach dem flammenden Massaker kamen neue Abgesandte über den Rhein. Schon die erste Begegnung im größten Saal des Prätoriums verlief wild und wütend. Aber es waren nicht die gerade erst bei Castra Vetera geschlagenen Bataver, Treverer und Lingonen, die hier verhandeln wollten, sondern die freien und unbesiegten Männer vom Stamm der Tenkterer, die auf der anderen Rheinseite wohnten.

Mit ungebrochenem Stolz schleuderten sie uns ihre Anklagen entgegen. Einer von ihnen sprang plötzlich auf, spuckte auf den Boden und rief: »Ihr seid allesamt Heuchler, ihr Agrippinenser und Ubier! Ihr habt eure Seelen verkauft und auch noch Mauern als Bollwerke der Knechtschaft um eure Häuser errichtet. Reißt sie ein, wenn ihr wieder zu uns freien Germanen gehören wollt! Selbst wilde Tiere verlieren hinter Gittern ihre Kraft. Erschlagt alle Römer in eurem Gebiet. Freie Germanen und römische Herrschaft, das lässt sich niemals verbinden. Enteignet die reichen Händler, verteilt das Gut der Geschlagenen an alle. Niemand soll mehr besitzen, als er braucht. Kehrt zurück zum Stolz und zur Freiheit der Ahnen, die einst ohne römische Mauern und Wachtürme auf beiden Seiten des Flusses leben konnten! Zerstört die Tempel der falschen Götter und nehmt wieder Sitten und Gebräuche der Väter an. Reißt euch los von den Genüssen, die euch Tag für Tag mehr verletzen und schwächen als alle Waffen der Römer. Kommt wieder zurück, Ubier, in die Gemeinschaft der freien Germanen. Und wenn ihr alle Forderungen erfüllt, werden wir euch die Hand reichen, damit ihr erneut ein aufrechtes, unverdorbenes und freies Volk werdet. Ihr könnt mit uns als Gleiche leben und mit neu gewonnener Kraft andere beherrschen. Das ist es, was wir euch bieten, wenn ihr das Imperium Romanum freiwillig verlasst.«

Ich war so gebannt von der offenen, unglaublich mutigen Rede des Tenkterers, dass ich nicht einen Augenblick an die Römer am Rand der Versammlung dachte. Erst als sie aufsprangen, uns wütend anstarrten und zugleich begriffen, dass sie zu wenige waren, um ihren Machtanspruch durchzusetzen, erkannten auch die anderen Anwesenden, in welche Gefahr sie der Germane gebracht hatte. Stimmten sie ihm zu, dann brach unweigerlich ein neues Strafgericht des Kaisers über sie herein. Lehnten sie ihn ab, wurden sie selbst zu einer Insel in feindlich gesinntem Umland. Ich sah, wie einige Männer aus dem Rat Hilfe suchend zu mir blickten. Gleichzeitig verließen die Römer mit klirrenden Waffen den Raum.

Sie ließen lähmendes Schweigen zurück. Der Tenkterer ging zu seinen Leuten, setzte sich hin, legte den Kopf in den Nacken und blickte zu den farbigen Kapitellen der Säulen am Rand des Saales auf. Ich fragte mich, woher dieser Mann den Mut genommen hatte, so zu reden. Aber ich wusste nicht, wie ich eingreifen und was ich sagen sollte. Die Entscheidung, die jetzt getroffen werden musste, konnte nur von den Ubiern selbst kommen.

»Rheinold«, stieß plötzlich der jüngste Mann im Rat hervor, »warum sagst du denn nichts? Du bist doch einer von denen, die erschlagen werden sollen, damit ihr Eigentum verteilt wird.«

Ich stutzte und hob die Brauen. Daran hatte ich noch gar nicht gedacht. Jetzt musste mir sehr schnell etwas einfallen.

»Sprich!«, sagte der Ubier. Die anderen nickten.

»Ihr wisst alle, dass dieser Tenkterer hier zwar beleidigend, aber doch wahr gesprochen hat«, sagte ich. »Ihr redet von Verbrüderung mit anderen Germanenstämmen, aber ihr baut die Mauern immer höher. Wisst ihr, warum? Weil ihr euch nicht nur vor den freien Völkern fürchtet, sondern noch viel mehr vor den Legionen Roms.«

»Jeder in dieser Stadt ist irgendwie verwandt mit Römern oder Veteranen der Legionen aus der ganzen Welt«, sagte der jüngste der Ratsherren. »Wir leben hier gemeinsam und könnten nicht mehr unterscheiden, wer als Germane zur Rache aufgerufen ist und wer durch anderes Blut in seinen Adern zum Opfer werden soll.«

Ich fühlte die Wärme des Amuletts auf meiner Brust. Ohne besonderen Plan stand ich auf, wandte mich zur Seite und trat vor den Tenkterer.

»Was du von diesen Männern und der gesamten Colonia Claudia Ara Agrippinensium forderst, würde Familien mit dem Schwert zerschneiden, Geschwister auseinanderreißen, Ehegatten zu Mördern aneinander machen und nur noch Tränen in den Rhein spülen. Nicht einmal Göttern ist es möglich, Glück oder Tränen zurückzuholen. Ebenso wenig kannst du die Bewohner dieser Stadt wieder in Germanen und Römer, Kelten und Treverer, Syrer und Ubier und noch viel weiter teilen. In dieser Stadt ist ein neuer Stamm entstanden: aus vielen Völkern, Rassen und Religionen! Und jene Mauern, die wir euch zuliebe niederreißen sollen, sind wie die Wände eines Hauses, das uns allen Schutz gewährt und unsere Heimat ist.«

Ich zögerte, blickte zu den Männern des Rates hinüber. »Ich denke vielmehr, dass es allen dient, wenn wir den Handel und den Warenaustausch verbessern und erweitern. Ich schlage daher vor, dass diese Stadt für unbestimmte Zeit auf alle Zölle, Abgaben und Lasten für den freien Handel vollkommen verzichtet. Lasst uns doch ausprobieren, wie wir in Frieden miteinander leben können, wenn jeder von euch hier am großen Strom unbewaffnet und ohne jede weitere Kontrolle die Stadt betreten und verlassen kann.«

»Das schlägst du vor?«, fragte der Tenkterer verblüfft. Ich blickte zu den Mitgliedern des Rates. Mein Amulett fühlte sich warm und angenehm an.

»Aber nur von Sonnenaufgang bis zum Sonnenuntergang«, brummte der älteste der Ratsherren. Ich hob die Brauen und sah den Tenkterer fragend an.

»Einverstanden«, sagte der Mann von der anderen Seite des

Rheins. »Aber nur so lange, wie wir selbst ganz klare Vorteile aus dieser Regelung ziehen.«

In diesem Augenblick sprangen einige Ratsherren erschrocken auf. Ich taumelte ein wenig, trat zwei, drei Schritte zurück und ließ mich dann auf einen geschnitzten Römerklappstuhl sinken. Alles um mich entschwand in eine trübe Ferne. Ich hörte Stimmen, aber ich verstand nichts mehr. Gleichzeitig erhob ich mich über mich selbst hinaus.

Ich war nur noch durch einen dünnen, silbrig glänzenden Schlauch mit dem zusammengesunkenen alten Mann auf dem Stuhl unter mir verbunden. Der Schlauch glänzte ein wenig wie ein Fischdarm. Ich fühlte mich leicht und ohne Furcht. Ich schwebte, flog, nein, existierte über den anderen unter mir. Ich sah, wie sich ein halbes Dutzend Männer um die Gestalt, die einmal ich gewesen war, bemühten. Vieles von dem, was ich in den vergangenen Jahrzehnten gesagt, getan und auch erlebt hatte, zog wie auf einzelnen, sehr klaren Bildern und Gemälden an mir vorbei.

Ich wusste, dass ich diese Männer nicht wiedersehen würde.

6. DER FALSCHE KAISER

ERZÄHLT MIR NICHT, dass man als Toter nicht mehr lebt. Erzählt mir auch nicht, dass es von Anfang an Vereinbarungen gegeben hat, mit denen Lebende sich von den Sterbenden versprechen ließen, dass diese sich melden würden, wenn es noch irgendeinen Zufluchtsort für ihren Geist, für die Seele oder dergleichen gäbe. Aber vor allen Dingen erzählt mir nicht von hieb- und stichfesten Beweisen, die ihr für etwas fordert, was keinen Gegenstand und keinen Körper hat. Könnt ihr den Wind beweisen, das Glück im Lachen eines Kindes oder die Trauer einer Frau, die ihren Liebsten mit durchbohrter Brust am Rande eines Schlachtfeldes findet?

Natürlich war ich tot. Seit ein paar Dutzend Jahren schon. Sie hatten mich mit einer großen Prozession zu den Gräberfeldern nordwestlich der Stadtmauern geehrt. Für die Colonia galt ebenso wie für alle anderen Römerstädte das Zwölftafelgesetz, das mittlerweile fast sechs Jahrhunderte alt war: Kein Bewohner einer Römerstadt durfte innerhalb der Mauern beigesetzt werden. Auch rund um die alte Ubierstadt hatte es von Anfang an unterschiedliche Gräberfelder gegeben. In einigen waren Urnen beigesetzt, andere enthielten Leichname, die lang hingestreckt oder in der Hocke begraben worden waren.

Seit die Römer aus dem Oppidum Ubiorum die Colonia Claudia Ara Agrippinensium gemacht hatten, waren an den verschiedenen Ausfallstraßen zwischen den Wäldern und Äckern eigene Städte für die Toten entstanden. Die Nekropolen enthielten oft übereinandergelagerte Gräber mit kleinen Häusern, Überdachungen, Tempeln, Pfählen und Grabsteinen, auf denen das Familienleben mit Speisen und Getränken, Festlichkeiten oder besonderen Taten eingemeißelt worden war.

Mein Sarkophag war nicht extra für mich angefertigt worden. Die sparsamen Stadtväter der Colonia hatten stattdessen einen gekauft, der vom Äußeren her bereits fertig war. Irgendeine Witwe hatte zwar den Leichnam ihres Mannes bei ihrer Flucht vor den Unruhen des Bataveraufstands mitgenommen, den schweren Steinsarg aber zurückgelassen. Mir war es gleichgültig, ob ich in nackter Erde, in einem Holzkasten oder einem günstig eingekauften Marmorsarkophag ins Reich der Toten übergeben wurde …

Diesmal war alles anders als bisher. Ich wusste, wie ich gestorben war, und hatte mich sogar dabei beobachtet. Aber mein Fliegen war nicht so gewesen wie am Druidenfeuer oder bei den anderen Übergängen. Ich hatte keine Eile, keine Ungeduld. Denn das, was jetzt mit mir geschah, war keine Flucht, sondern ein Weiterwandern. Während Reisende von einem Ort zum anderen fuhren, blieb ich am selben Platz und reiste durch die Zeit. So viel jedenfalls war mir inzwischen klar.

Sie hatten mir ein paar Goldstücke und dazu Silberlinge als Wechselgeld auf die Reise mitgegeben. Zwei meiner Lieblingsbecher aus fein gearbeitetem Glas, Schmuck, ein paar Waffen, Ringe, Ketten und dergleichen mehr hatten sie mir in den Sarkophag gelegt, dazu Krüge voller Wein und Met, Schalen mit Korn und sogar einen Flakon echter Garumfischsoße als Wegzehrung durch das Reich der Toten. Genau genommen war es nicht sehr viel, was mir nach fast zweihundert Jahren geblieben war …

Irgendwann merkte ich, dass ich aufgehoben und gut tausend Schritt weiter nach Norden transportiert wurde. Ich konnte nichts erkennen, aber ich hörte, wie jemand von einem kleinen Tempel sprach, den sie über den Gräbern ihrer eigenen Familie aufgerichtet hatten. Und weil mein Sarkophag schön und zudem noch aus echtem Marmor war, wollten sie ihn deutlich sichtbar im Innenraum des Tempels aufstellen. Auf diese Weise erhielt der Gutshof ein Mausoleum, das von Nachbarn und den Gästen bewundert werden würde.

Ich weiß nicht, warum ich mich darüber ärgerte. Es ging mich nichts an, ob irgendwelche Landherren außerhalb der Colonia ihre Toten weiterhin mit teuren Grabsteinen ehrten oder sie unter einem kleinen Haus der Ewigkeit in Katakombenhöhlen verbargen.

Mein Ärger wurde so groß, dass ich eines Nachts sogar mein Amulett zu fühlen glaubte. Doch dann spürte ich plötzlich, dass ich in der Lage war, die schwarz geteerte Knochenkapsel auf meinem Leichnam zu erwärmen. Es war vollkommen absurd.

Wie viele Väter und Mütter hatten ihren Kindern versprochen, dass sie berichten würden, wie es im Jenseits ist? Aber sie hatten nichts besessen, was ihre Seelen mit den Lebenden verbinden konnte. Denn der Gedankenstaub allein reichte nicht aus. Er brauchte irgendetwas wie den Glauben, der ihn von einer Seite auf die andere mitnahm.

Etwas um mich herum bewegte sich. Ich spürte, wie mein Gedankenstaub immer schwerer wurde. Gleichzeitig rutschte mein Marmorsarkophag ein wenig schabend, knirschend und dann plötzlich über die Fußseite hin abstürzend durch Bodenplatten und zu schwach gezimmertes Gebälk nach unten. Mein immer noch unfertiges steinernes Gebeinhaus stürzte krachend in einen Katakombenkeller mit Wandnischen und kaum verhüllten Leichnamen. Es stürzte auf seltsame Möbel, die wie Korbsessel aussahen, aber aus Kalkstein herausgemeißelt waren.

Die eigenartige Grabkammer war wie ein Speisezimmer eingerichtet. Doch so geräumig sie war – Platz für einen großen Marmorsarkophag gab es nicht. Das steinerne Behältnis meiner sterblichen Überreste stand schräg neben einem der Kalksteinsessel in einer dichten Wolke aus Dreck und Staub.

Ich sah nichts, hörte nichts und spürte nichts um mich herum. Ich hatte niemanden, dem ich hier Fragen stellen konnte. Meine Gedanken streiften durch die Zeiten, in denen ich gelebt hatte. Ich dachte an die Verstorbenen, die von den Druiden als »die Vortrefflichen« geschildert wurden, an alte Helden und jene, die im Kampf gestorben und gerade dadurch als Lieblinge der Götter anerkannt worden waren. War nicht auch Paulus, der Verkünder einer anderen Lehre, auf Befehl von Kaiser Nero in Rom enthauptet worden? Ich wusste nicht sehr viel über ihn und die sogenannten Evangelisten. Nur dass sie Matthäus, Markus, Lukas und Johannes hießen, hatte sich bis zum Rhein herumgesprochen. Und dass die Priester, die Verkünder ihrer Botschaft, möglichst gewaltsam sterben mussten, damit ihr Name und ihre körperlichen Überreste heilig wurden – wie jener Polykarp von Smyrna, der vor anderthalb Jahrzehnten für seinen Glauben zum Feuertod verurteilt worden war. Aber die Flammen hatten ihn nicht töten können, und erst ein Dolchstoß hatte das Leben des ersten Märtyrers dieses geheimnisvollen neuen Gotteskultes abgeschnitten.

Der Mann aus Smyrna war niemals bis zum Rhein gekommen.

Es gab weder Schriften noch Gebeine von ihm und nicht einmal verkohlte Brocken jener Asche, die ebenfalls als heilig gelten sollte. Doch dann sah ich die Verbindung zwischen mir und jenem Märtyrer irgendwo im griechischen Kleinasien. Ich dachte an das Amulett, das mir der Druide übergeben hatte. Die kleine teergetränkte Knochenkapsel enthielt etwas, von dem ich keine Ahnung hatte, was es wirklich war …

Wir kamen aus Castra Vetera und näherten uns dem großen nördlichen Tor der Agrippinenserstadt. Ich erkannte sie, und doch wieder nicht. Die ganze Anlage sah aus wie die der Colonia, aber die Mauern wirkten gefestigter, die Türme höher und die Tore mit ihren Festungen wie aus einer ganz anderen Welt.

Zwei weitere fremdartige Eindrücke verwirrten mich. Zum einen konnte ich mich nicht daran erinnern, dass der Mercurius-Tempel im nordöstlichen Teil der Agrippinenserstadt so groß gewesen war. Und ich erschrak, als hinter den Büschen am Straßenrand plötzlich eine gewaltige hölzerne Brücke auf Steinpfeilern mitten im Fluss auftauchte.

Jemand rief etwas. Es war mein Name.

»Hör auf zu träumen, Rheinold! Jetzt wird es ernst.«

Ich schrak zusammen und spürte, wie ein heißer Schauder von meinem Nacken bis in die Fersen zuckte. Mein Herz schlug schneller, und meine Hände wurden feucht. Ich saß auf einem römisch aufgezäumten Pferd und bewegte mich in einer kleinen Gruppe weiterer Reiter, deren Uniformen und Rüstungen mir nur entfernt als römisch erschienen.

Diesen sehr klaren Gedanken folgte ein Sturzbach von Dutzenden, wenn nicht gar Hunderten weiterer Feststellungen. Mir war, als wäre ich nach einem langen Schlaf aufgewacht und über Nacht an einen anderen Ort gereist.

Doch nein – diese Vorstellung war falsch. Ich befand mich immer noch an dem Platz unter dem Himmel, an dem ich als Elfjähriger das Amulett mit dem *Knöchelsche* erhalten hatte. Was sich geändert hatte, war nicht der Platz und nicht der Fluss, nicht die Wälder und Äcker um mich herum und nicht der Himmel über uns. Die Wolken zogen noch immer von Nordwesten her über den Strom, auch wenn es niemals dieselben Wolken waren. Ein warmer Sommerwind wehte, und ich empfand ihn als ebenso angenehm wie schon vor zweihundert Jahren. War es ein anderer oder noch immer derselbe?

Die steinerne Stadt wurde von barbarischen Franken belagert, während in ihrem Inneren ebenfalls ein Franke den Oberbefehl über sämtliche römischen Fußtruppen in Gallien hatte. Und es war zweihundert Jahre her, seit ich mit meinem Sarkophag aus Carrara-Marmor in einen Leichenkeller gestürzt war.

Wir ritten weiter. Und dann sah ich die Festung auf der anderen Seite des Flusses. Nicht einmal in meinen kühnsten Träumen hätte ich erwartet, dass jemals ein derartiges Gebirge aus Mauern und Befestigungstürmen die Ostseite des Flusses sichern würde. Die große Brücke auf ihren steinernen Pfeilern führte direkt auf das mächtige Kastell zu. Jetzt fiel mir auch sein Name wieder ein. Es hieß Deutz oder auch Castrum Divitium. Und ein römischer Kaiser namens Konstantin hatte beides – die große Brücke und den Brückenkopf – vor fünfundvierzig Jahren erbauen lassen. Doch was war davor? Was war in den zweihundert Jahren geschehen, *nachdem* ich mich bei meinem letzten Aufenthalt im Jenseits nur kurz erinnert hatte?

Ich wusste es nicht. Ich wusste nur, dass ich mich jetzt im kleinen Gefolge eines Römers befand, der mit seinen fünfundzwanzig Jahren bereits die ganze Welt gesehen hatte. Ich drehte mich ein bisschen um und achtete darauf, dass ich nicht doch noch aus dem Sattel rutschte.

Ammianus Marcellinus war Grieche. Er trug weder eine Rüstung noch einen Helm. Aber er hatte Schwert und Dolch angelegt wie ein Zenturio. Er lächelte mir zu, so als wolle er mir bedeuten, dass wir das Ziel unseres Tagesritts bald erreicht hatten. Der Mann, der bereits in der kaiserlichen Leibwache gedient hatte, war fest davon überzeugt, dass er eines Tages, wenn er alles gesehen hatte, die gesamte Geschichte des Römischen Reiches von jener Stelle an fortschreiben würde, an der Tacitus aufgehört hatte. Ich hielt ihn für einen Besessenen. Aber er war mutig, sehr klug und nicht sonderlich streng zu seinem Gefolge. Außerdem hatte er einen Plan entwickelt, wie wir den Mann, der sich gerade in der Stadt der Agrippinenser zum Kaiser aufgeschwungen hatte, kaltstellen und beseitigen konnten.

Ich selbst hatte die Briefe geschrieben, mit denen der gebürtige Franke Silvanus bei Kaiser Constantius II. in Rom des Hochverrats bezichtigt wurde. Denn eigentlich war Silvanus ein hervorragender Mann. Immerhin hatte er es bis zum Oberbefehlshaber der römischen Fußtruppen in Gallien gebracht. Doch auch das hatte ihn nicht vor der Intrige geschützt, mit der sein Rivale Ursicinus ihn in die Falle mit den von mir gefälschten Briefen gelockt hatte. Aber Silvanus wollte weder kampflos aufgeben noch zu den Franken überlaufen.

»Halt!«, rief der Anführer unserer kleinen Kohorte. Wir waren nicht einmal hundert Mann, und was wir versuchen wollten, war purer Irrsinn. Genau deshalb taten wir es …

Der Grieche verteilte die Männer wie beim Brettspiel. Jeder von uns war etwas anders gekleidet und ausgerüstet. Einige sollten zunächst zum Fluss reiten, andere zum Gräberfeld an der Nordwestecke der Stadt zum großen Tor im Westen, der Rest bis zum Friedhof südlich des Tores am Duffesbach.

»Benehmt euch wie die Fische!«, rief Ammianus Marcellinus den Männern noch einmal zu. »Es ist der Fisch, der unsichtbar im Wasser schwimmt und dennoch zuschnappt, wenn ihm ein leichtsinniges Insekt zu nahe kommt.«

Wir warteten, bis alle unsere Männer über die schon lange abgeernteten Felder, hinter Buschwerk und Wäldchen rund um die ummauerte Stadt verschwunden waren. Damals, vor gut zweihundert Jahren, hatte es noch keine großen Ackerflächen außerhalb der Stadt gegeben. Auch die Wälder waren viel lichter gewesen.

Wir näherten uns dem Nordtor und beobachteten aufmerksam das Durcheinander am nördlichen Einlass in die Colonia. Ich wunderte mich über die jungen Männer in römischen Rüstungen. Sie hatten eingefallene Wangen, waren unrasiert, und ihre Kettenhemden hätten längst einmal wieder geputzt werden müssen. Nur vier Römer trugen einen Helm. Das war nicht verwunderlich bei der Hitze in diesen Augusttagen, aber nie zuvor hatte ich einen Legionär ohne die bis an die Waden geschnürten, durchbrochenen Sandalen gesehen. Diese hier trugen überhaupt keine Caligulae.

Neben den Legionären am Tor sah ich noch andere Wächter. Sie waren ebenfalls bewaffnet und barfuß, wirkten aber kräftiger und waren mindestens einen Kopf größer als die anderen. Sie mussten Ubier oder Franken sein. Einige der Gesichter kamen mir sogar bekannt vor. Die nachlässigen Legionäre und Ubier traten zur Seite, als Ammianus Marcellinus und ich ohne Hast durch den Torturm ritten. Dabei deutete nichts darauf hin, zu welchem Kaiser wir gehörten. Der Cardo war noch derselbe wie vor zweihundert Jahren, aber die Häuser schienen gewachsen zu sein. Sie wirkten größer und reicher, massiver und behäbiger. Gleich links zum Fluss hin entdeckte ich einige seltsame Neubauten, die eher wie Viehspeicher denn wie Häuser aussahen. Sie füllten fast den gesamten Raum zwischen der verstärkten Stadtmauer und einem neuen prächtigen Mercurius-Tempel aus.

Wir ritten langsam weiter. Kaum einer der vielen Menschen auf den Straßen achtete auf uns. Es war, als würden alle auf ganz andere Ereignisse irgendwo im Inneren der überfüllten Stadt warten. Wir hörten die Anspannung in verschiedenen Rufen, manchmal auch Waffengeklirr und dazwischen trillernde Schreie, die wie Verständigungssignale in den verschiedenen Seitenstraßen klangen. Mir fiel auf, dass die Säulen der Arkaden ebenfalls neu und aus besseren Steinen waren. Ich wäre liebend gern nach links in die Gegend des Mercurius-Tempels abgebogen. Dort irgendwo hatten mein Haus und mein Garten mit den Apfelbäumen gelegen.

Doch ich beherrschte mich. Ich war kein Fischhändler mehr, sondern ein Schreiber im Gefolge des kaiserlichen Beauftragten für die möglichst geschickte Beseitigung des untragbar gewordenen Franken Silvanus.

Wir hatten bereits zwei Seitenstraßen passiert und näherten uns dem letzten Häuserblock vor dem großen quadratischen Forumsplatz inmitten der Stadt, als vor uns im Gedränge ein Streit ausbrach. Verwirrt beobachtete ich, wie drei oder vier abgerissene Legionäre den Karren eines alten, keuchenden Mannes aufhielten. Sie stachen in sein aufschreiendes Maultier, schlugen ihn und griffen nach den Säcken zwischen den großen Holzrädern. Ich konnte nicht erkennen, was die Säcke enthielten. Es konnte ungemahlenes Korn oder auch Mehl sein.

Aber die Legionäre hatten sich geirrt. Ihnen musste entgangen sein, dass der Alte nicht allein unterwegs war. Noch ehe irgendjemand eingreifen konnte, knallten plötzlich kurze Peitschen durch die Luft. Ich sah, wie blutige Striemen über die Gesichter und nackten Oberarme der räuberischen Legionäre sprangen. Sie rissen die Arme hoch, ließen ihre Waffen fallen und schrien vor Schmerz. Drei oder vier junge Männer mit kräftigen Oberkörpern peitschten die Legionäre so hart und erbarmungslos über den Cardo bis in die Seitenstraßen, dass mir vor Erstaunen der Mund offen blieb. Überall schrien Menschen. Nur der Grieche und ich hatten das schier Unglaubliche vom Rücken der Pferde aus beobachten können.

»Das ist nicht schlecht für uns!«, rief Marcellinus mir zu. »Es zeigt, dass unser werter Kaiser die Disziplin und Ordnung in der Stadt noch nicht im Griff hat!«

»Selbst wenn die Hälfte der Bewohner bereits für ihn ist, bleibt er für die Alteingesessenen immer noch der zugezogene Franke«, stimmte ich zu. »Und die Franken sind für die Agrippinenser eine größere Bedrohung als das Imperium Romanum.«

»Da vorn ist es«, sagte der Grieche und streckte den linken Arm aus. Ich ritt noch zwei Schritte weiter. Dann sah ich das Prätorium. Weder die Größe noch die Ausdehnung des lang gestreckten Regierungspalastes zwischen der Hauptstraße und der Stadtmauer auf der Rheinuferseite überraschten mich, denn von beiden hatte ich bereits mündliche Beschreibungen erhalten. Wir wussten genau, wo sich der Usurpator zum Kaiser aufgeschwungen hatte. Wenn alles nach Plan lief, dann war der heutige Tag der achtzehnte seiner kaiserlichen Größe – und auch der letzte …

Gleich darauf bogen Dutzende, nein Hunderte von Männern und Frauen vom Forumsplatz her laut schreiend um die letzte Häuserecke vor dem Platz. Sie drängten auf uns zu, nahmen dann aber doch den Weg in die Straßen zum Prätorium.

»Was ist das?«, rief ich dem Griechen zu.

»Entweder eine Huldigung für Silvanus oder ein Aufstand«, gab er zurück. Von allen Seiten drängten jetzt immer mehr Menschen in Richtung Prätorium. Gleichzeitig begannen unsere zuvor vereinbarten Sprechchöre. Obwohl wir nicht damit gerechnet hatten, dass sich unsere Leute mit ihren Stimmen gegen eine so große Menschenmenge würden durchsetzen müssen, verlief alles genau wie geplant.

»Wir haben Hunger!«, schrien erst Einzelne, dann immer mehr. »Wir haben Hunger …«

»Wir sind Legionäre und keine Sklaven!«

»Komm raus, Silvanus! Wir wollen mit dir nach Rom marschieren.«

Das war der entscheidende Satz des gesamten Plans. Wir hätten die Stadt monatelang belagern oder auch angreifen können. Wir hätten Katapulte, Onager, Feuertöpfe und Schwärme von Pfeilen Tag um Tag in die Colonia schicken können. Aber der Kaiser in Rom wollte keine zerstörte, brennende Grenzbefestigung, sondern nur die Mücke schnappen, die sich den Purpur angemaßt hatte.

Die Sprechchöre wurden immer lauter, mehr und mehr Menschen fielen ein. Schließlich schien die ganze Stadt nach ihrem Kaiser zu rufen. Silvanus zögerte sehr lange. Doch als er auftauchte, trug er zu meiner größten Überraschung weder die Purpurtoga noch den Kranz der Cäsaren in seinem Haar. Im ersten Augenblick glaubte ich sogar, dass es einer der Hofbediensteten war, der da durch das Mittelportal im Vorbau des Prätoriums heraustrat. Nur die Tatsache, dass der Mann in dem bodenlangen, fast schwarzen Kittel sofort die Arme hob und nach allen Seiten winkte, zeigte uns, dass es sich tatsächlich um den ehemaligen Oberbefehlshaber der Fußtruppen in Gallien und jetzigen Kaiser Silvanus handelte.

Für einen Moment nahm der Lärm der Volksmassen noch zu. Sie johlten und schrien, pfiffen und kreischten so laut, dass kein Wort mehr zu verstehen war. Gleichzeitig traten weitere, wie er in schmale schwarze Säcke gekleidete Männer vor das Portal. Auch sie rissen die Arme hoch und winkten nach allen Seiten. Erst waren es drei, dann fünf, schließlich zwölf Männer in vollkommen gleicher Kleidung, mit den gleichen kurz geschorenen Haaren und bartlosen Gesichtern.

Ich konnte einfach nicht glauben, was ich hier sah. Wie war es möglich, dass dreizehn Männer wie eine Truppe von Schauspielern aus dem Regierungspalast quollen? Was steckte dahinter? In mir stieg ein heißer Verdacht auf. Sollte doch irgendjemand von unseren Plänen erfahren haben und jetzt in allerletzter Minute versuchen, uns zu verwirren?

Aus der empörten Menge brachen einzelne Legionäre hervor. Sie stürzten sich mit hochgerissenen Schwertern oder kurzen Dolchen auf die dreizehn so seltsam Gewandeten. Doch diese waren offensichtlich auf einen derartigen Ausfall vorbereitet. Jeder von ihnen hielt irgendeinen kleinen Gegenstand nach oben. Ich konnte nicht erkennen, worum es sich handelte. Für einen Augenblick kam es mir so vor, als wollten die Schwarzen den Angriff mit gekreuzten Knochenstücken anstelle von Waffen abwehren.

Ich sah, wie sich drei oder vier der seltsamen Männer in einer Nische neben dem Eingangsportal des Palastes versteckten. Eine andere Gruppe lief an der Fassade des Gebäudes entlang nach Norden.

Ammianus Marcellinus verfolgte wie ein Feldherr das Geschehen. Er achtete nicht mehr auf mich. Ich nutzte die Gelegenheit und ritt vorsichtig unter den Arkaden entlang bis zur nächsten Straßenecke. Die schräg zum Fluss und zur Stadtmauer am Ufer abfallende Straße hatte sich kaum verändert. Ich erkannte einige der Häuser wieder. Sie waren so verwittert und schon schwärzlich grau geworden, dass sie sehr gut zwei Jahrhunderte zuvor erbaut sein konnten. Ich sah, wie vier der schwarz gekleideten Gestalten mit großer Mühe und gerafften Kitteln quer über die Seitenstraße rannten. Aber sie liefen nicht zum Tempel des Mercurius, sondern an ihm vorbei.

Ich presste meine Schenkel mit leichtem Druck gegen die Flanken meines Pferdes. Dann folgte ich ihnen in geringem Abstand. Ich sah, wie die schwarz Gekleideten am stolzen Bau des Mercurius-Tempels vorbeiliefen. Sie verschwanden durch eine kleine, versteckt angebrachte Pforte in einem der Gebäude, dessen Zweck mir unbekannt war.

Der kleine Platz zwischen dem Römertempel und den Gebäuden bis zum Fluss hinab war wieder völlig leer. Nicht einmal in den Häusern zeigte sich irgendjemand an den Fenstern oder in den Türen. Es roch, wie schon vor vielen Jahren in denselben Gassen, nach Knoblauch, gelbem Weihrauch und sogar nach Teer.

Ich zügelte mein Pferd unmittelbar vor der kleinen Pforte. An der linken Seite sah ich ein handgroß in den Stein geritztes eigenartiges Symbol. Ich hatte es noch nie zuvor gesehen: Zwei flache Halbkreise waren so nebeneinander gezeichnet, dass ihre linken Spitzen sich berührten, während sie auf der rechten Seite ein wenig übereinanderlagen. Vielleicht lag es daran, dass ich selbst einmal Fischhändler gewesen war, denn ich sah in den gekrümmten Linien sofort das Symbol für einen Fisch.

Ich stieß einen leisen Pfiff aus. Hatte nicht Ammianus Marcellinus ebenfalls von Fischen geredet?

Und dann kamen sie auch schon. Allen voran die Männer, die mit mir und Marcellinus in die Stadt des Ubiertempels eingesickert waren, gefolgt von einer Menschenmenge, in der sich alles mischte, was in dieser Stadt seit Jahrhunderten anzutreffen war: Ubier, Römer, Veteranen der Legion, Händler, Bauern und Germanen aller Art, blonde, schwarzhaarige, rotschöpfige Männer, Frauen und dazwischen sogar Kinder. Es war, als hätte sich die ganze Stadt auf die Jagd nach ein paar Schwarzkitteln begeben, unter denen einer seinen kaiserlichen Purpur zu verstecken suchte.

Mit kurzen Schwertern schlugen sie buntes Glas aus kleinen Fenstern rechts und links der Pforte. Andere schleppten an Lederriemen einen Dachbalken heran. Auf ein Kommando hin ließen sie ihn schwingen – vor, zurück und nochmals vor, bis er krachend in die Holzpforte des Gebäudes fuhr. Schneller, als ich denken konnte, stürzten sich die Häscher ins Innere des Hauses. Ich hörte Schreie, das Geklirr von Waffen und erneut brechendes Glas.

Als sie zurückkamen, schleppten sie nur einen der schwarz Gekleideten herbei. Sein ganzer Kopf war blutverschmiert, und doch erkannte ich den Franken Silvanus. Sie rissen ihm den Kittel herunter, doch es kam kein kaiserlicher Purpur ans Tageslicht, sondern nur nackte und geschundene Haut.

Noch ehe sie die glatt polierten Marmorsäulen des Mercurius-Tempels erreicht hatten, entglitt der Gefangene den Händen unserer Männer. Aber sein Leben hatte er schon vorher verloren. Es rann blutrot von seinem Körper herab über die glatten Steinplatten des kleinen Platzes und in die feinen Fugen zwischen ihnen.

Die Lage war viel zu verworren, um jetzt schon zu entscheiden, ob wir die Stadt von einem größenwahnsinnigen Usurpator befreit oder einen eben noch umjubelten Volkstribun erschlagen hatten.

Ich glitt aus dem Sattel und drängte mich zwischen den Männern durch, die den Leichnam des Kaisers über die Tempelstufen schleppten.

»Lasst ihn doch liegen«, rief Ammianus Marcellinus. »Wahrscheinlich schickt Ursicinus ihn sowieso an die Franken zurück.«

Ich drehte mich abrupt um. »Wieso zu den Franken?«, rief ich dem Griechen von den ersten Treppenstufen aus zu.

»Ist er denn keiner?«, lachte Marcellinus herablassend. »Das Imperium Romanum hat ihn als Oberbefehlshaber der Fußtruppen in Gallien gebraucht, nicht aber als Gegenkaiser. Sollen doch die Franken zusehen, was sie mit dem Leichnam des Mannes machen, der nicht nur Rom, sondern auch sein eigenes Volk bekämpft und verraten hat!«

Ich wollte protestieren, ihn an die Wahrheit erinnern und daran, dass wir es gewesen waren, die Silvanus mit gefälschten Briefen des Verrats bezichtigt und dadurch in die Enge getrieben hatten. Ich hatte plötzlich das Gefühl, als müsse ich etwas wiedergutmachen.

Doch ich konnte das, was in der Vergangenheit geschehen war, ohnehin nicht mehr ändern. Es lag deutlich sichtbar, aber wie unter Wasser hinter mir. Gleichzeitig ahnte ich, dass ich noch einen langen Weg vor mir hatte. Er stellte sich mir wie eine Wendeltreppe dar – oder wie eine schwankende Strickleiter, die sich spiralförmig verdreht durch immer neue Sphären aus Licht und Farben höher wand.

Ich hörte die Stimmen der aufgebrachten Menge wie aus weiter Ferne. Vollkommen ruhig und ohne auf das zu achten, was mir von allen Seiten zugerufen wurde, beugte ich mich über den leblosen Körper des Erschlagenen, als mich etwas in der linken Seite traf. Ich spürte nur einen leichten Schlag, wie von einem Messerstich.

Ich hob Silvanus auf, und meine Arme waren stark genug, ihn wie eine Statue hoch über meinen Kopf zu stemmen. Ich wunderte mich darüber, dass der gerade erst Erschlagene nicht weich und warm war. Er fühlte sich eher wie ein bereits zu Stein gewordenes und dennoch federleichtes Standbild an. Lärm und Geschrei um mich herum verstummten fast augenblicklich.

Ich ließ meine Arme ein wenig sinken. Dann blickte ich zu den zerschlagenen Fensterscheiben des schmucklosen Baus zwischen dem Tempel des Mercurius und der nördlichen Stadtmauer. Niemand gab mir einen Wink. Keiner der schlicht und schwarz gekleideten Männer, mit denen Silvanus geflohen war, wies mir den Weg. Wie selbstverständlich folgte ich der Spur des vergossenen Lebens auf den steinernen Platten des Platzes.

Jemand inmitten der Menge begann zu singen. Es war ein eigenartiger, feierlicher und sehr geheimnisvoll klingender Gesang. Ich hatte Derartiges nie zuvor gehört. Mehrere andere fielen ein. Es wurden so viele, dass aus den einzelnen Stimmen in der Menge ein Chor entstand, wie wir ihn damals im heiligen Druidenhain rund um die Opferfeuer gesungen hatten. Die Stimmen von Hunderten, wenn nicht sogar mehreren tausend Menschen erfüllten die Straßen der Stadt zwischen dem Prätorium, dem Mercurius-Tempel und den Mauern im Norden und schräg unter uns am Ufer des Flusses.

Langsam wurden meine Knie weich. Ich wankte immer stärker, aber sie ließen mich mit dem Leichnam des Kaisers Silvanus unbehelligt durch die kleine Pforte gehen. Ich kannte weder das Haus noch die Bedeutung des Raums, der sich hinter einem Vorhang an der kleinen Pforte vor mir auftat. Er war groß, vollkommen schmucklos und reichte von einer Hauswand zur anderen. Ich sah kein einziges Möbelstück innerhalb des etwa zwölf mal sechs Schritt großen Raumes, dessen Dach aus unbearbeiteten Holzbalken, quer darübergelegten Stangen und nach römischer Art wechselseitig aufgelegten Tonziegeln bestand. Nur an der Ostseite erhob sich unmittelbar an einer der beiden schmaleren Wände eine Art Sockel aus dem Boden. Er war hüfthoch, aus Stein und zu meiner großen Verwunderung mit einer kostbaren seidenen Decke belegt. Ich entdeckte erneut das Symbol der Fische in den beiden Ecken der Decke, die ich von der Pforte aus sehen konnte.

Ich schnaubte, keuchte, schnappte nach Luft. Es widerstrebte mir, den toten Kaiser auf den staubigen Boden zu legen. Ich wankte noch drei, vier Schritte auf den Sockel zu, als mich eine tiefe, sehr sanfte und doch dröhnende Stimme erschreckte: »Nicht auf den Altar des Herrn, mein Sohn!« Ich war so verwirrt, dass mir der tote Kaiser um eine Haar aus den Armen gerutscht wäre. Ich stolperte noch zwei, drei Schritte nach vorn. Doch dann tauchte einer der kurzhaarigen Männer auf, die mir mit ihren schwarzen und ungewöhnlich engen Bauernkitteln bereits vorher aufgefallen waren.

»Wohin dann?«, fragte ich.

»Du kannst ihn unbesorgt vor dem Altar des Herrn ablegen«, sagte der Mann mit der tiefen und sanften Stimme, und ich tat es.

»Was ist das hier alles? Und wofür ist das da ein Opferaltar?«

Der andere sah mich lange mit weit geöffneten, prüfenden Augen an. Er fuhr sich ein paarmal ganz langsam mit der Zunge über die Lippen. Dann fragte er: »Du weißt nichts von uns?«

Ich schüttelte noch heftiger den Kopf.

»Wir sind Christen, und du weißt bestimmt, dass unsere Religion nach all den Jahren schwerster Verfolgung jetzt die vom Kaiser befohlene Religion des gesamten Imperiums ist. Und ich bin Thomas, der Presbyter dieser Gemeinde hier und gleichzeitig Bischof über alle anderen innerhalb und außerhalb der Stadtmauern.«

Ich verstand kein Wort. Ich wusste nur, dass ich so schnell wie möglich aus dem verhexten Raum wieder nach draußen musste. Das Amulett brannte! Es tat mir weh! Es war, als würde das *Knöchelsche* in seinem Inneren aufglühen. Gleichzeitig pochte ein wilder Schmerz in meiner Flanke.

»Fürchte dich nicht, mein Sohn!«, rief der Mann mit der warmen, aber dröhnenden Stimme. »Auch du kannst zu uns kommen, in die Gemeinschaft der Heiligen.«

Alles in mir krampfte sich zusammen. Ich war zornig, und alles in mir wehrte sich. Ich wollte nicht schon wieder sterben. Ich hatte diesmal das Gefühl, dass ich allein durch den Glauben den Tod besiegen könnte. Oder hatte das alles auch etwas mit meinem Amulett und dem geheimen Wissen der Druiden zu tun?

7. MIRIAM

»ER KOMMT ZU SICH, Thomas. Thomas! Hör doch! Er kommt zu sich!«

Die klare, helle Mädchenstimme war wie Ringelblumensalbe auf meine Wunden. Ich fühlte mich so wohl wie schon lange nicht mehr. Ich hörte, wie sich leichte Schritte näherten und wie sich etwas Warmes, Frisches wie von einer Mädchenbrust an meinem Kopf entlangbewegte. Ich lächelte und fühlte mich unsagbar wohl.

»Er lächelt«, sagte die warme Stimme, die ich schon einmal gehört hatte. »Gib ihm noch etwas Wasser auf die Lippen, Miriam.«

Ich hielt die Augen noch ein wenig geschlossen und lauschte auf die verschiedenen Stimmen um mich herum. Eine andere freundliche Stimme sprach mit Thomas.

»Was hast du mit ihm vor? Mir scheint, dass er weder ein Ubier noch ein Franke ist.«

»Dann vielleicht doch ein Römer ... Du sagst, er hat im Schlaf von Cäsar, Germanicus und Caligula geredet?«

»Ja«, antwortete das Mädchen. »Ich hörte auch, wie er von Agrippina sprach und von der schönen, starken Bärengöttin Ursa ...«

Für einen langen Augenblick hörte ich nichts mehr. Dann räusperte sich Thomas.

»Traumfantasien«, wehrte der Bischof ab. »Ihr wisst doch, dass vieles in uns wild durcheinandergeht, wenn wir in den Schlaf sinken oder aus ihm erwachen. Und er hat auch noch eine schwere Stichverletzung im Leib ...«

»Aber woher kannte er dann den Namen, den ich hatte, ehe du mich Miriam getauft hast?«

»Miriam ... Ursa ... ist das jetzt wichtig?«, hörte ich eine weitere Männerstimme. »Wir müssen jeden Augenblick darauf gefasst sein, dass diese furchtbaren salischen Franken ihre Brüder, die Ripuarier, bei der Belagerung der Stadt ablösen. Und was dann kommt, dürftet ihr alle wissen.«

»Wir werden tapfer und mutig sein«, gab Thomas zurück. »Vergesst nicht, dass der getaufte Zenturio Gereon hier in unserer Stadt in den Tod gegangen ist, weil er sich weigerte, mit seiner Thebäischen Legion die Christen einzufangen und zu töten.«

»Die Franken werden alles niedermachen«, sagte der andere. »Sie hassen Städte, so wie alle anderen Germanen ebenfalls. Sie werden plündern, brennen und zerstören. Kein Haus wird mehr stehen, wenn sie die Stadt der Agrippinenser als einen schwelenden, nach verbrannten Leichenbergen stinkenden Scheiterhaufen zurücklassen.«

Erst jetzt bemerkte ich, dass ich schon die ganze Zeit die Augen offen hatte. Salische Franken! Sosehr ich mich auch anstrengte – ich hatte nie von einem derartigen Volk oder Stamm gehört.

»Könnt ihr noch fliehen?«, fragte ich keck und wie um mich bei den Lebenden zurückzumelden. »Oder müsst ihr zuvor noch einmal euren Göttern opfern?«

Derjenige, der sich Bischof nannte, grunzte nur unwillig, während der Dritte im Raum mit einem entsetzten Gesichtsausdruck nach Luft schnappte.

»Wir ... wir opfern nicht!«, protestierte Miriam. Ich sah zur Seite und blickte ihr direkt in die Augen.

»Ursa!«, flüsterte ich glücklich. »Du bist doch ... meine ... Ursa, oder nicht?«

Sie sah mich an, aber in ihrem Blick lag kein Erkennen. Langsam versank ich wieder in einen tiefen Schlaf.

Ich blieb auch in der nächsten Zeit bei den Christen. Miriam pflegte mich weiter, aber es passierte einfach nichts zwischen uns. Sosehr ich mich auch mühte, gelang es mir doch nicht, ihre Seele anzurühren. Sie mochte mich, aber sie zeigte mir mit keiner Geste, keinem Blick, dass sie sich an irgendetwas aus unserer gemeinsamen Vergangenheit erinnerte.

Ich wusste, dass es in ihr war! Doch genauso wie es mir nicht gelang, in das Innerste einer Katze, eines Hundes oder eines Vogels einzudringen, blieb mir der Zugang zu den Gedanken und der Seele dieses Mädchens versperrt. Es gab zwischen uns einfach keine Brücke, keinen verschwörerischen Blick und kein zärtliches Gefühl, das uns zusammenführte ...

Ich sah weder Ammianus Marcellinus noch unseren obersten

Anführer Ursicinus wieder. Zu meiner allergrößten Überraschung sagte mir Thomas zehn Tage nach meinem Erwachen, dass ich keiner Pflege mehr bedürfe. Wir saßen um den großen Bohlentisch in einem Nebenraum des Versammlungssaals, der mir durch den eigenartigen Altar immer noch ein wenig unheimlich und geheimnisvoll erschien. Hier aber, in dem fünf mal fünf Schritte großen Raum, gab es wenigstens ein Fenster, das zum Fluss hinausblickte. Über die Dächer der am Uferhang etwas tiefer liegenden Häuser konnte ich bis zur Insel im Strom und zur anderen Seite hinübersehen.

Ich griff nach einem Apfel in der Tonschale, die zwischen uns auf dem Tisch stand. Meine Nasenflügel wölbten sich, als ich den Apfel zum Mund führte und seinen köstlichen, würzig herben Geruch aufnahm. Ich biss ein kleines Stück des Apfels ab und kaute es mit großer Wonne.

»Du magst diese Äpfel?«, fragte Thomas, der Bischof. Ich nickte.

»Wenn du willst, kannst du in das Haus dort unten neben dem Apfelgarten einziehen«, bot er mir an. »Es gehört zu unserer Gemeinde, aber der Bruder, dem wir viel verdanken, ist ohne Weib und Nachkommen verstorben. Er war ein …«

»Fischhändler?«, stieß ich hervor. Sie sahen mich fragend an.

»Nein«, antwortete der Bischof bedächtig. »Er war kein Fischhändler, sondern mein Vorgänger in dieser Diözese. Der unglückliche Euphrates war sogar ein ganz hervorragender Bischof. Er widerstand allen irdischen Verlockungen und wies sogar die nackte Dirne zurück, die ihm seine Gegner ins Schlafgemach geschickt hatten, um ihn bloßzustellen. Aber er zerbrach an der Irrlehre der Arianer.«

Ich wollte bereits nachfragen, biss mir aber dann doch noch auf die Lippen. Ich spürte, dass ich mich nicht mehr so leicht wie früher hinter den schützenden Wall der Unwissenheit zurückziehen konnte.

»Ich trauere immer noch um meinen Bruder Euphrates«, sagte der Bischof. »Es ist noch nicht einmal zehn Jahre her, seit wir unter dem Vorsitz des Bischofs von Trier zusammen mit den vierzehn Bischöfen der gallischen Diözesen und zehn weiteren Bischöfen über den Unglücklichen richten mussten. Aber er hat nun einmal geleugnet, dass Jesus Christus Gottes eingeborener Sohn ist. Ja, er beharrte bis zum Schluss darauf, dass der Erlöser nur ein Mensch und bestenfalls Prophet war.«

»So wie die Juden«, sagte Miriam, und ihre Wangen glühten. Ich wusste inzwischen, dass ihr neuer Name wie der Sohn ihres Gottes aus jenem seltsamen Volk der Hebräer stammte. Die Jungfrau Miriam, die bei den Griechen und Römern Maria genannt wurde, sollte seine Mutter gewesen sein. Ich wischte diesen Gedankenstaub fort und dachte wieder an das Haus.

»Jedenfalls mag ich Apfelbäume«, sagte ich. »Ich würde gern dort wohnen.«

Für einen Augenblick suchte ich Ähnlichkeiten zwischen dem Bischof und den Druiden, die ich vor langer Zeit gekannt hatte. Die Priester meines Volkes waren stets weiß gewandet gewesen. Diese hier trugen schwarze Kittel. Ich versuchte, mir Thomas in einem langen, bis auf den Boden reichenden weißen Gewand vorzustellen.

»Ja«, dachte ich, »auch das könnte er tragen. Ebenso wie ein rotes Gewand oder den Purpur eines Herrschers ...«

Viele der Städter schafften seit Tagen alles, was sich bewegen ließ, über die beiden Brücken auf die lang gestreckte Rheininsel. Inzwischen waren dort die Preise für Lagerräume und sogar für Hütten stark gestiegen. Aber Thomas und die Seinen hatten nicht einmal einen Sack Mehl oder eine Seite Speck für den Notfall über den Seitenarm des Rheins gebracht. Stattdessen kamen sie beinahe jeden Abend in ihrem Versammlungshaus zusammen, um ihre beiden Götter anzurufen, von denen sie behaupteten, dass es nur einer sei – ein Vater und sein Sohn, der angeblich schon vor mehr als dreihundert Jahren vom Statthalter in Syrien verurteilt und dann neben ein paar Dieben öffentlich ans Kreuz gehängt worden war.

Mir war nicht ganz wohl bei dem, was der Oberpriester Thomas und seine Anhänger da zelebrierten. Zwei- oder dreimal war ich sogar versucht, ihnen von mir zu erzählen. Aber schon bald wurde mir klar, dass sie mir nicht glauben würden.

Ich hatte an diesem Abend etwas zu viel Kohl gegessen, den Miriam-Ursa mit Knoblauch, Kümmel, Bauchspeck und teuren

Nelken zubereitet hatte. Wir schliefen bereits seit einem Monat in einer Art Friedelehe zusammen – ohne Vertrag nach Franken- oder Römerrecht. Weder der Bischof noch die anderen verdammten uns deswegen. Auch das kam mir sehr eigenartig vor, denn eigentlich sagten sie, dass die Ehe heilig und ein Sakrament sei.

An einem kalten Abend, als ich vor dem Schlafengehen noch einmal zu den kahl gewordenen Apfelbäumen ging, sah ich hoch über mir die Lichtfäden der Leoniden. Sie kamen aus dem Sternbild des Löwen und schrieben ihre Spuren fast über den halben Himmel. Gleichzeitig spürte ich, wie sich das Amulett auf meiner Brust auf eine neue, mir bisher unbekannte Art erwärmte. Es war, als würde es ganz leicht vibrieren und summen, während hoch am Nachthimmel die Götter meiner Ahnen funkelnden Gedankenstaub bis auf die Erde rieseln ließen.

Mit jedem neuen Lichtpunkt, jedem Schwarm von Sternschnuppen hoffte und wünschte ich, dass etwas davon bis zur Stadt herunter zu mir und zu meinem Amulett gelangen würde. Aber so fröstelnd ich auch wartete – es kam einfach nichts an.

Nur wenige Tage später erwachte ich durch Geschrei und fernes Waffenklirren. Ich wollte weiterhin den warmen Duft des weichen Körpers neben mir genießen. Miriam-Ursa lag in meinem linken Arm, und meine rechte Hand strich sanft über ihren Rücken, um auf dem Übergang von Hüfte und Gesäß liegen zu bleiben. Sie seufzte wohlig, schmiegte sich noch näher an mich und ließ jetzt ebenfalls eine Hand über meinen Rücken streichen. Ich spürte die Novemberkälte an der Stirn. Alles andere an uns war wohlig weich und warm. Draußen jedoch musste es in dieser Nacht zum ersten Mal gefroren haben. Ich blinzelte ein wenig, dann sah ich Nebel draußen vor dem Fenster. Er wallte hell und in dichten Schwaden durch das Atrium. Das Lärmen wurde lauter.

»Die Franken?«, fragte sie.

»Ich fürchte, ja«, antwortete ich. »Weiß der Gehörnte, wie sie in die Stadt gekommen sind. Jetzt wird es nicht mehr lange dauern, bis die ersten Häuser brennen.«

»Aber warum? Warum zerstören sie alles? Sie könnten doch gut selbst in den leeren Häusern wohnen. Komm«, sagte sie, »wir ziehen uns schnell an und laufen dann bis zum Versammlungssaal.

Sie werden uns nichts tun, wenn wir zu Jesus Christus beten und dann die Wandlung feiern …«

Ich verzog missbilligend das Gesicht. Manchmal störte mich ihre Gläubigkeit und Einfalt, aber ich warf ihr ihre Zuversicht nicht vor. Thomas, der Bischof, hatte mir an den vergangenen Abenden berichtet, was in der Zeit geschehen war, nachdem die große, starke Mauer um die Colonia Claudia Ara Agrippinensium errichtet worden war. Jetzt gingen mir seine Berichte wieder durch den Kopf, obwohl ich besser daran getan hätte, mich um meine und Miriams Rettung zu kümmern.

Kurze Zeit nach dem Bau der Stadtmauer hatte ein neuer Kaiser namens Domitian die nördlichen Gebiete am Rhein in eine Germania Superior mit Mainz und eine Germania Inferior mit der Colonia als Hauptstadt geteilt. Andere Kaiser waren in die Stadt gekommen, die immer wichtiger geworden war. Schließlich hatten sogar die neuen Brunnen nicht mehr ausgereicht, und frisches Wasser war über Dutzende von Meilen auf einem Aquädukt aus den Ardennenbergen bis ins Stadtgebiet geleitet worden.

Fast hundert Jahre später war das Prätorium vollständig abgebrannt, und irgendwann war es durch den Königspalast ersetzt worden. Rund hundert Jahre war es her, seit der Limes, dieser römische Verteidigungswall vom Rhein bis hin zur Donau, im Sturm der Alamannen gefallen war. Alles Land nördlich der Donau und östlich des Rheins war damals endgültig für das Imperium Romanum verloren gegangen. Am Niederrhein waren Germanen aufgetaucht, die sich die Franken oder auch Freien nannten. Und bereits damals war es zu Zwistigkeiten unter den römischen Anführern gekommen. Das hatten mir die Männer um Bischof Thomas nicht in allen Einzelheiten ausmalen müssen. Ich wusste besser als sie selbst, wie römische Legionen und die Feldherren des Imperiums gegen Bauernkrieger kämpften.

Während der eine nördlich der Stadt gegen die einfallenden Franken kämpfte, war der andere namens Postumus von seinen Legionären zum Kaiser ausgerufen worden und hatte dann ein Sonderreich gegründet. Aber Postumus war von seinen eigenen Männern erschlagen worden, als er ihnen nach der Eroberung von Mainz die Plünderung der Stadt verweigerte.

Während von draußen das Lärmen der Eroberung immer lauter wurde, erinnerte ich mich daran, was Bischof Thomas über die ersten Jahre der Fischgemeinde berichtet hatte. Noch vor einem halben Jahrhundert waren sie verfolgt, erschlagen und überall in den Städten des Imperiums bis zu den schlechten Häusern an den Stadtmauern gedrängt worden.

Erst als der neue Kaiser Konstantin, der inzwischen überall der Große hieß, das Christentum von seinem Makel als Kult von Staatsfeinden und Widerständlern befreit hatte, waren auch öffentliche Versammlungsräume entstanden. Als dann ein Bischof namens Maternus von Trier aus in unsere Stadt gekommen war, zerstörten die neuen Gläubigen nicht nur das Mars-Heiligtum, sondern auch die Tempel anderer römischer Götter. Sie nannten ihre Versammlungshäuser jetzt »Basilika«, Haus des Königs. Eine davon hatten sie ihrem Gott geweiht, eine andere ihrem ersten Oberhirten namens Paulus.

»Er war ein Märtyrer«, hatte Thomas gesagt. »Ein Blutzeuge unseres Glaubens.«

Nur wenige Schritte entfernt krachte und splitterte Holz. Wir mussten uns beeilen.

»Komm weiter«, drängte Miriam. »Du kannst doch nicht einfach hier stehen bleiben.«

Sie nahm mich an die Hand und zog mich regelrecht aus unserem Schlafgemach. Draußen im Nebel tauchten die ersten schemenhaften Gestalten auf. Ich sah zuerst die dunklen Fußspuren auf dem Reif des Bodens. Dann Ledersäcke um die Füße, die ganz anders aussahen, als ich es von den Römern kannte. Schließlich gewebte Bänder, die fest am Hosenbein um die Waden geflochten waren. Und dann Schwertschneiden, Gürtel mit Messern und mit Beuteln und schließlich Schilde, blankes Metall in groben Fäusten und blondbärtige Gesichter. Das also waren sie, die salischen Franken – Kerle, wie ich sie zuletzt in meinem eigenen Volk gesehen hatte …

Wir hasteten dicht an den Hausfassaden entlang die Straße hinauf. Ich hatte längst vergessen, wie steil sie wirklich war. Während um uns herum bereits milchiges Rot von ersten Bränden die Nebelschwaden färbte, während überall Männer brüllten, Frauen kreischten und kleine Kinder weinten, schlüpften Miriam und ich in das Versammlungshaus dicht an der Nordmauer.

Wir hatten kaum den Vorhang hinter der Pforte passiert, als ich Gesang hörte. Es war ein eigenartiger, nur aus wenigen Tönen bestehender Chor. Der tiefe, markig klingende Schall erinnerte mich an den Barditus von Germanenkriegern, wenn sie gegen ihre hölzernen Schilde brüllten, um sich selbst Mut und ihren Feinden Angst zu machen.

Die Franken ließen nicht lange auf sich warten. Sie polterten in den Raum mit dem Altar und stießen den Bischof zur Seite. Thomas war gerade bei der geheiligten Zeremonie der Wandlung gewesen. Einer der Franken griff sich den Kelch mit Wein. Er schnupperte, dann soff er ihn mit einem Zug bis zur Neige aus. Das Brot hingegen wollte keiner. Sie warfen es zu Boden und trampelten darauf herum. Ich erkannte, dass diese Männer, die nicht einmal unsere Sprache kannten, nicht mit sich reden lassen würden.

Einer der Brüder, der den Arm hob, verlor ihn im selben Augenblick. Ein anderer, der sich auf die Knie warf, schmeckte das Schwert durch seinen Nacken. Ich spürte, wie ein ohnmächtiger Zorn in mir aufwallte. Ohne zu wissen, was ich wirklich wollte, stellte ich mich breitbeinig vor den Altar. Ich hob den linken Arm und deutete zur Pforte.

»Raus!«, brüllte ich, so laut ich konnte. Sie starrten mich an und rissen ungläubig die Augen auf. Und dann geschah, was ich noch heute für ein Wunder halte: Wortlos und wie geprügelte Hunde zogen sie ihre Schultern zusammen. Sie duckten sich und schleiften ihre blutbeschmierten Schwerter über den Boden hinter sich her. Sie drängten nach draußen, stolperten übereinander und sahen nicht mehr zurück.

Aber es war zu spät – ich hatte viel zu spät Mut gezeigt. Nur eine einzige Kerze aus gelbem Bienenwachs flackerte noch auf dem blutbeschmierten Altar. Direkt daneben erkannte ich Miriams Gesicht. Sie hatte ihre Augen weit geöffnet, und ihre fahlen Lippen bewegten sich wie zu kleinen zärtlichen Küssen. Aber es waren keine Küsse, sondern die Worte, die ich oft gehört, aber niemals richtig verstanden hatte.

»Ich schwöre dir, mein Gott … dass ich schon morgen … barfuß als Büßerin nach Rom … bis zu den Ketten Petri pilgern will … wenn du die Christen in der Stadt … verschonst.«

»Miriam!«, rief ich ihr zu. »Komm her!«

Sie reagierte nicht. Sie sah nur auf den Kelch am Boden und das zertretene Brot. Dann blickte sie durch mich hindurch, als wäre ich nur Luft für sie. Ich stürzte auf sie zu. Sie aber schüttelte heftig den Kopf. Das Entsetzen in ihrem Gesicht wurde immer stärker. Für einen Augenblick glaubte ich schon, dass sie erwachen und wieder Ursa sein könnte. Aber sie starrte mich nur an, als ob ich der Gehörnte sei, und wich vor mir zurück. Einen Schritt erst, dann noch einen. Ihr schöner Mund öffnete sich zu einem schrillen, furchtbar gellenden Schrei.

Sie rannte dicht an mir vorbei zur Pforte, riss den Vorhang zur Seite und stürzte, immer noch schreiend, in die kalte Nacht hinaus. Nach zwei Tagen und Nächten großer Benommenheit wurde mir plötzlich bewusst, dass ich selbst nicht zu den Erschlagenen gehörte. Ich war nicht einmal verletzt.

Die Franken plünderten seit Tagen die Weinvorräte in den Kellern der Patrizierhäuser und wahrscheinlich auch in den Lagern auf der Insel vor der Stadt. Ich hatte aufgehört, all die Todesschreie, das Heulen und die Schmerzensrufe von geschundenen Männern und vergewaltigten Frauen überhaupt zu hören. Ich wusste, dass ich allein viel zu schwach war, gegen diese Horde raub- und mordlustiger Bauernkrieger anzugehen.

Miriam, Thomas und die anderen blieben verschwunden. Nur einmal hörte ich, dass sie mit anderen Flüchtlingen oder auch Pilgern auf der Straße nach Bonna gesehen worden waren.

Auch der Versammlungsraum existierte nicht mehr. Er war abgebrannt wie Dutzende von Häusern, Ställen, Scheunen und sogar mit Korn und Fleisch gefüllten Lagerhäusern. Für die Eroberer kam es nicht darauf an, ob ein Speicher mehr oder weniger verloren ging. Sie fanden mehr Vorräte und Reichtümer innerhalb der Stadt, als sie je zuvor gesehen oder auch nur geahnt hatten.

Ich verhielt mich ruhig, auch wenn ich mich mit meiner Feigheit nicht wohlfühlte. Immer wieder sagte ich mir, dass schon ein Wort von mir genügt hatte, um die Mörder aus dem Andachtsraum zu jagen. Warum hatte ich das nicht wiederholt? War nicht auch der Zimmermann mit Namen Jesus unbewaffnet nach Jerusalem gezogen? Hatte er nicht ganze Händlerscharen aus den Tempeln dieser Stadt gejagt?

Ich lachte bitter, während ich einen der allerletzten Äpfel von einem kahlen Zweig pflückte. Ich biss hinein und sog seinen süßen Saft durch die Zähne. Jetzt kam ich mir wieder wie ein Reisender vor, der weder Weg noch Ziel kennt.

Fast zehn Monate vergingen, ehe die ersten salischen Franken genug hatten von der zerstörten Stadt. Noch während sie zurückzogen in ihre Dörfer an der Rheinmündung und noch weiter im Westen, strömten andere scharenweise herbei. Der neue Kaiser Julian kam für einige Zeit nach Norden. Er schloss Verträge mit den Frankenfürsten und überließ ihnen das gesamte flache Land zwischen dem Rhein und der Maas.

Während die Nachkommen der römischen Veteranen nichts gegen die kaiserliche Entscheidung vorbrachten, verloren viele Ubierfamilien durch einen einzigen Federstrich alles Land, das sie als willfähriges Hilfsvolk von Cäsar und Agrippa geschenkt bekommen hatten.

Der Kaiser blieb nicht lange in der Colonia. Er zog erneut rheinaufwärts, kämpfte gegen die Alamannen und kam erst zwei Jahre später wieder zurück. In einem weiteren Vertrag vereinbarte Julian mit dem Frankenherrscher Chlodwig, dass die salischen Franken als Verbündete und Föderaten vom Imperium Romanum anerkannt wurden.

Ich selbst lebte in diesen Jahren unangefochten in meinem Atriumhaus mit dem Apfelgarten. Anders als jene, die von morgens bis abends irgendwelche langweiligen Aufstellungen abschreiben mussten, hatte ich das Privileg, dass ich nur für die Anfertigung wichtiger Dokumente gerufen wurde. Manchmal, wenn meine Neugier sehr groß war, wollte ich fragen, warum ich bevorzugt wurde, aber dann bezähmte ich mich und beließ es bei der Erklärung, dass mich vielleicht jemand aus dem Gefolge von Ammianus Marcellinus kannte.

Nach und nach wurden die Trümmer und die noch immer verkohlt in den Himmel ragenden Balken fortgeräumt. Brandflocken an den Steinquadern wurden abgeschliffen, Mauern repariert und neuc Dachstühle gezimmert. Auf diese Weise kehrten allmählich wieder Frieden, Handel und Wohlstand in die Colonia ein. Solange Julian Kaiser war, hielten sich die überlebenden Christen aus dem Massaker an der nördlichen Stadtmauer fast ständig verborgen. Nur gelegentlich baten sie mich, dass sie sich nach Anbruch der Dunkelheit in meinem Haus treffen durften.

Ich hatte nichts dagegen, aber ich nahm nicht mehr an ihren Versammlungen teil. Es hätte mich zu sehr aufgewühlt. Ich gebe zu, dass mir der feierliche Wandlungszauber, mit dem sie Brot und Wein angeblich in Fleisch und Blut des Gottessohnes verwandelten, zu schwer verständlich war.

Jedes Mal, wenn ich einen der Männer in seinem bodenlangen schwarzen Kittel sah, glaubte ich, Bischof Thomas wiederzusehen. Mir war, als würde dieser Mann irgendwann in einer schmalen Gasse, wo ich ihm nicht ausweichen konnte, um eine Hausecke kommen. Dieser Gedankenstaub in mir wurde so stark, dass ich zunehmend eine Abneigung gegen alle schmalen Straßen und engen Durchgänge zwischen einzelnen Häusern entwickelte.

8. SEVERIN

ICH BEGEGNETE IHM gut zwanzig Jahre später. Mein Haar hatte sich inzwischen gelichtet und wurde an den Schläfen grau. Seit die Franken und nicht mehr die Ubier in der Rheinebene siedelten, kam viel wildes Volk ohne Manieren und ohne Respekt vor dem Eigentum anderer Leute in die Stadt.

Auch die verschiedenen Kulte und Religionsgemeinschaften gewannen zunehmend an Einfluss. Die Römer hatten geheime Tempel in Kellerräumen, in denen immer noch der unbesiegbare Sonnengott Mithras mit öffentlich verbotenen Zeremonien verehrt wurde. Auch die Juden, die bereits vor dreihundert Jahren ihre Hauptstadt Jerusalem verloren hatten, blieben unter sich und pflegten ihre Rituale. Ihre ärgsten Feinde waren die Christen. Sie stritten sich mit ihnen darüber, wer die Schuld am Tod des Gottessohnes trug, den die Juden nicht als solchen anerkannten, weil sie der Meinung waren, dass es nur einen Gott ohne irgendwelche anderen Götter neben oder nach ihm gab.

Für mich war es kein Problem, an eine Jungfernzeugung und sogar an eine jungfräuliche Geburt zu glauben. Schließlich wusste auch ich nicht, wie ich selbst wiedergeboren wurde. Ich hörte, dass die christlichen Gemeinden, die ihre Versammlungsräume inzwischen größer und selbstbewusster bauten, jetzt auch noch kleine Dörfer mit festen Mauern wie bei einer Stadt errichten wollten. In diesen sogenannten Klöstern sollten nur Menschen ohne Familie wohnen, die ihr Leben ausschließlich dem Gottesdienst geweiht hatten.

Da mich die Angelegenheit interessierte, ging ich an einem schönen Wintermorgen quer durch die Stadt bis zum Südtor. Dort musste ich ein wenig warten, weil gerade Boten aus Rom angekommen waren. Sie berichteten den Legionären in den Tortürmen von neuen furchtbaren Feinden auf kleinen schnellen Pferden, die im Osten des Reichs bereits die Grenzvölker der Goten und Gepiden überrannt hatten.

»Und stellt euch vor«, berichtete einer der Boten, die auf dem

Umweg durch das Rhonetal aus Rom gekommen waren. »Sie reiten nicht nur wie Dämonen auf ihren kleinen Zottelpferden, sondern sie schlafen auch in ihren Sätteln und stellen ihre Füße in Schlaufen, die straff vom Holzsattel herabhängen.«

»Und wozu das?«, fragte einer der Torwärter nur mäßig interessiert.

»Damit sie sich in vollem Ritt aufstellen und ihre Pfeile nach allen Seiten schießen können«, antwortete der Bote. »Und auch ihr solltet langsam wieder eure Waffenübungen aufnehmen. Denn nach allem, was wir hörten, können diese Hunnen allen Grenzstädten gefährlich werden, am Schwarzen Meer ebenso wie an der Donau oder hier am Rhein.«

Ich verstand mehr von Geografie und dem Straßennetz des Imperiums als die Legionäre hier am Tor. Aus meiner Zeit bei Ammianus Marcellinus wusste ich, welche Erdteile es gab und welche Straßen bis in die entlegensten Regionen führten. Und ich wusste, dass von vielen Seiten ganze Völkerstämme gegen die Grenzen des Imperiums drängten. Viele hatten Hunger, andere folgten wie geblendet den Erzählungen von Händlern, die sich in die Wildnis wagten.

Der schwarze Mann, der sich fast unbemerkt in den Kreis der Zuhörer geschoben hatte, hörte dem Ganzen wortlos zu. Ich merkte nicht einmal, dass er neben mir stand. Erst als er etwas sagte, blickte ich zur Seite.

»Barbaren«, murmelte er mit tiefer Stimme. »Teufel – die Geißel Gottes.«

Ich zuckte zusammen. Wie lange war es her, dass ich diese Stimme zum letzten Mal gehört hatte? Ich starrte in das bärtige Gesicht und erkannte sofort seine Augen wieder.

»Thomas«, stieß ich atemlos hervor. Ich spürte, wie sich alles in mir zusammenzog.

»Du irrst dich, mein Sohn. Ich bin zwar Bischof wie der Thomas, den du wohl meinst, aber ich trage nicht den Ehrennamen eines Apostels.«

»Wie heißt du dann?«, fragte ich sofort.

»Einer meiner römischen Vorfahren in dieser Stadt hieß Severus, der Ernsthafte. Nach ihm wurde ich Severin genannt.«

»Warum erzählst du mir das alles?«, fragte ich, noch immer verständnislos.

»Der Gottessohn sprach gern in Gleichnissen«, antwortete der schwarz Gekleidete. »Die meisten denken, dass er sich dadurch besonders bildhaft ausdrücken wollte. Doch das ist falsch, denn Gleichnisse enthalten immer ein Geheimnis. So auch das Fischsymbol, das du ja wohl kennst: Es bezeichnet für die Eingeweihten das griechische Wort für Fisch, nämlich Ichthys, und diese Buchstaben heißen für alle, die es wissen, Jesus der Gesalbte, Gottes Sohn, Erlöser. Ein einzelner Fisch symbolisiert Jesus. Mehrere Fische stehen für uns Priester und die Anhänger des Herrn. In unserem Evangelium bei Matthäus heißt es: ›Folget mir nach, ich will euch zu Menschenfischern machen.‹«

Ich fröstelte bei seinen Worten, aber er ließ sich nicht beirren.

»Du wärst sehr gut beraten, Rheinold, wenn du dich uns anschließt.« Es klang in meinen Ohren fast schon wie eine Drohung. »Wir werden siegen, Rheinold. Und ich sage dir, es kommt die Zeit, da der Kaiser den Befehl erteilt, dass nur das Christentum die Wahrheit sein kann.« Ich spürte, wie das Amulett auf meiner Brust heiß und schmerzhaft brannte. »Und alle Ungläubigen sollen verdammt sein!«, grollte Severin – oder Thomas. »Wer sich nicht taufen lässt, wird auch nicht auferstehen!«

Er sah mich an, als sei er selbst der Gott, der das entscheiden wollte. Und das war es, was ich an diesem Christenkult einfach nicht verstand. Sie konnten sanft von Liebe und Vergebung reden und dabei gleichzeitig mit Tod und Teufel drohen.

Die ungewöhnliche Begegnung am Südtor der Colonia ging mir monatelang nicht aus dem Kopf. Als der Frühling kam, hatte ich noch immer keine Antwort auf all die Fragen, die mich beschäftigten. Das Jahr verging, aber mir schwante, dass der Mann, der sich Severin genannt hatte, recht behalten könnte.

Zwei Jahre später erhob Kaiser Theodosius das Christentum zur alleinigen Staatsreligion. Das allein hätte mich nicht weiter beunruhigt, aber in den nächsten Jahren spürten wir alle, was der allerhöchste Erlass tatsächlich bedeutete …

Neben Kaiser Theodosius in Konstantinopel herrschte sein zwölfjähriger Bruder Valentinian II. von Mailand aus. Das hinderte die Legionäre in Britannien nicht daran, ihren Anführer Magnus Maximus zum Kaiser auszurufen. Er tötete Gracian, den

Sieger über die Alamannen, und richtete sich in der alten Römerstadt Trier seine Residenz ein. Ich erfuhr von alldem viel eher als die anderen Bewohner der Stadt, denn oft war ich der Erste, den die Statthalter zu sich riefen oder zu dem sie die geheimen Kuriere anderer Statthalter oder Befehlshaber des römischen Heeres schickten.

»Wir wissen, dass wir dir vertrauen können, Rheinold«, sagte einer von ihnen, als ich ihn ganz direkt fragte. »Das Prätorium ist längst ein Palast mit viel zu vielen Augen und Ohren. Dein Haus aber ist eine Art heiliger Hain, aus dem keine Lügen oder Intrigen kommen ...«

Durch diese eigenartigen Umstände erfuhr ich, was in den Provinzen des riesigen Imperiums wirklich geschah. Die ungleichen Brüder in Mailand und Konstantinopel mussten Maximus als Mit-Augustus anerkennen. Trotzdem zogen sie gegeneinander. Wir fluchten über die ständigen Querelen, denn wir mussten im Prätorium die Annalen dutzendfach immer auf dem neuesten Stand halten. Schon deshalb waren wir erleichtert, als wir hörten, dass Maximus in Aquileja, der großen Stadt an der Nordküste des Adriatischen Meeres, von seinen eigenen Männern ermordet worden war.

Obwohl das alles ziemlich weit entfernt von der Stadt der Agrippinenser stattfand, spürten wir dennoch die Folgen. Denn während Kaiser Maximus mit seinen Truppen von Trier aus nach Italien marschiert war, hatten verschiedene Germanenfürsten die Gunst der Stunde genutzt und brachen durch den Limes der Provinz Germania II. Sie plünderten und brandschatzten Siedlungen und Dörfer rund um unsere Stadt. Obwohl die Mauern immer noch sehr hoch und fest waren, versetzten uns die schrecklichen Meldungen vom Niederrhein täglich von Neuem in Angst und Schrecken.

Wir schickten so viele Boten nach Süden, wie wir auftreiben konnten, aber keiner von ihnen kehrte zurück. Severin ließ überall verbreiten, dass die Hilfe nah sei und wir nicht zweifeln sollten. Doch die meisten Menschen in der Colonia Claudia Ara Agrippinensium glaubten ihm nicht mehr. Als dann auch noch die frommen Männer aus seinem eigenen Kloster lieber in der Stadt als hinter Klostermauern sichere Zeiten abwarten wollten, flackerten überall die alten Kulte wieder auf. Familien, die noch immer stolz darauf waren, dass sie von den ersten Legionären, von Adligen oder gar Senatoren Roms abstammten, bekannten sich erneut zu den alten Gottheiten: Juno, Isis und Minerva.

Außerhalb der Stadtmauern blieb alles so, wie es immer gewesen war. Hier herrschten Donar-Thor, Freya und Baldur mit ihrem Heer der berittenen Ahnen, die in stürmischen Nächten laut schreiend und kämpfend über den Himmel zogen. Und wenn die Heere krachend zusammenstießen, wenn ihre Schwerter und Streitäxte mit flammenden Blitzen zusammenschlugen, gingen auch in der CCAA Häuser in Rauch und Feuer auf.

Erst als ein neues Heer römischer Legionäre zusammengezogen wurde und außerhalb der Stadt lagerte, wichen die Franken über den Rhein zurück. Der Oberbefehlshaber Quintinus setzte ihnen bei Neuss über den Rhein nach. Wir in der Stadt hörten wochenlang nichts mehr von ihm.

Doch dann klopfte es eines Tages an die Außentür meines Hauses. Ich war bei meinen Apfelbäumen und beschnitt mit einem alten Legionärsdolch die zu weit zur Seite ausgeschlagenen Zweige, die sich im Sommer voller Äpfel nach unten gebogen hätten.

Einer meiner noch sehr jungen Sklaven aus dem Osten fragte, ob ich zwei Männer empfangen wolle, von denen der eine ein langes schwarzes Gewand trug.

Der Tag war schön, und ich hatte nichts gegen eine kleine Pause. Ich sah sie zwischen den schlanken Säulen stehen: Einer der beiden Männer war Bischof Severin, den anderen kannte ich nicht. Er wurde mir wenig später als Senator Clematius vorgestellt.

Ich bat den schwarzhaarigen, bärtigen Bischof und den zierlichen Senator an einen Bohlentisch in meinem Garten. Dann ließ ich Rhonewein bringen, der nicht mit Wasser verdünnt war. Wir sprachen eine Weile über Rom, die Gefahren an den Grenzen, das liederliche Treiben in der Südstadt und den Einfluss der Franken.

»Ihr dürft nicht vergessen, dass einige der Franken inzwischen hohe und höchste Positionen erreicht haben«, gab Clematius zu bedenken. »Wir sind inzwischen auf die Zusammenarbeit mit allen Hilfsvölkern angewiesen. Sie sind zu stark geworden, zu zahlreich und über jede Schwäche Roms bestens unterrichtet.«

»Der Senator meint, dass das Imperium Romanum Zeichen von Altersschwäche zeigt«, lächelte der Bischof. Er leckte sich über die Lippen, ehe er ganz langsam einen neuen Schluck Wein trank.

»Kommt nicht die größere Gefahr von jenen Barbarenreitern im Osten, die ihr Fleisch unter den Sätteln weich reiten?«

Severin lachte trocken. »Du musst nicht alle Gräuelmärchen glauben, die über die sogenannten Barbaren erzählt werden«, sagte er. »Aber was du vielleicht noch gar nicht weißt, ist viel schlimmer für uns hier als die Kunde von Krieg und Verheerung in den Donauprovinzen.«

»Aber kein Wort darüber!«, warf Clematius ein. Die beiden Männer sahen sich kurz an. Dann sagte Severin vollkommen ruhig: »Die Franken haben soeben Tausende von christlichen Legionären besiegt und aufgerieben ... nahezu alle bis auf ein paar verwirrt zurückgekehrte Überlebende.«

»Diese verfluchten heidnischen Franken haben nicht ehrenhaft gekämpft«, schnaubte der Senator. »Sie haben Giftpfeile benutzt! Hinterhältige vergiftete Pfeile, gegen die kein Gebet hilft ...«

Ungeachtet dieser Schmach war es wieder ein Franke in römischen Diensten, der zum mächtigsten Heerführer an der nördlichen Rheingrenze aufstieg. Er nannte sich Arbogast und war bereits geadelt, als ich ihn zum ersten Mal sah. Es war im Sommer, vier Jahre nachdem ich Severin und Clematius in meinem Apfelgarten empfangen hatte. Zwei der alten Bäume an der Südseite zum Prätorium hin waren inzwischen abgestorben. Ich hatte sie nicht fällen lassen, obwohl sie seit einigen Jahren schon keine Früchte mehr trugen.

Der Comes Arbogast war ein starker, entschlossener, aber nicht besonders wild wirkender Mann. Er war von seinen eigenen Legionären zum Magister Militum erhoben und von Kaiser Theodosius nach dem Krieg gegen Maximus zum Oberbefehlshaber in Britannien und Gallien, Spanien und Italien ernannt worden.

»Arbogast ist auch kein Christ«, sagte ich eines Abends, als der freundliche Senator Clematius wieder einmal zu Gast bei mir war.

»Wir Römer sind ein logisches und durch einen klaren Verstand geprägtes Volk«, antwortete er. Selbst im matten Schein der Öllampen sah ich die kleinen roten Äderchen auf seinen Wangen.

Clematius hatte in den vergangenen Jahren etwas zu viel dem Wein zugesprochen, der ihm in großen Fässern von der Mosel und von der Rhone geschickt wurde. »Wir sind immer gut gefahren, wenn wir Recht und Gesetz und die kaiserlichen Befehle befolgt haben. Aber seit einigen Generationen stinkt es nur noch aus den Kloaken in Rom. Sieh dir doch an, was aus uns geworden ist! Halbwüchsige Kinder werden zu Kaisern erklärt, verräterische Heerführer schwingen sich unter dem Gejohle ihrer besoffenen Legionäre zu Usurpatoren auf. Selbst der Mann, der aus Spanien kam, um als Theodosius das Reich zu retten, lässt seine unfähigen Söhne mitregieren. Wenn das so weitergeht, wird unser fast tausendjähriges Reich nach seinem Tod auch noch unter diesen Rotznasen und gar Weibern aufgeteilt.«

Wenige Wochen später besuchte mich der Senator erneut. Er war nüchtern und winkte mir fröhlich zu. Dann zeigte er auf ein großes Weinfass, das vier Sklaven auf einem zweirädrigen Karren durch die Gasse zu meinem Haus gerollt hatten. Sie waren nach Römerart mit einer kurzen Tunika bekleidet.

»Nun freue dich, Rheinold«, rief er mir schon von der Straße her zu. »Wir haben wieder mal einen neuen Kaiser. Das Reich ist groß, und jede Kaiserkrönung sollte uns ein guter Grund zum Feiern sein.«

Ich grinste und hatte nichts dagegen. »Wie heißt der Glückliche?«, fragte ich ihn, nachdem ich meine Neugier so lange bezähmt hatte, bis wir wieder im Garten saßen. Hinter uns rumpelten und polterten die Sklaven mit ihrem Weinfass durch das Haus.

»Es ist Flavius Eugenius, ein Lehrer der Rhetorik und Vorstand der Kanzlei … und er ist Christ.«

Ich muss den Freund in meinem Haus so verdutzt angesehen haben, dass dieser lauthals loslachte.

»Nun gut, nun gut, verehrter Rheinold«, schnaubte er vergnügt. »Eugenius hat sicherlich auch noch andere Vorzüge. Aber die Tatsache, dass er getauft und von den Bischöfen zu ihrer Gemeinschaft der Heiligen gezählt wird, lässt ihn doch in einem besseren Licht erscheinen als Comes Arbogast.«

»Was sagt unser Freund Severin dazu?«, fragte ich nach einer Weile. Der Senator hob die Schultern. »Ich habe ihn schon lange nicht mehr gesehen. Es heißt, dass er nach Bordeaux und an die Atlantikküste gereist ist. Angeblich laufen Gerüchte um, dass dort ein anderer Severin ebenfalls Bischof ist. Außerdem heißt es, dass er auf der Reise quer durch Gallien auch diesen Bischof Martin von Tours besuchen wollte, der von den Franken als ganz besonderer Heiliger verehrt wird.«

»Ich hörte schon von ihm«, sagte ich nur. »Allerdings will mir bisher nicht in den Kopf, warum Zauberer und Wundertätige christlichen Glaubens als Heilige verehrt werden, während alle anderen, die genau das Gleiche tun, als Ketzer, Magier und Hexenmeister verfolgt werden.«

»Da musst du dich bei Severin beschweren und nicht bei mir, mein Freund!«

Einer meiner Bediensteten brachte zwei Krüge mit neuem Wein. Er war noch frisch und unfertig vergoren. Wir kosteten, nickten und sprachen wieder einmal über die Vor- und Nachteile des Comes Arbogast und des Usurpators, der jetzt unser Geschick bestimmen wollte.

»Im Grunde ist es mir egal, wer hier die Rheinfront sichert«, sagte der Senator schließlich. »Ich habe nichts gegen die Brukterer, die jetzt drüben beim Kastell Deutz siedeln. Auch die Chamaven nördlich der Lippe sind ganz anders als die wilden Stämme, die mit vergifteten Pfeilwolken unsere Brüder in Christo töteten.«

»Deine Brüder«, unterbrach ich ihn. »Deine, Clematius. Vergiss nicht, dass ich selbst noch nie in ein Taufbecken gestiegen bin.«

»Ich bete jeden Tag darum, dass du eines Tages doch noch zur Einsicht kommst und zu uns gehörst«, seufzte der Senator. Wir wussten beide, dass er in dieser Angelegenheit ebenso wie Bischof Severin bei mir auf Granit biss. Ich war kein Jude und kein Syrer, kein Anhänger des Isis-Kults und kein Bewunderer von Mithras oder irgendeinem anderen unbesiegbaren Sonnengott. Jeder, der ihnen opfern oder sie anbeten wollte, sollte dies tun; ich fand auch die Geschichten der Jünger um den Mann aus Nazareth immer wieder interessant. Manchmal erinnerten sie mich sogar an das, was ich bisher erlebt hatte. Doch genau aus diesem Grund wollte ich zuerst herausfinden, wohin mein eigener Weg mich führte und welche Botschaft mit mir selbst zu tun hatte.

Ich gebe zu, ich war besorgt in dieser Zeit. Denn schon zu lange hatte ich mein schwarzes Amulett nicht mehr gespürt. Ich musste mir schon Mühe geben, wenn ich überhaupt noch etwas von seinem ursprünglichen Teergeruch wahrnehmen wollte. Ich blickte zu der Stelle hinüber, an der die beiden alten, abgeholzten Apfelbäume gestanden hatten. Rauch stieg über den südlichen Häusern auf. Jetzt bemerkte ich ein Fenster auf der anderen Seite der schmalen Straße, das ich noch nie zuvor wahrgenommen hatte. Drei kleine Säulen standen nur einen Fußbreit nebeneinander auf einem Steinblock, der ein wenig aus der Hauswand hervortrat. Auf ihnen ruhten zwei bogenförmige Schlusssteine, die die Doppelöffnung des Fensters in einem oberen Stockwerk bildeten.

»Was hast du?«, fragte der Senator. »Bekommt dir unser junger Wein nicht?«

»Nein, nein«, wehrte ich etwas benommen ab. »Ich sehe nur gerade etwas, was mir zuvor nie aufgefallen ist.«

»Etwa die Schönheit unserer Weiber in der Stadt?«

»Du bist mir viel zu lüstern für dein Alter«, stichelte ich. Er griente, fühlte sich aber offensichtlich eher geschmeichelt als getadelt.

»Und du bist heiliger als alle Mönche«, sagte er dann. »Aber du hast ja nicht einmal etwas mit Knaben.«

Ich antwortete ihm nicht, sondern lenkte ihn von diesem Thema ab. »Weißt du schon irgendetwas über einen neuen Kriegszug?«

»Arbogast ist Franke«, antwortete der Senator. »Er kennt die Winter hier im Norden. Ich könnte mir daher gut vorstellen, dass er nicht einmal bis zum Frühjahr wartet, nachdem er jetzt einen eigenen Kaiser hat.«

»Und einen Christen«, fügte ich hinzu. »Damit die Bischöfe ein wenig leichter der Vernichtung der Heiden auf der anderen Rheinseite zustimmen.«

Sie verwüsteten das ganze Land auf dem gegenüberliegenden Ufer. Sie legten Feuer in die Bauernkaten, trieben das Vieh zusammen, vergewaltigten die Frauen und führten alle Männer, die noch laufen konnten, als Gefangene in Ketten ab. Anschließend rühmten sie sich, dass es gegen ihre Macht und Stärke und gegen die Hilfe ihres Gottes nicht den geringsten Widerstand gegeben habe …

In den Jahren darauf wurde das Prätorium als mächtiger Regierungssitz neu gebaut, vergrößert und erweitert. Es war das vierte Mal, dass ich das miterlebte. Auch in der übrigen Stadt wurde gebaut. Prächtige Tafeln mit großen Inschriften verkündeten den Ruhm der Kaiser Theodosius, Arcadius und Eugenius. Sogar der Name von Arbogast wurde in Stein gemeißelt. Aber der Heide gab sich damit nicht zufrieden, sondern zog mit seinem Heer in Richtung Süden weiter. Ich ahnte, dass er sich jetzt an die Söhne des todkranken Theodosius wagen würde …

Clematius blieb eine Weile fern. Erst im darauffolgenden Jahr, in dem wir bereits von einer neuen Welle heranziehender Legionen zur Verteidigung der Rheingrenze hörten, kam er an einem Sonntagvormittag zu mir und berichtete sehr knapp, was er inzwischen gehört hatte.

»Kaiser Eugenius ist tot. Er starb in einer letzten Schlacht gegen den großen Kaiser Theodosius. Auch Arbogast lebt nicht mehr: Er hat sich selbst entleibt. Und Theodosius liegt ebenfalls im Sterben. Damit wird auch die Teilung eintreten, die ich vor ihnen schon vermutet hatte.«

Ich sah den kleinen, zierlichen Senator kopfschüttelnd an.

»Warum erregst du dich darüber?«, fragte ich ihn. Wir gingen nebeneinander unter den Arkaden im Atrium meines Hauses.

»Warum ich mich errege?«, fragte er, und seine Stimme war tränenerstickt. »Weil ich das Ende sehe, Rheinold. Das Ende eines großen und zu lange stolzen Imperiums. Es war ein Franke, der bis ins Herz des Reiches gezogen ist. Nach seinem unrühmlichen Tod ist jetzt erneut ein Germane Oberbefehlshaber der weströmischen Legionen. Aber kein Franke, Rheinold, sondern ein Mann aus dem östlichen Vandalenvolk, das vor den Hunnen in das Reichsgebiet und dann weiter bis nach Spanien und in unsere Provinz Africa geflohen ist. Vandalen, Rheinold. Es ist entsetzlich, dass ich solche Schmach noch erleben muss!«

»Und diese Vandalen aus Africa kommen jetzt hierher?«, fragte ich verwundert.

»Nein! Nein! Du hast mich falsch verstanden. Die Vandalen siedeln längst am Mittelmeer. Hierher kommt Stilicho, der vandalische Oberbefehlshaber unseres Heeres. Er war es, der Eugenius und Arbogast besiegt hat, und ihm vertraute Kaiser Theodosius auf seinem Sterbebett die Fürsorge über seine Kinder Honorius und Arcadius an. Glaub mir, ich beneide diesen Mann nicht. Er muss im Osten gegen Hunnen und Alanen, Perser und Gotenvölker kämpfen. Gleichzeitig drängen hier, nördlich der Alpen, Burgunder und Sueben gegen die Grenzen. Es werden fürchterliche, grauenhafte Schlachten sein, bei denen Hunderttausende niedergemetzelt werden. Aber das sind alles keine Kriege mehr, wie sie Rom von Anfang an geführt hat. Mir ist, als wäre ich auf einem immer schneller sinkenden Schiff gefangen. Nur dass bei diesem Schiff die Ratten nicht ins Wasser springen, sondern von allen Seiten und sogar über den Rhein in unüberschaubaren Scharen und mit Dutzenden von Völkern auf uns zuschwimmen. Sie werden uns erobern, Rheinold, alles überrennen. Sie werden sich mit ihren Hungerzähnen in unserem Fleisch festbeißen, unseren Wein aussaufen, nach unseren Waffen greifen und dann verlangen, dass wir ihnen auch noch Verträge als Verbündete ausstellen. Aber sie werden dennoch alles niedermachen und zerstören, was sie nicht verstehen …«

Abrupt blieb er stehen, mit zitternden Schultern und hilflos erhobenen Händen.

»Die Zeit ist reif, Rheinold«, keuchte er mit unstet flackerndem Blick. »Die letzten Tage sind gekommen. Und das Gericht des Herrn ist nahe. Du musst dich taufen lassen, Rheinold. Lass dich bekehren, ehe es zu spät ist. Tu es noch heute, denn der Erdkreis bricht zusammen.«

Ich hatte schon mehrfach das Gefühl gehabt, dass sich die Christen weniger für die einfachen Leute interessierten als für Männer und Frauen, die ihnen nützlich sein konnten. Ich jedoch konnte einfach nicht vergessen, wie der gebürtige Franke Silvanus vergeblich versucht hatte, in das Versammlungshaus von Bischof Thomas zu fliehen. Und ich vergaß nicht, warum sich Arbogast einen Schreiber aus der Kanzlei geholt hatte, um ihn zum Kaiser zu machen. Die Religion des sogenannten Erlösers kam nicht aus dem Volk. Sie war von oben angeordnet und breitete sich nur schwer nach unten aus. Mir selbst erschien immer noch zu viel als widersprüchlich. Selbst unter den einzelnen Gemeinden innerhalb der Stadt herrschte keine Einigkeit.

Je mehr ich über die Bischöfe und Priester, die Presbyter, Konzile und Synoden erfuhr, umso verwirrender kamen mir der ständige Streit und die Wortklaubereien vor. Sie stritten sich nach wie vor darüber, ob der Sohn des Allmächtigen ein Mensch oder ein Gott war. Sie konnten sich nicht darüber einigen, ob Maria die Mutter Gottes oder nur eine Gottesmutter war. Mit meinem Freund Clematius konnte ich nicht mehr über diese Dinge reden. Sobald ich ihn traf, schwärmte er nur noch davon, dass er die Reste eines alten christlichen Tempels auf einem Friedhof nördlich der Stadtmauer beseitigen lassen wollte, um eine neue und große Kirche zu bauen.

»Haben wir nicht schon genug davon in der Stadt und auch außerhalb?«, fragte ich ihn in diesen Wochen einmal. Der Senator führte sich auf, als hätte ich ihn gleichzeitig aufs Haupt geschlagen und an den Eiern gezogen.

»Du verstehst nichts!«, schrie er mich an. »Du lebst wie ein Mönch, benimmst dich wie ein Heiliger und glaubst, dass du keinen Gott brauchst. Wer bist du eigentlich, dass du allein von deinem eigenen Hochmut existieren willst?«

Ich erschrak dermaßen über den plötzlichen Ausbruch, dass mir im ersten Augenblick keine Antwort auf die Vorwürfe des Freundes einfiel.

»Du kannst mit deinem Gold so viele Kirchen bauen, wie du willst«, versuchte ich ihn zu beschwichtigen. »Aber deswegen musst du mich noch lange nicht beleidigen.«

»Ich habe dich nicht beleidigt, sondern nur festgestellt, was alle wissen«, schnaubte Clematius. »Du hast keine Familie, kein Weib, keine Kinder. Und niemand weiß, was du eigentlich machst.«

»Du bist verrückt, Clematius«, antwortete ich trocken. Aber ich wusste sehr gut, wie viel Wahrheit in dem steckte, was er mir vorwarf. Ich hatte mich immer, so gut es ging, aus allem herausgehalten. Ich hatte mich nicht mehr als unvermeidlich eingemischt und war wie ein Fisch im Wasser mit den verschiedenen Strömungen und Ereignissen innerhalb der Stadt mitgeschwommen.

Wie ein Fisch im Wasser! Irgendetwas daran stimmte nicht. Es konnte einfach nicht sein, dass ich nur so dahinlebte, dass Jahre und Jahrhunderte an mir vorbeizogen und ich dabei nur mehr oder weniger Zuschauer blieb.

»Du bist kein Heiliger, Rheinold! Und du wirst auch nie einer werden«, erklärte mir der Senator in einem seiner jetzt selten gewordenen friedlichen Augenblicke. Wir waren unterwegs zu einem Treffen mit dem Bischof von Tongern, der an der Stelle, wo der schon legendäre Bischof Maternus eines der ersten Gebetshäuser gebaut hatte, ebenfalls eine Kirche errichten wollte. Ich kannte die Stelle am Rheintor in der Nähe der Pferdetränke ebenso wie das Gräberfeld, das sich der Senator für seine eigene Kirche ausgewählt hatte.

»Und dabei gibt es schon so viel heiliges Gebein«, seufzte der Senator. »So viele Märtyrer und kostbare, verehrungswürdige Reliquien, die von den Blutzeugen stammen oder von ihnen berührt worden sind ...«

Ich antwortete nicht darauf. Die anderen, die großartigen öffentlichen Tempel, Statuen und Standbilder, all die Standarten und Adlerzeichen, die prächtigen Fahnen und Flaggenknäufe waren ebenfalls heilig, denn sie verherrlichten die Macht der Herrschenden. Was mich aber an Clematius und vielen anderen Christen störte, war die Art, in der sie beides vermischten. Es war, als könnten sie nicht mehr erkennen, dass die Überreste eines Verstorbenen nicht mehr und nicht weniger waren als tot ...

An diesem Punkt meiner Gedanken blieb ich plötzlich wie angewurzelt stehen. Es stimmte nicht! Ich fühlte mich auf einmal so elend, dass ich am liebsten auf der Stelle gestorben wäre. Ich hatte falsch gedacht. Ich hatte die ganze Zeit immer nur falsch gedacht. Nicht das, was sichtbar war, bestimmte den Wert eines Gegenstandes, sondern das, was in ihm noch immer enthalten war. Sei es der Hauch eines Heiligen Geistes, sei es die Spur suchender Seelen oder sei es auch nur etwas ... Gedankenstaub.

Ich spürte, wie Schauder über meinen Rücken bis zu den Fußspitzen liefen. Gleichzeitig fühlte ich, wie sich das Amulett auf meiner Brust nach langer Zeit wieder ein wenig erwärmte, kaum dass ich an etwas gedacht hatte, was mit ihm und seinem Inhalt zu tun hatte. Ich spürte, dass zwischen diesen beiden Vorgängen eine Verbindung bestand. Zwar war ich nicht in der Lage, mein Amulett allein durch die Kraft meiner Gedanken zu erwärmen, aber schon oft hatte ich bemerkt, dass es reagierte, wenn ich ganz bestimmte Gedanken eher unabsichtlich in mir hervorrief.

Genau das war es! Eine Verbindung zwischen mir und dem, was noch vom Anfang meiner Existenz stammte. Es war zu viel und noch viel zu groß für mich, aber ich war mir plötzlich sehr sicher, dass noch viel mehr kommen würde. Und bis das so weit war, konnte ich keine Antworten mehr finden, nur Fragen. Ich musste umdenken, umlernen. Ich musste die Fragen suchen. Denn ohne Fragen gab es keine Antworten …

Gleich nachdem wir das Nordtor am Cardo Maximus in Richtung Xanten und Neuss verlassen hatten, bogen wir zum Fluss hin ab. Wir sahen bereits von Weitem die kleine Gruppe von Priestern und Schülern um den Bischof von Tongern. Sie gingen unweit des Flusses über die Felder und schienen wie römische Landvermesser einzelne Flurflächen mit ihren Schritten auszumessen. Gleich darauf erblickte der Senator auch Bischof Severin.

»Ich wusste überhaupt nicht, dass er bereits aus Bordeaux zurück ist«, meinte er ein wenig verstimmt. Ich hob die Schultern. Wir näherten uns der Gruppe, die wie in sich selbst versunken mit langen stakenden Schritten dicht vor dem Ufer des Rheins hin und her ging. Ich zog die Schultern ein bisschen hoch; das Amulett wurde mir langsam zu warm.

Ich biss die Zähne zusammen. Ich wollte mich nicht von einem Dämon oder einem dämonischen Bischof aufhalten lassen. Mit zwei, drei mühsamen, schweren Schritten gelangte ich bis zu dem Bischof von Tongern. Doch dann schoss ein gewaltiges Licht von oben nach unten. Die Feuersäule stand genau zwischen mir und Severin über dem Kopf des Bischofs von Tongern. Zum ersten Mal, seit ich denken konnte, war eine fremde Kraft an meiner eigenen abgeprallt. Doch gleichzeitig musste ich diese Erkenntnis mit meinem Leben bezahlen.

9. ZWEI FRANKENKINDER

»LASSET DIE KINDLEIN zu mir kommen.«

Nanu? Das klang lustig. Aber wer hatte es gesagt? Ich konnte niemanden sehen. Aber ich hatte schon wieder Hunger. Hunger und Durst. Und mir war kalt. Ich schniefte ein wenig und wischte mir die Nase mit meinem Ärmel ab. Ich sollte das nicht tun, aber ich hatte kein anderes Tuch. Außerdem taten das alle Kinder, und manchmal sogar die Erwachsenen. Ich wusste nicht genau, was ich tun sollte. Mir war immer noch kalt …

Ob der Mann in dem Haus etwas zu essen hatte? Vielleicht schimpfte er nur, wenn er mich sah, und schmiss mit Steinen nach mir. Ich spürte die Schmerzen an meiner linken Schulter. Dort, wo der letzte Stein mich getroffen hatte, klebte etwas Blut an meinem zerrissenen Kittel. Ich hatte nicht mehr als diesen Kittel an, dazu ein Stück einfaches, aber schön gewebtes Schnurband als Gürtel. Ich hatte das Band in einem noch schwelenden Haus in der Nähe der Stadtmauer gefunden. Dort waren die Webstühle zerschlagen und alles andere halb verbrannt und angekokelt.

Der Kittel war mir zu groß. Wahrscheinlich war er für einen älteren Jungen gedacht gewesen – vielleicht für einen, der schon zwölf oder dreizehn Jahre alt war. Ich war erst neun. Und ich hatte Hunger. Ich hatte Angst vor den vielen großen Häusern hinter der Mauer. Als ich noch dort drin gewesen war, hatte ich mich immer wieder verlaufen.

Ich war froh, dass ich endlich einen Ausgang gefunden hatte. Ein paar von den großen Toren unter den Türmen waren versperrt, an anderen hatten Männer mit goldenen Jacken und Röcken aus breiten Lederriemen gestanden. Ich seufzte ein bisschen, als ich daran dachte, dass die Soldaten die ganze Zeit getrunken und gegessen hatten. Aber es waren keine von uns gewesen. Außerdem wollten sie auch nicht mehr in der Stadt bleiben – jedenfalls hatte das einer gesagt. Ich konnte nicht alles verstehen, aber er hatte gesagt: »Wir sind die Letzten und müssen auch abhauen …«

»He, Männer, da ist noch einer von diesen verdammten Barbaren«, hatte ein anderer mit heiserer Stimme gebrüllt. »Steinigt sie ... steinigt sie alle, wenn wir sie schon nicht mit dem Schwert erschlagen oder kreuzigen können ...«

Er hatte mit einem Weinkrug nach mir geworfen. Andere ebenfalls. Ich hatte nicht einmal gesehen, wann sie zu Steinen griffen. Erst der Schmerz in meiner Schulter zeigte mir, dass ich getroffen war. Die Tränen rannen über mein Gesicht, aber ich biss die Zähne zusammen und wollte nur noch weg.

Ich hatte mich nicht einmal mehr umgedreht. Dort, wo die Pferde immer getrunken hatten, war ich durch ein sehr kleines Fenster im Turm an der Mauer geklettert. Es war ganz leicht gewesen. Ein paar verbrannte Balken hatten wie eine alte Leiter schräg an der Mauer gestanden, und ich war ein guter Kletterer. Am meisten Spaß machten mir Apfelbäume, aber die Balken waren auch nicht besonders schwierig gewesen. Erst als ich draußen war, bemerkte ich, dass ich nicht wieder zurückkonnte.

Ich war einfach aus einem anderen Loch in der Mauer nach unten gesprungen und ein bisschen in den Graben gerollt, in dem auch noch Pferdeäpfel und ein paar Reste von schmutzigen Sätteln herumlagen. Überall stank es nach Jauche. Ich wusste nicht, warum ich auf der anderen Seite des Grabens hochkletterte. Erst als ich oben war, sah ich die Kirche. Sie stand zwischen den Bäumen eines Friedhofs. Ich zögerte eine Weile, weil ich nicht genau wusste, ob ich allein dorthin gehen durfte, wo die Toten begraben waren. Aber ich hatte Hunger, und ich konnte nicht mehr zurück.

Ich schimpfte ein bisschen mit mir selbst, weil ich nicht besser aufgepasst hatte. Aber worauf hätte ich aufpassen sollen? Auf die Männer in der Stadt? Das waren Römer, so viel wusste ich. Auf die verbrannten Häuser? Sie waren das Werk der Franken. Auf den Graben oder die Jauche? Ich blieb stehen und schüttelte den Kopf.

Bis zu der schönen neuen Kirche zwischen den Grabsteinen waren es nur noch ein paar Schritte. Ich sah, dass die Tür offen stand. Aber ich traute mich nicht weiter.

»Lasset die Kindlein zu mir kommen und wehret ihnen nicht ...«

»... denn ihrer ist das Himmelreich«, flüsterte ich weiter.

Diese Worte hatte ich schon einmal gehört. Ein Mann in einem langen schwarzen Kittel hatte sie gesagt. Aber ich konnte mich nicht mehr erinnern, wo das gewesen war.

»Was willst du?«, fragte dieselbe Stimme, die ich gerade noch aus der Kirche gehört hatte. Ich bekam einen furchtbaren Schreck und konnte mich nicht mehr bewegen. Ganz, ganz langsam und vorsichtig drehte ich den Kopf zur Seite. Und dann sah ich ihn!

Es war derselbe Mann, der mir und anderen das mit den Kindlein und dem Himmel schon früher einmal erzählt hatte. Aber ich konnte mich einfach nicht mehr daran erinnern, woher ich damals an den Sonntagen gekommen und wohin ich wieder zurückgegangen war. Ich wusste nichts mehr von meiner Familie, meinen Eltern und meinem Zuhause. Alles, woran ich mich erinnerte, waren römische Legionäre, die auf einer mondhellen Waldlichtung alle umbrachten, die sich dort versammelt hatten. Oder war das in einer Kirche, einer Basilika, geschehen?

»Ich … ich habe Hunger«, sagte ich nur und musste schlucken vor Angst.

»Na so was! Bist du nicht der kleine … Rheinold?«

Ich spürte, wie mir erneut die Tränen kamen. Für einen Moment dachte ich, dass ich vielleicht ganz anders hieß. Aber dann sah er mich so unerwartet freundlich an, dass ich ganz schnell nickte.

»Dann komm mit mir, mein Sohn«, sagte er und streckte seine Hand aus. Es war, als würde der Schmerz in meiner Schulter noch einmal heftiger, aber ich spürte auch noch etwas anderes, nicht am Rücken, sondern an meiner Brust.

Die Jahre vergingen, und die Gruppe der Gläubigen veränderte sich immer wieder. Wir sprachen nie über die zurückliegenden Jahre. Einige Familien zogen weg, andere kamen neu über den Rhein hinzu. Ich war dabei, obwohl ich selbst keine Familie mehr hatte.

Fünf Jahre später wurde der Mann begraben, der mich so freundlich aufgenommen hatte. Normalerweise schämte ich mich, wenn ich weinen musste, aber diesmal kümmerte ich mich nicht darum, dass die anderen meine Tränen sahen. Sie hatten ihn Thomas genannt, aber ich wusste, dass dies nicht sein richtiger Name gewesen war.

Manchmal, wenn ich auf einem der hohen Grabsteine saß, meine Beine baumeln ließ und mit den nackten Füßen über die Reliefs in den Steinen streichelte, fielen mir jetzt wieder Dinge ein, die ich als kleines Kind gehört und längst wieder vergessen hatte. Ich wusste inzwischen, dass ein Senator namens Clematius unsere kleine Kirche gebaut hatte. Sie war für die heiligen Jungfrauen errichtet worden, die sehr viel früher für ihren christlichen Glauben gestorben waren. Es waren elf Jungfrauen gewesen, und die erste von ihnen war angeblich sogar eine Königstochter gewesen: Ursula aus Britannien, auf dem Rückweg ihrer Pilgerreise nach Rom.

Eigentlich war immer Krieg um uns. Die größte Schlacht war erst fünfzehn Jahre her. Zu Hunderttausenden sollten die bösen Hunnenreiter mit ihrem schrecklichen König Attila und unzähligen Verbündeten über den Rhein bis zum Fluss Loire mitten in Gallien gezogen sein. Zwischen Metz und Paris waren die Heere aufeinandergetroffen. Sie hatten sich belagert und an einem Nachmittag auf den Katalaunischen Feldern mehr Blut vergossen, als irgendeiner der Legionäre in der CCAA sich jemals vorgestellt hatte. Obwohl weder die Römer und ihre Verbündeten noch die Hunnen mit ihren Hilfsvölkern gesiegt hatten, hieß es sehr schnell, dass die Feinde Gottes jetzt endgültig geschlagen seien.

Manche sagten, dass der grausame Hunnenkönig die schöne Königstochter Ursula und ihre Gefährtinnen getötet hatte, weil sie ihn nicht lieben und heiraten wollte. Andere sagten, dass König Attila und die Hunnen überhaupt nicht bis zu unserer Stadt gekommen waren. Thomas war immer ärgerlich geworden, wenn er Gerüchte oder mutwillig gefälschte Berichte von den Ereignissen hörte.

»Schiebt doch nicht alles immer den Hunnen in die Stiefel«, schnaubte er dann. »Es waren Thüringer, also Germanen, die sich als Verbündete von König Attila hier und in Tongern unmenschlich benommen haben. Ich habe selbst gesehen, wie diese Germanen die Gefangenen in die Spuren von Wagen auf den Straßen warfen, um dann mit ebendiesen Wagen über die Knochen der Unglücklichen zu fahren. Sie wollten nicht, dass die Gebeine der Besiegten oder Geschlagenen unversehrt beigesetzt wurden. Wie so viele andere glaubten sie, dass nur diejenigen nach dem Tod weiterleben, deren Gliedmaßen unverletzt bleiben.«

Bereits im Johannesevangelium war aufgezeichnet, dass der Leib des Herrn unversehrt vom Kreuz genommen und sorgsam eingeschlossen worden war, damit er vor der Auferstehung nicht verletzt oder zerstört werden konnte. Aus diesem Grund blieben bei den Christen auch jetzt noch die Verstorbenen drei Tage lang unbestattet. Die Toten sollten wie der Gottessohn die Möglichkeit zur Auferstehung haben. Erst wenn das nicht geschah, konnten sie unter die Erde gebracht werden.

Ich kannte die gesamte Geschichte von Jesus Christus, seinen Jüngern und den Wundern. Jedes Mal, wenn ich wieder ein Stück in lateinischer Sprache aufsagen konnte, hatte mir mein Ziehvater einen Apfel, eine Birne oder irgendeine andere Frucht geschenkt. Auf diese Weise konnte ich auch die verschiedenen Evangelien einteilen. Für Matthäus und Markus gab es im Sommer frisches Obst und im Winter getrocknete Schlehen oder Backpflaumen. Für den Evangelisten Johannes bekam ich ein Extralöffelchen Johannisbeermus für meinen morgendlichen Haferbrei. Wenn es mir gar gelang, einige Verse vom Evangelisten Lukas aufzusagen, belohnte mich mein Ziehvater manchmal sogar mit einem Stückchen Rindfleisch für die Gemüsesuppe.

All das ging mir nach der Beerdigung von Thomas immer wieder durch den Kopf. Die ganzen Jahre über war ich nicht ein einziges Mal in die Stadt zurückgekehrt. Ihre nördliche Mauer war für mich gleichbedeutend mit dem Ende der Welt.

Ich hatte auch nie wieder einen römischen Legionär gesehen.

»Die ganze Stadt wird mehr und mehr zu einem verlassenen Ruinenfeld«, hatte Thomas noch kurz vor seinem Tod gesagt. »Aber wir müssen uns noch lange vorsehen vor den falschen Tempeln und den Götzen in den Mauern dieser Stadt.«

Ich verehrte ihn noch immer, diesen großen frommen Mann. Aber jetzt wollte ich hinein. Nicht um mein Elternhaus zu suchen. Ich wollte einfach sehen, wie der Platz aussah, an dem ich früher gelebt hatte. Es war ein Bild, von dem ich wusste, dass es nicht mehr da sein konnte. Aber es existierte noch so klar und deutlich in meinem Kopf, als wäre gerade erst die Nacht des Feuers und des Todes meiner allerersten Eltern vergangen.

Ich spürte, wie ich immer unruhiger und aufgeregter wurde. Ich konnte einfach nicht daran glauben, dass die Lichtung nicht mehr da sein sollte. Es war alles ganz deutlich zu sehen – die Eichenbäume und die Misteln hoch in ihren Zweigen, mein Vater mit der goldenen Druidensichel, alle anderen aus unserem Dorf um das hohe Feuer und dazu das Mädchen, dessen Augen mich wie Sonnensterne anstrahlten.

Ich stand genau an jener Stelle, an der vor langer, langer Zeit einmal der heilige Hain gewesen war. Jetzt fehlten alle hohen Bäume, die ihn damals eingeschlossen hatten. Ich konnte an eingestürzten Mauern entlang bis zum großen Strom hinabsehen. Sein Ufer war nicht weiter entfernt, als ein Katapult oder eine römische Pfeilschleuder schießen konnte. Doch derartige Waffen gab es nicht mehr.

Nur in den großen, breiten Straßen der Colonia konnten noch Wagen fahren. Aber auch hier hatten sich an vielen Stellen die Steinplatten gesenkt. Grünlich schillerndes Regenwasser stand in den Mulden an den Hauswänden. Es vermischte sich mit Jauche von den herumlaufenden Schweinen. Sicherheitshalber blieb ich weit genug von ihnen entfernt. Noch mehr als die ungepflegten Straßen und die verfallenden Häuser störten mich die vielen rotbraunen Spuren der Verwitterung von Eisenklammern zwischen den Steinen an den Hauswänden. Es war, als würden die einst stolzen, prächtigen Steinbauten bei jedem Regen rostige Tränen weinen, weil das Imperium Romanum tausend Jahre nach seiner Geburt nun im Sterben lag …

Ich zog ein bisschen die Nase hoch und schluckte. Nicht, weil keine Römer in der Stadt waren, und auch nicht, weil die Häuser so verkommen aussahen. Ich weinte darüber, dass ich den Druidenhain und alle, die ich früher einmal gekannt hatte, nicht wiedersah. Es nieselte ein wenig, während ich die Kapuze über meinem Kopf tiefer in die Stirn zog. Ich hatte diesen dunklen Umhang mit der angenähten Kapuze im Schlafraum meines toten väterlichen Freundes gefunden. Jetzt, wo er nicht mehr da war und die kleine Kirche für die Königstochter Ursula und ihre unglücklichen Gefährtinnen ebenfalls verwaiste, überlegte ich, ob ich nicht doch zurück in die leere Stadt ziehen sollte. Ich wollte nicht allein im alten Gräberfeld zurückbleiben. Urplötzlich blieb ich stehen. Dann musste ich selbst lachen. Mir war aufgefallen, dass meine Gedanken überhaupt nicht zu mir passten. Es war, als wäre ganz plötzlich ein heller Sonnenstrahl durch die dunklen Wolken über dem Nieselregen gebrochen. Ich fühlte mich warm und angenehm, denn ich wusste plötzlich, dass es die Summe all meiner Gedanken war, die sich inzwischen im Körper eines Vierzehnjährigen befanden.

Ja, ich war Rheinold – der ganze, über fast fünfhundert Jahre hinweg immer noch existierende Rheinold. Ich wollte nicht nachzählen, in wie vielen Körpern ich Gast gewesen war. An manche von ihnen hatte ich nur noch eine vage Erinnerung, andere Augenblicke standen mir klarer als je zuvor und mit scharfen Umrissen vor Augen. Ich lebte und existierte. Mir war in diesem Augenblick vollkommen gleichgültig, nach welchen Regeln oder Gesetzen ich die Jahrhunderte überstanden hatte. Mit neuer Zuversicht ging ich am Mercurius-Tempel vorbei. Einige der roten Dachplatten waren heruntergefallen und auf den Steinen des kleinen Platzes zerborsten. Es konnte noch nicht lange her sein, denn die Bruchkanten waren immer noch hellrot.

Ich erreichte das Haus, das mir vor allen anderen vertraut und bekannt vorkam. Diesmal erwartete mich keine Enttäuschung wie bei meiner vergeblichen Hoffnung, den heiligen Hain der keltischen Druiden wiederzufinden. Das Haus stand noch, auch wenn es sich inzwischen in einem jämmerlichen Zustand befand. Die Hälfte des Daches war eingefallen, und die Eingangstür war mit schweren Bohlen verrammelt. Ich rüttelte daran, konnte sie aber nicht einmal einen Spaltbreit öffnen.

Ich wusste, dass zur Stadtmitte hin doch noch einige hundert Menschen wohnen mussten. Zumindest so viele, wie sie die Männer brauchten, die sich inzwischen das große Prätorium als Haus für ihren König und seine Edlen genommen hatten. Jetzt ärgerte ich mich, dass ich bei Thomas zu viel über Jesus und seine Jünger und zu wenig über die verschiedenen Anführer der fränkischen Stämme gelernt hatte. Ich wusste nicht einmal, wie die Sippe hieß, die jetzt den früheren Palast des Statthalters und Oberbefehlshabers der römischen Provinz Germania II beanspruchte.

Ich ging ein paar Schritte an der Mauer des Anwesens entlang, in dem ich schon mehrfach gewohnt hatte. Der Zweig des Apfelbaums hinter der Mauer um mein ehemaliges Anwesen war kahl und blattlos. Ich löste den Strick um meiner Taille, mit dem ich den viel zu großen Umhang höher gebunden hatte. Sein unterer Saum fiel bis auf die schmutzige Straße. Ich hielt ein Ende des Stricks mit der linken Hand fest und warf das andere über den kahlen Ast, fing es mit der rechten wieder ein, knotete eine Schlaufe und zog sie bis an den Ast. Er krachte ein wenig, bis er auf der Mauer auflag. Vorsichtig zog ich mich selbst höher. Ich tastete mit meinen Zehen nach Ritzen in der Mauer. Obwohl ich in diesen Dingen keine große Übung besaß, war ich schnell an dem Ast und gleich darauf auf dem Apfelbaum inmitten des Gartens.

Vollkommen überrascht blickte ich auf sauber angelegte Beete mit bunten Kohlblättern, Mohrrüben und Pastinaken. Ich sah ein Dutzend Kräuter und weitere Pflanzen, so schön und lieblich angeordnet, wie ich es noch nie zuvor gesehen hatte. Und dann hörte ich plötzlich ein glucksendes Lachen und eine helle Mädchenstimme.

»Wie ein Affe im Circus«, rief mir die Stimme zu. Ich erschrak und drehte mich zur Seite. Dann rutschte ich zwischen den Ästen des alten Apfelbaums tiefer, brach einige ab und fiel in das Kohlbeet. Ich hätte am liebsten laut aufgeschrien, denn dieses Gesicht, diese hellen Haare und diese strahlenden Augen verfolgten oder begleiteten mich bereits seit fünfhundert Jahren …

Ich spürte, wie meine Wangen glühten und mein Hintern schmerzte. Hinzu kam ein anderer Schmerz direkt über meiner Brust. Ich wollte mich zusammenreißen und so schnell wie möglich beweisen, dass ich die Situation beherrschte. Aber da war nichts. Keine Kraft in meinen weich gewordenen Armen, kein Mumm in den Knochen und kein Feuer in meinem Blut. Ich wollte den starken und röhrenden Schrei des Hirschs ausstoßen, das gefährliche Grunzen des Ebers und das triumphierende Wiehern eines kampferprobten Schlachtrosses, doch alles, was aus meiner Brust drang, war ein krächzendes, jämmerliches Stöhnen.

Ich sah sie an, und sie lachte so laut und glockenhell, dass ich noch tiefer errötete. Ich dankte dem Himmel, dass ich es selbst nicht sehen musste. Noch tiefer konnte ich einfach nicht sinken, noch mehr nicht vor ihren Augen verlieren …

»Nun komm schon hoch«, sagte sie. Ich blinzelte ein bisschen.

Da war tatsächlich ein Sonnenstrahl im Gewühl der Wolken über uns am Himmel. Er beleuchtete jetzt die gesamte Fläche des kleinen Gartens bis zu den schmalen Säulen des Atriums und den Mauern. Ich kniff die Augen zusammen und hob vorsichtig den Kopf. Was ich hier sah, kam mir wie eine unwirkliche, überirdische Erscheinung vor.

Hatte nicht Thomas von Erzengeln gesprochen, die zu den Menschen kamen, wenn sie ihnen frohe Kunde oder auch andere Botschaften bringen wollten? Oder von Zauberern mit einem Schein aus Licht um ihren Kopf? Ich konnte all die Seligen und Heiligen, die Gottesboten und Schutzengel immer noch richtig auseinanderhalten. Ich dachte an die Cherubim und Seraphim, an Gabriel, Michael und Raphael. Aber vor all diesen schien Uriel in meinem Garten zu stehen. War er es nicht gewesen, den ich über dem Bischof von Tongern gesehen hatte, als Severin wiederaufgetaucht war? Jedenfalls hatte Thomas das einmal beiläufig erwähnt. Und führte jetzt das Licht des Himmels die Wege von mir und Ursa nach langer Zeit erneut zusammen?

»Bist du ... bist du etwa ein Engel?«, fragte ich, und meine Stimme klang mir viel zu rau. Sie lachte erneut.

»Sehe ich so aus, oder bist du blind?«

Ich kniff die Augen zusammen, blinzelte ein paarmal und strengte mich an, ganz genau hinzusehen. Diesmal erblickte ich ein überirdisch schönes junges Weib mit langen blonden Haaren, lieblich gerundeten Schultern, nackten Armen, wohlgeformten Brüsten und Hüften, die mich nur wohlig seufzen ließen. Sie war schön wie ein junges Reh und gleichzeitig stark wie Diana, die Göttin der Jagd. Doch dann verlosch das Licht vom Himmel. Der kleine Garten sah wieder grau und regenfeucht aus.

»Steh auf und bring den Kohl ins Haus, den du durch deine Ungeschicklichkeit umgerissen hast. Eigentlich müsste ich böse auf dich sein. Aber ich will aus den Resten noch eine Suppe für uns kochen.«

Ich trug einen Kittel, den Ursa mir kürzer geschnitten und neu zusammengenäht hatte. Wir kümmerten uns gemeinsam um ihren Garten, saßen am Abend am Herdfeuer und schliefen von Anfang an gemeinsam in ihrem Bett.

Ja, ich gestehe, dass wir uns vom ersten Augenblick an liebten. Vielleicht nicht ganz vom allerersten, doch als wir zusammen lachten, fühlten wir uns wie Bruder und Schwester. Wir nahmen uns in den Arm, streichelten uns auch über die Stellen unserer Körper, die uns sehr angenehm waren, und hatten nicht einen Augenblick lang das Gefühl, dass wir etwas Falsches oder gar Verbotenes taten.

Wir wussten nichts voneinander und doch so unendlich viel, dass wir nur lächeln mussten, um uns zu verstehen. Aber wir redeten, scherzten und stritten ebenso viel. Manchmal kämpften wir auch darum, wer von uns beiden recht hatte, ob diese oder jene Angelegenheit so oder so erledigt werden sollte, ob wir im Haus bleiben oder hinausgehen sollten. Oder auch darüber, wer das Wasser aus der Zisterne holen sollte, die ich noch als Fischhändler in der Nordostecke des Gartens angelegt hatte.

In den Wochen und Monaten nach unserem ersten Zusammentreffen wagten wir uns nicht sehr weit in die entfernteren Straßen. Wir wussten nicht, wer den Eingang zu unserem Haus mit schweren Balken vernagelt hatte. Ihr hatte ein von Haselnussbüschen und Holunder verstecktes Loch in der östlichen Gartenmauer als Zugang gedient. Durch dasselbe Loch schlüpften wir auch, wenn wir wieder einmal Lust hatten, die Stadt zu erkunden.

Als wir das erste Mal aufbrachen, um ein Wildschwein oder irgendein anderes Tier zu jagen, waren wir beide schwerer bewaffnet als römische Legionäre oder Frankenkrieger. Ich schleppte ein altes römisches Kurzschwert, während sie eine fränkische Wurfaxt gefunden hatte. Wir hatten Seile mit, ein paar Messer und Leinenbeutel, in denen wir tragen wollten, was wir erlegten.

Es war Herbst, und wir mieden die Straßen der oberen Stadt. Stattdessen streiften wir an der östlichen Stadtmauer entlang, bis wir zum ersten der vielen Durchbrüche kamen. Wir kletterten über große Steinbrocken und den Schutt zwischen der inneren und äußeren Mauerwand.

Auf der anderen Seite sah es noch verwahrloster aus als in der Stadt selbst. Überall lagen Reste von Booten und Kränen, hölzernen Tonnen und verrotteten Körben aus Weidengeflecht herum. Dort, wo die hölzernen Hütten von Fischern und Händlern, von Hafenwärtern und Schiffbauern gestanden hatten, waren jetzt nur noch ein paar Balkenreste zwischen den Steinen der Uferkais zu sehen. An einigen Stellen des früheren Hafens zwischen der Stadt und der lang gestreckten Insel im Fluss ragten noch immer Reste von gesunkenen Schiffen aus dem Wasser. An einigen hingen angeschwemmte Baumstämme mit ihrem Geäst und Wurzelwerk.

Wir erkannten die steinernen Poller, an denen die Schiffe mit langen Seilen an der Hafenmauer festgemacht worden waren. Doch jetzt war hier nichts mehr zu hören vom Lärm vergangener Tage, vom Geschrei der Fischweiber und von den Rufen der Fischer und Handwerker. Der gesamte Seitenarm des großen Flusses sah trostloser aus als ein verlassener und seit Jahrzehnten nicht mehr gepflegter Friedhof.

»Hier finden wir nicht einmal mehr Ratten«, sagte sie, während ein kalter Wind an der alten Stadtmauer entlangfegte. An diesem Tag kehrten wir ohne Beute in unser Haus zurück. Erst als die ersten Schneeflocken fielen, gelang es mir, mit einem schlecht reparierten Bogen ein träge herumlaufendes Huhn zu erlegen. Es war alt und schmeckte auch dann noch zäh, als wir es stundenlang mit Kräutern und Gewürzen gekocht hatten.

Ich wusste nicht viel von Ackerbau und Viehzucht. Ihre Kenntnisse umfassten mit Sicherheit mehr als das Nötigste im Garten. Deshalb beschlossen wir, Netze zu flechten und einige Reusen für den Fischfang zu bauen. Es war mühselig, aber auf diese Weise gelang es uns, genügend Fische für einen Wintervorrat zu fangen.

Erst als ich feststellte, dass uns das Salz zum Einlegen fehlte, beschlossen wir, doch zu den anderen zu gehen, denen wir schon mehrmals in der Nähe des alten Prätoriums ausgewichen waren. Wir kannten sie nicht und wussten nicht, wie sie sich uns gegenüber verhalten würden. Wir waren bereits auf halbem Weg durch die kleinen Querstraßen, als mir einfiel, wo wir gefahrloser Salz finden konnten.

»Bei Thomas!«, sagte ich unvermittelt und schlug mir mit der flachen Hand gegen die Stirn. Ich blieb stehen und lachte kopfschüttelnd. Dabei fragte ich mich, warum mir das nicht viel eher eingefallen war. Gewiss, es war viel Zeit vergangen, seit ich den Friedhof mit der Kirche für Ursula und die anderen Märtyrerinnen verlassen hatte. Aber ich wusste noch, wo wir einige Vorräte und andere Dinge versteckt hatten, die nicht so leicht von räuberischen Trupps oder verwahrlost herumziehenden Entwurzelten gefunden werden sollten, die einmal Römer oder Ubier, Legionäre oder begüterte Bewohner der Stadt gewesen waren.

Wir besprachen fast eine Woche lang ganz genau, wie wir uns den verborgenen Schätzen in der Kirche außerhalb der Stadtmauern nähern sollten. Der Hinweg war einfach, aber wir mussten damit rechnen, dass uns verborgene Augen entdecken konnten, wenn wir mit Schätzen beladen in die Stadt zurückkehrten.

Was sie mir dann eines Abends als Plan präsentierte, war bestechend einfach und doch raffiniert ausgeheckt. Ich sah sie voller Bewunderung an. Während ich noch grübelte und mir alle erdenklichen Schwierigkeiten ausmalte, hatte sie längst für uns beide entschieden. Vielleicht war es das, was mir neben ihren vielen anderen Vorzügen so gut gefiel. Dennoch blieb immer noch ein Funke von Misstrauen in mir.

Ich wollte nicht daran denken, doch manchmal, wenn ich mitten in der Nacht erwachte und die Wärme ihres Körpers an mir spürte, keimte in mir eine Vorsicht auf, die ich mir nicht erklären konnte. Wir wussten, dass wir uns nicht alles sagten. Aber wir wussten auch, dass wir im Grunde genommen nichts voreinander verbergen konnten. Trotzdem stieg manchmal das Bild eines brennenden Mädchens mit strahlenden Augensternen inmitten des heiligen Hains in mir auf.

War es nicht schon damals darum gegangen, wer von uns beiden auserwählt wurde? Sie hatte keine Kette, kein ledernes Halsband und keine Schnur, an der ein Amulett bis zu ihren schönen kleinen Brüsten hing. Und doch glaubte ich immer häufiger, dass sie mehr wusste als ich.

Während des Sommers waren die Büsche draußen vor der Mauer wieder ein wenig höher und dichter geworden. Weil die meisten von ihnen inzwischen ihre Blätter verloren hatten, näherten wir uns nur vorsichtig dem alten Friedhof mit der kleinen Kirche für die heilige Ursula und ihre Gefährtinnen. Schwarzgraue Wolken flogen dicht über uns her. Wir redeten nicht viel, sondern achteten mehr darauf, dass wir nicht gesehen wurden.

Es war wie ein Versteckspiel. Wir liefen von einer Buschgruppe zur nächsten und warteten immer so lange, bis ein Windstoß die Blätter erneut hochtrieb und die Zweige gegeneinanderschlugen. Dann duckten wir uns, zogen die Kapuzen unserer Umhänge tief in unsere Gesichter und liefen los.

Wir erreichten die Kirche, als einige mit Schnee vermischte Regenschauer aus den Wolken fegten. Die Außenwände aus Balken, Feldsteinen und Lehm kamen mir viel verwahrloster vor, als ich angenommen hatte. An den Seiten hingen klägliche Reste von Gräsern und anderen Pflanzen aus Spalten im Lehm herab. Aber das Schlimmste war das Dach. Direkt über dem Eingang hingen drei schwarze Dachbalken wie die gespreizten Finger eines Riesen schräg nach unten.

»Willst du da wirklich rein?«, rief Ursa mir zu. Sie wischte sich mit dem Ärmel den Regen aus dem Gesicht. Einen Augenblick hatte ich das Gefühl, als würde sie mich nicht fragen, sondern warnen. Ich hob die Schultern und blickte nach oben. Irgendwie hatte ich die Hoffnung, dass gerade jetzt ein Fingerzeig des Himmels oder ein Sonnenstrahl zeigen könnte, ob wir noch weiter an das verlassene Gebäude herangehen sollten oder nicht. Aber die Wolken ließen kein Zeichen des Himmels zu. Sie rasten wie die Vorboten des schwarzen Totenvogels über uns entlang und überschütteten uns mit kalter Nässe.

»Ich versuche es«, rief ich ihr zu. »Bleib du hier draußen.«

Ich konnte nicht sehen, ob sie nickte oder den Kopf schüttelte. Ich schniefte noch einmal. Dann stampfte ich durch Pfützen und längst gelb gewordenes Gras. Ich erreichte den kleinen Eingang und presste mich gegen die Reste der hölzernen Tür. Über mir knarrte und quietschte es im Gebälk. Ich musste meine ganze Kraft einsetzen, um durch den schmalen Spalt zwischen Tür und Pfosten zu kommen.

Zu meiner Überraschung war es im rechteckigen Kirchenraum heller als draußen. Erst jetzt erinnerte ich mich, dass ein paar Männer aus der Gemeinde die Kirche noch kurz vor dem Tod ihres Priesters innen verputzt und mit rosa Farbe gekalkt hatten.

Die Farbe war an vielen Stellen bereits wieder ausgewaschen und mit schmutzigen Lehmspuren vermischt. Ich starrte auf die Unordnung, die den gesamten Fußboden bedeckte. Überall lagen

Balken und abgerissene Zweige herum. Nur direkt über dem steinernen Altarblock hing noch ein Rest des Daches schräg in den Kirchenraum hinein. Ein einziger Windstoß, und er konnte endgültig herabbrechen.

Weder die kleine Bank für die Alten und Schwangeren stand noch an der Seite unter dem einzigen Fenster des Kirchenraumes noch das Schränkchen, in dem Thomas ein paar Dinge aufbewahrt hatte, die er den Gläubigen nach dem Gottesdienst als Geschenk Gottes mitgegeben hatte. Manchmal waren das Nüsse gewesen, ein anderes Mal rote Eicheln, die nicht so bitter waren wie die anderen. Oder sogar ein paar Tropfen geweihten Wassers. Ich blickte mich um und suchte nach Ursa. Sie war nicht da.

Vorsichtig und mit stetem Blick nach oben kletterte ich dicht an der Seitenmauer über die herabgestürzten Balken. Sie lagen nicht fest, sondern bewegten sich hin und her. Ich musste aufpassen, um nicht alles einzureißen. Dann erreichte ich doch noch den Altar. Sein Tuch war verschwunden, ebenso die Gerätschaften, die während des Gottesdienstes auf ihm lagen. Er trug weder Reliefs noch irgendwelche Verzierungen. Ich kletterte an seiner rechten Seite entlang und wollte mich gerade unter einem hereingewehten Zweig durchbücken, als ich das Zeichen sah. Es war schwarz, feucht glänzend und roch so stechend nach Teer, dass ich unwillkürlich niesen musste.

Es war unmöglich – eine furchtbare, böswillige Gotteslästerung. Nicht dem gehörnten Gott des Wortes gehörte dieser Altar, sondern allein Jesus Christus, dem Erlöser. Ich war so empört und entsetzt, dass ich mit der flachen Hand das Teerzeichen wegwischen wollte. Meine Hand platschte gegen den Stein, rieb das Zeichen und verschmierte es. Normalerweise hätte ich froh und zufrieden darüber sein sollen. Doch mein Erfolg vertiefte nur mein Entsetzen. Das Zeichen ließ sich verwischen, denn es war frisch – ganz frisch sogar!

»Ursa!«

Ich schrie ihren Namen so laut, wie ich nur konnte. Sie musste es gewesen sein! Ich war so wütend auf sie, dass ich alles vergaß, was bisher zwischen uns gewesen war. In meinem Zorn stolperte ich um den steinernen Altar herum. Wie alle Eingeweihten aus der Gemeinschaft der Heiligen wusste ich, dass der Altar kein massiver Steinblock war, sondern hohl wie ein Sarkophag. Ich wollte die Platte öffnen, die den steinernen Kasten von hinten verschloss. Aber die Platte lehnte bereits schräg zwischen dem Altartisch und der Kirchenmauer. Sie war zerbrochen.

Ich beugte mich weit nach vorn und strich mit meiner teerigen Hand über den Fußboden des Altarblocks. Doch nichts von dem, was ich hier vermutet hatte, war noch vorhanden – weder das Fässchen mit Salz noch die silberne Dose mit Weihrauchbrocken und auch nicht die Lederbeutel und Kästchen, in denen die Priester der Christen das Wertvollste aufbewahrten, was sie neben den Kopien der Heiligen Schriften und noch vor Gold und Edelsteinen besaßen. Es war nichts mehr da. Kein Salz, kein beschriebenes Pergament, keine Münzen, kein Schmuck und nicht einmal die heiligen Reste von Märtyrern, die *Knöchelsche* …

Ich fröstelte. Und es war nicht die feuchte Kälte, die mich immer mehr zittern ließ. Ich konnte mir einfach nicht vorstellen, was hier geschehen war, ob ich mir alles vielleicht einbildete und was davon wirklich war. Alles hatte irgendwie mit der Kirche von Ursula, den Gebeinen von Märtyrern, mit Hexen und Drudenfüßen zu tun. Urplötzlich fiel mir ein, dass ich selbst auch kein Christ war. Ich war nie getauft worden. Weder vom ersten Bischof Thomas noch von Severin, dem Bischof von Tongern, oder dem Mann, der mich aufgenommen hatte, als ich verwahrlost, verletzt und weinend vor den letzten römischen Legionären davongelaufen war.

Ich starrte auf meine mit Blättern und Steinschmutz beklebte Teerhand. Wer hatte das Pentagramm auf den Altar geschmiert? Und wer die Reliquien gestohlen, die doch nur für gläubige Christen von Wert waren? Wo war das Salz? Und vor allem: Wohin war Ursa gegangen?

Ich sprang auf und kletterte so schnell wie möglich über die Balken und Äste zum Eingang zurück. Schon glaubte ich, dass hinter mir die Reste des Kirchendaches einstürzen würden, aber das Gebälk widerstand einer plötzlichen Sturmbö. Ich drängte mich durch den schmalen Spalt an der Eingangstür und rief so lange nach Ursa, bis der schwarze Totenvogel mich aufnahm und davontrug …

10. DER SIEG VON TOLBIACUM

»HE, HE, KERL! Was machst du denn da?«

Vielleicht war ich gemeint – vielleicht aber auch nicht. Ich hing wie ein gefangener Vogel im Kerker meiner Sinne. Ich sah die schwarze Masse in meiner Hand, fühlte die schmierige Klebrigkeit, roch den beißenden Teergestank, hörte, wie meine Hand um den heiß gewordenen Achsensporn des Wagen schmatzte, und schmeckte salzigen Schweiß auf meinen Lippen. All das empfand ich ganz genau so, wie ich es sage.

Doch dann zerplatzte irgendetwas in mir. Es war, als würde ich eine Eierschale abwerfen, durch die ich jahrelang nur Schatten und Stimmen und vorbeiziehende Zeiten wahrgenommen hatte. Ich war dabei gewesen und hatte mich hier und da auch beteiligt. Doch jetzt erhob sich mein Bewusstsein wie ein soeben flügge gewordener Vogel. Es ging so schnell, dass ich nicht einmal einen Maßstab für die Zeit hatte, die seit dem ersten Aufklingen der Stimme hinter mir vergangen war.

»Ich schmiere diese Achse ab, du Narr. Wenn ich nicht gleich in den heißen Dorn gepackt hätte, würde sie bereits kokeln und brennen.« Ich stieg über das hölzerne Speichenrad, dass ich gerade noch rechtzeitig von der Achse des Wagens gerissen hatte. Er hing halb über dem Straßenrand, die vier Ochsen vor ihm standen wie braune Felsen auf der Römerstraße.

»Aber du kannst doch nicht –«

»Und ob ich kann«, schnaubte ich und richtete mich ganz auf. Ich nahm den hölzernen Spatel, mit dem normalerweise die Wagenschmiere an jedem Morgen auf die Dorne und in die Öffnungen der Radnaben gestrichen wurde. »Du hast es vergessen heute«, schnauzte ich den Fuhrmann an. »Und nicht nur heute, sondern auch gestern und vorgestern.«

»Vorgestern konnte ich gar nicht geschmiert haben. Da lagen die Waffen hier noch im Prätorium der Colonia.«

»Und jetzt liegen sie im Dreck«, schnauzte ich ihn an und zeigte auf die Bündel und Schwertergriffe neben dem halb zusammengebrochenen Wagen. Mehrere Dutzend Männer kamen von allen Seiten zusammen. Einige hatten die vorausfahrenden Wagen im Stich gelassen, andere sahen wie viel zu bunte Kriegsmänner aus.

Es war erneut geschehen!

Ich wusste inzwischen, wie gefährlich es sein konnte, wenn ich nach einem Übergang – oder einer Wandlung, wie ich inzwischen schon manchmal dachte – nicht sofort verstand, wie ich mich zu verhalten hatte. Ein erster Blick sagte mir, dass Krieger und Fuhrleute Rheinfranken sein mussten, auch wenn sie nicht so aussahen wie die versoffenen Banden von Plünderern, die sich nach dem Abzug der letzten Legionäre in römischen Palästen und im großen Bau des Prätoriums eingenistet hatten.

Sie hatten ebenso rote Gesichter wie die Kerle, die ich schon lange kannte. Sie trugen blonde Bärte und bis auf die Schultern fallende Haare unter ihren Rundhelmen. Aber die Bärte waren gestutzt und die Haare gekämmt. Es waren gerade die scheinbar unwichtigen Kleinigkeiten, an denen ich bemerkte, dass ich wieder einmal tot, abwesend oder einfach ein paar Jahre fort gewesen war.

Ich strich mir mit dem Handrücken über mein schlecht rasiertes Kinn. »Also bin ich kein Krieger«, dachte ich im selben Augenblick. »Vielleicht ein Fuhrmann oder schlimmstenfalls ein Knecht oder Sklave …«

Ich verzog mein Gesicht und mochte mich nicht so recht mit diesem Gedanken anfreunden. Nicht dass ich Wert darauf gelegt hätte, schwere und zwackende Harnische oder Beinschienen anzulegen, wie sie von einigen der heranstolpernden Männer getragen wurden. Ich fühlte mich auch nicht besonders als Schwertkämpfer oder Axtwerfer geeignet. Was aber dann? Wer zum Gehörnten und bei allen Dämonen war ich diesmal? Und wo war die Stadt mit ihren Häusern und Mauern?

Zwei Tage oder eineinhalb – länger war der heiß gelaufene Wagen des nachlässigen Fuhrmanns nicht unterwegs. Auch wenn die Ochsen gut waren, konnten sie nicht mehr als zehn Meilen am Tag auf den Römerstraßen geschafft haben. Wir konnten deshalb erst fünfzehn bis zwanzig Meilen außerhalb der Stadtmauern sein.

Aber auch hierbei gab es noch verschiedene Möglichkeiten.

Wir konnten uns auf der Straße den Rhein entlang nach Wesseling, Bonn und in Richtung Mainz befinden. Oder aber auf der alten Legionsverbindung über Zülpich und die Ardennenberge nach Reims. Ich blickte mich nach allen Seiten um und erkannte erst jetzt, wie viele Männer und Wagen mit uns auf der Straße waren. Ein Blick zum Himmel und eine kurze Orientierung an Tageszeit und Sonnenstand bestätigten mich in der Vermutung, dass wir uns tatsächlich in Richtung Zülpich bewegten. Ganz langsam kamen auch andere Erinnerungen in mir hoch.

Ich sah in Gedanken zurück auf genau dreißig Jahre, die seit den eigenartigen Ereignissen in der Kirche der heiligen Ursula geschehen waren. Ich schüttelte den Kopf, strich mir die letzten Reste von schwarzer Wagenschmiere von den Händen und hängte den Eimer mit dem Holzspatel wieder an seinen Haken zwischen den Hinterrädern des Waffenwagens. Dann bückte ich mich, riss etwas Gras vom Straßenrand ab und säuberte, so gut es ging, meine Hände.

»Na los!«, rief ich den Gaffern rings um mich herum zu. »Was glotzt ihr noch? Fasst an, damit es hier weitergeht!«

Zu meiner Überraschung musste ich nicht lange bitten. Ein halbes Dutzend Männer, von denen zwei sogar Waffen trugen, packte an die linke hintere Ecke des schweren Kastenwagens.

»Zuuuu-gleich!«, rief ich. Sie ächzten und stemmten den Wagen hoch, während ich zusammen mit dem Fuhrmann das große Speichenrad auf die frisch eingeschmierte Nabe steckte. Ich verkeilte das Rad und rupfte nochmals ein Büschel Gras vom Straßenrand.

»Und jetzt weiter, Männer! Haltet euch nicht lange auf, sonst kommen wir alle zu spät zu König …«

Ich hatte es vergessen. Ich hatte tatsächlich den Namen des Mannes vergessen, zu dessen Unterstützung all diese Männer und auch ich selbst aufgebrochen waren. Ich spürte wie mir gleichzeitig heiß und kalt wurde, aber der einfache und in den vergangenen Jahren so oft gehörte und selbst ausgesprochene Name fiel mir noch nicht ein. Aber wie konnte das geschehen? Wie konnte ich nach all den Jahren in seinen Diensten den Namen des Königs der Rheinfranken vergessen?

»Chlodwig«, murmelte ich leise, während wir weitermarschierten. Der Ochsenwagen rumpelte und krachte direkt vor mir über die Römerstraße. Nein, Chlodwig war der andere, der Sohn von Childerich und Enkel von Merowech. Wer aber war Merowech? Ich wusste es im selben Augenblick, in dem ich die Frage stellte. Merowech war gezeugt worden, als ein gewaltiges Meeresungeheuer mit einem Stierkopf seine Mutter beim Baden angefallen hatte …

Ich schnaubte verärgert. Nein, das war Unsinn … nur eine Legende! Aber indem ich daran gedacht hatte, war mir wenigstens eingefallen, was westlich von uns im Bereich der salischen Franken geschehen war: Dort hatte sich durch Merowech, seinen Vater Childerich und seinen Enkel Chlodwig ein neues und starkes Königreich gebildet. Childerich hatte die letzten Statthalter der Römer rund um Paris und Orléans besiegt. Und jetzt kam der Herrscher des fränkischen Westens den Stammesbrüdern an Rhein und Mosel zu Hilfe. Aber zu wem er kam und gegen wen er kämpfte, fiel mir selbst bei größter Denkanstrengung nicht ein.

Ich spürte, wie mir der Schweiß ausbrach. Während wir weitergingen, blickte ich an meiner Kleidung herab. Ich trug eine Art Jacke, bis zu den Knien reichende Hosen, dazu weiches Schuhwerk und um die Waden gewickelte Bänder. An meinem Ledergürtel hingen Beutel und Schlaufen mit Messern, dazu ein kurzer Dolch und ein Schlüsselbund. Neben dem Namen des Königs und der geheimnisvollen Feinde, gegen die wir jetzt zogen, fiel mir auch die Bedeutung der Schlüssel nicht ein.

Und dann hörte ich einen Ruf, der von vorn kam und von Mann zu Mann weitergegeben wurde: »Die Alamannen!«, schrie einer nach dem anderen. »Wir stellen die Alamannen bei Zülpich – direkt auf dem Feld vor dem Römerkastell Tolbiacum …«

Und plötzlich wusste ich auch wieder, wie der König hieß, der inzwischen in der Stadt über die Völker und Stämme der Rheinfranken herrschte. Es war Sigibert, der hinkende Sigibert …

Die miteinander verfeindeten Kriegshaufen kämpften nicht wie die Legionäre Roms und nicht einmal wie ihre Hilfsvölker. Es war auch nicht das erste Zusammentreffen zwischen Franken und Alamannen. Bereits in den vergangenen Jahren hatten sie sich mehrmals ineinander verbissen und sich gegenseitig eher verprügelt als totgeschlagen. Aber es hatte auch zwei- oder dreimal harte und erbitterte Kämpfe gegeben.

Ich erinnerte mich an all diese Dinge, als in die Hörner geblasen und zu einem neuen Waffengang aufgerufen wurde. So weit das Auge reichte, sah ich nur Waffen, Helme und Rüstungen auf den freien Flächen zwischen Büschen und Wäldern. Das ganze Gelände war hier nicht so eben wie rund um die Stadt. Wir befanden uns nicht weit vom großen steinernen Aquädukt entfernt, mit dem die Römer Zehntausende von Menschen in der CCAA Jahr um Jahr mit frischem Wasser versorgt hatten. Obwohl noch große Strecken dieser Wasserleitung existierten, kam kein Tropfen Wasser mehr von den Ardennenbergen bis in die Stadt.

Mir war nicht ganz klar, wann und warum in den vergangenen Jahren die rheinischen Franken gegen die salischen gekämpft hatten, wer eigentlich König der Alamannen war und worum es diesmal ging. Ich hatte das unangenehme Gefühl, dass ich das alles wissen sollte. Aber ich konnte mich einfach nicht mehr daran erinnern, welchen Platz ich in den vergangenen dreißig Jahren in der Stadt eingenommen hatte.

Erst drei Tage waren vergangen, seit ich mir meiner selbst wieder bewusst geworden war. Ich wusste, dass ich vorher vollkommen normal gelebt hatte. Aber diese Zeit kam mir jetzt wie hinter einem Nebel vor, in dem ich nur einzelne schattenhafte Ereignisse erkennen konnte. Manchmal sogar einen Namen, ein Lachen oder den Geschmack von Braten. Es war, als hätte ein Engel, ein Geist oder ein Dämon die Bilder der Erinnerung, die eigentlich in mir sein sollten, mutwillig unleserlich gemacht …

Ich war nicht mehr so einfältig, dass ich an Serien von Zufällen glauben konnte. So wie bei jedem Erwachen am Morgen die Tage ähnlich und doch wieder anders sind, wie sich die Jahreszeiten verändern und sich die Jahre selbst wiederholen und doch nicht gleich sind, so fühlte ich mich in jedem Dasein mit meinem vorigen Leben vertraut und verwandt und hatte mich doch ein wenig verändert.

Und wieder sah ich die einzelnen Zeitabstände nicht als Stufen und Wegstrecken, sondern wie eine Spirale – wie einen in allen Farben leuchtenden Regenbogen, von dem ich nur ein kleines Stück erkennen konnte und der sich dennoch immer weiter und weiter schraubte. Die Spirale hatte kältere Seiten und Farben, aber auch helle und warme, die sich von Ebene zu Ebene fortsetzten. Während um mich herum die Waffen klirrten, Männer schrien, Tiere blökten und manchmal auch Frauen kreischten und lachten, dachte ich daran, wie weit entfernt die letzte Zeit war, die ich mit Ursa verbracht hatte. Ich konnte mich nicht einmal mehr daran erinnern, ob ich sie anschließend noch einmal gesehen hatte ...

Ich stand an der halb verfallenen Mauer des Kastells Tolbiacum. Zusammen mit einigen anderen aus dem Gefolge des Rheinfrankenkönigs hatte ich einen Turm erklommen. Kaum eine halbe Meile entfernt stießen die feindlichen Heerscharen zusammen. Für mich gab es nicht den geringsten Unterschied zwischen ihnen. Ich konnte nicht einmal sagen, wer von Süden, von Norden oder von Westen kam. »Aber ich hätte es wissen müssen«, stellte ich erneut erschrocken fest. Ich hätte sie alle an ihrer Rüstung und Kleidung, an ihren Fahnen und Wimpeln und selbst an ihren Helmen und Waffen unterscheiden müssen!

»Es ist ein Fluch, dass diese Alamannen so viele Anführer und Könige haben«, schrie einer neben mir. Er hatte einen dünnen Kinnbart und trug einen kurzen, mit Gold und Silber bestickten Kittel. »Und so lahm, wie er ist, kann König Sigibert nicht gegen sie voranreiten«, beklagte ein anderer, der einen spitzen Filzhut aufhatte. Ich hob die Brauen und sah die beiden schräg von der Seite her an. Und plötzlich spürte ich, dass ich dazugehörte, dass ich sogar Berater des Frankenkönigs Sigibert war ... derjenige, der ihn in einer vorangegangenen Schlacht in derselben Gegend mit halb zerschmettertem Knie aus dem Getümmel geholt hatte.

»König Sigibert der Hinkende«, sagte ich in einen kurzen, unerwarteten Moment der Stille hinein. Die anderen auf der oberen Plattform des Römerturms drehten sich ruckartig um. Sie sahen mich fragend an. Ich schluckte unwillkürlich.

»Ist es ... ist es nicht so?«

»Doch, doch«, sagte der Mann mit den Bartfransen am Kinn. »Ohne dich, Rheinold, hätte der König schon die erste Schlacht gegen die nach Norden vorrückenden Alamannen nicht überlebt.«

Die anderen nickten. Ich holte tief Luft und hoffte inständig, dass sie den Schweiß auf meiner Stirn nicht bemerken würden.

Wie konnte es sein, dass mich meine Erinnerung derartig im Stich ließ?

Dutzende von Hörnern beendeten den kurzen Augenblick der Stille.

»Es wirkt, Rheinold. Tatsächlich, deine Idee gelingt!«

Ich hatte nicht die leiseste Ahnung, was sie meinten. Die Männer um mich herum waren plötzlich so aufgeregt wie Kinder im Spiel. Sie ballten die Hände zu Fäusten und schlugen damit durch die Luft in Richtung der kämpfenden Alamannen. Jetzt erkannte ich auch die von Westen her anstürmenden Krieger. Sie wurden von fünfzig oder auch hundert Berittenen angeführt. Dahinter kamen mindestens zwei- oder dreitausend Fußkrieger. Sie brachen so hart zwischen den ripuarischen Franken und den Alamannen ein, dass sie sofort einen Keil bildeten, der direkt bis zu uns auf die Mauern der alten Römerfeste zielte.

»Wenn sie es schaffen ... wenn sie es doch nur schaffen würden!«, rief einer der Männer neben mir, der bisher noch nichts gesagt hatte. Ich runzelte die Brauen, denn nicht nur die Stimme, sondern auch die Bewegungen dieses Mannes kamen mir seltsam vertraut vor. Genauso hatten die Bischöfe und Priester in der Colonia Claudia Ara Agrippinensium gesprochen.

Im selben Augenblick fiel mir sein Name ein. Es war Remigius, der Bischof von Reims. Jetzt wusste ich auch, wie es dazu gekommen war, dass Chlodwig, der König der salischen Franken, bis zu seinem armen Verwandten am Rhein geeilt war, um ihm im Kampf gegen die alamannischen Eroberer zu helfen. Chlodwig im fernen Tournai hatte sich lange Zeit taub gestellt. Vielleicht hatte er auch geglaubt, dass ihm alles in den Schoß fallen würde, wenn sich die Rheinfranken und die Alamannen erst einmal gegenseitig aufgerieben hatten ...

Aber dann hatte ich eine Waffe und einen Königsschatz ins Spiel gebracht, der stärker war als Gold und Edelsteine, seidene Stoffe und kunstvoll geschliffene römische Trinkbecher. Ich hatte ganz einfach den Bischöfen von Köln und Reims einen kleinen, freundlichen Gedanken eingegeben, der weder sie noch König Sigibert irgendetwas kostete.

»Es gibt genügend Äbte und Bischöfe im Reich der salischen Franken. Schickt Mönche hier vom Rhein zu ihnen, damit sie ihren Fürsten und Chlodwig selbst bestätigen, dass Gott mit ihnen ist, wenn sie König Sigibert gegen die Alamannen helfen.«

Remigius hatte sofort gemerkt, was mein Vorschlag bedeutete. »Und wenn sie wirklich gewinnen?«, hatte er nur gefragt.

»Dann wird es ziemlich eng in deinem Taufbecken in Reims«, hatte ich gelacht. »Dann kannst du nämlich Tausende von Edlen und Kriegern samt ihrem König Chlodwig bei dir in Reims taufen.«

Der Rest war nicht weiter schwierig gewesen. Schon bald war die Botschaft aus Tournai eingetroffen, dass Sigibert Chlodwig tatsächlich die Taufe für alle versprochen hatte, wenn sie mithilfe von Jesus Christus und seinem göttlichen Vater siegen sollten ...

Ich spürte, wie es wieder und wieder zwischen meinen Schulterblättern kribbelte und wie das Amulett auf meiner Brust wärmende Strahlen aussandte. Es war, als hätten die Alamannen nie weniger Kraft gehabt als in dieser Stunde.

Sie schlugen wie Bauern um sich, trafen nur noch sehr selten und wandten sich schließlich einer nach dem anderen zur Flucht in die Ardennenberge. Der Jubel und das Geschrei der Sieger wurden so laut, dass wir uns auf dem alten Römerturm die Ohren zuhalten mussten. Doch der am lautesten schrie, der hieß Remigius und war Bischof von Reims.

11. DER HINKENDE KÖNIG

DER SIEG ÜBER DIE ALAMANNEN rettete den hinkenden König und die Stadt, deren Werden und Entstehen ich von Anfang an miterlebt hatte. Im Jahr nach dem denkwürdigen Zusammentreffen von Tolbiacum ließen sich mehrere tausend salische Franken zusammen mit ihrem König Chlodwig durch Bischof Remigius in Reims taufen. Derart gestärkt, besiegte der König auch noch die Burgunder und schließlich sogar die Westgoten. Sein Ruhm und sein Reich wuchsen von Jahr zu Jahr.

Ich fühlte mich bei alldem nicht mehr wohl. Obwohl der hinkende König am Rhein nach jedem Sieg seines Verwandten ein großes Fest ausrichten ließ, kam mir das alles wie eine Serie vorweggenommener Totenfeiern vor. Ich wusste ganz genau, dass der Sieg über die Alamannen letztlich das Ende von Freiheit und Unabhängigkeit für Sigibert und seinen Sohn Chloderich bedeuteten.

Nach seinen Siegen war Chlodwig mit seinem gesamten Hofstaat nach Paris umgezogen. Wir feierten seine Boten und ließen sie an den Gelagen im alten Prätorium teilhaben. Die Stadt und der frühere Regierungspalast, in dem römische Senatoren und Feldherren ein und aus gegangen waren, erinnerte nur noch entfernt an die einstige Pracht. Niemand außer mir selbst konnte beurteilen, wie viel verloren gegangen war und wie bescheiden die lauten und wilden Feste der Franken in den Räumen wirkten, die sie nicht selbst erbaut hatten.

Ich zog mich zu dieser Zeit mehr und mehr in das nordöstliche Stadtviertel in der Nähe des Mercurius-Tempels zurück. Der alte Tempel stand noch. Zwischen ihm und der Nordmauer erstreckte sich nach wie vor die trutzige Anlage der Bischofskirche mit ihrem zum Rhein hin liegenden Atrium, dem daran anschließenden heizbaren Gebäude und der kleinen Taufkapelle. Doch während das Prätorium der Römer sich in seiner ganzen Pracht zum Rhein hin zeigte, wirkte die Anlage der Bischofskirche eher wie eine versteckte Festung in der nordöstlichsten Ecke der Stadt.

Auch vom Bischof und von den Presbytern der anderen Gemeinden hielt ich mich in diesen Jahren fern, so gut es ging. Zwölf Jahre waren vergangen, seit Chlodwig und Sigibert die große Schlacht bei Tolbiacum für sich entschieden hatten. Für König Sigibert und die Bewohner der Stadt waren es keine reichen, aber doch angenehme Jahre gewesen. Der König der rheinischen Franken konnte es sich sogar erlauben, in der schönen Jahreszeit über den Rhein hinweg bis zum Main oder fast bis zu den Thüringern zu reiten. Es ging dabei nicht um Kriegszüge, sondern zumeist um Besuche bei anderen fränkischen Adligen, die sich inzwischen den Ripuariern angeschlossen hatten.

Obwohl König Sigibert eigentlich nicht mehr aus dem Sattel heraus kämpfen konnte, liebte er die Jagd. Die Ardennen südlich der Stadt waren ihm zu wild und zu kühl. Er bevorzugte indessen die Jagdgebiete östlich des Rheins an einem Fluss namens Fulda. Hier, im Buchonischen Wald, konnte er wochenlang herumschweifen. Er liebte die Gegend so sehr, dass er oft nicht einmal in Gehöften oder festen Häusern übernachtete, sondern Zelte an Bachufern aufschlagen ließ.

Ich hätte es wissen müssen! Wenn ich nur eine Spur aufmerksamer und dadurch misstrauischer gewesen wäre, hätte ich merken müssen, was die beiden Boten aus Paris von König Sigiberts Sohn wollten. Sie waren empfangen und beköstigt worden. Aber sie hatten nur genickt, als ich ihnen sagte, dass der König wieder einmal zur Jagd ausgeritten war.

Ich war zu dieser Zeit Notarius und Leiter der kleinen königlichen Schreibkammer. Zu mir gehörten nur vier weitere Schriftkundige, die aber selbst nur lesen und nicht sauber schreiben konnten. Alles, was wir für den königlichen Hof und die Verwaltung Ripuariens benötigten, wurde von Mönchen in den verstreut um die Stadt liegenden Klöstern oder direkt beim Bischof angefertigt.

Die meisten der Adligen im Gefolge des Königs hatten ehemalige römische Domänen, Villae und Gehöfte übernommen. Aber auch wenn sie über kostbare Mosaikböden gingen oder an Säulen lehnten, die schon Jahrhunderte überdauert hatten, blieben ihnen die Atriumhäuser ebenso fremd wie die heidnischen

Tempel und die Gräberfelder an allen Straßen, die aus der Stadt herausführten.

Wer in diesem Sommer nicht mit König Sigibert auf der Jagd war, hatte die Gelegenheit genutzt und die alte Römerstadt verlassen. Mitte August befanden sich nach meiner Schätzung nicht einmal tausend Menschen in der Stadt. Gerade deshalb hätte mir auffallen müssen, dass Sigiberts Erstgeborener nicht mit in den Buchonischen Wald geritten war.

Als ich ein paar Tage später bereits mit der ersten Morgensonne mein Haus verließ und an den Mauern der Bischofskirche vorbeiging, blieb ich plötzlich wie angewurzelt stehen. Auf den Stufen des Mercurius-Tempels saß ein kleines Mädchen mit blondem Haar. Es war etwa zehn, zwölf Jahre alt, und wieder spürte ich einen scharfen Stich in meinem Herzen.

»Wie oft schon?«, fuhr es mir durch den Kopf. Wie oft schon war mir dieses einzigartige Bild eines weiblichen Wesens begegnet, das mich immer wieder an jenes Flammenbild erinnerte, mit dem alles begonnen hatte? Aber ich wollte nichts damit zu tun haben. Ich wechselte die Straßenseite und bog in eine schmale Gasse ein, die direkt bis vor den Nordflügel des alten Prätoriums führte.

Obwohl auch dieser Tag heiß zu werden versprach, waren die steinernen Hauswände noch kalt von der Nacht. Ich empfand die Kühle als angenehm und beschleunigte meine Schritte. Gleichzeitig hörte ich ein leises Füßeplatschen auf den Steinplatten hinter mir. Ich flehte innerlich darum, dass gerade jetzt irgendein Weib aus einem der Häuser treten mochte, um das Nachtgeschirr auf der Straße zu entleeren. Aber die Stadt war in diesen Sommertagen verlassen.

Das Mädchen hinter mir erzählte mir einfach, was sie mir sagen wollte. Ich musste mich nicht einmal umdrehen. Und wieder war es ein Mädchen wie Ursa, das mein friedliches Leben durcheinanderbrachte:

»›Sieh doch, dein Vater ist alt‹, haben die Boten zu ihm gesagt«, hörte ich ihre Stimme. »›Er wackelt, wenn er reitet, und hinkt nur, wenn er läuft.‹«

Ich biss die Zähne zusammen und eilte beherrscht weiter. Nein, das war kein Kindervers, kein Abzählreim! Ich wusste sofort, wer diese Worte gesprochen haben musste. Ich wusste auch, dass sie an den zurückgebliebenen Sohn des hinkenden Königs gerichtet worden waren.

»›Stirbt der mit dem hinkenden Bein, gewinnt der mit dem heilen Bein. Und alle wären's froh … und alle wären's froh.‹«

Ich stöhnte auf, weil ich den Singsang des Kindes hinter mir nicht mehr ertragen konnte. Mit einem Ruck blieb ich stehen. Ich drehte mich auf dem Absatz um. Aber da war nichts. Ich starrte über die vollkommen leere, noch halb im Morgenschatten liegende Verbindungsgasse. Kein Kind, kein kleines Mädchen mit goldenem Haar und Augensternen. Nichts, absolut nichts. Nur von der Bischofskirche her schossen zwei Mauersegler in schnellem Flug dicht über meinen Kopf hinweg.

Drei Wochen nach diesem eigenartigen Augustmorgen kehrte der hinkende König von seinem Jagdausflug zurück. Alle Edlen, alle Händler, alle, die sich noch in der Stadt befanden, versammelten sich stumm an der Stelle, wo der Duffesbach in den Rheinstrom mündete. Hier befanden sich auch die kläglichen Überreste der letzten römischen Hafenanlagen.

Als die beiden Barken von der anderen Seite kommend am steinernen Ufer anlegten, nahmen alle Versammelten ihre Kopfbedeckungen ab und schwiegen so lange, bis die Bahre mit dem toten König auf der mit Gras überwachsenen Kaimauer stand. Erst dann begannen einige der Weiber zu jammern, während der Bischof Gebete in lateinischer Sprache sprach. Er machte es kurz und zeigte keine besondere Trauer. Dann wurde die Bahre aufgenommen und zu einem Karren getragen.

Ohne Verzögerung setzte sich der Zug der Jagdbegleiter in Bewegung. Die Männer gingen die Schräge hinauf, bis sie zum Cardo Maximus kamen. Langsam und von vielen Gebeten begleitet, wurde der tote König über den großen Forumsplatz bis zum Palast der römischen Statthalter gebracht. Wir wussten alle, dass sein Tod kein Unfall gewesen war. Boten auf schweißnassen Pferden hatten schon wenige Tage nach der verruchten Tat die Hauptstadt Ripuariens erreicht, und sie wussten zu berichten, dass der hinkende König in seinem Jagdzelt mit einem Beil erschlagen worden war.

Seltsamerweise war der Thronfolger dem Zug mit seinem toten Vater nicht entgegengeritten. Als ich ihn darauf ansprach, entschuldigte er sich damit, dass er sich um die Edlen vom Hof König Chlodwigs kümmern müsse und dass er den Männern aus Paris nicht zumuten wolle, allein in der Stadt zurückzubleiben oder ihn sogar auf einem Ritt in die Wälder des Ostens zu begleiten.

»Mein Vater ist tot«, sagte Sigiberts Sohn einige Tage später zu mir. »Ich kann nichts mehr daran ändern. Sein Reich und seine Schätze gehören jetzt mir, und ich muss zusehen, dass König Chlodwig in Paris uns gewogen bleibt.«

»Was hast du vor?«, fragte ich ihn. »Willst du ihm den Königsschatz deines Vaters schenken, damit du hier Ruhe hast?«

Die Mundwinkel des jungen Mannes zuckten unsicher. Dann hob er die Schultern und sagte: »Ich habe König Chlodwig ausrichten lassen, dass er voll und ganz über mich und meine Treue verfügen könne.«

»Und?«, fragte ich. »Wie ist seine Antwort gewesen?«

Chloderich warf den Kopf in den Nacken, verschränkte die Hände auf dem Rücken und stolzierte ein paarmal im großen Hauptsaal des Prätoriums auf und ab. Dann blieb er dicht vor den Fenstern zum Rhein hin stehen.

»Er hat mich anerkannt«, sagte er stolz. »Er hat nur verlangt, dass ich seinen Vertrauten die Schätze meines Vaters zeige, sobald sein Leichnam in der Stadt angekommen ist. Und das wird bereits in der nächsten Stunde geschehen.«

»Du willst jetzt, noch ehe dein Vater begraben ist, die Truhen mit Gold und Edelsteinen öffnen?«, wunderte ich mich.

»Warum nicht?«, fragte er trotzig zurück. »Die Abgesandten des Merowingers wollen schließlich nichts haben, sondern nur alles sehen ...«

Ich schüttelte ungläubig den Kopf und konnte mir keinen Reim auf all das machen. Deshalb fragte ich nicht weiter und begleitete ihn in einen der Nebenräume, wo der tote König noch immer auf der Bahre lag. Mehrere Männer und einige Priester versorgten den Leichnam. Sie hatten die übel riechenden Verbände aus Kräutern und Leinen abgenommen und waren dabei, die klaffende Wunde zu säubern. Ich wollte nicht weiter hinsehen und trat ein paar Schritte zur Seite. Wie zufällig sah ich durch die halb geöffnete, mit großen Eisenbändern beschlagene Bohlentür zur Schatzkammer den Königssohn. Chloderich zeigte den Abgesandten der salischen Franken ohne Argwohn Säcke und Ballen, Truhen und Kästen. Wie auch bei anderen Germanenkönigen war der Königsschatz mehr noch als Krone und Schwert, Paläste und wertvolle Pferde Teil des eigentlichen Geheimnisses der Königsmacht. Nur wer so viel besaß, dass er seine Gefolgsleute und Getreuen üppig belohnen konnte, wurde zum König gewählt – nicht so sehr aus materiellen Gründen, sondern weil der Reichtum ein günstiges Schicksal bewies, an dem jeder gern teilhaben wollte.

Ich trat einen Schritt näher, konnte aber nicht verstehen, was Chloderich und die Abgesandten aus Paris besprachen. Erst als ich mich ganz dicht an den Vorhang vor der Tür bewegte, hörte ich sie.

»... und hier ist der Kasten, in dem mein Vater die Goldmünzen aufbewahrt hat«, sagte Chloderich stolz.

»Ist der Kasten voll?«, fragte einer der Männer.

»Fast bis zum Rand.«

»Und unten am Boden, liegt dort das Silber oder auch noch Gold?«

»Gold, alles Gold«, antwortete Chloderich stolz.

»Dann zeig es uns, damit wir unserem König sagen können, wie reich dein Vater war und wie bedeutend du jetzt bist.«

Ich spürte, dass irgendetwas nicht stimmte, und doch zögerte ich in diesem Augenblick. Ich stand noch immer in dem Raum, in dem der ermordete Sigibert aufgebahrt war. Vielleicht hätte ich unter anderen Umständen anders gedacht und gehandelt, doch diesmal nahm mich eine eigenartige Scheu vor der frevlerischen Tat gefangen. Und genau dieses Zögern, die Rücksicht auf den Verstorbenen, ließ dem weiteren Unglück freie Bahn. Chloderich bückte sich, und seine Hände wühlten im Kasten auf dem Boden immer mehr Goldstücke zur Seite. Er wühlte und wühlte, bis er den Boden erreichte.

»Seht her! Alles Gold! Sogar noch echte römische Goldsolidi. Und alles meins ...«

Im selben Augenblick sah ich das Mädchen. Es ging einfach quer durch die Räume. Noch ehe ich irgendetwas unternehmen konnte, sah ich hinter ihr die gedungenen Mörder, die Chloderich zu seinem Vater geschickt hatte. Sie traten neben die Schatzkisten, einer hob den Arm, dann drang die Axt, die schon den Vater erschlagen hatte, auch dem Sohn in den Kopf. Chloderich kippte ein wenig zur Seite. Dann schoss das Blut aus seinem Kopf in den Kasten mit dem Gold des Vaters.

»Blut so rot ... Königstod«, sang eine Mädchenstimme dicht hinter mir. Ich fuhr zusammen und wirbelte herum. Sie lächelte mir zu und fasste nach meiner Hand. Ganz so, als würden wir uns schon lange kennen, führte sie mich ungehindert aus dem Palast der toten Könige.

Ich war verwirrt. Denn ich war ein erwachsener, reifer Mann. Sie hingegen sah immer noch wie ein kleines Mädchen aus – fast noch ein Kind, das mich aus mörderischen Kreisen wieder zu meinem Haus führte, meiner Zuflucht gegen all das, was sich als schwarze Schatten über die Häuser und Ruinen der Frankenstadt am Rhein gelegt hatte.

Gut drei Jahrzehnte vergingen. Ich war schon lange wieder allein, doch Jahr um Jahr stieg ich an ihrem Todestag zur Gruft hinab, in der ich ihren Leichnam zusammen mit dem unseres Sohnes zur ewigen Ruhe gebettet hatte. Ich musste Ritzen in den Ziegelsteinen aufkratzen und sie vorsichtig herausnehmen, ehe ich einen Kienspan anzünden konnte. Im Schein der kleinen Flamme sah ich sie wieder.

Ursa sah erwachsener aus als in meiner Erinnerung, war aber noch immer unverwest. Ich hatte sie wie eine Königstochter und meinen Sohn wie einen Thronfolger ankleiden lassen. Ihr Schmuck war königlich, und auch die Beigaben hätten jede Prinzessin der Franken oder Langobarden, der Goten oder irgendeines anderen edlen Volkes ausgezeichnet.

Ich strich mit den Fingerspitzen über den goldenen Spiralreif an ihrem Arm, streichelte die Ringe mit den viereckigen Spiegeln und ordnete, wie schon so oft zuvor, die Münzen an der Lederkette um ihren bleichen Hals. Dann ging ich drei Schritt weiter und betrachtete das geschnitzte Bett, in das ich unseren Sohn gelegt hatte. Ich legte meine linke Hand unter seinen Hals und zog den Lederhelm mit den goldenen Bügeln, die sich an der Spitze trafen, vorsichtig von seinem Kopf. Der Nackenschutz aus Kettengliedern zeigte nicht den geringsten Rost. Auch der Wangenschutz war sauber wie am ersten Tag.

Ich strich mit meinen Fingern über das Schweißband im Inneren des Helms. Dort hatte ich in einer Mischung aus Römerbuchstaben und Runen einen Segen eingeschrieben, der noch von den Druiden meines ersten Volkes stammte und den nur einmal ein päpstlicher Legat entziffert hatte. Und ich erinnerte mich dunkel, wie ich die Gruft unter der Basilika damals noch besser zugemauert und mit geschwärztem Lehm verschmiert hatte ...

Wie schon so oft, empfand ich auch diesmal keine Trauer, sondern nur eine tiefe Sehnsucht nach dem Weib, das ich nun schon seit sechs Jahrhunderten immer wieder getroffen und erneut verloren hatte. Vielleicht war das ihr Fehler oder auch der meinige gewesen: Wir waren uns begegnet, wenn wir es am wenigsten erwarteten. Wie die Bahnen der Sterne hatten sich unsere Leben gelegentlich gekreuzt. Wir waren dann ein Stück gemeinsam durch die Ewigkeit gezogen, ohne zu wissen, woher wir kamen und was uns erwartete. Und manchmal dachte ich sogar, dass sie von Anfang an zu mir gehörte ...

Neun Jahre nach dem Tod von König Sigibert und seinem Sohn hatte sie mir gesagt, dass sie nun einundzwanzig Jahre alt sei und dass es Zeit würde zu heiraten, weil sich ein neues Leben in ihr regte. Ich war schon lange darauf vorbereitet, obwohl ich mittlerweile schlohweißes Haar bekommen hatte. Dennoch mussten wir noch einige Wochen warten, bis ein neuer Bischof eingetroffen war. Der kleine, eifrige Gallus stammte aus Clermont in Gallien und kam mit König Theuderich, einem der vier Söhne des ebenfalls längst verstorbenen Chlodwig.

Mit Schrecken und Erstaunen erinnere ich mich an die fürchterlichen Tage nach der Ankunft der neuen Herren. Jetzt zeigte sich nämlich, dass die salischen Franken nichts mehr von Brüderlichkeit und verwandten Stämmen wissen wollten. Und sie zeigten ihre Herablassung auf eine Art und Weise, die nicht nur mir das Blut bis in die Schläfen trieb.

Gallus, der neue Oberpriester, kam nicht mehr schlicht und als Hirte der Gemeinde. Er kam als Statthalter mit allem Prunk, kostbaren Gewandungen in bunten Farben und einer ganzen Schar von untergebenen Priestern, Diakonen und Verwaltern zu seiner Bischofskirche. Noch ehe dieser Bischof Gottesdienst oder ein Abendmahl mit seinen neuen Schäfchen feiern konnte, zeigte er bereits, was er unter Nächstenliebe und christlicher Vergebung verstand.

Wir alle, die wir seinen Einzug wohlwollend und sogar mit gewisser Freude beobachtet hatten, waren wie gelähmt vor Schreck, als Gallus zwischen seiner neuen Kirche und dem alten Tempel des Mercurius halten ließ. Er stieg vom Pferd und ging mit wallenden Gewändern eilig die Stufen hoch. Noch ehe er die hohen, schlanken Säulen erreicht hatte, ließ er sich ein Schwert geben.

Niemand hatte sich bisher daran gestört, dass neben den Christenkirchen auch noch einige der anderen Kultstätten notdürftig ausgebessert worden waren. Der neue Bischof jedoch führte sich wie der Gottessohn persönlich auf. Mit seinem Schwert zerschlug er eigenhändig die holzgeschnitzten Nachbildungen von Armen, Füßen, Händen oder Köpfen, die von kranken Gläubigen in den Tempel der alten Götter gebracht worden waren.

Seine Gefolgsleute schichteten die hölzernen Opfer- und Votivgaben für Götter, die sie überhaupt nicht kannten, zu großen Haufen auf. Währenddessen stand Gallus auf den Stufen des alten Römertempels und begann mit schriller Stimme die verstörten Zuschauer zu beschimpfen. Er verfluchte sie und drohte ihnen mit den Qualen einer Hölle, die sich bisher kaum einer so furchtbar vorgestellt hatte.

Einige Zuhörer murrten, andere stießen im Schutz der Menge wütende Verwünschungen aus. Im selben Augenblick schlugen die ersten Flammen aus eilig errichteten Scheiterhaufen. Sie schlugen so hoch, dass vom trockenen Holz her auch die Wandteppiche und die Verkleidungen im Inneren des Tempels Feuer fingen. Ich sah, in welche Richtung sich das alles entwickeln musste. Zu oft in der Vergangenheit war ich in ähnlichen Situationen gewesen. Und dann geschah es. Ich konnte gerade noch Ursa zur Seite reißen, als einige der Männer, die nicht zum Königshof gehörten, schreiend nach vorn drängten.

Gallus erkannte, dass er den Bogen überspannt hatte. Einige seiner Hilfspriester und Diakone hatten es ebenfalls begriffen. Sie schützten ihn durch einen Ring aus ihren eigenen Körpern und drängten ihn über die Stufen in jene Straße, die direkt zur Aula Regia führte. Noch ließen Respekt und Furcht die Verfolger zögern; dann aber zeigten einige von ihnen, dass sie nicht nur Dolche, sondern sogar Schwerter hatten. Die Priester flohen immer schneller. Sie stolperten, ließen einige Utensilien fallen und warfen schließlich sogar Umhänge und Mäntel ab. Ein paar Dutzend erst, schließlich Hunderte von Männern, Frauen und sogar Kindern rannten schreiend hinter den frommen Männern her. Nur mit letzter Not gelangten Gallus und seine Begleiter hinter die schützenden Mauern des Prätoriums …

Ich seufzte tief auf, als ich jetzt wieder an den Beginn der Jahre unter diesem Bischof dachte. Wir wurden nicht von ihm getraut, und unser Sohn Halvar wurde nicht getauft. Der nächste König benahm sich ebenso überheblich wie der Bischof. Obwohl er nicht das Recht dazu besaß, richtete er in der Innenstadt eine Prägewerkstatt ein, wo er goldene Münzen mit seinem Antlitz schlagen ließ – ganz so, als sei er selbst der Kaiser. Doch der saß in Byzanz …

Manchmal denke ich immer noch, dass es vielleicht doch richtiger gewesen wäre, enger mit Bischof Gallus und dem Enkel von König Chlodwig zusammenzuarbeiten. Mir blieb zum Schluss nur noch ein kleines, wenn auch lukratives Privileg: Ich durfte abgelegte und nicht mehr gebrauchte Kleidungsstücke, Schmucksachen oder auch leicht beschädigte Gegenstände aus der königlichen Pfalz zum weiteren Verkauf mitnehmen. Auf diese Weise war ich zum Händler des königlichen Überflusses geworden. Und es gab viel davon in diesen Jahren der Verschwendung …

Ich war bereits ein alter Mann, als sich die abgelegten königlichen Gewänder und all das andere in meinem Atriumhaus stapelten. Sogar im Apfelgarten hatte ich einen zusätzlichen Verschlag aus starken Eichenbohlen errichten lassen. Hier bewahrte ich auf Wandregalen Gefäße ohne Boden, angerostete Schwerter und in kleinen Kästen auch den Schmuck auf, der mir gebracht wurde, weil eine Spange fehlte oder jemand Bares brauchte. Ich zahlte mit den neuen Königsmünzen, die eigentlich nur innerhalb der Stadt einen Wert besaßen. Was mir dafür gebracht wurde, verkaufte ich an Händler weiter, die auf dem Fluss bis nach

Britannien oder stromaufwärts zu den anderen Städten und Königreichen fuhren.

Es war die pure Eitelkeit, die mich dazu verleitete, meinen Sohn und seine schöne Mutter so anzuziehen und zu schmücken wie in der königlichen Familie. Nicht dass wir in diesem Aufzug auch nur einen Schritt in die Stadt gewagt hätten, aber hinter den Mauern und in meinem Garten hatte ich Freude daran, wenn ich sie kostbar gekleidet sah. Ich war ein Lumpenkönig. Und meine Eitelkeit war tödlich.

Sie starben schon drei Tage, nachdem mein Sohn nachts weinend aufgewacht war und uns die schwarzen Beulen zeigte, die ihn in seiner Leistengegend schmerzten. Vom ersten Augenblick an wusste ich, was er hatte.

Es war nur ein Gerücht gewesen, als ich die letzten Kleidungsstücke im Prätorium übernahm: Jemand hatte mir zugeflüstert, dass aus dem Totenzimmer von König Theuderich Pestratten geflohen waren. Aber ich hatte nur die großen Stapel mit kostbaren Gewändern, Tüchern und Gürteln, Schuhwerk und reich bestickten Bändern gesehen. Für eine Handvoll Silber war alles meins geworden. Gleichzeitig hatte ich damit den Tod für jene beiden Menschen eingekauft, die ich am meisten liebte …

Ich strich die Tränen mit dem Handrücken von meinen Wangen. Seit das geschehen war, wollte ich selbst auch nicht mehr leben. Aber ich starb nicht, konnte nicht sterben. Bereits zehn Jahre lang kam ich in die Grabkammer unmittelbar an der Römermauer. Die Körper meiner Gefährtin und meines Kindes wollten nicht verwesen. Sie lagen in der feuchten Kühle, und ihre Haut war ganz glatt. Sie hatte jetzt die Farbe von frischer Honigmilch …

Ich war noch immer wie benommen und in Erinnerungen versunken, als ich mühsam die Steinstufen nach oben stieg. Dann hörte ich weit entfernt den Klang der Eisenglocke. Sie hätte schon vor zehn Jahren schlagen müssen, denn diese Glocke aus zusammengenieteten Eisenplatten sollte nur schlagen, wenn alle Stadttore geschlossen werden sollten, weil die Ratten kamen. Die Ratten und die Pest.

Waren sie wieder da? War dies der schon so lange heiß ersehnte Tag, an dem ich dieses Leben, das mir so lästig war, endlich beenden konnte? Ich konnte nichts mehr tun – weder für mich noch für die Menschen in der Stadt.

Ich wusste, dass ich sterben würde, als ich durch die Tür der kleinen Grabkapelle ins Freie trat. Aber ich sah nicht einmal, wer mir etwas über den Kopf schlug. Ich spürte keinen Schmerz, nicht einmal diesen Schlag. Es war zu Ende, als meine Finger die Teerkapsel auf meiner Brust berührten. Aber noch immer wusste ich nicht, ob ich danach sehr tief gefallen oder sehr hoch geflogen war.

Ich merkte nur, dass ich vom Jenseits sehr enttäuscht war. Wo blieb der Glanz, den ich erwartet hatte? Und wo der Friede, der keinen Wunsch mehr offenließ? Und wenn schon dieses nicht, wo waren die Hölle und das Schreien der Verdammten? Ich dachte an die germanische Totenwelt Hel. Aber auch dort konnte ich nicht sein. Um mich herum war kein Totenland voller Staub und Würmer, nasskalt und dunkel wie ein Grab. Ich war kein Krieger, der ins helle, leuchtende Walhall eingehen konnte, nicht einmal ein Wesen, das den Leichnam verlassen hatte, um fortan in einem geistigen Körper zu wohnen …

Ich war so angestrengt bei meiner Suche nach einem einzigen tragfähigen Gedanken, dass ich darüber sogar vergaß, ob ich nun schwebte, über alles hinwegflog oder fiel. Ich wunderte mich nur darüber, dass ich sein konnte, ohne mich in irgendeine Richtung zu bewegen. Ebenso wenig gab es einen Anfang oder ein Ende, ein Oben oder Unten – nicht einmal einen Unterschied zwischen innen und außen. Ich kam mir nackt vor, ohne irgendeinen Schutz, ohne Halt. Es war eindeutig das Schlimmste, was mir je passiert war …

12. DIE TAVERNE AM HAFEN

»SCHLUSS JETZT, MÄNNER!«, rief ich ungeduldig. »Trinkt aus und dann verschwindet.«

»Ist das dein letztes Wort?«, lallte einer der Kerle an den Tischen. Er hob mit schwerer Hand den Becher und kam dem Rand mühsam mit vorgestreckten Lippen entgegen.

»Mein allerletztes!«, rief ich. Im selben Augenblick lachten ein paar andere.

»Er hat's vergessen. Er hat es wieder mal vergessen«, johlten und lachten sie. »Rheinold, du wirst es niemals lernen …«

Ich biss die Zähne zusammen. Diese verdammten Säufer hatten recht. Ich hatte zugestimmt, dass es mein letztes Wort gewesen war. Aber ich hatte nicht gesagt, dass sie auch noch die Zeche zahlen sollten. Mein Fehler. Und mein Pech. Das Gleiche war mir in den letzten Tagen bereits mehrmals passiert.

Seit ich die Taverne am alten Römerhafen übernommen hatte, zahlte ich nur noch drauf. Ich hätte niemals meinen Anteil am Badehaus vor der Hohen Pforte an Bischof Kunibert verkaufen dürfen. Was hatte überhaupt ein Kirchenmann in einem Badehaus zu suchen?

Mein Anteil war nicht groß gewesen, aber ich hatte ihn voller Vertrauen einem der Juden in der Stadt für ein paar Jahre überlassen. Monat für Monat zahlte er mir dafür ein kleines Sümmchen, mit dem ich leben und mich auf bescheidene Art vergnügen konnte. Dann aber war mir die Schenke in der Ruine am alten Römerhafen angeboten worden. Sie war mir stets auf eine eigenartige Weise bekannt und vertraut vorgekommen. Dort, wo schon längst kein Schiff mehr anlegte, versandete inzwischen der Flussarm zwischen der Stadt im Westen und der lang gestreckten Insel.

Ich hatte bereits einige Tage lang seltsame, aufregende Gedanken. Zuerst waren sie mir wie Hirngespinste vorgekommen. Dann, als sie öfter kamen, hielt ich in meinen Tätigkeiten inne und blieb für eine kurze Weile beinahe bewegungslos.

»Rheinold übt schon für sein eigenes Denkmal«, lästerten die Männer, die nun nach Hause gingen, um zuerst die Kinder, dann das Weib durchzuprügeln, um danach zufrieden ihren Rausch auszuschlafen. »Er will auf seinem Grab als Marmorstatue überdauern«, lachte ein anderer. »Als erster Schankwirt dieser Stadt, der in seinem eigenen Weinkeller verdurstet ist …«

Die meisten meiner Dauergäste lebten von dem, was sie stehlen oder im betrügerischen Spiel ergattern konnten. Keiner von ihnen dachte darüber nach, ob er gegen Anstand, Sitte oder Christenpflicht verstieß. Einige gingen manchmal zu den Messen, andere hielten es eher mit dem Glauben ihrer Ahnen, und wieder andere sahen zu, welcher Tempel gerade wieder irgendein Opfermahl veranstaltete. Die Zeiten waren hart, und jeder musste nehmen, was er kriegen konnte. Ebenso wie die anderen kümmerte ich mich nicht um die schäbigen Zeichen des Verfalls überall in der Stadt. Die alten Römermauern standen noch, obwohl bereits an vielen Stellen Steinblöcke herausgebrochen worden waren. Die ganze Stadt sah aus wie ein Friedhof mit umgestürzten Grabmalen. Oder auch wie das Maul von irgendeiner Alten, die jahrelang zu faul gewesen war, Splitter von Mühlsteinen aus dem Mehl fürs Brot herauszusieben. Ja, dieses Bild gefiel mir. Denn wer von all den Säufern wusste mehr über den Zahn der Zeit als ich?

»Verschwindet jetzt«, blaffte ich sie an. »Und wehe, einer von euch pisst mir wieder an die Hauswand oder an die Tür der Schenke!«

Sie johlten und erhoben sich nur mühsam. Dann wankte einer nach dem anderen zum engen Ausgang meiner Schenke. Ich hatte noch kein Geld für neue Fensterscheiben. Seit irgendein Besoffener nachts einen Stein in die Scheiben geworfen hatte, war auch der letzte Mauerdurchbruch zum Fluss hin, der noch nicht mit starken Brettern vernagelt war, mit einer aufgeschnittenen Schweinsblase zugebunden worden.

Auf diese Weise fiel auch bei geschlossener Tür ein wenig Tageslicht ins Innere der Schenke. Meist aber stand die Tür offen, und jeder, der hereinkam, verdunkelte den Innenraum mit seinem Schatten. Auch Wachskerzen waren ein Luxus, den ich mir nicht leisten konnte. Anders als die kleinen sauberen Lampen mit Olivenöl, die zu Römerzeiten die Häuser in der Stadt erhellten, musste ich mich, wie fast alle anderen, mit Tranfunzeln begnügen. Aber auch ich hortete einige von diesen kleinen hübschen Lichtquellen – nicht um die triefnasigen Kerle zu beobachten, wenn sie sich wieder einmal vollschütteten, sondern für die Stunde danach. Dann, wenn sich der Gestank der Männer langsam verflüchtigte, holte ich hin und wieder eine der kleinen Öllampen hervor, goss ein wenig kostbares Öl hinein und zündete den Docht mit Stein und Feuereisen an.

Es war das Licht, das mich nicht losließ. Ich liebte seine sanfte Klarheit und konnte stundenlang vor der kleinen Flamme sitzen. Sie kam mir ewig vor und so geheimnisvoll wie all die Dinge, die ich nicht verstand.

So war es auch an jenem kühlen Abend, als mir von einem Augenblick zum anderen die Frage durch den Kopf schoss, wer ich eigentlich war und wozu ich mich Tag für Tag mit dem Abschaum der verfallenen Stadt herumärgerte. Es war derselbe Augenblick, in dem ich mich daran erinnerte, was ich schon vorher in der Stadt gesehen und erlebt hatte ...

Ich drängte meine letzten Gäste ziemlich grob bis auf die Straße. Auch als einer von ihnen strauchelte, kümmerte ich mich nicht weiter um sein Wohlbefinden, sondern warf zuerst die untere und dann die obere Hälfte der Holztür so hart gegen die Rahmen, dass zwei Handgriffe genügten, um die breiten Holzriegel bis in die Löcher im Mauerwerk zu schieben. Ich wollte kein Lamento mehr und keine Vorwürfe über die Grausamkeit des Schankwirts und den Durst der Rausgeworfenen.

Was mich jetzt viel mehr interessierte, war der Gedanke an die kleinen zierlichen Tonlampen, die auch jetzt noch als Beute aus den Römergräbern in meinem Schankraum angeboten wurden. Offiziell war die Grabräuberei ebenso bei Strafe untersagt wie vieles andere, was hier seit eh und je gang und gäbe war. Ich ließ die Tische so, wie sie kreuz und quer in meinem kleinen Schankraum standen. Die Alte, die den ganzen Schmutz fortwischen musste, kam erst im Morgengrauen.

Ich hatte Zeit genug, um mir ein Glas von meinem besseren Wein einzuschenken. Sorgsam wischte ich meinen wertvollsten gläsernen Römerbecher mit dem Zipfel meines Kittels aus, dann goss ich ein und trank den ersten Schluck des Abends. Ich wartete einen kleinen Moment, bis die Säure aus dem Wein meine Zunge leicht betäubte. Dann bückte ich mich bis ganz nach unten. Mit dem Mittelfinger drückte ich einen hölzernen Stift bis zur Hälfte ein, mit dem Zeigefinger einen weiteren bis ganz nach hinten. Nur in dieser Stellung gaben die Holzstifte den Riegel frei, hinter dem ich das verbarg, was mir niemand stehlen sollte.

Ich öffnete die Klappe und holte eine kleine Tonlampe hervor, die an beiden Seiten eine Dochtöffnung besaß. Sie sah wie ein kleines Schiff aus, mit einem Bug und einem Heck. Durch das Loch in der Mitte erkannte ich, dass noch etwas glänzendes Öl im Bauch des Lämpchens war. Ich holte Feuerstein und Schlageisen, dann steckte ich den linken Docht vorsichtig in Brand. Der Schein der Flamme erstrahlte wie ein kleines Wunder in der Dunkelheit des Schankraums.

Ich war ein Hehler. Aber wen störten schon die kleinen Diebereien, wenn weiter oben nicht einmal mehr das Heiltum und das Blut der Merowingerkönige von Wert waren? Grausame Fehden und Familienkriege unter den Edlen des gesamten Reiches hatten Recht und Gesetz zu allerkleinster Münze zerschlagen und verkommen lassen. In den vergangenen Jahrzehnten hatten sich Könige gegenseitig umgebracht, waren gevierteilt oder von Pferden bei lebendigem Leib zerrissen worden. Söhne und Enkel aus der inzwischen weitverzweigten Königsfamilie hatten ihre Hände mit Blut befleckt, Kleinkinder mit den Köpfen gegen Mauern geschlagen, Konkurrenten erdolcht, vergiftet und verraten.

Als ich das letzte Mal gestorben war, hatte die Francia nur aus den salischen und ripuarischen Gebieten bestanden. Inzwischen war Burgund hinzugekommen und eine Menge anderes Land, das keiner von uns je gesehen hatte. Ich konnte nicht mehr hören, wie sich die Säufer an den Tischen stundenlang über die Dutzende von Königen und Königssöhnen, Reichsteilungen und mörderischen Kleinkriegen ausließen.

Das alles war geschehen, während das Leben in der einst so stolzen, mächtigen Stadt in Jauche, Unrat und Bedeutungslosigkeit versank. Es gab noch Kirchen, gab noch Tempel und auch noch einige der alten Häuser. Aber die wirklich Großen lebten schon längst nicht mehr in der alten Römermetropole. Im Westen galten jetzt die Königspfalzen um Paris, dazu Städte wie Orléans oder Lyon im neu hinzugekommenen Burgund. Der Wein vom Rhein war immer noch zu sauer.

Der Westen hieß inzwischen Neustrien, unsere Gegend Austrien. Colonia war nicht mehr Hauptstadt oder Königssitz dieses Reichsteils, der vom Rhein über Mosel und Maas bis in die Champagne reichte. Obwohl die Könige von Austrien in den vergangenen hundert Jahren mehrmals eine große Heerschau vor der Stadt abgehalten hatten, waren die alljährlichen Märzfelder Ausnahmen geblieben. Die eigentlichen Königsstädte Austriens hießen Metz und Reims …

Ich lehnte mit den Armen auf meinem Schanktisch und drehte mit den Fingern die kleine Öllampe. Sehr weit entfernt hörte ich ein paar Rufe, dann kurzes Waffengeklirr und schließlich Schmerzensschreie. Ich trat von einem Fuß auf den anderen, ohne mich weiterzubewegen. Derartiges kam inzwischen fast jede Nacht am Rheinufer vor. Auch Kunibert hatte in den vergangenen dreißig Jahren kaum etwas daran ändern können. Die meisten achteten und fürchteten diesen Mann aus reichem Adel von der Mosel. Er hatte sich besonders um die Kirche des heiligen Clemens am Rheinufer gekümmert. Aber er war auch Ratgeber des letzten großen Merowingerkönigs Dagobert gewesen.

Zusammen mit Pippin von Landen, dem Verwalter des Königinnenschatzes, war er es gewesen, der eigentlich das gesamte Reich regierte. Aber irgendwann hatte sich Kunibert aus der Regentschaft für das Reich zurückgezogen und dem Verwalter Pippin alles überlassen. Zu dieser Zeit war Sigibert III. zuerst Thronfolger und dann der König des gesamten Reichs gewesen. Er war es auch, der Bischof Kunibert nochmals Ländereien schenkte. Diese Schenkung galt jedoch nicht der Person des königlichen Beraters, sondern der Bischofskirche, die inzwischen dem Apostel Petrus geweiht worden war.

Ich war so versunken in meine Gedanken, dass ich bis ins Mark erschrak, als mit hartem Eisen gegen meine Bohlentür geschlagen wurde. Mein Weinglas kippte um, als ich nach der Lampe griff. Für einen Augenblick wollte ich zusätzliche Balken vor die beiden Teile meiner Haustür legen.

»Komm schnell, Rheinold!«, rief jemand von draußen. »Er will dich noch mal sehen.«

»Wer will mich noch mal sehen?«

»Der Bischof ... Kunibert ... er liegt im Sterben. Es kann jeden Augenblick zu Ende sein.«

Wer sich wie ich Tag um Tag mit Lügnern, Dieben und Betrügern herumärgern musste, der überlässt die Nacht den Ratten und dem Mond. Ich hatte keine Ahnung, was der Bischof von mir wollte. Bis auf das eine Mal, als ich ihm meinen Anteil am Badehaus verkauft hatte, waren wir uns nie begegnet. Er war zu edel und zu reich, um meinen Wein zu kosten, und ich hielt nichts von seinem, den er zum Abendmahl ausschenkte.

»Was soll das?«, rief ich dem Abgesandten durch die geschlossene Tür zu. »Ich habe nichts mit euch zu schaffen.«

Ich schob die Öllampe über den Schanktisch dichter an die Außentür heran. Dann stand ich auf, ging an den Tischen vorbei und zog den obersten der Holzriegel weg. Instinktiv trat ich sofort wieder einen Schritt zurück. Ich wusste nicht, was mich erwartete, aber ich nahm sofort den stinkenden Teer einer kleinen Handfackel wahr. Die geduckte Gestalt unter dem halben Mond am Nachthimmel trug einen dunklen Kapuzenkittel. Ich konnte weder das Gesicht noch die Augen des unerwarteten Besuchers sehen.

»Du musst schon mehr erklären, wenn ich mit dir kommen soll«, sagte ich aus dem Inneren der Schenke.

»Der Bischof stirbt. Und er sagt, dass du den letzten Weg schon kennst.«

»Den letzten Weg?«, fragte ich. Ich spürte, wie sich eine unsichtbare Schlinge um meinen Hals legte. Wie oft hatte ich von diesem Augenblick zwischen dem Hängen und dem letzten Würgen gehört? Und wie kam ausgerechnet Kunibert darauf, dass ich schon einmal gelebt hatte und gestorben war?

»Er ist ein großer Mann, er hat Könige beraten«, gab ich zurück, »wie kommt er darauf, mich hören zu wollen?«

»Frag ihn selbst«, gab der Bote zurück. »Und damit du nicht zu lange zögerst, soll ich dir das hier geben.«

Er warf mir einen Beutel zu. Ich fing ihn auf, wie ich jede Münze aus der Luft fangen konnte, wenn sie mir für die Zeche zugeworfen wurde. Meine Finger fühlten sofort die Geldstücke durch weiches, edles Ziegenleder. Sie waren groß genug, um mich zu überzeugen. So viel Gold hatte ich nicht einmal für meinen Anteil am Badehaus südlich der Stadt bekommen.

Ich griff mir einen Kittel und stülpte mir meinen alten Filzhut aus ungebleichter Schafwolle über den Kopf. An einer Seite war ein Stück von einer Pfeilspitze angenäht; daneben hing ein Stück von einem Hermelinschwänzchen.

»Beeil dich!«, drängte der Abgesandte des Bischofs.

»Wo ist er?«, fragte ich. »Gleich hier in der Basilika?«

»Nein«, antwortete der andere, dessen Gesicht ich noch immer nicht gesehen hatte. »Er wartet vor der Stadt auf dich. In seinem Kloster.«

»So einen weiten Weg willst du mit mir mitten in der Nacht gehen?«, fragte ich abwehrend.

»Du kennst die Löcher in der Stadtmauer«, antwortete der andere. »Und wenn du jener Rheinold bist, den Kunibert sehen will, dann weißt du viel mehr als ein Missionsbischof, der in den vergangenen zehn Jahren kreuz und quer durch Europa gereist ist ...«

Ich spürte, wie es eisig kalt über meinen Rücken lief. Etwas in der Stimme dieses Mannes ließ keinen Widerspruch mehr zu. Er ging voraus, und von der Fackel wehten Feuer und heller Rauch über seinen Kopf. Ich folgte ihm, während von Nordwesten her der Wind ein wenig schärfer wurde. Jetzt, da sich Rauch und Flammen bis zum Fluss hin drehten, erinnerte ich mich wieder daran, was ich vor vielen Jahren einmal über den besten Standort für einen Teerofen gesagt hatte.

Wir überquerten das untere Ende der Trankgasse, erreichten einige der Mauertrümmer und kletterten an der eingestürzten Innenbefestigung nach oben. Es war dieselbe Stelle, an der ich schon einmal als kleiner Junge aus der Stadt geflohen war. Diesmal mussten wir nicht springen. Doch auf der anderen Seite war das Buschwerk bereits zum Wald geworden.

Schritt um Schritt entfernten wir uns von der Nordmauer. Die dicht stehenden Bäume ließen keinen Blick zum Strom mehr zu. Auch Sterne und Mond verschwanden hinter den Baumkronen. Aber wir gingen nicht zum Friedhof und zur Kirche von Sankt

Gereon, sondern blieben in der Gegend des alten römischen Gräberfeldes, in der auch die Kirche von Sankt Ursula und ihren Jungfrauen stand. Gleich darauf erreichten wir die Büsche dicht am Fluss. Plötzlich tauchten Lichter dicht vor uns aus der Dunkelheit auf. Ich sah ein Dutzend schattenhafter Gestalten mit Lämpchen und Fackeln.

Hinter den Fenstern des kleinen Klosters brannten ebenfalls Lichter. Dann hörte ich den Gesang von Männern aus der kleinen Kirche von Sankt Clemens. Zuerst dachte ich, dass ich dort hineingebracht werden sollte, doch dann bog mein Führer zum Kloster hin ab, rief einigen der Mönche ein paar Worte zu und geleitete mich dann ins warme Refektorium.

Hier war es still; der Wind war ausgesperrt. Dichte weiße Schwaden von Weihrauch wallten über den Fackelhaltern an den Wänden bis zu den Stützbalken des Dachstuhls hinauf. Kunibert lag dort, wo er in den vergangenen elf Jahren Tag für Tag gesessen hatte. Einige der Mönche traten zur Seite und machten mir und meinem Begleiter Platz. Erst jetzt nahm der Mann, der mich hierhergebracht hatte, seine Kapuze ab.

»Rheinold ist da«, sagte er, indem er sich ein wenig vorbeugte. »Ich bringe dir den Mann, den du dir als Begleiter für deinen Weg ins Jenseits gewünscht hast ...«

Ich war erschrocken über das hohle, eingefallene Gesicht des Mannes, der einmal zu den stärksten und mächtigsten im gesamten Frankenreich gehört hatte. Es sah bereits wie ein von welker Haut umspannter Totenkopf aus. Noch mehr aber erschrak ich, als ich das Gesicht des anderen sah. Im Gegensatz zu dem Sterbenden vor uns hatte er eine gesunde olivfarbene Gesichtshaut. Er sah so römisch aus, wie ich es seit Jahrhunderten nicht mehr gesehen hatte.

»Nimm seine Hand, Rheinold«, sagte er. »Vergiss bitte, dass ich der erste päpstliche Legat hier bin. Lass uns einfach niederknien, um für den Seelenfrieden unseres Bruders Kunibert zu beten.«

Ich hob die Hände, wollte den Kopf schütteln. Aber dann traf mich plötzlich aus tiefen Augenhöhlen der flehentliche Blick des Sterbenden.

»Rheinold!«, murmelten seine Lippen. Mir war, als lächelte er. Ich neigte meinen Kopf, setzte einen Fuß vor und ließ mich langsam auf die Knie sinken. Dann nahm ich seine Hand, umfasste sie und spürte, wie das Amulett auf meiner Brust ganz warm wurde. Es war die Kraft und Zuversicht, die sich durch meine Hand auf Bischof Kunibert übertrug. Ich sah, wie er noch einmal durch den halb geöffneten Mund Luft holte.

»Gib nicht auf«, flüsterte er tonlos. »Irgendwann wird man wieder nach den Ursprüngen allen Glaubens suchen ...«

Ich fuhr zusammen; die Haut am ganzen Körper brannte, heiße und kalte Wellen zuckten gleichzeitig wild durch jede Faser meines Leibes. Ich wollte Kuniberts knochige Hand loslassen, aber wir waren wie mit Pech verklebt miteinander verbunden. Ich suchte verzweifelt den Blick des päpstlichen Legaten. Armandus stand unbeweglich neben uns. Er wirkte wie eine kalte abweisende Marmorstatue ...

13. EIN PÄPSTLICHER LEGAT

DER GROSSE BISCHOF WURDE dort beigesetzt, wo er gestorben war. Aber ich irrte mich, als ich annahm, dass mit ihm auch seine letzten Worte begraben worden waren. Sie hatten mich so aufgewühlt, dass ich auch im Jahr darauf ständig daran denken musste. Was hatte Kunibert gewusst? Was hatte er mir wirklich sagen wollen? Und was bei alldem hatte der Gesandte des unglücklichen und längst verbannten Papstes Martin damit zu tun?

Ich strich öfter, als es mir selbst lieb war, am Rheinufer entlang, schlug mich in die Büsche und näherte mich ungesehen dem Kloster und der Kirche auf dem verkommenen Gräberfeld. Wollte ich wirklich nur wissen, ob auch der Leichnam von Bischof Kunibert nicht verweste? Ob es in seiner Nähe nach Rosen roch? Und ob es bereits Pilger gab, die bei ihm Hilfe suchten?

Oder suchte *ich* bei diesem Mann eine Antwort auf die ungelösten Fragen in mir?

Ich war noch immer nicht getauft. Aber ich konnte nicht bestreiten, dass mich die Kirchen und die Klöster wesentlich mehr anzogen als die verfallenen Römerhäuser und Tempel in der Stadt. Vielleicht war es die ungewöhnliche Hartnäckigkeit, mit der die Christen, ihre Bischöfe und Priester wieder und wieder versuchten, auch alle anderen zu taufen. Sie ließen sich weder durch Rückschläge noch durch den überall sichtbaren Verfall entmutigen.

Während ich wieder einmal um die Mittagszeit an einem Frühlingssonntag am Fluss entlangging, dachte ich daran, dass sie aus ihren ersten Glaubensopfern inzwischen Heilige gemacht hatten. So weit ich zurückdenken konnte, war das in anderen Religionen nicht geschehen. Gewiss, die Druiden hatten stets gesagt, dass sich kein Krieger vor einem Tod im Kampf fürchten musste, weil seine Seele überhaupt nicht sterben konnte. Auch die Germanen glaubten an ein Weiterleben ihrer Helden. Doch deren Ahnenverehrung war etwas anderes als der Kult, der sich inzwischen um die Märtyrer der Christen herausgebildet hatte.

Wieder und wieder dachte ich darüber nach, warum der Tod im Glauben an den Gottessohn etwas Besonderes sein sollte. All diese Seligen und Heiligen, die überall verehrt wurden, waren weder Helden des Schwertes noch besonders reich oder mächtig gewesen. Genau dieser Punkt verwirrte mich immer wieder. Ich konnte nicht begreifen, warum ein kleiner Mönch, der sich erschlagen ließ, ebenso heilig werden konnte wie ein Bischof oder gar Papst. Lag es daran, dass sie sich nicht gewehrt hatten, als sie dem Feind nach dem Gebot des Herrn auch die andere Wange darboten? Oder wurden sie erst dadurch heilig, dass zu ihren Lebzeiten Unerklärbares durch sie geschehen war? Machte es einen Unterschied, ob ein Mensch durch Zauber und Beschwörungen oder durch Wunder und Gebete geheilt und gerettet wurde?

Es gab nicht viele in der Stadt, die sich offiziell als ungetauft bezeichneten. Nur die Juden machten kein Hehl daraus, dass sie zwar an den Vater, nicht aber an den Sohn glaubten. Darin waren sie noch entschiedener als die längst offiziell verurteilten Arianer.

Ich dachte immer noch darüber nach, wie aus den Aposteln und Kirchengründern im Namen Jesu die Heiligen entstanden waren. Aus irgendeinem Grund war das Christentum von einer kleinen Sekte am Rande des römischen Imperiums zu einer bedeutenden Kraft geworden, obwohl an dieser Lehre eigentlich nichts zusammenstimmte und vieles sogar widersprüchlich war. Ich hatte längst den Eindruck, dass sich die Kirchenmänner ihre Religion langsam und in harten Kämpfen so geformt hatten, wie sie am besten brauchbar war. Kein Wunder also, dass mir das Königreich des Christengottes und des Gekreuzigten längst wie ein Spiegelbild irdischer Reiche vorkam. Die Bischöfe, die doch Bescheidenheit und Demut predigten, trugen schon lange nicht mehr den dunklen Kittel wie die Ärmsten unter den Bauern. Sie kleideten sich in prunkvolle Gewänder und umgaben sich mit fürstlichen Insignien ihrer Macht. Kein Händler und kein Rabbi bei den Juden zeigte mehr Gepränge. Nur im Prätorium, das jetzt zur königlichen Pfalz geworden war, hatte ich Ähnliches gesehen. Und doch verstand ich nicht, warum manche der Märtyrer und Heiligen höher im Wert standen als ein Bischof auf der Höhe seiner Macht.

Es musste irgendetwas mit den uralten, geheimnisvollen Mächten über Geist und Körper, Fruchtbarkeit und Ernte, Krankheiten und Seuchen, Leben und Tod zu tun haben. Ich spürte plötzlich, wie es heller in mir wurde. Ein sanfter Windhauch wanderte in weiten Kreisen über die glatte Wasseroberfläche des Rheins. Ich sah den Wind nicht, doch ich sah, was er bewirkte. Wie gebannt blickte ich auf das Spiel des Unsichtbaren. Ich beobachtete, wie sich die rauer und dunkler wirkende Stelle auf der Wasseroberfläche zu immer größeren Kreisen ausdehnte – ganz so, als wäre hoch vom Himmel etwas in den Fluss gefallen. Und genau dort, in der Mitte des gekräuselten Wellenrings, glaubte ich plötzlich ebenfalls ein Licht zu sehen.

»Suchst du noch immer eine Antwort, Rheinold?«

Kein Hieb mit einem Schwert in meinen Nacken hätte mich mehr erschrecken können. Auch dass die Stimme mir bekannt war, ließ mich nicht weniger zusammenzucken. Sie klang sehr hell, doch es war keine Frauenstimme und auch nicht die von einem blond gelockten Mädchen. Ich spürte, wie die heiße Welle an meinen Schenkeln und den Waden entlang bis in die Zehenspitzen schoss. Dann holte ich ganz langsam Luft, ehe ich mich umdrehte.

»Tu das nie wieder, päpstlicher Legat!«, schnaubte ich, während der Zorn tief aus meiner Brust bis in die Schläfen pochte.

»Vergiss diese Formalien«, antwortete der Mann, von dem ich mittlerweile wusste, dass er auch als Apostel Belgiens und Bischof von Maastricht zu uns in den Norden geschickt worden war. Er stammte nicht aus Rom, sondern aus der Gascogne. Seit mir bekannt geworden war, dass sich das Volk in Flandern in einem Aufstand gegen ihn erhoben hatte, empfand ich noch mehr vorsichtigen Respekt vor ihm. Er hatte längst sein Bischofsamt an den Abt von Stavelot-Malmedy abgegeben. Aber das alles hatte ihm nicht geschadet, sondern ihn bis in den Lateranpalast befördert.

»Ich habe dich zweimal nach unseren Ordensregeln und den Anweisungen des heiligen Benedikt gegrüßt. Aber du warst ganz offensichtlich mit dir selbst und diesen Windspuren da draußen auf dem Wasser beschäftigt.«

Wie zur Entschuldigung legte er beide Hände zusammen, öffnete sie wieder und streckte sie mir entgegen. Ich trat unwillkürlich einen halben Schritt zurück. Genau das mochte ich nicht an diesen Christen. Sie legten andauernd die Hände zum Gebet zusammen oder verletzten den Schutzbereich von einer Armlänge, die jeder freie Mann für sich beanspruchte.

»Ich möchte nicht, dass du mir so nahe kommst«, sagte ich, immer noch verärgert. »Ich bin weder angeklagt noch durch den Kaiser in Konstantinopel zum Tod verurteilt wie dein Papst Martin. Außerdem weiß ich nicht, was du eigentlich von mir willst.«

Der andere lächelte kurz, schloss für einen Moment die Augen, dann sagte er: »Also gut, Rheinold. Ich will dir sagen, was ich von dir will ...« Er legte erneut beide Hände flach zusammen, hielt sie vor seinen Leib, neigte die rechte Schulter ein wenig zur Seite und ging dann mit sehr langsamen und fast zögernden Schritten einmal fast ganz um mich herum. Dann blieb er stehen, blickte mir direkt in die Augen und sagte: »Dein *Knöchelsche*.«

Mir war, als würde die Zeit stehen bleiben.

»Ich weiß nicht, was du meinst«, gab ich zurück, während ich versuchte, alle Regungen in meinem Gesicht starr und abweisend zu halten. Ich blickte ihm direkt und offen in die Augen. Ich atmete nicht schneller als sonst und beherrschte sämtliche Bewegungen meiner Gliedmaßen. Nein, so leicht konnte dieser Mann mich nicht überrumpeln!

Ich hatte mich niemals an die Seite der Mächtigen geschoben. Ich war nie als Märtyrer oder Held im Kampf gestorben. Kein Bischof, kein Gesandter und nicht einmal der Papst konnten mich mit etwas in Verbindung bringen, von dem ich selbst kaum mehr als eine vage Ahnung hatte. Ich wusste nur, dass ich noch lange suchen musste. Der große Bischof Kunibert war tot. Aber genau wie ich hatte auch der Gesandte des verbannten Papstes gehört, was Kunibert auf seinem Sterbebett zu mir gesagt hatte.

»Nun?«, fragte ich herausfordernd. »Was also willst du von mir?«

»Ich würde gern einen Krug von deinem besten Wein mit dir trinken«, sagte der ehemalige Bischof von Maastricht. »Und ich verspreche dir, dass ich niemandem weitersage, was wir beide dabei besprechen. Ich schwöre dir sogar bei Gott, dem Vater, dem Sohn und dem Heiligen Geist, dass ich danach von deinem Tisch aufstehen und in eins der Klöster gehen werde, die ich selbst gegründet habe.«

»Aber warum?«, fragte ich, noch immer abweisend. »Nur weil Kunibert irgendetwas gesagt hat?«

»Nicht nur deshalb«, antwortete der ehemalige Apostel der Belgier. »Ich habe in der Kapelle zwei Leichname gesehen. Es handelt sich um ein wunderschönes, fürstlich gekleidetes Weib und um einen Knaben, der noch nicht einmal zehn Jahre alt geworden sein dürfte.«

»Und?«, fragte ich und bemühte mich, möglichst unbeteiligt zu klingen. »Was habe ich damit zu schaffen?«

»Es war nicht einfach«, antwortete Armandus, »und ich musste sehr lange forschen. Weder das tote Weib noch der Knabe trugen irgendeinen Namen. Sie kommen nicht vor in den Verzeichnissen toter Königinnen, Königstöchter, fürstlicher Geschwister. Wir wissen beide, dass die Merowingerkönige fürchterlich gehaust haben. Aber niemals wurde einer von ihnen vollständig aus den Annalen, Kirchenbüchern oder Schenkungsurkunden verbannt.«

Ich hob die Schultern. Dann sagte ich: »Das musst du besser wissen. Ich bin nur ein kleiner Schankwirt und war schon lange nicht mehr in der Basilika.«

»Dann frage ich mich nur, warum dein Name im Schweißband jenes Helms stand, den der noch immer unverweste Leichnam des Knaben auf dem Kopf trug.«

»Mein Name?«, wiederholte ich ungläubig.

»›Sohn des Rheinold‹, steht im Helmband«, nickte Armandus. »Aber nicht in Latein, sondern in der Schrift der Druiden. Sie entstand erst in den letzten Jahrzehnten vor der Geburt des Herrn. Und sie verwendete alte Zeichen, gemischt mit lateinischen Buchstaben …«

Das also war es! Die ganze Zeit hatte ich nur daran gedacht, dass die Körper meines letzten Weibes und meines Sohnes einfach nicht verwesten. Doch das allein hätte den päpstlichen Gesandten nicht bis zu mir geführt. Es waren meine Vaterliebe und mein Schmerz gewesen, die mich noch ein Jahrhundert später verraten hatten.

»Für einen Becher meines besten Weins?«, fragte ich.

»Nur einen Becher«, stimmte Armandus zu. »Und ich will nicht nur Fragen stellen, sondern auch Antworten geben, ehe ich wieder gehe. Antworten, die du vielleicht schon lange suchst, mein Sohn.«

Ich hasste nichts mehr, als wenn ich »Kleiner«, »Junge« oder »mein Sohn« genannt wurde. Das waren die Bezeichnungen hochnäsiger Römer gewesen, mit denen sie selbst die klügsten und gebildetsten ihrer Sklaven bezeichnet hatten – selbst wenn diese weitaus älter waren als sie selbst. Dennoch beherrschte ich mich.

Noch am Flussufer überredete er mich, dass wir doch nicht gemeinsam in meine Schankwirtschaft zurückkehren sollten. Er benutzte dabei die gleichen Argumente, die mir selbst schon durch den Kopf gegangen waren: Es war vielleicht doch nicht so günstig, wenn sich ein ehemaliger Bischof und päpstlicher Legat in einer Spelunke am Fluss mit den Lumpen zusammensetzte, die davon überzeugt waren, dass sie sogar mich betrügen konnten.

Stattdessen wurden wir uns einig, dass wir uns zur Vesperstunde am alten Kapitolstempel in der Südostecke der Stadt treffen wollten. Auf diese Weise mussten wir auch nicht gemeinsam durch das Ruinenfeld der Stadt gehen. Ich war kurz in mein altes Haus zurückgekehrt und hatte dann einem jungen Burschen unten vom Fluss den Schlüssel der Spelunke übergeben. Er war zwar auch ein Dieb, aber er soff zu schnell, wenn er mich bestahl, und vertrug deshalb nicht viel.

Es dämmerte bereits, als ich den Weg am Prätorium vorbei durch die inzwischen erbärmlich aussehenden Reste der Stadt nahm. Kein König und kein Statthalter hatte seit dem Abzug der Römer irgendetwas neu geplant oder gebaut. Nur an einigen Stellen waren von den Menschen, die in den verfallenen Straßenzügen lebten, Hauswände ausgebessert und Dächer notdürftig erneuert worden. Genau genommen war nur aus den Kirchen, den Tempeln und dem alten Prätorium nicht alles Wertvolle herausgebrochen und gestohlen worden.

Zugegeben, während der Zeit, in der sich Bischof Kunibert in Colonia aufgehalten hatte, waren von den Mitgliedern der kleinen Christengemeinden nach jedem Herbststurm die gefährlichsten herabhängenden Balken abgeschlagen worden, und wenn zu Beginn der Fastenzeit einige Anhänger des alten Isis-Kults mit ihren Carri Navales über die letzten noch benutzbaren Straßenstücke rumpelten, hatten die Christen sogar vor den Hütten und

Ruinen, in denen sie jetzt lebten, den Schutt weggeräumt, die Jaucherinnen ausgeschöpft und an einigen Fassadenstücken in der Innenstadt etwas Kalkweiß auf das Mauerwerk geklatscht.

»Die Franken brauchen diese Stadt nicht mehr«, hatte Bischof Kunibert gesagt. »Sie denken, dass alles innerhalb der Mauern eine Art herrenloser Steinbruch für sie ist, wo sie sich Marmorstücke, Holzbalken und Eisenklammern ebenso aus den Häuserwänden brechen können wie die Schätze, die sie außerhalb der Stadt aus den Römergräbern stehlen.«

Ich ging ohne Hast am Prätorium vorbei. Hier lungerte ein halbes Dutzend bunt gekleideter Bewaffneter auf den Steinbrüstungen vor den Fenstern herum. Einige hantierten mit ihren Waffen, andere spielten wie die Burschen in meiner Schenke mit Lederbechern und kleinen Knochenwürfeln auf den Bodenplatten vor dem Haupteingang zur Pfalz.

Ein paar von ihnen kannten mich. Sie pfiffen oder riefen mir ein paar Grußworte hinterher. Ich winkte ihnen zu, ließ mich aber nicht aufhalten. Obwohl es inzwischen Sonntagnachmittag war, hatten sich auf dem weiten, verwahrlosten Forumsplatz mehrere Händler eingefunden, die auf den Bodenplatten oder ausgebreiteten Decken und Fellen halb zerbrochene Stühle, ausgedienten Hausrat, Fundstücke aus den Gräbern und mancherlei Diebesgut zum Tausch oder zum Verkauf anboten.

Als ich das Kapitol erreichte, erschien mir der alte Römertempel noch eindrucksvoller als der Tempel des Mercurius, in dessen Nähe die Hauptkirche der Christen in der Stadt entstanden war. Ich war schon lange nicht mehr hier im südlichen Stadtteil gewesen – mehr als zehn Jahre lang nicht. Seit ich meinen Anteil am Badehaus außerhalb des Südtors an Bischof Kunibert verkauft hatte, gab es nichts, was mich hier noch interessierte. Ich war inzwischen auch schon dreißig Jahre alt und kümmerte mich nicht mehr um die wilden Heerscharen, die von Zeit zu Zeit über die halb verlassene Stadt am Rande des Frankenreichs hereinbrachen.

Es war mir gleichgültig, ob es die Männer von Königen, Unterkönigen oder irgendwelchen adligen Heerführern waren, die wie Scharen bunt gefärbter Nebelkrähen über die kargen Reste von Vorräten herfielen, die es in der Stadt noch gab.

Gewiss, es gab noch immer die alten fränkischen Gesetze der

Salier und Ripuarier. Doch bis zur Möglichkeit von öffentlichem Wehgeschrei und Klage vergingen zumeist viele Monate. Die schwersten Übergriffe, schwerer Raub, Vergewaltigung und Mord, konnten ohnehin nur bei der großen Heerschau im Frühling vorgetragen und verurteilt werden. Doch dazu mussten die Betroffenen jeweils dorthin reisen, wo sich die Gekrönten aufhielten.

Ich umrundete einmal den alten Kapitolstempel. Von den neuen Säulen an jeder Seite waren nur noch die am Rhein im Osten und zum Duffesbach im Süden bis zum Dach erhalten. Die anderen hatten den Jahr für Jahr wiederkehrenden Stürmen von Nordosten her über all die Jahrhunderte hinweg nicht standgehalten.

Ich lächelte, als ich daran dachte, wie lange es schon her war, seit ich in die Geheimnisse der göttlichen Verehrung für die kapitolinische Trias eingeweiht worden war. Ich fragte mich, was aus den Göttern wurde, wenn kein Sterblicher mehr lebte, der sie anbeten und ihnen opfern konnte. Was taten Jupiter, Juno und Minerva? Und wo waren sie, von denen ich selbst niemals irgendeinen in der Ewigkeit gesehen hatte? Wo waren Mithras, Zeus und Odin?

Ich lachte, schüttelte den Kopf und wandte mich den kleinen, ärmlichen Gebäuden zu, die auf dem Südhügel der Stadt kaum höher lagen als die Stadtmauern zum Duffesbach und Rhein hin.

Er stand in einer Tür aus Holzbohlen und hatte mich die ganze Zeit beobachtet.

»Man sieht dir an, was hinter deiner Stirn vorgeht«, sagte er und faltete erneut die Hände. Ich biss die Zähne zusammen, schnaubte ein wenig und schüttelte den Kopf.

»Ich glaube nicht, dass du von diesen Dingen viel verstehst«, sagte ich in einem Anfall von Überheblichkeit. Diesmal lachte er sehr laut.

»Vergiss nicht, dass ich jahrelang in Rom gelebt habe«, sagte er schon fast gutmütig. »Aus den ersten drei Jahrhunderten nach der Geburt des Herrn gibt es dort kaum irgendwelche brauchbaren Aufzeichnungen. Aber dann wurde sehr viel nachgeholt und für das Geheimarchiv des Papstes und des Vatikans gesammelt. Wir haben seither viel gelesen und sehr viel gelernt.«

Obwohl wir noch kein Wort über den eigentlichen Grund unseres Zusammentreffens geredet hatten, war dies bereits die erste Antwort auf eine Frage, die ich weder ausgesprochen noch zuvor gedacht hatte. Ich spürte, wie ein kühler, warnender Schauder über meinen Rücken rann. Im selben Augenblick wurde mir klar, wie unterlegen ich ihm war. Ein Mann, der jahrelang zum Priester ausgebildet worden war, der als Apostel, Bischof und schließlich sogar päpstlicher Gesandter mehr Widerstände und Gegner überwunden hatte als jeder Frankenkrieger mit seinem Schwert oder der Wurfaxt – ein solcher Mann würde nicht lange brauchen, bis er von einem kleinen Hehler und Schankwirt alles erfahren hatte, was er wissen wollte.

Aber ich wollte nicht. Ich begriff nicht mehr, wie ich seinem Vorschlag überhaupt hatte zustimmen können. Nur einen Becher Wein, hatte er gesagt. Fragen für Antworten, Antworten für Fragen. Ich starrte auf seine noch immer flach zusammengelegten Hände. Gleichzeitig spürte ich, wie mein Mund trocken wurde. Was bei allen Gehörnten hatte ihm so viel Macht verliehen, dass er mich mit der Aussicht auf einen Becher meines eigenen miesen Weins derartig übertölpeln konnte? Warum hatte ich eingewilligt? War es nur Neugier? Oder vielleicht sogar Angst? War es der Wunsch, endlich herauszufinden, was mit mir geschah, seit sich in jener Nacht im heiligen Hain der Druiden alles für mich verändert hatte? Oder war es die Angst davor, dass alles auffliegen könnte, alles bekannt gemacht wurde und ich gesteinigt, gehängt oder zum Heiligen erklärt wurde?

Der Gedanke an diese überhaupt nicht angenehmen Aussichten brachte mich wieder zur Besinnung. Suchten nicht gerade die Christen nach immer neuen Beweisen für göttliches Wirken, himmlische Kräfte und Wunder, die auch durch Sterbliche vollbracht werden konnten?

Ich blickte Armandus in die Augen. Ja, er war weiß Gott klüger, geschickter und viel belesener in diesen schwierigen Dingen als ich.

»Lass uns hineingehen«, sagte er, als er spürte, dass jede Angst von mir abfiel. »Wir sind noch nicht sehr weit. Aber ich denke, dass in den nächsten Jahrzehnten hier ein kleines Kloster oder ein Stift für Frauen entstehen sollte. Man ist in Rom der Meinung, dass zwar viel für die Heiligen in der Nachfolge Christi getan wird, dass aber für Maria als Mutter des Gottessohns noch viel mehr getan werden muss.«

»Mutter Gottes? Oder Gottesmutter?«, fragte ich, nur mit der Absicht, ihn ein wenig zu verwirren. Er war durch die Tür zurückgetreten und starrte mich an. Ich folgte ihm in einen kleinen Raum, der durch die Glut einiger Kienspäne in Tonschalen an der Wand schwach erleuchtet wurde.

»Wie kommst du auf diese eigenartige Frage?«, fragte er. Im selben Augenblick war ich mir sicher, dass er nichts aus mir herausbekommen würde, was mir schaden konnte. Ich musste nichts anderes tun, als ihm die Wahrheit zu sagen – nicht irgendeine absolute, dogmatische, vor allen Konzilen bestehende Wahrheit, sondern ganz schlicht, was ich für meine eigene Wahrheit hielt. Darauf war dieser Mann, der hinter jedem Wort gleich noch zwei oder drei andere Bedeutungen vermutete, nicht vorbereitet.

Ich war gerade an diesem Punkt meiner Überlegungen angekommen, als er auch schon blankzog. Ganz offensichtlich glaubte er, dass er mich überrumpeln konnte, ohne mich zuvor in die Enge zu treiben.

»Warst du jener Rheinold?«, fragte er wie beiläufig. »Ich meine: der Vater des Jungen in der Kirchengruft?«

Er, der mit jeder nur denkbaren Ausflucht rechnen musste, konnte einfach nicht darauf vorbereitet sein, dass ich sagte: »Ja, er war mein Sohn.«

Es dauerte eine Ewigkeit, bis er begriff.

»Du … du gibst es zu?«

Er wurde aschfahl und schnappte nach Luft. Gleichzeitig riss er einen kleinen Geldbeutel von seinem Gürtel. Mit allen Anzeichen von Angst und Entsetzen warf er mir den Beutel aus Ziegenleder zu. Ich musste zweimal zufassen, als ich ihn in der Luft auffing. Denn diesmal waren keine schweren goldenen Münzen in ihm. Er fühlte sich beinahe leer an. Erst als ich fester zufasste, spürte ich durch das dünne Leder eine Form, die ich seit Jahrhunderten kannte. Ich stürzte zur Tür, riss den Beutel auf und holte mit zitternden Fingern die schwarz glänzende Amulettkapsel hervor.

»Das *Knöchelsche*!«

Ich ließ den leeren Beutel fallen. Mit der linken Hand schlug ich gegen meine Brust. Auch dort fühlte ich einen kleinen harten Gegenstand. Sie sahen sich so ähnlich, dass ich nicht entscheiden konnte, welches der beiden Amulette das richtige war. Doch dann spürte ich die Wärme, die von der Kapsel in meiner rechten Hand ausging. Er hatte das richtige – mein Amulett – die ganze Zeit gehabt! Ich wusste nicht, wie die Fälschung zu mir gekommen war. Aber ich wollte auch nicht mehr auf diese Fragen oder irgendeine andere antworten.

»So, Rheinold!«, stieß der Gesandte des Papstes hervor. »Jetzt weißt du, was ich von dir hören will.«

Ich nickte ohne ein einziges Wort.

»Es ist vorbei«, sagte Armandus. »Du kannst dich der Befragung über den Druidenzauber in deinem Amulett nicht mehr entziehen …«

Er lächelte und kam mit ausgestreckten Händen auf mich zu. »Selbst wenn du dir wünschen solltest, jetzt lieber tot zu sein.«

»Ja«, sagte ich nur, »genau das wünsche ich mir!«

14. WÄCHTER IM KAPITOL

»WENN DU PECH HAST, lässt dich dieses Weib vor der Stadtmauer köpfen oder hängen.«

»Das wird sie nicht wagen«, antwortete eine junge, aber hart und männlich klingende Stimme. Schlüssel drehten sich in einem großen Kastenschloss. Dann wurde eine Bohlentür knarrend aufgedrückt. Ein Schwall abgestandener, von Kot und Urin erfüllter Luft schlug mir entgegen. Diesmal waren es Ketten an einer feuchten Mauer, die geöffnet werden mussten. Ich hustete und würgte, als mir auch noch der Qualm der Pechfackel heiß und brennend ins Gesicht schlug.

»Du bist tot, Karl«, sagte der Mann mit den Schlüsseln. »Oder so gut wie tot. Du bist der einzige Nachkomme des stärksten Mannes im gesamten Königreich der Franken. Aber gegen den Hass dieses Weibes kommt einfach niemand an.«

Im selben Augenblick merkte ich, dass ich es war, der diese wenig hoffnungsvolle Befürchtung ausstieß. Es waren meine Lippen und mein Mund, die das alles sprachen. Es war sehr eigenartig, sich selbst bei etwas zuzuhören, dessen Bedeutung man nicht kannte. Für einen Augenblick tauchte ein völlig anderes Bild vor mir in der Dunkelheit auf. Ich sah einen mannshohen, bläulich schimmernden Fischdarm. Er reichte von mir bis zu einem der beiden übel riechenden Kerle in der winzigen Kellerzelle. Sie unterschieden sich nicht sehr in ihrer Verwahrlosung. Während der eine waffenlos war und nur halblange Hosen anhatte, trug der andere Kittelhosen, weiche Stiefel und Wadengamaschen, dazu einen Gürtel, eine Wurfaxt und einen Dolch. Sie hatten beide sehr lange und verfilzte blonde Haare. Ich wunderte mich, zögerte und konnte mich nicht entscheiden, ob ich nun wissen wollte, wer ich war und wo ich mich befand.

Während ich mich noch darüber wunderte, wie ich als Dritter in den Kellerraum kam, platzte der lange, leuchtende Fischdarm zwischen dem Bewaffneten und mir. Es war, als würde ich einen harten Schlag mit der flachen Hand zwischen die Schulterblätter bekommen. Und dann war ich in ihm. Nicht als Teufel oder Dämon, sondern als die Seele, die von diesem Augenblick der Ewigkeit an den Körper des Gefängniswärters nutzte. Ich musste nichts verdrängen, überwältigen oder gar zerstören. Es war viel eher so, als hätte sich der Zwanzigjährige urplötzlich darauf besonnen, dass es noch etwas anderes gab als saufen, fressen, raufen und mit Küchenmägden schlafen. Es war der helle Augenblick des Zweifels und der Einsicht, die ihn oder auch mich von einem Atemzug zum anderen veränderte.

Mir war auf einmal sonnenklar, was ich hier tat: Ich konnte nicht mehr blind gehorchen. Zum ersten Mal in all meinen Leben widersetzte ich mich einem Befehl.

Denn der Mann, der hier vor mir stand, hatte nichts Schlimmes getan. Er musste nur deshalb den Kerker und die Ketten schmecken, weil er zu hoch geboren worden war. Rund fünfundzwanzig Jahre lang war er einer der drei Söhne von Majordomus Pippin von Heristal gewesen. Sein einziges Verbrechen bestand darin, dass er länger als seine ehelich geborenen Brüder und sein eigener Vater überlebt hatte. Er war der letzte Nachkomme seines Vaters, und das machte ihn zu einer ungeheuren Gefahr für Plektrud, seine reiche, mächtige Stiefmutter: Die Witwe jenes Mannes, der bis vor einem halben Jahr unangefochten der erste unter allen Adligen zwischen Burgund und Friesland, den Neustriern im Westen und den Thüringern im Osten gewesen war, wollte es nicht riskieren, dass jetzt ein anderer nach der ganzen Macht greifen könnte.

Karl hatte nicht einmal einen Versuch in dieser Richtung unternommen. Trotzdem war er sofort nach seines Vaters Tod in der kleinen Pfalz von Aachen eingekerkert worden. Erst jetzt, im Hochsommer, war er dorthin verlegt worden, wohin sich Plektrud vor den Anhängern ihres verstorbenen Mannes zurückgezogen hatte. Die Mauern von Colonia boten ihr immer noch mehr Schutz als alle anderen Pfalzen oder Bischofsstädte. Jetzt aber war die Zeit gekommen, da ich selbst – der unbedarfte Kerkerwächter Rheinold – einmal in meinem ganzen Leben etwas Wesentliches tun wollte.

Ich sah, wie der Gefangene leicht wankend zur Seite trat, um mein Gesicht im Licht der Fackel besser sehen zu können.

»Wie heißt du?«, fragte er. »Und warum tust du das?«

»Ich heiße Rheinold«, antwortete ich, »und ich lasse dich frei, weil mir nicht passt, dass nicht einmal der Christenbischof dieser Stadt ein Wort zu deinen Gunsten vorgebracht hat.«

»Ist das ... ist das der ganze Grund?«, fragte er verwundert. Ich lachte trocken und schüttelte den Kopf.

»Natürlich nicht«, sagte ich und nahm die Fackel. »Komm jetzt, ehe es zu spät ist.«

»Wie kommen wir aus dem Kapitol? In den Räumen über den Kellern hier wimmelt es doch nur so von frommen Mädchen.«

Ich ließ ihn vorgehen und lachte. »Da magst du recht haben«, antwortete ich. »Deine Stiefmutter hat Dutzende von Töchtern aus euren adligen Familien hierherbringen lassen.«

»O ja, das weiß ich«, sagte Karl. Er zog den Kopf ein, als wir zum Stufengang nach oben kamen. Ich dachte an die Pferde und die Freunde Karls, die im Gebüsch jenseits des Duffesbaches auf ihn warteten. Ich selbst hatte kein Gold, kein Land und nicht einmal einen Schinken für das bekommen, was ich tun sollte. Sie hatten nur sehr vorsichtig herumgefragt, ob es nicht irgendeinen bei den Wächtern gebe, der zum Lob der alten Götter eine kleine Rache am Christenbischof und der hartherzigen Witwe des toten Majordomus auf sich nehmen würde.

Ich war kein Freund von Karl; für mich gehörte er ebenso wie seine Freunde zu denen, die sich edel nannten und doch nur stahlen, was andere mit Blut und Schweiß erarbeiteten. Aber dann hatte ich gesagt, dass ich Karls Ketten aufschließen würde – allerdings weder für Gold oder Silber noch für einen sogenannten Gotteslohn. Alles, was ich verlangte, waren ein paar wertlose Kleinigkeiten aus dem Besitz von Armandus. »Sie sind nichts wert«, hatte ich scherzhaft gesagt. »Aber für mich sind sie so etwas wie Reliquien ...«

Das Amulett auf meiner Brust wärmte mich wie eine nachträgliche Bestätigung. Schon auf den letzten Stufen drang zusätzliche Sommerhitze in den Kellergang.

»Lass mich sehen, ob die Luft rein ist«, sagte ich zu Karl. Ich schob mich dicht an ihm vorbei, öffnete den kleinen Verschlag über der Kellertreppe und blinzelte ins Licht hinaus. Der Platz vor dem Kapitolstempel war vollkommen leer. Nur von seinen bereits halb zerbrochenen Stufen führte eine Taxushecke bis zu dem kleinen Haus, in dem wir uns befanden. Auf der anderen Seite kicherten ein paar Mädchen. Ich konnte sie nicht sehen, aber ich wusste, dass sie um diese Mittagsstunde weder Gebete noch Handarbeiten verrichten mussten. Es war die einzige Stunde des Tages, in der sie ohne Aufsicht miteinander sprechen konnten.

»Lauf an den Stufen vorbei bis zu den letzten Tempelsäulen«, schärfte ich dem Sohn des toten Majordomus ein. »Ich renne zur anderen Seite der Taxushecke und bringe diese Weiber zum Lärmen und zum Kreischen.«

Er legte die Hand auf meinen Oberarm, dann nickte er, grinste und warf mir einen tiefen, dankbaren Blick zu. Im selben Augenblick ahnte ich, was geschehen würde, wenn die Flucht dieses Gefangenen tatsächlich gelang. Ich sprang auf, öffnete die Tür und warf mich durch die Taxushecke. Mit brünstigem Gebrüll stürmte ich auf die Schlafsäle der Mädchen zu. Sie kreischten noch viel aufgeregter, als ich es erwartet hatte. Hinter mir rannte der Gefangene namens Karl genauso über den Kapitolshügel, wie ich es ihm geraten hatte. Doch dann schlug irgendetwas sehr hart und mit dem Klang von Eisenblech über meinen Schädel. Ich brach zusammen, verhakte mich mit dem linken Fuß in den Bändern meines rechten Schuhs und schlug der Länge nach auf die steinernen, von der Augustsonne durchglühten Bodenplatten.

Mein Traum von einem Himmel nicht ganz frommer Engel zerplatzte unter der schrillen Stimme einer Nonne. Ich erkannte diese Stimme, noch ehe ich wieder ganz wach war. Sie gehörte zu einer Alten, die sich durch tätige Missgunst und den Verzicht auf jedes Lächeln schon zu Lebzeiten von Majordomus Pippin bei seiner Gemahlin Plektrud eingeschmeichelt hatte. Wie viele andere Weiber aus dem Gefolge der hartherzigen Witwe stammte auch sie aus dem Gebiet um Trier. Die Ländereien, Grafschaften und Klöster der Irminen, wie Plektruds Familie auch genannt wurde, reichten vom Moselgau über Echternach und Bitburg bis über Prüm hinaus. Und ohne all den Reichtum, die Klosterschätze und die Leibeigenen auf den Feldern der Domänen und in den kleinen Dörfern wäre auch Pippin II. nie bis zur Spitze aller Edlen im Ostreich aufgestiegen.

Ich hielt die Augen immer noch geschlossen. Es war sehr angenehm, wie zarte Finger mir das Haar aus der Stirn strichen, kräftig nach Kräutersud duftende Kissen gegen meine Schläfen drückten und die verschiedensten Stellen meines Körpers betasteten, um sich davon zu überzeugen, dass mir auch ja nichts gebrochen sei. Während ich den himmlisch juchzenden, leise kichernden Mädchenstimmen um mich herum lauschte, dachte ich daran, dass Plektrud schon vor einem Menschenalter die Zügel in die Hand genommen hatte.

Der erste Pippin war eher ein Verwalter und dann, gemeinsam mit Bischof Kunibert, Erzieher und Berater der rechtmäßigen Frankenkönige gewesen. Nach seinem Tod war ihm sein Sohn Grimoald als oberster Verwalter Austriens gefolgt. Zu dieser Zeit war das alte Ripuarien schon kein Königreich mehr, sondern bestenfalls ein Herzogtum. Dennoch übernahm Grimoald wie ein Thronfolger Macht und Ämter seines Vaters.

Mit einem Staatsstreich servierte er auch noch den jungen König ab, in dessen Namen er regierte; der junge Merowinger wurde zu den Christenmönchen nach Irland geschickt. Doch die Intrige war zu grob gestrickt. Grimoald und der auf sein Drängen hin zum neuen König erhobene Childebert wurden abgesetzt. Sie starben in den Kerkern, während der Adel Dagobert II. zurückrief und ihn in Colonia zum wahren König der Rheinfranken ausrief. Als König Dagobert II. dann im Wald von Verdun ermordet wurde, trat ein neuer Mächtiger ins Licht. Pippin von Heristal heiratete Plektrud und stieg dadurch bis zu den Ersten auf.

Ich kannte diese Geschichten, die allabendlich an den Feuern erzählt wurden, auch wenn das alles inzwischen fast vierzig Jahre her war. Genauso lange herrschte nach außen hin Pippin von Heristal als Majordomus über das Frankenreich. Er musste in diesen Jahrzehnten nicht einmal einem Merowingerkönig gehorchen. Die Einzige, die ihm in diesen vielen Jahren etwas zu sagen hatte, war Plektrud gewesen.

Im Grunde genommen verstand ich ihren Hass auf ihren Stiefsohn Karl. In seinem Hochgefühl nach seinem Sieg über die uralten Rivalen hatte sich Pippin von Heristal mit einem hübschen Mädchen aus belgischem Landadel als Zweitfrau belohnt ...

»Das ist er also, dieser erbärmliche Feigling«, hörte ich die scharfe, unduldsame Nonnenstimme erneut. Es war, als wollte sie mich mit ihren Worten aufspießen oder gleich zerschneiden. »Weggelaufen, einfach weggelaufen vor diesem Nichtsnutz Karl ... diesem Bastard ... dieser Missgeburt einer Ehebrecherin ...«

»Halt ein!«, rief eine helle Mädchenstimme. Es war, als würde ich in Met und Rosenblüten und frischem Quellwasser von den Ardennenbergen zugleich gebadet. Nie zuvor war mir eine Stimme so lieblich und erfrischend erschienen. Ich riss die Augen auf und blickte in ein halbes Dutzend aufgeregter, rosiger Gesichter junger Mädchen und Frauen. Ihre offenen Haare glitten wie Weidenkätzchen im Frühjahr an ihren Schultern und Armen entlang. Die meisten Schöpfe waren blond, einige rötlich oder hellbraun wie frische Haselnüsse. Auch ihre Augen glänzten hell, als stammten sie sämtlich aus Familien, in denen nie ein römischer Legionär zu Gast gewesen war. Sehr ungewöhnlich für ein Stift in einer Stadt wie Colonia.

Ich hob den Kopf ein wenig, und dann sah ich, dass einige der jungen Frauen schwanger waren. Für eine Weile hatte ich nicht daran gedacht, wo ich mich befand, aber jetzt wunderte ich mich umso mehr. Kein männliches Wesen, das älter als zehn Jahre war, durfte sich in der Nähe der inneren Schlafräume aufhalten.

Die Taxushecke war die Grenze zwischen dem äußeren und dem inneren Stiftsbereich. Eigentlich hätte hier schon längst eine neue Mauer stehen sollen, aber die eigensinnige Regentin im Königreich der Franken hatte gleich nach dem Frühlingshochwasser den Befehl erteilt, dass alle freien Hände die Mauer um die Stadt ausbessern und neu verstärken sollten. Diesem Befehl hatten sogar Wachmannschaften der Pfalzgebäude und Bauern gehorchen müssen, die normalerweise auf den Feldern der Stadt arbeiteten.

»Er ist nicht weggelaufen«, sagte die Stimme, die ich so gut kannte. Ich richtete mich ruckartig auf. Alles um mich herum drehte sich. Ein scharfer Schmerz schoss von meiner Stirn bis in meine Brust. Unwillkürlich hob ich die linke Hand und legte sie dicht unter meinen Hals. Aber da war nichts – kein Lederband, keine Kette und keine Amulettkapsel.

»Ich habe ganz genau gesehen, dass er ihn verfolgt hat«, sagte sie. Wir blickten uns tief in die Augen. Ein leichtes Lächeln spielte um ihre Mundwinkel. Ein Dutzend Fragen schoss mir gleichzeitig durch den Kopf. Wie kam sie hierher? Was hatte sie mit der ganzen Sache zu tun? Wo war mein Amulett? Und woher war sie schwanger?

Sie war nicht schwanger. Und sie gehörte auch nicht in Plektruds Stift. Jedes Mal, wenn ich sie danach fragte, lachte sie nur.

Wir hatten noch am Abend von Karls Flucht den Krankenraum im Mädchenstift verlassen. Ohne mich in die Einzelheiten einzuweihen, hatte sie mich bis in das kleine Haus begleitet, das wir längst als unser Heim und unsere Zuflucht betrachteten. Ich weiß nicht, wem die Ruine wirklich gehörte. Ich weiß nicht einmal, ob sie in diesen Monaten überhaupt noch einen Besitzer hatte. Ich war mit fünfzehn als Stallbursche in die Pfalz gekommen. Meine Eltern waren Hörige des Grafen gewesen, zu dem auch die alte Römervilla Müngersdorf gehörte. Ich selbst war als Bewaffneter aus der Schutztruppe der Pfalz nicht ein einziges Mal in der kleinen Gasse gewesen.

Aber ich konnte mich an sie erinnern!

Als Ursa mir sagte, dass wir jahrelang demselben Herrn gedient hatten, wollte ich es anfangs kaum glauben. Ich konnte mir nicht vorstellen, dass ich einem jungen, hübschen Mädchen wie ihr in der oft fast verlassenen Pfalz nie begegnet sein sollte. Diese stillen Zeiten waren etwas ganz anderes gewesen als der lärmende Auftrieb, das Geschrei und die Raufereien, die immer dann die Stadt heimsuchten, wenn es den herumziehenden Königen, ihrem Majordomus und den Edlen des Frankenreiches wieder einmal gefiel. Aber selbst dann hätten wir uns bei aller Arbeit in den Küchen und der Geschäftigkeit in den Ställen irgendwann sehen müssen. Gerade die Küchenmägde, Stallburschen und Waffenknechte wie ich fanden immer Zeit für ein Schwätzchen, eine Umarmung oder auch mehr. Es gehörte dazu wie essen und trinken und Tage des Sonnenscheins.

Der Winter kam in diesem Jahr früh, und er wurde gleich sehr hart. Noch ehe die Schweine mit der Eichelmast fertig waren, fiel der erste Schnee. Die ganze Adventszeit hindurch fegten eisige Schneestürme über die Stadt hinweg. Aber der Fluss fror nicht zu, denn stromaufwärts in der Gegend der Alamannen am oberen Rhein sollte es angeblich sehr lange warm geblieben sein.

Wir sprachen in diesen Wochen öfter als sonst über Ereignisse außerhalb der Stadt. Überall wurde getuschelt und gemunkelt, denn weder die Großen noch wir Geringen glaubten daran, dass sich die Edlen und Mächtigen im Westen des Frankenreiches mit einer Frau als oberster Herrin abfinden würden, selbst wenn sie noch so einflussreich und begütert war. Der alte Drachen mochte Waffen, Vasallen und den östlichen Königsschatz in seinen Krallen haben. Doch es fehlte die Zustimmung aller Freien. Und es fehlte das königliche, das heilige Blut der Merowinger in ihren Adern …

Die Stadtmauer war inzwischen wieder so befestigt und verstärkt, dass kein Ungebetener über Nacht in die Stadt gelangen konnte. Auf Befehl Plektruds waren die Tore und Türme Tag und Nacht mit zuverlässigen Männern aus der Palastwache besetzt. Es gab noch immer einige hundert waffenfähige Männer, die schon mit ihrem verstorbenen Gatten Pippin zu manchem Heerlager aufgebrochen und in manchem Kampf Schwert oder Wurfaxt gegen den Feind geworfen hatten. Aber die meisten der Krieger waren mit ihren Landherren und Grafen in ihre Dörfer und auf die Güter zurückgekehrt. Sie mussten erst wieder zum Kriegsdienst erscheinen, wenn das nächste Märzfeld angesagt war. Obwohl Plektrud sämtliche Rechte ihres verstorbenen Gemahls jetzt für sich beanspruchte, war jedermann klar, dass sich die Neustrier und der alte Adel rund um Paris niemals mit einer derartigen Lösung abfinden würden.

Das ganze Jahr hindurch erreichten immer neue Gerüchte die Stadt am Rhein. Jetzt zeigte sich, dass Plektruds Wahl gut gewesen war. Auch wenn andere Städte wie Reims oder Metz, Mainz oder Trier ebenfalls gute Mauern besaßen, ahnten die Neustrier, dass sie nicht einfach wie eine wilde Horde daherkommen und die Witwe verjagen konnten. Und sie wussten, dass Plektrud noch immer den Königsschatz als stärkste Waffe in ihren Händen hielt. Das war auch der Punkt, über den ich mit Ursa am Tag vor Weihnachten in Streit geriet …

Wir lebten inzwischen wie Mann und Frau, wie wir es schon mehrmals getan hatten. Ein Teil des Hausdaches war eingefallen, die Gartenmauer hatte mehr als ein Loch, und die ärmlichen Apfelbäumchen im Garten waren verkrüppelt. Als wir im Sommer gekommen waren und alles betrachtet hatten, waren schon keine Früchte mehr an den Zweigen gewesen.

Ursa saß auf der anderen Seite des Feuers. Ich beugte mich vor und stocherte zwischen den schlecht brennenden Holzscheiten herum, die noch immer viel zu nass waren. Ich hatte sie erst vor wenigen Tagen mit meinem Beil aus den Resten der Apfelbäumchen geschlagen, die mir zu alt und verbraucht vorkamen. Wir unterhielten uns darüber, dass wir in diesem Jahr keine Äpfel gepflückt hatten. Und da meinte sie, dass vielleicht auf Befehl von Plektrud alles Obst und Gemüse in der Stadt eingesammelt worden sein könnte.

»Das ist doch Unsinn«, sagte ich. »Weiber wie Plektrud lassen keine Äpfel aus Ruinengärten stehlen. Sie treiben auch nicht irgendeinem kleinen Bauern die letzte Sau aus ihrer Schlammkuhle.«

»Aber jedermann weiß, dass sich die Edlen alles nehmen, was sie nur kriegen können«, antwortete sie trotzig. »Ganz gleich, ob sie ein Recht dazu haben oder auch nicht.«

Sie seufzte tief und sah mich dann gleichzeitig liebevoll und bedauernd an.

»Was glaubst du eigentlich, warum wir beide uns nach Jahrzehnten oder auch Jahrhunderten immer wieder begegnen?« Sie hatte sehr sanft und fast schon verträumt gefragt. Dennoch zuckte ich wie unter einem Peitschenhieb zusammen. Ich weiß nicht, wie es kam, dass ich wieder einmal monatelang alles mit ihr wie selbstverständlich hingenommen hatte. Es war, als hätte sie die Fähigkeit, all meine Fragen, meine Zweifel und den Verstand in mir wie mit Weihrauchschwaden zu betäuben.

»Wie ... wie meinst du das?«, fragte ich vorsichtig.

»Genau so, wie ich es gefragt habe«, antwortete sie und hob ganz kurz die Schultern. Die Flammen des Feuers ließen Licht und bunte Schatten über ihr ebenmäßiges Gesicht spielen. Sie hatte ihre dichten blonden Haare lose im Nacken zusammengebunden. Obwohl das Herdfeuer den großen Raum einfach nicht erwärmen wollte, trug sie keinen Umhang. Die zarte Haut über ihren Brüsten verwirrte mich in diesem Augenblick viel mehr als an anderen Abenden und Nächten. Mir war, als würde sie einen

Tag vor der Geburt des christlichen Gottessohns eine ganz besondere Innigkeit ausstrahlen.

»Bist du inzwischen eigentlich getauft?«, fragte sie unvermittelt. Ich fuhr erneut zusammen.

»Nein. Das ist nichts für mich.«

Sie lachte. Aber es klang nicht froh, eher nachdenklich.

»Aber es könnte nützlich für uns beide sein, wenn wir uns in Zukunft enger mit den Christen, ihren Priestern und den Bischöfen verbünden.«

Ich dachte an den Todessturz meines Vaters, an das Feuer im heiligen Hain. Ganz vorsichtig versuchte ich, die erste strahlende Gestalt von Ursa mit dem jungen Weib zu verbinden, das jetzt so begehrenswert auf der anderen Seite unseres kleinen Feuers saß. Ich fühlte mich von starken Kräften zu ihr hingezogen, doch gleichzeitig wehrte ich mich, denn vieles an ihr wurde mir immer unheimlicher …

»Du meinst, dass alles, was wir erleben, damit zu tun hat?«

»Alles, mein ewiger Geliebter«, lächelte sie. »Dies alles und noch viel mehr …«

15. BELAGERUNG

DAS NEUE JAHR BEGANN, wie inzwischen üblich, am ersten Weihnachtstag. Wir hatten lange geschlafen, und wir kuschelten noch ein wenig unter der Decke, die Ursa in den vergangenen Monaten aus Schafwolle gewebt hatte. Als es noch warm gewesen war und wir im Garten sitzen konnten, hatte sie die Wolle grob gezupft und mit einem alten Spinnwirtel zu endlosen Fäden gedreht, während ich mit einem Stechbeitel ein paar neue Löffel aus weichem Lindenholz schlug und dazu gelegentlich einen kleinen Schluck Met nahm.

»Es ist zu spät«, sagte sie unvermittelt, während ich mich noch wohlig an sie schmiegte.

»Wofür?«, brummte ich nur.

»Für den Kirchgang, du Faulpelz. Wir hatten doch beschlossen, dass wir uns mehr um unser Seelenheil bemühen wollen …«

»Du hast das beschlossen, nicht ich.«

Sie stieß mich liebevoll in die Seite und versuchte eine Art Überfall. Ich ließ sie gewähren. Aber dann bimmelte draußen ein Glöckchen. Ich richtete mich auf, während sie meinen Oberkörper nur widerstrebend aus ihren Armen gleiten ließ.

»Was hast du vor?«, fragte sie.

»Ich kann nicht so lange schlafen«, antwortete ich.

»Wir Mägde in der Küche der Königspfalz waren immer die Ersten, die morgens rausmussten. Und wenn die Herren der Schöpfung nach trunkenen, wilden Nächten endlich den Arsch hochbekamen, hatten wir schon ein halbes Tagewerk hinter uns.«

»Auch nicht viel anders als in den Ställen«, gab ich zurück. Ihr missfiel meine Antwort. Sie wirkte plötzlich abweisend und verschnupft, stand auf und ging wortlos an mir vorbei. So oder ganz ähnlich hatte sie sich bereits mehrmals in den vergangenen Wochen verhalten. Jedes Mal kam es mir vor, als würden dann ihre Freundlichkeit, ihre Wärme und auch ihre Liebe wie die Sonne hinter den Wolken verschwinden.

Gewiss, auch ich war manchmal launisch und mürrisch. Aber

wenn diese plötzliche abweisende Kälte in ihr hochschoss, kam sie mir vor, als wäre sie eine ganz andere und nicht die Ursa, die ich schon so lange kannte. Ich wusste noch immer nicht, was die ungewohnte Freizügigkeit bewirkt hatte, durch die wir aus der Verpflichtung zum Dienst in der Pfalz entlassen worden waren. Sie sagte es nicht, obwohl ich sie mehrmals darauf angesprochen hatte. Nach ihrer Meinung hatte sie mir alles erklärt. Aber mir reichte der Hinweis auf mein Amulett und das *Knöchelsche* nicht aus.

Sie fachte das Feuer in der Herdstelle an, holte Wasser vom halb zugefrorenen Brunnen im Garten und setzte den Tontopf an die Seite der langsam höher züngelnden Flammen.

»Was willst du essen?«, fragte sie mich. »Reicht dir Hirsebrei, oder möchtest du jetzt schon ein Schälchen Gemüsebrühe?«

»Ist mir egal«, antwortete ich, noch immer verstimmt, stand auf und goss etwas Wasser aus der Kanne in eine Schüssel, um mich zu waschen. Ich wusste nicht, woran es lag, aber ich hatte die ganze Zeit das Gefühl, dass sie etwas sehr Wichtiges vor mir verbarg.

Zur gleichen Zeit bekamen wir wieder mehr Nachbarn in einigen der Nebenstraßen. Die meisten stammten aus kleinen Walddörfern irgendwo in der Rheinebene, einige kamen auch aus den Ardennenbergen oder flussaufwärts aus Bonna oder Andernach. Viele von ihnen konnten nicht verbergen, dass ihnen die Ruinen der alten Römerstadt eher bedrohlich als willkommen erschienen. Sie waren misstrauisch und sicherten ständig nach allen Seiten. Nur die Kinder eroberten schnell die Reste der Atriumhäuser, der verfallenen Patrizierpaläste und Legionslager und sogar die Keller von Händlern, die es schon lange nicht mehr gab.

An diesem Weihnachtstag siebenhundertundsechzehn Jahre nach der Geburt des Gottessohns bekam ich meinen üblichen Hirsebrei nicht schon in aller Frühe, sondern erst gegen Mittag. Die rötliche Sonne war stromauf gesehen bereits über den Fluss auf unsere Seite gewandert. Ich spürte die ganze Zeit, dass sich etwas verändert hatte. Und es lag nicht an den Kinderstimmen oder an dem Lärm, der an diesem Tag deutlicher als sonst bis zu uns drang.

An einem Tag wie diesem wurde nirgendwo gearbeitet. Vielleicht fiel mir deshalb auf, wie häufig ich in den vergangenen Tagen knallende Peitschen, das Knarren der Räder von schwer beladenen Ochsenwagen und das Geschrei ganzer Viehherden gehört hatte, die durch Schnee und Kälte bis in die Stadt getrieben worden waren. Gewiss, Colonia war groß genug für ein ganzes Heerlager innerhalb der alten Mauern. Aber inzwischen ließ sich nicht mehr verbergen, was die Witwe des toten Majordomus befürchtete.

»Sie werden kommen«, hatte ich gehört, wann immer ich in den vergangenen Wochen durch die Straßen ging. »Was hier an Vorräten gesammelt wird, tragen die anderen bei Paris und Soissons an Schwertern und Lanzen, Pfeilen und Bogen und noch anderem furchtbarem Kriegsgerät zusammen.«

Nein, wir machten uns nichts vor. Trotzdem beschäftigte mich Ursas Verhalten mehr als alles andere. Was kümmerten mich die Edlen und Grafen im Westen? Was störten mich die Flüchtlinge aus den Dörfern, die Herden von Schweinen und Rindern in den Gärten? Mich quälte, dass Ursa mir etwas verschwieg, und in einem Anfall von Mut platzte ich plötzlich heraus:

»Nun sag es doch! Sag endlich, was du weißt!«

Sie holte sehr tief Luft, schloss die Augen und hielt den Atem dann eine Weile an. Als sie ihn wieder ausstieß, war es kein Seufzer, sondern wie ein langes mühsames Absinken ihres Gedankenstaubs.

»Nun gut«, sagte sie dann. »Die ganze Stadt und sogar Plektrud rechnen damit, dass die Neustrier mit dem neu gewählten Majordomus für ihre Reichsteile hierherkommen werden, um den Königsschatz zu fordern.«

»Das pfeifen doch die Spatzen von den Dächern!«

»Aber auch dieses Pfeifen ist nur ein Teil der Wahrheit«, sagte sie mit einem überlegenen Lächeln. »Denn vor den Heerhaufen der Neustrier werden ganz andere die Stadt belagern. Männer, die Stürme und wilde Wasser kennen und die nicht fragen, bevor sie zuschlagen.«

Ich begriff sofort, wen sie meinte.

»Die Friesen? Die Friesen wollen Colonia erobern?«

»Ich weiß es nicht«, antwortete sie. »Aber ich spüre, dass die Gefahr eher von Norden als von Westen droht.«

Genau das war der Hinweis, auf den ich die ganze Zeit gewartet hatte.

»Du spürst es also!«, stieß ich hervor. »Du spürst es, vollkommen ohne Amulett und ohne *Knöchelsche*.«

»Habe ich das gesagt?«, gab sie zurück und lächelte noch mehr.

»Bei allen Göttern, verdammt noch mal! Warum müssen wir beide immer nur um den heißen Brei herumreden? Sag doch ganz einfach, was du weißt.«

Sie blickte mir fröhlich und liebevoll in die Augen.

»Denkst du etwa, dass ein Amulett allein schon etwas Heiliges oder Geweihtes ist? Denk doch nur an die Wandlung ... ehe dieses Wunder der Konsekration geschieht, sind Blut und Leib des Herrn auch nur Wein und Brot ...«

»Du meinst, erst wenn ich daran glaube ...«

Sie lachte erneut, dann beugte sie sich zu mir und schloss mir mit einem süßen, fordernden Kuss die Lippen.

Seit jener Nacht zum Jahreswechsel hatten wir nicht mehr wie Mann und Frau miteinander geschlafen. Wir lebten wie Bruder und Schwester zusammen. Noch immer bestand eine Vertrautheit zwischen uns, wie ich sie nie zuvor mit irgendeinem anderen Menschen erlebt hatte, aber es gab auch das Verborgene und Geheimgehaltene zwischen uns, das unsere Herkunft und unsere außergewöhnliche Existenz betraf.

Der Winter endete in diesem Jahr schon vor der Fastenzeit. Einige Tage zuvor hatten wir gehört, dass die greise Witwe erneut bei dem Versuch gescheitert war, weitere Verbündete unter den Bischöfen zu finden. Es hieß, dass sie sogar bis zu Willibrord in Echternach geschickt hatte, der schon mehrfach von ihr und zuvor von Pippin mit Ortschaften, Kirchen und Ländereien beschenkt worden war. Aber der Mann, der als Missionsbischof der Friesen schon zweimal beim Papst in Rom gewesen war, hielt sich auffallend zurück.

Nun war aber klar, dass Willibrord nichts mehr mit den Friesen und erst recht nichts mit den Neustriern zu tun hatte. Der Friesenfürst Radbod hatte ihn vertrieben, als er bereits bis zu den Knien im Taufwasser stand. Und bei den Neustriern bestimmten Bischöfe, die nichts mit den Engländern oder Iren zu tun haben wollten, weil diese ihnen dem Papst in Rom gegenüber allzu gehorsam erschienen.

Und so kam schon bald das Gerücht auf, dass sich der große Bischof und die Mönche von Echternach möglicherweise mit Plektruds entflohenem Stiefsohn Karl zusammengetan hatten …

Ursa verließ in diesen Tagen des Vorfrühlings häufiger das Haus als in der kalten Jahreszeit. Ich fragte sie nicht, wohin sie wollte, und sie gab mir keine Erklärungen. Unser Zusammenleben und unser Verhältnis zueinander waren derart ungewöhnlich, dass ich selbst kaum noch in die Stadt ging. Auch wenn ich früher häufig mit anderen jungen Männern durch die Kaschemmen und Tavernen am alten Hafen gezogen war, wollte ich mich gerade dort nicht ausfragen lassen.

Es machte mir nichts aus, dass sie diejenige war, die in die Stadt ging und mit Lebensmitteln, eingetauschten Gerätschaften, manchmal sogar mit kleinen Geschenken für mich und fast immer mit neuen Schreckensnachrichten zurückkam. Ich nahm das alles hin, ohne eigentlich zu wissen, was mich immer noch in der Ruine des alten Hauses hielt. Ich hätte gehen können und mir in der Pfalz oder bei irgendeinem der Herren außerhalb der Stadt Schild, Schwert und einen Kriegssold für die Sommermonate holen können.

Sowohl am Rhein als auch bei den feindlichen Neustriern fand in diesen Tagen das Märzfeld statt, bei dem jeder Arm willkommen war, der nicht auf den Äckern und bei der Aussaat gebraucht wurde. Manchmal, wenn ich allein zu Hause blieb, hockte ich mit finsterem Gesicht in der Frühlingsfrische des kleinen Apfelgartens auf der Bank an der Hausmauer. Wie schon oft zuvor konnte ich von hier aus bis zum Rhein, zum gegenüberliegenden Ufer und bis zum Land hinübersehen, das später einmal nach den dort ansässigen Grafen das Bergische genannt werden sollte.

Ich war in diesen Wochen nicht froh, sondern zumeist grimmig und verschlossen. Der klare Himmel störte mich ebenso wie der frische Wind, das schwarze Wasser des Flusses, die verkrüppelten Apfelbäume und die Ruinen um mich herum. Noch mehr als alles andere aber störte mich, dass nur wenige Schritte hangaufwärts zum Mercurius-Tempel hin die große Kirche stand, in der ich zunehmend das Weib vermutete, das ich so lange kannte und das doch nicht mein Eigen war.

Und dann kamen die Friesen tatsächlich. Ich war so überrascht, als ich die Reihe der schwer beladenen Lastkähne inmitten des Flusses entdeckte, dass ich nicht einmal »Feuer« oder »Alarm« schreien konnte.

Die Friesen näherten sich unserer Stadt von einer Seite, die in all den Jahrhunderten niemals ernstlich bedroht worden war. Bereits die Römer hatten das Geviert der Colonia Claudia Ara Agrippinensium auch zum Rhein hin mit einer starken Mauer versehen. Aber in fast sieben Jahrhunderten war nicht ein einziges Mal ein feindliches Schiff zu einer Gefahr vom Wasser her geworden ...

Die Friesen legten wie Handelsschiffer am Hafenkai an. Einige Dutzend rannten auch schreiend und alles zusammenschlagend durch die Straßen. Dann wieder verschwanden sie, um einen oder zwei Tage später von einer ganz anderen Seite erneut gegen die Stadt vorzurücken. Niemand begriff, was sie vorhatten. Und dann gab es mitten in der Nacht auch noch einen Kampf an der Südmauer, von dem es am nächsten Vormittag hieß, dass Karl sich mit einem viel zu kleinen Haufen seiner Anhänger gegen die Friesen oder die Bewaffneten Plektruds oder auch gegen beide zusammen eine verdammt blutige Nase geholt hatte.

Ursa verbrachte die Tage und auch die Abende zumeist in der Kirche. Wenn ich sie fragte, wich sie mir aus. Wenn ich ihr drohte, zischte sie nur. Und wenn ich sie bat, entwand sie sich mit einem hellen Lachen. Wie ich es auch anstellte – ich kam einfach nicht mehr an sie heran. Es war, als würden wir uns bei jedem Versuch der Annäherung nur umso heftiger abstoßen.

Drei Tage vor dem Osterfest fand ich die erste handfeste Bestätigung für meinen lange schon schwelenden Verdacht. Es war am Greindonnerstag, an dem die Christen die Kreuzigung und den Tod ihres Herrn so laut und fürchterlich in ihren Kirchen und Bethäusern beweinten, dass es bis in die lichtlosen Straßen und Gassen der Stadt hinein hallte.

Ursa und ich waren nicht verheiratet. Sie hatte mir deshalb klipp und klar erklärt, dass ich sie nicht daran hindern konnte, zu den Gebeten in die nahe Peterskirche zu gehen. In dieser Nacht, in der besonders viele Weiber von Adligen aus den Dörfern und Landgütern rund um die Stadt zum Gebet in die Colonia gekommen waren, in dieser Nacht fand ich die Silberlinge.

Eigentlich lebten wir von dem Schatz, den ich geerbt haben musste. Er bestand nicht aus Gold und Silber, sondern aus einer Beteiligung an der Pacht für eine nicht ganz einwandfreie und streng genommen eher sündige Immobilie. Vor Jahren schon hatte ich meinen Anteil am alten Badehaus südlich der Stadt an Bischof Kunibert verkauft. Jetzt, als ich die dreißig friesischen Sciattas zählte, kam mir mein Vermögen eher bescheiden vor.

Der Beutel aus Ziegenleder lag unter ihrem Kopfkissen. Ich weiß nicht, was mich dazu getrieben hatte, das Kissen kurz anzuheben, nachdem ich eine Weile vor dem Feuer gesessen und mit dem Amulett um meinen Hals gespielt hatte. Ich weiß nur, dass der Beutel schwerer war, als ich es auf den ersten Blick erwartete.

Ich starrte auf die Silberstücke mit dem eingeschlagenen Frosch. Sie waren nur so breit wie ein kleiner Finger. Vielleicht hätte ich über all das hinweggesehen. Es gab kaum noch andere oder gar neue Münzen. Aber die Zahl dreißig störte mich. Dreißig Jahre dauerte ein Jahrhundert nach der Zählung der Druiden. Und dreißig Silberlinge hatte Judas erhalten, als er den Gottessohn verriet …

Ich ging ihr mit einer kleinen Öllampe entgegen, als ich sie zurückkommen hörte. Sie freute sich über den freundlichen Empfang und berichtete sogleich, wie sehr sie alles, was sie in der Kirche gehört und gesehen hatte, innerlich aufwühlte.

»Hast du wieder deinen Gott geopfert?«, fragte ich. Sie hatte ihren Umhang abgelegt und wollte gerade ihr Kopftuch lösen.

»Ich habe ihn und ihm geopfert«, verbesserte sie mich so selbstverständlich, als sei das alles die normalste Sache der Welt. Sie ging an mir vorbei und deutete sofort auf den kleinen Haufen von Silberlingen.

»Brauchst du etwas davon?«, fragte sie arglos. Ich antwortete nicht. Sie löste nur noch das Tuch, legte es ordentlich zusammen und strich sich über ihr Haar. Dann ging sie zum Feuer, stocherte ein wenig in der Glut und rückte den großen Tonkrug mit ungesüßtem Brennnesselsud ein bisschen näher an die Hitze heran.

»Ehe du vergisst, mich zu fragen, woher die Silberlinge kommen und was ich damit will«, sagte sie. »Sie stammen von ein paar edlen Herren, die ich noch von früher kenne.«

Ich hasste sie. Ja, es ist wahr! In diesem Augenblick hasste ich sie für ihre Aufrichtigkeit. Denn gleichzeitig und wie um mich zu quälen, gab sie damit zu, dass es in ihrem Leben noch andere Männer außer mir gab.

»Ich kann mir denken, was du vermutest«, sagte sie. »Aber die Männer, von denen ich spreche, halten noch immer zum verstorbenen Majordomus. Sie wissen, dass die Witwe im Augenblick alle Fäden in der Hand hat, aber sie spenden auch für uns Christen in der Stadt, damit wir für Karl beten. Daher die Silberlinge dort ...«

Ich wurde ärgerlich.

»Ach, dann war ich wohl nur eine Art Werkzeug für euch?«

»Ein bisschen schon, Rheinold«, gab sie zu. »Ich helfe diesen Männern, die den rechtmäßigen Nachfolger von Pippin insgeheim unterstützen. Und das sind weder die Neustrier noch die Friesen.«

»Sondern?«, knurrte ich.

»Aufrichtige Grafen, Landedelmänner, einige Äbte und Priester in ganz Austrien, befreundete Thüringer und die Mönche aus Echternach.«

»Du betrügst mich!«, stieß ich hervor. Ich dachte an das Badehaus, das ich vor einiger Zeit an Bischof Kunibert verkauft hatte. »Du badest, wenn du sagst, du betest ...«

»Nein, ich betrüge dich nicht, Rheinold«, antwortete sie und legte ihre Hand auf meinen Arm. »Aber es gibt eben Dinge, die jeder von uns allein tun muss.«

Ich hob die Brauen und zog langsam meinen Arm unter ihrer Hand fort. Aber sie lachte so hell und fröhlich, dass ich mich im selben Augenblick für meine dumme Frage schämte.

»Oh, Rheinold!«, lachte sie noch immer. »Du kannst so herrlich dumm sein, dass ich den ganzen Tag jauchzen könnte vor Vergnügen.«

Ich verzog mein Gesicht, doch dann musste ich selbst lachen. Und so wurde es noch eine sehr schöne, lange vermisste, glückliche Nacht. Wir herzten und umarmten uns wieder und wieder. Jedes Mal, wenn wir uns nach unserem Liebeskampf ermattet in den Armen lagen, erzählte sie mir ein wenig mehr von sich und von dem, was in der Zwischenzeit in der Stadt geschehen war.

Bisher war mir nie richtig aufgegangen, dass vor Majordomus Pippin auch seine beiden erwachsenen Söhne mit Plektrud gestorben waren. Und sie berichtete mir von Plektruds siebenjährigem Enkel Theudebald, der mit ihrem Heer noch vor der Flucht Karls gegen die Neustrier gezogen und furchtbar geschlagen worden war.

Mir schwirrte der Kopf, als sie auch noch von König Dagobert III., seinem Nachfolger Chilperich II. und dem kampflustigen neuen neustrischen Hausmeier Raganfrid erzählte.

»Warum weiß ich das alles nicht?«, fragte ich, während ich an ihrem Ohrläppchen knabberte und mit einer Hand über ihre Brüste streichelte. »Ich war doch die ganze Zeit mit den Edlen zusammen und hätte doch auch beim Heer sein müssen, als die Neustrier von hier bis nach Paris zogen.«

»Sie sind gar nicht bis Paris gekommen«, antwortete Ursa. »Außerdem war es mir lieber, dass du hiergeblieben bist. Schließlich brauchte ich dich hier noch, wie du weißt.«

»Dann hast du das alles …«

»Wer denn sonst?«, fragte sie glucksend und schmiegte sich erneut eng an mich. »Bei der Gelegenheit: Habe ich dir eigentlich schon mal gesagt, dass ich dich liebe?«

Eigentlich hätten die Ereignisse dieses Jahres mich und alle anderen Bewohner von Colonia in einen ständigen Zustand von Angst versetzen müssen. Doch irgendwie verschob sich das gesamte Maßwerk in uns und um uns herum. Ja, wir lebten in diesen gefährlichen Zeiten besser zusammen als zuvor.

Als Junge hatte ich oftmals das Durcheinander der großen roten Waldameisen vor ihrem Nest angesehen. Mein Respekt vor ihren scharfen, schmerzhaften Bissen war nach den ersten unliebsamen Erfahrungen ziemlich groß. Trotzdem hatte ich mich stundenlang auf den Waldboden gelegt und mein Gesicht bis dicht an die unsichtbare Straße der kleinen Ungeheuer gebracht. Ich hatte beobachtet, dass sich in dem ganzen eilfertigen Durcheinander doch eine Ordnung erkennen ließ.

Ich musste sehr oft an die roten Waldameisen denken, die zu Hunderten oder gar Tausenden über mein Gesicht gelaufen waren. So ähnlich kam mir auch das stete Herumziehen der bewaffneten Bauern und adligen Krieger vor. Manchmal erschienen einzelne kleinere Trupps an den Stadttoren. Ich konnte nicht sagen, warum einige hindurchdurften, andere dagegen nicht. Mir blieb auch unklar, welche der Gruppen bis zu Plektrud in der Königspfalz vorgelassen wurden und welche einfach nur durch die Stadt zogen und sich dabei wie Räuber und Diebe benahmen.

Anfang Mai kam Ursa bereits am frühen Morgen wieder von draußen zurück. Sie berichtete, dass die Neustrier vergeblich nach Karl und seinen Rebellen gesucht hatten und dass sie jetzt an der Straße nach Jülich und Maastricht mit Herzog Radbods Friesen zusammengetroffen waren.

»Es gibt noch ein zweites Heer der Neustrier«, sagte sie seltsam aufgeregt, als sie zum Herd ging und sich noch einen Rest vom Morgenbrei nahm. »Diese Bewaffneten lagern an der alten römischen Wasserleitung. Bei ihnen befindet sich auch der junge Merowingerkönig Chilperich.«

»Und was bedeutet das für uns?«, fragte ich sofort. »Haben sie Katapulte, Rammböcke und andere Waffen?«

Ursa stutzte. Dann lachte sie und schüttelte den Kopf. »Nein, Rheinold. Vergiss doch endlich, dass du irgendwann einmal mit römischen Legionären gesoffen hast. Diese hier sind zwar ebenfalls bewaffnet, aber gegen die Legionen Roms wirken sie eher wie armselige Räuberbanden. Nur die Grafen und die anderen Adligen besitzen Pferde und glänzende Rüstungen. Neun Zehntel dieser Streitmacht laufen herum, als hätten sie gerade die Feldhacke gegen die Axt und ein paar Holzschilde eingetauscht. Die meisten von ihnen haben nicht einmal Kettenhemden oder anständige Helme.«

Was das bedeutete, erfuhren wir in den folgenden Wochen: Neustrier und Friesen belagerten die Stadt wie Rudel zahnloser Wölfe. Sie griffen nicht an, sondern warteten Tag um Tag vergeblich auf ein Heer Plektruds und der Verteidiger.

»Sie können uns nicht aushungern«, sagte ich eines Morgens zu Ursa. »Wir haben doch wohl genügend Ackerflächen innerhalb der Mauern und außerdem Brunnen und Boote, die klein genug sind, um auch den schnellen friesischen Schiffen zu entkommen.«

»Genau das haben sie wahrscheinlich inzwischen selbst gemerkt«, meinte sie. »Ich nehme an, dass sie deshalb nicht kämpfen, sondern verhandeln werden.«

Wie schon so oft in der letzten Zeit hatte sie mit ihrer Vermutung recht. Es gab keine große Versammlung, keine Verkündung von Plektruds Beschlüssen und keinen Siegestaumel in der Stadt. Wir hörten nur, wie draußen vor den Toren Schwertgriffe zustimmend gegen Schilde geschlagen wurden. Und dann tauchten neue Gerüchte auf. Diesmal fragte ich Ursa ganz direkt:

»Ist es wahr, dass die Alte tatsächlich den Königsschatz rausgerückt hat?«

»Nicht den ganzen«, antwortete sie ohne Zögern. »Aber zumindest die Hälfte. Sie hat sich freigekauft und dazu auch noch dieses neustrische Merowingerkind Chilperich als König über das gesamte Frankenreich anerkannt.«

In den folgenden Wochen kehrte der Frieden zurück. Herzog Radbod und seine Friesen benahmen sich schon fast wie Händler und nicht wie Krieger, als sie mit ihren schwer beladenen Beuteschiffen rheinabwärts fuhren.

Zwei weitere Ereignisse hatten nur bedingt mit dem Friedensschluss dieses Jahres zu tun. Das eine betraf englische Mönche und ihren Anführer Winfried. Zum zweiten Mal nach Willibrord von Echternach hatten sie versucht, das Christentum nach Friesland zu bringen. Sie wurden verjagt, nachdem das siegreiche Heer von Radbod mit den Beuteschiffen zurückgekehrt war. Damit waren alle Gebiete, die Majordomus Pippin für das christliche Königreich der Franken gewonnen hatte, wieder verloren.

Ende Mai sagte mir Ursa, dass sie für einige Tage nicht in der Stadt sein würde. Ich wollte sie fragen, blickte ihr in die Augen und schüttelte dann doch nur wortlos den Kopf. Sie zögerte einen Moment, dann seufzte sie und überwand sich.

»Also gut«, sagte sie. »Es geht dich zwar nichts an, aber: Ich werde nach Maastricht gehen.«

»Nach Maastricht?«, fragte ich vollkommen überrascht und riss die Augen auf. »Was willst du allein in Maastricht?«

Sie lachte hell und klar, wie ich es schon so oft gehört hatte.

»Mach dir keine Gedanken«, sagte sie dann. »Ich werde nicht allein gehen, sondern mit ein paar Dutzend anderen aus der Königspfalz. Plektrud selbst ist schon zu alt. Aber ihre Enkel werden ebenso dorthin reiten wie viele andere gläubige Adlige aus dem ganzen Land zwischen Rhein und Maas.«

»Was ist denn los?«, fragte ich vollkommen unwissend. »Gibt es hier nicht genügend Priester und Kirchen?«

»Das schon«, antwortete sie noch immer lachend. »Es ist eher eine Art Pilgerreise. Am letzten Maitag werden die Gebeine des Bischofs Lambert von Maastricht in einer großen Prozession nach Lüttich gebracht.«

Ich fasste mir an den Kopf und versuchte zu verstehen. »Pilgerreise? Warum muss ein toter Bischof zu Fuß von Maastricht bis nach Lüttich geschleppt werden? Kann man denn da kein Boot nehmen? Das ist doch ein sehr langer Fußweg.«

»Das ist es, in der Tat«, gab sie zu. »Aber du weißt genauso gut wie ich, dass Bischof Lambert ein Verwandter von Plektrud ist und dass er ermordet wurde. Deshalb wird er jetzt heilig …«

»Ich werde nie verstehen, wie sich gewisse Tote den Heiligenschein erwerben und andere wiederum nicht.«

»Denk doch mal nach!«, sagte sie geduldig. »Es war ein Bruder von Karls Mutter, der Bischof Lambert vor dreizehn Jahren erschlagen hat. Wenn er jetzt heiliggesprochen wird, straft das im selben Atemzug Karl und seine Anhänger.«

»Und warum ist er erschlagen worden?«, empörte ich mich augenblicklich. »Weil er Sonntag für Sonntag gegen Majordomus Pippin gepredigt hat und schließlich sogar Karls Mutter als Hure und Ehebrecherin verdammen wollte.«

»Du hast in allem, was du sagst, vollkommen recht«, beschwichtigte sie mich. »Dennoch ist der Ermordete für seinen Glauben gestorben. Als Märtyrer, verstehst du? Deswegen lässt ihn der jetzige Bischof von Maastricht in die eigens für ihn erbaute Basilika in Lüttich überführen.«

»Mit einer Prozession.«

»Mit einer Prozession. Die Gebeine des Märtyrers werden mit Gesang und guten Gebeten am Maasfluss entlang von der einen Kirche zur anderen gebracht.«

»Und da musst du unbedingt dabei sein?«

Ich schüttelte immer wieder den Kopf. Mehrmals hob ich zu einer weiteren Entgegnung an. Ich sah sie schon als Nonne oder erneut im Badehaus, aber ich verschluckte lieber all meine weiteren Fragen und Einwände.

»Mach dir keine Sorgen um mich«, sagte Ursa in ihrer frommen Fröhlichkeit, die schon fast ansteckend war. »Ich werde eine schöne Kerze für dich anzünden, und ich komme bald wieder … spätestens in einer Woche.«

16. SCHÄTZE DER STIEFMUTTER

SIE KAM NICHT NACH EINER WOCHE wieder. Auch nicht nach einem Monat. Ich hatte viel Zeit, um über alles nachzudenken. Sie fehlte mir so sehr, dass ich gern eine Hand dafür gegeben hätte, sie zurückzubekommen – oder auch alle meine geringen Schätze für eine Nachricht von ihr.

In der Woche nach Pfingsten lief ich von einer Kirche der Stadt zur anderen. Aber weder in den Gebetshäusern der Christen noch bei den Tempeln der anderen Götter erfuhr ich irgendetwas über den Verbleib von Ursa. Auch als ich hinausging und die Gräberfelder und Kirchen außerhalb der Stadt durchwanderte, blieben alle, die ich befragte, wortkarg und abweisend. Die Männer und Frauen auf den Feldern, die vielleicht auf Geheiß ihres Herrn mit an die Maas gegangen sein konnten, sprachen nicht mit mir darüber. Ich war ein Unbekannter für sie, einer, der in der Stadt lebte und ohnehin alle hier draußen nur betrog …

Auch im Sommer noch spürte ich überall die Furcht der Menschen vor allen Fremden, von denen sie nicht wussten, ob sie Freund oder Feind waren. Die Neustrier waren mit großen Teilen des Königsschatzes und mit ihrem Majordomus Raganfrid nach Westen gezogen. Aber die Sieger hatten auch Federn lassen müssen. Es hieß, Karl, dieser tollkühne Bastard, habe das zweite neustrische Heer mit dem Merowingerkönig, das einen südlichen Weg genommen hatte, in der Nähe des Doppelklosters von Stavelot-Malmedy in einen Hinterhalt gelockt und entwaffnet.

Obwohl das alles auch immer etwas mit mir und meiner Stadt zu tun hatte, ließen mich all diese Ereignisse auf eine seltsame Art unberührt. Es schien, als wäre ich von Anfang an nur ein Gast an Ursas Tisch gewesen. Jetzt, nachdem sie nicht mehr da war, sah ich keinen Sinn mehr in diesem Leben. Mehr noch – ich hatte zunehmend das Gefühl, als wäre die Aufgabe, zu der ich mich in diesen Körper begeben hatte, bereits erledigt. Auch darüber dachte ich immer wieder nach. Konnte es sein, dass ein Mensch lebte, nur um ein einziges Mal eine kurze Minute lang wegzusehen, damit ein anderer floh?

Sei's drum: Ich war ein junger Mann, der sein ganzes irdisches Leben noch vor sich hatte. Ich wollte mich einfach nicht damit abfinden, dass ich von nun an Jahr um Jahr auf meinen körperlichen Tod wartete. Doch was sollte ich tun? Was unternehmen? Wovon leben? Und vor allen Dingen: wofür?

Immer wieder ging ich im Geiste meine Möglichkeiten durch: Ich hätte einem der Priester sagen können, dass ich sie suchte und dass er für sie beten solle. Ich hätte Händler oder die Edlen auf ihren Gütern bis hin zur Maas befragen können. Und ich hätte sogar ins alte Prätorium der Römer gehen können, um zunächst in den Ställen, dann in den Küchen und schließlich bei den Bewaffneten, den Schreibern und ihren Oberen nach dem Mädchen zu fragen, das nicht nur einer von ihnen während der langen Prozession zwischen den Kirchen von Maastricht und Lüttich gesehen haben musste.

Als das Jahr schließlich zu Ende ging, gab ich endgültig auf. Am Abend vor dem ersten Weihnachtstag schneite es ein wenig. Ich nahm den letzten verhutzelten Apfel, den ich vom einzigen noch vorhandenen Baum in meinem Garten gepflückt und in der Kühle der Räume aufbewahrt hatte, legte ihn in einen Tontopf und stellte ihn neben die schwache Glut des Herdfeuers. Wie lange war es her, seit ich einen der Bratäpfel gegessen hatte, wie meine Mutter sie machte?

Es dauerte eine Weile, bis der Apfelduft von der Herdglut her durch den Raum zog, in dem ich mit Ursa so viele glückliche Tage verlebt hatte. Sie war mein Weib gewesen und meine Schwester, meine Geliebte und meine Gefährtin. Ich beschloss, auch in den kommenden Jahren diesen Abend zum Jahreswechsel mit einem Bratapfel zu feiern.

Erst das Lärmen und der Gesang aus der Bischofskirche oberhalb meines Hauses weckte mich auf. Draußen war so viel Schnee gefallen, dass sich mein kleiner Schlafraum hell und wie überirdisch beleuchtet ausnahm.

In diesem Augenblick durchströmte mich eine Mischung aus Trauer und Freude, Ehrfurcht und Wohlbehagen, wie ich sie noch nie zuvor erlebt hatte. Ich spürte eine eigenartige Sehnsucht in mir. Ich lauschte den weihnachtlichen Gesängen aus dem großen Gotteshaus und wünschte mir, dass ich dazugehören könnte zu dieser Gemeinschaft der Heiligen, die mich gleichzeitig anzog und abstieß. Doch irgendeine Kleinigkeit hinderte mich daran. Es war nicht das Amulett. Ich strich ein paarmal mit meinen Fingerspitzen über die kleine Kapsel: Sie war nicht wärmer als sonst. Ich stand auf, holte mir Eis von draußen, schmolz es zu Wasser und bereitete mir meinen Morgenbrei. Dann nahm ich den Beutel mit den Silberlingen, den Ursa zurückgelassen hatte.

Ich war während der vergangenen Monate sehr sparsam gewesen. Nur ganz am Anfang, als ich noch wie besessen nach Ursa gesucht hatte, waren mir die kleinen Froschmünzen wie Kaulquappen durch die Finger geglitten. Ich wusste nur zu gut, dass ich nicht verhungern würde, wenn ich die Stadt verließ. Ich musste nur losgehen, der alten römischen Wasserleitung folgen und dann in den Ardennenbergen nach Karl und seinem Rebellenheer suchen.

Ein paarmal war ich unten im Hafen gewesen und hatte mich mit den Schiffern und Händlern unterhalten. Kaum einer von ihnen zweifelte daran, dass Karl nur abwartete. Auch ich glaubte, dass es im neuen Jahr zu mehreren großen Entscheidungen kommen würde. Ich konnte nicht sagen, wie sie aussehen würden; trotz aller Wunder und seltsamen Ereignisse, die ich bereits erlebt hatte, besaß ich zu keinem Zeitpunkt die Fähigkeit, über den Tag hinauszusehen. Zu viel war unsicher dabei. Zu viel Betrug und zu viel Einbildung …

Ich beschloss den Tag, indem ich mich warm anzog und, wie schon so oft, die paar Schritte zum Fluss hinunterging. Die alte Römermauer war kaum noch vorhanden. Ich sah ein paar Kinder, die auf kleinen Brettchen über die zugefrorenen Lachen liefen, die sich überall dort gebildet hatten, wo der Seitenarm des Rheins langsam verlandete. Es würde nicht mehr lange dauern, bis der gesamte alte Hafen samt der Insel davor zu einer Art Vorstadt geworden wäre. Doch noch war es nicht so weit. Ich sah den Kindern zu, ging ein Stück auf das Eis hinaus und blickte zur Stadt zurück.

Die Mauern des alten Prätoriums, das längst zur Königspfalz

geworden war, standen noch immer wie eine Wand mit hohen Fenstern über dem Rhein. Weiter südlich konnte ich ein Stück des alten Kapitolstempels sehen und genau nach Westen den mächtigen, gedrungenen Bau des Bischofsdoms mit seinem Arkadenhof und der Taufkapelle davor.

An diesem Tag kehrte ich krank in meine Hausruine zurück. Ich fühlte mich auch in den nächsten Tagen nicht besser. Es dauerte noch bis zum Frühlingshochwasser, ehe ich wieder klar denken konnte. In der Zwischenzeit durchlebte und durchlitt ich Nächte voller Albträume, in denen ich mit den Friesen oder den Sachsen auf dem östlichen Ufer des Flusses, mit dem Merowingerkönig und dann wieder mit Karls Rebellenheer gegen unsere Stadt zog.

Als dann der Frühling kam, ließ die alte Witwe jeden waffenfähigen Mann in der Stadt zum Märzfeld befehlen. Ich überlegte zwei Tage lang; dann fiel mir wieder ein, dass ich etwas von Fischen verstand. Ich wartete, bis ich wieder einmal einen der Kähne mit Heringsfässern den Fluss heraufkommen sah. Während seine Gehilfen mit viel Getöse die Fässer an Land brachten und sich die ersten laut schreienden Weiber um die Kerle versammelten, bot ich dem Schiffer aus Dorestad meine Dienste an. Ich sagte ihm, dass wir es wie die römischen Legionäre machen könnten.

»Alles, was wir dafür brauchen, sind ein paar gute Brieftauben«, schlug ich ihm vor. »Ich könnte sie immer dann fliegen lassen, wenn kein Fisch mehr in der Stadt ist. Dann bist du der Erste, der es erfährt, und kannst vor allen anderen hier sein.«

»Hast du das auch schon anderen vorgeschlagen?«, fragte der Mann vom Niederrhein. Ich schüttelte den Kopf. »Nein«, sagte ich, »denn dann wäre mein Vorschlag wertlos.«

Wir kamen sehr schnell zu einer Vereinbarung, die sich in den folgenden Jahren als sehr bequem für mich und ebenso günstig für den Fischhändler erweisen sollte.

Noch während ich auf dem Rückweg in mein Ruinenhaus war, gellten überall Alarmschreie durch die Straßen der Stadt. Was viele schon lange erwartet hatten, war plötzlich eingetroffen: Karl, der Rebell, der Stiefsohn von Plektrud, zog vor der Stadt auf, um sie zu belagern.

Für den Rest des Tages und die folgende Nacht machte niemand innerhalb der Stadt ein Auge zu. Wer konnte, versuchte sich Stunde um Stunde in den alten römischen Weinkellern, in ausgetrockneten Zisternen oder in den Resten der alten gemauerten Abwasserkanäle zu verstecken. Aber es gab keinen Kampf und keine richtige Schlacht. Stattdessen gingen die Verhandlungen zwischen den Abgesandten tagelang hin und her. Kaum jemand in der Stadt bekam mit, was eigentlich verhandelt wurde. Wir wussten nur, dass es um den Rest des Königsschatzes und um Plektrud ging.

Ständig flogen neue Gerüchte durch die Gassen. Irgendwann brannten auch ein paar Haufen mit Lumpen dicht an der Stadtmauer, ein paar Pfeile flogen hin und her. Und dann hieß es, dass Plektrud die Königspfalz geräumt hatte, um fortan in dem von ihr gegründeten Stift Maria im Kapitol zu leben.

Als Karl dann in die Stadt einzog, zeigte sich erneut, wie schnell die Windrichtung in der Stadt sich ändern konnte. Zuerst wagten sich nur einige Jugendliche und Kinder bis zu den Straßenrändern. Doch dann, als niemand aus der Königspfalz sie aufhielt, kamen immer mehr Menschen hinzu. Schließlich winkten und riefen einige hundert Männer und Frauen Karl und seinem wilden Haufen zu. Die Männer hoben ihre Waffen und winkten zurück. Sie lachten, und dann hob der erste von ihnen ein junges Mädchen zu sich auf sein Pferd. Die anderen johlten, und plötzlich taten es den beiden viele andere gleich.

Es war wie bei den Zügen der Carri Navales. Die ganze Stadt lief auf die Straßen, und dann begann ein Fest, wie wir es lange nicht erlebt hatten. Spätestens zu diesem Zeitpunkt wurde uns klar, dass wir einen neuen Majordomus im östlichen Frankenreich hatten. Einige meinten sogar, dass er stark genug sei, um auch ohne Merowingerkönig zu herrschen.

Noch im selben Jahr schlug das Rebellenheer Karls die Neustrier mit dem Merowingerkönig und Majordomus Raganfrid. Er verfolgte den Merowinger bis nach Orléans an der Loire, unterwarf Städte wie Reims und Troyes und kehrte schließlich als Sieger an den Rhein zurück …

Ich hatte inzwischen überall herumerzählt, dass ich jetzt eine Taubenzucht hätte. Die ganze Angelegenheit war viel einfacher als zunächst befürchtet. Niemand kümmerte sich um mich, und nur gelegentlich kam es vor, dass mir über Nacht die Taubenschläge ausgeräumt wurden. Ich beschloss daher, mitten im Garten hohe Pfähle aufzustellen, um den Tauben hoch oben Häuser aus Holz zu bauen. Wenn dann jemand an sie heranwollte, musste er entweder die Axt benutzen oder so weit hochklettern, dass ich beim Lärm der Tauben genügend Zeit hatte, um in den Garten zu laufen und die Diebe zu fangen.

Wenn gelegentlich der Eindruck entstehen sollte, dass ich mich in diesen Monaten vorwiegend um mich selbst kümmerte, so ist das zutreffend und vielleicht sogar verständlich. Auch in den folgenden Jahren beschäftigte ich mich fast ausschließlich mit den Dingen, die ich zum Leben brauchte. Die Tauben gehörten ebenso dazu wie neu auftauchende Schiffe auf dem Fluss, Streitigkeiten unter den Händlern und Handwerkern oder auch die Entwicklungen, die von der Königspfalz ausgingen.

Die meisten der Männer, die ich noch gekannt hatte, gehörten inzwischen zum Hofstaat von Karl, der jeden Sommer kreuz und quer durch das Reich zog. Manchmal nahm er sogar sein Eheweib und seine drei Kinder mit. Ich habe Karlmann, den Ältesten, und Pippin II. nur einmal gesehen, als wieder Heringe in die Pfalz geliefert wurden. Bei dieser Gelegenheit hatte einer der neuen Vasallen des Majordomus gebrüllt, ich sei derjenige gewesen, der ihm selbst damals Prügel eingebracht hatte. Ich kannte ihn nur zu gut. Er hieß Gerold, war Plektruds Leibwächter gewesen und zum Kerkerwächter herabgestuft worden, weil sein Rausch zumeist größer gewesen war als seine Wachsamkeit.

»Und wofür hast du Prügel bekommen?«, fragte ich ihn, als ich merkte, dass ich nicht mehr fortlaufen konnte.

»Weil du Sauhund deinen Gefangenen freigelassen hast.«

»Das mag schon sein, verehrter Gerold«, antwortete ich. »Aber genau dieser freigelassene Gefangene ist doch jetzt unser aller Herr, oder irre ich mich da?«

»Nein, leider irrst du dich nicht, du Mistkerl. Doch wenn es nicht so wäre, würde ich dich jetzt eigenhändig für die Prügel und die Kerkerhaft, die mir Plektrud angetan hat, umbringen.« Wir standen an einem Seiteneingang der lang gestreckten Pfalz.

»Hast du nun davon profitiert, dass ich Karl laufen ließ, oder nicht?«, fragte ich herausfordernd. »Es geht dir doch gut. Und du gehörst zu den Paladinen.«

»Das mag schon sein«, antwortete er knurrig. »Aber soll ich deshalb vergessen, was ich durch deinen Verrat erleiden musste?«

»Also was nun?«, fragte ich ihn. »Ist es nun gut für dich, dass Karl durch mich freikam, oder nicht?«

»Jetzt ist es gut«, schnaubte er. »Aber damals war es schlecht für mich.«

»Dann magst du mich dafür verprügeln«, schlug ich ihm vor. »Sofern du mir anschließend Monat für Monat die Hälfte dessen abgibst, was du durch mich gewonnen hast.«

Er starrte mich an, presste die Lippen zusammen. Dann schnaubte er: »Mit dir schlage ich mich nicht. Du bist noch glatter als die Priester und Mönche, schwerer zu fassen als ein Judenhändler und verlogener als ein getaufter Sachse.«

Ich grinste ihn an und nickte.

»Und du, Gerold, du bist so dumm, dass du sogar vor den Bayern oder den Sarazenen weglaufen würdest.«

»Ich bin noch nie weggelaufen.«

»Dann tu es jetzt«, sagte ich ihm. »Verschwinde und geh mir aus den Augen, sonst sage ich Karl, dass du auch heute noch seine Flucht aus dem Kerker bedauerst.«

»Aber das habe ich doch gar nicht ...«

Ich lachte trocken, drehte mich um und ließ ihn einfach stehen. Es gab viele Männer wie ihn im Gefolge des Majordomus. Manche hatten sogar mehrmals die Fahne gewechselt. Ich war der Letzte, der ihnen deswegen einen Vorwurf gemacht hätte, denn eigentlich ging es ihnen niemals um Ruhm und Ehre, sondern immer nur um ein bisschen Beute oder ums Überleben ...

Zu dieser Zeit kam ich gelegentlich auch in die Nähe des Kapitolshügels. Ich ließ mir sagen, wie es um die Vorräte an Fisch bestellt war, damit ich den Flug meiner Tauben besser einteilen konnte. Bei diesen Gelegenheiten erfuhr ich, dass sich Plektrud inzwischen ganz dem Gebet ergeben hatte. Ihre Enkel hingegen fanden sich nicht mit ihrer Entmachtung ab. Was ich hinter vorgehaltener Hand hörte, mochten nur Gerüchte sein, aber sie gefielen mir dennoch nicht. Jeder in der Stadt wusste, dass der

Hass der Enkel auf Karl noch größer sein musste als der ihrer Großmutter.

Nur wenig später erfuhr ich von einem jungen Mädchen in der Pfalzküche, dass der Majordomus vergiftet werden sollte. Ich sprach mit Gerold, weil ich ihn ein bisschen entschädigen wollte. Auf diese Weise kamen die Gerüchte aus dem Kapitol und aus der Pfalzküche bis an die Ohren des Majordomus. Trotzdem erkrankte er und erholte sich nur sehr langsam wieder. In der Zwischenzeit verhandelte ich mit den Männern, die wichtige Ämter in der Pfalz innehatten und jetzt mir einen Gefallen schuldig waren. Aber ich wollte kein Gold, sondern das Küchenmädchen. Wir verhandelten eine Weile, dann bekam ich sie gegen eine zusätzliche Lieferung zweier kleiner Fässer mit grünen Heringen. Die Fänge waren in diesem Jahr nicht sehr reich ausgefallen, und so erschien uns allen der Preis gerecht und angemessen.

Das Mädchen war fünf Jahre jünger als ich und keineswegs so aufsässig, wie ich es nach den Berichten über ihre sächsischen Landsleute erwartet hatte. Zu meiner Überraschung erfuhr ich erst nach ihrem Einzug bei mir, dass sie von einem dieser herumziehenden irischen Mönche getauft worden war und den Namen Magdalena erhalten hatte. Obwohl mir das noch einige Zeit wie ein störender Haken an diesem Handel vorkam, gewöhnten wir uns sehr schnell aneinander.

»Das mit der Taufe musst du nicht ernst nehmen, Rheinold«, sagte sie mir, als ich sie darauf ansprach. »Wir Sachsen lassen uns gern taufen, wenn wir dafür schöne Geschichten hören. Es macht immer wieder Spaß. Aber in meinem Dorf an den Paderquellen wurden wir das letzte Mal nur getauft, weil wir ihn loswerden wollten.«

»Wen wolltet ihr loswerden?«

»Na, diesen irischen Mönch«, antwortete sie unbefangen. »Er ließ sich einfach nicht davon abbringen und wollte ständig in dieser schrecklichen Sprache beten und singen.«

»Meinst du etwa Latein?«, fragte ich und bemühte mich, meine Belustigung zu verbergen.

»O ja, Latein«, sagte sie und nickte heftig. »Wir Sachsen fürchten uns vor diesen Zaubersprüchen – besonders, wenn sie von Mönchen gesungen werden …«

»Und du«, wollte ich wissen, »fürchtest du dich auch vor der Sprache der Gläubigen?«

Sie schüttelte heftig den Kopf. »Ich weiß ja ein bisschen, was die Worte bedeuten«, erklärte sie mir. »Das habe ich von einem Schreiber in der Pfalz gelernt.« Ich pfiff durch die Zähne und dachte mir mein Teil. Aber sie war anstellig, bescheiden und fleißig, und mir gefiel, dass sie sich von Anfang an nicht allzu sehr zierte, als ich ihr vorschlug, dass wir uns während der kalten Nachtstunden unter der großen Decke wärmen konnten, die Ursa gewebt hatte.

»Sieh mal, die Decke ist groß genug«, sagte ich zu ihr. »Und wenn du sie schon morgens aufhängen und gelegentlich waschen musst, sollst du als kleinen Lohn auch etwas davon haben.« Sie dankte mir meine Freundlichkeit, und wir begannen, uns gern zu haben ...

Im Jahr darauf zog der Majordomus selbst gegen die Sachsen bis zur Weser. Immer mehr Fremde siedelten sich innerhalb der Stadtmauern an, und ich begann damit, nach der Vesperstunde in die überall neu entstehenden Schenken zu gehen. Dort erfuhr man viel über das, was im Königreich, in den einzelnen Herzogtümern und Grafschaften und in der übrigen Welt geschah. Überhaupt veränderte sich eine ganze Menge, seit Karl Majordomus im Königreich der Franken war.

Genau genommen kam er nur sehr selten in die Stadt. Seine Familie wohnte zumeist in Herstelle und Jupille an der Maas. Er selbst zog Jahr für Jahr mit ein paar tausend Kriegern zu Fuß und nur wenigen Berittenen überall dorthin, wo seine starke Hand gebraucht wurde. Da dies fast ständig und an vielen Orten zugleich der Fall war, fanden weder Karl noch seine Gefolgschaft Ruhe. Sie hatten keine Hauptstadt wie die Neustrier mit Paris, die Langobarden mit Pavia oder die Oströmer mit Konstantinopel.

In den Schankwirtschaften erfuhr ich auch von den wirklichen Schwierigkeiten des Majordomus. Er war einfach nicht reich genug und besaß nicht genügend Erbe von seinem Vater Pippin, um alle Adligen, die er auf seinen Zügen benötigte, angemessen zu entschädigen. Auch der versprochene Schutz, wie er zu Zeiten der Römer in Gallien üblich gewesen war, wenn sich ein Freier verknechtete, um die Hand eines Größeren über sich zu wissen, gelang bei Karl kaum noch. Er hatte nur eine einzige Möglichkeit: Wenn er Land oder Ernteerträge verschenken oder als Lehen vergeben wollte, musste er es zuvor von anderen nehmen.

»Vollkommen richtig, was Karl macht«, sagten die Männer am Hafen. »Was braucht dieser machtlose Merowingerkönig noch riesige Ländereien. Ist doch besser, wenn Karl ihnen das Überflüssige wegnimmt und es an tapfere Mitstreiter abgibt, die sich im Kampf um die Einheit des Reiches bewährt haben.«

»Schön, schön«, sagten andere. »Aber er versündigt sich, wenn er auch der Kirche Land wegnimmt.«

Ich war ganz anderer Meinung: »Die Klöster und Äbte haben in den vergangenen Jahrhunderten so viel von frommen Königinnen, Hingerichteten oder Büßern bekommen, dass sie nicht einmal mehr genug Mönche haben, die lieber im Schweiße ihres Angesichts auf den Feldern arbeiten, als im Weihrauch zu beten.«

Ich ahnte nicht, welchen Sturm ich damit hervorrief. Die Zechergemeinde, die bisher laut, aber friedlich gewesen war, verwandelte sich plötzlich in immer heftiger streitende Parteien. Noch ehe irgendjemand begriff, was eigentlich geschehen war, flogen die ersten Krüge quer durch den Raum. Schemel krachten auf Bohlentische, Glas zersplitterte, und raufende Körper taumelten von einer Seite des Raumes zur anderen. Ich war so verwirrt über die Folgen meiner Äußerung, dass ich zunächst gar nicht begriff, was geschah. Doch gleichzeitig mit meiner Äußerung musste an der Eingangspforte etwas anderes passiert sein. Ich blickte nach links und rechts, wusste nicht mehr, wohin ich zurückweichen sollte, und stieß gegen einen Bewaffneten, der unbemerkt von mir in den Raum vorgedrungen war.

»Gerold!«, stieß ich vollkommen überrascht hervor. Er warf mich zur Seite, zog sein Kurzschwert und schlug damit Becher und Krüge aus den Bretterregalen an der Wand. Wein und Bier bespritzte die Männer, Scherben krachten zu Boden. Noch zwei-, dreimal knallte ein Schemelbein auf einen Tisch oder Rücken eines Mannes.

»Haltet das Maul!«, brüllte der Bewaffnete noch einmal. »Die Zeit der Bastarde ist vorbei. Karl liegt im Sterben! Und jetzt wird sich zeigen, wer zum Verräter geworden ist.«

»Wer sagt, dass Karl …«

Ich hätte mir auf die Zunge beißen können für meine Dummheit. Aber es war zu spät. Er riss die Augen auf, erkannte mich und hob sein Schwert.

»Nein!«, schrie ich verzweifelt. »Das kannst du nicht!«

Für einen endlosen Augenblick starrten wir uns an. Sollten Anhänger des alten Drachens tatsächlich gesiegt haben? Sollte der alte Adel Austriens und von der Mosel letztlich doch stärker gewesen sein als die neuen, jungen Kräfte um Karl? Ich sah das Blinken des Eisens, wie es mit wahnsinniger Geschwindigkeit auf meine Augen zukam.

Nichts, überhaupt nichts konnte mich jetzt noch retten, trotzdem versuchte ich es. Ich dachte an mein Amulett, und für einen Augenblick sogar an Jesus Christus. Mein Körper krümmte sich viel zu langsam. Und dann bekam ich die Breitseite des Frankenschwertes auf meine Schultern. Es war ein kleiner, fast schon sanfter Schlag. Aber er adelte mich nicht, sondern brachte mich um.

17. DAS WEISSE PFERD

WENN IHR JETZT DENKT, dass sich berechnen ließe, in welchem Körper eine Seele wohnen wird, dann muss ich euch enttäuschen. Das alles sind nur Legenden; kein Mensch wird ein Wurm, nur weil er ein besonders guter Angler war. Und niemand wird zum Schmetterling, weil er darauf geachtet hat, das Gras nicht zu treten, oder sich beim Getier entschuldigte, das er zum eigenen Überleben totschlagen, schlachten oder um Eier, Milch und Honig berauben muss.

Genau genommen ist es gleichgültig, was du bereits gewesen bist. Im Jenseits, wo die Zeit nicht gilt, gibt es auch keine Reihenfolge und keine sogenannte Logik von Ursache und Wirkung. Und wer später auftrumpft, dass alles ja so kommen musste, der ist ein Dummkopf oder ein betrügerischer Wahrsager. Denn es gibt immer irgendetwas, das sich irgendwie beweisen lässt …

Die ehemalige Colonia ersetzte mehr und mehr die alte Königsstadt Metz. Aber auch die Königspfalzen im Westen des Frankenreiches verloren nach Karls Aufstieg ihre Bedeutung. Er nutzte sie, zog überall herum, aber er kehrte immer wieder in die Gegend um Lüttich und Colonia zurück. Trotzdem gab es während der ganzen Regierungszeit des Mannes, dem ich vor Urzeiten zur Flucht aus dem Kapitol verholfen hatte, keine eigentliche Hauptstadt, wie sie die Langobarden oder auch Ostrom besaßen. Die Colonia war viel eher ein steinerner Adlerhorst, von dem aus sich der Herrscher ohne Krone zu Raubflügen in alle Himmelsrichtungen aufmachte.

Wer in der Stadt zurückblieb, hörte von Kämpfen gegen Sachsen, Bayern und Alamannen und gegen die Aquitanier im Südwesten des Königreichs. Von allem, was ich über die Jahrzehnte seit meinem letzten Tod erfuhr, waren die Kämpfe gegen kriegerische Andersgläubige mit ihren Krummschwertern die allergrößte Bedrohung des Abendlandes. Die Kriegerheere unter den grünen Fahnen ihres Propheten Mohammed hießen Muselmanen, Berber oder Sarazenen.

Genau genommen ritten sie schon seit über hundert Jahren auf schnellen Rössern die ehemaligen Provinzen Roms nieder. Es hieß, dass sie Konstantinopel belagerten und die Iberische Halbinsel nicht mehr herausgaben. Aber sie waren auch über die Pyrenäen nach Norden vorgedrungen und hatten sämtliche Städte von Toulouse und Carcassonne bis zur Rhonemündung und nach Avignon erobert. Die Krieger des Propheten wurden erst geschlagen, als Karl sie an der Loire bei Tours und Poitiers zum ersten Mal besiegte. Aber noch viele Jahre lang drangen immer neue Reiterheere in fränkisches Gebiet ein …

Sarazenen im Süden, Friesen im Norden, Sachsen im Osten und Kämpfe zwischen den Langobarden und dem Papst lieferten Jahr um Jahr neue Nahrung für erregte Gespräche beim sauren Wein, der noch immer innerhalb der Stadtmauern angebaut und gekeltert wurde.

Ich war schon über zwanzig Jahre tot, als der mächtige Majordomus Karl neben den Sarkophagen der Merowingerkönige in Saint-Denis bei Paris beigesetzt wurde. Ich erlebte daher auch nicht mit, wie seine Söhne Karlmann und Pippin II. seine Nachfolge antraten, erfuhr nichts darüber, wie Pippins Erstgeborener Karl so lange versteckt wurde, bis sein Vater die Königskrone der Franken annehmen und die Mutter des Knaben heiraten konnte.

Während der ganzen Zeit hatte es immer wieder Männer gegeben, die sich wie der Gottessohn töten ließen. Für mich folgten sie der gleichen Überzeugung, die schon von den Druiden allen Kriegern in den Kampf mitgegeben worden war: Sie würden weiterleben, selbst wenn ihre Körper starben.

Im Zustand meiner eigenen Körperlosigkeit war ich dreimal auf ein derartiges Ereignis aufmerksam geworden. Ich erinnere mich sehr deutlich an einen Aufstand, bei dem Bischof Agilolf in Colonia erschlagen wurde. Der Aufruhr gegen ihn musste so groß gewesen sein, dass er nicht in seiner Bischofskirche beigesetzt werden konnte, sondern ins Doppelkloster von Stavelot-Malmedy gebracht werden musste.

Kurz nach seinem Tod wurde auch sein Nachfolger Hildegar von den Sachsen erschlagen. Er hatte Pippin II., der erst ein Jahr zuvor König der Franken geworden war, auf seinem Strafzug begleitet, um Heiden zu bekehren, sobald das Blut der Kämpfe getrocknet und die schwersten Wunden der Besiegten notdürftig verbunden waren.

Der dritte Fortgang einer Seele aus einem Bischofsleib traf den Mann, der zu meiner letzten Lebenszeit in Friesland gescheitert war. Er hatte anschließend vom Papst in Rom den Namen Bonifatius und den Rang eines Missionsbischofs erhalten. Rigoros hatte er Thüringer und Bayern zu Tausenden getauft, die Donar-Eiche gefällt und bei Karl seinen Anspruch auf den Rang eines Erzbischofs in Colonia angemeldet. Aber er war gescheitert an den Bischöfen, Priestern und Äbten, die ihre Kirchen nicht dem Mann in Rom unterstellen wollten.

Obwohl es mich nichts anging, empfand ich einen tiefen Schmerz, als eine Friesenaxt den Schädel des fast achtzig Jahre alten Bonifatius spaltete. Er hatte seine Zeit gehabt – unzählig die von ihm Getauften. Ich ahnte, dass auch er als Märtyrer bewertet und dadurch heiliggesprochen werden würde.

Dass das auch für den Frankenkönig gelten würde, der zu dieser Zeit die Krone trug, erschien mir ausgeschlossen. Der Karl, dessen Großvater ich noch gekannt hatte, musste seinen Bruder Karlmann umbringen, ehe er selbst König der Franken werden konnte. Gewiss, er zerstörte die fremdartigen Heiligtümer der Sachsen, kämpfte für den Papst gegen die Langobarden und setzte sich deren Krone auf. Noch einmal gab es einen letzten Aufschrei der Germanenvölker zwischen Rhein und Elbe. Ihr Anführer Wittekind stieß bis zum östlichen Rheinufer vor. Aber er und seine todesmutigen Krieger kamen an keiner Stelle über den Fluss. Sie versuchten es vom Norden bis hin zur Moselmündung – ohne Erfolg. Doch wenn später gern behauptet wurde, dass Wittekind den Bischof von Colonia getötet hätte – das ist nur eine Legende.

Der abgehetzte Hengst brach schweißnass durch das Unterholz. Ich sah sein großes, feuchtes Auge und den wehenden Schaum aus seinem halb aufgerissenen Maul. Der edle Araber sah mich ebenfalls, scheute für einen kleinen Augenblick und strauchelte beinahe. Ich sah die Angst in seinen Augen. Das edle Tier war ebenso verwirrt wie sein riesenhafter Reiter, der zur Jagd gekleidet war. Er duckte sich unter tief hängenden Eichenzweigen hindurch, die gerade noch mit ihren letzten Blättern über sein langes blondes Haar peitschten. Er trug ein braunes Lederwams, laubgrün gefärbte Leinenhosen, weiche Schuhe und breite Bänder um die Waden. Dazu Kurzschwert und Dolch an seinem Gürtel, einen Köcher für die Pfeile halb über den Rücken und einen kleinen Jagdbogen.

Offensichtlich hatten beide, Ross und Reiter, weder mich noch die vielen hell im Sonnenlicht strahlenden und gerade erst mit einer Bürste weiß gescheuerten Grabsteine erwartet. Es war sehr mühselig für mich gewesen, einen Stein nach dem anderen von Moos und anderem grünlichem Bewuchs zu reinigen. Aber der Alte von Sankt Gereon hatte es so gewollt. Er war ein kluger Mann, dieser Bischof Hildebold. Aber er war auch ein sehr eigenartiger, schrulliger Sonderling ...

Was jetzt geschah, kannte ich bereits. Wie schon so oft schien alles, was ich in diesem Leben gesagt, getan oder gesehen hatte, plötzlich wie eine alte, überflüssig gewordene Haut von mir abzufallen. Früher hatte ich immer einige Zeit gebraucht, bis ich begriff, dass meine Seele sich erneut in einen Körper begeben hatte. Es war, als hätte sie bereits die ganze Zeit neben der Körperlichkeit gewartet, bis nach Monaten oder auch Jahren endlich der Zeitpunkt kam, an dem sie »Jetzt!« sagte und sich der neue Körper mit meinem Ich vereinte. Ich hatte sehr viel Zeit, wenn das geschah. Und was für andere nur einen Lidschlag dauern mochte, bot mir die Möglichkeit, mich selbst in aller Ruhe so einzurichten, dass ich mich wieder an einen Körper und seine Unvollkommenheit gewöhnte.

Ich beherrschte inzwischen die eigenartige Doppelexistenz innerhalb und außerhalb eines Körpers recht gut. Ich konnte handeln und mir dabei zusehen. Oder mich wie ein Figürchen bei einem Brettspiel nach dieser oder jener Seite rücken.

Der wilde Reiter stieß einen lauten Ruf aus, eine Mischung aus Schreck und Warnung. Sein Ross wieherte, während ich mich duckte. Erst jetzt wurde mir klar, dass ich mir tatsächlich einen buckligen Leib ausgesucht hatte. Ich hatte vorher auch nicht einen Augenblick darüber nachgedacht.

Ich fiel an einem weißen Grabstein vorbei auf eine harte, gerade erst geputzte Marmorplatte. Erdklumpen und Zweige von den Hufen des Pferdes flogen über mich hinweg. Ross und Reiter sprangen bis auf die andere Seite des Grabes. Ich wollte liegen bleiben, aber der Aufprall auf die Grabplatte war so schmerzhaft, dass ich ebenfalls schrie. Ich hörte meine eigene Stimme, empfand den Schmerz des Körpers und spürte eine ungeheure Kälte in meinen neuen Gliedern. Es war die Angst, die Furcht vor diesem großen Mann, den ich bisher nur zweimal und aus großer Ferne auf dem Forumsplatz in der Stadt gesehen hatte. Jetzt aber trug Karl, der König aller Franken, weder Helm noch Krone …

Ich wusste nicht, woher er kam, warum er plötzlich aus dem Buschwerk hervorgebrochen war und welches Wild er jagte. Noch ehe ich mich versah, bekam ich schon die Antwort.

»Wo ist der Hirsch?«, rief er mir zu. »Hast du den weißen Hirsch gesehen? Und wo, zum Teufel, bin ich hier?«

Ich hustete und krächzte, richtete mich unter Schmerzen auf und zitterte vor Aufregung.

»Nein, Herr«, keuchte ich. »Ich habe keinen Hirsch gesehen. Hier war kein brauner und erst recht kein weißer.«

Ein lautes Knurren zeigte, wie ärgerlich und enttäuscht der Frankenkönig war. Ich wusste nicht, wie ich mich verhalten sollte. Am liebsten wäre ich auf die Knie gesunken und hätte meinen Kopf sehr tief geneigt. Gleichzeitig wehrte sich alles in mir gegen diese übertriebene Demut und Unterwerfung. Es waren meine Gräber, auf die sein Pferd Dreck geschleudert hatte, meine Blumen und meine Büsche, die das Gräberfeld von Sankt Gereon seit vielen Jahren schmückten.

Der König griff sich an die Nase und schnäuzte sich über mich hinweg. Dann tätschelte er den Hals des Pferdes, bis es sich langsam wieder beruhigte. Es tänzelte unter dem straff gehaltenen Zügel in der rechten Hand des Königs zwischen meinen Grabsteinen hin und her. Er blickte sich nach allen Seiten um, dann fragte er: »Ist das da drüben nicht die Basilika des heiligen Gereon?«

»Ja, Herr«, antwortete ich.

»Und du? Was machst du hier?«

»Ich säubere die Grabsteine … auf Weisung unseres Bischofs.«

Wieder knurrte der König. Aber es klang bereits wesentlich freundlicher. Er blinzelte in die bereits tief stehende Sonne, dann ritt er, ohne mich eines weiteren Blickes zu würdigen, zwischen den Gräbern auf die Kirche zu. Ich sah ihm nach, bis er das große

Eingangstor erreicht hatte und von seinem Pferd stieg. Ich überlegte einen Augenblick, wie ich mich weiter verhalten sollte. Dann kam ich zu dem Entschluss, dass ich für diesen Tag genug gearbeitet hatte. Ich nahm einen der abgebrochenen Zweige, fegte die Erdklumpen von dem Grabstein, den ich gerade gescheuert hatte, und ging dann, noch mit dem Zweig in meiner Hand, ebenfalls zur Kirche. Es konnte sein, dass Hildebold mich brauchte …

Als ich den Eingang erreichte, hörte ich, wie der König bereits mit Hildebold sprach. Ich blieb im Schatten neben dem Kircheneingang und lauschte dem Gespräch der beiden Männer. Karl redete nicht lange herum, sondern verlangte eine Messe nur für sich selbst.

»Willst du wirklich nicht warten, bis der Rest deiner Jagdgesellschaft dich hier gefunden hat?«

»Ach was!«, antwortete der König unwirsch. »Sollen sie zusehen, wo sie jetzt noch einen Priester finden. Ich kenne meine Paladine und weiß, wie gern sie mich voranreiten lassen. Aber ich kann mich nicht auch noch darum kümmern, dass jeder dieser faulen Säcke rechtzeitig zum Abendgebet eine Kirche findet …«

Ich schob mich bis an die steinernen Pfeiler im Inneren des Kirchenschiffs, um die beiden Männer besser sehen zu können. Hildebold hatte seinen Kopf nicht vor dem König gesenkt. Obwohl er wesentlich kleiner war als Karl, stand er so weit von ihm entfernt, dass er auch nicht zu ihm aufblicken musste. Anderen wäre diese Kleinigkeit vielleicht nicht aufgefallen. Aber ich merkte, dass sich zwischen den beiden Männern ein kurzer harter Kampf abspielte. Keiner der beiden wollte sich dem anderen unterwerfen, keiner auch nur ansatzweise etwas von seiner Macht preisgeben. Nur deshalb war Hildebold nicht bereit, für den König jetzt noch eine Messe zu lesen. Und dann geschah etwas, womit ich ebenso wenig gerechnet hatte wie der Bischof.

»Dann kaufe ich mir deinen Segen«, sagte der König plötzlich. Ich hätte nie vermutet, dass ein Frankenkönig, der zur Jagd ausreitet, einen Beutel mit Goldstücken an seinem Gürtel trug. Auch Hildebold war so verblüfft über das Goldstück in den Fingern des Königs, dass er tatsächlich zugriff. Er drehte die kleine, golden schimmernde Münze im letzten Licht der Abendsonne, das durch die bogenförmigen Kirchenfenster fiel.

»Dein Gold mag noch so wertvoll glänzen, oberster Herrscher und König aller Franken«, sagte Hildebold mit einer Mischung aus Spott und Ablehnung. »Selbst wenn du alles, was du hast, in meinen Opferstock legen würdest, kannst du die Gnade Gottes und die Vergebung deiner Sünden niemals kaufen. Da ich aber gehört habe, dass du ein großartiger Jäger bist, erbitte ich von dir die Haut, das heißt das weiche Fell des ersten Rehkitzes, das du bei deiner Jagd erlegst.«

Ich hielt unwillkürlich die Luft an. Einerseits hatte der Bischof den König bis ins Mark beleidigt, andererseits bat er nicht um ein prächtiges Geweih von einem Zwölfender, sondern um die Haut eines unschuldigen Rehjungen.

»Was willst du mit dem Fell?«, fragte Karl sichtlich verwirrt. »Und warum sollte ich extra für dich nach so kleiner Beute jagen?«

»Ich will dir eine Messe lesen, wenn du mir meinen Wunsch erfüllst«, sagte Bischof Hildebold völlig unbeirrt. »Das Gold ist nichts, wofür du dir besonders Mühe geben müsstest. Aber ein Rehkitz verlangt auch von einem Mann wie dir Bescheidenheit und Demut bei der Jagd. Komm jetzt, damit wir beten können. Anschließend will ich dich zu einem kleinen Abendessen laden und dir sodann die große Bibel zeigen, die ich mit dem zarten Leder einbinden lassen möchte.«

Ich verfolgte die eigenartige Unterredung mit größerem Interesse. Was hier entstand, war keineswegs so zufällig, wie es für Außenstehende aussehen mochte. Hier trafen sich zwei Männer auf eine derart ungewöhnliche Weise, dass daraus viel mehr entstehen konnte als eine Messe, ein Abendmahl und ein neuer Ledereinband für die Bischofsbibel.

Ich sollte recht behalten. Bereits Jahre zuvor hatte der Frankenkönig die kleine Pfalz von Aquisgranum auf halbem Weg zwischen Colonia und Lüttich zur königlichen Pfalz erhoben. Nun, fünf Jahre später, ernannte er den Bischof von Colonia zum Erzkaplan von Aachen. Es war das einzige Mal, dass ich Hildebold laut und gotteslästerlich fluchen hörte. Niemand außer mir war in der Nähe, als Hildebold das Schreiben las, das ihm die königlichen Boten aus Aachen überbracht hatten.

»Bei allen Heiligen und meiner Seele«, schimpfte der Bischof.

»Wie kommt dieser verdammte König darauf, dass ich mich teilen könnte?«

Hildebold starrte mich an, als könnte ich etwas dafür. Aber ich wusste nicht einmal, wovon er sprach.

»Soll ich nun Bischof sein, wie in Colonia? Oder der erste seiner Priester dort in Aachen?«, schnaubte Hildebold. »Was glaubst du, was ich mir anhören muss in der Stadt, wenn ich das Ehrenamt annehme? ›Verräter‹, werden sie zu mir sagen. ›Du unterstützt ihn noch dabei, wenn er die Königspfalz in Colonia aufgibt und mit dem ganzen Königshof endgültig nach Aachen zieht.‹«

Ich hatte ihn noch nie so aufgebracht gesehen.

»Was soll ich mit der Ehre, die mir das Herz spaltet und mich nur hin und her reißt? Bin ich ein Wanderpriester wie der schwarze und der weiße Ewald? Ein herumreisender Missionsbischof wie Willibrord oder Bonifatius? Oder habe ich eine feste Residenz und die Verpflichtung, hier in dieser Stadt zu wohnen?«

»Vielleicht geht ja irgendwie doch beides«, sagte ich leise und sehr vorsichtig.

»Kann ich mich zerreißen?«, schnaubte Hildebold. Er sprang vom Tisch auf und lief vor mir her. Ich hatte Mühe, ihm bis in die Basilika zu folgen. Ohne große Umstände schritt er bis zum Altar, wo die Bibel lag, die tatsächlich einen neuen Einband bekommen hatte. Gleich nachdem sie fertig gewesen war, hatte Hildebold mir gesagt, warum er sich wirklich so hart und unnachgiebig gegen König Karl benommen hatte. Er nahm es ihm noch immer übel, dass der König der Franken seine eigenen Söhne vom Papst in Rom zu Mitkönigen hatte salben und krönen lassen. Und er nahm ihm übel, dass der Sachsenfürst Wittekind ebenfalls nicht in Colonia, sondern in der Pfalz von Attigny getauft worden war. Bereits damit hatte Karl gezeigt, wie wenig er von einer Hauptstadt namens Colonia hielt. Und Hildebold war einer der unnachgiebigsten Verfechter des Anspruchs dieser Stadt.

»Ich sehe, was du jetzt denkst, mein Sohn«, sagte er, vor dem Altar stehend. »Du meinst vielleicht, ich könnte eine Brücke sein, wie damals die von Konstantin über den Rhein nach Deutz hinüber. Aber du irrst dich, wenn du mir solche Fähigkeiten zutraust. Wer keinen festen Platz im Leben hat und in zwei Kirchen beten will, ist immer in der falschen.«

Er sah mich lange und sehr nachdenklich an. »Vielleicht bist du der Einzige, der mich verstehen kann«, sagte er schließlich. »Du musst dich nicht verstellen. Ich habe dich seit jenem Tag, als der König über deine Gräber ritt, immer wieder beobachtet. Du weißt viel mehr, als man dir ansieht. Und manchmal denke ich sogar, dass du Antworten auf Fragen in dir hast, die wir anderen uns erst noch mühsam abringen müssen. Ich weiß, ich weiß. Du bist ein Buckliger und kein Heiliger. Trotzdem frage ich dich und bitte dich um Rat: Soll mein Mund hier predigen und mein Arsch zur selben Zeit am Tisch von König Karl sitzen?«

Nach dem eigenartigen Zusammentreffen während des königlichen Jagdausflugs hatte sich Hildebolds Verhältnis zu mir spürbar verändert. Bis zu dem Tag, an dem der König mich fast über den Haufen geritten hatte, war ich beinahe ausschließlich mit Reinigungsarbeiten an den Gräbern und auf dem Friedhof an der Gereonsbasilika beschäftigt gewesen. Nun entwickelte sich zwischen Hildebold und mir fast schon ein Verhältnis wie zwischen Vater und Sohn. Ich war beim Auftauchen des Kaisers bereits zwanzig Jahre alt, hatte aber nie lesen und schreiben oder irgendetwas anderes gelernt. Mein kleiner Buckel, der an meiner rechten Schulter saß, zeichnete mich und schloss mich von allen Tätigkeiten ehrbarer Handwerker und selbstverständlich auch vom Kriegsdienst aus. Ich hinkte nicht, hatte kein schiefes Maul und keine Schwären an den Gliedern. Aber ich galt ebenso als Gezeichneter und von Gott Verstoßener wie viele andere, die niemals über eine Kirchenschwelle gehen durften. Ihr Platz war vor dem Eingang. Dort wurden sie sonntags geduldet, durften ihre Behinderung zur Schau stellen und ihre Hand zur Bettelkralle ausstrecken.

Ich – oder besser: mein Körper – hatte wesentlich mehr Glück gehabt. Als wir zusammentrafen und eins wurden, war der ursprüngliche Rheinold ein junger Mann gewesen, der sich anstellig benahm und ohne Widerspruch alle Arbeiten verrichtete, die ihm aufgetragen wurden. Er hatte sich mit der Duldung von Bischof Hildebold in der Nähe von Mönchen und Priestern und den Totengräbern von Sankt Gereon aufhalten dürfen. Er war ein Mensch gewesen, aber eigentlich weniger als ein Bediensteter, ein Sklave oder ein Haustier …

»Nimm das Angebot an«, sagte ich nun ohne jede Scheu. Er konnte nicht wissen, wer ich wirklich war. Ich hingegen hatte längst gehört, dass sich der König gern mit Männern umgab, die über Dinge sprachen, die zuvor niemals in der Tischrunde eines Frankenkönigs besprochen worden waren. Ich selbst hatte keinerlei Möglichkeiten, an diesen Gesprächen teilzunehmen; dazu war ich zu gering und zu verwachsen. Aber ich wusste, dass es einen irischen Mönch namens Alkuin dort gab.

Mein Verstand war vollkommen klar, als ich ein paar Jahre nach vorn dachte und dann sagte: »Du kannst Karls Angebot nicht abschlagen. Nimm es an und besprich mit Alkuin, wie du gleichzeitig Archicapellanus in Aachen und Archiepiscopus in Colonia sein kannst.«

»Also wirklich«, stöhnte Hildebold. »Wie soll das gehen?«

Diesmal war ich ein wenig klüger als er. »Du müsstest Erzbischof werden«, sagte ich, »und unsere Stadt die erste unter den zwanzig Metropolitankirchen des Frankenreiches. Dann würde niemand etwas Unrechtes darin sehen, wenn du pflichtgemäß in deiner Bischofskirche, aber ebenso oft in der Kapelle deines Königs drüben in Aachen bist.«

18. PAPST LEO KOMMT

VIER JAHRE SPÄTER stimmte die Synode der fränkischen Bischöfe in Frankfurt der Bitte des Königs zu, dass Hildebold gleichzeitig Bischof in der Stadt am Rhein und Erzkaplan in der Königspfalz oberhalb der schweflig stinkenden warmen Quellen von Aquisgranum sein durfte.

Es war kein angenehmes Leben, das Hildebold seit Jahren führen musste. Zu Pferd und manchmal auch im Reisewagen legte er mehrmals im Monat die Strecke zwischen der alten und der neuen Königspfalz zurück. Obwohl Hildebold auch dabei stets bescheiden blieb, setzte sich bei jedem Aufbruch ein ungeordneter Zug aus Priestern, Mönchen und Bediensteten in Bewegung, der leicht vierzig oder fünfzig Mann umfassen konnte. Ich selbst hatte ihnen oft nachgesehen oder war ihnen ein Stück entgegengelaufen, wenn sie zurückkamen. Meist aber lehnte ich mit meiner krummen Schulter einfach an der Seitenwand der Basilika, ließ mir die Sonne ins Gesicht scheinen und sah dem aufgeregten Treiben still und gelassen zu.

Seit König Karl mit seinem wilden Ross über mich und die weiße Grabplatte hinweggeritten war, trug ich die Tatsache, dass ich dabei unverletzt geblieben war, wie eine Auszeichnung und eine Ehre mit mir herum. Jedermann kannte mich inzwischen, und manche hielten es tatsächlich für ein Wunder, dass ich bei der wilden Jagd, bei der alle anderen den König aus dem Blick verloren hatten, nicht zertrampelt worden und auf den Gräbern jämmerlich zu Tode gekommen war.

In den ersten Monaten nach der Begegnung zwischen mir, dem buckligen Niemand, und dem Mann, der die Königskrone der Franken ebenso trug wie die der Langobarden, hatte mich Hildebold mehrmals nachdenklich angestarrt. Ich hatte jedes Mal getan, als würde ich nicht merken, wie er mich mit seinem Blick fixierte, wie er in mir zu lesen versuchte wie in seiner ledergebundenen Bibel und wie er dann gelegentlich seufzte und den Kopf schüttelte.

Zu diesem Zeitpunkt ahnte ich, was sich der Bischof dachte und welche Fragen ihn bewegten. Zu meinem eigenen Schutz benahm ich mich nach wie vor bescheiden, immer hilfsbereit und auch ein bisschen wie ein tumber Tor. Zur Schau gestellte Klugheit, das hatte ich inzwischen begriffen, war gefährlich in diesen Zeiten.

Nur einmal hatte Hildebold nach einer Messe und mit leichtem Fieber noch zwei, drei Becher Messwein etwas zu schnell getrunken. Es waren diese kleinen Sünden, die mich trotz allen Abstands zwischen uns zu einem Mitwisser und vielleicht auch Verbündeten gemacht hatten. An jenem Abend war er fröstelnd und ein wenig unsicher aus der Basilika gekommen. Obwohl er mir sehr müde erschien, hatte er mich dennoch in der Nische am Eingang entdeckt.

»Es war kein Abendmahl«, sagte er mit schwerer Zunge. »Kein Opferblut von Jesus Christus, unserem Herrn ... nur einfacher, sehr saurer Wein gegen das Höllenfeuer in meinem kranken Leib ...«

Ich war so überrascht, als sich der große Bischof bei mir, dem kleinen Buckligen, entschuldigte, dass ich, ohne groß nachzudenken, einfach auf ihn zuging und meine Hand auf seinen Arm legte.

»Es ist doch gut«, sagte ich in einem Tonfall, der mir ganz und gar nicht zukam. »Du hast dir und deinem Körper nur etwas zu viel zugemutet.«

»Der Geist ist willig, aber das Fleisch ist schwach«, stöhnte der Bischof. Wenn er geahnt hätte, wie nah er damit der Wahrheit kam, wäre er wahrscheinlich wie vom Blitz getroffen umgefallen. Aber ich sagte ihm nichts – konnte ihm nichts sagen. Noch hatte ich keine Verbindung zu dem Mann hergestellt, der mir allein vom Hörensagen als große Hoffnung und als Wiederkehr eines echten Druiden vorkam ...

Jahr um Jahr verging. Ich dachte manchmal noch an Ursa. Aber ich hatte längst die Hoffnung aufgegeben, sie noch einmal wiederzusehen. Sie war so weit in der Vergangenheit verschwunden, dass mir nur noch wehmütige Erinnerungen an sie blieben. Ich hatte sie gehasst, gefürchtet und geliebt. Und manchmal glaubte ich, dass sie vielleicht nie wirklich neben mir gesessen oder in meinen Armen gelegen hatte. Sie war ein Traum – die sanfte Sehnsucht nach dem verlorenen Paradies.

In diesen Jahren wehte manchmal auch sehr seltsamer Gedankenstaub durch mein Bewusstsein. Ich fragte mich dann, ob Ursa vielleicht im Körper eines Mannes, eines Mönchs aus England, wiedergekehrt sein konnte. Aber je mehr ich über den Mönch aus England hörte, der seine Schüler im Nacken streichelte und sie auch küsste, wenn er sie belohnen wollte, umso weniger passte das alles zu der Seele, die ich als Ursa kannte.

Alkuin war viel eher ein großes und verspieltes Kind, dem es Freude machte, Beweise für Zusammenhänge in einer Welt zu finden, die nicht das wahre Leben war. Gerade durch das, was Bischof Hildebold erzählte, wurde mir erneut klar, wie vielschichtig die Wirklichkeit sein konnte. Am Hof von König Karl und bei den klugen Trinkgelagen wurden Ideale hochgehalten und gefeiert, die nichts mit dem Hunger und Leid, dem Schmutz und dem Gestank ringsum zu tun hatten.

Wieder und wieder hatte ich zugehört, wenn Bischof Hildebold von den Tischrunden in der Aachener Königspfalz erzählte. Meist waren es die Priester, die Diakone und die schreibkundigen Mönche, denen er berichtete, was bei den heimlichen nächtlichen Trinkgelagen des Frankenkönigs wirklich besprochen wurde.

Dann nannte sich der Frankenkönig David, Bischof Hildebold spielte die Rolle des Hohepriesters Aaron aus dem Alten Testament, und Alkuin nannte sich nach einem römischen Dichter Flaccus. Wie kam der Frankenkönig dazu, sich als die Wiedergeburt des legendären Judenkönigs David zu bezeichnen und vielleicht auch so zu tun, als sei er dieser erste der Gesalbten?

Ich erinnerte mich daran, dass König Karl ebenso wie sein verstorbener Bruder Karlmann von einem Papst zum König gesalbt worden war. Und ich verstand nicht, warum von all den Frommen und Klugen, Großen und Mächtigen keiner bereits bei diesen Salbungen Verdacht geschöpft hatte. War das alles kein Hinweis auf eine Wiedergeburt? Auf eine Wanderung von Seelen? Oder zumindest auf ein Ritual, das älter war als alle Römer oder Franken?

Seit ich davon gehört hatte, wuchs meine Unruhe. Natürlich

war mir klar, dass ich nie in meinem Leben an der geheimen Tafelrunde des großen Königs teilnehmen konnte. Ich litt und quälte mich wie ein streunender Hund, der stets verjagt wird, wenn die stolze königliche Meute zur wilden Jagd an ihm vorbeitobt. Ich wusste, dass ich einer Antwort so nah war wie nie zuvor; dennoch verriet sich Bischof Hildebold nicht ein einziges Mal. Wie ich es auch anstellte, er hörte mir stets geduldig zu, aber irgendwann kam mir der Verdacht, dass es vielleicht gar keine Antworten auf meine Fragen gab – oder geben durfte …

Wiederum vier Jahre später erlebte ich einen sehr seltsamen und ungewöhnlichen Frühling: Schon vor der Schneeschmelze gingen die Menschen in der Stadt mit Reisigbesen, Weidenkörben und Holzbottichen auf die Straßen hinaus, um all den Unrat und die Mauertrümmer, die sich bereits seit der Zeit der letzten Merowingerkönige aufgehäuft hatten, wieder abzutragen und aus der Stadt zu schaffen.

Als die Frühlingsstürme Straßen und Mauern trockneten, bewarfen einige sogar die Fassaden der alten Römerhäuser und der irgendwann zwischen ihnen erbauten Fachwerkhütten mit weißlich grauer Schlämmkreide. Es hieß, der Löwenpapst würde auf der Flucht vor seinen auf Mord erpichten Verfolgern auch nach Colonia kommen.

Überall in der Stadt wurden Dutzende von abenteuerlichen und schon fast gotteslästerlichen Gerüchten über den Mann erzählt, der als Dritter den Namen jenes großen Bischofs trug, der vor einem Vierteljahrtausend den Hunnenkönig davon abgehalten hatte, bis nach Rom zu ziehen.

Der dritte Leo war kein so großer Mann. Er war auch nicht der Erste, der über die Alpen kam, um sich bei einem Frankenkönig Schutz zu holen. Nach allem, was ich hörte, sollte Leo III. nicht besonders fromm sein und dafür umso mehr von einträglichen Geschäften, kleinen Intrigen und der Beförderung von Anverwandten verstehen. Ganz genau wusste niemand, warum sich einige empörte Männer Roms gegen ihn erhoben hatten und ihm sogar die Lügenzunge aus dem Maul schneiden wollten.

Selbst Bischof Hildebold hielt nicht sehr viel von diesem Papst. Das war nicht ungewöhnlich, denn soweit ich gehört hatte, schätzten die Bischöfe im Königreich der Franken die Päpste allgemein nicht besonders. Und der, der jetzt am Königshof über die wahre Einordnung der Mächtigen entschied, war auch nicht mehr so sicher, ob der Papst in Rom der Stellvertreter Gottes oder nur der von Jesus Christus war …

Ich hatte dies alles von Hildebold gehört, als er mit seinen Diakonen und Priestern darüber sprach, welche Probleme geistiger Art die Eingeweihten in der Königspfalz von Aachen beschäftigten. Danach waren es Kirchenlehrer aus England gewesen, die die Behauptung aufstellten, dass König Karl der Stellvertreter Gottes und der Papst nur Stellvertreter Christi war. Die Sache wurde noch komplizierter, weil ja der eigentliche Stellvertreter Gottes der Kaiser in Byzanz sein sollte. Doch diesen Kaiser gab es seit ein paar Jahren nicht mehr; stattdessen regierte am Bosporus die Kaiserin Irene für ihren unmündigen Sohn. Selbst mir war völlig klar, dass eine Frau sehr wohl Maria und die Mutter Gottes, aber niemals seine Stellvertreterin auf Erden sein konnte.

Ich hatte Hildebold nur noch selten gesehen, seit er nicht mehr zum Gräberfeld bei der Gereonskirche kam. Er kümmerte sich stattdessen mehr um die Petruskirche neben dem Mercurius-Tempel, dessen Säulen immer noch als großes Monument in den Himmel ragten. Eigentlich war das mein Revier, aber der Bischof hatte angeordnet, dass ich weiter bei den Gräbern außerhalb der Stadt bleiben sollte.

Ich hatte keinen Beweis dafür, aber ich hegte mehr und mehr den Verdacht, dass sich Hildebold auf eine eigenartige Weise vor mir fürchtete. Es war, als würde er inzwischen schon bedauern, dass er mich aufgenommen, mir Brot und Bier für meine Arbeit und eine Schlafstatt angewiesen hatte. Jedes Mal, wenn er aus Aachen zurückkam, war sein Verhalten wieder ein wenig schroffer und abweisender geworden. Ich konnte nur ahnen, wo die Gründe dafür lagen: Sie hatten wohl etwas mit Alkuin zu tun.

Der einstmals arme und bedürfnislose englische Mönch war von König Karl in Parma aufgelesen worden. Er stammte aus den Klöstern Englands, aus denen schon die Wanderbischöfe zur Zeit der Pippine und Karl Martells hervorgegangen waren. Manchmal hieß es, dass die englischen Mönche die wahren Christen seien, während die Frankenpriester eher an einträglichen Ländereien,

Klöstern und Kirchen interessiert waren. Alkuin hatte all diese Ansichten ins Gegenteil verkehrt. Er war inzwischen nicht nur der oberste Berater des Königs, sondern auch Abt der reichsten Klöster, deren Erträge Karl ihm geschenkt hatte.

Mich ging weder das eine noch das andere irgendetwas an. Für ein paar Jahre hatte ich geglaubt, dass ich über Bischof Hildebold etwas vom Wissen dieses eigenartigen Priesters und Abtes erfahren könnte. Hildebold merkte nicht einmal, dass ich ihn mit Fragen auf den Weg schickte und ihm die Antworten dann eher zufällig entlockte, sobald er wieder vor der Stadt war. Aber vielleicht hatte er es ja doch gemerkt. Vielleicht spürte er ein Unbehagen darüber, dass er einem Buckligen überhaupt antwortete.

Auf jeden Fall erfuhr ich, dass Alkuin felsenfest erwartete, irgendwann einmal die ganze Welt und alle Wunder zwischen Himmel und Erde erklären zu können. Um dieses Ziel zu erreichen, war es nach seiner Ansicht nur erforderlich, alles, was irgendwann einmal gesagt und aufgeschrieben worden war, wieder zusammenzutragen und dann das verlorene Wissen der Uralten, der Ahnen, der Priester des Zweistromlandes, des Alten Testamentes und Ägyptens, wiederzufinden.

Doch dann erlosch der Stern des klugen Alkuin.

»Er ist doch nur ein Bienchen«, spottete der Erzbischof vor einigen Äbten, die über Pfingsten zu Besuch in der Colonia weilten. »Ein Wichtigtuer, der überall ein bisschen Nektar sammelt, aber nicht weiß, was er mit seiner ganzen Klugheit und seinem Wissen anfangen soll.«

Die Äbte nickten bedächtig und labten sich mit etwas Wein.

»Nicht Wissen reinigt uns von unseren Sünden und bringt uns Gott ein wenig näher, sondern nur Glaube und Vergebung.«

Ich hätte es mir denken können.

Auch König Karl musste inzwischen zu den gleichen Schlüssen gekommen sein. Denn jetzt, da der Papst aus Rom kam, war Alkuin nicht mehr gefragt. Stattdessen plante Bischof Hildebold eine neue große Kirche, die noch schöner werden sollte als das Gotteshaus, das sich der König gerade erst in Aachen gebaut hatte.

Zwei Tage vor der Ankunft des Papstes und seiner Begleiter ließ mich der Bischof in das Haus rufen, in dem er jetzt wohnte, wenn er in der Stadt weilte. Es lag nur einen Steinwurf oberhalb des Anwesens, in dem ich selbst mehrere Male gelebt hatte. Es stimmte mich sehr froh, als ich die neuen Apfelbäume sah. Sie standen fast genauso, wie ich es in Erinnerung hatte. Das Haus des Bischofs war viel größer als das alte Atriumsgebäude hangabwärts. Ich war erstaunt, wie ordentlich und sauber die kleinen Straßen bis zum Fluss hinunter inzwischen aussahen. Dann sah ich Mönche, ein paar Priester und sogar Nonnen, die ich in diesem Stadtviertel noch nie beobachtet hatte.

»Kommt ihr alle von Maria im Kapitol?«, fragte ich eine der älteren Nonnen. Sie sah mich freundlich an, musterte mich von oben bis unten und schüttelte den Kopf.

»Nein, Rheinold«, antwortete sie dann. »Bei Maria im Kapitol gibt es keine Nonnen mehr.«

Sie kannte meinen Namen. Aber darüber wunderte ich mich weniger als über die Neuigkeit, von der ich zuvor nichts gehört hatte.

»Keine Nonnen mehr im Mädchenstift von Plektrud«, lachte ich trocken. »Tja, so ist das nun einmal in dieser Welt.«

Die Nonne hob die Brauen und sah mich fragend an.

»Wo wird der Papst denn schlafen? Auch hier in diesen Häusern?«

»Nein«, antwortete sie arglos. »Er wird die Kirche des heiligen Severin besuchen und im alten Prätorium Unterkunft finden.«

»Trifft er den König hier, oder zieht er weiter nach Aachen?«, fragte ich neugierig. Sie lachte hell und schüttelte erneut den Kopf.

»Was fragst du mich?«, meinte sie dann sichtlich belustigt. »Es heißt doch immer, dass du derjenige bist, der so viel weiß. Oder hast du mit Papst Leo auch ein Wunder vor, wie es dir mit dem Pferd von Karl gelungen ist?«

Irgendetwas stimmte nicht mit dieser Nonne. Sie war zu fröhlich, zu vertraut. Aber sosehr ich auch in ihrem Gesicht suchte, ich erkannte nichts, was meinen plötzlichen Verdacht bestärkte. Mein Amulett blieb stumm, und in dem glatten, apfelbäckigen Gesicht der Nonne erkannte ich nicht die geringste Spur von Ursas Seele.

»Aber du kannst beruhigt sein«, sagte sie. »Papst Leo bleibt nicht hier in Colonia, sondern zieht weiter in die Königspfalz an den Paderquellen. Dort wird er König Karl offiziell um Hilfe bitten.«

»Nicht hier in Colonia? Nicht in Aachen? Erst an den Paderquellen?«, fragte ich etwas verwirrt. »Was soll ich dann hier?«

»Du sollst dich in der Zwischenzeit ein bisschen um den Bauplatz für die neue große Bischofskirche kümmern«, antwortete die Nonne.

»Wie das?«, gab ich zurück. »Ich bin kein Baumeister, kein Zimmermann, nicht einmal ein Steinsetzer!«

»Es geht doch noch gar nicht um den Kirchenbau«, sagte sie fröhlich. »Während alle wichtigen Männer aus der Stadt unterwegs nach Paderborn sind, sollst du durch jede Gasse und jedes Haus hier gehen und nach bösen Geistern suchen.«

Ich starrte sie an und vergaß dabei, meinen Mund zu schließen.

»*Was* soll ich tun?«, presste ich schließlich hervor.

»Du sollst den Bauplatz reinigen von den Seelen der Verwachsenen, der Ungläubigen und Huren, die jemals hier an diesem Platz gelebt haben. Sieh mich doch nicht derartig fassungslos an. Sie sind leicht zu erkennen. Du brauchst nur deiner Nase nachzugehen. Überall dort, wo es nach Pech und Teer stinkt, will Bischof Hildebold die Geister und Dämonen austreiben. Aber du kannst dir Zeit lassen, denn es ist durchaus möglich, dass sich der König und der Bischof zuerst zusammen mit dem Papst nach Rom begeben, um dort die bösen Geister und die Teufel zu vertreiben.«

Es kam tatsächlich genau so, wie es die rotwangige Nonne vorausgesagt hatte. Papst Leo zog mit einem ziemlich kleinen Gefolge in der Stadt ein. Erst nach zwei Wochen las er eine Messe in der Kirche des heiligen Severin, und die Bevölkerung von Colonia kam zuhauf. Männer, Frauen und Kinder standen so zahlreich an der Zufahrtsstraße zur Kirche Severins, als wäre der Heilige selbst auferstanden. Jeder wollte den Römer sehen, von dem es inzwischen hieß, dass er von seinen Widersachern fast noch geblendet worden wäre.

Auch als dann das große Übersetzen über den Fluss stattfand, verließen viele Menschen ihr Tagewerk, um dem Spektakel zuzusehen. Was sich dann ereignete, gelangte erst mit großer Verzögerung durch Boten in die Stadt zurück. Seltsamerweise berichteten sie alle etwas anderes. Die einen sagten, dass König Karl und sein Erzkaplan Hildebold zusammen mit einigen anderen tatsächlich den Papst bis nach Rom begleitet hatten, um ihn dort anzuklagen. Andere berichteten, dass der Papst schon deshalb nicht angeklagt werden konnte, weil er im letzten Augenblick mit einem Reinigungseid seine Unschuld beschworen hatte.

Das alles war jedoch nichts gegen die Version, die ich selbst aus dem Mund von Hildebold hörte: Ich stand im Vorraum der Petruskirche, als Hildebold in einer feierlichen Messe das unglaubliche Ereignis von Rom bekannt gab:

»Und es begab sich während der Messe zur Geburt unseres Herrn Jesus Christus, dass unser viel geliebter König Karl zum Gebet im Petersdom niederkniete. Noch während dies geschah, begannen einige der Versammelten nach Art der alten Römer einen Sprechchor. Als hätte ihnen der Heilige Geist die Worte eingegeben, riefen sie immer wieder, dass der Kniende nochmals gekrönt werden solle. Wir alle, die wir den König der Franken nach Rom begleitet hatten, waren verwirrt: Karl, unser König, war doch bereits gekrönt. Doch dann nahm Papst Leo viel schneller, als wir es verstanden, eine neue Krone und setzte sie unserem König auf das zum Gebet entblößte Haupt. Ja, es ist, wie ich es hiermit bezeuge – der Papst in Rom als Nachfolger des Apostels Petrus krönte unseren geliebten Herrn Karl zum Kaiser des Weströmischen Reiches …«

Kaum einer von denen, die unter den Weihrauchschwaden der langen Rede des Bischofs lauschten, begriff, was das wirklich bedeutete. Sie standen für einen Augenblick, wie von einem heiligen Schauder ergriffen, schweigend und andächtig im großen Kirchenraum. Doch dann brandete ohne weiteres Zutun ein ungeheurer Jubel auf. Nie zuvor war in einer Kirche des Frankenreiches so begeistert »Halleluja« und »Hosianna« gerufen worden.

Ich selbst konnte mich nicht freuen, denn ich begriff sofort, was der gejagte und wegen seiner Intrigen verfolgte Papst tatsächlich getan hatte: *Er* war es gewesen, der dem Kaiser die Krone aufsetzte. Indem er ihn durch die Krönung über alle anderen weltlichen Fürsten und Könige in den ehemaligen Provinzen des römischen Weltreiches erhob, hatte er ihn gleichzeitig unter seine eigene, von Gott verliehene Macht gestellt …

Vier Jahre nach der Kaiserkrönung Karls in Rom und dem Ende des letzten großen Sachsenfeldzugs wurde Hildebold endlich auch Erzbischof und Metropolit. Er bekam die Aufsicht über die Bistümer Lüttich und Utrecht und die neuen Missionen Münster und Osnabrück, Minden und Bremen.

Das alles hinderte ihn aber nicht daran, in Vollmondnächten zusammen mit mir und einigen eingeweihten Mönchen mit kleinem Licht und sehr viel Weihrauch um den Petersdom von Colonia zu ziehen. Was wir in diesen Nächten taten, waren keine Prozessionen zu Ehren großer Heiliger. Sie dienten auch nicht der Anbetung Marias, dem Blut des Erlösers oder der Ehre Gottes. Die nächtlichen Umschreitungen der Kirche im Nordosten der Stadt waren vielmehr heimliche Geisterbeschwörungen, bei denen auch Formeln in Latein gesprochen wurden, die in keiner Messe vorkamen. Ja, manchmal kam es mir ein wenig vor wie die Reime, die von den Druiden vor langer Zeit am selben Platz gesprochen worden waren, als es noch Bäume dort gab, wo jetzt Mauern standen, und einen Brunnen, eine Feuerstelle und die große Lichtung eines heiligen Hains …

Hildebold war nach wie vor häufig in Aachen. Ich hörte, dass der Kaiser zunehmend unter Schmerzen in seinen Gelenken litt. Einige seiner Kinder, die eigentlich seine Nachfolge antreten sollten, starben noch vor ihm.

Elf Jahre nach seiner Kaiserkrönung ließ Karl ein Testament aufsetzen, in dem er das Erzbistum Hildebolds als das erste unter allen fränkischen Bistümern festschrieb. Damit hatte der Mann, dem ich diente, das Ziel seines Lebens erreicht. Zwei Jahre später bedankte sich Hildebold bei seinem weltlichen Herrn. Er salbte Karls frommen Sohn Ludwig in Aachen zum König und Mitkaiser.

Nicht einmal ein halbes Jahr später stürzte der große Karl bei der Jagd vom Pferd. Diesmal war ich nicht in der Nähe. Es geschah kein Wunder, und nichts hielt die Zeit für einen Augenblick auf. Karl wurde nach Aachen gebracht, wo er in den Armen seines Erzkaplans starb, der ihm noch einen Tag vorher die Krankensalbung gegeben hatte.

Als Hildebold im Jahre 818 nach Christi Geburt starb, wurde er in der Kirche des heiligen Gereon begraben. Ich selbst sah, wie das erste Herbstlaub über die Grabplatten unter freiem Himmel wehte. Sie waren schon lange nicht mehr sauber geschliffen und gebürstet worden. Ich ging noch einmal zu der Stelle, wo der Blick eines königlichen Pferdes mir dieses Leben eröffnet hatte. Es war ein Wunder gewesen, auch wenn ich darunter etwas ganz anderes verstand als die Christenpriester und die Gläubigen.

19. DER GROSSE DOM

»WACH AUF, DU FAULPELZ! Oder willst du etwa die große Domweihe verpassen?«

Es roch so wunderbar nach Äpfeln, dass ich mich wohlig knurrend in meinem Laken reckte und noch einmal zur Seite drehte. Ich konnte noch nicht sagen, was um mich herum war, aber die ersten Eindrücke waren sehr frisch und angenehm. Für einen Augenblick kam ich mir wie ein Nachtwächter vor, dessen Laternenlicht nur einen kleinen Teil eines großen Ganzen sichtbar machte. Noch fehlte mir mein Name, jeder Hinweis darauf, wer ich war und wer mich zärtlich und nach Äpfeln duftend aufweckte.

Ja, ich befand mich in einer Stadt an einem großen Strom. Das kleine Licht, das mir die Zusammenhänge erhellte, wurde durch ein zweites ergänzt. Dann ein drittes und schließlich viele weitere. Es war, als würden sich die hellen Stellen auch ohne Sonnenschein miteinander verbinden. Ich erkannte immer mehr, konnte einzelne Bilder zuordnen und wurde immer wacher.

Für einen kleinen Atemzug der Ewigkeit fügten sich segnende Druiden in weißen Gewändern mit Priestern und Mönchen in grauen und braunen Kutten zusammen. Sie wurden plötzlich fortgejagt von einer Kohorte feierlich heranmarschierender Bischöfe in ihrem teuersten, schönsten Ornat. Ein Pferd mit feuchten Augen flog über sie durch die Luft. Mehrere Könige saßen auf dem feurigen Ross.

»Ich bin Ludwig der Fromme«, rief der erste.

»Ich bin König Lothar«, ergänzte der zweite.

»Und ich bin Karl der Kahle«, lachte der dritte. Sie waren so schnell an mir vorbei, dass ich nicht erkennen konnte, ob sie nur Spukbilder oder echte Herrscher gewesen waren. Aus der Schar der heranmarschierenden Bischöfe und Erzbischöfe traten einige hervor, die das Pallium hochhielten, das ihnen vom Papst verliehen worden war. Gleichzeitig sah ich, wie es Streit um die Insignien erzbischöflicher Macht gab. Alle rangelten miteinander, stießen sich weg, schoben andere vor, verprügelten sich, und einmal fiel sogar ein Kreuz aus der Prozession der Bischöfe in den Straßenschmutz. Es zerbrach, und Reste des Kreuzes Christi landeten im Kot. Aber das Ganze passierte nicht in der Stadt am großen Strom, sondern weit entfernt im Lateranpalast der Päpste.

Dennoch hatte auch der Erzbischof von Colonia etwas mit all den wilden Bildern in mir zu schaffen. Es war nicht der direkte Nachfolger von Hildebold, sondern ein späterer namens Gunthar. Seine Gesandten brachen gewaltsam in Sankt Peter in der Ewigen Stadt ein, erschlugen die Wächter und legten schließlich eine Beschwerdeschrift am Grab des heiligen Petrus nieder.

Mir kam das alles unglaublich vor. Ich musste erst einmal sortieren: Da war ein Kaiser, der den Erzbischof von Colonia absetzte. Der aber nahm sämtliche Kirchenschätze, brachte sie dem Papst nach Rom und forderte zugleich Reliquien für sich. Aber das war noch nicht alles, denn zur selben Zeit schlugen sich auch noch Äbte, die in Abwesenheit des abgesetzten Erzbischofs die Erzdiözese unter ihre Gewalt bringen wollten, gegenseitig tot. Das alles geschah, während die neue große Basilika gebaut wurde, von der bereits mein Bischof Hildebold geträumt hatte …

»Rheinold, was hast du? Warum stöhnst du so?«

Ich wachte auf, öffnete die Augen und war im selben Moment so glücklich wie schon lange nicht mehr. Meine Lippen bewegten sich, aber sie brachten vor Freude und Entzücken kein Wort hervor. Ihr helles und leuchtendes Gesicht kam mir noch himmlischer vor als alle Engel. Sie war mein Weib, das ich mehr liebte als alles andere auf der Welt.

»Ich muss noch einmal eingeschlafen sein, Ursa«, sagte ich und atmete tief durch.

»Dann hast du in den wenigen Minuten, in denen ich den Mägden Anweisungen für diesen Sonntag gab, noch einmal tief in der Erinnerung und der Vergangenheit gebadet.«

»Gebadet ist gut«, lachte ich. »Das haben wir beide doch gestern schon getan.«

»So wie es Gott gefällig ist«, nickte sie ernsthaft.

»Sofern du es zu Hause tust«, grinste ich. Jetzt fiel mir wieder ein, dass sie bereits dreißig Jahre alt und die Mutter meiner drei Söhne war. Die prächtigen, wohlgeratenen Burschen waren offensichtlich noch nicht aufgewacht. Sie schliefen über uns, in den Dachkammern unseres Fachwerkhauses.

Ich richtete mich auf, ging über die leise knarrenden Bohlen bis zum einzigen Fenster des Schlafraums. Es führte nicht auf die Straße hinaus, sondern in den Garten, in dem wunderschöne Apfelbäume standen. In diesem September wohnten wir seit drei Jahren in unserem Haus. Es war auf den Ruinen des alten Anwesens errichtet worden, auf dem einmal ein römisches Atriumsgebäude gestanden hatte. Das ganze Grundstück war inzwischen kleiner geworden, denn durch die Ausdehnung des neuen Gotteshauses hangaufwärts waren viele der umstehenden Gebäude abgerissen worden.

In diesen wilden Jahren war nichts unsicherer gewesen als das Amt des Erzbischofs von Colonia. Aber obwohl Gunthar im vergangenen Jahr gelobt hatte, seine Absetzung nicht weiter anzufechten, ließ er sich weiterhin in der Stadt sehen und mit Glockengeläut ankündigen. Anfang des Jahres hatte der westfränkische König Karl II., der auch der Kahle genannt wurde, Lotharingien besetzen lassen. Als er aber auch noch einen Erzbischof seiner Wahl an den Rhein schickte, setzte Ludwig II., genannt der Deutsche, seinen Fuß in die Tür der Bischofskirche. Wenn schon Erzbischof Gunthar nicht mehr neu eingesetzt werden konnte, sollte es doch kein Mann aus dem Westen sein. In aller Eile hatten die nach Deutz auf der rechten Rheinseite einberufenen Kirchenmänner einen aus ihrer Mitte zum Ersten unter Gleichen gewählt.

Der Dompriester Willibert wehrte sich und wollte sich nicht zwischen den zerstrittenen Fronten aufreiben lassen. Außerdem hatte er Angst vor der Wut Karls des Kahlen. Es stand auf Messers Schneide, nur einen Lidschlag vor einem Bruderkrieg. Doch dann gelang im Sommer den beiden Kontrahenten der Vertrag von Meersen.

Sie teilten sich das Reich Lothars und legten damit jene Grenzen fest, die noch Jahrhunderte später das Reich der Franken von dem der Deutschen trennte. Das alles wallte wild und noch ziemlich ungeordnet durch meine Gedanken, während ich in den Garten hinausstarrte.

Ich war noch nicht richtig da, denn eine Frage war im ganzen Durcheinander meiner Erinnerungen vollkommen unbeachtet geblieben: Wer war ich jetzt? Wie stand ich in diesem neuen Leben zu Ursa? Und wie hatte sich der eigenartige Bucklige aus seinem Erdendasein verabschiedet?

»Wenn du dich nicht beeilst, werden wir keinen Platz mehr in unserem neuen Dom finden«, drängte Ursa aus der Kammer, in die sie sich zum Ankleiden zurückgezogen hatte. Zwei der jungen Mägde, die ihr dabei halfen, kicherten verhalten. Ich legte kurz die Stirn in Falten, dann nickte ich und schlüpfte in die frische Unterwäsche, die mir mein Weib neben dem Bett auf einem hölzernen Hocker zurechtgelegt hatte. Wir gehörten zu den Familien, die jeden Samstag badeten. Und wir hielten auch die Keuschheit während der Nacht zum Sonntag ein, damit wir rein und gottesfürchtig zur Messe gehen konnten. Wir wollten feiern, wie das Wort zu Fleisch wurde …

Ich erschrak, als ich das dachte. Verwirrt versuchte ich, meine Gedanken besser zu ordnen. Konnte ein Wort, eine Idee, ein Plan überhaupt Platz greifen im Diesseits? Und wie geschah die Wandlung?

Ich zog mich an. Doch dann, als ich den Gürtel anlegte, begriff ich, was all das bedeutete. Ich war getauft – irgendwann in diesem Leben war ich getauft und damit zu einem angesehenen Bürger der frommen Stadt Colonia geworden.

Wir reihten uns in den Strom festlich gekleideter Menschen ein. Obwohl wir selbst spät dran waren, sahen wir sofort, dass wir nicht zu den Letzten gehörten. Offensichtlich wollten sich einige der Eingeladenen dadurch besonders hervortun, dass sie zu spät kamen. Wir hörten schnell, dass bereits seit Sonnenaufgang vor mehreren Stunden Zuschauer und Neugierige aus allen Teilen der Stadt herangekommen waren. Sie hatten sich auf dem Domplatz versammelt und säumten inzwischen auch die Straßen, die vom Cardo Maximus und von der alten Königspfalz bis zur neuen großen Kirche des Erzbischofs führte.

Willibert war erst vor einem halben Jahr Erzbischof geworden.

»Er hat noch immer große Furcht davor, dass er bei der Einweihung des neuen Doms irgendetwas falsch macht«, sagte Ursa, während wir zügig weitergingen und nach allen Seiten grüßten.

»Vollkommen unbegründet«, beruhigte ich sie. »Seine Helfer innerhalb der Priesterschaft haben den großen Tag sehr lange und sehr sorgfältig vorbereitet.«

Es war der 27. September des Jahres 870 nach der Geburt des Herrn – ein schöner, noch sehr warmer und sonniger Spätsommertag. Das Laub der Bäume in den Gärten und auf den unbebauten Grundstücken am Straßenrand duftete ebenso voll und reif wie einzelne Äpfel, Quitten und saure Schlehen, die erst durch Frost genießbar wurden.

Ursa und ich waren viel zu warm und herbstlich gekleidet. Es wäre sinnvoller gewesen, wir hätten keine Umhänge aus schweren, bunt gefärbten Wollstoffen übergelegt und auch nicht die gefütterten Lederschuhe angezogen. Doch jetzt war es zu spät. Wir schritten jetzt wie die anderen mit einem kleinen, freundlich angedeuteten Lächeln in einem ansonsten ernsten und feierlich wirkenden Gesicht langsam über den Cardo Maximus in Richtung Nordtor. Die doppelstöckigen Arkaden zwischen den beiden viereckigen Türmen trugen noch immer die römische Stadtbezeichnung »CCAA«.

Unmittelbar vor dem Torbauwerk war inzwischen ein Haus gebaut worden, dessen Dachfirst in der gleichen Achse von West nach Ost verlief wie die gesamte Gebäudeanlage und der Dachfirst des neuen großen Doms. Im Durchgang durch das Torhaus wurde es sehr eng für die Gäste. Wir drängten uns zu zweit und zu dritt nebeneinander durch das Gewölbe, das auch bei Tageslicht innen mit Fackeln an den Seitenwänden festlich erleuchtet wurde. Wer es durch diese Engstelle geschafft hatte und vor den prüfenden Blicken schwitzender Priester Bestand hatte, wurde in das große Atrium auf der Westseite des neuen Gotteshauses eingelassen.

Der lang gestreckte Hof mit überdachten, rot eingedeckten Säulenbogen an beiden Seiten enthielt keine weiteren Bauwerke. Nur etwa in der Mitte war noch immer der Brunnen sichtbar, aus dem bereits die frühen Christen das mehr als vierzehn Schritt tiefer liegende Grundwasser heraufgeholt hatten. Ich führte Ursa ein paar Schritte zur Seite, damit die Nachdrängenden an uns vorbeischreiten konnten. Jeder, der mich und mein Weib erkannte, lächelte noch freundlicher oder neigte zum Gruß den Kopf.

»Ihr kommt spät«, sagte einer der Presbyter von den anderen Pfarreien der Stadt zu uns. »Aber der Herr wird gerade heute sehr erfreut sein, euch zu sehen.«

Ursa genoss die Anerkennung fast noch mehr als ich. Es war ein sehr schönes und stolzes Gefühl, die Ehrung zu genießen, die uns für unsere hochherzige Spende zukam.

Natürlich hätte ich mir gewünscht, dass die Einweihung des neuen Doms in die Abendstunden verlegt worden wäre, um das volle Sonnenlicht auf jenen Teil des halbrunden Westchores zu lenken, der durch mein Silber erst möglich geworden war ...

Obwohl der Hof vor dem Westchor mit den Rundtürmen an beiden Seiten und dem etwas breiteren zweistöckigen Mittelturm darüber eher wie ein Kastell aussah, fragte ich mich, wie all die Menschen, die sich bereits im Atrium versammelt hatten, in die drei Langschiffe des neuen Kirchenbaus passen sollten. Schon jetzt standen die einzelnen Gruppen, Paare und Familien so dicht zusammen, dass die Eiligen unter den jüngeren Priestern und Novizen sich zwischen den prächtig gekleideten Gästen hindurchdrängen mussten.

Die Morgensonne stand noch immer im Südosten über dem Fluss. Im strahlenden Morgenlicht konnten die frisch aus dem Fels gebrochenen und sauber bearbeiteten Steinblöcke der Kirchenmauern gar nicht schöner und heller aussehen als in diesem Augenblick. Auf mich wirkten sie, als sei jeder einzelne von ihnen nicht nur mit Hammer und Meißel bearbeitet, sondern auch anschließend geschliffen und gebürstet worden.

Ich schmunzelte, als ich daran dachte, wie lange es schon her war, dass ich selbst große Steinplatten bei der Kirche des heiligen Gereon sauber gebürstet hatte. Ich wunderte mich, dass ich mich nicht mehr daran erinnern konnte, wie damals mein Leben als Buckliger zu Ende gegangen war. Es musste irgendwann nach dem Tod des ersten Erzbischofs von Colonia leise und unspektakulär verloschen sein ...

Und doch hatte mein jetziges Leben sehr viel mit dem vorangegangenen zu tun – wahrscheinlich wäre es überhaupt nicht möglich gewesen ohne die eigenartige Vorarbeit, die Rheinold der Bucklige vor fast zwei Menschenaltern begonnen hatte.

Damals hatte ich zum ersten Mal das Wort »Hacksilber« gehört. Es waren Abfälle gewesen, die dem Bischof aus der ersten Münzstätte in der Stadt für die Verkleidung des Domaltars auf Geheiß des Königs und Kaisers übergeben worden waren. Alle Reste der Münzen, die auf der einen Seite ein Kreuz und den Namen des Herrschers und auf der Rückseite mit großen lateinischen Buchstaben die Abkürzung für die Bezeichnung »Sancta Colonia Agrippina« trugen, waren von mir Monat um Monat für Hildebold gesammelt worden. Und er war so zufrieden mit meiner Arbeit gewesen, dass er mir sogar erlaubte, die Reste von Gold und Silber, die bei der Verkleidung des Altars in die darunter aufgespannten Sammelbeutel aus weichem Ziegenleder fielen, Abend für Abend mit einem kleinen Pinsel zusammenzufegen.

In jenen Jahren hatte ich nicht verstanden, warum ich die auf diese Weise gewonnenen Reste der edlen und heiligen Metalle ausgerechnet zum Altar der Gereonskirche bringen musste. Ich hatte sie dort an einer Stelle versteckt, die ich schon lange kannte. Und irgendwann musste der Erzbischof über seine Reisen zwischen der Stadt und der Königs- und Kaiserpfalz in Aachen vergessen haben, welchen Schatz ich nach und nach angehäuft hatte. Auch ich hatte es vergessen und war darüber gestorben. Doch offensichtlich musste Ursa, meine geliebte Ursa, auch ohne mich an die Goldreste des Altars und die Beutel mit Hacksilber aus der kaiserlichen Münze gekommen sein.

»Komm, es fängt an!«, flüsterte sie mir zu.

Die große Feier zur Einweihung des neuen Doms begann damit, dass kleine Glöckchen klingelten. Zuerst achteten die Besucher überhaupt nicht darauf. Sie unterhielten sich so eifrig und inzwischen auch hin und wieder fröhlich lachend, dass das Geklingel nicht auffiel. Erst als der dumpfe Schlag größerer Glocken den Beginn der Festlichkeiten ankündigte und zugleich die ersten Töne eines Männerchores aus der Basilika nach draußen drangen, beeilten sich die flanierenden und abwartenden Gäste, vor allen anderen hineinzukommen.

Es gab ein fürchterliches Gerangel und Gedrängel am Westchor, der heute auf den Namen »Peterschor« getauft werden sollte. Der Ostchor an der immer noch vorhandenen frei stehenden Taufkapelle hatte schon vor vielen Jahren zur Ehre der jungfräulichen Mutter Gottes den Namen »Marienchor« erhalten.

Ich wartete mit Ursa, bis sich die ganz großen und wichtigen Angehörigen des Rats, die reichen Kaufleute und Händler und auch die zu Geld und Einfluss gekommenen Handwerker mühsam in das fast hundert Schritt lange dreifache Kirchenschiff gezwängt hatten.

Einige der Priester kamen stolpernd wieder zurück, rissen sich die Kutten auf und lehnten sich erschöpft an die sonnenwarmen Mauern. Erst als sie bemerkten, dass sie noch nicht allein waren, rafften sie ihre Kleidung wieder zusammen, um die Gerätschaften zu holen, die für den weiteren Verlauf der Festlichkeiten vor dem Kirchenbau gebraucht wurden.

Der Bau war noch nicht ganz fertig, und einige der Teile an den kurzen Querschiffen zu beiden Seiten der Chorräume waren mit bunten Tüchern nicht nur zum Schmuck und zum Ruhme Gottes, sondern auch deswegen verdeckt, weil hier die Steinmetzen und Zimmerleute nicht fristgerecht fertig geworden waren.

Ursa und ich gehörten zu den wenigen, die die Gründe dafür kannten. Wir beide waren es, die eines Nachts aufschreckten und einen Lichtschein oben im Dachstuhl der westlichen Querschiffe sahen. Wäre ich zu diesem Zeitpunkt schon mit vollem Bewusstsein in meinem jetzigen Körper gewesen, dann hätte ich bereits in jener Nacht Alarm geschlagen.

Auch als uns tags darauf Gold, kostbare Kelche und liturgische Gerätschaften billig zum Kauf angeboten worden waren, hatte Ursa noch einmal das Schlimmste verhindert. Sie nämlich hatte ihn trotz seiner gut gemachten Verkleidungen erkannt – den Mann, der unbeirrt noch immer daran glaubte, dass er der eigentliche Erzbischof von Colonia sei …

Durch die wochenlangen Untersuchungen in den verschiedenen Teilen des Neubaus waren die Arbeiten so weit verzögert worden, dass zur Einweihung viele der halb fertigen Stellen mit bunten Tüchern verdeckt werden mussten. Vielleicht erinnerte sich Willibert an die anderen Unglücke und Verbrechen, die sich in den vergangenen Jahren am selben Platz zugetragen hatten. Vielleicht wollte er vermeiden, dass es im Gotteshaus erneut tödliche Kämpfe um das Amt des Erzbischofs gab, wie seinerzeit, als Gunthar nach Rom gereist war. Vielleicht fürchtete er aber auch nur die Strafe Gottes, die schon einmal als Blitz vom Himmel herab drei Menschen gleichzeitig an drei verschiedenen Stellen der erzbischöflichen Kirche getötet hatte.

Ich nickte Ursa zu. Sie lächelte und nickte ebenfalls. Dann betraten wir als Letzte die neue Basilika. Wir gingen am runden Atrium des neuen Westchores entlang und tauchten ein in das Meer aus lichtdurchfluteten Weihrauchwolken. Rechts und links reihten sich die runden Bögen zwischen dem hohen Hauptraum und den halb so großen Seitenschiffen. Über diesen durchbrochenen Wänden aus Säulen entdeckten wir die ebenfalls bogenförmigen Fensteröffnungen nach draußen, die wir bereits von der Stadt her gesehen hatten. Gleich über diesen Fensterreihen im dicken, weiß gekalkten Mauerwerk lag wie ein riesiger, vom Dachfirst abgehängter bunter Teppich die hölzerne Kassettendecke. Mit ihren quadratischen Bemalungen reichte sie wie ein endloses Mosaik über den Altar hinweg bis in die Weihrauchwolken.

In keinem meiner Leben hatte ich eine so wunderbare, auf magische Weise verzauberte und geheiligte Andachtsstätte gesehen. Ja, ich war ebenso ergriffen wie all die anderen, die jetzt mit dem Bischof und den Priestern die Einweihung des neuen großen Doms feierten.

Ursa und ich kehrten erst nach der üblichen Mittagszeit in unser Haus zurück. Den ganzen Tag über und in der folgenden Woche sollte die Stadt den neuen Dom feiern. Zunächst jedoch kamen unsere Kinder zu uns. Lukas und Martin, unsere zehnjährigen Zwillinge, hatten trotz aller Ermahnungen ihre frisch gewaschenen Kittelchen im Gedränge doch wieder furchtbar schmutzig gemacht.

»Habt ihr gebalgt?«, fragte Ursa streng, als wir am großen Esstisch saßen. Zur Feier des Tages hatte sie eine Tischdecke aufgelegt und wertvolle römische Trinkgläser für sich und mich aus einer der großen Holztruhen an den Wänden genommen. Wir hatten noch keinen Schrank, aber ich hatte diese praktischen Möbelstücke bereits bei einigen anderen gesehen. Irgendwann im nächsten Jahr würden wir uns von einem guten Schreiner auch einen Schrank anfertigen lassen.

»Nein, nicht gebalgt«, antworteten Lukas und Martin wie aus

einem Mund. »Es war der kleine Rheinold, der seine Fettfinger an unseren Kitteln abgewischt hat.«

»Gar nicht wahr«, protestierte der Siebenjährige, der nur deshalb meinen Namen trug, weil bei der Geburt der Zwillinge nicht genau genug aufgepasst worden war, welchem der beiden das Recht der Erstgeburt und damit mein Name zukam.

Line, die schon fast vierzig Jahre alte Erstmagd in unserem Haushalt, trug die hölzernen Schüsseln auf. Der Duft von Mangoldgemüse, dampfenden, mehligen Pastinakwurzeln und goldenem Speckrührei erfüllte den ganzen Raum. Die Jungen blickten mit strahlenden Gesichtern auf das Sonntagsessen. Sie hielten die hölzernen Löffel so gerade in ihren kleinen Fäusten, dass sie mir wie aufgestellte Feldzeichen römischer Legionen vorkamen. Ich lächelte ein wenig über diesen Vergleich, der sich so unerwartet eingestellt hatte.

Während ich zuerst den Kindern und dann Ursa Ei und Gemüse auf die hölzernen Teller schöpfte, ehe ich mir selbst meinen Anteil nahm, fragte ich mich im Stillen, warum ich in meinen bisherigen Leben eigentlich jedes Mal zwei verschiedene Zustände der Existenz erfahren hatte. Der schöne und wunderbare, in dem ich mich seit meinem Erwachen an diesem Tag befand, umfasste Körper und Seele gleichermaßen. Ich wusste, wer ich war, und empfand alles, was in mir und um mich herum geschah, mit allen Fasern meines Leibes, aus ganzem Herzen und mit sämtlichen Schwingungen meiner unsterblichen Seele. Der andere Zustand, aus dem sich mein bewusstes Leben ohne besonderen Grund, aber wie durch eine Erleuchtung herausbildete, war eine Art Wachschlaf, in dem alles ganz genauso ohne ein besonderes Bewusstsein verlief, wie ich es von vielen anderen Menschen annahm:

Ich erwachte am Morgen, verbrachte den Tag mit verschiedenen Tätigkeiten, aß und trank, entleerte meinen Leib im Verschlag über der Grube im Garten, freute mich und war traurig. Ich lachte und weinte, ärgerte mich über mein Weib oder schloss sie in meine Arme, um mit Lust und Wohlbehagen in sie einzugehen. Ich fühlte mich krank oder übermütig, dachte ein wenig darüber nach, wie ich meine Fehler vor anderen verbergen und meine Erfolge mit Stolz herumtragen konnte.

Wir aßen fröhlich, kauten genüsslich und tunkten die Gemüsebrühe mit frisch gebrochenem knusprigem Sauerteigbrot. All das erfüllte mich mit großer Freude. Gleichzeitig kam eine sanfte Wehmut in mir auf. War es das gewesen, was ich in all den Jahrhunderten wieder und wieder gesucht hatte? War es der warme, mit Gesang und Weihrauch erfüllte Sonntagnachmittag in meiner Stadt, die jetzt endlich einen Bischofsdom besaß, auf den wir stolz sein konnten? Oder war es vielleicht sogar das Gefühl der Selbstzufriedenheit, das mich durchströmte, weil mir zum ersten Mal eine Art Beweis und eine sichtbare Brücke zwischen zwei Leben gelungen war?

Ich hatte das Silber und Gold aus meinem Leben als Buckliger nicht nur geträumt. Ich war nicht über meine sterbliche Hülle hinweggeflogen, hatte mich nicht im Augenblick des Todes in einen Zustand zurückgezogen, den ich als bereits zeitlosen Übergang ins Jenseits bezeichnete. Ich hatte weder die Hölle gesehen noch jenes schreckliche Niemandsland des Zweifels, das von den Christen als Fegefeuer bezeichnet wurde. Aber ich hatte gelebt, war gestorben und lebte erneut.

Aus irgendeinem Grund wollte ich den nächsten Gedanken, der sich bereits in mir ankündigte, einfach nicht weiterdenken. Ich blickte auch nicht auf, sah nicht zu Ursa hinüber. Sie war während meiner Zeit als Buckliger nicht in meiner Nähe gewesen. Oder etwa doch?

Und dann zerbrach der Holzlöffel zwischen meinen Fingern.

»Fertig!«, riefen in diesem Augenblick Lukas und Martin zugleich. Sie stellten erneut ihre Löffel wie Siegeszeichen in ihren Fäusten auf den Tisch. Diese Bilder – woher kamen die Bilder in meiner Erinnerung? Diese plötzlichen, eigentlich vollkommen unsinnigen Vergleiche mit völlig anderen, längst vergangenen, aber sehr plastischen Ereignissen?

Mir fiel ein Wort ein, das ich selbst zuvor noch nie gebraucht hatte. Es war griechisch und hieß »Metapher« – ein Bild aus einem anderen Leben ... aus der Erinnerung als Brücke zu dem, was sonst unverständlich geblieben wäre. Aber es waren nicht nur eigene Bilder, sondern auf irgendeine geheimnisvolle Art und Weise Symbole, die von vielen, wenn nicht sogar von allen sofort verstanden wurden. Das aber bedeutete, dass alle Menschen ähnliche Erfahrungen in der Erinnerung aufbewahrten.

Ich spürte sanft die Wärme meines Amuletts. Den ganzen Tag über hatte ich nicht daran gedacht. Vom Domhügel herab klang erneut das Läuten eines kleinen Glöckchens. Und plötzlich lächelte ich. War nicht derjenige, den die Christen als Sohn Gottes und als Erlöser priesen, ein Meister der Bilder und der Brücken zwischen den Welten gewesen?

»Was meint ihr, Kinder«, sagte ich fröhlich, »wollen wir noch einmal gemeinsam zum Dom gehen? Oder wollen wir zum Rhein hinab und ein Stündchen mit einem Schiffchen fahren?«

»Ja! Schiffchen lenken!«, strahlten die Zwillinge zugleich.

»Ich auch Schiffchen versenken«, fügte der Jüngste hinzu.

Ursa legte ihre Hand auf meine. Sie lachte. Dann sagte sie: »Hoffentlich verzeiht uns der Herrgott unsere weltlichen Gelüste am heiligen Sonntag.«

»Der schon«, grinste ich. »Nur beim Erzbischof bin ich mir nicht so sicher.«

Sie beugte sich zu mir und küsste mich leicht auf die Schläfe. Und sogar dabei fragte ich mich, ob sie wohl wusste, welche Gedanken mich bei unserem Mittagmahl beschäftigt hatten.

20. NORMANNENSTURM

DER NEUE GROSSE DOM mit seinen kurzen, gedrungenen Rundtürmen und dem Halbrund der beiden Chöre an den Schmalseiten ragte wie eine sichere, aber auch trutzig mahnende Gottesburg über die alten Tempel, die Häuser und die Stadtmauer hinaus. Ich hatte das prächtige Bild zusammen mit Ursa und unseren drei Söhnen noch am Abend des Einweihungstages vom Fluss aus bewundert. Wir waren nicht die Einzigen gewesen. Viele der Männer und Frauen vom Hafen, aber auch Kinder und Jugendliche waren an diesem Nachmittag auf den Fluss hinausgefahren. Die alte Brücke, die vor einem halben Jahrtausend die beiden Ufer des Rheins miteinander verbunden hatte, gab es schon längst nicht mehr. Nur ein paar Reste der steinernen Pfeiler ragten noch immer aus dem Wasser.

Das Gotteshaus hatte einen guten Einfluss auf die Stadt und ihre Bewohner. Einige meinten, dass sogar Kaiser Karl seine Freude daran gehabt hätte, da es ein wenig an die Pläne jenes idealen Klosters erinnerte, das die Mönche der Insel Reichenau gezeichnet und doch nie gebaut hatten.

Im Jahr darauf erfuhren wir, dass der verstoßene Erzbischof Gunthar tatsächlich nicht aufgegeben hatte. Er war heimlich nach Rom gereist und hatte dort Papst Hadrian II. bei seinem Leben bedroht. Ob der Papst wirklich durch die Bedrohung Gunthars gestorben war, ließ sich nicht feststellen. Die Synode der Bischöfe wählte Johannes VIII. zum neuen Papst und verhängte den Bann über den tragischen Gunthar.

»Es ist unglaublich«, klagte Erzbischof Willibert, als ich mit ihm eines Tages durch den großen Atriumshof des Doms ging. Wir wollten eigentlich über eine Verschönerung des Marienaltars sprechen, aber Willibert war nicht in der Lage, auch nur einen Augenblick an schöne Dinge und die Pracht seiner Kirche zu denken.

»Stell dir das vor, Rheinold«, sagte er immer wieder und schlug sich dabei mit der flachen Hand vor die Stirn. »Der neue Papst verweigert mir ebenso wie Hadrian das Pallium.«

»Ist das so wichtig?«, fragte ich. »Wir wissen doch alle, dass du rechtmäßig zum Erzbischof gewählt worden bist.«

»Aber ich bin nackt, Rheinold. Ohne den langen weißen Wollstreifen, den ich über dem Messgewand um die Schultern tragen soll, fehlt mir das Amtszeichen und die Bestätigung des Papstes für meine neue Würde.«

Ich ging zwei Schritte zur Seite, legte den Kopf schief und sah ihn prüfend an. Natürlich wussten wir alle, wie widerstrebend Willibert die Wahl zum Erzbischof angenommen hatte. Aber ich konnte mir einfach nicht vorstellen, dass ein Seelenhirte ohne Pallium nur ein Herrscher ohne Krone war. Genau das schien mir Willibert andeuten zu wollen …

Ein Jahr später bekam der weinerliche Erzbischof doch noch seinen Tuchstreifen. Es hieß, dass sich sogar Kaiser Ludwig II. und König Ludwig der Deutsche für ihn eingesetzt hätten.

In den folgenden Jahren hatten wir erneut Mühe, all die Veränderungen zu begreifen, die sich durch sterbende und kämpfende Kaiser und Könige ergaben. Sie stritten um die Besitzungen zu beiden Seiten des Rheins, an der Mosel und am Main. Karl der Kahle lagerte vor der Stadt, während sein Widersacher, König Ludwig III., auf der östlichen Rheinseite eine günstige Gelegenheit zum Kampf abwartete. Ich wusste genau, dass der Erzbischof, der sonst so vorsichtig war, diesmal dem Jüngeren am östlichen Rheinufer Warnungen und Ratschläge zukommen ließ.

»Wenn das nur nicht böse endet«, sagte ich mehrmals zu Ursa. Und jedes Mal legte sie ihre Hand auf meinem Arm, um mich zu beruhigen. In diesen Jahren, während außerhalb der Stadtmauern Krieg und Verwirrung herrschten, erlosch die Holzkohlenglut unter den Schmelztiegeln in meiner Werkstatt nicht mehr. Lukas und Martin waren zu kräftigen jungen Männern herangereift. Mit ihren siebzehn Jahren verstanden sie inzwischen ebenso viel von der Kunst der Silberschmiede wie ich selbst. Noch einmal sieben Jahre, und ich würde ihnen mein Lebenswerk übergeben können. Auch jetzt schon war das stete Schlagen der kleinen Schmiedehämmerchen meine schönste Musik.

Irgendwann hörten wir, dass der weströmische König und römische Kaiser Karl II., den sie den Kahlen nannten, gestorben war. Aber auch sein Rivale, König Ludwig III., der Jüngere, wollte den westlichen Teil des fränkischen Königreiches nicht mehr erobern. Zunächst begnügte er sich mit dem westlichen Teil von Lotharingien. Ein Jahr später bekam er es doch noch ganz. Doch gleich darauf brach ein Unwetter los, das schlimmer war als alles andere.

»Diese verdammten Dänen oder auch Normannen sind schlimmer als alle Friesen, Sachsen, Sarazenen und Hunnen zusammen!«, schnaubte Martin, als Lukas berichtete, was er auf seiner letzten Rheinfahrt gehört hatte. Er war in meinem Auftrag mit einer Ladung silberner, fein ziselierter Kannen rheinabwärts nach Xanten und Nimwegen gezogen. Der Verkauf der kostbaren Ware war ihm nur noch mit kleinem Gewinn gelungen. Und dann war auch noch ein Gutteil des schmalen Erlöses für die teuer gewordenen Treidelpferde draufgegangen, die unser Schiff wieder rheinaufwärts bis nach Colonia ziehen mussten.

»Hast du Zerstörungen entdeckt?«, fragte Ursa. »Brannten schon Klöster?«

»Und wie sie brannten«, bestätigte Lukas. »Die Rauchwolken hatten eine ganz andere Farbe als jener Rauch, der in den Siedlungen aus den Kaminen aufsteigt. Ihr könnt euch nicht vorstellen, wic ekelhaft süß er roch.«

Ich presste die Lippen zusammen und warf meinem Weib einen warnenden Blick zu. Wir beide wussten sehr gut, wie es roch, wenn Menschen verbrannten. Wir erinnerten uns noch an jene grauenhafte Tragödie, bei der eine ganze Hundertschaft schmausender Franken in unserer Stadt den Flammentod gefunden hatte.

Auch in den nächsten Tagen sprachen wir immer wieder über die raubenden und plündernden Nordmänner, die stets über das offene Meer und dann über die Flüsse heraufkamen. Ich dachte daran, dass es fast ein Jahrhundert her war, seit die ersten von ihnen vollkommen überraschend an der Küste Englands aufgetaucht waren und das berühmte Kloster Lindisfarne überfallen hatten.

Ereignisse wie diese gehörten zu dem, was man hörte, ein paar Abende lang besprach und dann wieder vergaß, weil sie sich zu weit entfernt zugetragen hatten. Doch jetzt, im Angesicht der drohenden Gefahr, wussten viele der Männer und Frauen in der Stadt und besonders im Hafen Schreckliches über die Dänen zu berichten, die auch Normannen und Nordmänner genannt wurden. Es hieß, dass schon Wittekind, der große Widersacher von Kaiser Karl, sich mit dem Dänenkönig verbündet hatte. Es hieß auch, dass der große Erzbischof Bonifatius gefangene Sklaven von den Dänen freigekauft haben sollte. Und dass er dort selbst um eine Haar sein Leben verloren hätte, als er damit begann, die heidnischen Götterbilder mit einem Hammer zu zerschlagen.

»Die Normannen sind keine Krieger, wie wir sie kennen«, meinte Lukas kurz vor dem Weihnachtsfest. »Sie sind eher kleine Verbände, die wie Räuberbanden irgendwo auftauchen, Männer und Kinder erschlagen, die Weiber vergewaltigen und dann alles mitnehmen, was sie auf ihre Schiffe schleppen können ...«

»Ich erinnere mich, dass schon Karl der Kahle versucht hat, die Uneinigkeit dieser Räuber auszunutzen«, fiel ich ihm ins Wort. Mir war wieder eingefallen, dass der König schon vor zwanzig Jahren mit sehr viel Gold und Silber dafür gesorgt hatte, dass sich einfallende Normannenhaufen nicht gegen fränkische Siedlungen und Klöster im Norden des Reiches wandten, sondern sich gegenseitig erschlugen und in die Flüsse zurückwarfen.

»So viel Gold gibt es überhaupt nicht, um die neuen Wellen von räuberischen Dänen aufzuhalten«, stellte mein Sohn Lukas mit großem Ernst fest. Wir sahen ihn an und spürten, dass er uns die ganze Zeit etwas verheimlicht hatte.

»Was weißt du?«, fragte Ursa. »Was hast du uns noch nicht gesagt?«

Er stand auf, ging in den Nebenraum, den er zusammen mit seinem Zwillingsbruder bewohnte, und kam nach einer kurzen Weile wieder. Dann warf er einen kopfgroßen Lederbeutel auf den Tisch. Der Beutel krachte so hart und schwer auf die Holzplatte, dass ich sie schon fast brechen hörte.

»Da«, sagte Lukas nur. »Mit diesem Gold soll ich den Dänen entgegenziehen und sie daran hindern, dass sie Colonia verwüsten.«

Er öffnete den prall gefüllten Beutel, und ein großartiger Schatz aus goldenen Münzen, Juwelen, blinkenden Ketten und

Geschmeide mit Edelsteinen und Verzierungen, wie ich sie so fein nur bei Königen gesehen hatte, quoll über die ganze Tischplatte.

»Was ... was ist das?«, stieß Ursa tonlos hervor. »Und woher hast du dieses Teufelszeug?«

»Es ist ein Lösegeld, das aber nicht von den Christen in dieser Stadt stammt«, antwortete Lukas nach einem abgrundtiefen Seufzer. »Ihr wisst, wer zwischen dem alten Prätorium und der Stadtmauer am Fluss wohnt. Sie gaben es mir, damit ich es flussaufwärts bringe, ehe die Stadt in Raub und Mord, Gewalt und Feuer versinkt.«

»Du meinst, die Juden geben ihr Geld in Sicherheit und denken dabei nicht an sich?«, fragte ich kopfschüttelnd.

»Ja, Vater«, antwortete Lukas. »So sind sie nun einmal.«

Ich presste die Lippen zusammen, streckte die Hand aus, um die prächtigen Geschmeide zu berühren, zog sie aber dann wieder zurück.

»Es ist sehr viel«, sagte Ursa in die Stille hinein. »Und du bist nicht aufgebrochen in den vergangenen Tagen und Wochen.«

»Ja, Lukas«, stimmte ich zu. »Gibt es da etwas, was du uns erklären solltest?«

»Er hat es behalten«, warf Martin ein. »Er hat es einfach unterschlagen ...«

Alles in mir wehrte sich so sehr gegen diesen ungeheuerlichen Verdacht, dass mein rechter Arm hochflog und mein Handrücken in das Gesicht des bereits erwachsenen Martin schlug. »Du sollst nicht falsch Zeugnis reden wider deinen Nächsten!«, schrie ich ihn an. »Und erst recht nicht gegen deinen Zwillingsbruder.«

Es war Ursa, die mir augenblicklich in den Arm fiel. Ich spürte ihren Griff hart an meinem Handgelenk.

»Nicht, Rheinold! Nicht weiter!« Es war ein Befehl und keine Bitte. Aber mein Zorn wuchs dadurch nur noch mehr. Sie also auch! Sie stellte sich auf seine Seite. Auf die Seite eines Verleumders, der ihren anderen Sohn des Diebstahls und der Unterschlagung verdächtigte.

Lukas war aufgesprungen. Er raffte das Gold mit schnellen Bewegungen zusammen, stopfte es zurück in den Lederbeutel, während Teile der Ketten und Edelsteine auf den Boden fielen. Er presste den Beutel gegen seine Brust, sprang ein paar Schritte zurück, und seine Augen glitzerten.

»Na und?«, stieß er hervor. »Was wäre denn gewonnen, wenn ich den Judenschatz den Normannen übergeben hätte?«

Er keuchte und rang nach Luft. »Wollt ihr es wirklich wissen? Sie hätten mich hochleben lassen mit ihrem trunkenen Geschrei. Dann hätten sie mir auf die Schulter geschlagen. Aber nicht, wie ihr denkt, mit der Hand, sondern mit ihren Äxten und Schwertern. Sie hätten mich so lange auf diese Art gelobt, bis ich als zerhacktes Fleisch in den Fluss gestürzt und wie so viele andere davongetrieben wäre.«

Mir war, als würde die ganze Stadt bereits brennen. Aber nicht durch die Normannen, sondern durch das Feuer der Scham und der Verzweiflung über die Söhne, die ich so sehr geliebt hatte und die mir dennoch derartig missraten waren …

Ich starrte Rheinold, den jüngsten meiner drei Söhne, an. »Und du?«, fauchte ich ihn an. »Hast du auch davon gewusst?«

»Wir wissen alle, dass die Normannen noch vor dem Weihnachtsfest die Stadt erreichen«, sagte er leise. »Noch heute Nacht, wenn ihr es ganz genau wissen wollt …«

Nur ein einziges Mal in meinen bisherigen Leben war ich ebenso tief gestürzt wie in diesem Augenblick. Es war in jener Nacht gewesen, in der mein Vater mit einer goldenen Sichel die Mistel schneiden wollte. In jener Nacht, als alles angefangen hatte mit seinem und der anderen Tod …

Sie kamen kurz vor dem Weihnachtsfest und im neuen Jahr gleich noch einmal. Niemand konnte die wilden und vor Vergnügen brüllenden Normannenkrieger aufhalten. Ursa und ich verbrachten viele Stunden im neuen Dom beim Gebet. Obwohl ich mich immer noch nicht daran erinnern konnte, wann und wo ich getauft worden war, nahm sie mich einfach an der Hand und geleitete mich durch alle Zeremonien, Bußgänge und Messen. Die Glocken läuteten träge und wie eingefroren, während draußen immer wieder Soldaten mit klirrenden Waffen und rumpelnden Wagen die Straßen hinab zum Fluss zogen.

In all meinen Leben hatte ich noch nicht so viele Vaterunser und Rosenkränze überstanden wie in diesen schrecklichen Winterwochen. Ursa trug jeden Tag die gleichen bis auf den Boden reichenden schweren Gewänder und dazu eine Haube mit Halstuch. Ich hatte unsere Söhne noch vor dem Weihnachtsfest aus dem Haus gejagt und ihnen befohlen, mit all ihrem Diebesgut, dem unterschlagenen Geschmeide und dem Beutel voll Judengold mir fortan aus den Augen zu gehen.

Schließlich hielt ich die Weihrauchschwaden nicht mehr aus. Ich legte kurz eine Hand auf Ursas Arm, dann eilte ich an den Säulen vorbei aus der Basilika. Ich rutschte auf den glatten Straßensteinen aus und taumelte zum Fluss hinab. Ein paar Feuer brannten zwischen den Gebäuden am Rand der Stadtmauer und den Normannenschiffen am Kai. Überall wurde getanzt und gesoffen. Mädchen und sogar ältere Weiber kreischten in den Armen der wilden Eroberer mit ihren eigenartigen Helmen und roten Gesichtern.

Dann sah ich zwischen Körpern, die betrunken oder tot aussahen, das Gesicht von Martin. Ich stürzte auf ihn zu und entdeckte auch die beiden anderen. Sie sahen furchtbar aus, aber sie lebten noch.

Ich beugte mich über einen nach dem anderen, bettete ihre Köpfe auf meinem Mantel, zerriss mein Hemd und deckte ihre blutenden Wunden ab. Ich spürte das unbändige Verlangen, diese verdammten Normannen eigenhändig zu erschlagen. Im selben Augenblick tauchte Ursa neben mir auf. Es war, als wäre in ihr plötzlich aller Zorn der Mütter von Colonia vereint. Wie eine Furie riss sie dem nächsten der besoffenen Dänen das Schwert aus der Scheide, hob es waagerecht bis in Schulterhöhe, und dann drehte sie sich wie in einem wilden Tanz und ließ es kreisen.

Die anderen, die zuvor am Feuer gehockt hatten, kamen hoch. Sie strauchelten über ihre eigenen Beine. Aber die Schnitterin erfasste einen nach dem anderen. Das Schwert schnitt ihnen die Köpfe ab wie eine Sichel das Getreide. Wer noch keine weichen Knie hatte, noch taumeln konnte oder noch nicht zu betrunken war, wankte zum steinernen Rand des Uferkais, ließ sich fallen oder stürzte sich sogar kopfüber in das eisige Wasser.

Die anderen griffen nach Speeren und Lanzen, fanden noch einige riesige hölzerne Schilde und versuchten, sich damit zu schützen. Und irgendwann verließ Ursa die Kraft.

Ich stürzte zu ihr, wollte sie auffangen und ihr meinen Halt anbieten. Aber sie wischte meine beiden ausgestreckten Arme nur mit einer kurzen Handbewegung zur Seite. Ohne mich anzusehen, schritt sie wie die stolze Göttin Diana und unnahbar in ihrem Zorn an mir vorbei. Sie ging durch die zerbrochenen Torflügel des nördlichen Hafenzugangs und ward nicht mehr gesehen …

Dutzende, Hunderte von Häusern brannten in den folgenden Tagen in der ganzen Stadt. Die wütenden Normannen kannten weder Nachsicht noch Gnade. Sie redeten nicht, ließen sich auf keinerlei Handel ein und zerstörten Haus um Haus. Sie waren keine Christen und wussten nichts von der Vergebung der Sünden, von der Hölle und von den Qualen des Fegefeuers. Dennoch verschonten sie die steinernen Kirchen als einzige Gebäude der ganzen Stadt.

Dafür brannte tagelang fast alles andere. Rund um den Bischofsdom blieb nur ein einziges Fachwerkhaus unversehrt. Auch als Ursa wieder zurückkam, sich wusch, ein paar Stunden schlief und sich erneut angekleidet wieder in den Schutz der Kirche begab, gab es niemanden, der sie auf den inzwischen fast leer gewordenen Straßen aufhielt. Viele der Menschen waren aus der Stadt in die Kälte der Winterwälder und sogar bis in die Ardennenberge geflohen.

Nachdem die Normannen alles, was wertvoll und nützlich war, aus den Häusern gerissen und sie dann angezündet hatten, ließen sie einige ihrer schwer mit Beute bepackten Schiffe mit den Eisschollen stromabwärts treiben. Die anderen Schiffe zogen unter kräftigen Ruderschlägen weiter stromaufwärts. Später erfuhren wir, dass sie sogar bis nach Mainz hinauf alles geplündert und gebrandschatzt hatten …

Erst zwei Tage später, nach dem Verschwinden der Räuber, kam Ursa von einer Morgenmesse zurück. Sie blickte auf unsere immer noch vor Schmerzen stöhnenden Söhne in ihren Betten, sah mich an und sagte: »Ich musste töten, Rheinold, aber wie du unsere Söhne bestraft hast, das werde ich dir niemals verzeihen.«

Wir kämpften mit unseren Blicken fast eine Ewigkeit miteinander, schweigend und ohne irgendeine Bewegung.

»Aber du hast zugelassen, dass sie das Gold und Geschmeide der Juden annahmen«, schnaubte ich schließlich.

»Begreifst du immer noch nicht?«, fuhr sie mich wütend an. »Das hier, das ist das Saatgut für eine neue Stadt. Das Gold und Silber für Holz und Steine, Fenster und Türen, Dächer und neue Werkzeuge. Kein Gold und Silber, um die Schreine der Heiligen und Altäre kostbar zu verkleiden, und auch kein Geschmeide für neue Türmchen und bunte Kassettendecken in Kirchenschiffen. Nein, Rheinold, dies alles hier soll den Lebenden dienen ... den Überlebenden. Und nicht den Heiligen vergangener Tage ...«

Noch während der schrecklichen Normanneneinfälle verloren wir Ostfranken und unseren König Ludwig den Jüngeren. Er starb am 20. Januar des Jahres 882 in Frankfurt am Main. Viel Zeit zum Trauern um ihn und zum Bejubeln seines jüngeren Bruders blieb uns nicht. Es machte nicht viel aus, ob Karl III., genannt der Dicke, jetzt die ostfränkische Krone trug oder irgendein anderer, denn wir mussten uns mit großer Eile um unsere eigenen Angelegenheiten kümmern. Der Winter blieb nicht sehr lange streng, aber wenn es uns nicht gelang, bis zum Tauwetter die Leichen von Menschen und Tieren fortzuschaffen, würde mit der Frühlingssonne die Verwesung als neue Plage über die Stadt kommen. Solange noch Frost herrschte, roch es in den Straßen und Gassen nur nach verbranntem Holz und Jauche. Kaum ein Haus war noch ohne Schäden, kaum eine Familie ohne Tote, Kranke und Verwundete.

Aber die Menschen hatten keine Zeit, um lange zu klagen. Nie zuvor hatte es in der Stadt derartig viel Brennholz gegeben, und es war ein großes Glück für die Überlebenden, dass die Verheerung mitten im Winter stattgefunden hatte. Auf diese Weise konnten sie mit dem Wiederaufbau beginnen, solange noch keine Hände und keine Arbeitskraft in den Gärten und Feldern innerhalb der Stadtmauern benötigt wurden.

Als der Frühling kam und das Schmelzwasser schwarzen Schlamm und Asche durch die Straßen bis zum Fluss spülte, verstopften die Reste der alten römischen Kanalisation. Tierkadaver und auch manch ein menschlicher Leichnam quollen von unten herauf und zwangen die Menschen, sich Essigtücher vor Mund und Nase zu binden wie bei der Pest.

Das Grauen klebte noch bis in den Frühsommer an sämtlichen

Mauern der Stadt. Erst als die Gärten wieder grün wurden, bekam die Hoffnung einen neuen Schub. Saat und Ernte gelangen ebenfalls besser als in normalen Jahren. Und als das Jahr nach mühseliger Arbeit und mit vielen Tränen endlich zu Ende ging, lachten die Menschen am Rhein wieder.

Erst nach der nächsten Schneeschmelze hörten wir dann von einem neuen Unglück, das die ganze Christenheit betraf. Kurz vor dem Weihnachtsfest war der Mann ermordet worden, der für viele als Stellvertreter des Gottessohnes auf Erden galt.

»Es ist unglaublich«, sagte Erzbischof Willibert, als ich mit ihm in den ersten warmen Sonnenstrahlen durch den großen Atriumshof seines Doms ging. Wir wollten eigentlich darüber reden, ob aus den Kirchenschätzen nicht etwas Gold für die Wiederherstellung der Stadtmauern geliehen werden konnte. Aber bisher hatte Willibert stets gesagt, dass sämtlichen Kirchen der Stadt nicht nur das Gold, sondern auch die Reliquien gestohlen worden waren. Auch diesmal ging er einfach nicht auf meine Frage ein.

»Stell dir das vor, Rheinold«, sagte er immer wieder und schlug sich dabei mit der flachen Hand vor die Stirn. »Gibt es ein größeres Unglück für die Christenheit als das, was wir jetzt aus Rom hören müssen?«

»Ich will dich nicht kränken, Erzbischof«, sagte ich so respektvoll wie irgend möglich. »Aber wir leben hier und haben hier unsere Sorgen, nicht in Rom.«

»Mich zerreißt der Schmerz über die furchtbare Tat an Johannes VIII. Er sollte vergiftet werden … und als das nicht gelang, haben sie ihm so lange mit einem Hammer aufs Haupt geschlagen, bis sein Gehirn heraustrat.«

Er hob die Schultern, zog sie zusammen und schüttelte sich am ganzen Körper. Allein der Gedanke, der ihn nicht losließ, machte ihn krank. Ich aber fühlte mich weder betroffen noch sonderlich angerührt. Ich musste an Papst Leo III. denken, den nur der Frankenkönig Karl vor einem ähnlichen Schicksal gerettet hatte.

»Wenn das geschehen kann«, jammerte Willibert immer kläglicher, »dann brechen dunkle Zeiten und dunkle Jahrhunderte an …«

Ursa ging nicht mehr so häufig in den Dom wie zuvor. Wir lebten still und fast schweigend nebeneinanderher. Die Silberwerkstatt arbeitete wieder, aber es gab keine großen Entwürfe mehr, keine wertvollen Kannen und Schalen, auf die ich stolz sein konnte. Ich zog mich so weit aus dem öffentlichen Leben zurück, dass ich kaum noch Kontakt mit den anderen Handwerkern oder den Oberen der Stadt hatte.

Als Erzbischof Willibert einige Jahre nach der normannischen Verheerung starb, wurde er als Erster im großen Dom beigesetzt, den wir inzwischen den karolingischen nannten. Zwei Jahre nach seinem Tod und zehn Jahre nach dem Reliquienraub durch die Normannen schickte der Papst neue Schätze für den Dom und die Kirchen der Stadt. Es war, als würde für die Christengemeinden Manna vom Himmel regnen, und von einem Tag auf den anderen rief die Nachricht von der Ankunft neuer geheiligter Überreste aus vergangenen Zeiten große Freude an den hohl und leer gewordenen Altären hervor.

Selbst Ursa erwachte aus ihrer jahrelangen, fast völligen Wortlosigkeit mir gegenüber. Ihre Augen begannen wieder zu leuchten, als die Reliquien, zu denen auch Erinnerungsstücke an die Mutter Gottes gehörten, mit großem Pomp und in tagelangen Prozessionen durch alle großen Straßen der Stadt getragen wurden. Viel war nicht dabei zu sehen, denn aus den meisten Kirchen waren nicht nur die großen und kleinen Überreste von Heiligen, sondern auch die goldenen, mit Edelsteinen verzierten Monstranzen verschwunden. Ich war sicher, dass es nicht lange dauern würde, bis die neuen Reliquien so viel Gold und Geld angesaugt hatten, dass neue Tragebehältnisse und Schreine für sie angefertigt werden konnten. Als ich mit Ursa darüber sprach, blickte sie mich nur lange an.

»Wenn du es schon weißt, dann handle auch entsprechend. Wenn Monstranzen und Reliquienschreine fehlen – wer wäre besser geeignet als die Gold- und Silberschmiede in dieser Stadt, um sie neu zu erschaffen? Du solltest dich zu den anderen Meistern aufmachen, damit ihr euch bereden könnt.«

Ich wusste sofort, dass dies der beste Ratschlag war, den ich seit Langem von ihr erhalten hatte. Aber ich wusste auch, dass sie sich nicht mehr für mich und die Ergebnisse meiner Arbeit interessierte.

»Was hast du vor?«, fragte ich sie deshalb eines Abends, ehe wir, wie üblich, jeder in unser eigenes Bett gingen. »Willst du mir sagen, was du weißt? Oder ziehst du es vor, weiter wie eine Nonne zu schweigen?«

»Es würde weder dir noch mir irgendetwas nützen, Rheinold«, sagte sie, und ihre Stimme klang so sanft und liebevoll wie schon lange nicht mehr. »Wir müssen weiterleben. Und weitersterben – bis wir erkennen, was wir bisher nur ahnen.«

Auch als Ursa und ich ins sechste Lebensjahrzehnt eintraten, sprachen wir nicht darüber, dass wir uns bald verabschieden mussten. Ich dachte ein paarmal daran, ob wir uns nicht beide im Augenblick des Todes ganz einfach wünschen sollten, uns sehr bald wiederzusehen, in fünfzig Jahren vielleicht oder zweihundert, am selben Ort in einer anderen Zeit. Dann aber nicht zu jung und nicht zu alt, sondern genau so, wie wir es in den glücklichsten Tagen vorangegangener Leben gewesen waren – einfach mit einem Schlaf dazwischen, einer Zeit des Übergangs, des Todes und der Wiedergeburt. Konnte es überhaupt etwas Schöneres geben in jenen Paradiesen, von denen die Christen ebenso träumten wie die Juden und die Mohammedaner?

»Wie lange wird es nach unserem Tod dauern, bis wir uns wiedersehen?«, fragte ich eines Morgens, als wir unseren Morgenbrei gegessen hatten und aufgestanden waren. Es war noch früh an diesem sonnigen und wunderschönen Septembertag, und ich wollte zum Markt in der Nähe des Judenviertels gehen, um ein Schwätzchen mit dem Rabbiner dort zu halten.

Sie sah mich lange an. Dann schüttelte sie kaum merklich den Kopf und sagte: »Ich weiß es nicht, Rheinold. Aber ich fürchte, dass auch für uns die Zeit immer schneller vergeht.«

»Du meinst, dass sich auch hier etwas verändert?«

»Ich bin ganz sicher«, antwortete sie. »Natürlich kann ich nichts von dem, was mir seit einiger Zeit durch den Kopf geht, beweisen. Aber ich spüre, dass neue, bisher nur im Verborgenen wirksame Kräfte mehr und mehr die Oberhand gewinnen.«

»Du meinst stärkere Bischöfe, unabhängige Herzöge und noch mehr Kriege?«

»Wahrscheinlich alles zusammen«, antwortete sie ahnungsvoll.

»Aber das ist es nicht, was ich meine. Ich glaube vielmehr, dass du in deinem nächsten Leben sehr auf dein Amulett achtgeben musst.«

Sie kam auf mich zu, legte die Hände um meinen Hals, stellte sich ein wenig auf die Zehen und küsste mich sanft auf die Lippen. »Hast du noch immer nicht verstanden?«, fragte sie dann eher spöttisch als vorwurfsvoll. »Was sind sie denn, all diese Reliquien und die von Heiligen berührten Spuren aus der Vergangenheit? Glaubst du denn wirklich, dass sie nur tote Reste, überflüssiger Tand oder gar heidnischer Zauber und Aberglaube sind?«

Ich konnte ihr einfach nicht antworten. Obwohl ich sie jetzt schon fast tausend Jahre kannte, war sie mir nach wie vor ein Rätsel. Sie sah mich lange mit einem sehr eigenartigen und schon fast wehmütigen Blick an. Ich nickte, zog mir die kurzen Stiefel über die Füße und gürtete mich dann, wie es in diesen Jahren üblich war. Als Kunsthandwerker für die Erschaffung wertvollster Monstranzen war ich es meinem Ruf und meiner Stellung schuldig, dass ich respektabel, wenn auch bescheiden und zugleich unnahbar erschien. Vielleicht lag es an dieser hohen Erwartung all jener Christenmenschen, die mir auf meinem Weg begegneten, dass ich inzwischen viel lieber den Rabbiner als Bischöfe und Priester sah.

»Ich werde um die Mittagszeit zurück sein«, sagte ich an der Tür. »Außerdem würde ich heute sehr gern Muscheln essen.«

Sie lachte und winkte mir mit ihrer Linken nach. Draußen sangen ein paar der Mägde auf den Straßen, Kinder fielen lachend und mit fröhlichem Geschrei ein, während weiter oben auf der Hauptstraße der Lärm der Wagen so geschäftig war, als würden längst wieder ebenso viele Menschen in der Stadt leben und arbeiten wie vor der furchtbaren Verheerung durch die Normannen.

Ich erreichte den großen Markt unterhalb der alten Königspfalz, die manche immer noch die Aula Regia oder auch das Prätorium nannten. Hier war inzwischen der interessanteste Teil der ganzen Stadt entstanden. Schon die Fassaden der allesamt neu erscheinenden Häuser strahlten Wohlstand und Stolz auf das Erreichte aus. Aber nur hier gab es auch jene Wechselstuben, in denen Geld ausgeliehen werden konnte. Nur hier saßen die Schreiber und Notare, wie im alten Rom, für jedermann bereit. Läden und

Werkstätten für Schmuck und Geschmeide, Glas und Keramik reihten sich in Gruppen aneinander, sodass jeder Bereich seinen eigenen Platz fand.

Obwohl es noch früh am Tag war, drängelten sich bereits Männer und Frauen in den Marktgassen. Ich sah den Rabbi an einem der alten Brunnen und wollte gerade auf ihn zugehen, als mich ein zweirädriger Karren streifte. Er war mit einem Weinfass beladen und kam ein wenig zu schnell die schräge Straße zum Fluss hinab. Ich sah, wie der Rabbi an seine Kopfbedeckung fasste, sie fester in seine Stirn zog und auf mich zueilte. In seinem Gesicht stand ein großes Erschrecken. Ich wunderte mich darüber und fragte mich, was er sah und wovon ich nichts bemerkte.

Erst als ich fiel, begriff ich, dass der leichte Karrenstoß mich so unglücklich drehte, dass ich mit dem Kopf voran auf das Steinpflaster stürzte.

21. DER STAB DES APOSTELS

DIESMAL WUSSTE ICH SOFORT, dass meine Seele nicht einmal richtig im Jenseits angekommen war, als sie auch schon wieder zurückkehrte. Die Zeit des Übergangs, in der ich ohne Macht über mein Bewusstsein gewesen war, diese Ohnmacht und Bewusstlosigkeit, reichte noch viel tiefer als der tiefste traumlose Schlaf.

Genau genommen wusste ich nicht, ob ich nach dem harten Aufprall wirklich gestorben war. Ich hatte mich nicht selbst gesehen, keinen bläulich leuchtenden Fischdarm zwischen meiner Seele und meinem Leichnam beobachtet. Ich hatte überhaupt nichts gesehen, nichts gehört und nicht die Spur irgendwelchen Gedankenstaubs in mir empfunden. Ich war einfach nur weggegangen und ohne jeden Übergang zurückgekehrt …

»Ein Wunder!«, kreischte eine Stimme, die sich nach einem Marktweib anhörte. Andere Stimmen fielen ein, lauter und immer mehr. Es war, als wäre ich von Hunderten, wenn nicht gar Tausenden schreiender, betender und sogar singender Menschen umgeben.

»Kommt, kommt und seht!«

»Er hat die himmlische Kraft, die Virtus aller Heiligen …«

»Bei Gott, ein Wunder!«

Im selben Augenblick musste ich über diese Worte lachen. War »wundern« etwa das Gleiche wie »an einem Wunder teilhaben«? Oder nur das Erstaunen über ein Ereignis, das keiner der Beteiligten verstand?

Ich hielt die vielen hysterisch kreischenden Stimmen und die schemenhaften Bewegungen um mich herum noch eine kleine Weile von mir fern. Erst wenn ich meine Augen öffnete, wenn ich sah und erkannte, was draußen war, und diese Bilder unverfälscht in mich hineinließ, erst dann hatte ich mich zu einer Wiederkehr und einem Wiedersehen mit der wirklichen Welt entschlossen.

Doch irgendwann musste ich die Augen öffnen.

Gleichzeitig bemerkte ich, dass ich keineswegs auf dem Straßenpflaster lag, wie ich zuerst angenommen hatte. Ich war vielmehr mit unnatürlich verrenkten Armen und Beinen zwischen der Seitenwand eines großen Kastenwagens und einem weiteren sehr schweren und sehr langen Kasten eingequetscht. Drei oder vier Männer hielten die Last so weit hoch, dass ich mich ächzend aufrichten und ein wenig zur Seite kriechen konnte. Dann krachte der große Kasten wieder auf die Wagenplatte zurück.

Im ersten Augenblick dachte ich, dass ich irgendwie unter einen Sarg geraten war. Aber dann verwarf ich diesen Gedanken wieder. Der schwere Kasten war länger als ein ausgewachsener Mann, aber nur zwei Spannen breit und etwa vier Spannen hoch. Ich hatte nie zuvor ein ähnliches Behältnis gesehen. Wie auf einen Wink Gottes hin verstummte das Lärmen der Menge, die dicht an dicht gedrängt um mich auf dem Marktplatz an der Hafenmauer stand. Fast alle starrten uns mit großen Augen und aufgerissenen Mäulern an. Es war, als wären sie allesamt plötzlich gelähmt.

»Bist du verletzt, Rheinold? Ist etwas gebrochen?«

Ich schüttelte den Kopf, ohne zu erkennen, wer mich fragte. Aus dem Augenwinkel sah ich Schuhwerk und gewebte Muster, wie sie mir noch nie zuvor untergekommen waren. Sie kannten mich, wussten meinen Namen. Aber ich hatte das unbestimmte, warnende Gefühl, dass ich noch immer nicht die ganze Wirklichkeit durchschaute. Ich hatte plötzlich Angst davor, einfach den Kopf zu heben, die Männer anzusehen und über die Seitenbretter des Wagens hinauszuschauen.

»Gott segne dich für deinen Mut und für dein schnelles Handeln«, sagte eine andere herrisch, aber noch kindlich klingende Stimme. »Mein Bruder, der Kaiser, wird dich dafür belohnen.«

Erst jetzt war ich bereit, die Wahrheit in mich aufzunehmen.

Ich hatte es geahnt. Ich hatte es die ganze Zeit geahnt, seit ich so glatt und reibungslos in ein neues Leben getreten war. Ganz anders als in den vergangenen Jahrhunderten war für mich nur eine schwarze Nacht vergangen, während das Leben der anderen in eigenen Bahnen verlaufen war.

Ich starrte auf den schweren Kasten und richtete mich langsam an ihm auf. Vorn am Wagen erkannte ich zwei hintereinandergespannte Ochsen. Dort, wo normalerweise ein Fuhrmann auf dem Bock saß, war eine kleine, mit bunten Tüchern zugehängte Hütte aufgestellt. Sie sah ein wenig wie ein verhängter Thron aus.

Auf der flachen Ladefläche des restlichen Wagens bemühten sich vier Männer, den verrutschten Kasten wieder in die Mitte zu schieben, während ganz vorn ein Haufen Stallknechte und Bewaffnete an den bewegungslosen Ochsen herumzogen. Der Kasten musste schwerer sein als ein Sarg. Aber kein Leichnam war so verhungert und so dürr, dass er in den schmalen Kasten passte. Die einzige andere Möglichkeit war die, dass hier sehr alte Teile eines Skeletts wie ein Bündel Reisig in den Kasten gelegt worden waren.

Ich hatte schon von früheren Fällen gehört, wo die Gebeine von Heiligen so schwer wogen, dass sie von den Lebenden kaum aufgehoben werden konnten. War das auch hier so? Oder was bei Maria und Josef enthielt der Kasten? Es gab nur eine Antwort …

»Knöchelsche«, murmelte ich.

»Nein, Rheinold«, widersprach der Mann, den ich sofort als Erzbischof erkannte. Aber er war nicht der, dem der Papst in Rom neue Reliquien für die im Normannensturm verschwundenen geschickt hatte. Ich kannte ihn nicht, hatte ihn nie zuvor gesehen. Außerdem hatte ich keine Ahnung, wer sein Bruder, der Kaiser, sein sollte. Ich sah ihn vorsichtig und nicht zu neugierig an. Sein jungenhaftes, leicht hochmütiges Gesicht wies ihn als einen Mann aus, den ich mir in einigen Jahren sehr gut als Hirten vorstellen konnte. Noch aber war er nicht fertig, sondern erinnerte mich an dic jungen, unbekümmerten römischen Heerführer, die ich vor tausend Jahren nur einen Steinwurf entfernt von hier gesehen hatte.

»Den ganzen Weg von Metz hierher ist alles gut gegangen«, sagte der viel zu junge Erzbischof. »Erst als ich hier der ganzen Stadt zeigen wollte, dass wir tatsächlich den Stab des heiligen Petrus nach Colonia bringen, ist es passiert.«

»Der Kasten ist mit Blei ausgeschlagen«, sagte einer der kräftigen Priester aus der Begleitung des Erzbischofs. »Wenn das Straßenpflaster hier nicht so schräg gewesen wäre, hätten wir ihn halten können, nachdem wir ihn senkrecht gestellt hatten, um ihn zu öffnen.«

Ich begriff allmählich, was geschehen war. Sie hatten nicht warten wollen, bis der schwere Transportschrein für die wertvolle Reliquie oben im Dom angekommen war. Trotzdem verstand ich nicht, warum sie mit dem sperrigen Gefährt und den Ochsen davor die gerade Hauptstraße des ehemaligen Cardo Maximus verlassen hatten und über die schräge römische Straße zum Hafen bis zum Marktplatz jenes Viertels gekommen waren, in dem fast ausschließlich Juden lebten. Oder war genau das beabsichtigt gewesen?

Der Erzbischof beantwortete die Frage, die ich nur gedacht, aber nicht ausgesprochen hatte.

»Ja, Rheinold. Es ist genau so, wie es jetzt hinter deiner Stirn arbeitet. Ich wollte zeigen, dass ich nicht nur der geistliche Oberhirte in dieser Stadt und der Erzdiözese bin, sondern auch der Herr und Herzog über alle Menschen hier, gleichgültig, ob sie Christen, Juden oder durchreisende Händler sind.«

»Ist er … ist er tatsächlich da drin?«, fragte ich ungläubig. Die Kirchenmänner um mich herum lachten so vergnügt wie Kinder.

»Er ist da drin«, bestätigte der jüngste von ihnen eifrig und mit roten Wangen. »Du hast ihn doch selbst in Reims mit Wolltüchern umwickelt, ehe wir ihn in das Blei gelegt haben.«

Ich konnte mich nicht mehr daran erinnern. Ich wusste nicht einmal, wie der Erzbischof hieß, dem es jetzt gelungen war, eine derart wertvolle Reliquie in die Stadt zu holen.

»Und zusätzlich haben wir ja auch noch die Ketten, mit denen der heilige Apostel Petrus in den Kerkern Roms angeschmiedet war«, sagte der Erzbischof. »Und ich bin trotz dieses Unfalls meinem Schöpfer dankbar, dass er uns diese Schätze bis hierher bringen ließ. Wir werden deshalb nicht zögern und den Dom des Herrn zu Ehren des heiligen Petrus von drei Kirchenschiffen auf fünf erweitern.«

Obwohl ich mich eigentlich noch in einem Zustand befand, in dem ich mich wie ein soeben Erwachter erst zurechtfinden musste, begriff ich augenblicklich, was der Erzbischof und Bruder eines mir unbekannten Kaisers da sagte.

»Auf fünf Kirchenschiffe«, wiederholte ich nur. »Habt ihr … habt ihr schon angefangen?«

Die Kirchenmänner lachten wie über einen guten Scherz.

»Du bist doch selbst reich entschädigt worden für dein altes Fachwerkhaus und den verwilderten Garten …«

Diesmal blieb mir der Mund offen stehen. Alles, was ich jetzt sagen wollte, konnte nur falsch sein. Deswegen senkte ich meinen Kopf und legte die Handflächen flach zusammen. Für die Menschen um den Ochsenwagen sah es so aus, als würde ich endlich das von allen erwartete Dankgebet sprechen.

Zu meiner großen Überraschung sah das Prätorium aus der Römerzeit fast wieder wie neu aus. Sicher, es hatte sich verändert, teilweise neue Fenster und ein anderes Dach erhalten. Aber es wirkte auf den ersten Blick überhaupt nicht mehr vernachlässigt oder zerfallen. Ich war für den gesamten Rest des Tages unsicher, wie ich all die Eindrücke einordnen und bewerten sollte, all die festlich geschmückten Häuser mit den langen Fahnen, Wimpeln und bunten Bändern.

Einerseits kam ich mir vor, als sei ich in die Zeit der Römer zurückgestürzt. Gleichzeitig war so viel Neues da, dass mir die Stadt aus diesem Blickwinkel zwar nicht ganz fremd, aber doch ungewohnt erschien. Es war, als hätte ich einen guten alten Freund viele Jahre nicht gesehen und würde ihn zwar wiedererkennen, aber zugleich nicht wissen, ob er es wirklich war oder ob ich einen gänzlich Fremden mit ihm verwechselte …

Es war ein dummes Gefühl – ein sehr dummes sogar. Ich wusste, dass ich in Colonia war. Ich kannte auch den Verlauf der Straßen und der Gassen, die Neigung von der großen Nord-Süd-Straße zur alten Stadtmauer am Fluss und die Silhouette der Uferlandschaft auf der anderen Seite des großen Stroms. Es war ein ungewöhnlich klarer Tag ohne Dunst über dem Rhein. Ich konnte sogar das Land erkennen, das wir das Bergische genannt hatten, und die Spitzen des Siebengebirges, hinter denen vor langer, langer Zeit einmal die Ubier gewohnt hatten.

Wir kamen nur sehr langsam weiter. Dann aber, nachdem wir die alte Römerstraße zum Rheinhafen hinab überquert hatten, krallte sich plötzlich eine kalte Hand um mein Herz. Neu erbaute Häuser rechts und links glitten vorbei, während der Wagen mit der Petrusreliquie weiterrumpelte. Ich starrte auf den weiten, leeren Platz vor der Bischofskirche.

Entsetzt erkannte ich, dass zur Rheinseite hin nur noch einige der Fachwerkhäuser standen, die ich einmal gekannt hatte. Mein eigenes war nicht dabei. Es war verschwunden, abgerissen, eingeebnet, ebenso wie der Garten mit den Apfelbäumen, deren Ableger und Früchte mich fast tausend Jahre begleitet hatten. Immerhin erkannte ich die Türme und Chöre der großen Bischofskirche wieder, für die ich einst Gold und Silber gestiftet hatte. Wie lange war das her? Welches Jahr schrieben wir? Und wie hieß der Bischof, der selbst gesagt hatte, sein Bruder sei ein Kaiser?

Mein Blick fiel nochmals auf den Dom. Irgendetwas stimmte hier nicht. Ich sah die kurzen, runden Türme an den beiden Chören im Westen und im Osten, dazu die Stummel der Querschiffe auf beiden Seiten. Es sah aus, als wäre das Gotteshaus behäbig, reich und fett geworden, seit ich es zum letzten Mal gesehen hatte. Erst jetzt bemerkte ich, was sich verändert hatte. Ich sah es zuerst an den leichten Unterschieden in der Farbe der Steinblöcke an den Seitenschiffen. Und dann an den lang gestreckten Dächern. Es war eine Etage mehr geworden, eine Wand mehr, ein ganzes Kirchenschiff mehr!

Ich war so verdutzt, dass ich eine ganze Weile brauchte, bis mir klar wurde, dass ein solches zusätzliches Kirchenschiff, wie ich es jetzt sah, mit großer Sicherheit auch auf der anderen Seite nach Norden hin errichtet worden war. Daraus ergab sich, dass der Dom jetzt nicht mehr drei, sondern insgesamt fünf Kirchenschiffe hatte. Um sie zu bauen, mussten Jahre, wenn nicht gar Jahrzehnte verstrichen sein …

Ich suchte neben bekannten Gebäuden irgendeinen Menschen, ein Gesicht, das mir bekannt vorkam, an das ich mich erinnern konnte. Unter den Mönchen und Priestern, die rechts und links neben dem Ochsenwagen gingen und die Menge mit immer neuen Anstrengungen zurückdrängten, war keiner, den ich schon einmal gesehen hatte.

Ich ließ meinen Blick immer weiter herumschweifen. Erst jetzt fiel mir auf, dass die Menschen Hüte, dunkle Barette und bunte Hauben trugen, wie ich sie noch nicht kannte. Einige der Gesichter erinnerten mich an Männer und Frauen aus meinem vorigen Leben, aber sie waren trotzdem ganz anders – eine neue Generation von Städtern, die weder verängstigt noch so leidgeprüft aussah, wie ich es in Erinnerung hatte.

Nein – die Menschen um mich herum, die mit großer Freude und Stolz die Ankunft von Kette und Stab des Apostels Petrus bejubelten, kannten die räuberischen Überfälle der Nordmänner nicht, wussten nicht, was es hieß, wenn ihre Häuser abbrannten, ihre Kinder erschlagen wurden und ihre wehrlosen Frauen wieder und wieder vergewaltigt wurden, ehe die trunkenen Eroberer johlend flussaufwärts weiterzogen.

»Rheinold, was ist?«, rief mir der jugendliche Erzbischof zu, der unablässig nach allen Seiten winkte und segnete. Er saß in der kleinen Hütte vorn auf dem Wagen und wurde von hinten so unauffällig von zwei Diakonen gestützt, dass es die Menge in den Straßen und Gassen nicht bemerkte. Ich selbst hielt mich nur mühsam aufrecht. Das Rumpeln des Ochsenwagens schmerzte bis in meine Schultern. Für einen Augenblick fühlten sie sich wieder so an, als hätte ich noch immer den Buckel. Ich bewegte ein wenig die Schulterblätter, aber da war nichts – nur der Schmerz von der Bleikiste, die auf mich gefallen sein musste.

Ich schüttelte den Kopf über so viel Unvernunft und Unachtsamkeit. Hätten sie nicht warten können, bis alles endlich oben im Atrium oder gar in den Kirchenschiffen verstaut und ausgepackt war? Gleichzeitig erinnerte ich mich an Zeichnungen, die ich von der kostbaren Reliquie gesehen hatte. Der Petrusstab war nicht so gebogen wie die Hirtenstäbe der Bischöfe. Die Reste des ursprünglichen Stabes bestanden nur noch aus einer Art vergoldetem Rohr mit Verzierungen aus Strichen, die ringförmig um das Metall liefen.

Obwohl ich in der Vergangenheit viel über Reliquien und heilige Gegenstände der Christen gelernt hatte, war ich nicht sicher, ob die herzförmigen Ornamente, die zwischen den Strichen um den Stab liefen, noch zum Original gehörten oder erst später von geschickten Goldschmieden hinzugefügt worden waren. Das gesamte Unterteil des Stabes war nichts als ein schlichter Holzstock, und ganz oben an dem Platz, wo normalerweise eine Krümmung als Symbol für das Hirtenamt angebracht wurde, hatte der Petrusstab nur einen schlichten Holzknauf. Nicht einmal ein Ei aus Bergkristall, wie es der Bischof Lupus von Troyes besessen hatte, als er den Hunnenkönig Attila nach der Schlacht auf den Katalaunischen Feldern auf verborgenen Wegen zum Rhein zurückgeführt hatte …

Ich blieb den ganzen Nachmittag über sehr zurückhaltend und ließ die Feierlichkeiten, Hochämter und Messen, den Gesang der

Priester und die von den Gläubigen nachgemurmelten Gebete eher unbeteiligt über mich ergehen. Während die ganze Stadt sich immer mehr in einen Freudentaumel hineinsteigerte, der mir schon fast unheimlich war, empfand ich nichts als Traurigkeit. Ich kam mir ein bisschen vor wie jener Mann aus dem Alten Testament, dessen Vater die Rückkehr des verlorenen Sohnes mit einem großen Fest feierte, während er, der in seines Vaters Haus geblieben war und seine Pflicht erfüllt hatte, kaum noch eines Blickes gewürdigt wurde.

Ich hatte nichts dagegen, dass für die Stabverzierung, die nicht einmal aus purem Gold bestand, ein großes Fest gefeiert wurde. Aber ich hielt es doch für übertrieben, nur einem Stab zu Ehren Mauern der erzbischöflichen Kirche einzureißen und neue zusätzliche Seitenschiffe zu erbauen. Auch das hätte ich noch schweigend hingenommen, wenn ich dadurch nicht ausgerechnet jenen Platz verloren hätte, der mir all die Jahrhunderte hindurch Heim und Heimat gewesen war …

»Solange noch an deinem neuen Haus gebaut wird, kannst du weiter bei mir wohnen«, rief der jugendliche Erzbischof mir zu. Er hatte seinen Kopf etwas nach hinten gedreht, und ich sah, wie er mir zublinzelte. Ich verstand den Grund für die Vertraulichkeit nicht. Oder gab es da etwas, das nur wir beide wussten und das uns zu heimlichen Verschwörern machte?

Wie gerne hätte ich auf einen Platz im Haus des Erzbischofs verzichtet, um dafür Ursa wiederzusehen. Ich sehnte mich so sehr nach ihr, dass mir diese Zeit der bunten Fahnen und der hübsch gekleideten Cöllner leer vorkam, da sie nicht mehr oder noch nicht dazugehörte.

Ich lebte bis zum nächsten Frühling im Anwesen des Erzbischofs. Bruno war tatsächlich der jüngere Bruder von Kaiser Otto. Nach und nach erfuhr ich, was seit dem Normannensturm, den letzten Karolingern und dem Hin und Her zwischen dem ostfränkischen und westfränkischen Königreich passiert war. Ich wohnte in diesen Monaten in einer Art Gästehaus, das aus einem Anbau an den Palast zwischen dem Dom und der wiederhergerichteten alten Pfalz bestand.

Natürlich hatten auch in den vorangegangenen Jahrhunderten

nicht alle Erzbischöfe ärmlich und bescheiden gelebt. Im Gegenteil – viele von ihnen waren zu Macht und Reichtum gekommen. Ihr großer Vorteil gegenüber allen weltlichen Monarchen hatte oft ganz einfach darin bestanden, dass sie sich bei ihrer Kirche und in ihrer Diözese festsetzten und nicht von Kampf zu Kampf herumziehen mussten.

Seit Kaiser Karl, der inzwischen »der Große« genannt wurde, erhielten sie Jahr um Jahr den Kirchenzehnten und darüber hinaus immer wieder Spenden und Übertragungen von Ländereien und ganzen Dörfern, einschließlich Menschen und Vieh. Die weltlichen Herrscher hingegen verloren ihre gerade erst erkämpfte Macht oft durch Erbteilungen und die Forderungen ihrer Paladine und Vasallen. Sie mussten teilen und als Lehen übereignen, was sie selbst oft gerade erst, wie seinerzeit schon Karl Martell, den Kirchen abgenommen hatten. Könige und Kaiser zogen mit ihrem Hofstaat von einer Stadt und von einer Pfalz zur nächsten. Schon deshalb waren diejenigen unter den Großen, die über eigenen Besitz verfügten, mehr als nur Herzöge und Grafen im Dienste eines Höheren. Sie waren stark, und ihre Stimme galt, wenn wieder einmal gewählt, gekrönt und gesalbt werden sollte.

Ich hörte, wie einer von ihnen, der zuerst gar nicht gekrönt und gesalbt werden wollte, aus den fünf deutschen Stämmen das Regnum Teutonicum geschaffen hatte. Es war Herzog Heinrich von Sachsen gewesen, der auf einem Schiff auf dem Rhein bei Bonn mit dem westfränkischen Karolinger Karl dem Einfältigen den ersten Freundschaftsvertrag für ein gemeinsames deutsches Reich vereinbart hatte.

Bei der Gelegenheit erfuhr ich auch von einem Kloster heiliger Jungfrauen vor den Mauern von Colonia.

»Wie heißt es?«, fragte ich Bruno, als er den Namen murmelte.

»Sankt Ursula«, wiederholte der Erzbischof. »Du weißt doch von den Märtyrerinnen.«

»Sankt Ursula«, nickte ich nur. Ich sah ihn nicht sehr oft, aber ein paarmal erlaubte er, dass ich ihn in seinem Gefolge zu den Kirchen außerhalb der Stadt begleiten durfte. Eine davon war über den Fundamenten einer römischen Villa erbaut. Hier hatte der Erzbischof schon ein paar Jahre zuvor ein Benediktinerkloster errichten lassen.

Den eigentlichen Grund dafür erfuhr ich erst einige Wochen später. Die Klostergründung hing damit zusammen, dass Bruno durch Abt Hademar von Fulda nicht nur das Pallium aus Rom, sondern auch Reliquien des Märtyrers Pantaleon als Geschenk des Papstes aus Rom mitgebracht hatte. Für den Altar, in dem diese Gebeine aufbewahrt werden sollten, und für die Wiederherstellung der alten Kirche auf dem Friedhof hatte Bruno sogar die Pfeiler von der Brücke Kaiser Konstantins im Rhein abtragen und heranschaffen lassen.

Ich hörte von großen Reichstagen mit vielen Adligen und von Osterfeiern der königlichen Familie. Vor allem aber hörte ich von einer eigenartigen Zunahme bei Reisen von Gebeinen kreuz und quer durch Europa. Zuerst dachte ich, die Mönche und die Priester meinten Translationen, also die Umbettung von verstorbenen Bischöfen oder Heiligen. Doch dann begriff ich, dass es inzwischen schon fast eine Art Handel mit Reliquien und Skeletten, Haaren, Fingernägeln, Schweißtüchern und einer ganzen Reihe anderer Gegenstände gab, die irgendetwas mit den Heiligen zu tun hatten. Nach wie vor schenkten sich die Großen immer noch Gewürze, Spezereien, feine Stoffe und Juwelen. Aber inzwischen schienen die Reliquien alles andere zu übertrumpfen. Hinter vorgehaltener Hand hörte ich sogar davon, dass Bruno gutes Geld dafür bezahlt hatte, einen Nagel vom Kreuze Christi aus Trier stehlen und durch eine Nachbildung ersetzen zu lassen. Die Sache sollte nur deshalb aufgeflogen sein, weil der echte Nagel aus dem Kreuz unter dem Hemd des Diebes zu bluten angefangen hatte …

»Du und dein Bruder, ihr habt sehr viel erreicht«, sagte ich, als mir zu Beginn des folgenden Jahres wieder einmal die seltene Ehre widerfuhr, mit Erzbischof Bruno allein zu speisen. Wir hatten darüber geredet, dass er neue liturgische Geräte haben wollte und dass ich darüber mit den jüdischen Münzmeistern und Goldschmieden in der Judengasse reden sollte. Dabei waren wir eher zufällig darauf gekommen, wie Bruno und sein Bruder Otto derartig einflussreich geworden waren. Wir hatten eine Suppe gegessen und uns ein gebackenes Täubchen geteilt. »Er ist doch schließlich ordentlich gekrönt und auch gesalbt worden.«

»Das stimmt schon. Und so wurde es auch aufgeschrieben«,

meinte Bruno. »Der Trierer meinte, er sei derjenige, dem allein das Recht zur Königskrönung zukomme, weil sein Bischofssitz sozusagen vom heiligen Petrus selbst gegründet wurde. Aber der Cöllner setzte dagegen, dass nur er krönen könne, weil die Königspfalz von Aachen nun mal in seiner Diözese liegt.«

»Und doch hat schließlich der Erzbischof von Mainz deinem Bruder in Aachen das Königsschwert, den Königsmantel und die goldene Krone überreicht.«

»Aber alle drei haben Otto zum Thron begleitet, auf dem schon Karl der Große über das Heilige Römische Reich Deutscher Nation regiert hat«, lächelte Bruno und wischte sich mit einem Seidentuch aus seinem linken Ärmel die Speisereste von den Lippen. Er schnippte mit den Fingern und ließ ein paar mit süßem Honig gewürzte Küchlein bringen. Er bot mir an, ich kostete. Und sie waren ebenso süß wie pfeffrig.

»Gut, nicht wahr?«, lächelte der Erzbischof. Ich nickte, während ich gleichzeitig kaute und meinen Hustenreiz zu unterdrücken suchte. Wir tranken angewärmten Met, der köstlich schmeckte, aber schnell in den Kopf stieg.

»Wie es mit mir war, hast du ja selbst miterlebt«, meinte Bruno gesättigt und zufrieden. Ich spürte, wie ich plötzlich in gefährliches Fahrwasser kam. Ich hatte keine Ahnung, was er meinte. Ich wusste nicht, ob er mich nun auf die schon lange erwartete Probe stellen wollte oder ob er einfach nur dahinsagte, was jedermann bekannt war – außer mir …

»Es gab und gibt nicht wenig Herzöge, besonders den von Lothringien«, sagte Bruno, »die liebend gern diese große stolze Stadt besitzen und beherrschen würden. Mein Bruder konnte gar nicht anders. Er brauchte hier ganz einfach einen Erzbischof, dem er blindlings vertrauen konnte. Und du, Rheinold, weißt auch, dass ich nicht übertreibe, wenn ich mit großem Stolz sage, dass mich das Volk von Colonia, der Rat der Großen und der ganze Klerus vor jetzt auch schon zwölf Jahren einstimmig zum Erzbischof gewählt haben.«

Ich wollte bereits erleichtert aufatmen, unvorsichtig werden und etwas Lobendes sagen. Nur durch die Pfefferkuchen in meinem Hals musste ich nochmals husten und kam daher nicht gleich zu einer Antwort.

»Glücklicherweise hat mein Bruder nicht lange gefackelt, als er die Aufständischen in Mainz belagerte und dann hörte, dass auch noch die Ungarn bei uns eingefallen sind«, fuhr Bruno fort. »Er musste auf dem Reichstag dem verräterischen Roten Konrad das Herzogtum Lothringien entziehen. Und wiederum zu unser aller Sicherheit hat er es mir dann übertragen. Denn diese Diözese gehörte zuvor schließlich ebenfalls zu Lothringien.«

Das also war es! Ich schluckte die letzten Krümel des scharfen, süßen Küchleins, holte mit halb geöffnetem Mund frische Luft bis tief in meine Brust und nickte dabei, ohne zu antworten.

»Du weißt es ja«, sagte Bruno. Er stand auf, ging bis zum Fenster, von dem aus er den großen Petersdom sehen konnte, und verschränkte seine Hände auf dem Rücken. »Ich bin der erste Erzbischof in dieser Stadt, der gleichzeitig auch Herzog seines Kaisers ist. Und seit mein Bruder Otto vor drei Jahren in Rom auch noch zum römischen Kaiser gekrönt worden ist, habe ich die Stadt in ihrer Gerichtsbarkeit aus dem umliegenden Gebiet, dem Gau also, herausgenommen.«

Ich saß eine ganze Weile schweigend am Tisch und wartete darauf, dass er weitersprach.

»Warum?«, fragte ich schließlich. »Warum sprichst du gerade mit mir über diese Dinge, die doch jedermann bekannt sind?« Er drehte sich nicht um. Für eine Ewigkeit blieb alles still. Nur von draußen kamen winterlich gedämpfte Geräusche herein.

»Du willst also wissen, warum ich mit dir über Dinge spreche, die sich in den letzten ein, zwei Generationen ereignet haben?«

»Wieso kommst du auf eine oder zwei Generationen?«, fragte ich sofort zurück.

»Weißt du das nicht selbst am besten?«, fragte er und drehte sich noch immer nicht zu mir um. Ich spürte, wie mir plötzlich der Boden unter den Füßen weggezogen wurde. Mit beiden Händen klammerte ich mich an den geschnitzten Armlehnen meines Stuhls fest.

»Es gibt da einige Bemerkungen schriftlicher Art über einen Silberschmied, der sehr viel für den Westchor dieser Kirche dort getan hat«, sagte er leise und kaum hörbar. »Er war ein Mann mit recht guten Beziehungen zu den jüdischen Goldschmieden und Münzmeistern in dieser Stadt. Und sein Name war …«

Er drehte sich ruckartig um und starrte mich so scharf an, dass ich mich wie von einem Doppelspeer aus seinen grauen Augen bis ins Mark getroffen fühlte. Kein Amulett, das mir jetzt half. Kein plötzlicher willkommener Tod. Nicht einmal eine gnädige Ohnmacht, die ihn und mich jetzt vor der Wahrheit schützte.

22. LEBENDIG BEGRABEN

»DER MANN HIESS RHEINOLD«, sagte der Erzbischof, »und er hatte drei Söhne, von denen seltsamerweise nicht der älteste, sondern der jüngste ebenfalls Rheinold hieß. Es heißt, dass die drei Söhne Rheinolds bei den Massakern der Normannen umgekommen sind oder zumindest schwer verwundet wurden. Aber es heißt auch, dass es über all die Jahrhunderte seit Julius Cäsar und Agrippina immer wieder Männer in dieser Stadt gab, die auf den Namen Rheinold hörten ...«

»Das ist doch naheliegend«, sagte ich, während ich langsam meine Sicherheit und Selbstbeherrschung wiederfand. Wenn das alles war, was ihn stutzig gemacht hatte, konnte mir nichts passieren.

»Es gibt in jeder Stadt Dutzende von Männern mit dem gleichen Namen«, sagte ich. »Deswegen werden sie ja zusätzlich nach ihren Eigenheiten, nach ihrer Herkunft oder ihren Fähigkeiten benannt.« Ich lachte kurz. Dann sagte ich: »Denk doch nur an die vielen Könige mit Namen ›Karl‹. Es gab den Deutschen und den Einfältigen, den Kahlen und den Großen. Wie sonst hätte man sie unterscheiden können?«

»Das ist auch gut so«, sagte Bruno streng. »Doch diese Zusätze zum Namen sind eher etwas für das Volk. Päpste und gekrönte Häupter werden mit Ziffern voneinander unterschieden. Und falls dereinst ein Zweiter Bruno heißen sollte, werde ich als Bruno der Erste in die Geschichte eingehen.«

Es war kein Zufall. Nein, dieser Mann sagte und tat überhaupt nichts zufällig. So viel war mir inzwischen klar.

»Ich habe mich in den vergangenen Wochen ein wenig in den Büchern nach Männern umgesehen, die deinen Namen trugen«, meinte er schließlich. »Ich muss gestehen, dass nicht sehr viel Bedeutendes dabei herausgekommen ist. Aber da ich keine Verwandtschaft zwischen dir und jenen anderen mit deinem Namen feststellen konnte, geht dich das alles eigentlich gar nichts an.«

Er lächelte mir zu. Dann sagte er: »Auf jeden Fall freue ich mich, dass du dich inzwischen wieder gut erholt hast. Nur eine kleine Frage habe ich noch: War es nur dieser Schlag durch den Reliquienkasten, der dir deine Erinnerung für einige Zeit genommen hat? Oder gibt es dafür vielleicht noch andere Gründe, die du mir sagen möchtest?«

Ich starrte ihn wie ein Fabelwesen an. Was war hier los? In welche Falle lockte mich dieser Erzbischof und Herzog von Colonia?

»Wie kommst du darauf?«, fragte ich mit einer Mischung aus Verwunderung und vorsichtiger Empörung. Erzbischof Bruno lachte. Es sah sehr freundlich und schon fast herzlich aus.

»Mein lieber Rheinold«, lachte er dann. »Guter Mann! Glaubst du etwa, ich hätte nicht bemerkt, dass du zu einem völlig anderen geworden bist, seit dieses Ungeschick – oder sollte ich besser sagen: dieses kleine Wunder? – auf unserem Ochsenkarren mit dir geschehen ist?«

»Ja, das ist wahr«, sagte ich schnell und griff nach dieser Möglichkeit wie nach einem Strohhalm. »Es hat mich wirklich sehr erschreckt, als ich für ein paar Minuten den Sensenmann in meiner Nähe spürte. Aber ich hatte keine Furcht, da ich doch wusste, wie stark das Heiltum der Reliquie war, die wir hier in die Stadt geholt hatten. Außerdem wäre sicherlich im Ernstfall noch Zeit für eine letzte Ölung für mich da gewesen.«

»Und so redet ein Silberschmied, der von gar nichts etwas weiß«, meinte der Erzbischof spöttisch. Ich wusste es. Aber ich wehrte mich mit aller Kraft dagegen, zuzugeben, dass er längst auf der richtigen Fährte war. Meine Gedanken stürzten so schnell durcheinander, dass ich große Mühe hatte, in dem Gewitter aus Erinnerungen an Prozesse, Kerker und Peitschenhiebe, abgeschlagene Köpfe, Galgen und Kreuzigungen und Schreckensbilder davon, was mir bevorstehen konnte, einen schmalen Steg über den Abgrund zu finden.

Irgendwo in dem wilden Gedankenstaub in meinem Kopf musste es eine Rettung geben. Ich glaubte so fest daran, dass ich den Blick nicht niederschlug, sondern dem Erzbischof gerade und ohne jede Scheu direkt in die Augen sah. Jeder gute Christ musste an die Auferstehung Jesu Christi und an seine eigene Auferstehung glauben. Aber in keinem Evangelium stand geschrieben, dass es nicht nur eine Auferstehung und ein Paradies, sondern ebenso eine Wiederkehr auf Erden gab. Derartige Wanderungen zwischen Himmel und Erde waren allein den Engeln als den Boten Gottes vorbehalten. Und genau deswegen konnte der Erzbischof so viel vermuten, wie er wollte. Sein eigener Glaube, das Dogma und die zugelassenen Schriften verboten ihm ganz einfach, mehr in mir zu sehen, als es seine sieben Sinne und seine Kirche zuließen.

Er presste seine Lippen etwas zusammen. In selben Augenblick wusste ich, dass ich gewonnen hatte. Ich lächelte. Er lächelte ebenfalls, knurrte ein bisschen unwillig, schnaubte zwei-, dreimal und sagte dann: »Ich gebe zu, ich habe auch daran gedacht, in dir einen Boten Gottes oder einen Heiligen zu sehen.«

»Ich bin kein …«

»Kein Heiliger?« Er lachte trocken. »Nun gut, da stimme ich dir zu. Und sicherlich bist du auch kein Erzengel oder gar ein Teufel. Aber wie willst du dann erklären, was wir beide wissen, aber keiner von uns bisher ausgesprochen hat?«

Ich schüttelte den Kopf. »Nein«, sagte ich. »Ich weiß nur, dass es irgendetwas mit meinem Amulett zu tun hat.«

»Ach ja, das Amulett«, sagte er und ging zu einem Reliquiar an der Stirnwand des Raumes. Der Kasten aus dickem Bleikristall mit vergoldeten Pfeilern an den vier Kanten und Edelsteinen auf einem spitzen Dach sah wie ein kleiner tragbarer Altar aus. Erzbischof Bruno öffnete ein wertvoll gearbeitetes Riegelschloss. Mit beiden Händen nahm er vorsichtig ein rotes, mehrfach zusammengelegtes Wolltuch heraus. Er trug es bis zum Tisch und legte es wie ein rohes Ei genau zwischen uns auf die Tischplatte. Dann hob er sehr behutsam die Ecken des Wolltuchs an.

Da war es wieder! Mein kleines schwarzes Amulett lag genau in der Mitte des Stofftuchs. Die tausend Jahre alte Kapsel aus geteertem Bärenknochen hatte sich nicht mehr abgenutzt als der Griff des Petrusstabes mit seinen ziselierten Strichbändern und herzförmigen Stegen.

»Ich habe es für dich aufbewahrt, als du unter den Kasten mit dem Petrusstab gekommen bist«, sagte er. »Für eine Weile dachte ich sogar, dass dieses kleine Amulett von deiner Brust ebenso alt sein könnte wie der Petrusstab … oder vielleicht sogar noch älter …«

Wir sahen uns erneut an. Dann hob ich die Hand, um mein Eigentum aufzunehmen. Im selben Augenblick packte er hart um mein Handgelenk. Für einen Augenblick der Ewigkeit spürte ich nur die Kraft in seinen Fingern und seinen harten, unnachgiebigen Blick.

»Was ist da drin?«, presste er schließlich hervor. Zum ersten Mal, seit ich mit Priestern und Kirchenfürsten zu tun hatte, spürte ich eine andere Gewalt als jene, die ihre Berechtigung aus der Macht des Glaubens nahm.

»Du hast zwei Möglichkeiten«, sagte er dann. »Entweder du gestehst, welche neue Verschwörung ihr jetzt gegen mich und meinen Bruder plant. Das kostet dich nur deinen Kopf, wenn ich dich mit meiner Herzogsmacht verurteile. Oder du bleibst verstockt. Dann fälle ich als Erzbischof mein Urteil, und dein Verhalten gilt als Gotteslästerung und Götzendienst. Du wirst exkommuniziert, aus der Stadt gejagt und landest, wenn du Glück hast, nur im Fegefeuer und nicht sofort in der heißesten Hölle.«

Obwohl ich sehr erschrak, erkannte ich im selben Augenblick, dass er etwas ganz anderes von mir wollte. Er drohte mir gleichzeitig mit dem Henker und dem Teufel. Aber in Wirklichkeit war er viel zu klug und viel zu wissbegierig, um mich einfach umzubringen. Solange ich ihn hinhielt und nur in Andeutungen verriet, was er von mir wissen wollte, hatte ich ihn in der Hand.

Ein neuer, eigenartiger Gedanke schoss mir durch den Kopf. Konnte es nicht vielleicht sein, dass alle Menschen mehrfach lebten? Und wie viele Seelen fanden nur einmal einen Körper?

»Nun?«, meinte der Erzbischof und Herzog. »Was hast du da drin?« Er zeigte auf die schwarze Kapsel. »Und welche magischen Geheimnisse kennst du, von dem andere nichts wissen?«

Ich hob die Schultern und zeigte meine offenen Handflächen.

»Es ist ein Amulett«, antwortete ich. »Nur ein Stückchen Knochen als Erinnerung an die Ahnen ... mehr nicht.«

Nennt es meinetwegen Fügung, Schicksal oder Prüfung. Ich saß nach diesem denkwürdigen Täubchenessen so tief in der Patsche, dass ich auch nach mehreren durchwachten Nächten keinen Ausweg mehr sah. Mit jedem weiteren Tag, an dem der Erzbischof mich nicht erneut zu sich bestellte, wuchsen meine Unruhe und meine Furcht davor, dass jetzt der Schleier zerreißen könnte, der tausend Jahre lang über dem Geheimnis auf meiner Brust gelegen hatte.

»*Knöchelsche*«, murmelte ich, wenn ich schweißgebadet aufwachte. *Knöchelsche*, hämmerte es durch meinen Kopf, wenn ich durch die Stadt ging, und *Knöchelsche* schlug es immer wieder von den Glocken der Kirchen.

Ich selbst befand mich während der letzten Winterwochen dieses Jahres in einer seltsamen Zerrissenheit. Ich wohnte immer noch in einem Gebäude des Erzbischofs. Das Haus, das sie mir zugewiesen hatten, gefiel mir ganz und gar nicht. Es war eng, ohne Atrium und hatte keinen Garten. Dafür bestand das ganze Erdgeschoss aus einer Werkstatt, wie ich sie mir eigentlich besser gar nicht vorstellen konnte. Ich fand einige Männer, die etwas vom Umgang mit den edlen heiligen Metallen verstanden. Sie waren für mich gute Knappen und Gesellen. Aber keiner von ihnen hatte das Zeug zum Meister.

Als die Fastenzeit begann und Bruno mich immer noch nicht gerufen hatte, konnte ich hoffen, dass ich in diesem Frühjahr nicht mehr zu einem peinlichen Verhör oder zu einer Beichte zu ihm befohlen wurde. Während der gesamten Fastenzeit hielt er sich mehr in Aachen in der Kaiserpfalz als in seiner Kirche in Colonia auf.

Ich nutzte diese Wochen, um den neuen Stadtteil unten am Fluss bis in alle Einzelheiten zu erkunden. Nachdem ich mir die Kirchen angesehen hatte, die während meiner Abwesenheit neu erbaut oder auch vergrößert worden waren, bewunderte ich nun die neuen Häuser im niedrigen Gelände der Rheinvorstadt. Ich ging jeden Morgen, nachdem ich meinen warmen Brei gegessen und an die Gesellen die Arbeit für den Tag verteilt hatte, durch das alte römische Hafentor in den neuen Stadtteil.

Eigentlich überraschte mich die große Stadterweiterung nicht sonderlich. Es hatte sich schon seit ein paar Jahrhunderten angedeutet, dass die Insel im Fluss und das Westufer eines Tages zusammenwachsen würden. Die Ansiedlung der Händler zwischen der östlichen Römermauer und dem Land, das die Zeit dem Rheinstrom abgerungen hatte, sah auf den ersten Blick ebenso verwahrlost aus wie die wirren Gässchen der Allerärmsten dicht an den anderen Stadtmauern.

Auch hier gab es keine rechtwinklig angelegten Häuserblocks mehr. Keine römische Ordnung und keinen Plan. Kein Haus glich dem anderen. Was hier entstanden war, hatte von Anfang an nicht zum eigentlichen Herrschaftsbereich innerhalb der Mauern gehört. Jetzt aber hatte das Gewirr der Lagerhäuser, Schuppen und Wohngebäude die Anerkennung und den Segen des Herzogs von Lothringien und Erzbischofs von Köln erhalten.

Der neue Stadtteil am Fluss wurde nach seinen Bewohnern Kaufmannswik genannt. Wie auch bei der oberen Stadt war er nach Norden bis zum Trankweg und nach Süden bis zum Filzengraben durch die Verlängerung der Mauern geschützt worden.

Ich ging sehr gern bis zur neuen südöstlichen Ecke der Stadt. Hier stand ein großer und massiver Turm, der trutzig allen Rheinschiffern verkündete, dass hier die Stadt der Händler und des Erzbischofs der Rheinebene begann. Wenn das Wetter nicht zu windig war, blieb ich gern für ein Stündchen auf dem neuen großen Marktplatz in der Mitte des Kaufmannswiks. Im Gegensatz zum quadratischen Forumsplatz weiter oben in der Stadt war dieser Markt eher der Schnittpunkt ungeordnet zusammenlaufender Straßen und Gässchen – ja, dieser ungleichmäßig geformte Platz kam mir zunehmend wie eine Art Magen für die Stadt vor, in dem sich alles sammelte, was an unterschiedlichen Gütern hier zusammenkam, ob es nun essbar war oder auch nicht.

Ebenso wie ich vor Jahrhunderten gern in die Tavernen eingekehrt war oder auch selbst Gäste bewirtet hatte, unterbrach ich meine Wanderungen hier des Öfteren, um ein Stück Kochfisch mit Gemüse, ein Scheibchen von gebratenem Kalbfleisch, Mazze oder die guten Küchlein zu genießen, die hier nicht aus der erzbischöflichen Küche stammten, sondern von Judenfrauen, die sich ebenfalls auf feine Leckereien verstanden …

Nach Ostern und den ganzen Frühling über hatte der Erzbischof auch keine Zeit für mich. Die ganze Stadt war aufgeregt und geschäftig wie selten zuvor. Denn Kaiser Otto I. wollte das Pfingstfest mit seiner Familie und seinen Anverwandten in der Stadt feiern und zugleich einen großen Reichstag abhalten.

Das große Lärmen in der Stadt begann schon mit dem vielfältigen Morgengeläut. Es ging in ständig neue Rufe und Geschrei über. Und schon am Vormittag dudelten und bliesen überall Musikanten ebenso laut wie falsch.

Wir sahen sie dann mehrmals, den Kaiser und seinen Bruder, den Erzbischof, ihre Mutter, die Königin Mathilde, dazu Schwestern und Neffen sowie eine endlose Zahl von Reichen und Mächtigen, Fürsten und Herzögen, Grafen und Paladinen samt ihren Ehefrauen, Töchtern und Geliebten. Selbst die Pferdemarschälle und Schreiber, die Priester, Knechte und Mägde benahmen sich, als würde ihnen die gesamte Stadt gehören. Sie gaben Anweisungen und Befehle, forderten Brot und Fleisch in ungeheuren Mengen, dazu Gemüse, Dörrobst und Fische aus dem Rhein. Von umliegenden Dörfern wurden allmorgendlich Hühner und Gänse, Butter und Eier, Käse und Milch gebracht. Wein und Bier flossen in Strömen. Und selbst die Ärmsten erhaschten eher eine kleine Münze als die sonst üblichen Fußtritte und Schläge.

Auch noch auf andere Weise wurde der kaiserliche Familientag zu einem Gewinn für die ganze Stadt. Bruno bewies, dass er nicht nur ein guter Erzkaplan und Erzbischof war, sondern auch von weltlichen Dingen etwas verstand. Er befahl, dass die Zahl der Rheinfähren auf zwölf erhöht wurde, schenkte dem Kloster des heiligen Pantaleon die Einnahmen aus einer Rheinmühle und erstaunte die Cöllner durch ein Geschenk, wie sie es nie zuvor erhalten hatten. In allen Häusern, allen Werkstätten und auf den Märkten sorgte dieser Erlass für fast noch größere Aufregung als das Programm der kaiserlichen Feierlichkeiten.

»Kein Tribut mehr!«, riefen sich die Männer ungläubig zu. »Er hat ganz einfach auf jegliche Abgaben verzichtet …«

»Es heißt sogar, dass die Stadt in alle Ewigkeit frei von Abgaben und Steuern sein soll.«

Es war unglaublich! Einige der Städter blieben so lange misstrauisch, bis der ganze kaiserliche Hof mit allem, was dazugehörte, wieder abgereist war. Noch aus den Abfällen und dem, was sie zurückgelassen hatten, konnten Hunderte von Familien fast selbst wie Fürsten leben. Aber das Misstrauen war unbegründet. Erzbischof Bruno führte keinen neuen Tribut ein. Es blieb dabei. Der erste Mann, der zugleich geistlicher und weltlicher Herr über die Stadt am Rhein geworden war, hatte ihr nicht nur neue Klöster, Kirchen und heilige Reliquien verschafft, sondern auch ein Stadtrecht, von dem andere nur träumen konnten …

Ich sah ihn auch im Sommer nicht mehr. Im Herbst ging er auf Reisen, um in der Nähe von Paris einen Streit zwischen König Lothar von Frankreich und den Söhnen des Grafen Hugo von Paris zu schlichten. Er wurde krank und starb in seinem vierzigsten Lebensjahr. Nie zuvor hatte mich der Tod eines Oberpriesters so berührt wie beim feierlichen Zug von der Kirche Sankt Aposteln vor der Stadtmauer bis in seinen Dom.

Die ganze Stadt nahm Abschied von seinem aufgebahrten Leichnam. Auch die noch nicht Getauften, die Juden und die inzwischen echte Stadtbürger gewordenen Händler aus dem Kaufmannswik kamen, um den toten Hünen in seinem kostbaren, violett leuchtenden Priestergewand zu sehen.

»Du warst dicht dran, Bruno«, sagte ich leise, als ich in den geöffneten Sarkophag aus schwerem Stein blickte. »Ich wünschte nur, du wärst ein wenig strenger zu dir und mir gewesen, dann wüssten wir jetzt beide, ob mein *Knöchelsche* … mein Amulett … ein heiliges Geheimnis in sich trägt oder einen bösen Fluch …«

Zuweilen kann es doch von Vorteil sein, wenn man nicht immer mit denselben Leuten säuft. Wäre ich nach Brunos Tod in das Leben eines unauffälligen, wenn auch geachteten Bürgers von Colonia eingetreten, hätte ich auch nur erfahren, was man als Klatsch und Tratsch von Nachbarn, anderen Handwerksmeistern auf Märkten oder auch beim Kirchgang hört.

Die Römermauern um die Stadt waren wie die vier Wände um eine etwas größere Familie. Oder besser noch – um ein Haus, in dem alle wie eine große Familie miteinander auskamen. Manche in schönen, sonnigen und wertvoll eingerichteten Gemächern. Andere eher in düsteren, faulig riechenden Kemenaten.

Wenn sie zusammenstanden und wieder einmal über irgendein Ereignis schimpften, kam schnell die Forderung nach Höllenqualen oder zumindest Fegefeuer selbst für kleine Diebe hoch. Gleichzeitig wurde bei den angesehenen Bürgern der Ruf nach viel mehr Gnade und Barmherzigkeit und Hilfe durch die Heiligen bei den lässlichen Sünden und eigenen Vergehen fast schon zum Morgengruß.

Auch die Wunder und Reliquien hatten in den vergangenen elf Jahren deutlich zugenommen. Schon ein Jahr nach dem Tod von Erzbischof Bruno stürzte die alte Kirche des heiligen Pantaleon ein. Doch aus dem Unglück entstand zugleich ein Wunder. Denn als die neuen Fundamente ausgehoben wurden, stießen die Bauleute auf die Gebeine des heiligen Maurinus. Sofort versuchten einige der Kirchenmänner, ein paar der *Knöchelsche* heimlich an sich zu nehmen.

Auch in der Kirche des heiligen Severin wurden schließlich einige *Knöchelsche* des Heiligen entdeckt. Zuvor hatten sich wochenlang immer mehr Menschen in der Kirche südlich der Stadtmauer eingefunden – angelockt durch einen so starken, nach schweren, süßen Rosen riechenden Duft, wie er fast allen Leichnamen von Heiligen und Märtyrern nachgesagt wurde.

Ein anderer Leichenteil, nämlich ein Zahn des heiligen Maurinus, heilte den Nachfolger von Erzbischof Bruno sogar von seinem Augenleiden. Aber auch er starb. Und als Kaiser Otto I. ins Paradies einging, stand ihm in seiner Sterbestunde der Kölner Erzbischof Gero bei. Es war derselbe Mann, der mit einer Delegation bis nach Konstantinopel gereist war, um dort die kindliche Theophanu als Braut für den jungen Otto II. abzuholen. Sie war inzwischen zur Kaiserin gekrönt worden.

Als Dank für seinen Einsatz hatte der junge Kaiser Erzbischof Gero alle Schenkungen bestätigt, die er je erhalten hatte. Dazu gehörte auch die Jagd und der Wildbann von der Straße über die Ruhr bis nach Aachen, bis zum Harbach, diesen abwärts bis zu seiner Mündung in die Würm und dieser folgend bis zur Straße von Maastricht nach Colonia und von dieser Straße die Erft aufwärts mit dem ganzen Kottenforst und allen Dörfern zwischen Erft und Rhein. Auch die Tiere in den Wäldern und in den Fischgehegen gehörten zu der Schenkung.

Gero wollte dieser Großherzigkeit nicht nachstehen. Er stiftete ein neues großes Kreuz, an dem, wie es inzwischen üblich war, die nahezu unbekleidete Figur von Jesus Christus, dem Erlöser, so schrecklich angenagelt hing, dass jeder, der es sah, tatsächlich glauben musste, dass hier der Gottessohn im Zustand seines allerletzten Leidens aus dem Holz herausgeschnitzt war …

Darüber hinaus wollte Gero ebenfalls ein eigenes Kloster gründen – aber nicht in der Nähe der Stadt, sondern auf der anderen Rheinseite an der Mündung der Wupper in den Fluss. Der Platz hieß Leichlingen. Hier waren in einem ausgehöhlten Stein die *Knöchelsche* der heiligen Märtyrer Vitus, Cornelius, Ciprianus, Crisanthus und einer Barbara gefunden worden. Nach dem, was sich die Menschen über diese Gebeine erzählten, sollten sie sich vor ihrem Tod dort vor den Ungarn versteckt gehalten haben. Ich selbst war nicht dabei, als Kaiser Otto II. die neue Klosterbaustelle besichtigte. Aber wie alle anderen hatte auch ich gehört, dass Gottes Segen nicht auf Geros Unternehmung lag.

Der weit gereiste Mann, der schon in Konstantinopel am kaiserlichen Hof gespeist und mit dem Papst in Rom gebetet hatte, scheiterte am tödlichen Streit zwischen zwei kleinen, jämmerlichen Königsboten. Die Adligen achteten nicht einmal den Frieden für das Mittagsmahl. Und wie so oft in diesen Jahren ging es erneut darum, ob Kaiser Otto I. oder eigentlich sein Bruder, der inzwischen Heinrich der Zänker hieß, das erste Recht auf die Krone in dieser Familie gehabt hätte.

Ganz geheuer musste dem Erzbischof die Angelegenheit doch nicht gewesen sein, denn er entschied sofort nach der Bluttat, dass er lieber auf der linken Seite des Rheins ein Kloster für Vitus bauen wollte. Bei der Gelegenheit hörte ich auch, dass Gero seiner Mutter Hidda einen Altar in Sankt Cäcilien einrichtete.

Einige der Juden, mit denen ich darüber sprach, munkelten, dass der König von Jerusalem sie bei einer Wallfahrt so begehrenswert gefunden hatte, dass er sie zum Eheweib haben wollte. Wir glaubten alle die Geschichte, dass sie sich selbst die Nase abgeschnitten hatte, um zu hässlich für den König von Jerusalem zu werden. Sie war daran gestorben, aber bisher waren weder ihre Gebeine noch ihre Nase als Reliquie in Colonia aufgetaucht …

Ich wohnte in einem etwas älteren Haus in einer der Gassen, die direkt zum neuen Marktplatz führten. Manchmal dachte ich sogar, dass die Stadt sich nur deshalb in den Fluss hinein ausdehnte, weil die Römermauern sie auch nach neunhundert Jahren noch fest umklammert hielten.

All diese Ereignisse des vergangenen Jahrzehnts machten mich zunehmend vorsichtiger. Wenn gewisse Leichen schon nach Rosen dufteten und sogar ausgebrochene Zähne, Brustwarzen und Nasen zu wertvollsten Reliquien werden konnten, durfte ich mich selbst nicht durch frühere Spuren von mir verraten.

Trotzdem war ich verwundert darüber, dass ich diesmal so gut wie gar keine Geschichte meines Lebens, keine Legende und kein Netzwerk hatte, das mich mit anderen in der Stadt verband. Ich musste mich in dieser Zeit mehrmals zusammenreißen, weil mich nichts mehr belustigte als der Gedanke, dass ich eines Tages vielleicht sogar noch meine eigenen Gebeine wiederfand und sie dann in einem kostbaren Reliquienschrein aus Gold und Bergkristall aufbewahren musste. Das allein wäre vielleicht noch erträglich gewesen. Aber mich störte der Gedanke, dass ich zuerst aufs Rad geflochten und von Raben angefressen würde und dann vielleicht noch wochenlang nach Rosen duften könnte …

Als Erzbischof Gero im Juni des Jahres 976 schwer erkrankte, zeigten sich einige Männer in der Stadt nicht sehr bekümmert darüber. Jedenfalls wurde Gero so schnell begraben, dass noch drei Tage lang Klopfzeichen und Rufe aus seinem Sarg drangen. Ich kann beschwören, dass ich sie ebenfalls gehört habe – so lange jedenfalls, bis der fromme Mann tatsächlich verhungert und verdurstet oder aus Verzweiflung gestorben war …

In den Jahren zwischen dem gruseligen Tod von Erzbischof Gero und dem Ende des Jahrtausends kümmerte ich mich nicht mehr sonderlich um die Streitigkeiten in der Welt und die ständig hin und her reisenden Reliquien. Es gab immer neue *Knöchelsche*, die aufgefunden und verschenkt, feierlich eingeholt oder in neue Altäre eingefügt wurden.

Die Kaiserwitwe Theophanu hatte bis zu ihrem Tod die Regentschaft für den jungen König Otto III. übernommen. Dahinter schwelte seit einem Vierteljahrhundert der Streit zwischen Königen und Erzbischöfen. Auch die Dörfer und die Klöster, ja ganze Ortschaften wie Tengelen oder Venlo gingen wie beim Murmelspiel von Kindern von einer Diözese in die andere und von Bischöfen an Äbte über.

Oft hatte der Streusand noch nicht einmal die Tinte auf dem Pergament getrocknet, als auch schon wieder alles rückgängig gemacht oder erneut verändert wurde. Das Kloster des heiligen

Martin wurde ebenso beschenkt wie die Kirche der heiligen Ursula.

Als Kaiserin Theophanu in Nimwegen starb, war der kaiserliche Knabe gerade erst elf Jahre alt. Otto III. und die vielen von seiner Mutter aus Konstantinopel mitgebrachten griechischen und jüdischen Berater erfüllten den letzten Wunsch der großen Kaiserin. Ebenso wie Erzbischof Bruno Jahre zuvor fand sie ihre letzte Ruhestätte in der noch viel größer gewordenen Klosterkirche des heiligen Pantaleon. Die Menschen von Colonia fanden, dass es recht so sei, denn Pantaleon war schließlich ein Heiliger aus ihrem eigenen Volk gewesen.

Kein Altar, keine Kirche und kein Gotteshaus war jetzt noch ohne *Knöchelsche*. Obwohl es jedermann gewusst hatte und Karl der Große ebenso an der Verlagerung heiliger Gebeine beteiligt gewesen war wie viele andere vor und nach ihm, fragte ich mich, warum Kaiser Otto III. jetzt auch noch auf dem rechten Rheinufer ein neues Kloster bauen wollte. Ich erfuhr es an einem der ersten Abende des neuen Jahrtausends nach der Zeitrechnung der Christen. Und es war fast unglaublich, was ich bei dieser Gelegenheit hörte ...

Es war der Rabbi der jüdischen Gemeinde, der mir bei einem Gläschen harzigem Griechenwein die Augen über einige Dinge öffnete, über die ich zuvor überhaupt nicht nachgedacht hatte. Ich kannte den Rabbi Schlomo ben Colonimus schon viele Jahre. Er gehörte zur weitverzweigten und hoch angesehenen Kaufmannsfamilie der Kalonymiden, die es besonders in Mainz und Trier zu großem Einfluss und gelehrten Söhnen gebracht hatte.

Rabbi Schlomo war ebenso wie ich über sechzig Jahre alt. Er hatte die Talmudschule von Colonia zu einem weit über die Stadtgrenzen hinaus bekannten Schmuckstück gemacht. In der Schule der Deutschen oder auch Aschkenasim, wie sich die Juden hier selbst nannten, wurden neben dem Talmud auch Abschriften von Bibeln illuminiert und mit kostbaren Illustrationen versehen. Weder der kaiserliche Hofstaat noch die Klöster rund um Colonia hatten irgendwelche Probleme damit. Im Gegenteil – sie schätzten die jüdischen Künstler fast noch höher ein als die eigenen Männer.

Wir kamen eher zufällig darauf, dass die neue schöne Diademkrone des deutschen Kaisers eher jüdische als christliche Symbolik und Hinweise enthielt.

»So langsam ist jetzt Otto III. auch groß genug für die Diademkrone, die für seinen Großvater angefertigt wurde«, sagte ich, nachdem wir eine Weile über schöne Bibelabschriften gesprochen hatten.

»Ja, auch dieser deutsche Kaiser schmückt sich gerne mit großen Vorfahren. Er nennt sich selbst ja bereits ›das Wunder der Welt‹, will unbedingt die Erneuerung des Römischen Reiches durchsetzen und eines Tages, wenn die Gerüchte stimmen, sogar in der goldenen Gruft von Karl dem Großen beigesetzt werden.«

Wir lachten beide. Dann sagte ich: »Doch dummerweise hat man ebendiese Gruft bisher noch nicht gefunden.«

»Man wird sie finden. Und Kaiser Otto III. wird sie aufbrechen lassen«, sagte der Rabbi. Er klang plötzlich wieder ernst und streng. »Ich bin nicht abergläubisch, aber mich machen in letzter Zeit viele Dinge nachdenklich. Zum Beispiel diese vielen Gebeine von Heiligen, dann der Streit zwischen euren Erzbischöfen und dem Klerus in der Ewigen Stadt Rom ... und nicht zuletzt die neue Kaiserkrone.«

Ich blickte ihn fragend an.

»Ja, Rheinold«, fuhr er fort. »Ich sehe schwere Zeiten auf uns alle zukommen. Denn einige der Mächtigen sind inzwischen so hoch aufgestiegen, dass sie alles mit einreißen, wenn sie selbst straucheln. Aber zunächst zur Krone. Hast du sie schon einmal gesehen?«

Ich spürte, dass er mir keine beiläufige Frage stellte, sondern etwas mehr wissen wollte.

»Nein«, sagte ich. »Nur Zeichnungen.«

»Nein«, stimmte der Rabbi zu. »Aber es ist schon etwas eigenartig, dass die neue Krone der christlichen deutschen Kaiser mit zwölf großen Edelsteinen ausgerechnet an die zwölf Stämme Israels aus dem Alten Testament erinnert.«

»Das habe ich ebenfalls gehört«, sagte ich. »Aber es könnten doch auch die zwölf Jünger Jesu damit gemeint sein.«

»Sie sind es aber nicht«, antwortete Rabbi Schlomo, und seine Stimme klang ein wenig streng, wie er es wahrscheinlich von seiner Schule her gewohnt war. »Die Vorderplatte dieser Krone bildet den Brustschild eines Hohepriesters im Tempel Salomons nach. Auf der linken Seite ist König Salomon und auf der rechten König David abgebildet. Zusätzlich stehen auch noch ihre Namen darüber.«

Ich dachte einen Augenblick nach. Dann sagte ich: »Wahrscheinlich wollen sich die deutschen Kaiser die guten Könige des Alten Testaments zum Vorbild nehmen.«

»Hätten sie dieses Vorbild nicht in der allerchristlichsten Dornenkrone finden können, die Jeshua – oder auch Jesus von Nazareth – trug, der sich bis zu seiner Kreuzigung ebenfalls König der Juden nannte?«

Wir sahen uns sehr lange an. Dann hoben wir beide zugleich die Schultern und dachten wohl auch ziemlich ähnlich. Und da es schon spät war, verabschiedeten wir uns für diese Nacht.

23. HÄNDLER AM FLUSS

DIE BEIDEN DRUIDENJAHRHUNDERTE hatten nicht ausgereicht, um mich im Jenseits richtig heimisch werden zu lassen. Ich war dort gewesen – nicht in einem leeren, kalten Nichts und auch nicht in einem hellen, sonnigen Paradiesgarten, nicht in der Einsamkeit des Herzens oder in einer Wüstenei der verlorenen Seelen, sondern im Nichts. Obwohl in den vergangenen Jahrhunderten immer häufiger behauptet wurde, dass das Jenseits ein himmlisches Jerusalem gleich einer Stadt aus der Offenbarung des Johannes sei, hatte ich auch diesmal keine christliche Gemeinde wie bei einer Messe vor dem Thron des Allerhöchsten entdeckt.

Ich sah das Blitzen in ihren Augen, ihr vergnügtes Lächeln und fühlte mich in meinem erneuten Leben sofort wohl und sehr willkommen. Die neuen Eindrücke und die Erinnerungen, die mir fast alle gleichzeitig bewusst wurden, lösten einen wahren Sturm aus Gedankenstaub in meinem Kopf aus.

Ich dachte an die Bilder und Ereignisse der vergangenen Jahre. Sie bedeuteten mir kaum mehr als die bunten, aber steif und wie geschnitzte Puppen wirkenden Illustrationen der Mönche in den heiligen Büchern oder auf den Umschlägen von Lektionaren und anderen Buchdeckeln. Nein – sie war keine Madonna, keine Mutter Maria, kein Engel und keine Heilige, die mit einem goldenen Schein um den Kopf aufgemalt worden war. Sie war so echt und so lebendig, wie ich es mir viele Jahre lang ohne Erfolg gewünscht hatte.

»Ursa!«, rief ich vergnügt und mit einem ungeheuren Glücksgefühl. »Wo kommst du her? Wo warst du? Was ist hier geschehen?«

»Nimm mich doch erst mal in die Arme«, rief sie und sprang mir ebenso erfreut entgegen. Ich drückte sie, küsste ihre Lippen, ihre Nasenflügel und ihre Augenlider. Wir schmiegten uns eng aneinander, umklammerten uns in übergroßer Freude. Dann tanzten wir durch einen kleinen Garten unter Bäumen hindurch, an denen ungewöhnlich viele hübsche rote Äpfel hingen. Ich blieb stehen, schüttelte den Kopf, sah erst sie und dann die Äpfel an und fragte: »Woher kommt das alles? Träume ich etwa? Oder bin ich im Paradies?«

»Ich habe es ausgesucht«, sagte sie einfach. »Ich wusste doch, dass dir dieses Haus gefallen würde.«

»Und der Garten?«

»Er gehörte nicht dazu. Aber ich habe ihn gekauft.«

»Gekauft? Wovon? Und wer bist du jetzt?«

»Ich bin die jüngste Tochter des Stadtvogtes oder auch Burggrafen.«

»Welches Burggrafen?«, fragte ich verwundert.

»Ach ja, du weißt ja nicht«, lachte sie. »Der ist inzwischen ziemlich wichtig hier. Komm, dort ist eine Bank. Ich möchte mich gern hinsetzen.«

Wir gingen zu der kleinen Bank aus Brettern, die noch so neu aussah, als wäre sie soeben erst von einem Stellmacher geliefert worden. Sie war breit genug und bequem.

Der Schatten der Apfelbäume dämpfte angenehm die Sommersonne.

Ursa konnte fünfzehn sein oder auch sechzehn, während ich mich selbst jung und stark wie ein wildes Araberross und ein Ardennenbär zugleich fühlte.

»Du siehst gut aus«, sagte sie.

»Das Gleiche wollte ich gerade von dir sagen«, grinste ich. »Ich gebe zu, dass ich nur sehr ungern als alter Mann und Greis wiedergekommen wäre.«

»Ist dir das auch schon aufgefallen?«, fragte sie und hob die Brauen. »Ich meine, dass wir nie als Neugeborene, als kleine Kinder oder als Ältere in ein neues Leben treten.«

Sie schmiegte sich an mich, küsste mich auf die Wange, an der mir gerade erst der erste Flaum spross, und sagte: »Es kann gar nicht oft genug geschehen. Von mir aus tausendmal oder millionenmal …«

»Wer bin ich?«, fragte ich sie.

»Du bist Rheinold, der einzige Sohn des jüdischen Fernkaufmanns Rabbana Colonimus.«

»Colonimus?«, wiederholte ich erstaunt. »Soll das heißen, dass ich jetzt nicht mehr in eine Kirche gehe, sondern die Verse des Korans nachbeten muss?«

Sie lachte laut und glockenhell.

»Was ist? Was hast du? Was freut dich so daran?«

»Mich freut, dass du noch immer derselbe liebe Dummkopf bist wie in all den Jahrhunderten zuvor. Die Muselmanen beten nach dem Koran des Propheten Mohammed, Rheinold, und nicht die Juden hier im heiligen Cölln.«

»Gut, gut, daran erinnere ich mich«, stöhnte ich. »Aber du sagst, dass du von Adel bist, ich aber Sohn eines Juden, und sagst im selben Atemzug, dass auch die Stadt inzwischen heilig ist. Wie, beim gehörnten Gott der großen Worte, passt das alles zusammen?«

»Es ist ganz einfach«, antwortete sie. »Von den zwanzigtausend Menschen hier in Colonia war vor einigen Jahren jeder zehnte jüdisch. Aber inzwischen haben manche sich aus Angst oder auch Berechnung taufen lassen. Sie haben es nun mal nicht leicht, wenn ihnen immer wieder vorgeworfen wird, sie hätten den Sohn Gottes umgebracht.«

Ich wollte etwas entgegnen, fragte dann aber: »Ist mein Vater ... sind wir getauft?«

»Ja, Rheinold. Dein Vater ist inzwischen aus der Judengasse in den Kaufmannswik zum Heumarkt umgezogen. Dort haben jetzt auch andere Fernhändler mit eigenen Schiffen auf dem Rhein ihre neuen Häuser.«

»Und warum hast du gesagt, dass Cölln jetzt eine heilige Stadt ist?«

Sie nestelte an einem kleinen Lederbeutel, der von ihrem Gürtel hing, öffnete ihn und reichte mir eine Silbermünze. »Hier, sieh selbst«, sagte sie. »Da steht es: Sancta Colonia ... heiliges Cölln.«

Ich hatte plötzlich das Gefühl, dass ich doch ziemlich lange nicht mehr unter den Lebenden gewesen war.

»Du musst mir alles erzählen«, sagte ich schließlich. »Ich weiß nicht, ob du es ebenfalls bemerkt hast, aber ich fürchte fast, in der falschen Stadt zu sein, so sehr hat sich alles verändert.«

»Du hast doch überhaupt noch nichts gesehen«, protestierte sie. »Und aus dem wenigen, was ich bisher gesagt habe, kannst du dir noch kein Urteil bilden.«

»Du wirst mir noch sehr viel erklären müssen«, sagte ich ernst. Sie schüttelte kaum merklich den Kopf.

»Komm, küss mich!«, forderte sie stattdessen.

Wir wussten beide, dass sich in fast siebzig Jahren eine Menge ereignen konnte. Wir wussten auch, wie schwer es war, bestimmte Vorgänge, die anderen vielleicht wichtig erschienen, einfach nicht weiter zu beachten. Dennoch konnten wir nicht voreinander verbergen, dass wir uns manchmal wie Blinde benahmen, die sich so vorsichtig vorantasteten, als würden sie jederzeit damit rechnen, in einen Abgrund zu stürzen.

Wir sprachen nicht mehr über das, was uns beiden nach wie vor klar war. Auch wenn ich sie über alle Maßen liebte und sie jedes Mal neu wie die eine, nur mir entsprechende Seele empfand, fürchtete ich gleichzeitig, dass sie die immer wiederkehrende Sünde des Fleisches, die Inkarnation des Teufels, der Fluch der Verdammnis unter vielen weiteren Bedrohungen sein könnte, von denen wir bei jedem unserer vielen Kirchbesuche hörten.

Ich selbst ging jeden Morgen zum Hafen und beaufsichtigte dort zusammen mit einigen Älteren aus dem Kontor meines Vaters die auf Karren ankommenden Waren, Ballen und Fässer, die alle paar Tage von einem der fünf Flussschiffe stromaufwärts aus Mainz und Frankfurt oder von Norden her aus Nimwegen oder gar von der Insel Britannien kamen. Tag für Tag legten große und kleine Schiffe für die verschiedenen Händler von Colonia an den Uferkais an.

Ich nannte die Stadt noch immer so, obwohl die meisten Bewohner inzwischen »Cölln« sagten. Neben dieser an sich unwichtigen Kleinigkeit hatte ich wesentlich größere Schwierigkeiten mit der richtigen Anrede anderer Männer. Inzwischen hatte viel von der Sprache der Fürsten und Adligen auch auf das einfache Volk abgefärbt. Manchmal kam es mir lächerlich und gelegentlich auch unpassend vor, wenn ich Ältere mit »du« ansprach, Jüngere, mit denen wir Handel treiben wollten, aber in der dritten Person anreden sollte.

»Merk dir ganz einfach, dass du alle, von denen du etwas verlangen kannst, mit ›du‹ ansprichst«, sagte mein Vater mit milder Nachsicht, »und alle, die etwas härter im Hingeben eines Gutes oder auch eines Dienstes sein könnten, sowie einen Edlen, den du dir geneigt machen willst, redest du ehrerbietig und wie Majestäten mit ›Ihr‹ an.«

Nach meinem Erwachen in Ursas Apfelgärtchen hatte ich mich offenbar stark verändert. Er bemerkte meine ruckartige innere Entwicklung, hielt sie aber ganz offensichtlich für eine Art Stimmbruch, durch den junge Männer nun einmal zu gehen hatten. Ich entdeckte sehr schnell, dass mein Vater im Innern kein Christ geworden war. Er hielt nach wie vor an den jüdischen Gesetzen und Gebräuchen fest, heiligte den Sabbat und beachtete sämtliche Reinheitsgebote. Menschen wie er nannten sich Judenchristen. Einige von ihnen versammelten sich sogar an geheim gehaltenen Orten, um das alte Glaubensbekenntnis Schema Jisrael zu beten.

Je mehr ich über diese Dinge erfuhr, umso bedenklicher und gefährlicher kam mir das Verhalten meines Vaters vor. Aus allen Teilen des Reiches hörten wir immer wieder, dass die Juden zwar geachtet wurden und oft auch zu Reichtum kamen, dass die Lehrer ihrer Schulen mit fürstlichem Lohn rechnen konnten und dass die Großen nicht auf das Wissen und die Erfahrung jüdischer Künstler, Kaufleute und Gelehrter verzichten wollten. Aber es gab auch andere, Gegner und Neider, die alles Gute den christlichen Heiligen und alles Böse den Juden zuschreiben wollten.

Und dann war da noch eine Sache, die ich erst nach mehreren Wochen erfuhr. Sie betraf Ursa, die mir nur gesagt hatte, dass sie die jüngste Tochter eines Burggrafen sei. Da wir uns als letztlich Unsterbliche auch in der Vergangenheit selten um unsere Vorfahren oder Nachkommen gekümmert hatten, wunderte ich mich nicht sehr über Ursas Verschlossenheit. Erst als mein eigener Vater fast beiläufig erwähnte, dass auch er von der Gnade und vom starken Arm des Burggrafen abhängig war, erfuhr ich, dass dieses neue Amt das zweithöchste nach dem des Erzbischofs war.

»So wie schon mehrere Erzbischöfe dieser Stadt Kanzler von deutschen Kaisern waren, so ist der Burggraf der weltliche Herr dieser Erzdiözese.«

»Und was bedeutet das?«, fragte ich. Mein Vater sah mich so vorwurfsvoll an, dass ich erschrocken bemerkte: Das hätte ich schon lange selbst wissen müssen.

»Natürlich führt der Erzbischof als geistlicher und weltlicher Herr in dieser Stadt auch bei Gerichtsverfahren den Vorsitz. Aber wie sähe es aus, wenn er als oberster christlicher Seelsorger auch noch die Todesurteile über die Delinquenten aussprechen müsste …?«

Es waren diese kleinen und für mich allzu fein gesponnenen Unterschiede, die mich immer wieder daran erinnerten, dass zwischen meinem letzten Leben und dem jetzigen doch eine Menge geschehen sein müsste.

»Seit wann lebst du hier?«, fragte ich sie eines Abends, als wir wieder einmal unter den Apfelbäumen saßen. Ich hatte den ganzen Tag schwer im Hafen gearbeitet, weil zwei Schiffe meines Vaters gleichzeitig angekommen waren. Jetzt war ich müde. Aber die vielen unbeantworteten Fragen störten den Wunsch nach Abendfrieden in mir. Ohnehin herrschte eine Unruhe in der Stadt, die mir nicht ganz verständlich war. Es hatte mit Dingen zu tun, die sich zu der Zeit zugetragen hatten, als Ursa und ich gerade geboren waren.

»Anno war damals der Reichsverweser für den erst sechsjährigen Heinrich IV.«, berichtete Ursa, während ich meinen müden Rücken an die Mauer lehnte. »Er wurde sogar Erzkanzler der heiligen römischen Kirche. Er hielt hier in der Stadt Cölln einen Hoftag, zu dem sogar der Papst aus Rom anreiste. Und er hat die Kirche Sankt Maria ad Gradus vor der Ostseite des großen Doms eingeweiht.«

»Ein guter Hirte, wie mir scheint.«

»Teils, teils«, sagte sie und lachte. »Die Cöllner sehen das wohl anders, denn irgendwann muss er gedacht haben, dass er mehr Macht besitzt als Papst und Kaiser zusammen. Im März des Jahres 1062 hat er sogar eine Art Staatsstreich angezettelt. Er ließ den jungen Heinrich nach einem gemeinsamen Mittagsmahl von der Insel Kaiserswerth einige Meilen flussabwärts hierher entführen. Damit hatte er sämtliche Reichsgewalt hier in der Stadt in seinen Händen …«

Ich sah sie kopfschüttelnd an. »Das klingt eher nach Diktatur als nach christlicher Güte.«

»Doch, christlich war er auch«, lachte sie. »In seinem Eifer übertrug er nämlich das eine oder andere *Knöchelsche* an die noch nicht ganz fertige Kirche Sankt Georg. Dabei passierte es, dass so viele Cöllner den Arm des heiligen Georg sehen wollten, dass sie in großen Massen auf das Gerüst kletterten, von dem aus die Kirche gebaut wurde. Es brach unter der Last zusammen. Doch das *Knöchelsche* bewies sein Heiltum – und durch das Wunder des heiligen Georg wurde niemand verletzt.«

»Kein Wunder«, sagte ich.

»Doch«, nickte sie heftig. Ich legte meinen Arm um sie und gab ihr einen Kuss.

»Ich meine doch nur, dass es dann kein Wunder ist, wenn sich dieser Erzbischof so stark und mächtig fühlte.«

»Ach so«, lachte sie ebenfalls. »Ja, und er blieb auch in den folgenden Jahren sehr geschäftig. Er reiste nach Rom, verhandelte mit Papst und Gegenpapst. Aber er überschätzte dann doch seinen Einfluss auf den inzwischen erwachsenen König und gab schließlich auf. Gekränkt und verletzt zog er sich in die von ihm erbaute Abtei nach Siegburg zurück.«

An einem der nächsten Abende kam ich auf eine andere Angelegenheit zu sprechen, die mir noch immer unverständlich war.

»Ich verstehe es einfach nicht«, sagte ich, diesmal in der Küche. »Warum kannst du in einer Freiheit leben, die man sonst keiner Dame von adligem Geblüt und nicht einmal Äbtissinnen oder Schwestern von Erzbischöfen zugestehen würde?«

»Womit du, wie durch ein Wunder, genau auf das richtige Stichwort gekommen bist«, lachte sie. »Ich habe die ganze Zeit darauf gewartet, wann du endlich den Mut hast, mich danach zu fragen.«

»Wieso brauche ich Mut dafür?«

»Weil ich annahm, du wüsstest längst, was mit mir ist.«

»Ich habe nicht die geringste Ahnung.«

»Dann weißt du es jetzt«, sagte sie. »Ich bin zwar die Tochter des Burggrafen, aber leider nicht die seiner Ehefrau.«

Ich muss sie derartig verdutzt angesehen haben, dass sie erneut losprustete.

»Was ist so ungewöhnlich daran? Hunderte von Nonnen und Novizen in allen Klöstern des Reiches sind nur aus diesem einen Grund die Bräute Jesu Christi geworden. Auch ich war versorgt unter der Obhut der Äbtissin Ida, die immerhin die Schwester von Erzbischof Hermann II. gewesen ist. Du kennst doch den Tempelberg des alten Kapitols. Wenn du willst, können wir uns das Stift in den nächsten Tagen einmal ansehen. Es waren sehr schöne und glückliche Jahre, die ich dort unter der Fürsorge von Ida verlebt habe.«

»Und dann?«, fragte ich kopfschüttelnd. »Wieso bist du nicht Nonne?«

»Ich war es nie«, sagte sie. »Aber leider ist Ida schon vor Jahren gestorben. Ich sollte zu ihrer Schwester Richeza. Die jedoch ist als Königswitwe im Jahr darauf in Thüringen gestorben. Sie wollte hier in Brauweiler beigesetzt werden, aber Anno hat sie nach Maria ad Gradus schaffen lassen. Dadurch fiel ihr Besitz an der Mosel nach geltendem Recht an das Erzbistum hier.«

Ich schüttelte nur noch den Kopf. »Und die ganzen Jahre dazwischen? Das ist doch jetzt gut und gern zehn, zwölf Jahre her.«

Sie senkte den Kopf, summte ein bisschen und sah mich beinahe verschwörerisch von unten her an.

»Weißt du es nicht?«, flüsterte sie. Ich schüttelte den Kopf.

»Unsere Nachbarn und die anderen halten uns für Geschwister.«

»Sag das noch einmal!«

»Sie halten uns für Geschwister. Nur unsere beiden Väter wissen, dass es nicht so ist. Und deshalb wurde die Regelung mit diesem Haus hier getroffen.«

Ich lehnte mich zurück und lauschte dem Lärm der Vögel, die wie üblich vor dem Eintreten der Nacht noch einmal sehr lautstark zwitscherten. In was war ich da hineingeraten?

Die Stadt am Strom, die mir wie kaum einem anderen von Anfang an bekannt war, verwirrte und erstaunte mich immer wieder. Ich hatte miterlebt, dass sich jahrhundertelang kaum etwas veränderte, dann wieder hatten einige Jahre genügt, um ganze Viertel einzureißen, neue Kirchen zu bauen oder aus Weingärten hinter den Seitenstraßen neue Häuserreihen zu machen.

Cölln hatte in diesem Jahr insgesamt elf Stiftskirchen. Acht davon waren die Gotteshäuser von Stiften, in denen Männer lebten. Dazu kamen die Damenstifte Sankt Cäcilien, Sankt Maria im Kapitol und Sankt Ursula. Obwohl ich mir all diese Kirchen nach und nach ansah, beschäftigte mich keine mehr als Maria ad Gradus, Maria zu den Stufen. Mir war völlig unverständlich, dass diese Kirche so eng zwischen den großen Dom und den Rhein gequetscht worden war. Als ich zum ersten Mal durch den Säulengang dicht an der Stadtmauer vom Ostchor des Domes zum Westchor der Marienkirche ging, kam sie mir wie ein Kind an der Brust seiner Mutter vor.

Da jetzt sogar Stufen vom Ostchor der Kirche bis zum Rhein hinunterführten, konnten die Kirchenmänner quer durch das ganze Stadtviertel vom Cardo Maximus bis zum Strom hinab über geheiligten Boden der aneinandergereihten Kirchenräume wandern, ohne auch nur ein einziges Mal eine städtische oder weltliche Steinplatte zu berühren. Bei meinen neugierigen Wanderungen entdeckte ich auch noch ein Hospital am Domhof, in dem Arme versorgt wurden. Derartige Einrichtungen von Nonnen und Mönchen hatte es auch früher schon gegeben. Das neue Hospital war ungefähr dort erbaut worden, wo ich in den letzten Jahrhunderten meinen Apfelgarten gehabt hatte.

Seltsamerweise gab es noch immer Reste der alten Römertempel. Auch der riesige Forumsplatz, auf dem der Altar der Ubier gestanden hatte, war unverändert. Im August trafen die ersten Ernten aus den umliegenden Dörfern und Gutshöfen, den Domänen und den Grafschaften ein, die zu Abgaben verpflichtet waren. Mir fiel auf, dass es in diesem Jahr sogar mehr war als in den vorangegangenen.

Nach allem, was ich bisher miterlebt hatte, gab es die alte Einteilung der Menschen in Krieger, Priester und Bauern nicht mehr. Bei den Bauern und Knechten, die nach wie vor in die Stadt kamen, bemerkte ich kaum eine Veränderung. Sie bewunderten die Menschen in der Stadt, aber sie fürchteten sich auch vor den vielen Herren, die laut und fordernd auftraten, obwohl sie nicht von Adel waren. Das galt für die Handwerker ebenso wie für die Händler und die feineren Kaufleute.

Auch Bauern, Grafen und Gutsbesitzer trieben Handel. Aber sie wären niemals auf den Gedanken gekommen, mehr für ein Pferd, ein Fuder Heu oder ein Dutzend Ferkel zu nehmen, als es rechtschaffen und angemessen war. Es hatte immer schon Betrüger gegeben, aber die Bauern glaubten inzwischen, dass die meisten von ihnen jetzt in den Städten wohnten …

Ich hatte miterlebt, wie grausame Herzöge und Heerführer zu Erzbischöfen wurden und wie sich einst fromme und mittellose Mönche in mächtige Klostervorsteher mit ungeheuren Ländereien und sogar in Kriegsherren verwandelten. Auch in der Stadt selbst ließ sich nur schwer unterscheiden, wer mehr den weltlichen Herren diente und wer eher auf der Seite des Klerus stand.

Erst Wochen später bekam ich eher zufällig heraus, wie brüchig der sommerliche Friede wirklich war. Nach allem, was ich bisher gehört hatte, war der Cöllner Erzbischof Anno II. nur noch mit seinen geistlichen Aufgaben beschäftigt. Jedermann wusste, warum er sich mit König Heinrich IV. überworfen hatte. Der von seiner Mutter vollkommen verzogene Herrscher benahm sich wild, ungerecht und so menschenverachtend, als würde ihm das ganze Königreich gehören. Doch da irrte er sich.

Ganz offensichtlich verkannte Heinrich die wahre Machtverteilung in dem Reich, dessen Krone er trug. Es war Ursa, die mir erklärte, warum auch ein Kaiser und König immer nur Erster unter Gleichen sein konnte: »Sie haben ihn gewählt, und sie können ihn auch wieder absetzen«, sagte sie. »Und er täuscht sich gewaltig, wenn er glaubt, es sei ein Vorteil für ihn, dass sich die Bischöfe und Päpste uneinig sind.«

Ich spürte, dass ich umlernen musste. Denn in vielen Zeiten, die ich bisher erlebt hatte, war das Königtum nicht nur von Menschen gemacht gewesen, sondern auch heilig und von Gott eingesetzt.

»Das ist auch heute noch so«, stimmte sie zu. »Aber das Gotteskönigtum ist nicht mehr selbstverständlich. Du kannst ganz einfach merken, wo etwas falsch ist, Rheinold.«

Sie kam, wenn sie derartige Dinge erklärte, immer sehr dicht an mich heran, um gleichzeitig ein bisschen zu schmusen. »Die meisten Menschen verraten sich sehr schnell durch das, was sie immer wieder betonen.«

Ich erinnerte mich, dass mir mein Vater genau das Gleiche gesagt hatte: »Du musst noch viel lernen, mein Sohn«, hatte er mich ermahnt, nachdem ich einige sehr schlechte Abschlüsse per Handschlag bestätigt hatte. »Sieh dir vor jedem Handschlag die Augen deines Geschäftspartners ebenso an wie seine Mundwinkel. Achte auf seinen Adamsapfel, darauf, ob er die Schultern hebt oder senkt, wie er die Hände hält und wie seine Füße stehen. Vor allen anderen Dingen aber achte auf seine Worte … ganz besonders auf die, die du mehrmals hörst, weil er sie immer wieder betont. Wenn einer kommt, der mit jedem zweiten Satz schwört, dass er ein ehrlicher Mann ist, dann betrügt er dich, noch ehe er fertig gesprochen hat. Wenn er aber mit jedem zweiten Satz die Frische und Qualität seiner Waren lobt, dann rümpfe die Nase, denn schon nach kurzer Zeit werden sie stinken.«

Ich schrak zusammen, weil ich ihr für einen Augenblick nicht zugehört hatte.

»Trotzdem regte sich weder in Aachen noch am Rhein der nächste Widerstand«, sagte sie, »sondern bei den sächsischen Fürsten und Bischöfen im Osten.«

Ich hörte, was sie sagte, aber ich verstand sie nicht.

»Er ist von Anfang an hochfahrend und rücksichtslos gegen sie gewesen«, fuhr sie mit einem leichten, nachsichtigen Lächeln fort. »Sie haben lange genug ohne Ergebnis verhandelt, und jetzt heißt es, dass er mit Krieg über sie herfallen will.«

»Ist daran etwas Besonderes?«

»Er kann es nicht«, antwortete sie. »Für einen erfolgreichen Feldzug gegen die Sachsen braucht er die Unterstützung vom Erzbischof und von dessen Anhängern. Und die bekommt er garantiert nicht, nach allem, was bisher zwischen ihm und Anno gewesen ist. Immerhin ist sein Bruder Erzbischof von Magdeburg und einer seiner Neffen Bischof in Halberstadt. Und soviel ich bisher von Anno gehört habe, unterstützt er keinen König im Krieg gegen die eigenen Verwandten.«

Im Licht der untergehenden Sonne sahen wir über den großen Rhein hinweg. Eigentlich wäre der Blick in den östlichen Himmel eher für Sonnenaufgänge geeignet gewesen, aber dadurch, dass am Abend die Sonne in unserem Rücken unterging, wirkten alle Mauern und Hausdächer, ja selbst das Ufer auf der anderen Seite, auf eine überirdische Art licht und vergoldet.

Einige Wochen vergingen, und Ursa nahm eine Beschäftigung an. Sie half tagsüber den Nonnen im Hospital am Domhof. Auf diese

Weise hörte sie andere Dinge als ich am Hafen. Während ich ihr von kostbaren Spezereien, Tuchballen und reichen Schiffsladungen berichten konnte, erzählte sie mir von Gicht und Aussatz, von Bluthusten und jener schrecklichen Seuche, die heiliges Feuer genannt wurde und die ihre unglücklichen Opfer mit grauenhaften Schmerzen aus dem Inneren des Leibes verbrannte.

»Wir sollen die Kranken mit der Brandseuche nicht mehr aufnehmen, weil es inzwischen heißt, dass sie Verfluchte sind, die den Verlockungen des Teufels nicht widerstanden haben.«

»Mischt ihr da nicht verschiedene Dinge miteinander?«, fragte ich und sah sie prüfend an. Sie stutzte, dann flog ein Hauch von Rot an ihrem Hals hoch bis zu den Schläfen.

»Entschuldige bitte«, sagte sie. »Ich rede schon genauso wie die Nonnen. Aber es sind wirklich dämonische Schmerzen, die diese Kranken zu erdulden haben. Es ist, als würden sie bei lebendigem Leib von innen her aufgefressen. Und weißt du, was das Schlimmste ist?«

Ich schüttelte den Kopf. Sie blickte wachsam nach beiden Seiten, wie es mein Vater neuerdings tat, ehe er etwas sagte. Ich zog die Brauen zusammen, denn ich verstand nicht, welche Furcht sie beide dazu bewegte.

»Es heißt, dass auch der Erzbischof krank ist und oft sehr große Schmerzen hat.«

»Du meinst, auch er hat ...?«

Sie hob zugleich ihre Schultern und Hände.

»Ich weiß es nicht«, wehrte sie ab. »Vielleicht plagt unseren Erzbischof auch nur der Schmerz darüber, dass nicht er der neue Papst geworden ist, sondern Hildebrand, dieser gewiefte, bereits grauhaarige Mönch aus der Toskana, von dem es heißt, dass er ebenso hässlich wie erfahren in allen Intrigen ist. Aber die Römer wollten ihn und haben ihn gegen den Widerstand aller anderen zu Papst Gregor VII. gemacht. Und selbst seine Gegner oben im Dom reiben sich inzwischen die Hände.«

»Warum das?«, fragte ich.

»Der neue Papst war schon einmal hier in Cölln. Und er ist kein Freund von Erzbischof Anno. Aber auch Heinrich IV. wird mit ihm nichts zu lachen haben ...«

Ich lehnte mich etwas zurück, schloss die Augen ein wenig und ließ das goldene Sonnenlicht auf mich wirken, das von den Mauern des Gartens zurückgeworfen wurde.

»Wie einfach war dagegen die Welt vor tausend Jahren«, murmelte ich schließlich. »Da gab es in Rom keinen Papst, sondern nur einen Kaiser, die Senatoren und seine Feldherren, die alles erobern und unterwerfen wollten. Wer diesem Anspruch folgte und rechtzeitig auf ihre Seite übertrat, hatte eigentlich ausgesorgt.«

»Du weißt genau, dass es nicht so war«, entgegnete sie und lehnte ebenfalls den Kopf zurück. »Wir haben nur nicht viel erfahren von den Intrigen und Machtkämpfen, die es damals genauso gegeben hat wie heute. Gewiss, es gab damals noch keine Bischöfe und Päpste und keine deutschen Könige und Kaiser. Aber die Bürger der Städte, die Handwerker und all die anderen, die irgendwie überleben wollten, befanden sich immer zwischen irgendwelchen größeren Mahlsteinen.«

»Hast du … hast du schon irgendeine Idee, warum das alles so ist?«, fragte ich nach einem Augenblick gemeinsamen Schweigens.

»Nein«, antwortete sie leise. »Aber mir geht etwas ganz anderes nicht aus dem Kopf: Ich wundere mich unablässig, warum es derartig viele Arme, Kranke und Sieche hier gibt. Und das trotz all der Kirchen, der Klöster und der …«

Ich öffnete die Augen und sah sie von der Seite her an. Sie musste meinen Blick gespürt haben, denn auch sie blickte mir direkt in die Augen. Wir wussten beide, was wir in diesem Moment dachten.

»Knöchelsche«, sagten wir gleichzeitig und wie aus einem Mund.

24. DER ANNOAUFSTAND

GUT HUNDERT JAHRE waren vergangen, seit die geistliche und weltliche Macht in Cölln erstmals in einer Hand vereint waren. Dass diese Hand nicht nur segnen, sondern auch mit aller Härte strafen und unverfroren stehlen konnte, erfuhren die Bewohner der Stadt immer schmerzhafter.

Offiziell hatte Anno nur noch das Amt des Erzbischofs inne. Die weltlichen Dinge der Verwaltung und Regierung über die Stadt und das Land oblagen dem Burggrafen, dem ehemaligen Stadtvogt. Zusammen mit dem Rat aus einflussreichen und für dieses Amt gewählten Bürgern musste er mehr schlecht als recht zwischen den vielen unterschiedlichen Interessen vermitteln.

Während wir Jüngeren uns zunehmend in den Hinterzimmern von Werkstätten, Läden, Kontoren oder auch verrufenen Hafentavernen trafen, ließ mein Vater alles um sich herum klaglos und stets freundlich lächelnd einfach geschehen. Er gab keine Widerworte, wenn bewaffnete Trupps des Erzbischofs in der Altstadt an der Römermauer und im Kaufmannswik am Fluss auftauchten und alles durchschnüffelten.

Sie kamen mit den fadenscheinigsten Begründungen. Manchmal behaupteten sie, dass sie nach gestohlenen Gerätschaften aus irgendeiner Kirche suchten; dann wieder erklärten sie, dass die Tuchballen aus den Werkstätten in der Stadt, die schon für den Transport zu den Britischen Inseln bereitlagen, mit Krankheiten verseucht waren. Sie selbst seien durch das Heiltum verschiedener Reliquien geschützt, müssten aber die Tuchballen und Wollstoffe zunächst auf die Bleichen vor den Mauern der Stadt bringen, damit die Krankheitsdämonen entweichen könnten.

Als die Tage kürzer wurden und die ersten kalten Herbststürme an den Dächern der Häuser rissen und die Abfälle in den Straßen bis zum Fluss wirbelten, kam Ursa immer öfter blass und schweigend in unser Haus zurück. Ich sah sie einige Male fragend an, aber sie schüttelte jedes Mal den Kopf. Erst zu Martini brach dann ihre ganze Empörung aus ihr heraus.

»Du kannst dir nicht vorstellen, was jetzt im Hospital am Domhof los ist«, sagte sie, während sie an unserem Wohnzimmertisch saß und beide Hände an einer irdenen Schale mit heißer Hühnerbrühe wärmte. Holzscheite knackten im Kamin, und ihre Flammen wurden vom orgelnden Wind schnell nach oben gerissen.

»Fast jeden Tag werden Kranke, Sieche und Arme einfach aus dem Hospital geworfen«, berichtete sie. »Sie müssen Platz machen für Männer, die keine Krankheiten haben, sondern nur verprügelt oder halb totgeschlagen wurden.«

»Seine bewaffneten Häscher und Späher?«

»Ja«, sagte Ursa. »Je härter sie auftreten, umso öfter geraten sie auch in einen Hinterhalt und bekommen dann die Wut der Cöllner zu spüren.« Sie sah mich an. Dann legte sie eine Hand auf meine. »Du musst aufpassen, Rheinold«, sagte sie. »Ich weiß, dass dein Vater sich mehr und mehr zurückzieht und dass du inzwischen über seine Knechte, die Tagelöhner und die Männer auf seinen Schiffen befiehlst. Aber ich weiß auch, dass du an manchen Abenden nicht zu den Schiffen, sondern in Häuser gehst, die von Priestern und ehrbaren Bürgern als Pestbeulen in verrufenen Gassen bezeichnet werden.«

»Du meinst die Tavernen?«, lächelte ich.

»Ich meine die Häuser mit den Dirnen und Huren«, sagte sie ohne jeden Vorwurf. »Vielleicht erinnerst du dich nicht, aber Anno hat auch schon in den vergangenen Jahren ständig Männer an einen Pfahl auf dem Heumarkt binden und öffentlich verprügeln lassen. Es heißt, dass er in diesem Winter nicht nur die wegen nächtlicher Unzucht aufgegriffenen Mönche bestrafen lassen will, sondern alle, die im Verdacht der Unkeuschheit, der Hexerei oder der heimlichen Parteinahme für seine Gegner König Heinrich IV. oder den Papst stehen.«

»Das kann nicht gut gehen«, sagte ich, nachdem ich über ihre Worte nachgedacht hatte. »Du weißt so gut wie ich, warum wir uns in den Dirnenhäusern treffen. Es gibt immer mehr Männer in der Stadt, die nicht mehr klaglos wie mein Vater alle Ungerechtigkeiten, die Überheblichkeit und die Strenge dieses Erzbischofs hinnehmen wollen. Wo bleiben das Recht, die Gerechtigkeit und die christliche Wahrhaftigkeit, wenn Anno ungestraft selbst die ehrenhaftesten Bürger unflätig beschimpfen darf, wenn seine Häscher einfach zuschlagen und wenn sie mitnehmen können, was ihnen gefällt?«

»Ich weiß ja, dass ihr recht habt«, sagte sie. »Aber trotz aller Mauern sind die Cöllner nicht stark genug gegen diesen Erzbischof. Er hat auch außerhalb der Stadt und in den ihm unterstellten Bistümern nicht nur Freunde. Doch wenn es hart auf hart kommen sollte, dann sind ihm so viele Edle und Ritter untertan, dass er die Stadt sogar belagern könnte ...«

Ich lachte kurz auf. »Lass ihn das bloß nicht hören«, stieß ich dann hervor. »Der Kerl ist in der Lage und hält deine Aussage noch für die Prophezeiung einer weisen Frau.«

»Ich weiß, dass auch er es weiß«, sagte sie, ohne auf meine Ironie einzugehen. »Und genau deshalb habe ich dir jetzt gesagt, was mir schon seit Wochen so große Sorgen macht.«

Ich beugte mich zu ihr hinüber und küsste sie auf die Wange.

»Sei unbesorgt«, sagte ich lächelnd. »Ich verspreche dir, dass ich und meine Freunde weder zu Weihnachten noch während der Fastenzeit oder zu Ostern irgendeine Kirche anzünden oder den Erzbischof umbringen werden.«

Doch ihre Mundwinkel zuckten nur. »Du solltest nicht spotten über Dinge, von denen du nichts verstehst«, sagte sie. Ich erschrak über die plötzliche Trauer in ihrer Stimme. Gleichzeitig fiel mir ein, dass ich erneut fortmusste. Sie warteten auf mich am Abend des heiligen Martin.

Wenn die Älteren im Winter lieber schweigen und verstummen, müssen sich die Oberen einer großen Stadt tunlichst vor dem Frühling hüten. Gerade nach den härtesten Frostzeiten brechen das Grün und das ewige Feuer des Lebens viel schneller aus den Knospen als in milden Jahren. Von Martini bis zur Fastenzeit herrschte eine eigenartige Erwartungshaltung in der ganzen Stadt. Wo sonst laut geschimpft wurde, klangen bestenfalls ein paar kurze Flüche auf. Selbst der Straßenstreit und das übliche Geschrei der Händler auf den Märkten klangen falsch und nachgemacht, wie bei armen Schluckern, die sich selbst Sänger oder Gaukler nannten und um einen Kanten trockenes Brot lange Heldenlieder vortrugen.

Der Rhein fror bis zur Hälfte zu. An manchem Morgen hingen

Eiszapfen im kalten Nebel am Tauwerk all der Schiffe, die vor dem Frost Zuflucht im Cöllner Hafen gefunden hatten. Während der Januar noch einige Sonnentage bot, war der Februarhimmel mit eisigen, tief hängenden Wolken und Hochnebeln bedeckt, die tagelang keinen Sonnenstrahl durchließen. Erst im März wurde es noch einmal klar und so kalt wie im Januar. Ursa sprach davon, dass in diesem Winter bereits mehr als hundert Menschen innerhalb der Stadtmauern jämmerlich erfroren waren.

»Es gibt ja Zuteilungen von Mehl und Speck und sogar Trockenfisch für die ganz Armen«, sagte sie, nachdem wir beide am Sonntag vor Ostern aus dem Dom zurückgekommen waren. »Aber sie haben nichts mehr, womit sie kochen können. Keine Töpfe, kein Feuerholz, nicht einmal die hölzernen Löffel für den Brei.«

»Es werden immer mehr«, knurrte ich nur. »So viele wie in diesem Jahr sind schon lange nicht mehr Opfer der kalten Monate geworden.«

Obwohl wir in der Karwoche keine größeren Schiffsbewegungen verzeichneten, legten zwei Frachtkähne meines Vaters mit Tuchen aus den Webereien in der Südstadt ab. Es war ein gutes, einträgliches Geschäft. Seit die Cöllner den Normannen bei der Eroberung der Britischen Inseln mit Geld und Waffen ausgeholfen hatten, bedankten sich die Nachkommen von Wilhelm dem Eroberer, indem sie gute Wolle bis nach Cölln schickten, hier weben ließen und die Stoffe gegen gute Münze wieder abnahmen. Auch andere Waren wurden mit Schiffen meines Vaters immer häufiger bis nach England gebracht. Das Geld aus Cölln hieß bei den Briten inzwischen »das gute Pfund der Östlichen ... der Osterlinge« oder kurz das Pfund Sterling.

Eigentlich hätte auch noch ein drittes Schiff vor Karfreitag ablegen sollen. Es war voll beladen. Aber dann kam vor der letzten Fuhre eine Prozession von der Georgskirche durch das Südtor. Es hieß, dass der Erzbischof zusammen mit dem Bischof von Münster Sankt Georg geweiht habe. Unsere Karren mit den letzten Stoffballen mussten in Nebengässchen ausweichen, blieben dort stecken, und einer der Wagen verlor ein Rad. Die Tuchballen steckten in geteerten Säcken und nahmen keinen Schaden am Straßenkot; trotzdem mussten sie abgewischt, wieder aufgeladen und weitergeschleppt werden.

Das alles kostete so viel Zeit, dass die Sonne bereits unterging, als der letzte Teil der Schiffsladung endlich am Uferkai eintraf. Ich ließ so schnell wie möglich verladen und die Schutzplanen festzurren. Trotzdem war es zu spät.

Alle anderen Schiffe hatten sich bereits auf ein langes Osterwochenende eingerichtet. Selbst die Männer von den Schiffen, die neben und vor uns im Fluss lagen, waren nicht mehr greifbar. Einige tranken heimlich unter Deck, andere waren bereits in die Tavernen der Stadt gezogen. Obwohl ich alles versuchte, bekam ich unser Schiff einfach nicht mehr frei. Es war eingekeilt durch die anderen, die sich einen Dreck darum scherten, dass ich noch vor Einbruch der Nacht ablegen lassen und das dritte Schiff auf die Reise schicken wollte …

An den beiden folgenden Tagen versuchten Ursa und auch mein Vater vergeblich, mich wieder zu beruhigen. Ich war so wütend über unser eigenes Versagen, über die unerwartete Prozession und über die strengen Bestimmungen für die Schifffahrt auf dem Rhein, dass mir kein Met mehr schmeckte, kein Bier und auch kein Wein.

»Weiß der Gehörnte, welche verdammten *Knöchelsche* da herumgetragen werden mussten«, fauchte ich wieder und wieder. Ich verstand mich selbst kaum und ärgerte mich gleichzeitig darüber, dass ich mich immer mehr in meinen Zorn hineinsteigerte. Es waren viele Dinge, die an diesem Abend in mir zusammenkamen. Meine viel zu knappe Planung, Ursas Selbstständigkeit und ihre heimlichen Informationen, die sie mir immer wieder voraushatte, dazu die Fesseln der Vorschriften aller Art und nicht zuletzt die duldsame Sanftmut meines Vaters, der sich mehr und mehr hinter dem Talmud versteckte.

Am Karfreitag konnte ich nicht ablegen lassen. Es hätte sämtliche Gläubigen in der heiligen Stadt gegen mich aufgebracht. Aber der Samstag erschien mir als ein guter Ausweg. Ich dachte daran, dass es billiger für uns war, wenn wir einige Männer und Aufseher am Hafen, möglicherweise auch einige Priester mit Münzen schmierten, als wenn wir wegen Verspätung unseren guten Ruf verloren und vielleicht sogar dem Pfund Sterling Schaden zufügten.

Aber es klappte nicht. Ich bekam zwar die Männer für unser eigenes Schiff und auch die Duldung der Verwalter, der Zolleinnehmer und des Rates, aber mir fehlten die Schiffsherren und die Mannschaften für die anderen Schiffe. Es hieß, dass sie in verschiedenen Kirchen seien, um zu büßen und zu beten. Mein Zorn wuchs umso mehr, je lauter die mitternächtlichen Gesänge und der Jubel über die Auferstehung Jesu Christi über die Dächer der Stadt klangen. An vielen freien Plätzen inmitten der Stadt brannten große Osterfeuer.

In den vergangenen Jahren waren die Flammen mehrmals auch auf die Häuser übergesprungen. Deshalb hatten schon Annos Vorgänger im Amt des Erzbischofs befohlen, dass zwischen jedem Feuer und der nächstgelegenen Hauswand ein Abstand von mindestens zwanzig Fuß eingehalten werden musste. Durch diese Bestimmung kamen nur wenige Straßenkreuzungen in der Altstadt für die Osterfeuer infrage. Die meisten Menschen versammelten sich weiter oben, wo große Plätze noch an die Jahre der Römer erinnerten, und direkt am Fluss. Da jetzt ohnehin alles zu spät war, gab ich meinen letzten Widerstand auf und ließ mir ebenfalls einen großen Krug Bier reichen.

Wir waren nicht in die Kirchen, sondern zum Hafen gelaufen, obwohl wir ganz genau wussten, dass der Erzbischof und die meisten Priester die Osterfeuer für heidnischen Götzendienst und germanischen Frevel hielten. Sie hatten recht. Und zumindest am langen Hafenkai zwischen den Häusern an der Wasserseite und den Schiffen im Strom sahen Ursa und ich plötzlich wieder zuckende Gestalten. Sie tanzten rund um die hoch lodernden Osterfeuer, die so frei und fröhlich aussahen wie in jener längst vergangenen Zeit, als unsere Priester noch weiße Gewänder trugen, mit goldenen Sicheln die Misteln schnitten und von der Unsterblichkeit der Seelen erzählten.

Auf diese Weise feierte die ganze Stadt doppelt. Die einen besangen die Auferstehung des göttlichen Fleisches, die anderen die Wiederkehr des Lebens in der Natur. Doch darum, welche der Gruppen recht hatte, hätten sie sich noch in derselben Nacht mit voller Überzeugung die Köpfe einschlagen können …

Schwere, dumpfe Schläge an irgendeine Tür weckten mich. Aber ich wollte nicht. Ich wehrte mich dagegen, dass aus Gedankenstaub ein Erwachen werden sollte, das mir nicht gefiel.

»Steh auf, Rheinold«, hörte ich ihre Stimme wie aus weiter Ferne. »Steh auf! Sonst ist dein drittes Schiff weg!«

Es war, als hätte ich einen zusätzlichen Schlag oder einen nassen Lappen mitten ins Gesicht bekommen. Das dritte Schiff! Was sollte das? Wo war ich? Und warum musste ich gerade dafür aufwachen?

Ich blinzelte ein paarmal. Gleichzeitig spürte ich, wie sich alles um mich herum drehte. Ich stöhnte tief auf und suchte irgendwo nach einem Halt. So übel war mir noch nie gewesen. Dankbar bemerkte ich, wie sich tatsächlich ein nasser Lappen über meinen Kopf legte.

»Wenn du jetzt nicht auf die Beine kommst, schwimmen die Tuchballen vom dritten Schiff endgültig den Rhein hinab.«

Ich stöhnte noch einmal tief auf; dann war ich endlich wach.

»Was ist passiert? Warum weckst du mich mitten in der Nacht?«

»Der halbe Tag ist schon vergangen«, antwortete sie, aber ohne das halb besorgte, halb mitleidige Lächeln, mit dem die Weiber den Triumph genießen, den sie empfinden, wenn Männer sich nach durchzechter Nacht wie hilflose Kinder benehmen. »Komm schon«, sagte sie. »Trink das hier, zieh dich an und rette dann von deiner Ladung, was du noch retten kannst. Einige von unseren Schiffsleuten wurden verprügelt und blutig geschlagen, als sie das Schiff verteidigen wollten …«

Ich nahm die große Schale, in der sie mir sehr dünnen, ungesüßten Hirsebrei an die Lippen hielt. Mit kleinen, schlürfenden Schlucken ließ ich die Wärme durch die Kehle bis in meinen schwer gewordenen Körper rinnen. Sie hatte wieder irgendwelche Kräuter in die dünne Suppe eingerührt, die augenblicklich ihre Wirkung taten. Ich spürte, wie aus dem kleinen, wehleidigen Lebenslicht in mir wieder eine heiße Flamme wurde.

»Was ist geschehen?«, stöhnte ich und drückte mit der flachen Hand gegen meine Stirn.

»Der Erzbischof …«, antwortete sie ungeduldig. »Er braucht ein Schiff, auf dem sein Gast rheinabwärts fahren kann.«

»Welcher Gast?«, fragte ich und kniff die Augen zusammen.

»Bischof Friedrich von Münster. Er hat die Feiertage hier verbracht und an der Weihe von Sankt Georg teilgenommen. Der

Rückweg mit dem Wagen ist ihm bei diesem Wetter zu beschwerlich.«

»Na und?«, sagte ich unwirsch. »Was haben wir damit zu tun?«

»Erzbischof Anno hat ihm angeboten, dass er ihm für den halben Weg rheinabwärts ein Frachtschiff zur Verfügung stellt.«

»Seit wann hat der Erzbischof …?« Erst jetzt begriff ich. Es war wie ein erneuter kalter Schlag. Ich schoss aus unserem Bett hoch, fuhr in meine Hosen und griff nach dem Wollhemd, das mir Ursa bereits reichte. Das dritte Schiff! Jetzt endlich wusste ich, warum ich dringend unten am Fluss gebraucht wurde. Ich schlüpfte auch noch in den weiten Überkittel. Sie kniete bereits vor mir und band mir Laschen und Riemen meiner halbhohen Schnallenstiefel zu. Es war keine Demutshaltung, sondern nur ihr Wunsch, dass ich möglichst schnell fertig wurde.

»Meinen Gürtel!«, rief ich. »Und wo ist mein Barett?«

Sie hatte alles bereits bringen lassen. Zwei oder drei unserer Dienstmägde wuselten herum. Im Nebenzimmer lärmten zusätzlich einige junge Burschen, die zum Handelshaus meines Vaters gehörten.

»Unten am Hafen müssten inzwischen zehn, zwanzig andere Männer von uns eingetroffen sein«, rief sie mir nach, als ich zur Tür stürmte. Ich riss sie auf. Dann sah ich, dass noch viel mehr Bürger von Cölln am Ostertag gegen den Erzbischof und seine Eigenmächtigkeit protestieren wollten. Einige von ihnen waren mit Kurzschwertern, Äxten und langen Schlachtermessern bewaffnet; andere hatten sogar Brustharnische angelegt und lange Spieße mit breiten Eisenspitzen aufgetrieben. Zu meiner allergrößten Verwunderung rannten auch noch voll bewaffnete Soldaten der Stadtwache an uns vorbei durch die engen, schrägen Gassen in Richtung Hafen. Als sie mich sahen, riefen sie meinen Namen und forderten mich auf, so schnell wie möglich mitzukommen.

Ich drehte mich zu Ursa um.

»Mein Schwert, wo ist mein Schwert?«

Zwei Schifferknechte, denen ich mit ein paar anderen während der Wintermonate Schlafplätze in meinem Haus geboten hatte, kamen mit einem ganzen Arsenal von Waffen. Sie stammten ausnahmslos aus meines Vaters Lager. Ich blickte schnell an den

Männern vorbei zu Ursa. Sie lächelte und hob die linke Hand. Auch das hatte sie bereits vorbereitet, als ich noch meinen Rausch ausschlief.

Ich nahm ein Schwert, dazu zwei kurze Dolche, gürtete mich noch strammer und trat hinaus in den Ostersonntag. Links und rechts begleiteten mich zornige Männer aus der Stadt. Die meisten von ihnen kannte ich. Einige gehörten zu unseren Schiffsbesatzungen, andere arbeiteten in den Magazinen oder als Schiffsschmiede in den Werkstätten am Fluss. Es waren nur ein paar Dutzend Schritte bis zu dem großen Volksauflauf, der sich inzwischen gebildet hatte. Es ging tatsächlich um unser drittes Frachtschiff für die Wollstoffe.

Ein Teil der Ballen, die wir am Abend des Gründonnerstags noch so spät verladen hatten, lag bereits wieder auf dem Uferkai. Männer des Erzbischofs, von denen einige sogar Mönchskutten trugen, räumten unbeeindruckt vom Lärm und vom Geschrei der Umstehenden unser ganzes Schiff aus. Sobald sie mich sahen, bildeten die erbosten Zuschauer eine Gasse. Mein Vater stand bereits neben den Stoffballen, aber er hob nur immer wieder seine Hände, legte sie dann zum Gebet zusammen und wiederholte immer wieder das uralte Chanukkalied »Oh Festung, Fels meiner Erlösung …«.

Ich sah, dass er auf diese Art weniger als nichts bewirkte. Kurz entschlossen zog ich mein Schwert mit der rechten Hand und legte seine Schneide in meine Linke. Dann streckte ich beide Arme aus und drehte mich einmal um mich selbst. Es war das Zeichen, das vor Urzeiten die Anführer der Eburonen verwendet hatten, wenn sie sich im Lärm der Krieger augenblicklich Gehör verschaffen wollten.

Auch diesmal wirkte die Geste: Lärm und Geschrei brachen in sich zusammen. Nur die Knechte des Erzbischofs und die Mönchsaufseher kümmerten sich nicht um mich. Sie warfen mir nur kurze abfällige Blicke zu, ohne das ungesetzliche und widerrechtliche Ausladen unseres Schiffes auch nur einen Augenblick zu unterbrechen. Von der alten Römermauer her näherte sich eine weitere Gruppe von Menschen. Ich musste zweimal hinsehen, ehe ich erkannte, dass es der Stadtvogt war, der mit einigen Begleitern und Bewaffneten der Stadtwache am Hafen eintraf. Aber ich wollte nicht mehr warten. Noch immer mit dem quer gelegten Schwert in beiden Händen, trat ich bis an den Rand der Ufermauer.

»Wollt ihr dieses Schwert spüren?«, schrie ich die Mönche und die Knechte des Erzbischofs an. »Nehmt sofort eure dreckigen Hände von unserem Eigentum. Verlasst das Schiff und verschwindet auf der Stelle, sonst müssen wir euch wie Dieben, Einbrechern und Lumpenpack aufs Haupt schlagen.«

»Wir folgen nur dem Befehl des Erzbischofs!«

»Dann spürt es!«, schrie ich, denn ich war wütend, und mein Zorn, der schon die ganzen Tage in mir genagt hatte, brach jetzt mit voller Kraft hervor. Die Männer um mich herum brachten ebenfalls ihre Waffen in die Stellung zum Zuschlagen.

»Halt ein! Halt ein!«, rief in diesem Augenblick eine zitternde und doch noch herrische Stimme. Ich kannte sie. Sie gehörte Ursas Vater, dem Burggrafen.

»Ihr seht doch selbst, was hier geschieht«, gab ich zurück. »Dies ist mein Schiff! Mein Schiff und meines Vaters Eigentum. Und diese Ladung hier, die Tuchballen ... sie sind ebenfalls unser Eigen.«

»Lasst uns verhandeln. Es wird sich sicherlich doch noch ein Weg finden, um allen recht zu tun«, rief der alt gewordene Burggraf. Ich wusste ganz genau, dass ich sein Angebot nicht ausschlagen durfte. Alles in mir kochte. Aber ich musste zurückstecken.

»Sie sollen alles wieder dorthin bringen, wo sie es ausgeräumt haben«, forderte ich. Der Burggraf tuschelte kurz mit den Männern, die ihn begleiteten, dann nickte er und winkte einen der Mönche zu sich heran. Ich konnte nicht verstehen, was sie sprachen. Ich sah nur, dass die Männer des Erzbischofs sich weigerten. Sie waren nicht bereit, das angefangene Unrecht wieder rückgängig zu machen. Jetzt traten auch noch einige von unseren Männern vor. Sie reihten sich unmittelbar vor dem Burggraf auf, dann öffneten sie ihre Umhänge und zeigten ihm, wo sie von den Männern des Erzbischofs geschlagen und verletzt und so vom Schiff vertrieben worden waren.

»Wir werden all das ordentlich verhandeln«, versprach der Alte. Niemand glaubte ihm. Aber jetzt sahen alle mich an. Ich ließ meinen Blick über die vielen grimmigen Gesichter der erhitzten Männer streifen. In den meisten erkannte ich nur Zorn und das Verlangen nach Rache. Nur in den Augen des alten Burggraf sah ich eine Bitte, ein Flehen um Frieden und Vernunft.

Ich spürte, wie der Schauder abfallenden Zorns über meinen Rücken glitt und mich erst allmählich wieder freier atmen ließ. Dann schnaubte ich kurz und nickte. Aber die ganze Angelegenheit war damit keineswegs beendet.

Fast eine Stunde lang standen unsere Männer zusammen mit der Verstärkung aus der Stadt zwischen den Bewaffneten des Burggraf und den Bischofsknechten auf unserem Frachtschiff. Manch kurzer, schneller Hieb wurde zwischen ihnen ausgetauscht. Auch das inständige Zureden des Burggrafen und seiner Begleiter aus dem Rat konnte die angespannte Stimmung nicht beruhigen.

Die Mönche und die Priester weigerten sich einfach, ihren Auftrag abzubrechen, wenn sie nicht eindeutige Befehle dazu erhielten. Und die konnten nur vom Dom her kommen.

Nach einer weiteren halben Stunde tauchten Boten des Erzbischofs auf. Es handelte sich um vier geweihte Priester, die allesamt nicht aus Cölln stammten. Zwei von ihnen kannte ich. Der eine kam aus Minden, der andere aus Bremen. Es war der Mindener von der Porta Westfalica, der sofort das Wort ergriff. Hochfahrend wandte er sich an den Burggraf; mich hatte er nicht einmal angesehen.

»Was soll das hier?«, fragte er ohne jegliches Gespür für die Gefährlichkeit der Lage. »Will man sich hier verweigern? Den Befehl des Erzbischofs missachten? Oder sich sogar mit den Heidnischen verbünden, die gotteslästerlich ihre Götzenfeuer brennen ließen?«

»Gemach! Gemach!«, beschwichtigte der alte Burggraf. Ihm war die ganze Sache unangenehm und zuwider. Ich merkte sehr wohl, dass er mir und allen, die das Recht verteidigten, keineswegs übelwollte. Aber auch er stand unter dem Befehl des Erzbischofs.

»Also?«, rief der Priester aus Minden. »Weiter jetzt!«

Ich setzte mich, ohne zu zögern, in Bewegung. Schritt um Schritt ging ich an den drohend wartenden Männern auf meinem

Schiff und am Uferkai entlang. Ich blieb zehn Schritt vor dem Priester stehen, dann hob ich erneut meine linke Hand und rief so beherrscht wie möglich: »Nein!«

Für einen Augenblick schien alles Leben zwischen den Häusern am Hafenkai und den Schiffsmasten zu ersterben. Friedlich und frühlingsmild wie an vielen früheren Ostersonntagen platschte das Rheinwasser gegen Schiffsrümpfe und Ufermauer. Sämtliche Männer, die sich an diesem Tag nicht zum Herumstehen hier versammelt hatten, wirkten für einen kurzen, trügerischen Augenblick von weiterem Aufruhr abgeschreckt. Doch dann hörte ich plötzlich in die Stille hinein Ursas helle, kämpferische Stimme: »Lasst euch das nicht gefallen, Männer und Frauen von Cölln am Rhein!«

Ich war ebenso verblüfft wie alle anderen. Wir hörten, wie der Burggraf »Sei still, Ursa!« in ihre Richtung rief. Sie blickte auf und lächelte sogar.

»Nein, Vater!«, antwortete sie sofort. »Ich war mein ganzes Leben lang immer nur still. Genau wie all die anderen Mütter ohne Mann, die Kinder ohne Eltern, die Nonnen in den Klöstern und die Huren, die ihr bei Nacht bezahlt und dann am Tag verteufelt.«

Abfälliges Murren, scharfes Zischen und zustimmende Rufe unterbrachen sie.

»Lasst euch nicht länger von Bischöfen, Priestern und Mönchen weismachen, dass sie besser sind als ihr, dass ihr Recht mehr gilt als euer Wort und Eigentum und dass sie uns im Namen Jesu Christi wegnehmen dürfen, was ihnen gefällt, und euch verdammen, wenn ihr auch nur ein Wort gegen diese Willkür sagt.«

»O mein Gott!«, stöhnte der Burggraf und bedeckte seine Augen mit der Hand. Auch andere waren entsetzt und erschrocken. Ich erkannte sofort, dass Ursa damit das Fass zum Überlaufen gebracht hatte. Nun würde die Flut uns alle mitreißen.

»Halt!«, rief ich, weil ich schneller als alle anderen erkannte, was jetzt geschehen musste. Über die Köpfe der wild vordrängenden Cöllner sah ich nur einmal ganz kurz Ursa. Sie stand zusammen mit ein paar anderen jungen Frauen und drei, vier Marktweibern auf einem Karren, der vorhin noch nicht da gewesen war. Das Weibsvolk feuerte die Männer an und hetzte sie mit scharfen

Reden auf. Ein oder zwei der jüngeren ließen dabei auch ihre Brüste sehen.

Wild johlend und vom Zorn getrieben, setzten sich Dutzende zuerst, dann schließlich Hunderte vom Uferkai aus in Bewegung. Sie drängten durch die winkligen Gassen, über die Märkte und an der alten Römermauer vorbei in Richtung Dom. Die Bewaffneten des Burggrafen waren daran gewöhnt, mit harter Hand Ordnung zu schaffen. Aber das hier war etwas ganz anderes als die gelegentlichen Zusammenrottungen streitender Gruppen auf den Märkten oder betrunkener Raufbolde vor den Tavernen. Niemand war zimperlich in der neu entstandenen Rheinvorstadt.

Ich drängte mich zwischen den Voranstürmenden immer weiter bis zur Spitze der ersten Aufständischen hindurch. Sie erreichten den Bischofshof zwischen dem Palast von Anno und dem großen Dom. Für einen Augenblick erinnerte ich mich an Bluttaten, die hier am selben Platz in den vergangenen Jahrhunderten geschehen waren. Aber ich kam nicht mehr dazu, irgendetwas zu verhindern.

Während im Südwesten die Frühlingssonne bereits die ersten Häuser berührte, krachten die Deichseln von Ochsenkarren und mitgeschleppten Mastbäumen als Rammböcke gegen schwere Holztüren und geschnitzte Portale. Glas splitterte überall. Dann kippten Nachtkübel mit ekelhaft stinkendem Unrat über die Köpfe der erbosten Menge. Dort, wo sonst Weihrauchschwaden das halbe Stadtviertel nach Gottesdiensten und heiligen Ritualen riechen ließen, stank es plötzlich so furchtbar, dass einige der Männer und der mitgelaufenen Frauen nicht mehr an sich halten konnten und sich noch auf dem Domplatz erbrachen. Doch ihre Wut wurde dadurch keineswegs geringer.

Als die Sonne unterging und sich kein einziger der Priester und Mönche an irgendeinem Fenster gezeigt hatte, flogen auf einmal ölgetränkte Fetzen aus den brennenden Tuchballen an den Häuserfronten hoch. Nur jeder zehnte traf dabei gegen ein Fenster. Aber auch das genügte. Zum zweiten Mal an diesem Ostertag loderten Feuer in den Straßen auf.

»Er flieht! Er flieht!«, schrie es an verschiedenen Stellen gleichzeitig. Die Menge setzte sich erneut in Bewegung. Einige brachen sogar durch das Torhaus bis in das große Atrium vor dem Westchor des Doms. Sie sammelten sich um den Brunnen in der Mitte des von Säulengängen eingefassten Platzes. Wie lange war es her, dass ich zur Chorweihe auf diesem wunderschönen Platz gestanden und die mit meinem Silber erbauten Rundtürme an der westlichen Fassade des Doms bewundert hatte?

Ich wollte nicht, dass jetzt die Flammen Brandflecken auf das Gestein und in den Dachstuhl setzten. Hart und mit kurzen Schlägen nach rechts und links arbeitete ich mich bis zu den Rundarkaden meines Domchors vor. Ich sprang auf ein paar Steinquader, die hier für Ausbesserungsarbeiten übereinandergestapelt waren. Das Podest war fast ebenso hoch wie der Karren, von dem aus Ursa die Menge aufgepeitscht hatte.

Wieder zog ich mein Schwert. Ich riss die Waffe hoch und fing dabei die letzten Strahlen der untergehenden Sonne ein. Das Flammenschwert war für alle Aufständischen im großen Atrium sichtbar. Einige brüllten auf, andere wichen unwillkürlich zurück. Und dann rief irgendjemand: »Zurück, zurück! Ein Wunder! Seht ihr den Engel dort? Er schützt den Erzbischof ...«

25. HEXENWERK

ICH KANN MICH SELBSTVERSTÄNDLICH auch irren. Aber der Mann, den ich im Abendlicht durch den Schlafsaal der Mönche am Westchor des Domes hasten sah, musste Erzbischof Anno II. gewesen sein. Er war verkleidet gewesen und hatte wie ein Anführer der Stadtwache ausgesehen. Als ich genauer hinsehen wollte, war er unter den nördlichen Arkaden des Atriumsvorplatzes verschwunden und in eines der Häuser zwischen dem Domvorplatz und der alten Römermauer gelaufen, das von den Kanonikern bewohnt wurde.

Ich könnte mich heute noch dafür ohrfeigen, dass ich nicht sofort losgebrüllt habe. Was anschließend passiert ist, wäre ungeschehen geblieben, wenn ich mir für diesen Augenblick etwas mehr von meinem Zorn und meinem Ärger aufbewahrt hätte. Aber mir ging es zu sehr darum, die von mir bezahlten Mauersteine an der runden Westfassade des großen Doms von Cölln zu schützen. Ich hatte Steine, Türmchen und Arkaden im Sinn und nicht die Folgen, die sich durch die Flucht des herrschsüchtigen Erzbischofs für die ganze Stadt ergaben …

Er entkam durch ein kleines Törchen in der alten Römermauer, das erst kurz zuvor ausgebrochen worden war. Drei Tage lang jubelte die ganze Stadt und feierte den ersten Sieg der Bürger über einen verhassten Kirchenfürsten. Aber noch war die Gefahr nicht gebannt. Es hieß, dass der Erzbischof bis nach Neuss entkommen war. In diesen Tagen fand ich kaum noch Schlaf. Wieder und wieder musste ich auf die Männer einreden und sie daran erinnern, dass wir uns in unserem Zorn selbst in die allergrößte Gefahr gebracht hatten. Völlig unverständlich für mich, war Ursa diejenige, die die Aufrührer immer weiter bestärkte.

Erst jetzt erfuhr ich, dass es viele Verletzte und sogar Tote unter den Priestern und den Aufständischen gegeben hatte. Ursa ließ sich zusammen mit einigen anderen Weibern auf einem zweirädrigen Karren immer wieder durch die Rheinvorstadt fahren. Sie kam nicht mehr in unser Haus zurück. Ich wollte sie bereits suchen gehen. Als mir das erste Kerzenlicht des Abends gebracht wurde, sah ich den kleinen Lederstreifen an dem Platz, an dem ich immer saß. Es war ein fingerlanges Stück, wie es Reliquienknochen oft als sogenannte Authentik trugen. Normalerweise standen auf den Lederstreifen die Namen irgendeines Heiligen oder einer der elftausend Jungfrauen. Auf diesem Lederstück stand ein Hinweis, den nur ich verstand:

»Ich sterbe. Ursa …«

Mehr nicht. Nur diese drei Worte. Ich brauchte einige Minuten, bis mir klar wurde, was das bedeutete. Ich hatte nicht gesehen, ob sie verletzt war, hatte nichts von einer Krankheit oder Schwäche an ihr bemerkt. Ich war sicher, dass kein Mensch seinen eigenen Tod genau vorauszusehen vermag. Aber ich hatte auch schon einmal gehört, dass es Menschen geben sollte, die von einem Augenblick zum anderen sterben konnten – nur weil sie es wollten …

Auch der Stadtvogt und einige der Nonnen von Maria im Kapitol kamen den Gerüchten nach in diesen Tagen ums Leben. Aber genau drei Tage nach der Flucht des Erzbischofs brachen der Jubel und die Anarchie in den Straßen in sich zusammen. Wilden Gelagen und wie besessenen Tänzen der Männer und Frauen in den Gassen folgte abrupt und eiskalt die Ernüchterung.

»Der Erzbischof! Der Erzbischof!«, schrien ein paar Kinder, die draußen vor der Stadt am Straßenrand gebettelt hatten. Dann meldeten auch die Stadtwachen das Näherrücken eines großen Heeres. Obwohl ich keinen Augenblick daran zweifelte, dass die alarmierenden Meldungen zutreffend waren, lief ich selbst durch das alte römische Nordtor bis zur Kirche von Sankt Gereon. Mit mir kamen einige Schifferknechte und Männer von der Stadtwache.

Es war viel schlimmer, als ich befürchtet hatte. Die Bäume in den Wäldchen zwischen den Feldern und den Friedhöfen trugen noch kein Laub. Wir sahen blitzende Waffen, Rüstungen und Ritter zu Pferde.

»Entweder ihr fallt vor ihm auf die Knie oder in euer eigenes Grab«, sagte mein Vater ungewöhnlich hart. »Und wenn ihr euch nicht mit einem Friedensangebot beeilt, bekommt ihr nicht einmal einen Platz in den Gräberfeldern vor der Stadt. Dann werfen sie euch nämlich ohne Segen und ohne Letzte Ölung wie stinkende Kadaver einfach in den Fluss.«

Ich wusste, dass wir keine andere Wahl hatten. Obwohl sich alles in mir gegen einen Bußgang sträubte, überzeugte ich in erbitterten Wortgefechten auch die Männer, die von Anfang an zu uns gehalten hatten. Es war beschämend, erniedrigend und gemein. Wir kamen uns allesamt wie Feiglinge und Verräter vor. Aber wir wussten ebenso wie alle anderen, dass die Mauern der Stadt wohl einige Tage halten konnten, dass wir Wasser und vielleicht auch noch ein paar brauchbare Ladungen auf den Schiffen hatten, dass wir aber aufgrund des langen Winters über kurz oder lang verhungern würden. Die Scheunen waren leer, die Speicherhäuser ausgefegt, und auf den Feldern innerhalb der Stadtmauern war noch nicht einmal die erste Saat ausgebracht.

Ich erspare mir all die Beleidigungen und demütigenden Worte, die uns durch Erzbischof Anno und seine hochmütigen Priester bei unserem Bittgang entgegengeschleudert wurden. Wir bekannten unsere Schuld und erklärten uns bereit zur Buße. Erst als er forderte, dass alle, die den Dom feindlich bestürmt und das göttliche Recht verletzt hätten, jetzt auch barfuß und nur mit Wollhemden auf dem bloßen Leib vor ihn treten sollten, kehrten einige um. Ich selbst zwang mich, bis zum Schluss vor dem Erzbischof stehen zu bleiben.

Er zog nur seine Mundwinkel herab. Dann ließ er mich in der Frühlingskälte stehen und ritt als Kriegsherr an uns vorbei in die Stadt ein. Ich ballte meine Hände zu Fäusten, wollte aufschreien. Aber einer der Priester im Gefolge des Erzbischofs murmelte mir zu: »Nur eine Messe, Bruder. Er will nur eine Messe lesen in Sankt Georg. Ihr wartet hier und bewegt euch nicht, bis wir zurückkommen …«

Erneut blickten wir uns mit zusammengebissenen Zähnen und schwer atmend an. Es waren nur noch ein paar Dutzend hartgesottener Schmiede, Schiffszimmerleute und Tagelöhner aus dem Hafen, die jetzt bei mir blieben. Selbst meine Freunde, mit denen ich manche Nacht durchgezecht hatte, zogen sich nach und nach aus dem Wartestand zurück und kehrten heim in den Schoß ihrer Familie. Obwohl kein Sonntag war, hörte ich kaum einen Laut aus der ohne einen Schwertstreich niedergeschlagenen Stadt.

Anno kam nicht mehr vor die Mauern. Nachdem wir stundenlang gewartet hatten, ließ er uns bestellen, dass wir für die Auferlegung unserer Buße am nächsten Tag in seinen Dom kommen sollten. Jetzt wusste auch ich nicht mehr, warum wir noch vor der Stadt warten sollten. Wir brachen ab, ehe der Erzbischof mit seinen bewaffneten Begleitern nach Sankt Gereon zurückkehrte.

Noch in derselben Nacht setzten Hunderte von Begüterten und einflussreichen Kaufleuten, Schiffsbesitzern und Handwerksmeistern über den Filzgraben an der südlichen Stadtmauer. Sie wollten über die verschlammten Wege bis zu König Heinrich IV. fliehen, um ihm das Gold für ein großes Heer gegen die Bewaffneten des Erzbischofs zu bringen. Viele von ihnen hatten auch ihre Familien mitgenommen, denn jeder wusste, dass Heinrich IV. niemals so schnell ein Aufgebot bestellen konnte, um Anno II. noch aufzuhalten …

Von den Zurückgebliebenen kamen nur wenige am nächsten Tag in den Dom. Ich hatte fast den Eindruck, als wenn ich schließlich einer der Letzten war, die mit zwei Dutzend Büßern barfuß und auf Knien über den Fußboden des Doms rutschten. Doch dann, als ich erneut die weißen Weihrauchschwaden vor dem Altar sah und helles Sonnenlicht die große Kirche mit bunten Strahlen füllte, sprang ich auf und unterbrach einen der Chorherren, der bereits damit begonnen hatte, all die Ave-Marias, die Rosenkränze und die Züchtigungen zu verlesen, die jedem in der Stadt Cölln auferlegt wurden – gleichgültig, ob er sich an dem Aufstand beteiligt hatte oder nicht.

»Nein!«, rief ich vor allen anderen. Ich richtete mich mühsam auf, drückte die Knie durch und schüttelte die Beine aus. Dann wischte ich mit meiner Hand so vor meinem Körper her, als würde ich mit einem Schlag die Litanei der Strafen und der Bußen unterbrechen. Tatsächlich verstummte augenblicklich der hohe Singsang des erzbischöflichen Vorlesers.

»Kommt!«, rief ich den anderen zu. »Hier gibt es kein Gericht, keine Gerechtigkeit und keine Nächstenliebe …«

Niemand war in der Stadt, der sich ernsthaft gegen die Bewaffneten von Anno wehren konnte. Die einflussreichsten Männer von Cölln hatten die Stadt verlassen. Aber der Erzbischof konnte kein Strafgericht für die Zurückgebliebenen befehlen, denn dazu hätte er sämtliche Cöllner erschlagen und verprügeln oder vor sich in den Staub seiner Kirche zwingen müssen …

Ich hatte falsch gedacht. Ich hatte einfach nicht berücksichtigt, dass Anno und die Priester mit einer anderen Elle maßen als ich selbst. Während die Priester und Mönche in allen Kirchen Messen lasen und immer wieder beteten, überließen sie dem mitgebrachten Heer die Stadt. Drei Tage lang gab es nur kleinere Zusammenstöße. Doch dann entschied der Erzbischof, dass er lange genug gewartet hatte.

Zu wenig Cöllner hatten sich bußwillig gezeigt, zu wenige ihm öffentlich gehuldigt. Mit einem einzigen kurzen Satz vor dem Altar des großen Doms exkommunizierte Erzbischof Anno II. die gesamte im Namen Jesu Christi getaufte Bevölkerung der Stadt. Das war das Zeichen für seine Ritterschaft, sich ihren wohlverdienten Lohn und ihre Beute aus den Häusern abzuholen. Sie brachen wie ein Frühlingssturm durch alle Straßen, ritten durch die engen Gassen und machten jeden nieder, der sich schreiend und verzweifelt ihnen in den Weg stellte.

Noch während ich erneut zum Widerstand aufrufen wollte, packten mich harte Hände, rissen mich einfach von der Straße weg und schafften mich an jene Stelle in der alten Nordmauer, die ich schon mehrmals in der Vergangenheit durch Trümmerlöcher überwunden hatte. Genau hier hatten sie einen Richtplatz aufgebaut.

Noch ehe ich irgendetwas begriff, sah ich, wie Ursa auf die alten Mauerzinnen hochgerissen wurde. Ihr Oberkörper war entblößt, ihre Schultern waren blutig und ihre Hände auf dem Rücken mit einem Dornenseil gefesselt.

»Tod dieser Hexe!«, schrie die Menge. Es war, als würde sie sich durch ein Menschenopfer reinwaschen wollen. Ich schrie dagegen an. Doch niemand hörte mich. Kräftige Hände stießen sie von der Stadtmauer herunter. Ich selbst wurde gepackt und fortgerissen. Es war mir gleichgültig, ob ich jetzt an irgendeinen der vielen neu errichten Pfähle auf den Marktplätzen gebunden und verprügelt wurde. Dutzenden von Männern erging es ebenso. Sie wurden hart gestäupt und so lange geprügelt, bis sie wie der Gekreuzigte in ihren Fesseln an den Pfählen hingen. Andere verloren gleichzeitig ihr gesamtes Hab und Gut. Was nicht geraubt wurde, fiel durch Erlass an den Erzbischof.

Ich selbst durfte mit einigen meiner getreuen Freunde noch dieselbe Nacht in einem Hurenhaus zubringen. Gefesselt und noch immer blutend, mussten sich uns die schönsten dieser Weiber zeigen. Priester befahlen, dass sie sich mit unzüchtigen Bewegungen bis dicht vor unsere aufgeschwollenen Gesichter nähern mussten. Erst kurz nach Sonnenaufgang erfuhren wir, warum uns dieser widerliche und schadenfrohe obszöne Dienst erwiesen worden war.

Halb tot und übermüdet, durstig und ohne jeden Willen wurden wir bis zum Heumarkt geschleift. An neuen Pfählen, die über Nacht errichtet worden sein mussten, wurden wir diesmal auch mit unseren Köpfen fest angebunden. Wir blickten allesamt nach Westen. Als dann die warme helle Sonne hoch genug über den Rhein gestiegen war, traten die Schergen des Erzbischofs mit großen Spiegeln direkt vor uns. Andere hielten mit ihren Daumen unsere Augenlider hoch. Und dann brannte das Licht der mörderischen Sonne so rot und heiß in unsere Augen, bis alles um mich herum in einer Wolke aus Blut und Schmerzen unterging.

Die Bischöfe und Priester der verschiedenen Bistümer und Kirchen konnten sich lange nicht darüber einigen, wo der tote Erzbischof beigesetzt werden sollte. Schließlich verständigten sie sich auf einen Kompromiss. Alle wichtigen Kirchen in und um Cölln sollten die sterblichen Überreste des toten Erzbischofs wenigstens einmal sehen.

Wieder und wieder wurde der Prozessionsweg nacherzählt, den der Leichnam dieses harten Mannes genommen hatte. Auch mein vierjähriger Halbbruder Gerold konnte schon bald die Stationen aufsagen, durch die der verhasste Erzbischof unter dem Geläut der Glocken und dem Chor der Mönche und der Nonnen tagelang getragen wurde. Ich hörte mir die Kinderreime immer wieder gern und mit einem Lächeln an. Nein, ich grollte nicht mehr über meine Blendung und die Schmerzen der Bestrafung. Der Mann war tot. Und ich war mir nicht sicher, ob er jemals im Jenseits oder im Paradies ankommen würde.

Trotzdem ließ ich mir an stillen Abenden wieder und wieder von Ruth, dem jungen Eheweib meines Vaters, erzählen, mit welcher ungeheuren Ehrung und Anteilnahme der ganzen Stadt dieser Erzbischof schließlich zur letzten Ruhe getragen worden war.

»Sie zogen nach Sankt Martin«, sagte sie dann mit einer Stimme, die mich immer mehr an Ursa erinnerte. »Von Sankt Martin ging es in die alte Römerstadt zurück bis zum Rheinberg und zur Kirche Sankt Maria im Kapitol«, fuhr sie fort, indem sie eine Hand auf meine legte. »Von dort aus ging der Zug zur Kirche der heiligen Cäcilia, dann nach Sankt Georg und am folgenden Tag vor die südliche Stadtmauer nach Sankt Severin, von dort im großen Bogen nach Pantaleon, Sankt Aposteln im Westen und nach Sankt Gereon. An der Kirche der frommen Märtyrer von der Thebäischen Legion feierten alle ein frohes großes Fest, bei dem es endlich auch genügend Wein und Bier für die Begleitung und das Volk gab. Wieder einen Tag später holte man den Leichnam in Sankt Andreas ein. Sankt Ursula schickte ihm Reliquien entgegen, dann wurde er in Sankt Kunibert zwischen den Schreinen des schwarzen und des weißen Ewald aufgebahrt. Hier ruhte er, bis sie ihn nach Sankt Maria ad Gradus trugen. Und alle Priester folgten mit den wertvollsten Reliquien ihrer Kirchen. Als sie in den Dom zurückkehrten, brannten in den Chören Leuchterkronen mit sehr viel hellem Licht. Auch hier wurden noch einmal die heiligen Reliquien am toten Erzbischof vorbeigeführt. Anschließend sangen die Mönche und die Nonnen wieder laut und trugen ihn die Treppen bei Sankt Maria ad Gradus hinunter. Der Rhein stand hoch, und seine Wasser waren schnell. Wie durch ein Wunder glitt ein Schiff ohne Ruder gegen den Strom auf die andere Seite. Und da der Schlamm der Wege für alle Wagen unpassierbar war, trugen ihn die Mönche und sogar einige Adlige auf ihren Schultern bis nach Siegburg. Aber auch dort hörten die Gebete und das Wehklagen nicht auf. Tag um Tag und Nacht um Nacht fasteten die Mönche und die Nonnen. Sie weinten und sie klagten so lange, bis der Leib des toten Erzbischofs immer heller wurde und schließlich ganz wunderbar aufleuchtete und über alle Büßer hinwegstrahlte …«

In all den Jahren, die seither vergangen waren, hatte ich sie an dieser Stelle immer wieder danach gefragt, ob das alles inzwischen eine Legende oder tatsächlich geschehen war. Und jedes Mal schwor sie bei allem, was ihr heilig war, dass sie nichts hinzugefügt, sondern vielleicht einiges sogar weggelassen hatte.

»Du kannst mir wirklich glauben, Rheinold«, sagte sie dann mit einer stets wiederkehrenden Bitte. »Ich habe all das nur zum Teil gesehen. Aber es gibt genügend ehrenwerte Männer, die ebenfalls beschwören, dass der Leichnam des aufgebahrten Erzbischofs tatsächlich geleuchtet und nach Rosen geduftet hat.«

»Wenn das so ist und sich die Großen wieder darauf geeinigt haben, dass es nur einen Papst und nur einen Kaiser geben kann, wird es nicht lange dauern, bis auch dieser Erzbischof heiliggesprochen wird.«

Die beiden folgenden Jahrzehnte verliefen ziemlich friedlich für mich. Mein Halbbruder Gerold war zehn Jahre alt gewesen, als unser Vater starb. Wir erwiesen ihm nach den uralten jüdischen Ritualen die letzte Ehre in der Synagoge und auf dem jüdischen Friedhof vor der Stadt. Auf seinen Grabstein ließ ich in hebräischen Buchstaben seinen Namen meißeln und die Inschrift: »Seine Seele möge festgebunden sein an das Bündel aller, die zum ewigen Leben bestimmt sind«.

Als ich das anordnete, wurde mir zum ersten Mal bewusst, dass es auch in dieser Religion den Glauben an die Unsterblichkeit der Seelen gab. Eigentlich hatte ich es immer gewusst und nur nicht weiter darüber nachgedacht. Nach dem Tod meines Vaters und der Frist von einem halben Jahr schloss ich mit der rothaarigen, etwas füllig gewordenen Witwe meines Vaters eine Art Vertrag. Ich wollte ihr all das sagen, was ich über den Handel und die Schifffahrt auf dem Rhein gelernt hatte. Sie hingegen sollte dafür mein Augenlicht sein. Obwohl sie sich zunächst Bedenkzeit ausgebeten hatte, stimmte sie dann doch meinem Vorschlag zu. Allerdings wollte sie nicht, dass wir in einem Bett oder einer Kammer schliefen.

»Es ist wegen Gerold«, sagte sie, als ich sie ganz direkt danach fragte. »Ich könnte nicht ertragen, wenn du als sein Bruder auch noch der Vater weiterer Geschwister von ihm würdest.« Mehrmals versuchte ich, sie umstimmen, indem ich ihr vom Germanenrecht und von Königen erzählte, bei denen der Zusammenhalt einer Familie wichtiger gewesen war als ihre Vorbehalte. Aber sie blieb dabei, und wir entwickelten uns zu einem sehr einträglichen und erfolgreichen Gespann, das auch von allen anderen im Kaufmannswik geschätzt und anerkannt wurde.

Wir verlebten harte, anstrengende, aber auch fröhliche Zeiten. Bei allem, was uns Tag für Tag beschäftigte, blieb aber auch der Name jenes Mannes in der Stadt lebendig, durch dessen Härte und Unnachgiebigkeit nicht nur die Cöllner, sondern auch der König des Deutschen Reiches gedemütigt und durch die Mär von einem neuerlichen Normanneneinfall getäuscht worden waren. Heinrich IV. hatte sich noch in Annos letztem Lebensjahr mit dem Papst in Rom zerstritten, sodass sie sich nur noch beschimpften und gegenseitig wüste Briefe schreiben ließen, in denen sie sich gegenseitig absetzten.

Dieser Investiturstreit, wie der Kampf um das Recht zu Krönungen und die Einsetzungen von Bischöfen genannt wurde, hatte schließlich sogar dazu geführt, dass der stolze König tagelang barfuß im Schnee vor der Residenz des Papstes in Canossa ausharren und um Vergebung und Zurücknahme des vom Papst verhängten Banns bitten musste.

In diesen Jahren entstand zwischen den Feldern im Westen der ummauerten Stadt ein neuer Markt. Der große rechteckige Platz war nötig geworden, damit der Viehauftrieb und die Bauern mit den Produkten aus den Dörfern der Umgebung endlich aus der drangvollen Enge am alten Markt herauskamen.

Aufregung gab es auch, als in diesen Jahren ein Brand die Kirche und das Stift von Sankt Maria ad Gradus mit einem wütenden Feuersturm verheerte. Selbst aus dem großen Dom mussten die heiligen Geräte von hilfsbereiten Bürgern eilig nach draußen geschafft werden.

In letzter Not brachten auch noch Kanoniker von Sankt Kunibert den Leib ihres Heiligen jammernd und weinend in den Dom, um ihn zu opfern. Das Wunder geschah – die Flammen ließen ab von der großen Kirche des Erzbischofs. Auch der Leib Kuniberts verbrannte nicht …

Wiederum vier Jahre später krönte ein Gegenpapst König Heinrich IV. in der Peterskirche von Rom zum deutschen Kaiser. Im selben Jahr kam Heinrich zum Weihnachtsfest nach Cölln. Kurz darauf wurde erneut der Gottesfriede verkündet, der in der Stadt schon kurz zuvor Recht und Pflicht zugleich geworden war.

»Eigentlich ist das alles nur nützlich für uns«, meinte Ruth, als sie mir davon berichtete. »Der Gottesfrieden bedeutet Sicherheit und Ruhe für Reisende und Händler ebenso wie für alle, die an bestimmten Tagen in ihren Häusern bleiben. Für die ganze Stadt und das Erzbistum gilt jetzt das Verbot von Totschlag, Brandstiftung und Raub in der Zeit zwischen dem ersten Advent und Epiphanias, von der Vorfastenzeit bis zum Sonntag Oktav vor Pfingsten, an jedem Freitag, Samstag und Sonntag, an jedem Mittwoch zu Beginn der Jahreszeiten, in den Vorfesttagen, an den Festen der Apostel und überhaupt an jedem Fest- und Feiertag ...«

»Und wann, meine liebe Ruth, darf überhaupt noch gemordet und geraubt werden?«

Sie lachte hell auf und strich mir mit dem Handrücken über die Wange.

»Keine Sorge, Rheinold. Erstens bleiben noch genügend freie Tage für Verbrechen, und zweitens hält sich ohnehin niemand an derartige Befehle.«

»Und wozu dann das alles?«, fragte ich ein wenig verstimmt. Ich wusste es. Aber die ganzen Anordnungen und Strafen zeigten wieder nur, wie groß die Unterschiede zwischen Unfreien und Adligen, Laien und Klerikern waren. Für die gleiche Tat, die einem Bürger aus der Stadt die Enthauptung einbrachte, durfte ein Priester bestenfalls degradiert werden. Und wo ein Dieb die Hand verlor, sollten für einen Mönch ein paar Fastentage oder Schläge zur Sühne reichen.

»Neu ist nur, dass auch Diebe, die in eine Kirche oder auf einen kirchlichen Friedhof flüchten, nicht mehr getötet oder gefangen werden dürfen, sondern belagert werden müssen, bis der Hunger sie zur Aufgabe zwingt.«

»Viel schlimmer als die Strafen an Leib und Leben sind der Bann und der Ausschluss aus der menschlichen Gemeinschaft«, sagte ich nachdenklich. »Keiner darf einem Verdächtigen oder Gebannten mit Geld, Nahrungsmitteln oder Obdach helfen. Kein Priester darf für ihn eine Messe singen, und kein Christ darf ihm bei einer Krankheit helfen. Das, Ruth, das sind Strafen, die noch schlimmer wirken als all das andere.«

»In manchen Gegenden reicht schon der einfache Verdacht, um einen anderen zu schädigen«, sagte sie leise.

»Ich weiß«, gab ich zurück. »Ich habe ebenfalls gehört, welch Unrecht und welch Schindluder mit diesen unbeweisbaren Reinigungseiden oder gar Gottesurteilen getrieben werden kann.«

»Ich wünsche keinem Christenmenschen, dass er irgendwann und von irgendjemand auf eine Art verdächtigt wird, dass er sich nicht wehren kann oder gezwungen wird, das Gegenteil von erfundenen, wahnwitzigen Beschuldigungen zu beweisen.«

»Und warum wünschst du das nur den Christenmenschen?«, fragte Ruth. Schon am Klang ihrer Stimme hörte ich, dass da noch etwas sein musste – irgendetwas, wovon ich bisher unabsichtlich oder mit Bedacht nichts erfahren hatte …

In all den Jahren hörte ich fast jede Woche irgendeine Geschichte oder Berichte über ein Ereignis, das sich stromauf oder stromab im Westen oder im Osten oder sogar in weit entfernten Gegenden zugetragen hatte. Das meiste davon ließ sich weder überprüfen oder gar bewerten. Doch das war überhaupt nicht wichtig. Was uns in Cölln wirklich interessierte, waren die Preise für Wolle und für Tuche, Pelze, Heringe und vielleicht noch Spezereien aus dem Orient. Was der Wein und das Gemüse von den Feldern kostete, wie viel für ein Schock Eier, ein paar Hammelkeulen oder grünen Schweinespeck zu zahlen war, ging zumeist die Weiber, aber nicht die großen Kaufleute in der Rheinvorstadt irgendetwas an. Ich konnte sagen, wie viel ich für ein paar Fässer Moselwein zu zahlen bereit war oder auch für Pfeffer, Salz oder Südfrüchte. Alles andere hing vom Wetter, von Ernten, von den Hungersnöten oder Seuchen und, wenn es schlimm kam, auch von Kriegen und Feldzügen irgendwelcher Könige und Päpste, Bischöfe und Herzöge ab.

Wir Cöllner hatten schon die Römer überstanden, die Hunnen und die Nordmänner. Glücklicherweise waren die Ungarn und die Sarazenen auf ihren schnellen Pferden ebenso wenig bis nach Cölln gekommen wie die Langobarden oder die Seldschuken, die kurz nach Annos Tod Jerusalem erobert hatten. Wir hörten, dass diese Muselmanen auch den Kaiser in Byzanz bedrohten und sogar römische Heere in die Flucht geschlagen hatten.

»Der Ruf nach einer Zurückeroberung des heiligen Jerusalem wird immer lauter«, sagte ich zu Ruth, als sie mir erzählte, was sie von einigen gerade angekommenen Griechen unten im Hafen gehört hatte.

»Es heißt, dass jetzt überall mutige Adlige und Ritter gesucht werden, die es sich leisten können, mit ein paar eigenen Knechten für die Pferde und die Waffen nach Jerusalem zu ziehen.«

»Ein paar Dutzend davon werden sie schon finden«, gab ich lachend zurück.

»Genau das wäre etwas für mich«, rief mein Halbbruder sofort begeistert. Der gerade Vierundzwanzigjährige war inzwischen mehrfach in London gewesen, hatte Paris gesehen und war in meinem Auftrag mit guter Ware auf unseren Treidelschiffen den Rhein hinauf bis nach Trier und Mainz gekommen.

»Selbst wenn ich dir all unser Geld für eine goldene Rüstung gäbe, nähmen sie dich nicht«, dämpfte ich seine Begeisterung. »Du hast zwar mehr als viele kleine Grafen und bist auch ein getaufter Christ. Aber derartige Wallfahrten sind nichts mehr für dich.«

»Und warum nicht?«, fragte er sofort.

»Du weißt zu viel und hast zu viel gesehen«, sagte ich ohne große Lust, mit ihm zu streiten. »Dein Platz ist hier, und hier findest du dein Auskommen. Außerdem gibt es in dieser Stadt jede Menge Gebeine von Heiligen und kostbare Reliquien. Es gibt somit nicht den geringsten Grund für dich, der dich bis nach Rom, auf die Iberische Halbinsel, zum Grab des Apostels Jakob in Santiago de Compostela oder gar bis ins ferne Jerusalem treiben könnte.«

»Ihr versteht das eben nicht«, antwortete Gerold. »Das Grab von Jakob in Santiago de Compostela ist doch nur ein Symbol. Je mehr Christen dorthin pilgern, umso deutlicher zeigen wir damit den Muselmanen, dass die Iberische Halbinsel zu den Christen und nicht zu den Kriegern Allahs gehört.«

Ich bewunderte seine offene Art und den Mut, mit dem er mir zu widersprechen wagte.

»Und warum sollen wir nach deiner Meinung viel Blut vergießen, damit Jerusalem wieder christlich wird?«

Er merkte plötzlich, worauf ich hinauswollte.

»Auch Jerusalem ist vielleicht nur ein Symbol«, lenkte er ein. »Vermutlich meinst du, dass es nur benutzt wird, weil der Papst in Rom die abgespaltene Christenheit im Osten zurückgewinnen will.«

»Wir wissen nicht, was wirklich hinter allem steckt«, sagte seine Mutter weise. »Aber irgendwie ist plötzlich alles in Bewegung.«

»Es gibt schon seit Jahrhunderten immer wieder große Gruppen herumziehender Menschen«, sagte ich. »Und auch Wallfahrten zu irgendwelchen heiligen Orten, Gräbern oder Höhlen wird es wohl immer geben.«

»Aber nicht so, wie es jetzt berichtet wird«, meinte Gerold. »Ihr könnt euch das vielleicht nicht vorstellen. Aber ich habe bei meiner letzten Handelsreise durch Nordfrankreich derartig viele fromme, nur noch Gebete murmelnde Menschenhaufen gesehen wie nie zuvor in dieser Stadt. Sie ziehen kreuz und quer von einer Grafschaft in die andere, beten und singen, schleppen sich immer weiter und haben einen Glanz in ihren Augen und in den Gesichtern, der auf den ersten Blick verzückt wirkt, mir aber schon gefährlich vorkam.«

»Wieso gefährlich?«, fragte seine Mutter.

»Habt ihr denn nicht davon gehört, dass Papst Urban II. bereits zu einer bewaffneten Pilgerfahrt aufgerufen hat? Und dass jetzt überall Mönche als Prediger die Tagelöhner aus den Städten und die Fronarbeiter von den Feldern holen?«

»Das ist nicht zulässig«, widersprach ich. »Weder stadtfreie noch leibeigene Bauern dürfen zum Heeresdienst herangezogen werden.«

»Versteh doch«, sagte Gerold beharrlich. »Es ist kein Heeresdienst, kein offizielles Aufgebot. Was diese Menschen treibt, ist ganz allein der Glaube ...«

»... gepaart mit Hunger, Hoffnungslosigkeit und der Gier nach Beute«, sagte ich sarkastisch. »Wollen wir uns doch nichts vormachen, meine Lieben. Auch die Hoffnung auf einen Platz im Paradies erklärt den Todesmut nicht, mit dem die Menschen morden, plündern und verheeren. Es gibt nur wenig Heilige, denen alles Irdische wirklich und wahrhaftig fremd ist. Aber wie vielen dient die Frömmigkeit des Herzens und die Läuterung der Seele nur als eine goldene Brücke für das Vollschlagen des Bauches, zu noch mehr Lust im Bett und zum Traum vom Reichtum bereits hier auf Erden?«

Schneller, als irgendjemand ahnen konnte, kam das Unglück allzu großer Frömmigkeit auch über Cölln am Rhein. Schon nach dem Frühlingshochwasser hörten wir unglaubliche Berichte von Schiffern, die stromauf von Worms herkamen. Sie erzählten von unablässig ihre Gebete singenden Mönchen, die einfach in die Stadt eingedrungen waren, sich nicht um Wachen oder andere beherzte Männer kümmerten und dann einfach gestohlen, geplündert, um sich geschlagen und schließlich sogar Feuer in die Häuser geworfen hatten, bei denen ihnen nicht gleich geöffnet wurde.

Kurz vor Ostern bestätigten sich derartige Berichte. Glaubwürdige Handelsmänner und Rheinschiffer erzählten Tag für Tag von neuen Plünderungen und Scharen frommer Pilger, die auch noch beteten und sangen, wenn sie andere prügelten oder erschlugen.

»Es ist unglaublich«, sagte einer der Männer, die schon mit mir zusammen gegen die Willkür Erzbischof Annos aufgestanden waren. »Anfänglich soll es ihnen ganz egal gewesen sein, was sie plündern, anstecken oder zerschlagen konnten. Aber inzwischen haben sie gemerkt, dass gerade in den Kaufmannsvierteln und dort, wo viele Juden wohnen, die größte Beute lockt und die geringste Gegenwehr zu fürchten ist.«

»Du meinst, sie nehmen sich jetzt absichtlich die Judenviertel vor?«, fragte ich erschrocken.

»Genauso ist es. Und ihre Anführer, die Mönche, haben sogar schon einen Grund dafür gefunden, dass wir diejenigen sein sollen, die an jeder Pest und jeder Hungersnot die Schuld tragen.«

»Ich bin getaufter Christ.«

»Du bist beschnitten«, antwortete der Freund. »Sobald sie das entdecken, ist dein Leben weniger als eine Vorhaut wert.«

»Wieso soll die nichts wert sein?«, protestierte ich. »Es gibt schon gut ein Dutzend davon als Reliquien. Sie gelten ebenso viel wie die Splitter vom Holz des Kreuzes.«

»Mach dich nur lustig«, sagte Ruth. »Du wirst schon sehen, was passiert, wenn sie erst hier sind.«

»Ich werde gar nichts sehen«, antwortete ich streitbar. »Ich frage mich nur immer wieder, warum all diese Leute vergessen, dass ihr so fanatisch angebeteter Gottessohn selbst ein Jude war. Und Gott … Gott als der Vater des Messias … ist der etwa kein Jude?«

»Rheinold!«, warnte mich die Witwe meines Vaters. »Verstehst du denn nicht, was wirklich hier entsteht? Das hat nichts mehr mit Vernunft, mit einem frommen Lebenswandel oder mit Christentum zu tun.«

»Aber was dann?«, fragte ich aufgebracht. »Warum versammeln sich Diebe, Wegelagerer und hirnverbrannte Mönche unter dem Wunsch, jeden zu vernichten, der nicht genauso unbarmherzig gläubig ist wie sie selbst?«

»So furchtbar alles klingt, dürft ihr doch diesen armen Menschen nicht einmal böse sein«, meinte Ruth. »Viele von ihnen glauben reinen Herzens, dass sie selbst Erlösung, Reichtum und ein Paradies finden, je unbarmherziger sie alle Andersgläubigen ausrotten.«

»So ungefähr hat das doch auch der Papst gesagt«, bestätigte mein Jugendfreund.

»Und jetzt? Was machen wir? Alles einpacken und auf die Ostseite des Rheins fliehen?« Ich schnaubte kurz. »Solange die Verantwortlichen für Sicherheit und Ordnung nichts dagegen tun, könnten wir bis nach Jerusalem vor diesen Horden unter dem Kreuzeszeichen fliehen – es wäre sinnlos, denn vor Unvernunft und Fanatismus gibt es nirgendwo Asyl.«

»Willst du denn einfach hierbleiben und dich totschlagen lassen?«, fragte mein gerade hereinkommender Stiefbruder. »Wir haben nicht mehr viel Zeit, wenn wir unser Hab und Gut und unser Leben retten wollen. Sie sind bereits südlich der Stadt. Und es sollen Hunderte, wenn nicht gar Tausende sein.«

»Und warum werden hier die Tore nicht geschlossen? Wo bleibt die Stadtwache? Was sagten der Stadtvogt und der Erzbischof? Und selbst wenn die nicht wollen oder können, was macht der Kaiser? Und was machen seine Söhne?«

»Mit denen hat doch Heinrich IV. selbst allergrößte Schwierigkeiten«, antwortete mein Bruder. »Es heißt, dass zwischen ihnen bereits Mars mit seinen Zähnen knirscht. Und dieser Krieg, der uns bevorsteht, wird Tausende von Opfern haben. Was interessieren da ein paar erschlagene Juden?«

Dennoch dauerte es mehrere Wochen, in denen keiner von uns wusste, ob wir fliehen sollten oder ob die Gefahr vielleicht doch noch an uns vorüberziehen würde.

Die Zusammenkunft auf dem Neumarkt in der Westhälfte der Stadt verlief ohne jeden Zwischenfall. Einige der Pilger nahmen sogar daran teil. Sie besuchten die Kirchen von Sankt Severin, Sankt Pantaleon und Sankt Gereon außerhalb der Stadtmauern und hielten sich zum Schluss zwischen der Straße nach Jülich und nach Aachen und der Kirche von Sankt Aposteln auf. Am Rhein, im Kaufmannswik und am Hafen spürten wir kaum etwas von den größtenteils französisch sprechenden Pilgern jeden Alters. Es waren tatsächlich sehr viele Frauen und Kinder unter ihnen.

Nach und nach erfuhr ich, dass sie nicht aus irgendeiner bestimmten Stadt, sondern aus dem Flachland der Picardie und der Champagne stammten. Unterwegs hatten sich viele andere von der Mosel und vom Rhein den frommen Mönchen angeschlossen. Ich konnte einfach nicht glauben, dass diese Menschen, von denen es inzwischen hieß, dass sie sich draußen vor der Stadt von ihren langen Wegen erholten, irgendetwas Böses gegen uns im Schilde führten. Anders als in anderen Städten wollte der amtierende Erzbischof von Cölln keine Massaker und keine Randalierer in seiner Stadt. Jetzt zahlte sich aus, dass die Judengasse und der Kaufmannswik von Anfang an großzügig gegen die Kirchen und den Dom gewesen waren.

Auf Vorschlag des Domkapitels brach deshalb jeden Morgen ein Zug mit drei oder auch mehr Karren von den Speichern im Hafen auf. Auf ihnen wurden hoch gepackt frisches Brot, Käse, Butter und Speck sowie Trockenfisch, Wein und Bier quer durch die ganze Stadt und über den Neumarkt bis zum Westtor bei der Kirche Sankt Aposteln gebracht. Die Stadt verpflegte und versorgte den gesamten Pilgerzug, der inzwischen auf mehrere tausend Menschen angewachsen war. Die Kirchenmänner und wir Kaufleute stöhnten unter der schweren Bürde, aber wir hofften, dass wir auf diese Weise die Wallfahrer von noch mehr Plünderung und Totschlag abhalten konnten.

In der Zwischenzeit ließ der Erzbischof zu, dass einige besonders angesehene Judenfamilien in andere Diözesen fortziehen konnten. Es sah schon fast so aus, als würden wir auf diese Weise dem Schicksal der jüdischen Gemeinden am Mittelrhein entgehen.

»Siehst du?«, sagte ich zu Ruth und meinem Bruder. »Manchmal bringen Opfer für die Gläubigen schon auf Erden einen Gewinn.«

Hätte ich diesen Satz doch nie gesagt!

Der nächste Tag – es war der 30. Mai anno 1096 – wurde zum Weltuntergang für die jüdische Gemeinde. Männer und Frauen, Kinder und Mönche drangen vollkommen unerwartet durch die Marspforte in die Stadt ein. Sie quollen wie Eroberer mit Geschrei und zugleich frommen Gesängen einfach durch die Gassen, schlugen alles mit langen Stangen kaputt, droschen auf die Menschen ein, die sich ihnen in den Weg stellten, und brachen selbst die schwersten Tore auf.

Niemand soll sagen, dass sie Hunger hatten. Und niemand, dass sie dürsteten. Sie waren satt gefressen und größtenteils noch besoffener als Schifferknechte nach dem Tagelohn. Sie hatten nichts von ihrem Rachedurst an allen Juden verloren.

Ruth und mein Bruder retteten sich mit einigen hundert anderen auf die Schiffe im Fluss. Ich selbst versteckte mich im Alkoven unseres Hauses und blieb dort drei Tage und drei Nächte, ohne einen Ton von mir zu geben. In dieser Zeit schlief ich nur immer wieder einige Minuten, denn ständig gellten Todesschreie durch die Gassen. Das Krachen einstürzender Dachstühle hielt mich ebenso wach wie der Feuersturm, der mehrmals heiß und dicht an mir vorbeirauschte. Ich hörte Kinder schreien ebenso wie Frauen, hörte den Pöbel und die Mönche, wie sie trunken tanzten und gerade erst Erschlagene mit sich durch die Straßen schleiften.

Nie zuvor hatte ein einziges Stadtviertel in der Stadt am Strom ein derartiges Massaker erlebt. Drei Tage und drei Nächte, dann war der Spuk plötzlich vorbei. Als alles still wurde und draußen wieder Ruhe herrschte, wagte ich mich noch lange nicht aus meinem Versteck. Doch dann entdeckten mich ein paar trunken Zurückgebliebene.

Ich sah sie nicht in meiner Blindheit. Als ich sie hörte, waren sie schon zu dicht vor mir. Ohne zu wissen, was geschehen würde, riss ich die Arme hoch. Zu spät, um mich zu schützen. Schwert oder Holzpfahl? Nicht einmal das konnte ich noch erkennen, als ich von den frommen Pilgern totgeschlagen wurde.

26. RELIQUIENHÄNDLER

JA, ES ERINNERTE MICH an die Worte aus der Offenbarung des Johannes. Ich sah lichte, hell strahlende Bilder in so großer Zahl gleichzeitig vor mir, als hätte sie eine Heerschar unbekannter Maler in einem Dom, der größer war und höher in den Himmel reichte als alles je zuvor Gesehene, übereinander-, nebeneinander- und durcheinandergemalt …

Ich flog auf das vorderste der Bilder zu. Es kam mir vor wie eine endlose, erst zum Horizont hin leicht gekrümmte Wiese, in der sich roter Klatschmohn, blaue Kornblumen und ungezählte weiße Gänseblümchen miteinander vermischten. Von der linken Seite her tauchte ein goldener Thron auf, der wie auf einem Regenbogen an mir vorbeiglitt. Dann sah ich zweimal zwölf geschnitzte Stühle mit sehr hohen Lehnen. Und auf den Stühlen saßen vierundzwanzig Priester, Bischöfe und Druiden mit langen weißen Gewändern und goldenen Kronen auf den Häuptern. Ich wollte näher zu ihnen.

Da aber gingen vom ersten Stuhl, den ich auf einmal wie aus Jaspis, Sarde und Smaragden gearbeitet erkannte, farbige Blitze aus. Ich hörte Donner, laute Stimmen, dann brannten Fackeln wie Osterfeuer vor dem Stuhl. Gleichzeitig stürzte ich an der Wiese vorbei auf ein gläsernes Meer zu, das wie fein geschliffener, unendlicher Kristall aussah. Jetzt blickten Augen mich an. Es waren große Augen wie von einem Pferd, dann wie von Kühen und wilden Tieren, die ich nie zuvor gesehen hatte.

Sie kamen mir wie die verlorenen Seelen sämtlicher Tiere vor, die jemals auf der Erde geatmet und gelebt hatten. Gleichzeitig bekamen vier der Tiere jeweils sechs Flügel. Und diese Tiere glichen einem Löwen, einem Stier, einem Adler und einem nackten Menschen, in dem ich mich sofort selbst wiedererkannte. Ebenso wie die Tiere hatte auch ich sechs Flügel. Sobald ich sie bewegte, konnte ich mit ungezählten Augen in den Flügeln den Wind beobachten und sehen, wie Erscheinungen entstanden, noch ehe sie verursacht wurden.

Ich sah die inneren Zusammenhänge vieler Wunder, hörte das Donnern, ehe es entstand, und begriff, dass weder Zahl noch Raum noch Zeit eine Bedeutung hatten in der Ewigkeit. Am Anfang war das Wort. Und es hieß Ogma: Alles kam, war und ging zugleich – ohne Anfang und Ende, ohne die sieben Siegel an der Buchrolle, die auf der Innen- und der Außenseite mit den unendlich vielen Antworten beschrieben war, zu denen ich nicht einmal die Fragen kannte ...

Urplötzlich verwischte sich das erste Bild des Throns aus Smaragden und anderen Edelsteinen. Grün flatternde Fahnen mit Schriftzeichen, die ich nicht lesen konnte, hüllten den Herrscher der Farbenwelt ein. Tausend Stimmen riefen irgendetwas von Allah. Mit einem scharfen Krachen schlug ein anderer, von dem ich ebenfalls nur Schriftzeichen erkannte, gegen den Thron und zerfetzte die grünen Fahnen. Doch diese Schriftzeichen kannte ich. Sie hießen Jahwe und gehörten dem großen Gott des Wortes und des Zorns. Ich war fasziniert und erschreckt zugleich. Konnte es sein, dass ich in ein Jenseits geraten war, in dem der Gott der Christen, der Moslems und der Juden sich gegenseitig ihren Herrscherthron streitig machten? Mir kam dieser Gedanke so ungeheuerlich vor, dass ich beschloss, sofort wieder zurückzukehren.

»Amen – ja, es soll geschehen«, riefen der Adler, der Löwe, der Stier und dann der nackte Mensch nacheinander. Im selben Augenblick stürzte meine Seele in die andere Wirklichkeit zurück. Es war, als hätte jemand eine große und bisher weit geöffnete Tür unmittelbar vor mir mit aller Kraft zugeschlagen.

Im ersten Augenblick war es wie ein eisiger Regenschauer. Dann folgte eine Hitzewelle und dann ein Reißen in allen meinen Gliedern, als würde ich auf einer Streckbank liegen.

Es dauerte einige Minuten, bis ich mich zurechtfand. Ich hatte Hunger, und der Duft einer Garküche auf Rädern ließ mir das Wasser im Mund zusammenlaufen. So wie ein Braten in der Pfanne, wenn er sehr hoch erhitzt ist, nur ganz langsam mit Wasser für die Soße angegossen werden darf, so rannen auch die Wissensströme aus dem jungen Rheinold nur sehr behutsam bis zu meiner Seele. Manchmal empfand ich die Rückkehr zu den Lebenden als noch schlimmer als ein mühsames Erwachen aus einem langen

Albtraum. Dann wieder kam mir das Erblühen des Bewusstseins wie ein Frühlingsmorgen vor, in dem bereits der erste Augenaufschlag nichts außer Lebensfreude und großem Glück bedeutete.

Ich sah mich um. Überall arbeiteten Männer mit nackten Oberkörpern zwischen halb aufgeworfenen Gräbern. Am Rand der Gräberfelder standen und saßen ebenso viele Frauen, während lärmende Kinder mit kleinen Töpfen, aus denen Fleisch und Suppe dampften, überall hin und her liefen. Ich selbst war nicht halb nackt, sondern trug ein ordentliches und sogar sauberes Wams, dazu Hosen aus gutem Wollstoff, der mit dem Saft der Waidpflanze in Cöllner Blau gefärbt war. Meine ledernen Schuhe mussten von einem guten Meister stammen, und der Gürtel um meinen Leib war kein Pfund Sterling, aber sicherlich mehr als ein paar Silbermünzen wert.

Ich stand zusammen mit gut zwanzig anderen Händlern aus dem Kaufmannswik und ebenso vielen Priestern und Mönchen unmittelbar vor der Kirche der heiligen Ursula. Mehrere Karren und verschlossene Wagen waren hintereinander aufgereiht. An einigen hörte ich flämische Laute, an anderen die Dialekte der Menschen im Süden und im Osten. Aber noch immer wusste ich nicht, was wir eigentlich taten. Keiner der vielen Menschen wirkte traurig, gramgebeugt oder erschüttert, wie es bei der Notwendigkeit, derartig viele Gräber auszuheben, eigentlich zu erwarten war. Im Gegenteil: Sie wirkten alle über Gebühr aufgeregt und so eifrig, als würden sie hier Gold und wertvolles Geschmeide aus alten Römergräbern holen. An diesem eigenartigen Gedanken musste tatsächlich etwas dran sein.

Ich kniff die Augen zusammen und machte mir bewusst, dass ich tatsächlich wieder sehen konnte. Gleichzeitig fiel mir ein, dass ich in meinem neuen Körper zu den wenigen Überlebenden des furchtbaren Massakers vor nunmehr schon zehn Jahren gehört hatte. Zusammen mit zweihundert anderen Juden waren wir auf verschiedene Schiffe geflüchtet. Aber es war uns nicht gelungen, auf dem Rhein zu entkommen. Die frommen Pilger hatten sich ihrerseits auf kleinere Schiffe gestürzt, und kraft ihrer heiligen Hartnäckigkeit waren sie wie mörderische Flusspiraten siegreich über uns gewesen. Selbst dort, wo sie keinen Boden mehr unter ihren nackten Füßen hatten, war ihre rohe Mordlust nicht abgekühlt. Einige von uns hatten noch auf den Schiffen mit eigener Hand Weib und Kind erschlagen, um sich dann selbst den Tod zu geben. Während in der Stadt die Flammen aus der Synagoge schlugen und viele Rauchsäulen zum Himmel aufstiegen, waren die letzten unserer Schiffe Stück um Stück untergegangen …

Ich stand minutenlang bewegungslos inmitten der schreienden, aufgeregten Menschenmenge, die so hart arbeitete und sich immer tiefer grub, als wäre hier nicht nur viel Gold, sondern das Seelenheil im Erdboden versteckt.

Ich hob den Blick und sah nach Süden zum großen Gotteshaus der Christen. Einige neuere Häuser verdeckten inzwischen den Blick auf die Stadtmauer. Davor werkelten mehrere hundert Menschen an irgendwelchen Dingen im Boden. Ich hatte keine Idee, was sie dort machten.

»Träumst du, Rheinold?«, rief mich ein Priester von der Seite her an. Ich brauchte einen Augenblick, um in ihm einen der Siegburger Mönche zu erkennen. Er hatte gerade erst ein Loblied über Erzbischof Anno verfasst. Das Besondere daran war die Kühnheit, dass er es nicht in der lateinischen Kirchensprache, sondern in Thiudisk verfasst hatte, das jedermann verstand.

»Nein, nein, ich träume nicht«, antwortete ich schnell. Ich wusste nicht, was ich ihn fragen sollte, ohne mich auffällig zu machen. Deshalb sagte ich schnell: »Wie geht es deinem Annolied? Wie viele Abschriften habt ihr inzwischen?«

»Es werden täglich mehr«, lachte der kleine, rotnasige Mönch. Er hatte Schweinsäuglein und leckte sich, wie er vom anstrengenden Schreiben mit der Gänsefeder gewohnt war, ständig mit der Zungenspitze über dic Lippen.

»Dann wundert mich, dass du auch noch für das hier Zeit hast«, lachte ich und tat so, als wüsste ich über die seltsamen Arbeiten auf dem Friedhof auf Sankt Ursula ebenso gut Bescheid wie er.

»Was willst du eigentlich, Rheinold?«, gab er verschmitzt und schon fast vertraulich zurück. »Ich weiß ja, dass euch böse mitgespielt wurde. Aber bei dieser Sache hier macht ihr doch einen wirklich guten Reibach oder wie das bei euch heißt …«

Ich lachte zustimmend, obwohl ich immer noch keine Ahnung

hatte, was eigentlich geschah. Ich fand auch keinen Ansatz mehr, um noch mehr aus ihm herauszulocken. Deshalb sagte ich ins Blaue hinein: »Es sind tatsächlich sehr viele Gräber.«

»Und erst die *Knöchelsche*«, lachte der Verfasser des neuen Annoliedes. »Hunderte, Tausende vielleicht. Es ist, als hätte uns der Himmel mit Manna überschüttet.«

Ich verstand kein Wort. Alles, was ich wusste, lag schon rund tausend Jahre zurück. Damals, in den Jahren nach der Niederlage der Römer im Teutoburger Wald, waren die Gebeine vieler tausend Legionäre mühsam eingesammelt und vor der Stadt der Agrippinenser in großen Beinfeldern vergraben worden. Sollte etwa genau dies der Grund für die mir unverständlich fröhlichen Grabungen sein?

»Du glaubst gar nicht, wie dankbar wir inzwischen dafür sind, dass sich Kaiser Heinrich mit seinem Sohn Heinrich V. bis aufs Blut bekämpft – selbst wenn dadurch auch unser Erzbischof Friedrich von Schwarzenburg fliehen musste.«

»Ja, das ist schlimm«, sagte ich. Aber ich spürte augenblicklich die Warnungen aus meinem Amulett.

»Es war schon eine Schande, dass unser Erzbischof durch einen päpstlichen Legaten von seinem Amt verstoßen wurde, nur weil er pflichtgetreu zu Kaiser Heinrich IV. hielt. Dabei war er es doch, der immer wieder zwischen Vater und Sohn vermitteln wollte.«

»Löbliche Absicht! Und stets die Christenpflicht«, sagte ich und bemühte mich, nicht von dem schmalen Steg zu rutschen, auf dem ich schon mit einer falschen Antwort straucheln konnte. Und genau das wäre um ein Haar passiert, weil ich inzwischen glaubte, dass Kaiser Heinrich IV. und der Erzbischof von Cölln eine Partei gegen den abtrünnigen König Heinrich V. gebildet hatten.

»Aber seit Palmarum sieht es ja jetzt ganz anders aus«, strahlte der Mönch. »Jetzt hat sich unser Erzbischof eindeutig für König Heinrich V. entschieden. Und damit hat er klar bewiesen, dass er klüger ist als ihr denkfaulen Bürger von Cölln, von Bonn und Jülich, die ihr noch immer dem alten Kaiser Heinrich IV. anhängt …«

Ich starrte den Mönch aus Siegburg ungläubig an. Hatte er

nicht gerade erst etwas völlig anderes gesagt? Und welche Fallstricke waren diesmal überall für mich aufgespannt?

»Aber ich schwöre euch, Erzbischof von Schwarzenburg wird wiederkommen, zusammen mit den Kriegern von König Heinrich V. Dann nützt es euch überhaupt nichts, wenn ihr jetzt im Schweiße eures Angesichts die alten Römermauern wiederaufbaut und auch noch Wälle, Gräben und neue Mauern um die Siedlungen hier draußen zieht. Mag sein, dass ihr im Süden bei Oversburg oder auch im Westen das Kirchspiel von Aposteln rechtzeitig gegen einen Angriff des Königs und des Erzbischofs umwallen könnt. Aber hier im Kirchspiel von Sankt Ursula gilt inzwischen der Vorrang der Gebeine der elftausend Jungfrauen.«

»Elftausend ... was?«, fragte ich verdutzt.

»Elftausend Jungfrauen«, wiederholte der kleine schweinsäugige Mönch, und seine Zunge leckte vor Aufregung noch flinker über die Lippen. »Weißt du doch, Rheinold! Die Begleiterinnen der Königstochter Ursula, die hier vor sechs Jahrhunderten den Tod als Märtyrerinnen gefunden haben.«

»Elftausend Jungfrauen«, keuchte ich fassungslos. »Wie seid ihr bloß ...«

»Was ist?«, fragte der Mönch, und sein Gesicht zuckte plötzlich. »Zweifelst du etwa daran? Willst du behaupten, dass wir hier nicht die kostbaren Gebeine dieser Jungfrauen ausgraben? Gibst du das Gold zurück, dass du bereits von Lüttich und Maastricht und von den vielen anderen Kirchen in Belgien bekommen hast?«

»Nein, nein«, versuchte ich mit aller Kraft zu beschwichtigen. »Du musst mich völlig falsch verstanden haben. Natürlich bin ich auch dafür, dass wir so viele der Gebeine, die wir durch Gottes Gnade finden, zur Verehrung durch die Gläubigen überall verteilen.«

»Pass nur auf, Jude!«, warnte der Mönch. »Wir haben nicht vergessen, wo du herkommst, auch wenn wir wissen, dass du selbst getauft und nicht beschnitten bist.«

Ich lachte anzüglich, obwohl mir gleichzeitig das Blut in meinen Adern gefror. So also war das hier inzwischen. Aber ich durfte nicht einmal laut aufschreien.

Obwohl die neuen Stadtbefestigungen nördlich der alten Römermauer bis zum Sommer noch nicht fertig wurden, belagerte König Heinrich V. die Stadt am Strom nur halbherzig. Es war schon bald ein offenes Geheimnis, dass er mehr an Lösegeld durch die vermögenden Stadtbürger als an einer Zerstörung ihrer Häuser interessiert war. Schließlich zog er ab und verschwand mit dem größten Teil seines Heeres stromaufwärts. Es hieß, dass er nach Worms ziehen wolle, um dort zu Pfingsten alle Fürsten, die sich inzwischen auf seine Seite geschlagen hatten, zum Kampf gegen die aufsässigen Reichsfeinde des Niederrheins aufzufordern.

Keinem in der Stadt musste besonders eingebläut werden, was das bedeutete. Arbeiten, die sonst im Frühling und im Sommer den Vorrang hatten, blieben einfach liegen. Selbst die Bauern und die Knechte von den Feldern innerhalb und außerhalb der Stadt wurden zusammengerufen. Sie mussten Steine anschleppen, Mörtel anrühren, Hebebäume bauen, die Tore instand setzen und schließlich auch noch die Mauerzinnen verstärken.

Die neuen Befestigungen umgaben schließlich die alte, fast quadratische Römerstadt und die Rheinvorstadt wie ein zweiter sicherer Speckgürtel. Nur an einem kleinen Stück im Nordwesten und an der Stadtspitze im Südwesten am Duffesbach waren die alten Römermauern von Anfang an stark genug. Hier wurden keine zusätzlichen Schutzzonen neu errichtet. Wie selten zuvor vereinte sich die gesamte Stadt unter dem gemeinsamen Ziel. Aber es ging den Menschen hier nicht um Kampf, Eroberung oder einen Feldzug wie jenen Bewaffneten, deren Handwerk es war, Jahr um Jahr in den Krieg zu ziehen. Die Reichen und Mächtigen von Cölln besannen sich viel mehr auf die Geburtsstunde der ersten Colonia Claudia Ara Agrippinensium und auf den Wert, den schon die Legionäre Roms auf die allabendliche sichere Befestigung ihrer Lager gelegt hatten.

Ich fand mich schnell in meinem neuen Leben zurecht. Wie es sich für einen ordentlichen Christenmenschen gehörte, besuchte ich regelmäßig die Messen und spendete von meinen Erträgen an die verschiedenen Kirchen. Einige der Kirchsprengel veränderten sich in ihrer Zusammensetzung durch die Vergrößerung des ursprünglichen Stadtgebietes. Und auch dadurch, dass die gesamte Bürgerschaft im Widerspruch zu König Heinrich V. und Erzbischof Friedrich von Schwarzenburg stand, arbeiteten einige Pfarreien enger mit den Cöllnern zusammen.

Doch dann trat ein, was viele bereits befürchtet hatten. Kaiser Heinrich IV. starb mitten in der Vorbereitung seines Feldzuges gegen seinen Sohn König Heinrich V. in Lüttich. Wir in Cölln erhielten nur spärliche Nachricht von diesem Unglück. Wir erfuhren nur, dass die Leiche des Kaisers noch an seinem Todestag auf einem Karren aufgebahrt und in Richtung Speyer auf den Weg gebracht wurde.

Nur wenige Tage darauf setzte sich auch bei uns immer mehr die Meinung durch, dass wir nun nicht mehr dem Kaiser in Treue und Eid verbunden waren. Schon war ich, als einer von sechs Kaufleuten, ausersehen, dem Kaisersohn Heinrich V. entgegenzureiten, als dessen Boten vor der südlichen Stadtmauer eintrafen. Sie wurden mit Achtung und Respekt behandelt und bis zum Versammlungshaus der Bürger am alten Markt geführt. Wir boten zuerst dreitausend Pfund Silber, dann viertausend und schließlich fünftausend. Aber die Unterhändler des Königs lehnten alle unsere Angebote hochmütig ab. Sie erklärten sich lediglich bereit, zum König zurückzureiten und ihm zu berichten, dass Cölln sich um fast jeden Preis aus der Umklammerung freikaufen wolle.

Zehn Tage später einigten wir uns bei sechstausend Pfund Silber. Heinrich V. gab die Belagerung auf und zog erneut rheinaufwärts. Obwohl uns allen die hohe Summe des Lösegeldes für die Freiheit und Unversehrtheit der Stadt ziemlich schmerzlich ankam, war die Vereinbarung ein Gewinn für alle. Er reiste nach Rom, damit dort ebenfalls wieder der Frieden zwischen dem Papst und dem König hergestellt werden konnte. Nach allem, was wir davon hörten, muss es dann aber in Rom ganz und gar nicht friedlich zugegangen sein. Wir hörten von der Gefangennahme eines Papstes, von einem Aufstand der Römer und sogar von einer erzwungenen Kaiserkrönung.

»Die Zeiten sind nun einmal hart. Und jeder beansprucht das Recht, als Einziger den rechten Weg zu kennen«, meinte ich bei einer der Versammlungen, die wir inzwischen monatlich einmal abhielten. Für mich waren diese Zusammenkünfte der größte Erfolg für die Stadt. In Zeiten der Bedrängnis und des Widerstands gegen den eigenen Erzbischof hatten wir nicht nur die Stadt vergrößert, neue Mauern gebaut und die Tore befestigt, sondern auch häufiger als üblich über die gemeinsamen Sorgen gesprochen. Es waren die Gefahr und die Bedrohung, die uns auf eine vorteilhafte Weise zusammenschmiedeten.

»Es ist einfach nicht gut, wenn jederzeit geistliche oder weltliche Herren zwischen uns greifen und Einzelne von uns herausbrechen können, indem sie beschuldigt oder zu Unrecht angeklagt werden«, rief einer der Männer, die ebenso wie ich noch über gute Vorräte an Skeletten und Gebeinen vom Friedhof der heiligen Ursula verfügten.

In diesen Jahren bildeten *Knöchelsche* einen größeren Schatz als Wolle aus England, kostbar gewebte Stoffe, geschmiedete Waffen und sogar Rheinschiffe. All das war eintauschbar gegen gut erhaltenes und in seinem Ursprung bestätigtes Gebein. Sechs Jahre nach der Belagerung durch König Heinrich V. leisteten wir bei einer der regelmäßigen Versammlungen einen gemeinsamen Schwur.

»Wir wollen sein ein einig Volk von Bürgern«, rief ich den anderen zu. »In keiner Not uns trennen und Gefahr …«

»Das schwöre ich«, rief mein Nachbar zur Linken.

»Ich auch«, einer, der mir gegenübersaß. Begeistert und ohne jeden Abstrich stimmten auch die anderen zu.

»Lasst uns zugleich schwören, dass wir die Freiheit des Handels und unsere Rechte als Bürger dieser Stadt über den Eigennutz und sogar über die letzte Münze in unseren Geldsäcken stellen.«

Wir hatten lange genug darüber gesprochen. Niemand zweifelte mehr daran, dass der persönliche Gewinn nichts galt, wenn wir als Ansässige zwischen die Mühlsteine von Päpsten oder Kaisern, Königen und Bischöfen gerieten.

Den ersten Erfolg unserer Verschwörung für die Freiheit sahen wir bereits in den folgenden Jahren. Heinrich V., der inzwischen Kaiser war, belagerte Deutz auf der anderen Rheinseite. Doch diesmal gingen wir zusammen mit unserem Erzbischof gegen ihn vor. Was er mit Waffengewalt nicht erreichen konnte, zerstörte er anschließend durch kaiserlichen Befehl. Er verteilte einfach die westfälischen Besitzungen der Erzdiözese unter seine eigenen Anhänger.

Doch diesmal hielten der Erzbischof, die Cöllner Bürger und der Papst zusammen. Am 19. April anno 1115 verkündete der päpstliche Legat in der Kirche von Sankt Gereon erneut den Kirchenbann gegen den Kaiser. Wir waren hocherfreut über diese Entwicklung, doch in den folgenden Jahren wiederholten sich Bann und Versöhnung noch so oft, dass wir schließlich nichts mehr davon hören wollten.

Glücklicherweise kamen wir immer besser mit Erzbischof von Schwarzenburg aus. Er stimmte zu, als wir vorschlugen, dass es neben dem Burggrafen auch noch einen weiteren Vogt oder auch Advocatus und wegen der größer gewordenen Stadt einen zweiten Untergrafen für die Gerichtsbarkeit geben sollte. Zusätzlich setzten wir durch, dass zum Stadtgericht auch Schöffen aus der Bürgerschaft zugeordnet wurden.

Alles in allem hätten wir zufrieden sein können. Aber noch immer fehlte uns eine Art Gegengewicht zu den kirchlichen Synoden und den Reichstagen der Könige und Fürsten. Wir sprachen oft am Hafen und im Kaufmannswik während der Märkte und bei unseren monatlichen Versammlungen über diese Frage. Jeder von uns wusste, dass wir den Frieden, den wir mit dem Erzbischof erreicht hatten, keinesfalls überziehen durften. Deshalb bot ich an, dass ich allein mit dem Erzbischof reden wollte.

»Ich würde gern herausfinden, wozu er noch bereit ist.«

»Denkst du, er sagt dir das?«, fragte einer der Ratsherren sofort.

»Ich könnte es ja mal probieren ...«

Wir zögerten sehr lange. Und auch ich selbst brach manchen Ansatz ab und ließ verschiedene Gelegenheiten verstreichen. Doch dann, als der gelehrte Mönch Rupert im Kloster Deutz dem Cöllner Erzbischof einige Ausführungen über die Apokalypse widmete, war Friedrich von Schwarzenburg in einer besonders guten Stimmung. Als ich davon hörte, nutzte ich sofort die Gunst der Stunde. Ich ließ um eine Audienz bitten und wurde eine Woche später zum Abendessen bei ihm eingeladen.

27. DAS RECHT DER REICHEN

LEIDER BEGANN DIESES ABENDESSEN nicht unter vier Augen, wie ich erhofft hatte, sondern zusammen mit einem Dutzend weiterer kirchlicher Würdenträger, den beiden Stadtvögten und den beiden Burggrafen. Uns wurde Suppe vom Huhn aufgetragen, dann gebratene Krammetsvögel gefolgt von Fisch, der mit Wildkräutern gedünstet war, Braten vom Jungschwein, der mit kleinen Kochwürsten gefüllt war. Anschließend ein wenig kaum gesalzenen luftgetrockneten Schinken vom Hirsch, ein wenig süßes Naschwerk und köstliches Gebäck. Wir tranken Met dazu, Ahrwein und verdünntes Bitterbier, das ebenfalls mit Met gesüßt war.

Erst als wir stundenlang gegessen und dabei über Gott, den Papst, den Kaiser und die Welt gesprochen hatten, winkte mir der Erzbischof mit dem kleinen Finger zu und lächelte mich an. Er stand auf, ging bis zur Tür eines Nebenraums zu den Privatgemächern des bischöflichen Palastes und wartete dort, bis ich aufgestanden und ihm gefolgt war. Der Raum, in dem er mich empfing, war mit seidenen Tapeten ausgestattet, über denen große Wandteppiche aus der Cöllner Produktion hingen. Bis auf einen sehr großen Thronsessel und einige hölzerne Klappsessel ohne Lehne und einen Kamin in der Ecke war der Raum leer.

»Nimm Platz, Rheinold«, sagte er und setzte sich in den Thronsessel. Er streckte seine Beine aus und schob mit den Fußspitzen die bischöflichen Sandalen von den Hacken. Dann stöhnte er ein wenig, rülpste und lag dann wie erschöpft in seinem Stuhl. Ich sah, wie sehr ihn dieses Abendessen angestrengt haben musste. Dennoch blieb ich vorsichtig und auf der Hut.

»Was wollt ihr zahlen, wenn ich einverstanden bin?«, fragte er unvermittelt. Ich riss die Augen auf und starrte ihn ungläubig an. Woher, zum Teufel, wusste dieser Mann schon wieder, was wir bei unseren abendlichen Versammlungen unter allerstrengster Geheimhaltung und vielen Schwüren besprochen hatten?

»Womit einverstanden?«, fragte ich vorsichtig.

Friedrich von Schwarzenburg lachte müde. »Glaubt ihr, ich

wüsste nicht, was ihr schon lange vorhabt?«, schnaubte er leise, aber nicht unfreundlich. »Ihr wollt das Unterste zuoberst kehren, wollt euren Handel wie der Adel durch Verträge festschreiben, wollt jeden Bürger wie in einem Stammbuch in Pergamente einschreiben, dazu die Häuser und den Grund, der dazugehört.«

»Ist das so ungewöhnlich?«, fragte ich noch immer äußerst vorsichtig. »Das alles gibt es doch auch bei den Kirchen, in den Grafschaften und am kaiserlichen Hof.«

»Ich weiß, ich weiß«, lächelte der Erzbischof. »Und ich weiß auch, dass ihr jetzt ganz offiziell eine Versammlung der Reichen, Vornehmen und Großen unter den Bürgern Cöllns begründen wollt. Aber diese Richerzeche des Geldadels unter euch Kaufleuten macht noch keine adligen Geschlechter.«

»Das haben wir auch nie besprochen«, sagte ich sofort. »Nicht einmal angedacht oder im Traum erwogen.«

»Schon gut, schon gut«, lachte der Erzbischof. Er war vergnügt. »Ich weiß doch, was ihr wollt. Und ich bestreite nicht, dass derartige Regelungen sehr nützlich sein können – nicht nur für euch, sondern auch für mich.«

»Und der … Preis?«

Diesmal schob Friedrich von Schwarzenburg nachdenklich die Lippen vor. Er blickte mir sehr lange in die Augen. Dann sagte er: »Kein Gold und Silber, Rheinold. Das hole ich mir ganz woanders, wenn ich wieder Bischöfe ernenne oder Entscheidungen über Abteien oder Klöster wie Stavelot-Malmedy, Deutz oder Siegburg fälle.« Er hob die linke Hand und blickte auf den Bischofsring an seinem Finger. »Ich stimme zu«, sagte er, ohne mich anzusehen. »Ich stimme zu bei allem, was du mir heute sagen wolltest. Und meine einzige Bedingung ist die Verpflichtung für euch, dass jede Eintragung im Schreinsbuch für die Grundstücke und Rechtsgeschäfte und sämtliche Berichte über die Versammlungen der Richerzeche, wie ihr die Reichsten von euch nennt, mir einmal wöchentlich vorgelegt und ganz genau erläutert werden.«

»Aber das kann sehr viel werden, wenn erst einmal alles seinen Gang nimmt.«

»Was heißt schon viel?«, lächelte der Erzbischof beinahe süffisant. »Damit erspare ich mir Dutzende von Vertrauten, die doch nur schlafen, wenn sie beobachten und hören sollen, was in der Stadt geschieht.«

Ich starrte ihn ungläubig an. Gleichzeitig keimte ein ungeheurer Verdacht in mir auf. Sollte all das, was wir in allergrößter Verschwiegenheit erdacht hatten, letztlich nicht unseren eigenen Wünschen entsprungen sein, sondern denen des Erzbischofs?

»Und keine weitere Gegenleistung?«, fragte ich.

»Keine, mein Sohn«, sagte der Erzbischof sehr milde.

Da ich nun wusste, wie schwer es war, unsere Geschäfte und Gespräche geheim zu halten, war ich in den folgenden Monaten noch verschwiegener als sonst. Der Handel mit Gebein, Knochen und ganzen Skeletten entwickelte sich weiterhin ungewöhnlich günstig. Ich bedauerte nur, dass ich vor tausend Jahren nicht besser zugesehen hatte, als die Unglücklichen aus der Varusschlacht am Teutoburger Wald auf die bereits vorhandenen römischen Gräberfelder rund um die Colonia Claudia Ara Agrippinensium umgebettet worden waren. Wer hätte damals auch geahnt, dass eines Tages gerade die schwächlichen und kleinen italischen Legionäre als Jungfrauen mehr Wert bekommen würden als die starkknochigen Germanen und die kräftig gebauten Zenturionen …

Ich hätte weinen können, wenn ich wieder einmal in offen gelegte Gräber blickte, in denen ich Arm- und Beinknochen, Rippen und sehr klein wirkende Schädel in wilden Haufen durcheinanderliegen sah. Derartige Funde brachten nur Kleingeld und einen Bruchteil dessen, was für ein ordentlich gelagertes Skelett geboten wurde. Es war, als würde man versuchen, aus einem Haufen bunter Scherben wieder die Pracht und Würde eines großen lichtdurchfluteten Kirchenfensters herzustellen.

Ich gebe zu, dass einige von uns in betrügerischer Absicht *Knöchelsche*, die nicht zusammengehörten, mit Kupferdraht, dünnen Fäden und sogar aufgedrehten Schweinsdärmen zusammenbinden ließen. Doch weil die meisten, die in dunklen Hütten an den Stadtmauern das Wirken unseres Schöpfers so frevelhaft verfälschten, kaum eine Kenntnis vom rechten Platz und rechten Sitz der vielen *Knöchelsche* in einem Menschen hatten, gebaren sie manchmal schreckliche Wesen, an denen weder hinten oder vorn, weder am Brustkorb noch am Steiß irgendetwas passte. Doch sogar diese künstlich hergestellten Missgeburten, in die sich manchmal sogar Esels- oder Pferdeknochen mischten, fanden nach Westen hin in die belgischen und französischen Bistümer noch immer einen guten Absatz. Sofern gelegentlich Misstrauen und lästige Fragen aufkamen, genügte zumeist die Erklärung, dass beim Zug von Ursula und ihren Jungfrauen eben auch Priester, Bischöfe, Tragtiere und andere Vierbeiner mitgezogen seien ...

Seltsamerweise wurde auch der lateinische Buchstabe »M« als Abkürzung für die Bezeichnung »Märtyrer« in dieser Zeit unwidersprochen als die Bedeutung von Mille für die Zahl tausend eingesetzt. Obwohl jedermann wusste, dass es nicht so war, wurden auf diese Weise aus den ursprünglich elf Jungfrauen irgendwann elftausend.

Ich selbst gab mich mit derartigen Fälschungen zu keinem Zeitpunkt ab. Im Gegenteil – ebenso wie andere ehrbare Händler aus den uralten und noblen Familien, die sich noch auf römische Senatoren zurückführten, ließ ich jedes Skelett, selbst wenn es nur noch halb vorhanden war, zunächst von eingeweihten Metzgern und dann nach dieser ersten Prüfung von einem Barbier untersuchen. Derartige Vorsichtsmaßnahmen waren schon deshalb unumgänglich, weil sich kein Cöllner mit den großen Namen der Overstolzen, Lyskirchen und Quatermart, Aducht, Jude oder Gryn einen offenen und nicht sorgsam abgesicherten Betrug leisten konnte.

Wenn es dennoch gerade in diesen Jahren zu ungewöhnlichen Vermehrungen des angestammten Reichtums und herumziehenden Geldbeträgen in schwarzen Kassen der einzelnen Parteien kam, dann musste dies offiziell eben andere Gründe haben: den guten Handel mit den englischen Geschäftspartnern zum Beispiel und die ersten Anfänge gemeinsamer Handelsniederlassungen in den Hafenstädten an der Nord- und Ostsee.

Was nun die *Knöchelsche* und heiligen Reliquien anbetraf, so erfuhr ich rechtzeitig, wo wieder Funde von hoher Qualität gemacht wurden.

Es war bereits Oktober, als ich eines Nachts durch ein leises Klopfen an meiner Haustür aufgeweckt wurde. Ich richtete mich auf und lauschte, konnte aber zunächst nicht erkennen, welches der vereinbarten Klopfzeichen gegeben wurde. Ich warf mein Federbett zur Seite, schlüpfte in meine Pantoffeln neben dem irdenen Nachtgeschirr unter meinem Bett, warf mir einen Hausrock über und tastete mich durch die Dunkelheit meines Schlafgemachs bis zur Treppe, die zur Eingangshalle meines Hauses führte. Dort brannte wie üblich eine kleine, abgeschirmte Kerze als sogenanntes ewiges Licht.

Ich konnte mir derartigen Luxus leisten, denn ich lebte zu dieser Zeit ohne Eheweib und ohne Nachkommen. Meine Gehilfen wohnten in anderen Häusern. Bei mir schliefen nur die Küchenmägde und ein paar Knechte in ihren Kammern unter dem Dach. Erstere ließ ich gelegentlich auch etwas näher zu mir – bei Letzteren waren meine diesbezüglichen Versuche nur selten ebenso erfreulich. Und wenn mir wirklich danach war, half mir der Abt jederzeit mit einem seiner jungen Klosterbrüder aus …

Es musste windig draußen sein, denn die Kerzenflamme flackerte auch bei geschlossener Tür wild nach allen Seiten. Ich lehnte mich mit dem Kopf gegen die Tür und wartete. Als die Klopfzeichen noch einmal zu hören waren, erkannte ich, dass sie von Rudolf kamen, dem Abt von Sankt Pantaleon. Wenn er sich mitten in der Nacht persönlich zu mir aufgemacht hatte, dann musste es sich um einen großen, ganz besonders wichtigen Fund handeln …

Ich schob die Riegel zurück, sperrte die Tür auf und ließ ihn schnell herein. Ein kalter Windstoß und der Geruch von faulem Fisch wehte zusammen mit dem Mann in seiner braunen Kutte in mein Haus.

»Zieh dich so schnell wie möglich an!«, stieß er ohne Umschweife hervor. Im schwachen Licht der Kerzenflamme blickte ich in sein Gesicht. Es lag noch halb im Schatten der Kapuze. Trotzdem erkannte ich das Feuer in seinen tief liegenden Augen. Er hatte ein strenges hageres Gesicht. Ich schätzte ihn weit mehr als andere Äbte oder Presbyter. Rudolf war klug, aber nur dann strenggläubig, wenn er es unbedingt sein musste. Im Umgang mit uns Kaufleuten oder anderen Begüterten der Stadt zeigte er sich verständig und gab uns manchmal sogar Ratschläge, wie wir den einen oder anderen Vortrag beim Erzbischof richtig formulieren sollten.

»Ich habe nicht viel Zeit«, sagte er sofort. Ich spürte seine Unruhe.

»Was ist geschehen?«

»Kennst du Norbert von Xanten, diesen asketischen und doch kämpferischen Bußprediger?«

»Ich habe ihn einige Male aus einer gewissen Entfernung gesehen.«

»Dann halt dich fest und höre, was ich sage«, flüsterte der Abt. »In einer Stunde ... genau um Mitternacht ... werden seine Männer den Kirchenboden von Sankt Gereon aufbrechen ... und zwar an jener Stelle, an der wir schon seit Langem das Grab des heiligen Gereon vermuten.«

»Ihr wollt ... das Grab des Märtyrers aufbrechen?«

»Es ist der Lohn für Norberts viele Stiftungen«, antwortete Rudolf. »Er hat dem Erzbischof und der Erzdiözese mehr Land und Gold verschafft als alle Bürger Kölns zusammen.«

»Aber Sankt Gereon ...«

»Komm nach, wenn du es sehen willst! Ich kann nicht warten und muss gleich zurück. Aber ich lasse dir eine der Seitenpforten offen.«

Er hüllte sich noch tiefer in seine braune Kutte. Mir fiel auf, dass er die Kapuze direkt über seiner Stirn etwas zusammengenäht hatte, damit sie ihm vom Wind nicht vom Kopf gerissen wurde. Er drehte sich um und ging zur Tür zurück. Ich streckte meine Hand aus, wollte ihn halten. Im Firmament glitzerten blitzblanke Sterne. Er aber verschwand sehr schnell wieder in den Schatten der schmalen Gassen.

Ich lauschte einen Moment, hörte aber nichts aus den oberen Stockwerken. Alle Bediensteten schienen zu schlafen. Also entschloss ich mich, allein durch die nächtliche Stadt bis vor die alte Römermauer zu gehen. Ich kleidete mich in meinem Schlafgemach wie zu einer Reise an, riss mir auch ächzend halbhohe Stiefel über die Füße und gürtete mich mit Leder, Dolch und einem kurzen Schwert. Dazu setzte ich ein pelzgefüttertes schwarzes Barett auf, dessen hinterer Teil bis in den Nacken reichte und auch die Ohren schützte. Da ich nicht wollte, dass mir der Nachtwind die Kopfbedeckung abriss, band ich sie mit einer Schnur unter dem Kinn fest. Zum Schluss legte ich auch noch einen kurzen schwarzen Mantel nach Legionärsart über meine Schultern. Derart gerüstet, machte ich mich auf den Weg durch die unruhig schlafende Stadt.

Die Sterne schienen hell, und vor dem halben Mond fegten weiß geränderte Wolkenfetzen von Jülich her über die Stadt und den schwarzen Strom. Trotz größter Vorsicht trat ich mehrmals in Unrat an den Rändern der engen Gassen. Zur breiten Hauptstraße hin standen die Häuser nicht mehr so dicht zusammen. Hier kam ich einfacher voran. Das alte Nordtor am Cardo Maximus nach Xanten und nach Neuss wirkte wie eine kleine Festung. Für seine haushohen steinernen Türme hätte ich schwere Rammböcke haben müssen, um hindurchzukommen – oder eine gute Kölner Mark.

Die Wachen kannten mich und schlossen auf, kaum dass das Licht aus ihren Sturmlaternen mein Gesicht erhellt hatte. Wir sprachen nicht einmal über Woher oder Wohin. Ich blieb nur fünfzig Schritt lang auf der großen Nord-Süd-Straße. Gleich hinter der Kirche von Sankt Andreas bog ich nach Westen ab. Der Wind kam jetzt direkt von vorn. Ich kniff die Augen zusammen und ging an den sechzehn neu erbauten Zinshäusern der Overstolzen so lange weiter, bis ich die unbewachte Baustelle der Würfelpforte erreichte. Sie gehörte zur erweiterten nördlichen Stadtmauer. Schon wenig später sah ich den großen Schatten der Kirche von Sankt Gereon direkt vor mir.

Über mir peitschten einige Zweige gegeneinander, und der Wind jaulte über das Gräberfeld. Im Licht des Mondes sah ich einige dunkle Stellen, an denen in den vergangenen Tagen der Boden aufgerissen worden war. Und dann irrlichterte gelber Kerzenschein von innen über die Kirchenfenster. Mit einem lauten Glockenschlag kam der Mönch der Nachtwache im Turm seinem Wachdienst nach. Mitternacht – jetzt konnte er die Sanduhr wieder umdrehen, bis er zur nächsten Stunde läuten musste.

Ich hielt mich, so gut es ging, im Schatten der Bäume und ging einmal vorsichtig um den gesamten achteckigen Bau herum. Am Haupteingang war nichts zu sehen. Aber an einer der Seitenpforten sah ich abgestellte Karren mit Resten von Hebezeugen und ein paar Schaufeln. Ich wartete, bis eine schwarze Wolke den Mond für einen Augenblick verdeckte. Dann lief ich schnell an den Karren vorbei zur Pforte. Sie knarrte ein wenig, als ich ins Innere der Märtyrerkirche schlüpfte. Ich hörte sofort ungedämpfte Schläge von Hämmern und Meißeln gegen Stein. Einige Kerzen brannten unter hölzernen Abdeckungen. Nach und nach erkannte ich Mönche und Presbyter, Abt Rudolf und dann auch den Bußprediger Norbert von Xanten. Die heimlich in der Kirche Versammelten bewegten sich aufgeregt hin und her. Ich konnte erkennen, dass sie bereits die Bodenplatten an der Stelle abgehoben hatten, an der sich das Grab des heiligen Gereon befinden sollte. Eigentlich hätte ich es ja wissen sollen, aber durch die vielen Umbauten in den vergangenen Jahrhunderten konnte ich auch nicht mehr sagen, ob die heimlichen Grabräuber an der richtigen Stelle waren oder nicht.

Nur Norbert von Xanten und Abt Rudolf von Sankt Pantaleon gaben hin und wieder kurze Befehle. Die anderen direkt am Grab ächzten ebenso wie die straff gespannten Seile der Hebezeuge. Es dauerte lange, bis sie die schwere Deckplatte des in den Boden eingelassenen Sarkophags so weit angehoben hatten, dass er bis in Hüfthöhe über der Gruft schwebte.

Ich konnte meine Neugier und Ungeduld kaum noch bändigen. Aber auch die Männer unmittelbar am Grab waren bis aufs Äußerste gespannt, als sie sich jetzt mit ihren flackernden Kerzen über das große rechteckige Loch im Kirchenboden beugten. Selbst die als Wachen aufgestellten Büßermönche achteten nicht mehr auf den orgelnden Sturm und das Knarren im Gebälk des Kirchendaches.

Ich schluckte ein paarmal. Dann näherte ich mich vorsichtig der gespenstischen Szene. Die Mönche trugen so lange Kutten, dass ich nicht durch ihre Beine hindurchsehen konnte. Aber dann, als sich der Kreis für einen Augenblick etwas lichtete, sah ich tief unten einen unglaublich gut erhaltenen Leichnam.

Ja, es war Gereon. Als hätte er sich nur zum Schlafen hingelegt, umhüllte sein purpurner Legionärsmantel seine breiten Schultern und die muskulöse Brust. Der Mantel und ein zweites noch feineres seidenes Gewand in einer etwas helleren Purpurfarbe reichten bis drei Finger breit über seine Knie. Seltsamerweise hatte er keine Sandalen mit Wadenschnüren, sondern Stoffschuhe an, die mit Blumen wie Pfauenaugen geschmückt waren. Ich war so erstaunt über den wunderbaren Zustand des Leichnams, dass ich um ein Haar entdeckt worden wäre, als Norbert von Xanten einen halben Schritt zur Seite trat. Im selben Augenblick sah ich den Kopf des Märtyrers im Licht der flackernden Kerzen. Aber er lag nicht dort, wo er hingehörte, sondern am Kiefer abgetrennt zwischen dem Hals und der linken Schulter in einem Nest aus blutigen Grasbüscheln.

Während der Wind sich draußen etwas legte, begann Norbert von Xanten mit einem leise gesummten, halb gemurmelten Dankgebet. Augenblicklich fielen auch die anderen Mönche und Kirchenmänner ein. Ich hörte einige von ihnen schluchzen, sah bei anderen Tränen der Freude und Ergriffenheit auf den Wangen. Und dann bewegten sie sich ebenso, wie ich es bisher nur von den Heilsuchenden am Grab des großen Missionsbischofs Willibrord von Echternach gehört hatte. Sie gingen zwei Schritt vor, einen Schritt zurück in einer Prozession, die immer wieder um das geöffnete Grab des heiligen Gereon führte. Sie sangen, schluchzten und weinten immer heftiger vor Freude.

Ich zog mich Schritt um Schritt zurück und dachte daran, welche Summe ich aufbringen musste, damit ich diese einmaligen *Knöchelsche* in meinen Besitz bringen konnte. Wer Gereon besaß, der hatte ausgesorgt, selbst wenn es nur um den abgetrennten Kopf oder ein paar Finger ging …

Doch wenn ich auch nur ein paar Tage zu lange mit dem Handel wartete, würde der Schatz mir zwischen den Fingern zerrinnen. Ich wusste, was passierte, wenn edle Leichname zu schnell an Luft und Licht kamen. Dann nämlich konnten sie über Nacht zu Staub und Asche werden. Ich schlüpfte schnell durch die Seitenpforte, als über mir die Stundenglocke erneut schlug. Ich fragte mich, was der getaufte Centurio Gereon und seine Legionäre wohl empfunden haben mochten, als sie das Schwert des Henkers vom Leben in den Tod beförderte und sie damit zugleich zu Märtyrern erhob …

Es war ein leichter, eher angenehmer Schlag, der mich umbrachte. Obwohl ich in der kalten Sturmnacht nichts gesehen hatte, wusste ich im Augenblick des Todes, dass es ein Ziegel vom Dach der Kirche war, der mein Leben ohne Verurteilung durch einen König, Feldherrn oder Erzbischof beendete.

28. DREI NEUE HEILIGE

»WACH AUF, MEIN GELIEBTER Rheinold, wach auf!«, schnurrte die Stimme, die mir einen wohligen Schauder durch den ganzen Körper schickte. Ich lächelte noch, ehe ich erwacht war, schnupperte nach dem warmen Duft des Weibes, füllte meine Brust mit herrlich trockener, würziger Luft und breitete die Arme aus, um sie zu empfangen. Sie schmiegte sich mit ihrer weichen Fülle dicht an mich, presste sich immer enger, ganz so, als wollte sie in mich hineinkriechen.

»Gemach, gemach«, protestierte ich lachend. »Mich dünkt, es ist schon Tag und nicht mehr Zeit zum Schmusen.«

»Du hattest deinen Schlaf verdient«, antwortete sie und lachte gurrend wie ein Täubchen. »Aber wir bekommen sie, diese wundervollen Gebeine.«

Ich kniff die Augen zusammen, seufzte ein wenig und versuchte, den Gedankenstaub in meinem Kopf zu ordnen. Wie lange war es her, dass ich so angenehm und voller Glück erwacht war?

Sie küsste mich auf die Lippen, knabberte ein wenig an meinem Schnurrbart, fuhr dann mit ihren Fingern durch meinen Backenbart und kraulte dann so angenehm durch mein lockiges Haupthaar, dass mir erneut warme Wellen durch den gesamten Leib rannen. Ohne mich sonderlich dagegen aufzulehnen, spürte ich neues Verlangen nach ihr in meinen Lenden. Auch sie musste es bemerkt haben. Aber sie lachte nur und sagte dann: »Dafür ist jetzt doch nicht die Zeit.«

Ich knurrte nur ein wenig. Dann fuhr ich ruckartig hoch und riss die Augen auf.

»Was hast du gerade gesagt? Wir bekommen sie, die Gebeine des heiligen Gereon?«

Sie zog die Brauen zusammen, klimperte mit ihren Augenlidern und schüttelte verwundert lachend den Kopf. »Wie kommst du darauf?«, lachte sie dann. »Ich habe doch kein Wort von Gereon gesagt. Außerdem gibt es von diesem heiligen Märtyrer überhaupt keine *Knöchelsche* mehr. Sie sind zerfallen, als sein Sarkophag zum zweiten Mal geöffnet wurde ...«

Ich starrte sie vollkommen bewegungslos an. Dann strich ich mir mit der flachen Hand über die Augen.

»Irgendetwas stimmt nicht«, sagte ich dann. »Ich war ... ich hatte doch kein Weib. Das heißt, meine Mutter ... die Juden ... nein, Norbert von Xanten hatte nichts damit zu tun. Er war nur ein Bußprediger, der von Erzbischof Friedrich von Schwarzenburg die Gebeine Gereons ...« Ihr Lachen unterbrach und verwirrte mich zugleich.

»Nun komm schon und wach auf. Oder willst du etwa behaupten, dass deine Seele noch immer in der Stunde der Geister und Dämonen jener Nacht gefangen ist, in der ihr Gereons Gebeine zum ersten Mal in seinem Sarkophag gesehen habt?«

»In der Stunde nach Mitternacht«, sagte ich nachdenklich. »Aber ich hab sie doch gehört, die Glocke über mir. Es sei denn, dass der Mönch im Turm nicht einmal seine Sanduhr richtig drehen konnte.«

»Red keinen Unsinn«, sagte sie sofort. »Du bist nicht gleich gestorben, als der Dachziegel dich traf, sondern in der dritten Stunde vom Ende der Nacht aus gerechnet.«

»Also zu einer Zeit wie gerade jetzt«, überlegte ich. »Welches Jahr haben wir?«

»Es ist der 10. Juni anno 1164«, sagte sie vergnügt. »Und gerade eben habe ich gehört, dass heute Nacht ein Bote von unserem Erzbischof und Reichskanzler Rainald von Dassel eingetroffen ist. Kaiser Barbarossa hat ihn huldvoll beurlaubt, damit er die Gebeine der Heiligen Drei Könige hierherbringen kann. Und mit den königlichen Magiern aus Mailand soll er auch noch die Leiber der Märtyrer Nabor, Felix und Martin dem Bekenner bei sich haben.«

Ich plusterte die Backen auf und stieß sehr lange die Luft aus. Noch nie zuvor war ich so angenehm aufgewacht und zugleich mit so vielen neuen Namen und Ereignissen in einem neuen Leben überschüttet worden.

»Erlaubst du, dass ich alles erst einmal sortiere und dann ganz langsam begreife?«, fragte ich sie.

»Aber sehr gern doch, Medicus.«

»Medicus?«, stöhnte ich entsetzt. »Nein! Nicht auch das noch!«

»Wäre es dir denn lieber, wenn ich dich Barbier, Knochenbrecher oder gar Chirurg nennen würde?«

Ich schüttelte sofort den Kopf. »Ich bitte nur um etwas Nachsicht«, sagte ich. »Denn wenn wir tatsächlich inzwischen das Jahr 1164 schreiben, habe ich doch fast fünfzig Jahre lang geschlafen.«

»Du kannst dich nicht erinnern?«, fragte sie. Ich schüttelte den Kopf. »Weder an die Minute meines Todes noch an den Übergang ins Jenseits oder an die hoffentlich schon vielen Jahre, die wir beide diesmal schon zusammen sind.«

»Seltsam«, sagte sie. Auf ihrer Stirn bildete sich eine kleine Falte. Sie hatte blondes Wuschelhaar unter ihrer Nachthaube aus weißem Leinen. Ihre Augen waren so blau, wie ich sie schon mehrmals an ihr gesehen hatte. Irgendwie schienen sich gewisse körperliche Merkmale häufiger zu wiederholen als andere. Obwohl sie ebenso wie ich bereits die unterschiedlichsten Gesichtsformen und Augenfarben gehabt hatte, gab es eine Art Neigung in den Zufälligkeiten unserer Existenzen.

Viel mehr als zu Beginn meiner bisherigen Leben empfand ich mich diesmal eingebunden in die Geheimnisse der Schöpfung und der Auferstehung. Nur sehr, sehr tief in mir existierte immer noch jener Rheinold, der bei allem, was er tat und was ihm widerfuhr, sich selbst beobachtete. Sollte ich tatsächlich jetzt auch ein Gläubiger oder gar Christ geworden sein?

Ich lächelte ein wenig und fragte mich, was mich in diesem neuen Leben mehr überraschte: die Tatsache, dass Ursa erneut mehr als ich wusste? Meine neue Profession, an die ich bisher keinen Augenblick gedacht hatte? Oder die große Freude, die ich darüber empfand, dass ein Erzbischof mit den Gebeinen der Heiligen Drei Könige aus dem Morgenland nach Cölln kam?

Sanft wie die Schächtermesser in den Hals des Opferlamms drangen Ursas nächste Mitteilungen über die Wirklichkeit in meinen Zustand inneren Friedens.

»Noch sind die wertvollen Reliquien nicht hier«, sagte sie. »Denn noch ist unser Erzbischof vom Papst gebannt. Rainald von Dassel kann nur auf Umwegen über die Rhone und Burgund hierherkommen. Die ganze Stadt muss jetzt Tag und Nacht beten, damit er es mit den Reliquien bis hierher schafft. Denn schon hat der Papst den Erzbischof von Reims aufgefordert, unserem Erzbischof die Gebeine der drei Heiligen abzunehmen. Jetzt muss sich zeigen, ob das Heiltum der drei königlichen Magier und der Märtyrer stärker ist als der päpstliche Kirchenbann, die Feinde des Reichskanzlers und diese schreckliche Sünde, dass der Erzbischof bisher noch nicht einmal zum Priester geweiht worden ist ...«

Ich brauchte mehrere Tage, um mich in meinem neuen Leben zurechtzufinden. Ursa war fünfundzwanzig Jahre alt, ich selbst gerade dreißig. Sie stammte aus einer einfachen, aber ordentlichen Familie, die im Nordwesten der Stadt einen der größeren Bauernhöfe bewirtschaftete und zudem noch einige Äcker in einem Dorf westlich der Stadtmauer besaß. Ihre beiden älteren Brüder waren im Heer von Kaiser Barbarossa bis nach Mailand gegen den Papst gezogen. Noch im vergangenen Monat waren sie unter der Führung des Domdekans zusammen mit vielen anderen Cöllnern bis nach Andernach gezogen, um dort des Kaisers Bruder abzuschrecken, der angedroht hatte, dass er in das Cöllner Erzstift einfallen wollte.

Ein weiterer Bruder lebte noch immer in ihrer Familie und ging selbst mit auf die Felder hinaus, um die Tagelöhner zu beaufsichtigen. Wir hatten auch zwei Kinder – einen fünfjährigen Jungen und ein vierjähriges Mädchen. Beide hielten sich die meiste Zeit in der Küche auf, wenn sie nicht auf dem Hof spielten, der hinter dem Hospital am Domplatz angelegt war. Ich mochte es nicht, dass unsere Kinder Tag um Tag mit den Kranken in Berührung kamen. Aber Ursa überzeugte mich davon, dass die schlimmsten Erkrankungen in unserem Bereich nicht vorkamen.

Direkt neben dem Hospital war inzwischen ein öffentliches Badehaus errichtet worden, in dem die Bader auch Schröpfköpfe und Blutegel setzten, Wunden verbanden und Schwären mit Bimsstein abschabten. Allerdings gab es dort auch einige Bereiche, in denen eher Fleischeslust und Völlerei den Vorrang vor der Reinigung des Körpers hatten. Ich musste lernen, dass auch dies dazugehörte.

Ich lernte sehr schnell, dass meine eigene Tätigkeit weniger mit Verschreibungen von Mohnsaft oder dem Schneiden von kranken Leibern zu tun hatte, sondern schon eher mit Deutungen von

Sternkonstellationen und astrologischen Ratschlägen, die mir in den ersten Tagen wie Zaubersprüche und Druidengebete vorkamen.

Zu meinem Erstaunen entdeckte ich, dass die schon bekannte Mischung aus Weihwasser, Öl, Honig und Milch bei den Kranken eine ganz außerordentliche Heilwirkung zeigte, die noch verstärkt wurde, wenn das Ganze in Schwaden von Weihrauch durch die Krankensäle zog.

Anders als in vergangenen Zeiten behandelte das Hospital am Domhof keine Armen und Aussätzigen mehr. Wer hier untergebracht wurde, gehörte zu den angesehenen Bürgern der Stadt, zum Klerus oder zu Männern, die gut gerüstet für den Kaiser oder den Erzbischof gekämpft hatten. Einige der Schwerverwundeten waren sogar Ritter. Sie zählten zu jenen adligen Kriegsmännern mit eigenem kleinen Gefolge, ohne die inzwischen keiner der Großen mehr auskam.

In diesen Tagen besichtigte ich auch das neue Rathaus, in dem die Bürgervertreter zusammenkamen. Ich erfuhr von verschiedenen Streitigkeiten zwischen der erzbischöflichen Verwaltung und dem Rat der Stadt und von praktischen Vereinbarungen, die noch vor einem halben Jahrhundert so nicht möglich gewesen wären.

In einem der Häuser auf dem Grund und Boden von Sankt Martin hatten Cöllner Bürger ein eigenes Hospital errichtet. Das aber führte zu ständigem Streit über die Rechte und Pflichten. Schließlich wurde vereinbart, dass alles, was ein neuer Patient mitbrachte, dem Hospital verfallen sollte, dass alte und kranke Laienbrüder je nach Vermögen bessere oder einfache Verpflegung bekamen und dass Fremde und arme Fußwanderer jederzeit aufgenommen werden mussten. In dieser Zeit waren die ersten Ketzer, die Besitzlosigkeit predigten, öffentlich verbrannt worden.

Eines Abends erzählte mir Ursa auch, dass noch immer die Gebeine der Gefährtinnen der heiligen Ursula als besondere Aufmerksamkeit von Erzbischöfen verschenkt wurden.

»Was ist denn damals wirklich aus dem Leichnam des heiligen Gereon geworden?«, fragte ich sie eines Abends.

»Zerfallen«, sagte sie. »Seine Gebeine, die kostbaren Seidenkleider und selbst seine Waffen waren vollkommen zerfallen, als der Sarkophag zum zweiten Mal geöffnet wurde.«

»Wie kann das sein?«, fragte ich.

»Es muss die Luft gewesen sein«, antwortete sie. »Die Rostblättchen der Waffen wurden in einen eigens angefertigten Schrein gelegt. Der heilige Staub und alles, was noch Spuren von Gereons Blut trug, wurde in ein Tuch eingeschlagen und in einem größeren Schrein aufbewahrt. All dies steht inzwischen im Altar der Gereonskirche.«

An einem anderen Abend erzählte sie mir von einem seltsamen Handel, den die Juden der Stadt mit dem amtierenden Erzbischof beschlossen hatten. Gegen eine große Summe Geldes hatte er ihnen die Wolkenburg als stärkste Festung in ganz Lothringien so lange zur Verfügung gestellt, bis die erneut plündernden und mordenden Pilger des zweiten Kreuzzuges mit lauten Gebeten und frommen Gesängen weiter gen Jerusalem gezogen waren. Sie erzählte, dass sich Erzbischof Friedrich von Schwarzenburg noch kurz vor seinem Tod die Burg Rolandseck gebaut hatte, dass einer seiner Nachfolger einen Turm auf der Burg Drachenfels gestiftet hatte und dass die Privilegien der Kirche mehrmals von Päpsten und Königen bestätigt worden waren.

»Ein paar andere haben auch ihre Vorteile davon«, sagte sie dann. »Und wenn die Bewohner der Ortschaft bei der Abtei Sankt Pantaleon für die Versorgung des Bischofspalastes aufkommen, sind sie so lange von allen Abgaben an die Stadt befreit, bis ihr Gebiet durch einen Wall oder eine feste Mauer mit der übrigen Stadt verbunden ist.«

»Hat das nicht schon damals begonnen, als die Heinriche für uns gefährlich wurden?«

»Ja«, antwortete sie. »Aber es fehlen noch überall Mauern, die wirklich stark genug sind, um die neuen Stadtteile zu schützen.«

Ich hörte gern zu, wenn sie von diesen Dingen erzählte. Aber sie berichtete mir auch von den Schrecken der Pest und von den großen Bränden in den vergangenen Jahren. Das Hospital von Sankt Martin war dabei ein Opfer der Flammen geworden ebenso wie das von Sankt Brigiden am alten Markt.

»Am meisten litten die Straßen und Häuser in der Nähe des Domes«, sagte sie. »Viele der Kirchen in der Stadt brannten. Und auch am großen Dom entstand schwerer Schaden. Überall hat die Unruhe und Intoleranz zugenommen. Und viele haben Angst vor den bärtigen, wilden Männern mit allerlei Heilslehren und den Ketzern, die lauthals Armut und Abkehr vom Prunk in den Kirchen predigen. Noch im vergangenen Jahr wurden hier in dieser Stadt drei Bischöfe aus Flandern nur deshalb bei lebendigem Leibe verbrannt, weil sie zu den Katharern gehörten, die von Südfrankreich aus die gefährliche Lehre der Armut und des reinen Glaubens verbreiten.«

»Hoffentlich wird nicht auch noch der jetzige Erzbischof verbrannt«, murmelte ich bereits schläfrig. »Es wäre kein gutes Zeichen, wenn ein Mann, der genauso heißt wie ich, auf einem Scheiterhaufen umkommt.«

Als der Erzbischof von Cölln mit den Reliquien der Heiligen Drei Könige und den Gebeinen der drei weiteren Märtyrer über den Rhein herabkam, säumten Tausende von Menschen die Ufer. Sie alle waren in festlicher Stimmung. An einem Tag wie diesem blieb jede Arbeit liegen, und selbst auf den Bauernhöfen der Umgebung war nur das Vieh in aller Frühe versorgt worden, ehe Männer und Frauen, Reich und Arm bis an die Ufer strömten.

Er kam in einem Verband aus mehreren großen und kleinen Schiffen. Das über die Masten mit langen Fahnen, Wimpeln und bunten Tüchern geschmückte Schiff des Erzbischofs legte als erstes an der kleinen Insel Wertchen nahe dem westlichen Rheinufer an. Die Menschen standen hier so dicht, dass nicht einmal der leichte Sommerwind zwischen ihnen hindurchwehen konnte.

Nach einer kurzen Ruhepause wurden die Sänften mit den Gebeinen der Heiligen Drei Könige auf einem kleineren Boot bis zu den Resten der Stadtmauer an der Rheinvorstadt gebracht. Die Menschen jubelten so laut, dass all die Mönche und die Bewaffneten, die hier für Ordnung sorgen sollten, fast schon aufgeben wollten. Schließlich gelang es ihnen, eine erste Gasse zu bilden. Ein Dutzend auserwählte Kirchenmänner in sehr sauberer und farbenprächtiger Kleidung nahm die drei Sänften auf. Ihnen folgten weitere mit den Leichnamen der drei Märtyrer.

Von allen Kirchen der Stadt erklang festliches Glockengeläut. Auf ein Zeichen des Dompropstes setzte sich der feierliche Zug in Bewegung. Mit einem Abstand von zwölf Schritten folgte der Erzbischof an der Spitze der Ehrenbegleitung dem Sänftenzug mit den Reliquien. Ich stand so günstig, dass ich sein Gesicht ganz genau sehen konnte, als er nur fünf Schritte entfernt an mir vorbeiging. Der Mann, der niemals zum Priester geweiht worden war und dennoch gleichzeitig Erzbischof von Cölln und Reichskanzler der deutschen Lande und von Italien war, hatte ein glattes, jugendliches und jetzt vor Stolz und Freude glänzendes Gesicht. Mir fiel sofort auf, dass er sich nicht wie andere Bischöfe, die ich bisher erlebt hatte, in Demut und Versunkenheit hinter den Gebeinen der Heiligen bewegte, sondern aufrecht und mit festem Blick nach allen Seiten sah.

Zusammen mit einigen anderen hochgestellten Bürgern der Stadt hatte ich die Erlaubnis erhalten, dem Zug gleich nach den Priestern zu folgen. Ich reihte mich ein und geriet dabei zwischen Bewaffnete, die dicht an dicht schreiten mussten, um die nachdrängende Menge zurückzuhalten. Erst als der Erzbischof seinen Krummstab hob, um den Jubel der Menge zu dämpfen, wurden die Gebete und Gesänge der Priester und Mönche verständlich.

Die Prozession führte so lange am Rheinufer entlang und durch die Hafengebiete, bis sie die Treppchen von Maria ad Gradus erreichte. Hier schwenkten die feierlich gekleideten Männer westwärts und trugen die Gebeine auf geradem Weg bis zum Dom. Viele der Menschen, die am Rheinufer keinen Platz mehr gefunden hatten, warteten bereits auf dem Domvorplatz. Auch hier war kein Platz mehr frei zwischen den Arkaden am Westchor und dem von Gerüsten verdeckten Gebäude des alten Bischofspalastes.

Nach unserem festlichen Einzug in den Dom begann eine nicht enden wollende Zeremonie.

Am Nachmittag, als in der Kirche des Erzbischofs noch immer Psalmen gesungen und Dankgebete gesprochen wurden, verteilten die Mönche aus den Klöstern überall in der Stadt Freibier und sauren Wein. Jeder Bürger, ganz gleich, ob reich oder arm, sollte an der großen Freude teilhaben. Und damit niemand auch nur den geringsten Zweifel an der Bedeutung der neuen Reliquien haben konnte, verfügte der Erzbischof, dass selbst die Wegelagerer vor den Mauern, die Ärmsten der Armen und die Kranken in den Hospitälern drei Tage lang kostenlos Fleischsuppe und Brot bekommen sollten.

Noch am selben Tag schenkte Rainald von Dassel die ersten

Stiftungen von Cöllner Bürgern an die Kanoniker des Domstiftes weiter. Für die Stadt Hildesheim, in der er schon einmal Propst gewesen war, ließ Rainald von jedem der drei Könige einen Finger abgetrennt und in einem edlen, samtgepolsterten Kästchen zum dortigen Dom schicken.

Zum Schluss der Feierlichkeiten, als die Sonne bereits untergegangen war und Hunderte von Wachskerzen in den Kronleuchtern die Leiber der Heiligen und der drei Märtyrer in ein sehr schönes, fast überirdisches Licht tauchten, erklärte der Erzbischof, dass er trotz der langen, beschwerlichen und mit großen Gefahren bestandenen Reise die erste Nachtwache an den Gebeinen übernehmen wollte.

»Und ich wünsche mir«, rief er in deutscher Sprache, »dass diese Stadt Cölln durch die Anwesenheit dieser heiligen und hochverehrten Gebeine zum berühmtesten Wallfahrtsort zwischen den Meeren im Süden, Westen und Norden werden soll. Weiterhin wünsche ich mir, dass jeder unserer Könige und Kaiser nach seiner Krönung in Aachen und nach der Salbung mit dem heiligen Öl hierherkommt, um vor König Kaspar, König Balthasar und König Melchior das eigene Haupt zu beugen.«

29. SCHÜTZENDE MAUERN

ICH HÄTTE VIEL DARUM GEGEBEN, mit dem ungewöhnlichen Reichskanzler Kaiser Barbarossas nur einen Abend ganz allein zu speisen und zu reden. Ein Mann, der von den Mailändern bedingungslose Kapitulation verlangen konnte, der überall die Städte und die Fürsten zu Liebe und Gehorsam gegenüber dem Kaiser verpflichtete, der Bischöfe absetzte und für den Gegenpapst neue ernannte und der sogar noch als Gebannter einige der heiligsten Reliquien der Christenheit bis zum Niederrhein brachte – mit einem derartigen Mann hätte ich liebend gern über Himmel und Hölle, Diesseits und Jenseits, Leben und Tod einen Disput geführt.

Doch anders als die heilkundige Seherin vom Rupertsberg war ich ihm wohl zu klein. Mein Grimm gegen die rastlose und stets gegen die Katharer eifernde Hildegard von Bingen wurde auch nicht geringer, als sie mir eine Abschrift ihres Buches über die Pflanzen, Tiere und Steine zukommen ließ.

Auch als im folgenden Jahr ihr ärztliches Hausbuch über die Krankheiten und ihre Heilung erschien, wollte ich sie nicht sehen. Sie war mehrfach in Cölln. Aber bei all ihren Fähigkeiten und Visionen erschien sie mir ebenso gefährlich wie jene Mönche, die ganze Landstriche im Namen Jesu Christi zur Befreiung Jerusalems und zur Plünderung der jüdischen Viertel in den Städten aufgefordert hatten. Gewiss, sie hatte nichts mit den schrecklichen Ereignissen dieser Jahre zu tun. Doch sie war für mich ebenso unduldsam und fanatisch wie alle anderen, wenn sie sich über ihre mystischen Erleuchtungen und Visionen verbreitete. Nur in einem lateinischen Gedicht von ihr spürte ich, dass sie vielleicht doch mehr wusste, als sie sagte. »Die Seele ist wie ein Wind, der über die Kräuter weht«, schrieb sie da, »und wie ein Tau, der auf die Gräser träufelt. Und wie die Regenluft, die wachsen macht …«

Mit derartigen Vergleichen konnten Ursa und ich viel mehr anfangen als andere. Wir sprachen sogar einige Monate darüber, ob

Hildegard von Bingen vielleicht auch mehrfach gelebt haben könnte. Wir bekamen keine Antwort mehr auf diese Frage. Dafür wuchs langsam der neue Bischofspalast seiner Vollendung entgegen. Am alten Dom wurden zwei neue Türme errichtet. Erzbischof Rainald von Dassel ließ sogar verbreiten, dass es ihm nützlich erschien, wenn wieder eine große steinerne Brücke wie zur Zeit Kaiser Konstantins über den Rhein gebaut würde.

Ein Jahr nach der Ankunft der Heiligen Drei Könige wurde der Erzbischof tatsächlich doch noch in Würzburg zum Priester geweiht. Kaiser Friedrich Barbarossa kam mit großem Gefolge nach Cölln, um ihn in seinem Amt als Erzbischof zu bestätigen. Wie üblich war die ganze Stadt auf den Beinen, um den Kaiser mit seinem ganzen Hofstaat und Gefolge zu bewundern.

Im selben Jahr ließen sie die Gebeine eines anderen Königs und Kaisers aus seiner Gruft in Aachen bergen. Sie legten ihn in einen neuen Prunksarg, nachdem der Erzbischof Karl den Großen im Einvernehmen mit dem neuen Papst heiliggesprochen hatte.

Im Jahr darauf, als der Cöllner Erzbischof mit großem Gefolge und hundert schwer gepanzerten Rittern erneut nach Italien aufbrach, um dort mit dem kaiserlichen Heer bis nach Rom zu ziehen, wurde Ursa und mir noch ein Sohn geboren. Wir ließen ihn auf den Namen Theoderich taufen, nannten ihn aber Dietrich.

Die ganze Stadt geriet in Aufruhr, als wir von großartigen Siegen unseres Erzbischofs gegen die übermächtigen römischen Truppen hörten. Die Cöllner hatten sich todesmutig und die Hilfe des heiligen Petrus anrufend gegen vierzigtausend Feinde geworfen und sie sodann wie das Vieh auf der Flucht niedergemacht. Es hieß, dass die Zahl der Getöteten und Gefangenen noch größer gewesen war als die der Märtyrerjungfrauen der heiligen Ursula. Die Nachricht von einer unermesslichen Beute an Zelten, Waffen, Panzern, Kleidern und Pferden wurde auch dadurch nicht geringer, dass wir gleich darauf erfuhren, dass sich die Ritter des Erzbischofs mit der Ehre des Sieges begnügt hatten, um alles andere zu verschenken.

»Sie haben die Peterskirche erobert und ihren Gegenpapst auf den Stuhl Petri gesetzt«, erzählte ich Ursa, »damit er Friedrich Barbarossa und seiner Gemahlin erneut die Kaiserkrone aufsetzen konnte.«

»Zu viele Zeremonien«, sagte sie lächelnd und bewegte weiter den Spinnwirtel zwischen ihren Fingern. Sie spann und webte ebenso gern, wie sie kochte. Nur mit den Kochbüchern der Äbtissin von Bingen konnte sie wenig anfangen. So gesund die dort vorgeschlagenen Rezepte auch sein mochten, so langweilig und ohne Würze schmeckten sie auch.

Vollkommen unerwartet wurden Erzbischof Rainald von Dassel und viele seiner siegreichen Getreuen von einer Pestilenz dahingerafft, gegen die keiner gefeit war. Die Seuche verbreitete sich so furchtbar im kaiserlichen Heer, dass schon bald die Mär von einer Rache römischer Zauberinnen die Runde machte.

Phillip von Heinsberg, der schon zuvor Dompropst in Lüttich und Reichskanzler geworden war, kam mit den Gebeinen seines Vorgängers in einem großen Trauerzug in die Stadt zurück. Ursa wollte nicht mit den Kindern dabei sein. Es war, als ahne sie, dass der schwere Schlag gegen die Cöllner in Italien noch nicht alles war. Doch auch ihre Vorsorge und viele heimlich geflüsterte Zaubersprüche wandten das drohende Unheil für unsere kleine Familie nicht ab. Dietrich, den wir Theoderich getauft hatten, starb an derselben unheimlichen Seuche wie der große Erzbischof …

Die folgenden Jahre vergingen sehr still für uns. Obwohl wir kaum noch eine Familie kannten, in der alle Kinder das fünfte Lebensjahr erreicht hatten, fühlte ich mich selbst schuldig am Tod des kleinen Dietrich. Ich hatte einige der heimgekehrten Ritter berührt und mir schon aus natürlichem Wunsch anschließend die Hände gewaschen. Doch irgendetwas vom Fluch der Krankheit musste in meiner Kleidung hängen geblieben sein …

Die Unsicherheit über die Ursachen dieses Verlustes beschäftigte uns mehr als alle äußeren Ereignisse. Wir wollten nicht wissen, ob Herzog Heinrich, der Löwe von Sachsen, für oder gegen den Kaiser war, ob er mit dem Erzbischof stritt und ob sie sich auf dem Schlachtfeld bei Merseburg oder Osnabrück mit den Eisen schlugen. Selbst als Heinrich der Löwe der Acht verfallen war und der Erzbischof mit viertausend Panzerreitern und viel Fußvolk gegen ihn zog, blieb ich in Cölln zurück. Das Kriegsgeschrei war mir einfach zu laut.

Obwohl Erzbischof Phillip von Heinsberg keinen neuen Wall und keine neue Mauer wollte, schlugen mutige Cöllner Bürger und Bauern einen riesigen Halbkreis in den Boden. Er begann nördlich der Kunibertskirche am Rhein, schloss die Kirchen von Sankt Ursula und Sankt Gereon im Norden und Sankt Aposteln im Westen ein. Im Süden verlief der Kreis noch zwei, drei Steinwurf außerhalb von Sankt Pantaleon und Sankt Severin. Gleichzeitig wurden am Leinenpfad und am Markt neue Häuser gebaut und bereits bestehende vergrößert und befestigt.

»In normalen Zeiten hätte das alles schreckliche Folgen für die Stadt gehabt«, meinte Ursa, als sie mir zeigte, welche neuen kunstvoll gemusterten Gürtel sie für unsere beiden anderen Kinder gewebt hatte. Ich küsste sie in den Nacken. Dann setzte ich mich zu ihr in die Küche und schickte die beiden Küchenmägde hinaus.

»Wir werden wohl alles in allem als Buße für unseren Ungehorsam sechstausend Mark an den Erzbischof zahlen müssen«, sagte ich, nachdem sie mir eine Schale mit saurer Milch gebracht hatte. »Er braucht das Geld der Cöllner. Und Kaiser Barbarossa wird wohl auch zustimmen, wenn es um einen Sühnevertrag geht.«

»Nach allem, was ich gehört habe, bahnt sich etwas ganz anderes an«, meinte Ursa nachdenklich. »Es heißt, dass wir hier am Niederrhein mit den Welfen und den Engländern zu einer Partei zusammenwachsen, während Kaiser Barbarossa und die Franzosen ebenfalls ein Bündnis schließen.«

»Davon habe ich auch schon gehört«, nickte ich. »Der Erzbischof wäre schon deshalb gut beraten, wenn er sich mit uns einigt, damit alle Pfarrbezirke innerhalb der neuen Rundmauer liegen.«

»Viel wichtiger wird ihm der Schutz des neuen Goldschreins sein«, meinte sie lächelnd. »An seiner Stelle würde ich dafür auch so viele Mauerringe wie irgend möglich um den Dom bauen.«

»Hast du ihn schon gesehen?«, fragte ich. Sie sah mich mit einem spitzbübischen Lächeln an.

»Glaubst du etwa, dass nur ihr Männer Neuigkeiten kennt?«

Ich richtete mich ruckartig auf. »Du hast ihn tatsächlich gesehen? Den neuen Dreikönigsschrein?«

»Er ist heute Nacht angekommen«, sagte sie. »Noch nicht fertig zwar, und er muss auch wieder zurück in die Werkstatt von Nikolaus nach Verdun. Aber zunächst sollen die Cöllner Goldschmiede den großen Dreifachsarkophag in einer heimlichen Probe mit den Gebeinen der Heiligen aus dem Morgenland ausprobieren.«

»Wieso weiß ich nichts davon?«, schnaubte ich und schüttelte verständnislos den Kopf. »Ich bin doch Medicus und hätte das Recht ...«

»Du hast gar nichts, geliebter Rheinold«, lächelte sie spöttisch. »Doch manchmal ist es von Nutzen, wenn sich die Gattin eines Arztes auch mit den Weibern der Handwerksmeister gut stellt.«

»Goldschmied«, knurrte ich nur. »Jetzt hätte ich Goldschmied sein müssen für die allerfeinsten und kostbarsten Materialien. Goldschmied für den großartigsten Schrein des gesamten Abendlandes. Und nicht irgendein Quacksalber für Schwären und für Eiterbeulen.«

Es war wie verhext. Monatelang bemühte ich mich immer wieder, nur einen einzigen Blick auf den Goldsarkophag der drei Könige zu werfen. Ich ließ nichts unversucht und gab ein Vermögen an Bestechungsgeldern aus. Doch jedes Mal, wenn ich dicht davor war, hob einer der Beteiligten bedauernd die Schultern, machte Ausflüchte oder sagte ganz einfach, dass der Erzbischof bereits erteilte Genehmigungen wieder zurückgezogen habe.

Mal hieß es, der Schrein stehe im Keller des neuen dreistöckigen Bischofspalastes, dann wieder hieß es, er werde in der Krypta der alten Domgemäuer versteckt. Andere Gerüchte wollten wissen, dass er unter den Treppen von Maria ad Gradus eingemauert war. Und wiederum andere vermuteten ihn längst wieder in Verdun. Bei all meinen vergeblichen Bemühungen stieß ich einige Jahre später auch auf ein anderes Geheimnis, das mich zutiefst beunruhigte.

Ein Mönch namens Wibert von Gembloux, der schon beim Transport des Dreikönigsschreins nach Cölln dabei gewesen war, sollte in geheimer Mission und unter größter Verschwiegenheit zum Abt des Klosters von Tours unterwegs sein. Neben einigen Verhandlungen zu Schriften des heiligen Martin von Tours sollte Wibert angeblich die Bestätigung für einige sehr mysteriöse Vorgänge einholen, die sowohl mit dem heiligen Martin als auch mit den Märtyrern der Thebäischen Legion zu tun hatten. Es hieß, dass der schon vor Jahrhunderten gestorbene heilige Martin zusammen mit anderen Heiligen und Märtyrern hinter verschlossenen Türen nächtliche Messen abhalte …

Ich war so erschrocken über dieses Gerücht, dass ich um ein Haar alles stehen und liegen gelassen hätte, um selbst nach Tours zu reiten. Nur mit großer Mühe gelang es Ursa, mich davon abzuhalten.

»Sei doch vernünftig, Rheinold«, sagte sie immer wieder. »Du weißt ebenso gut wie ich, dass tote Heilige keine Messen lesen. Außerdem sagst du selbst, dass dies nur geschehen würde, wenn keine Sterblichen, also lebende Menschen, im Raum sind. Woher also soll irgendjemand etwas davon wissen?«

»Und wenn es doch so ist?«, entgegnete ich. »Wenn es tatsächlich einigen längst Verstorbenen gelungen ist, genauso wiedergeboren zu werden, wie sie gegangen sind?«

»Es geht nicht, Rheinold«, sagte sie. »Der sterbliche Leib ist und bleibt vergänglich. Selbst wenn die Kirche hundertmal etwas anderes behauptet, kann kein Mensch seinen eigenen Körper ins Jenseits oder ins Paradies mitnehmen.«

»Bisher habe ich mehr als tausend Jahre lang auch so gedacht. Erst diesmal spüre ich, dass sich irgendetwas verändert hat. Es war so selbstverständlich bisher. Wir sind gestorben, und unsere Seelen haben weiterexistiert. Sie sind wiedergekommen und haben sich in neuen vergänglichen Körpern manifestiert. Aber ich spüre, wie sich die verändern. Sogar die Kirchen werden inzwischen schon ganz anders gebaut als in den vergangenen Jahrhunderten … nicht mehr römisch und stark mit festen Mauern, sondern sehr eigenartig und beunruhigend, nach allem, was wir bisher darüber gehört haben …«

»Du meinst den neuen Ostchor von Saint-Denis bei Paris?«

»Ja, und nicht nur den«, stimmte ich zu. »Ich kann noch nicht sagen, was es ist. Aber ich habe bereits gedacht, dass die neuen Baumeister jetzt versuchen, schon von der Erde aus den Himmel zu erreichen. Dass sie alles daransetzen, um mit ihrer Kunst Brücken ins Jenseits zu bauen …«

»Vielleicht hast du recht«, sagte sie und blickte in den wolkenlosen Sommerhimmel. Die Sonne leuchtete sehr hell. Dennoch war nicht weit von ihr entfernt sehr groß der weiße Mond zu sehen. Doch ebenso wenig, wie tagsüber die Sterne der Nacht gesehen werden können, obwohl sie eigentlich da sind, ist es den Lebenden möglich, die Seelen all jener Wesen zu erkennen, die je existiert haben …

Wir gingen immer häufiger gemeinsam zum Fluss hinunter und setzten uns dort auf eine steinerne Bank. Sie wollte der Eintönigkeit ihrer Küche entfliehen, und ich brauchte den frischen Wind am großen Strom, damit ich nicht ständig nur den Gestank von Krankheiten in der Nase hatte.

»Manchmal entstehen Gewitter wie aus dem Nichts«, fuhr sie nach einer Weile fort. »Und manchmal entstehen Dinge am Himmel, die von den Menschen entweder als Wunder angesehen werden oder sie mit Furcht und Schrecken in den Staub werfen.«

Wir sprachen noch einige Male über die eigenartigen Empfindungen, die wir beide verspürt hatten. Einige Jahre lang warteten wir mit einer Art schlafenden Wachsamkeit Tag um Tag und Woche um Woche darauf, dass etwas Großes geschah. Jahrelang sahen wir in allem immer neue Vorzeichen auf das, was wir beide vermuteten.

Wir sahen, wie sich Heinrich der Löwe und Kaiser Friedrich Barbarossa versöhnten. Ein viel größeres Spektakel für alle fand auf dem alten Markt statt. Ich kam etwas zu spät, deswegen hörte ich nur noch Jubel und Geschrei, als einem Weib der Teufel ausgetrieben wurde. Es musste schrecklich gewesen sein. Denn neben vielen, die sich nach der Tortur die Hände rieben und gegenseitig auf die Schultern schlugen, sah ich auch einige sehr blasse junge Frauen, die an den Häuserwänden lehnten und sich übergaben. Die Angst davor, dass ihnen so etwa jederzeit auch passieren konnte, stand noch in ihren blutleeren Gesichtern.

Die Angelegenheiten mit den Juden dagegen wurden von uns eher mit einem Schulterzucken hingenommen. Natürlich wussten wir, dass sie sich immer wieder von irgendwelchen Vorwürfen freikaufen mussten. Aber sie hatten es ja.

Dagegen kam mir der Befehl, dass Juden auch noch spitze Hüte und gelbe Stoffflecken auf ihrer Kleidung tragen mussten, eher unwürdig und überflüssig vor. Was sollte damit gewonnen und was verhindert werden?

Der Erzbischof ließ überall Bewaffnete und Proviant in die Burgen und andere Städte in seinem Erzbistum zusammenkommen. Der Graben des Misstrauens zwischen dem Erzbischof und dem Kaiser wurde immer tiefer. Schließlich ließ Barbarossa den gesamten Rhein sperren, um die Stadt von allem Handel abzuschneiden. Erst als sich der Erzbischof und die Stadt Cölln auf dem Reichstag in Mainz wieder dem Kaiser und dem Heiligen Römischen Reich nördlich und südlich der Alpen unterwarfen, kehrte der Friede zurück. Trotzdem musste als Sühne ein Cöllner Stadttor eingerissen und der Stadtgraben an vier Stellen zugeschüttet werden. Erst als das geschehen war, durfte am Tag darauf alles wieder rückgängig gemacht werden …

Cölln und der Erzbischof gehörten wieder dazu und erhielten die Erlaubnis zur Teilnahme am großen Kreuzzug des Kaisers. Sie durften vier Schiffe mit Proviant für drei Jahre ausrüsten. Tausendfünfhundert Bewaffnete für die Befreiung Jerusalems aus den Händen des Sultans Saladin gehörten ebenfalls dazu.

Muss ich erwähnen, dass weiterhin Reliquien der elftausend Jungfrauen und der Thebäischen Legion verschenkt wurden? Macht es nachdenklich, dass auch der an Reliquien so reiche Erzbischof Phillip von Heinsberg nicht gegen seinen eigenen grässlichen Tod gefeit war? Er starb vor Neapel an der Pest, nachdem zuvor der Kaiser Barbarossa in einem armenischen Fluss ertrunken war und ein neuer Kaiser in Rom die Krone des Reiches erhielt.

Als das geschah, hatte ich mein ledernes Kästchen mit Salben und Tinkturen, Spateln und Pinzetten längst an meinen ältesten Sohn übergeben. Unsere Tochter war in das Weiherkloster von Sülz eingetreten, das kurz zuvor von Rigmudis, der Witwe eines Advokaten, gegründet worden war. Beide Frauen verwalteten gemeinsam mit einem Abt das Kloster. Die Stifterin hatte beim neuen Erzbischof Adolf von Altena durchgesetzt, dass sie beide dort ohne den Nonnenschleier leben durften …

Zwei Jahre später hielt König Otto IV. einen Hoftag in Cölln ab. Der inzwischen schon legendäre goldene Sarkophag für die Gebeine der Heiligen Drei Könige blieb noch immer verborgen. Doch wie zum Ausgleich stiftete Otto IV. zu Beginn des neuen Jahrhunderts drei goldene Kronen für die Häupter der königlichen Leichname aus dem Morgenland.

Ich stand inzwischen in meinem sechsundsechzigsten Lebensjahr. Ursa und ich genossen den Frieden des Alters. Wir dämpften die üblichen Gebrechen durch bestimmte Kräutersäfte und achteten darauf, dass wir unsere Gelenke an feuchten Tagen mit wärmender Wäsche schützten.

Wie schon fast üblich wurde auch Erzbischof Adolf von Altena im Dauerstreit zwischen weltlichen und geistlichen Fürsten vom Papst exkommuniziert und schließlich abgesetzt. Mächtige Heere zogen rheinaufwärts und -abwärts. Die Stadt wurde bestürmt. Aber die neuen Mauern und Tore hielten.

Ein neuer Erzbischof kam und ebenso Phillip von Schwaben als neuer König. Die Bürger der Stadt unterwarfen sich und bekamen im Friedensvertrag das Recht, dass sie fortan selbstständig die Mauern der Stadt und die Befestigungen instand halten durften. Als der König bei einem Festmahl in der Bischofspfalz von Bamberg mit seinem Schwert erstochen und Otto IV. vom Papst zum Kaiser gekrönt wurde, kam Adolf von Altena erneut als Erzbischof in sein altes Amt zurück.

Ursa und ich richteten zu dieser Zeit gerade eine Stube für Drogen, Kräuter, Salben und allerlei irdische Heiltümer ein. Wir fanden, dass wir auch noch im hohen Alter sehr gut eine Apotheke betreiben konnten, wie es sie in der Stadt seit der Zeit der Römer nicht mehr gegeben hatte.

Ich will nicht sagen, dass wir uns selbst einen Trank brauten, als die Gebrechlichkeit unserer Körper zu schmerzhaft wurde. Aber wir lächelten, als wir eines Tages wieder zum Rhein hinabgingen. Wir setzten uns auf unsere steinerne Bank, blickten über den Strom hinweg zu den Wassermühlen und Schiffen und lächelten noch immer, als wir schon längst aus diesem Leben gegangen waren. Es war uns zum Schluss doch sehr lang und mühselig erschienen …

30. MORD AN ENGELBERT

ZUM ERSTEN MAL flogen wir gemeinsam durch die Ewigkeit. Doch schon indem ich dies sage, muss ich mich korrigieren: Nicht wir flogen oder bewegten uns, sondern die Bilder um uns herum. Es war die Zeit der Lebenden, ihr Werden und Wirken, ihr Blühen und Vergehen, das in uns und an uns vorbeiglitt. So wie Bäume und Büsche, Felder und Hügel vor dem schnellen Reiter auftauchen, sich nähern und dann an ihm noch geschwinder vorbeifliegen, ebenso empfanden wir den Fortgang der Zeit bei den anderen.

Ich genoss diesen Zustand unendlicher Seligkeit. Ja, ich weiß, dass dieses Wort den Heiligen und den durch Jesus Christus Erlösten vorbehalten ist. Aber die Seligkeit, die ich meine, ist keine Gemeinschaft der Heiligen, in der alle gleich und wie ein einziges Wesen sind. Meine Seligkeit und die Erlösung von den Fesseln des Körpers heißt Freiheit – es war die gleiche Idee der Freiheit, die auch unter den Bürgern der Städte und in vielen Provinzen wie das knospende Grün im Frühling aufbrach ...

Wir sahen ein ums andere Mal den Bannstrahl des Papstes, wie er ihn gegen Könige und Bischöfe schleuderte. Wir hörten erzwungene Treueeide, beobachteten Raubzüge über den Rhein hinweg, spürten die Qual geistlicher Würdenträger und aller anderen Gläubigen, wenn sie immerfort neue und wenig christliche Erzbischöfe aus dem Hochadel erdulden mussten.

Schon ehe wir diesmal dahingegangen waren, hatte sich der neue Erzbischof Engelbert durch seine Raffgier und seine Raubzüge äußerst unbeliebt gemacht. Noch im alten Jahrhundert war er im Alter von vierzehn Jahren zum Dompropst von Cölln ernannt worden.

Wir hatten noch miterlebt, dass er sich mit Erzbischof Dietrich von Hengebach zerstritt und wieder versöhnte. Er hatte zur Sühne das Schwert genommen und war mit einem großen Kontingent Ritter und Fußvolk zu einem eigenen Kreuzzug aufgebrochen – aber nicht zu dem weiten beschwerlichen Weg bis nach Jerusalem, sondern bequemer nur nach Südfrankreich, wo es die Ketzer der Albigenser und Waldenser zu bekämpfen galt, die eigentlich nichts anderes wollten, als in Wahrheit und Armut wie die ersten Apostel zu leben …

Als dann Dietrich von Hengebach ebenfalls vom Papst gebannt und abgesetzt werden sollte, brach noch mehr Unheil über die Stadt und das Land herein. Adolf von Berg, der Onkel von Engelbert, und Dietrich von Hengebach beanspruchten beide die erzbischöfliche Würde. Es kam zur Spaltung, zum Schisma und zum Interdikt über die Stadt Cölln und das gesamte Erzbistum.

Lähmend und tödlich für alles Leben wie der furchtbare Pesthauch verlosch das gesamte kirchliche Leben. Die Altäre verwaisten, und niemand wagte mehr, auch nur eine einzige Glocke zu läuten. Die Sterbenden schieden ohne Seelentrost und Letzte Ölung dahin. Die Toten wurden schweigend und ohne priesterliche Begleitung in ihre Gruben gesenkt. Leer standen die Kirchen, und in den Herzen der Menschen brach erneut eine schreckliche Furcht vor den Geistern des Himmels, finsteren Wesen der Wälder, eisigen Wasserdämonen aus der Tiefe des Rheinstroms und jeder nur denkbaren Art von Schadenszauber aus.

All das hatte immer wieder mit dem Kampf darum zu tun, wem das Recht und die Macht gebührte, Bischöfe zu ernennen und Könige zu krönen.

Auch als Engelbert schließlich Erzbischof von Cölln geworden war, zeigte er ebenfalls, wie wenig ihn die eigenen Priester interessierten. Er ließ die Orden der Karmeliter, der Domikaner und schließlich sogar der bettelnden Franziskaner nach Cölln kommen. Gleichzeitig wurden überall die Kirchen noch weiter ausgebaut und neue errichtet. Nur mit der Idee, den kostbarsten Reliquien des ganzen Landes ein neues Haus zu geben, scheiterte der Erzbischof. Obwohl er dem Domkapitel jährlich fünfhundert Mark spenden wollte, wehrten sich die Alteingesessenen gegen einen ganz anderen, viel höheren und wie ein krauser Albtraum auf sie wirkenden neuen Dom.

Auch die Bürger der Stadt litten unter der Selbstherrlichkeit des Erzbischofs. Er unterdrückte den Rat der Stadt, missachtete die Zünfte der Handwerker und erließ Verordnungen gegen jede Art von Freiheit und Selbstbestimmung. Aber zu viele Pilger und

Besucher kamen inzwischen in die Stadt und brachten neue Ideen mit.

An manchen Tagen wollten mehr Wallfahrer die Gebeine der Heiligen Drei Könige und die anderen Kostbarkeiten sehen, als die ganze Stadt Einwohner hatte. Trotzdem rumorte es landauf, landab. Das Heilige Römische Reich war zu groß geworden, um es mit Krummstab und Zepter, gepanzerten Rittern und Kirchenbann zu regieren.

»Können wir irgendwas für diesen Erzbischof tun?«, fragte Ursa nach einem Augenblick der Ewigkeit, in dem ich mich ganz auf Cölln konzentriert hatte.

»Wir sind nicht seine Schutzheiligen«, gab ich zurück. Und so geschah es, dass Engelberts Neffe Friedrich Graf von Isenberg dem Cöllner Erzbischof in einem Hohlweg bei Gevelsberg auflauerte. Mit mehr als vierzig Stichen, Schwertschlägen und Axthieben erschlugen er und seine Spießgesellen den Ahnungslosen. Er war von Soest aus nach Schwelm unterwegs gewesen, um dort eine Kirche zu weihen. Obwohl jedermann wusste, dass hinter allem größere Mächte standen, wurde verbreitet, dass es bei Engelberts Tod nur um den Schutz von irgendwelchen Stiftsdamen gegangen sei.

Bereits vier Tage nach der Tat wurde einer der Beteiligten in Deutz ergriffen. Sie brachen ihm die Knochen von Armen und Beinen so oft, dass sie ihn bäuchlings auf ein Wagenrad legen und seine hin und her schlenkernden Gliedmaßen durch die Speichen flechten konnten. Dann rammten sie einen Pfahl in die Radnarbe und richteten das Rad zusammen mit dem immer noch Jammernden derart auf, dass sie ihn den Raben zum Fraß anbieten konnten. Ein Zweiter wurde gefangen und nach Cölln gebracht.

Während sich die Bewohner der Stadt auffällig zurückhielten, wurde der nicht einmal ordentlich Angeklagte und Verurteilte mit den Füßen an den Schweif eines Pferdes gebunden und so lange durch die Straßen der Stadt geschleift, bis sich das Fleisch seines Körpers von seinen Knochen gelöst hatte. Nachdem auch ihm mit einem Beil alle Glieder zerhackt worden waren, wurden die Reste vor der Stadtmauer südlich der Kirche von Sankt Severin auch noch aufs Rad gebunden.

Im selben Jahr wurde der von Engelbert behinderte Stadtrat

wieder zugelassen, und die Amtleute der Richerzeche erlaubten, dass die Filzhutmacher eine eigene Bruderschaft und Zunft bildeten.

Obwohl im Jenseits keine Zeit existiert und eigentlich kein Unterschied zwischen gestern, heute und morgen besteht, gibt es doch so etwas wie Unschärfen für Vergangenes und für Kommendes.

Ich hatte unzählige Male in den Tempeln der alten Priester und in den Kirchen der Christen miterlebt, wie sich die reale Welt der Lebenden mit Vorstellungen, Traumbildern und Schreckensvisionen vermischten. Ich hatte Männer gesehen, deren Körper noch im irdischen Gebet knieten, während ihr Herz, ihr Geist und ihre Seele ganz woanders weilten. Und ich hatte mich immer wieder über Weiber gewundert, die einen guten Teil ihres Daseins ohnehin in ihren Vorstellungen, fiktiven Bildern und Räumen verbrachten, die bei all ihrer Weite und Grenzenlosigkeit dennoch mehr Schutz und Geborgenheit zu bieten schienen als eines Mannes Haus und eines Fürsten Burg.

Wer aber abstreitet, dass es diese für einen körperlich existierenden Menschen nicht greifbaren und im Grunde nicht einmal aus Weihrauchschwaden, sondern nur aus Gedankenstaub bestehenden Bilder tatsächlich gibt, der hat niemals gelebt oder nur seelenlos vegetiert …

Es gab Augenblicke, in denen in mir der fantastische Verdacht aufkam, dass es Leben und Tod überhaupt nicht gibt. Dann dachte ich, dass die Existenz in einem Körper nur Episoden waren wie die Notwendigkeit des regelmäßigen Schlafs. Ich spürte, wie mich dieser Gedanke erregte. Denn wenn ich jetzt noch einen einzigen Schritt weiterging bei dem, was der Gedankenstaub in mir gerade andeutete, dann gab es das Jenseits nicht erst nach dem Tod, sondern dutzendfach, hundertfach bei Tag und Nacht. Dann nämlich waren alle Bilder und Vorstellungen, alle Wünsche und Hoffnungen, aber auch alle Schrecken und Ängste Bestandteile der anderen, der nicht fassbaren jenseitigen Welt …

Ich kam durch einen gleichzeitig faszinierenden und wiederum unglaublich lächerlichen Vorgang darauf. Denn wenn die Menschen versuchen, etwas nicht Existierendes doch irgendwie greifbar zu machen, versagen sie zumeist in ihrem rührenden, gläubigen Bemühen. Wer diese Zeichen nicht versteht, weil er nicht dazugehört, mag seine Nase rümpfen und weiterziehen. Für ihn bleiben Tempel und Kirchen nur aufgehäuftes Gemäuer, und Gebet und Gesänge, Litaneien und Wunder gelten ihm nichts als hohler Betrug.

Zum ersten Mal nach so langer Zeit verstand ich plötzlich, dass es nicht im Geringsten darauf ankam, was andere sahen und empfanden. Es war Ursa, die mich auf diesen Gedanken brachte, als wir eine der seltsamsten Zeremonien betrachteten, die es in den Straßen von Cölln je gegeben hatte. Weder die Carri Navales zum Fest des Isis-Kults noch die feierlichen Erzbischofsumzüge oder die Prozessionen mit den Gebeinen der Heiligen hatten mich mehr angerührt als das, was flussabwärts auf der Straße von Neuss begann.

Hunderte, wenn nicht gar Tausende von Cöllnern liefen festlich gewandet und geschmückt mit Blumen und Zweigen, die sie wie Palmwedel bewegten, einem eigenartigen Festzug entgegen. Auf dem Fluss sammelten sich große und kleine Schiffe. Das Eigenartigste waren aber Schiffe, die nicht im Wasser, sondern über die Straßen fuhren.

Ich brauchte eine ganze Weile, bis ich erkannte, dass es sich hierbei um Wagen handelte, die extra für diesen Zweck gebaut worden waren. Riesige Tücher aus grob gewebtem Leinen verhüllten die Pferde und die Räder der Wagen. Unter den Decken gingen Kinder, die sich im Voranschreiten langsam nach vorn beugten und wieder aufrichteten. Auf diese Weise entstand auf den blau und grün gefärbten Abdeckungen eine Bewegung wie von Wellen auf dem Rheinstrom ganz in der Nähe. Im Zentrum der riesigen Stoffbahnen ragten hölzerne Bordwände wie von flachen Flussbooten auf.

In jedem der verhüllten Wagen saßen und standen zwölf Mönche. Sie waren alle einheitlich gekleidet. Nur auf ihren Köpfen gab es von Schiffswagen zu Schiffswagen einen höchst seltsamen Unterschied: Die Mönche hatten die Spitzen ihrer Kapuzen über der Stirn so zusammengenäht, dass ein weiterer Zipfel am Hinterkopf entstand. Die Spitzen der Kapuzen sahen dadurch ebenfalls wie kleine Schiffchen aus. Doch entgegen allen Mönchsregeln schlichter Bescheidenheit hatten die einen bunt gefärbte Federn in diese Spitzen gesteckt, an anderen waren Blumen befestigt, und in weiteren Wagen trugen die Mönche sogar Bänder und Schleifen wie das Weibsvolk an seinen Hüten und Hauben.

Die Schar der grauen und braunen und gleichzeitig bunten Mönchsgruppen betete nicht und sang kein Hosianna. Ich konnte kaum fassen, was ich da sah. Die bereits trunkenen Mönche benahmen sich fröhlicher als alle Trauergäste, die ich je bei einem Festschmaus nach dem Leichenbegängnis gesehen hatte. Sie griffen in Zimbeln und Klampfen, bliesen in Hörner und Flöten, schlugen auf Kesselpauken und trommelten mit Leichengebein den Takt zu lieblichen Weisen. Inmitten des völlig absurden Zuges erkannte ich einen Mann im Bischofsgewand, dazu ein wunderschönes junges Mädchen mit langen blonden Haaren in einer von vier englischen Edelmännern getragenen Sänfte und weitere Begleiterinnen, die allesamt einen fröhlichen Eindruck machten.

»Das muss Isabella sein«, sagte Ursa. »Die Tochter des englischen Königs. Sie soll die Gemahlin von Kaiser Friedrich II. werden.«

»Und was macht der Erzbischof dort? Und die Mönche?«

»Es ist ein Ehrengeleit«, antwortete sie lachend. »Erzbischof Heinrich von Müllenark hat sie auf kaiserliche Order in Westminster abgeholt.«

Wir sahen, wie sich der ungewöhnliche Festzug bis zu den nördlichen Torbogen der Stadt bewegte. Dann erkannten wir, dass auch innerhalb der Stadt großer Jubel herrschte. Überall entdeckte ich vornehme, festlich gekleidete Frauen auf ihren Söllern. Sämtliche neue Familienverbände in der Stadt, die sich inzwischen als »edle Geschlechter« bezeichneten, erwiesen der Braut des Kaisers bereits bei ihrem Einzug die Ehre. Selbst in den angrenzenden Straßen und Gassen drängten sich die Bürger von Cölln, denn jeder wollte Isabella und ihre Schönheit sehen.

Nachdem sie in ihrer offenen Sänfte das alte Nordtor der Römer passiert hatte, nahm sie ihren Hut und ihr Kopftuch ab, damit alle Cöllner ungehindert ihr Gesicht sehen konnten. Von allen Seiten klang Jubel und Anerkennung auf. Obwohl sie schon seit fast vierzehn Tagen unterwegs war, wirkte Isabella ebenso frisch und jung, als wäre sie gerade erst aus dem Schlaf erwacht. Sie wurde bis zum Haus des Propstes von Sankt Gereon geleitet.

Sechs Wochen lang bereitete sie sich innerhalb der Stadt auf ihre Vermählung vor. Als sie schließlich vom Erzbischof für die letzte Etappe ihrer Reise bis zum Kaiser nach Worms abgeholt wurde, feierten und jubelten die Cöllner erneut und mit großer Begeisterung ... Das alles hatten Ursa und ich so dicht und unmittelbar gesehen, als wären wir selbst dabei gewesen. Nie zuvor hatte ich eine ähnliche Erfahrung gemacht. Mir war, als hätte ich die ganze Zeit in einem unsichtbaren Amphitheater gesessen und von einem Ehrenplatz aus alles beobachtet.

Und doch konnte ich nicht sagen, ob ich nochmals unter die Lebenden zurückkehren würde. Es sollte noch zwölf Erdenjahre dauern ...

Der Himmel hatte sich sein hellblaues, wie ausgewaschen wirkendes Aprilkleid angezogen. Blitzblanke weiße Wolken zogen über den Rhein. Die Sonne schien. Aber es war noch immer ein wenig frisch und kühl. Ich blickte auf den still und mächtig strömenden Rhein hinaus, auf dem sich stromauf ein ganzes Fähnlein kleiner Schiffe näherte.

Für eine Weile dachte ich, dass es wieder eine Prozession war. Dann erkannte ich die Fahnen und die Wimpel junger Kaufleute vom Niederrhein. Es waren ihre ersten Schiffe und vielleicht sogar ihre erste Rheinfahrt. Die Fahrensleute aus Dorestad, Utrecht und den anderen Städten an der Rheinmündung reisten ebenso gern auf dem Fluss wie viele andere Fernhändler auf den alten Römerstraßen. Ich fragte nicht einmal, woher ich das wusste. Es war einfach da. Ich seufzte für einen kleinen, sehnsüchtigen Moment; dann fiel mir ein, dass ich selbst weder für die Schifffahrt noch für einen anderen Handel vorgesehen war, sondern noch am selben Abend in die Stadt zurückmusste.

Ich saß auf einer Bank am Rheinufer. Die ganze Zeit hatte ich auf den Fluss hinausgesehen und nichts anderes um mich herum wahrgenommen. Doch jetzt, wie bei einem langsamen Erwachen meiner übrigen Sinne, bemerkte ich eine angenehme Wärme an meiner rechten Hand. Ich blickte schräg nach unten. Dann sah ich, dass sich meine Hand über einer anderen befand. Sie war sehr zart, sehr fein und hatte säuberlich gefeilte Fingernägel. Ich schob die Lippen etwas vor, zog meine Augenbrauen zusammen und wunderte mich über diese Entdeckung. Wie kam meine Hand auf eine Mädchenhand? Und was an diesen beiden Händen war so warm, dass es schon fast wehtat? Ich erschrak, noch ehe mir irgendeine Antwort einfiel.

Ruckartig blickte ich zur Seite. Auch sie wich überrascht und ebenso erschrocken zurück. In einem Kranz aus braunen, sorgsam gekämmten Haaren sah ich ein feines ovales Gesicht mit pfirsichfarbenen Lippen, einer Stupsnase und frechen wassergrünen Augen. Alles an diesem Gesicht gefiel mir augenblicklich und verschlug mir fast den Atem. Nur ihre Augenbrauen waren mir ein wenig zu schwungvoll und zu dicht.

»Ursa!«, stieß ich hervor. Sie konnte kaum fünfzehn Jahre alt sein.

»Ursulina, Meister Rheinold«, sagte sie und lachte.

»Meister? Worin sollte ich wohl Meister sein?«

»Gar nichts bist du«, lachte sie. »Weder Geselle noch zu irgendetwas nütze. Wenn du dich nicht endlich von mir losreißt, kommst du sogar noch zu deinem ersten Arbeitstag zu spät.«

»Ich hasse das!«, brummte ich. »Musst du denn jedes Mal etwas mehr wissen als ich?«

»Übertreib nicht, Rheinold«, sagte sie, ohne ihre Hand unter meiner wegzuziehen. Ich hielt die Hitze kaum noch aus. Mir war, als würde meine Hand fast verbrennen.

»Nun nimm es schon«, sagte sie und zog ganz langsam ihre Finger weg. Die Hitze war so stark, dass ich jetzt auch den beißenden Teergeruch bemerkte.

»Mein Amulett!«, schnaubte ich verwundert. »Wo kommt es her? Ich habe es sehr lange nicht mehr getragen.«

»Ich hatte es für dich mit meinen eigenen *Knöchelschen* und Reliquien aufbewahrt.«

»Du besitzt ebenfalls …?«, fragte ich erstaunt. »Warum hast du nie irgendetwas davon gesagt?«

»Warum sollte ich?«, gab sie zurück.

»Das ist auch eines der eigenartigen Geheimnisse, die ich nie verstanden habe«, sagte ich. »Sooft ich lebte, war fast immer mein Amulett an meinem Hals. Aber wo war es in den Jahren oder auch Jahrzehnten, wenn ich keinen Körper hatte?«

»Wahrscheinlich dort, wo es auch jetzt gewesen ist«, antwortete sie unbekümmert. »Du kannst Gegenstände oder Lebewesen immer dort sehr gut verstecken, wo das Ähnliche in der Vielfalt ist.«

»Verrätst du mir, wo dieser Platz ist?«

»Ja«, antwortete sie sofort. »Im Altar eines Tempels ... einer Kirche innerhalb der Stadtmauern von Cölln.«

»Der alten oder der neuen?«, fragte ich sofort nach.

»Sei nicht so neugierig«, lachte sie schnippisch. »Aber in welcher Kirche werde ich wohl etwas aufbewahren, das nur uns beide etwas angeht?«

Ich starrte sie ungläubig an. »Im Druidenhain?«, fragte ich dann. »Am Mercurius-Tempel ... oder etwa im großen Dom?«

Sie sah mich an, und nur ihre Mundwinkel lächelten. Ihr Blick hingegen schien durch mich hindurchzugehen – ganz so, als würde sie weit in die Vergangenheit oder in die Zukunft sehen.

»Sie wollen nicht mehr, dass wir uns begegnen«, sagte sie dann.

»Wer will das nicht?«, schnaubte ich sofort. »Die Overstolzen, die Aducht oder irgendeine andere Familie aus der Richerzeche?«

»Es geht nicht nur um die Familien«, sagte sie. »Auch nicht um Priester oder Bischöfe. Ja, nicht einmal um die Heiligen und ihre *Knöchelsche*.«

»Was dann?«, fragte ich ahnungslos.

»Weißt du wirklich nicht, wo du ab morgen sein wirst?«

Ich spürte das glatte Äußere des heißen Amuletts. Die Lederbänder an den Seiten rollten auseinander. Ich sah die Kapsel an. Sie kam mir fast wie die schwarzen, glatten Lavamurmeln vor, mit denen ich vor langer Zeit ebenso gespielt hatte wie Legionäre mit ihren Knochenwürfelchen.

»Nun sag mir schon, was ich noch wissen muss.« Als hätte sie nur auf diese Bitte von mir gewartet, sagte sie: »Ich gehöre zu den Overstolzen aus der Rheingasse. Und du wohnst in der Straße, die ›Unter sechzehn Häusern‹ heißt. Du weißt doch, sechzehn unter einem Dach auf dem Areal des alten Hofes, der vor Jahren noch ›Zedernwald‹ genannt wurde.«

»Ich kann mich daran nicht erinnern«, sagte ich unzufrieden. »Und was ist nun mit dir und mir? Wer soll gegen uns sein?«

»Ich kann es dir noch nicht beantworten, selbst wenn ich es wüsste. Aber da du nun einmal aus dem Stamm von Gottschalk

Overstolz kommst, wollen sein Sohn Gerhard und sein Enkel Matthias nicht, dass wir weiterhin zusammen gehen.«

»Sind wir denn bereits ein Paar?«, fragte ich. »Oder eins gewesen?«

Sie sah mich lange an, und ihre Blicke liebkosten mich von Kopf bis Fuß.

»Wie alt bin ich?«, fragte ich. »Und was weißt du sonst von mir?«

»Du bist fünfzehn Jahre alt, warst bis zum letzten Sonntag in der Klosterschule drüben in Deutz und sollst ab morgen im Haus von Meister Gerhard an den Plänen für den neuen großen Dom mitzeichnen.«

»Ein neuer Dom?«, fragte ich verwundert. »Ist denn der alte nicht mehr groß genug oder gar eingestürzt?«

»Keins von beiden«, antwortete sie. Sie kam ganz langsam näher und berührte mit den Lippen meine Wange. »Ich muss jetzt gehen«, sagte sie dann. »Aber ich werde auf dich warten. Wenn es sein muss, auch so lange, bis eure neue große Kathedrale in den Himmel reicht.«

»Am Anfang war das Wort«, sagte Meister Gerhard, »und die große unvergängliche Idee der Schöpfung. Wir verstehen deshalb eine Sache erst, wenn wir in ihr den göttlichen Plan erkennen. Denn das Sichtbare und Vergängliche enthält immer auch das Unsichtbare und Ewige.«

Wir waren zwölf, die wie seine Jünger an diesem Tag um den großen rechteckigen Tisch saßen. Der Raum nahm das gesamte Hochparterre des Hauses in der Marzellenstraße ein. Alle Zwischenwände waren herausgebrochen, und nur noch die tragenden Balken und Verstrebungen waren stehen geblieben. Auf diese Weise hatte der Baumeister des neuen Gotteshauses einen Arbeitsplatz für uns geschaffen, der nicht direkt an der geplanten Baustelle lag. Während dort Steinmetzen, Zimmerleute, Mörtelmischer und rund hundert andere Gehilfen für das neue große Werk zusammengekommen waren, sollten wir ungestört und von allem Baulärm abgeschirmt an den Plänen unseres Meisters zeichnen.

Wir hatten bereits eine sehr unruhige, aufregende Nacht hinter uns. Keiner von uns war älter als sechzehn Jahre. Aber wir alle stammten aus verschiedenen Klosterschulen. Einige kamen sogar aus Magdeburg und Mainz, Echternach und von der Insel Reichenau. Nur aus dem Königreich der Franken hatte Meister Gerhard hölzerne Kisten mit sehr vielen eingerollten Plänen, aber keine Schüler mitgebracht.

»Ich habe sieben Jahre lang an den Kathedralen von Amiens und Sens, Chartres und auch Reims studiert«, hatte er uns bei unserem ersten gemeinsamen Abendessen an der großen Tafel berichtet. »Aber ihr und ich und alle Bauleute werden hier in Cölln etwas schaffen, das größer und ergreifender ist als alles bisher Dagewesene.«

Er sagte gleich, dass es fortan immer genügend Brot, ein wenig Bier und an Sonntagen auch Wein für uns geben würde. Er sagte, dass er keinen Wert auf klösterliche Strenge legte, dass wir aber in ihm den strengsten Erzbischof, härtesten Herzog und einen gnadenlosen Schiffsherrn sehen müssten, wenn er uns auch nur einmal bei einer nachlässigen Handlung oder Ungenauigkeit ertappte.

»Zirkel und Winkelmaß, Dreieck und Lot sind Bischofsstab und Zepter, Kreuz und Kelch zugleich für einen guten Baumeister«, hatte er gesagt. Auch wenn einigen von uns bei diesen schon fast gotteslästerlichen Worten eisige Schauder über den Rücken liefen, wussten wir genau, was Meister Gerhard meinte. Er war ein ungewöhnlich sanfter, nicht besonders großer Mann vom Niederrhein. Nur seine dunklen flinken Augen warnten uns sofort davor, dass ihm nichts entging. Sie waren es auch, in denen wir sofort seine Macht und eine Kraft erkannten, wie sie nur Heilige besitzen.

Obwohl er selbst gerade erst fünfundzwanzig Jahre alt war, zogen bereits erste weiße Strähnen durch sein langes, in weichen Wellen bis auf seine Schultern fallendes Haupthaar. Er trug auch innerhalb des Hauses ein etwas schräg sitzendes, verwaschenes, weiches Barett aus Safranleder, das, wie er sagte, dem ersten Baumeister der Kathedrale von Amiens gehört hatte. Besonders auffällig waren seine langen schlanken Finger.

»Sie sehen aus wie Zirkelschenkel«, hatte gleich am ersten Abend ein pausbäckiger Junge geflüstert, der aus Mainz zu uns gestoßen war. Inzwischen wussten wir, dass keiner von uns zufällig in diesen Kreis geraten war. Hinter jedem Jungen stand irgendeine einflussreiche Familie, ein Herzog, Bischof oder Graf. Sie alle wollten über uns an den Geheimnissen teilhaben, die sich aus der Ordnung von Maß, Zahl und Gewicht und dem Licht ergab, aus dem alles entstanden war und von dem jeder Gläubige erleuchtet werden sollte.

Ich war der einzige Schüler des Baumeisters, der aus Cölln stammte. Ich spürte sehr schnell, dass mir irgendetwas fehlte. Ich wusste, dass es schon seit einigen Jahrzehnten diese eigenartigen Gotteshäuser rund um Paris gab. Aber ich hatte noch nie zuvor gesehen, wie diese himmelwärts strebenden Nachbildungen der göttlichen Stadt Jerusalem tatsächlich aussahen. Wir hatten die halbe Nacht flüsternd und sehr aufgeregt über das große wunderbare Bauwerk gesprochen, das jetzt auch in Cölln entstehen sollte. Wenn all das stimmte, waren wir ausersehen, an einer Brücke mitzubauen, die bei den kostbaren Reliquien der Heiligen Drei Könige begann und irgendwann einmal durch die Wolken hindurch bis zum Firmament reichen sollte. Meine Mitschüler waren sehr ärgerlich, als ich den Turm von Babylon erwähnte.

»Wie kannst du eine Kathedrale als Abbild der Schöpfung Gottes mit diesem Götzenwerk wie dem Turm von Babylon oder gar den Pyramiden gleichsetzen?«, hatte der kleine dicke Junge aus Mainz empört gerufen. Erst als die anderen zischten und zur Ruhe mahnten, hatte sich seine Erregung wieder etwas gelegt. Doch jetzt, am Morgen darauf, sahen mich die anderen teils herablassend, teils gar nicht mehr an. Trotzdem fehlte mir noch immer der Grund für unser Tun. Ich konnte nicht begreifen, warum der große alte Dom einfach abgerissen werden sollte.

An diesem Tag kam ich nicht mehr dazu, Antworten darauf zu finden. Meister Gerhard erklärte uns, dass er über jeden Einzelnen von uns sehr genau Bescheid wisse. Er saß im Licht des frühen Morgens am Kopf der großen Tafel, und sein junges Weib Rebekka, die sich um unser leibliches Wohl kümmern sollte, saß auf der anderen Seite.

»Ihr werdet bei Sonnenaufgang aufstehen«, sagte Meister Gerhard, als wir langsam zur Ruhe gekommen waren. »Nachdem ihr eure Notdurft und das Gebet verrichtet habt, ist im Hof Zeit für eine ordentliche Körperwäsche. Ich verlange, dass jeder von euch vor dem Essen und danach seine Lippen ebenso wie seine Hände reinigt. Kein Butterklecks, kein Quark und kein Saft irgendwelcher Früchte darf auf die Pergamente oder auf die eingeschlämmten Leinentücher mit euren Kopien meiner Bauzeichnungen geraten. Presst es in eure Schädel und bewahrt in euren Herzen, dass jeder Fleck und schon ein Krümel an der falschen Stelle die Steinmetzen ebenfalls Fehler schlagen lässt. Von heute an müsst ihr euch putzen wie die Jungfern, ehe ihr zur Arbeit geht, dürft euch nicht schnäuzen, wenn ihr hier im Raum seid, und müsst jede Zeichnung derartig in Ehren halten, als wäre selbst der kleinste Fetzen ein Schweißtuch der Veronika oder ein Stück Tuch vom Grabe des Erlösers.«

Er sprach noch lange über Zirkel, Werkzeuge, Schlämmkreide und Zeichenblei. Nachdem sein Weib wieder gegangen war, erklärte er uns das Grundmaß einer Vierung, das stets von Mittelpunkt zu Mittelpunkt von vier Pfeilern gemessen wurde.

»Wird dieses Maß geteilt in Unteilbares wie Drittel, Fünftel oder Siebtel, bestimmen sich daraus Größe und Formen von Verzierungen. Nehmt ihr jedes Maß um dieselben Zahlen mit sich selbst mal, erhaltet ihr Höhe und Breite des gesamten Baus. Ihr müsst all das vergessen, was ihr an anderen Häusern, Mauern oder Palästen seht. Was wir hier bauen, ist viel mehr. Es ist die Schöpfung Gottes im Modell, in ihm als Mittelpunkt die Erde und um uns alle Himmelsphären, aus denen sich der Kosmos in reinster Harmonie zusammensetzt.«

Wir lauschten ihm so ergriffen und gebannt, dass uns sein Weib zwei Mal anrufen musste, um uns zu sagen, dass der Vormittag vorbei sei und jetzt die erste Suppe kam. Während des Essens blieb er diesmal bei uns. Er schöpfte jedem Fleisch und Kohl in eine Schale, brach selbst das große weiße Brot und betete sehr lange für uns. Erst später sagte uns sein Weib, dass dies alles auch für ihn sehr ungewohnt gewesen war.

Am selben Nachmittag führte er uns in den alten karolingischen Dom. Bisher hatten wir nur ganz flüchtig etwas von den neuen Zeichnungen gesehen. Aber Meister Gerhard wollte, dass wir uns zunächst die viereckigen Seitenpfeiler und die Rundbogen des Doms ansahen. Zu meiner großen Überraschung waren überall an den Seitenwänden des Ostchores bereits tiefe Gruben ausgehoben. Sie führten bis an die Grundmauern und teilweise sogar noch unter sie. Obwohl ich ahnte, was hier vorbereitet wurde, konnte ich es zuerst einfach nicht glauben. Doch dann bestätigte Meister Gerhard, was das Domkapitel zusammen mit Billigung des Erzbischofs und der Prioren beschlossen hatte:

»Der gesamte alte Dom wird abgerissen.«

Er zeigte einen Halbkreis mit der ausgestreckten Hand. Mir war, als hätte mich ein ungeheurer Hammer mit großer Wucht getroffen. Keiner der anderen konnte das Todesurteil über den großen Dom so hart empfinden wie ich selbst. Ich dachte unwillkürlich an das erste kleine christliche Gebetshaus am prächtigen Mercurius-Tempel, an Brände, neue Kirchen mit einem kreuzförmigen Grundriss, an das alte Taufbecken und die Kapelle, an Ursa, deren Leib ich zusammen mit unserem Sohn ganz in der Nähe in einer Gruft vergraben hatte.

Ich dachte weiter an Bischof Hildebold und daran, wie ich seinerzeit Silber für den Westchor am großen Atriumsplatz gespendet hatte. Erzbischof Bruno kam mir in den Sinn, der dem Längsschiff an jeder Seite zwei weitere Seitenschiffe hinzugefügt hatte. Der Kampf der Cöllner gegen Anno fiel mir ein. Und dann Rainald von Dassel, der die Gebeine der Heiligen Drei Könige den Mailändern gestohlen und über Umwege bis hierher gebracht hatte.

Obwohl die Vorbereitungen für den Abbruch des Ostchors bereits weit fortgeschritten waren, erkannte ich in der Mitte des großen Gotteshauses unter großen Tüchern den Dreikönigsschrein.

Ich wunderte mich kurz darüber. Dann scheuchte uns Meister Gerhard an den Bauleuten vorbei bis zu den bereits eingerichteten Werkplätzen der Steinmetzen, Zimmerer und Schmiede. Noch brannten keine Feuer in den Essen. Aber südlich des Domplatzes stapelten sich bereits unter flachen Dächern unterschiedlichste Steinblöcke, Baumstämme und Balken, leere Körbe aus Weidengeflecht und so viele Seilrollen, wie ich sie bisher noch nicht einmal am Hafen gesehen hatte.

»Wie weit seid ihr?«, rief Meister Gerhard einigen Vorarbeitern an den Baugruben zu.

»Alles in Ordnung«, rief einer der Männer in der ersten Grube. »Wir können morgen wie vorgesehen die alten Mauern durch sehr viel Hitze bersten lassen.«

»Achtet darauf, dass ihr die Gruben mit Buchen- und mit Eichenholz anfüllt«, mahnte Meister Gerhard. »Ich will kein Kienholz für die Feuer sehen, damit mir nicht die schnellen Flammen allzu hoch schlagen.«

Noch ehe wir die kleinste Zeichnung für diesen Kathedralenbaumeister kopiert hatten, spürten wir bereits, wie die Bewunderung für ihn immer mehr zunahm.

31. DIE DOMBAUHÜTTE

AM LETZTEN APRILTAG im Jahr des Herrn 1248 kamen Tausende von Menschen aus der ganzen Stadt rund um den großen alten Dom zusammen. Einige waren sogar von weit her angereist, aus Bonn und Mainz, Trier und Metz und aus sämtlichen Bistümern, die Konrad von Hochstaden als Erzbischof von Cölln unterstanden. Als enge Mitarbeiter von Meister Gerhard genossen wir zwölf besondere Vorrechte. Wie sonst nur wenige, sahen wir auf diese Weise verschiedene Große aus der Nähe. Es war der kleine dicke Junge aus Mainz, der mir zuflüsterte, was er über den Nachfolger von Erzbischof Müllenark wusste.

»Man sieht doch gleich, dass er der Sohn eines Grafen ist«, nuschelte der Dicke. »Zuerst war er ja nur Pfarrer in Wevelinghoven und später Propst von Sankt Maria ad Gradus. Und damit fing das Unglück an ...«

»Welches Unglück?«, fragte ich ahnungslos.

»Er wollte immer mehr, mehr, mehr«, schnaubte der kleine Dicke. »Du weißt doch selbst, was in dieser Stadt alle Spatzen von den Dächern pfeifen.«

»Ach so, das meinst du«, sagte ich. Und wieder einmal wäre ich beinahe durch fehlende Stückchen in meinem Wissen aufgefallen. Ich spürte, wie das Amulett um meinen Hals sehr schnell wärmer wurde. Gleichzeitig fiel mir wieder ein, was der Mainzer Junge gemeint hatte. Auch das gehörte zu den Eigenartigkeiten, die mir immer wieder passierten. Genau genommen steckte all mein Wissen bereits in mir. Möglicherweise war es seit Urzeiten und für alle Ewigkeiten im ungeordneten Gedankenstaub vorhanden. Doch dieser Staub war dunkel wie die Nacht. Erst wenn das Licht der Erinnerung, des Wollens oder Glaubens ihn erhellte, erstrahlten aus der ungeheuren Vielfalt aller Möglichkeiten die Dinge, die ich wissen musste, um mit den anderen Menschen zu leben. Urplötzlich fragte ich mich, was wohl geschehen würde, wenn der Gedankenstaub nicht mehr als freies Chaos den Mantel der Barmherzigkeit über die Erinnerung eines Menschenwesens legen würde, wenn irgendjemand zu irgendeinem Zeitpunkt alles, was war, was kommen würde und geschah, gleichzeitig erkannte. War das unmöglich, wenn ich es doch denken konnte …?

Auch jetzt schon warf mich die Wucht der Erinnerung beinahe körperlich zurück. Es war wie eine Flut von Bildern, die ich gleichzeitig erkannte, als ich in das Gesicht des Erzbischofs Konrad von Hochstaden blickte. Er war, kaum zehn Schritte von mir entfernt, bereits so festlich gekleidet, wie ihn andere normalerweise nur während eines Hochamts sahen. Zusammen mit Dutzenden von Mitgliedern des Domkapitels, Priestern und Äbten, Bischöfen und Oberhäuptern der großen Familien der Stadt stand er auf dem freien Platz, den er einige Jahre zuvor dem Domkapitel als Bauplatz geschenkt hatte. Die Overstolzen waren da, die Aducht und die Lyskirchen. Ich sah mächtige Handelsherren und Patrizier, die vom Ertrag ihrer Ländereien und Zinshäuser ohne eigenen Handschlag lebten. Sie waren weder blaublütig noch hochgebildet. Aber sie hatten es verstanden, das Vermächtnis ihrer Vorfahren so zu mehren, dass sie das Schifflein ihres Reichtums durch alle Fehden, Kriege und Unglücke gebracht hatten. Und wenn sie heirateten, vermählten sich keine Personen, sondern Häuser und Geschlechter …

Der Erzbischof starrte mich plötzlich wie eine überirdische Erscheinung an. Jetzt wusste ich wieder, was der dicke Junge aus Mainz gemeint hatte. Der Erzbischof hatte sich als Propst von Sankt Maria ad Gradus zu Unrecht das Amt des Dompropstes angeeignet. Das Dumme war nur, dass es dort bereits einen anderen Propst gab, der sein Haus und auch sein Amt nicht räumen wollte. Und nur weil dieser mit dem Domkapitel in jahrelangem Streit lag, kam es schließlich zum Prozess aller gegen alle vor der Kurie in Rom. Konrad von Hochstaden hatte hochmütig die lange Reise dorthin abgelehnt. Als darin entschieden wurde, dass der alte Dompropst als Einziger das Recht auf das hohe Amt besaß, war Konrad handgreiflich geworden. Zusammen mit Bewaffneten hatte er eigenhändig den päpstlich anerkannten Dompropst an den Haaren aus dem Chor des Doms gezogen. Laut lärmend war er dann mit seinen Männern in das Haus des Propstes eingedrungen. Sie hatten alles kurz und klein geschlagen, Raum um Raum verwüstet und den Propst gefangen abgeführt.

All das wurde mir wieder deutlich, als ich den nachdenklichen Blick aus dem glatten Gesicht des Erzbischofs jetzt auf mir ruhen sah. Ich neigte meinen Kopf nicht, sondern blickte ihm furchtlos in die Augen. Mochten sich alle anderen vor ihm ducken – ich dachte nicht daran. Ich wusste wieder, dass der Papst ihn schon einmal wegen seiner Übeltaten und seiner Machtgier exkommuniziert und das Interdikt über alle Orte verhängt hatte, in denen sich seine Helfershelfer und der gefangene Dompropst befanden.

Der Erzbischof verzog den linken Mundwinkel zu einem leichten Lächeln. Seine Nasenflügel zitterten kaum merklich, als er den Kopf mit seiner kostbaren, goldbestickten Tiara anhob und in meine Richtung witterte. Ich wusste sofort, an welchen heiligen Geruch er dachte. Glücklicherweise zogen im selben Augenblick Schwaden von Weihrauch zwischen uns Schülern des Dombaumeisters und den Würdenträgern um den Erzbischof entlang.

Aber so leicht gab ein von Hochstaden nicht auf.

Es war, als könnte er in meinem Gesicht sehen, was ich gerade dachte. Natürlich hatte sich auch der letzte Kirchenstreit wieder aufgelöst, als Konrad von Hochstaden zum Erzbischof gewählt worden war. Wen kümmerte da noch, dass er erst kurz zuvor die Weihen zum Priester und zum Bischof erhalten hatte? Richtiger Erzbischof durfte er sich genau genommen erst seit vier Jahren nennen.

Es hieß, dass er sich auch bei den weltlichen Dingen immer das für ihn Günstigste aussuchte. Er war Erzkanzler für Italien und hatte dann wieder den Papst unterstützt. Er lag in Fehde mit dem Herzog von Limburg und dem Grafen von Berg. Er ließ die Cöllner die Burg Deutz stürmen, zerstörte mithilfe von Sturmschiffen die bergischen Türme und stritt über die Frage, wer Bischof von Lüttich werden sollte. Mal setzte er auf die Salier als Herrscher, dann auf die Thüringer und schließlich auf Wilhelm von Holland als deutschen König. Zusammen mit den Söldnern des Erzbischofs von Mainz und ein paar anderen zog er gegen die kaisertreue Stadt Worms und steckte sie in Brand. Er schimpfte über die Cöllner Schöffen. Und als sie protestierten, nannte er sie »Feinde in den eigenen Mauern«.

Je mehr mir einfiel, umso unglaublicher kam mir das Handeln dieses glattgesichtigen Mannes vor. Ich dachte an Pläne, den König als Geisel zu nehmen und nur gegen Lösegeld wieder freizulassen, an Kirchenbann und tausend Mark Silber, die er jährlich an seine Gläubiger zahlen sollte. Im ständigen Auf und Ab zwischen Beistand und Aufruhr hatte dieser Mann Recht gebrochen und den Zehnten aller Einkünfte aus der Diözese Cölln erhalten. Als Gegenleistung hatte er ein Gnadenjahr ebenso wie einen Ablass eingeführt, wie schon einige Jahre zuvor seinen spektakulären Verzicht auf den Bierpfennig.

Doch diesmal standen weder er noch die Großen der Stadt im Mittelpunkt des Geschehens. Es war der sanft wirkende Dombaumeister Gerhard, dessen Pläne bisher nur einige Eingeweihte kannten. Eigentlich war für diesen Tag ein großes Hochamt vorgesehen. Aber dann kamen plötzlich noch einmal Frühlingsstürme auf. Faserige schnelle Wolken jagten über den Himmel. Wenn jetzt nicht sofort alle Holzstöße und Reisigbündel an den Mauern des Ostchors angezündet wurden, konnten sie leicht so nass werden, dass der Abbruch abgeblasen werden musste.

Natürlich hätten große Tücher das erste Aufflammen der Feuer an den Mauern schützen können. Aber das war nicht das Spektakel, das der Erzbischof und die Versammelten sehen wollten. Jedermann wusste, dass ein gutes Feuer aus Eichen- und Buchenholz Zeit brauchte, bis sich so viel Hitze anstaute, dass darüber auch die festen alten Mauern brachen. Bereits die Römer hatten auf diese Weise Festungen und Burgen zu Fall gebracht, ebenso die Heere Kaiser Barbarossas und die Ritter bei ihren Kreuzzügen nach Jerusalem.

Ich sah, wie einige der Schöffen und der Edlen aus der Richerzeche die Köpfe zusammensteckten. Schon kurz darauf schleppten Knechte, die nicht zu den Bauleuten von Meister Gerhard gehörten, Reisigbündel, Bohlen und große Scheite von leichtem Kienholz an.

»Das heizt den Feuern schneller ein«, rief irgendjemand über die Köpfe der Wartenden hinweg. Ein schneller, kurzer Regen traf einen kleinen Streifen des dicht mit Menschen angefüllten Platzes. Nicht alle wurden nass, sondern nur der Erzbischof, wir selbst und ein paar Adlige. So schnell die dicken Tropfen gekommen waren, so schnell zog auch die Regenwolke weiter. Heftiger Wind kam hoch und wehte Tücher, Umhänge und Kopfbedeckungen davon. Jetzt sah auch Meister Gerhard ein, dass man nicht länger warten konnte. Er blickte fragend zum Erzbischof und zu den Würdenträgern aus dem Rat der Stadt.

Es war Matthias Overstolz, der forsch nach vorn trat und die Hand zu jenen Knechten hob, die das neue Holz und die Reisigbündel herangebracht hatten. Er wartete noch auf den Segen und das Einverständnis des Erzbischofs. Gleichzeitig blickte er mich an. Es war, als würde er mich wie nach langer Zeit plötzlich wiedererkennen. Ich sah nur noch seine hellen, strengen Augen. Im selben Augenblick fiel mir wieder ein, dass ich ein Sohn von ihm war – illegitim zwar, aber doch mit seinem Namen!

Ein neuer Windstoß fuhr unter die Versammelten. Der Frühlingssturm war jetzt so heftig, dass sich die Menschen gegen ihn stemmen mussten, damit sie nicht davongeblasen wurden. Segen und Mönchsgesang, Glockengeläut und alle anderen Geräusche wurden vom Sturm einfach fortgerissen und weit über den Rheinstrom hinausgetrieben. Wir sahen, dass die Feuerleute nicht mit dem Entzünden der ersten Flammen an den Holzstößen zurechtkamen.

»Los, los, Gesellen! Rettet das Werk!«, rief Meister Gerhard, so laut er konnte. Wir hörten nichts. Aber wir wussten, dass wir einzuspringen hatten, wenn irgendetwas nicht wie vorgesehen ablief. Zusammen mit dem dicken Jungen aus Mainz arbeitete ich mich bis an den alten Ostchor des Doms heran.

Wir sprangen in die Gruben und wurden von den Knechten, die dort schon auf uns warteten, mit harten Armen aufgefangen. Wir sahen sofort, dass die Blendlampen ausgegangen waren, die Vorfeuer nur noch schwelten und selbst die Ölfässer dabei waren, zu verlöschen. Rauch und Regen vermischten sich über uns zu dichten weißen Wolken. Aber die Feuer brannten nicht. Keines der Feuer konnte die Flammen halten.

Im selben Augenblick sah ich, wie Knechte meines Vaters frisches, harziges, zu kleinen Kienspänen zerspaltenes Holz auf eins der letzten Feuer in der Grube kippten, in der ich mich befand. Ich hatte plötzlich das Gefühl, dass ich selbst derjenige sein sollte, der hier an dieser Stelle seinen Scheiterhaufen fand. In wilder Hast und Panik riss ich das trockene Holz mitsamt den Spänen von mir fort. Sie sahen wie gedörrte, weiß gegerbte Schweineschwänzchen aus.

Auch wenn mir niemand glaubt, kann ich beschwören, dass weder meine heißen Hände noch mein Amulett die Flamme in die Späne des neuen Holzes springen ließen. Ich denke immer noch, dass es ein Blitz war oder eine Feuerkugel, die der Frühlingssturm von Westen her bis in die Feuergrube mitgebracht hatte. Es war nur eine einzige, sehr schnell und sehr hoch schießende Flamme. Im letzten Augenblick konnten wir alle gerade noch aus der Grube entkommen. Weder das Buchenholz noch die Scheite der alten Eichen konnten sich so schnell entzünden. Aber Reisig und Kienholz loderten in falscher Feuerpracht ohne große Hitze so hoch hinauf, dass selbst der Regen einen Bogen um die Flammen machte.

Ich stolperte neben den anderen zurück. Im selben Augenblick hörten wir entsetzte Schreie. Wir wussten nicht, was jetzt geschah. Doch irgendwie mussten die Flammen unkontrolliert unter den Grundmauern des alten Doms hindurch auch nach innen geschlagen sein. Schneller, als irgendjemand reagieren konnte, hörten wir Rufe, dass im Hauptschiff bereits die ersten der sechsundneunzig Kerzen aus den großen Kronleuchtern in die Flammen fielen. Es kam, wie es kommen musste. Niemand in der ganzen Stadt hatte mit dieser großen, schrecklichen Katastrophe rechnen können …

Der Dom, der die Jahrhunderte seit Karl dem Großen wie ein Fels überstanden hatte, brannte so schaurig-schön im Frühlingssturm, als wäre er der Scheiterhaufen einer sterbenden Epoche. Während die meisten fassungslos und wie gelähmt dem grandiosen Schauspiel zusahen, gab es einige beherzte Mönche und Männer aus der Stadt, die gerade noch das Allerschlimmste zu verhindern suchten.

Durch irgendeinen Zufall geriet ich direkt neben meinen Vater, als er gemeinsam mit den wenigen, die in der ungeheuren Gefahr jetzt noch genug Mut besaßen, den goldenen Dreikönigsschrein Stück um Stück in Richtung Westchor zog.

»Ich helfe euch!«, schrie ich den Männern zu. Rings um uns herum brachen Balken von der Kassettendecke nach unten, Fenster zersplitterten, und überall ergoss sich aus den Öllämpchen neue Nahrung in die Flammen. Aber wir zogen weiter, blutend und mit Brandflecken in erhitzten, schwitzenden Gesichtern, weiter und immer weiter, Schritt um Schritt, während die Flammen bereits über uns zusammenschlugen.

Selbst Cöllner, die den Erzbischof von Hochstaden gehasst hatten, waren entsetzt über das große Unglück. Niemand konnte fassen, dass der sorgfältig vorbereitete Abbruch des Ostchors zu einer derartigen Katastrophe ausgeartet war. Der große alte Dom hatte stets wie eine Trutzburg innerhalb der Stadtmauern gestanden. Er war der Fels der Zuversicht für Tausende von Gläubigen gewesen, die nach Cölln kamen, um die Gebeine der Heiligen Drei Könige und die anderen Reliquien anzusehen.

Jetzt stand von alldem nur noch die verkohlte Muschelschale aus Steinen und zumeist verbrannten Balken. Die Perle und das Allerheiligste waren gerade noch in Sicherheit gebracht worden, ebenso wie das kostbare Gerokreuz und einige Gerätschaften aus dem ursprünglichen Altar. Bis auf den Westchor, der vor vielen Jahren mithilfe meines Silbers ausgebaut worden war, war keine Wand des alten Doms mehr sicher. Die Mauern bildeten eine ständige Gefahr für Priester, Bauleute und Gläubige. Es gab nur eine Lösung: Der alte Dom musste eher als geplant bis auf den Westteil komplett abgerissen werden.

Gleichzeitig begann zwischen Britannien und Italien eine große Sammlung für die neue Kathedrale. Selbst der Papst verkündete nur drei Wochen später von Lyon aus einen Ablass. Der Erzbischof von Hochstaden erkannte, wie sehr er jetzt auch auf die Schöffen und die Bürger von Cölln angewiesen war. Er verkündete Zollfreiheit auf den Land- und Wasserwegen und versprach, dass er ihre Rechte, Freiheiten und Gesetze in Zukunft achten wolle.

Für Meister Gerhard und uns Schüler begann eine noch härtere Zeit. Eher als vorgesehen mussten wir uns nicht nur mit dem Neubau an der Stelle des Ostchores, sondern auch mit den weiteren Plänen befassen. Schon zu Mariä Himmelfahrt am 15. August kamen erneut Groß und Klein auf dem Domplatz zusammen. Noch waren nicht einmal alle schwarz verbrannten Steine der Seitenmauern eingerissen, aber die Grabeskirche für die Heiligen Drei Könige im gänzlich neuen, himmelwärts weisenden Baustil sollte bereits jetzt ihre Grundmauern erhalten.

Das Fest der Grundsteinlegung dauerte den ganzen Tag. Immer wieder läuteten andere Glocken in der Stadt. Während überall Messen gelesen und die Psalmen gesungen wurden, ließ der Erzbischof Brot und scharf gewürzten Spießbraten verteilen, Freibier ausschenken und auf den Plätzen in der inneren Stadt zum ersten Tanz aufspielen.

Während in den folgenden Tagen und Wochen die Franziskanermönche immer wieder auf die rußgeschwärzten Mauerreste stiegen und von dort aus gegen den Hochmut aller Bischöfe und die Vermessenheit des geplanten Bauwerks wetterten, nutzten die Dominikaner die Stadtgespräche für ihre eigenen Absichten. Sie richteten in der Stolkgasse zwischen der alten Römermauer im Norden der Stadt und der Kirche von Sankt Ursula eine höhere Schule für ihren Ordensnachwuchs ein.

Ihr erster Leiter wurde Albert von Lauingen, der zuvor an der Universität von Paris gelehrt hatte. Es hieß von ihm, dass sie ihn dort ehrenhalber Albertus Magnus genannt hatten. Ich lernte diesen Mann, mit dem ich später noch einige Male sprechen durfte, gleich nach der Grundsteinlegung kennen. Er war eines Sonntagnachmittags, als überall die Arbeit ruhte, ins Haus von Meister Gerhard gekommen und brachte einen jungen, dunkelhaarigen Mann mit, der schon in Paris Schüler bei ihm gewesen war.

»Wenn Ihr erlaubt, möchte Thomas von Aquin ein wenig bei dem zuhören, was wir besprechen«, sagte er zu Meister Gerhard.

»Ich habe nichts dagegen«, antwortete der Dombaumeister. »Aber ich hoffe, dass Euch dieser junge Mann namens Rheinold nicht zu ungebildet ist ...«

Ich errötete augenblicklich, während Meister Gerhard sagte: »Er hat den Fehler begangen, mit einer seiner Basen anzubändeln, als er noch nicht vierzehn war. Dafür haben ihn die Overstolzen in die Klosterschule nach Deutz gesteckt, und das unglückliche Mädchen wohnt inzwischen in einem der Beginenhäuser.«

Ich errötete noch mehr. Zum ersten Mal erfuhr ich, was tatsächlich mit Ursulina geschehen war. Sie hatte kein Wort davon gesagt, wie lange und wie innig wir uns zuvor schon kannten. Auch jetzt sagte mir das Wort »Beginenhaus« nicht viel. Ich wusste nur, dass es ein halbes Dutzend davon gab und dass in ihnen Frauen in einem arbeitsamen, frommen Tagesablauf lebten. Sie waren keine

Nonnen, doch weil sie nicht verraten wollten, wie sie ihre Jungfernschaft verloren hatten, durften sie nicht mehr in den Familien oder Dörfern leben, denen sie entstammten …

Ich biss auf meine Unterlippe, gab mir Mühe, nicht sofort mit meinen Fragen loszuplatzen. Ich musste warten – so lange warten, bis ich auf unverfängliche Art und Weise mehr über diese Dinge in Erfahrung bringen konnte.

Die drei Männer kannten sich aus ihrer Zeit in Frankreich. Ich war glücklich, dass ich ihnen überhaupt zuhören durfte. Deshalb hielt ich den Mund und spitzte die Ohren, um nicht das kleinste Wort von ihnen zu verpassen. Zum ersten Mal erfuhr ich, was das Domkapitel und den Erzbischof bewogen hatte, so schnell wie möglich für die Gebeine der Heiligen Drei Könige einen großen neuen Dom zu bauen.

»Der Gedanke daran ist hier ja schon wesentlich früher aufgetaucht«, meinte Meister Gerhard. »Aber eine Kathedrale, die wie das himmlische Jerusalem aus der Offenbarung des Johannes aussieht … das war für die schlicht denkenden Kaufleute und Handwerker hier in der Rheintiefebene bisher einfach viel zu hoch …«

»Dabei hat Abt Sugar von Saint-Denis bereits vor hundert Jahren damit angefangen«, sagte der junge Thomas von Aquin und lachte spöttisch. »Aber wahrscheinlich kann man Cölln am Rhein nicht mit Paris vergleichen.«

»Sagt das nicht!«, antwortete Meister Gerhard. »Cölln ist zwar keine Königsstadt, aber wenn dereinst fertig wird, was ich bereits in meinem Kopf und meinem Herzen erbaut habe, dann werden selbst die Edlen von Paris zu einer Wallfahrt hierherkommen.«

»Man baut in Reims ebenso wie in Sens und an vielen anderen Plätzen des Frankenreiches«, sagte Albertus Magnus, wie auch wir ihn nannten. »Aber der eigentliche Grund für die Eile hier in Cölln ist doch ein ganz anderer.«

»Ludwig IX.«, nickte Thomas von Aquin. »Der fromme König von Frankreich, den sie bereits jetzt den Heiligen nennen.«

»Genauso ist es«, bestätigte auch der Dominikanerlehrer. »Er triumphiert, weil er inmitten seines Palastes einen riesigen gläsernen Schrein für die Dornenkrone Christi geschaffen hat. Diese kostbarste aller christlichen Reliquien ist nicht mehr für das Volk zu sehen, sondern sein ganz privater, streng bewachter Schatz.

Das Gleiche gilt auch für die Splitter vom heiligen Kreuz, die noch über Karl den Großen bis nach Sens zwischen Paris und Orléans gelangt sind.«

»Ihr habt recht«, sagte Meister Gerhard. »Aus den Reliquien für alle gläubigen Wallfahrer und Pilger werden zunehmend Kronschätze der Könige und Druckmittel der Geistlichkeit.«

»Ja, ja, die frühere Begeisterung nutzt sich allmählich ab«, seufzte Albertus Magnus. »Das Volk ist viel zu ungebildet und kehrt zunehmend zum alten Aberglauben, zu teuflischer Verführung und betrügerischer Zauberei zurück, wie sie die Weiber allerorts verstehen ...«

»Man weiß schon gar nicht mehr, was erstaunlicher ist«, warf Thomas von Aquin ein. »Die Wunder unserer Heiligen oder die unglaublichen Fantastereien, die über Zauberweiber und Hexen mit ihren Teufelsbuhlschaften berichtet werden.«

»Das eine wird dem anderen die Waage halten«, lachte Meister Gerhard. »Und unsere Geistlichen, die nur von immer größeren Begebenheiten im Leben aller Heiligen hören oder lesen, trauen Derartiges längst auch dem Aberglauben, den bösen Weibern und dem Teufel zu.«

»Ja, ja, die Mönche und die Weiber«, lachte Albertus.

»Der Teufel schläft mit beiden!«, schnaubte Thomas von Aquin. »Den Mönchen zeigt er sich als Weib, den Weibern als Verführer ...«

Ich war reichlich erschrocken über die Offenheit, mit der diese gelehrten Männer über die heiligsten Schätze der gesamten Christenheit sprachen. Am selben Sonntagnachmittag erfuhr ich auch noch von billigen und schlechten Münzen, die der Erzbischof jetzt schlagen lassen wollte, um mehr Geld für den Bau der Kathedrale einzunehmen.

»Normalerweise gehen mich die Streitigkeiten zwischen Bürgern und Erzbischöfen nichts an«, meinte Albertus Magnus. »Aber gerade hier sehe ich darin ein gutes Thema und viele Beispiele, an denen ich unseren Schülern Plato und Aristoteles, aber auch das Ideal des Gottesstaates von Kirchenvater Augustinus näherbringen kann.«

»Ihr wollt Euch einmischen?«, fragte Meister Gerhard.

»Ich werde es wohl müssen«, antwortete der Dominikaner.

»Nach allem, was ich bisher in Erfahrung bringen konnte, wird hier schon bald ein Schiedsrichter benötigt. Ihr wisst es, Gerhard, und ich weiß es ebenfalls. Das Domkapitel und der Erzbischof, ja die ganze Stadt wird ungeheure Summen, Münzen, Gold und Silber für Holz und Steine, Werkzeuge und Verpflegung aufbringen müssen, um dieses große Werk Tag für Tag und Jahr für Jahr immer weiter fortzusetzen. Selbst wenn auf der anderen Rheinseite der halbe Felsen Drachenstein abgetragen würde, wäre es preiswerter, den neuen Dom gleich dort in das Gestein zu schlagen.«

Er holte umständlich ein Sacktuch aus seiner speckig wirkenden Kutte und schnäuzte sich. »Es wird ein Kampf um Abgaben und Freiheit für die Bürger«, fuhr er dann fort. »Um Rechte, Privilegien und gegenseitige Verpflichtungen. Damit all das verhandelt und besiegelt werden kann, will ich mich von Anfang an dafür zur Verfügung stellen.«

»Ist das der Grund, warum Ihr hier seid?«, fragte Meister Gerhard.

»Es ist *ein* Grund«, antwortete Thomas von Aquin, »aber nicht der einzige. Wir denken auch darüber nach, dass dem gesamten Universum eine verborgene Ordnung innewohnen muss und dass der Geist des Menschen zumindest teilweise erkennen kann, wie alles aufgebaut ist und auf sich selbst zurückwirkt …«

»Wir suchen nach dem Kern der Dinge«, stimmte Albertus Magnus zu. »Nach den Zusammenhängen und den großen Plänen, nach denen auch der Weltenschöpfer vorgeht.«

Mir war, als würde nochmals ein großer Dom über mir verbrennen. Heiß liefen Schauder von meiner Kopfhaut über den Rücken. Wie viel wussten sie – und wie viel mehr als ich?

»Kein Lebewesen kann sich jemals selbst begreifen«, seufzte Albertus Magnus. »Dennoch werden wir ihn immer suchen – den Sinn des Lebens und des Todes.«

Gibt es ihn überhaupt?, wollte ich vorlaut fragen, biss mir aber noch gerade rechtzeitig auf die Zunge.

Es kam, wie es Albertus Magnus vorausgesehen hatte. Während die Fundamente des neuen Ostchores der großen Kathedrale bereits im Jahr darauf einen deutlich sichtbaren, siebenfach unterteilten Halbkreis bildeten, spitzte sich der Streit zwischen dem

Erzbischof und dem Rat der Stadt immer weiter zu. Zwei Jahre später tauchten auf den Märkten Dinare, halbe Dinare, Vierlinge und Oboli auf, die nicht mit dem Rat der Stadt abgesprochen und von ihm genehmigt waren. Überall entstanden Unruhe und Streit über die neuen Münzen.

Als dann die ersten Außenmauern am neuen Ostchor Stein um Stein in die Höhe wuchsen, schickte der Erzbischof einen Fehdebrief. Die Cöllner fanden Verbündete beim Grafen von Jülich, doch bereits kurz nach Ende des Frühlingshochwassers näherten sich die Truppen des Erzbischofs mit vierzehn Kriegsschiffen der Stadt. Pfeile und Katapultsteine, sogar griechisches Feuer flogen über die Ufermauern. Die Angreifer wollten auch die Schiffe, die zum Umladen der Waren vor der Stadt ankerten, in Brand setzen.

Das war die Stunde für das Verhandlungsgeschick eines Albertus Magnus. Doch sogar er brauchte drei Wochen und einen Tag, bis alle Streitpunkte und gegenseitigen Anklagen nach Vernunft und Recht entschieden waren. Als »kleiner Schied« wurde die Einigung schließlich besiegelt.

Zur selben Zeit schlossen die Cöllner auch mit anderen Städten Verträge, die den Handel und die Schifffahrt sicherten. Kurz darauf reiste der Erzbischof mit einem großen Gefolge von kirchlichen und weltlichen Fürsten bis nach London. Dort huldigte er Richard von Cornwall und brachte ihn als neuen deutschen König zunächst nach Aachen und wenig später auch nach Cölln. Als Dank bekam der Erzbischof fünfhundert Mark und eine neue kostbare Mitra.

Nur wenig später musste Albertus Magnus erneut schlichten. Im »großen Schied« wurde endgültig festgelegt, dass dem Erzbischof die höchste geistliche und weltliche Macht in der Stadt zukam, dass er aber dennoch Richter, eine Bürgerschaft und Handwerksbruderschaften zulassen musste. Die neue Urkunde war eng beschrieben und mehr als vier Ellen lang.

Elf Jahre nach der Grundsteinlegung für die neue Kathedrale waren auch die Arbeiten an der neuen Stadtmauer abgeschlossen. Das große Festungswerk umfasste zwölf Torbogen und zweiundfünfzig starke Türme. Im selben Jahr erteilte der ungeliebte Erzbischof der Stadt am Fluss das Stapelprivileg. Ich war dabei, als

Albertus Magnus Meister Gerhard die Bedeutung dieser Urkunde erklärte.

»Ihr müsst Euch das auf der Zunge zergehen lassen«, sagte er, während er bei uns zum sonntäglichen Mittagsmahl zu Gast war. Inzwischen war auch die Verpflegung für uns alle sehr viel schlechter geworden. Fleisch gab es nicht einmal mehr jeden Sonntag. Dafür mussten Rebekka und ihre Magd an manchen Tagen aufgewärmte dünne Kohlsuppe für all jene bringen, die hier inzwischen auch mit Tinte und Feder an den Plänen zeichneten.

»Mit diesem Stapelrecht hat der Erzbischof die unsichtbare Marktmauer von Cölln quer über den Fluss gezogen. Aber nicht als Brücke konstantinischer Art, sondern wie ein Fallgitter, das niemanden mehr durchlässt.«

»Stimmt es denn wirklich, dass jetzt kein Kaufmann mehr mit seinen Waren an Cölln vorbeifahren kann? Dass die von Norden, aus Flandern, Brabant und den Niederlanden nur bis hierher und nicht weiter stromaufwärts fahren dürfen, während die anderen vom Oberrhein nicht aufs offene Meer hinauskönnen?«

»Genau das heißt es«, bestätigte der Lektor der Dominikaner. »Ihr wisst besser als ich, dass auch bisher schon die Waren von den Schiffen mit großem Tiefgang hier in flache Kähne umgeladen werden mussten, weil stromaufwärts der Rhein nicht tief genug ist. Aber von jetzt an geht es nicht mehr um das Umladen der Waren, sondern um eine Art bischöflich genehmigter Mauer für Zölle und den Markt. Drei Tage lang müssen dann die Waren öffentlich für jedermann zum Verkauf angeboten werden.«

»Erlaubt Ihr eine Frage?«, platzte ich dazwischen.

Die beiden Männer sahen mich an. Normalerweise war es nicht üblich, dass Schüler und Gesellen die Gespräche der Meister unterbrachen. Doch ich war inzwischen zum zweiten Mann hinter Meister Gerhard aufgestiegen und musste darauf achten, dass alle Steinmetzen auf dem Bauplatz Woche für Woche nachgeprüfte Pläne und hölzerne Schablonen für das Ausstemmen von Rosetten und Reliefs, Rundungen und Rillen erhielten.

»Ich ahne schon, was du uns fragen willst«, meinte Albertus Magnus. »Du willst, wie alle anderen, sicherlich wissen, ob dieses Stapelrecht ein Segen oder Fluch für Cölln sein wird. Ich antworte darauf, dass es zunächst Zwang und Schikane für jeden Kaufmann heißt, der hier entlangmuss. Aber er findet hier auch seinen ersten Markt. Zum Zweiten müssen Rheinschiffer, wenn sie flussaufwärts fahren wollen, ohnehin hier alle Waren auf die flachen Oberländer umladen. Da aber jetzt jede der ausgeladenen Waren gleichzeitig angeboten und auf Qualität geprüft wird, hat nur der einen Verlust, der schlechte Güter transportiert. Denn diese sollen gleich verbrannt oder in den Rhein gekippt werden.«

»Aber das ist doch ...«, versuchte ich zu protestieren.

»Gemach, gemach, lieber Rheinold«, wehrte Albertus Magnus ab. »Wie alles hat auch diese Prüfung immer Vor- und Nachteile. Kommt einer daher, der mit schlechter Ware handeln will, wird er durch das Stapelrecht vertrieben und bestraft. Hat aber einer hier ausgeladen und zur Zufriedenheit der Cöllner drei Tage lang seine Waren angeboten, dann trägt das, was übrig bleibt, eine Art Gütesiegel. Was hier Bestand hat, wird es schon bald heißen, ist von Cöllner Qualität. Und das, Ihr Herren – hört es von mir, wird so viel Reichtum bis in diese Mauern bringen wie die Gebeine aller Heiligen und Märtyrer zusammen.«

32. WORRINGEN

ZUR SELBEN ZEIT bewies der Erzbischof, dass er noch immer Herr über die Stadt am Rhein war. Wieder und wieder kam ihm über die Beichtgespräche verschiedener Priester zu Ohren, wie unzufrieden die Bürger mit ihrem Bürgermeister, den Schöffen und dem Rat waren. Auch ich wunderte mich immer mehr, wie schamlos diese Männer die Gewichte an den Waagen fälschen ließen, wie sie das Stapelrecht missbrauchten und die ausgeladenen Waren schon in der ersten Nacht gegen minderwertige austauschen ließen.

Die halbe Stadt war inzwischen so bestechlich, dass immer mehr Kaufleute und Händler lauthals bei Bier und Wein damit prahlten, wie viel sie zusätzlich an dieser oder jener Schiffsladung an gepanschtem Wein und zur Hälfte mit Sand gefüllten Heringsfässern verdient hatten. Der Erzbischof, der sich manchmal wochenlang in seinem Schloss in Brühl südlich der Stadt aufhielt, schlug ohne Vorwarnung dazwischen. Er kam nach Cölln in seinen Stadtpalast. Nur ein einziges Mal ließ er sich auf der Kathedralenbaustelle sehen, deren Hütten und Arbeitsplätze für die Handwerker inzwischen »Die Fabrik« genannt wurden.

Zwei Tage später hielt er gnadenlos Gericht über alle, die auf seiner schwarzen Liste standen. Bis auf einen einzigen Schöffen, dem kein Fehler in seiner Amtsführung nachgewiesen werden konnte, schloss er alle anderen von der Teilnahme am Rat aus. Er verbot ihnen, Waffen zu tragen, und ernannte erstmals auch Handwerker aus den neuen Zünften zu Schöffen.

»Es geht uns zwar nichts an«, sagte Meister Gerhard, der schon längst nicht mehr von irgendwelchen Streitigkeiten in der Stadt hören wollte, weil sie seinen reinen Glauben an das große Werk belasteten, »aber nichts kann besser sein als der Eisenbesen, mit dem der Erzbischof jetzt die Raffgier und den widerlichen Betrug dieser reich gewordenen Blutegel aus den Straßen fegt.«

Nur selten zuvor hatte ich den Kathedralenbaumeister derartig entschieden gesehen. Ich stimmte auch zu, als wir hörten, dass fünfundzwanzig Männer aus den vornehmsten Familien der Stadt vom Erzbischof geächtet wurden. Konrad von Hochstaden erklärte sie für vogelfrei und erlaubte damit jedermann, sie wie Sklaven zu behandeln.

Im Jahr darauf kam es zu einer Einigung mit den Geächteten, dann aber wieder zu erneuten Streitereien. Es war schon längst kein Kampf mehr im Verborgenen, sondern ein Ringen um die Macht zwischen den immer mutiger werdenden Zünften und den bisher übermächtigen Familien der Richerzeche. Anhänger der neuen und der alten Zeche stießen immer wieder blutig zusammen. Selbst vor Kirchenfesten wucherten die Streitigkeiten zwischen den betrunkenen Gruppen derartig aus, dass es Dutzende von Toten und Verletzten gab.

In den folgenden Tagen spitzte sich der Konflikt unter den Bürgern Cöllns mehr und mehr zu. Einige behinderten sogar die Wagenladungen mit Steinen, Kalk und Holz für die Fabrik. Auch die Ochsenkarren mit den großen Felsbrocken, die erst am Kathedralenbauplatz so markiert werden sollten, dass die Steinmetzen wussten, wo sie den Meißel ansetzen mussten, kamen nicht mehr durch die engen, mit Barrikaden verstellten Gassen in der Rheinvorstadt. Wieder wurde im Palast des Erzbischofs verhandelt. Aber niemand hielt sich an die Zusicherung freien Geleits.

Konrad von Hochstaden machte erneut kurzen Prozess. Ohne Ansehen des Namens ließ er zwei Dutzend der vornehmsten Bürger der Stadt gefangen nehmen, fesseln und in seine Schlösser Godesberg und Altenahr schaffen. Jeder, der sich für die Eingekerkerten einsetzte, wurde ebenfalls kurzum beseitigt und dem härtesten Gewahrsam übergeben. Um das Maß vollzumachen, teilte sich der Erzbischof die Häuser der Verstoßenen mit dem neuen Rat der Stadt.

In gewisser Weise bewunderte ich diesen Erzbischof. Jeder Kritik begegnete er sehr klug damit, dass er gut erhaltene Skelette der heiligen Jungfrauen oder auch einzelne Teile ihrer Gebeine an verschiedene Kirchen übergab. Aber ich sprach nicht mehr mit Meister Gerhard über diese Dinge. Er wollte davon nichts mehr hören, nichts mehr sehen. Nur seine Frau Rebekka stimmte mir zu, als ich eines Sonntags nach etwas Brot und grünem Hering sagte: »Er weiß genau, warum er wieder die *Knöchelsche* zum Klappern bringt.«

»Sag so was nicht!«, meinte Rebekka erschrocken. Meister Gerhard zupfte sich die Gräten zwischen seinen schlechten Zähnen heraus, beachtete uns aber nicht weiter.

»Hab ich nicht recht?«, fragte ich angriffslustig. Rebekka hob die Schultern.

»Natürlich hast du recht«, antwortete sie sehr vernünftig. »Aber es ist nicht recht, dass der Erzbischof jetzt auch seine Schwester, diese Äbtissin, nach Reliquien graben lässt.«

»Wenn es nur das wäre«, gab ich zurück. »Er sichert sich sogar bei König Ludwig IX. von Frankreich ab, indem er ihm wertvolle Gebeine übereignet.«

»Wenn ich auch redete mit klingenden Schellen und hätte der Liebe nicht, so wäre es mir doch nichts nütze«, murmelte Meister Gerhard. Wir sahen ihn beide erstaunt an. Dann erst verstanden wir, was er meinte.

Erzbischof Konrad von Hochstaden starb im September des Jahres 1261. Wie durch eine glückliche Fügung waren nur wenige Tage zuvor die sieben Kapellen des neuen Chorumgangs fertig geworden. Die großen Fenster waren eingesetzt, und unter dem Giebelfenster in der Mitte wurde der Mann bestattet, der die neue Kathedrale begründet hatte. Inzwischen ragte der kleinste aller Bauabschnitte wie ein von Meisterhand beschlagener Felsen über alle Häuser und Mauern der Stadt.

Bereits eine Woche später empfing der bisherige Dompropst die Abgesandten der Bürgerschaft und die von seinem Vorgänger eingesetzten Schöffen von Cölln. Aber auch andere wollten die Gunst der Stunde nutzen. Mehrere Grafen rund um Cölln bereiteten sich bereits auf die Belagerung und einen Einfall in die Stadt vor. Der designierte Erzbischof Engelbert II. von Falkenburg konnte und durfte sich in einer derartigen Situation nicht auf den langen Weg zum Papst nach Rom machen. Er schickte dafür einige Cöllner mit der Bitte um Entschuldigung zum Lateranpalast.

»Hast du gehört?«, rief mir Meister Gerhard einige Tage später schon fast vergnügt zu. Ich schüttelte den Kopf. »Die Geschlechter sind schon wieder angeschmiert!«

Ich verstand nicht, was er daran so lustig fand. Dann kam er quer über die Baustelle zu mir und erklärte mir, was er eben gehört hatte.

»Die meisten der Geschlechter haben sich für Engelbert als Konrads Nachfolger starkgemacht. Er hatte ihnen zugesagt, dass er die Ungerechtigkeiten seines Vorgängers wiedergutmachen würde.«

»Und jetzt? Was ist geschehen?«, fragte ich.

»Er hat noch härter durchgegriffen und die Bittsteller aus den reichen Familien wegen ihrer angeblich gotteslästerlichen Forderungen ebenfalls hinter Schloss und Riegel gebracht. Doch nein, warte. Empöre dich noch nicht! Einige von ihnen sind schon wieder draußen. Aber sie wollen zurück in die Stadt, und ich könnte mir fast denken, dass auch dies zum Plan des neuen Erzbischofs gehört.«

»Zu welchem Plan?«, fragte ich verständnislos. Diesmal sah Meister Gerhard ganz und gar nicht vergeistigt oder verinnerlicht aus. Er rieb Daumen und Zeigefinger gegeneinander und sagte: »Fünfzehnhundert Mark schließen so manche Tür auf.«

»Fünfzehnhundert Mark?«, wiederholte ich fassungslos. »Davon könnten wir den halben Drachenfels auf der anderen Rheinseite als Steinbruch für die Kathedrale kaufen.«

»Nicht so laut!«, unterbrach mich der Dombaumeister. »Das ist noch lange nicht das letzte Wort. Jetzt kommt es ganz entscheidend darauf an, ob die alten und neuen Schöffen dieser Stadt mit Geld und Gold die Waage der Gerechtigkeit bei Engelbert zur einen oder anderen Seite sinken lassen ...«

Ich schüttelte den Kopf über so viel unerwarteten Sarkasmus. Meister Gerhard war inzwischen alt geworden. Manches Mal strich er nachts allein mit einem Sturmlicht über den Bauplatz. Gelegentlich bat er mich auch, ihn dabei zu begleiten. In warmen, sternenklaren Nächten setzten wir uns auf die übereinandergestapelten Bauhölzer. Dann konnten wir am weit in die Nacht hinaufragenden Ostchor und an der dagegen klein und geduckt wirkenden Kirche Maria ad Gradus vorbei bis auf den Rheinstrom sehen.

»Wie lange wird es dauern?«, hatte ich einmal gefragt. »Noch fünfzig Jahre? Oder gar hundert?«

»Das weiß allein der Himmel«, war wie bei ähnlichen Fragen seine Antwort gewesen.

Auch an diesem Tag ahnte ich, dass er bereits mehr wusste, als er uns sagen wollte. Aber ich musste fast eine Woche warten, bis ich erfuhr, was wirklich vorging. Wir hörten es erst durch die Weiber und Kinder, die den Männern auf der Baustelle ihr Mittagbrot und Essigwasser gegen die Sommerhitze brachten.

Sie sagten, dass Bewaffnete von Engelbert bereits den Bayenturm und den Turm an der Kunibertskirche besetzt hätten. Wie schon so oft waren auch einige Beginen unter den Frauen. Ich konnte sie durch ihre einheitliche Kleidung und ihren Kopfputz nicht voneinander unterscheiden.

Nur eine war mir in all den Jahren immer wieder aufgefallen. Sie kam mit einem kleinen Henkelkorb aus Weidengeflecht, in dem in einem blau-weiß gefärbten Tuch immer das gleiche Stück hartes Brot und eine Flasche Essigwasser eingeschlagen war. Sie ging sehr langsam und sang leise, wenn sie zum Bauplatz kam. Jeder der Bauleute an der Kathedrale hatte sie schon einmal angesprochen. Auch ich hatte sie gefragt, ob ich ihr helfen könne, den zu finden, den sie suche.

»Nein, Herr«, hatte sie stets gesagt. »Ihr seid sehr gütig. Aber ich muss selbst immer wiederkommen … so lange, bis ich ihn gefunden habe.«

Wer sie dann fragte, nach einem Namen, einem Mann, bekam keine Antwort mehr. Sie lächelte nur noch, sang wieder leise und ging mit kleinen, festen Schritten wieder fort …

Am nächsten Morgen wurde die Hälfte aller Mörtelmischer, Zimmerleute und Maurer zu ebendiesen beiden Festungstürmen am Rheinufer abgeordnet. Es hieß nur, dass sie einige kleinere Schäden der Verwahrlosung richten sollten. In Wirklichkeit sollten Lücken in den Zinnen zugemauert, neue Balken zwischen allen Wänden eingestemmt und fest verkeilt werden.

»Irgendwie verstehe ich das alles nicht«, sagte ich eines Abends zu Rebekka. »Der Dompropst ist noch nicht einmal vom Papst konsekriert. Er hat das Pallium nicht erhalten und verhält sich dennoch so, als wäre er längst Herr der Stadt.«

»Es wird zum Kampf kommen«, sagte Meister Gerhard mit

unbewegtem, schon fast mumienhaft wirkendem Gesicht. »Die ganze Stadt hat sich bewaffnet. Spätestens morgen wird zum Sturm gegen die Zwingburgen am Rhein geläutet.«

»Woher willst du das wissen?«, fragte sein Weib sofort.

Meister Gerhard lächelte leise. »Höre ich etwa Zweifel aus euren Worten?«, fragte er milde. »Habt ihr vergessen, dass wir die Auserwählten sind, die zum höchsten Ruhme Gottes die größte und schönste aller Kathedralen bauen dürfen?«

»Es schadet uns«, sagte ich. »Es ist schon jetzt sehr mühsam, den Lohn für all die Männer und genügend Geld für Holz und Steine aufzubringen. Gewiss, all das zählt nicht zu unseren Aufgaben, aber ich denke manchmal, dass auch die Kathedrale nicht mehr aufhalten kann, was da unten in der Stadt und auf den Märkten immer deutlicher entsteht. Sie wollen frei sein und nicht länger Diener eines Bischofs und der heiligen Reliquien.«

»Kein Mensch, der denken kann und Verstand hat, kann ohne Glauben, Liebe oder gar Hoffnung leben«, sagte Rebekka unvermittelt. Aber sie sah dabei nicht ihren Gemahl, sondern mich an. »Manch einer braucht Zeremonien, Weihrauch und Reliquien, aber vielleicht nur deshalb, weil er befürchten muss, dass ihn sonst all seine Sehnsüchte und Wünsche, Träume und Fantasien wahnsinnig machen würden.«

Im selben Augenblick spürte ich die Wärme aus dem Amulett auf meiner Brust. Aus irgendeinem Grund wurde mir plötzlich sehr unheimlich. Ich blickte wie gebannt in ihre Augen. Gleichzeitig spürte ich, wie mein Mund trocken wurde und heiße Schauder von meinem Nacken bis in die Fersen rannen. Was war das? Was ging in diesem Augenblick zwischen ihr und mir vor?

»Du hast sie nie besucht in den Beginenhäusern«, sagte sie. Schneller als jedes Widerwort und jeder Ansatz für eine Entgegnung verstand ich, was geschah. Zum ersten Mal, seit Ursa und ich gleichzeitig oder auch unabhängig voneinander Körper für unsere unsterblichen Seelen gefunden hatten – zum ersten Mal war ein Ende unseres leiblichen Lebens nicht gleichbedeutend mit dem körperlichen Tod gewesen.

Ich hatte Ursulina in all den Jahren immer wieder in der Beginentracht gesehen. Vielleicht war es derselbe Körper, in dessen Nähe ich vor vielen Jahren unten am Fluss auf einer Bank zu mir gekommen war. Aber sie war es jetzt nicht mehr. Denn das, was sie beseelt hatte, saß mir an diesem Abend gegenüber. Das Weib, das so begehrenswert und wie von goldenen Strahlenkränzen umflutet auf der anderen Seite des Bohlentisches saß, sah nach wie vor wie Rebekka aus, und vielleicht war sie es auch, aber ich erkannte in ihr jene Seele, die zu mir gehörte wie meine eigene.

Wir sahen uns noch immer an. Und erst nach einer kleinen Ewigkeit blickte ich zu Meister Gerhard hinüber. Er lächelte, wie ich es so oft bei den Leichnamen von Märtyrern gesehen hatte, die noch im Tode ihren Glauben und ihre Hoffnung nicht verloren hatten. Ich fragte mich, ob er schon tot war. Auf jeden Fall würde seine Seele weiterleben durch sein Werk.

Sie kämpften und stritten, betrogen und belogen sich, als würden sie damit das Himmelreich erobern. Obwohl Engelbert II. die gerade erst zu wahren Zwingburgen ausgebauten Festungswerke am Bayenturm und an der Kunibertskirche aufgeben musste, belagerte er voller Grimm die Stadt.

Erst als der Papst Engelbert II. endlich mit dem Pallium geschmückt hatte, kam auch Albertus Magnus als Weihbischof nach Cölln zurück. Er hatte sich inzwischen einen großen Ruf als Naturwissenschaftler erworben und war sogar gegen seinen Willen zum Bischof in Regensburg ernannt worden.

In diesen Jahren begannen wir mit dem Aufbau der Seitenschiffe für die neue große Kathedrale. Vom alten Karolingerdom war nur noch die westliche Hälfte nutzbar. Je weiter das viel größere Bauwerk nach den Plänen Meister Gerhards voranschritt, desto mehr musste die jetzt viel kleiner wirkende fünfschiffige Basilika zurückweichen. Es war, als würde der gigantische, an allen Kanten mit Türmchen und Steindornen bewehrte Kathedralendrache das alte Gotteshaus mit allen Mauern, allen Steinen und allen Fenstern Stück um Stück auffressen …

Ich gebe zu, dass ich viele Tage und Nächte in dieser Zeit in der schönen Hoffnung und in dem Wahn verbracht habe, ich selbst könnte der nächste Baumeister der Kathedrale sein. Auch wenn mein Vater sich in all den Jahren nicht mehr um mich gekümmert hatte, stammte ich immer noch aus der Familie der Overstolzen. Weder er noch meine legitimen Geschwister grüßten mich. Nur mein Halbbruder, der ebenfalls Gerhard hieß, nickte mir manchmal aus einiger Entfernung zu, wenn er mit Gefolge und Herren aus dem Rat die Fabrik besuchte.

Ich verstand mein Handwerk, konnte Pläne zeichnen und war stark genug, um mich bei den Schmieden, Steinmetzen und Zimmerleuten durchzusetzen. Mein Können galt etwas in allen Hütten, auf der Baustelle und bei fast allen Angehörigen des Domkapitels. Weihbischof Albertus Magnus setzte sich mehrfach für mich ein, ebenso die Witwe des ersten Dombaumeisters. Nur die Overstolzen wollten nicht. Da ich nicht von der Familie angenommen war, konnte mir auch das Domkapitel den Kathedralenbau nicht übergeben.

Der Erzbischof schob die Entscheidung Jahr um Jahr hinaus, während gleichzeitig ein neuer Meister gleichberechtigt neben mir arbeitete. Er hieß Arnold und kam, wie Meister Gerhard, von den Kathedralenbaustellen in Frankreich. Wir mochten uns nicht, auch wenn wir oft gemeinsam an den Plänen für die Pfeiler und Gewölbe des neuen großen Kirchenschiffs arbeiteten.

In der Zwischenzeit verhängte der Papst den Kirchenbann über Schöffen und Bürger. Der Erzbischof verlangte, dass die Würdenträger der Stadt barfuß und ohne Kopfbedeckung außerhalb der Stadtmauern am Severinstor vor ihm auf die Knie fallen sollten. Er ließ das Land verwüsten und geriet sogar in einer offenen Feldschlacht in der Nähe von Zülpich in die Hände des Grafen Wilhelm von Jülich, der sich mit den Bürgern von Cölln verbündet hatte. Dreieinhalb Jahre war der Erzbischof gefangen. Zur selben Zeit brachen unter den Patriziern die alten Streitigkeiten um die Macht, um Steuern und Vergünstigungen wieder aus.

Wenn ich bis dahin geglaubt hatte, dass ich vielleicht doch noch Kathedralenbaumeister werden könnte, zerschlug sich meine Hoffnung durch einen blutigen Kampf zwischen den Familien der Overstolzen und den aus der Stadt ausgewiesenen Weisen, die sich inzwischen mit einigen Zünften der Handwerker und dem Erzbischof verbündet hatten. Es war ein ständiges Hin und Her von gebrochenen Versprechen und gegenseitigen Anschuldigungen, Intrigen und Verrat. Tatsache ist, dass wieder einmal sehr viel Geld im Spiel war. Tatsache ist auch, dass ich bei diesen Kämpfen meinen Vater verlor. Matthias Overstolz gehörte ebenso zu den

Toten an der Ulrepforte der Töpfer im Südwesten der Stadt wie der Bruder des Erzbischofs. Ich empfand weder bei dem einen noch bei dem anderen ein Gefühl der Trauer ...

Für eine Weile sah es aus, als hätte sich der Kirchenfürst in der Festungshaft von einem Saulus in einen Paulus verwandelt. Er sagte, dass er allen vergeben habe, nur noch Aussöhnung wolle und Cöllner Waren fortan frei von allen Zöllen durch sein Gebiet transportiert werden dürften. Er versprach, keine neue erzbischöfliche Burg in der Nähe der Stadt zu bauen. Zusätzlich löste er den Bann und war als Kurfürst dabei, als Rudolf von Habsburg in Frankfurt zum neuen deutschen König gewählt wurde.

Aber die Hoffnung der Cöllner auf ein friedliches Miteinander ohne allzu große Streitigkeiten war leider nicht von langer Dauer. Als wir Bauleute den Westteil des alten Doms durch zwei hohe Treppen in den Seitenschiffen mit dem um Manneshöhe darüberliegenden Fußboden der neuen Kathedrale verbanden, starb Erzbischof Engelbert von Falkenburg in Bonn.

Anders als Konrad fand er keine letzte Ruhe im Cöllner Dom. Denn kurz zuvor hatte der Papst ein weiteres Mal den Bann für die Stadt am Rhein erneuert. Für eine Weile gab es ein Durcheinander, weil sowohl der Papst in Lyon als auch das Domkapitel in Cölln einen neuen Erzbischof wählte. Gewinner wurde Siegfried von Westerburg, der bis dahin Dompropst in Mainz gewesen war.

Aber nicht er, sondern Albertus Magnus weihte den Altar, als die Sakristei vollendet war.

Wir alle waren nicht sehr froh angesichts der Ereignisse in diesen Jahren. Das Unheil bahnte sich jedoch nicht in der Stadt, sondern weiter nördlich zu Worringen an. Hier hatten die großen Gegner der Erzbischöfe von Cölln bereits eine eigene Burg. Auch Siegfried begann 1276 gleich daneben mit einer Feste. Er verstieß damit gegen die Zusage, die sein Vorgänger den Bürgern der Stadt gegeben hatte. Es kam zu mehreren Kämpfen, Verhandlungen und Bündnissen. Zusammen mit bewaffneten Gläubigen aus Cölln und Koblenz eroberte der Erzbischof die Burg des Grafen von Jülich. Der Graf selbst wurde erschlagen, als er versuchte, die mit dem Erzbischof verbündete Stadt Aachen zu erobern.

Das Hin und Her der Kämpfe dauerte mehrere Jahre. Und weil die ganze Streiterei immer teurer wurde, ließ der Erzbischof eines

Nachts die Truhen aufbrechen, in denen der Kreuzzugszehnt gesammelt und gespart wurde.

»Fünftausend Mark in Silber!«, schnaubte Rebekka, die als eine der Ersten davon erfahren hatte. Sie lebte allein in einem kleinen Häuschen neben dem ersten Haus, das für einen Dombaumeister eingerichtet worden war. Manchmal besuchte ich sie noch. Aber ich wusste inzwischen, dass sie weder Ursa noch Ursulina war.

Zu dieser Zeit gab ich auch meine Arbeit auf der Baustelle der großen Kathedrale auf. Erzbischof Siegfried von Westerburg erlaubte mir stattdessen, dass ich einem Frater aus Paris dabei half, verschiedene aufgefundene Gebeine der elftausend Jungfrauen nach den kleinen Zettelchen zu ordnen, die an jedem einzelnen der *Knöchelsche* befestigt waren.

Uns interessierte nicht, dass der Erzbischof wieder mit der Hilfe der Koblenzer und Cöllner die Burg des Grafen von Jülich in Worringen eroberte. Es kümmerte uns auch nicht, dass Graf Reinald von Geldern und Herzog von Limburg ein Beistandsbündnis mit dem Erzbischof gegen alle Feinde und ganz besonders gegen Herzog Johann von Brabant und den Grafen Adolf von Berg vereinbarten.

Viel interessanter war für mich die Zusammenarbeit mit dem Mönch aus Frankreich. In wochenlanger Arbeit gelang es uns schließlich, die Gebeine der heiligen Christina, Basilia und Imma von den elftausend Jungfrauen zu einem guten Teil wieder aneinanderzufügen. Unseren größten Triumph erlebten wir, als wir schließlich auch noch die Gebeine der heiligen Odilia so zusammenlegen konnten, dass sie uns noch ergreifender erschien als jedes Abbild der Jungfrau Maria.

Wir betteten die *Knöchelsche* sorgfältig und liebevoll in seidene Polster und bedeckten sie mit Rosenblättern, die wir eigenhändig aus den Gärten der Patrizier stahlen. Dann verpackten wir unser Werk in zwei alten Heringsfässern, damit sie ohne Zoll heimlich bis nach Huy am Steilufer der Maas gebracht werden konnten.

So schien denn alles in meinen letzten Jahren dieses Lebens sehr beschaulich und bei großzügiger Betrachtung sogar gottgefällig. Auch den Cöllnern ging es trotz der Unruhen im Land sehr gut. Die Bürger in der Stadt mussten nur noch ihre Waren deklarieren und erhielten dafür einen Freischein für den erzbischöflichen Zoll. Siegfried von Westerburg versprach, wie viele seiner Vorgänger, dass er die Rechte, Freiheiten und Gewohnheiten der Stadt auch in Zukunft achten wolle. Im Gegenzug schworen die Richter, Schöffen und der Rat Treue und Ergebenheit.

Und gleich darauf zeigte der Erzbischof, dass er seine neue Liebe zu den Cöllnern ernst meinte. Seine Bewaffneten wehrten den Herzog von Brabant an der Straße nach Jülich ab. Aber der Herzog gab nicht auf und verheerte alles cöllnische Land im Norden, zündete Dörfer an und verbrannte sogar Scheunen mit den Vorräten. Was dann geschah, wurde von allen Seiten unterschiedlich berichtet. Es hieß, dass der Herzog sogar den Erzbischof aus Burg Falkenburg vertrieben habe, dass geheime Verträge einen Landfrieden ermöglichten und dass die Cöllner dennoch in einer öffentlichen Versammlung im Stift von Sankt Maria ad Gradus umschwenkten und sich mit dem Herzog gegen ihren eigenen Erzbischof verbündeten.

Ich war bereits zu alt, zu schwach und ohne Privilegien, um an der großen Schlacht der Cöllner gegen ihren Erzbischof teilzunehmen. Siegfried von Westerburg unterlag Herzog Johann von Brabant, den Cöllnern und den bergischen Bauern, die sich als Fußvolk den kämpfenden Parteien angeschlossen hatten. Ich habe hundertmal gehört, wie jeder einzelne Schwerthieb geführt wurde, wie bunte Fahnen der feindlichen Parteien zwischen der alten Römerstraße, dem Rhein und der Neusser Straße von einer in die andere Richtung wogten.

Das Einzige, was ich mit meinen eigenen Augen sah, war der große kastenförmige Streitwagen des Erzbischofs, als ihn die Cöllner im Triumph in die Stadt zurückbrachten. Und ich sah unzählige weinende Frauen, die flehentlich in die Gesichter der blutigen, doch stolzen Sieger blickten und sie fragten, wo der Bruder, der Vater oder der Sohn geblieben war.

Der Kampf der Cöllner gegen ihren eigenen Stadtherrn brachte Hunderte von ihnen nur noch als blutige und verstümmelte Leichen auf dem Karren bis zum alten Markt zurück. Dort wurden sie sortiert, die Bauern und die Krämer, die Fischer und die Tuchmacher, die Brauer und die sehr fein gerüsteten Angehörigen der edelsten Familien. Auch von ihnen hatte der Entscheidungskampf gegen die Herrschaft des Erzbischofs einen harten Blutzoll gefordert. In gewisser Weise war auch ich davon betroffen, als ich hörte, dass Gerhard Overstolz, der große Sohn meiner Familie, ebenfalls sein Leben für die Freiheit der Stadt am Strom gegeben hatte.

Der Erzbischof wurde auf Schloss Burg an der Wupper festgesetzt und über ein Jahr dort in Haft gehalten. Wir wussten alle, dass weder dieser noch irgendein anderer Erzbischof uns jemals wieder unter die Macht des Krummstabs zwingen konnte. Mehr noch – die meisten Cöllner hielten es für ausgeschlossen, dass jemals wieder ein Erzbischof innerhalb der Stadtmauern wohnen oder leben könnte.

»Sie sollen auf den Schlössern in der Umgebung bleiben«, hieß es überall. »Und wenn sie in die Stadt wollen, dann müssen sie zuvor am Tor bestätigen, dass sie die Freiheit Cöllns nicht antasten.«

Für mich war dieser Sieg der Cöllner Bürger dennoch ein Verlust. Wahrscheinlich merkten sie nicht einmal, dass sie mit der Verbannung ihres Erzbischofs ein Kapitel abschlossen, das sie vor einem Vierteljahrtausend zur größten und wichtigsten Stadt nördlich der Alpen gemacht hatte. Denn mit der Macht der Erzbischöfe ließen die Cöllner mutwillig auch Heilkraft, Wunderglanz und das Geheimnis der verbleibenden Reliquien und vieler tausend *Knöchelsche* verblassen …

Ich saß noch manchmal unten am Rheinstrom, sah den Schiffern zu und auch den Zimmerleuten, wenn sie mit ihren Äxten die Baumstämme für neue Schiffsplanken zurechtschlugen. Am liebsten aber hielt ich mich in der Nähe der langsam weiterwachsenden Kathedrale auf. Obwohl der Ostchor noch immer keine Strebepfeiler und kein Spitzdach über der Rundform hatte, sah ich die Formen, wie sie erst nach vielen Jahren entstehen würden, als wären sie in meine Augen eingekerbt.

Manchmal dachte ich sogar, dass sie sich vielleicht selbst vollenden würde. Denn wie sollte sie je fertig werden, wenn sich die Cöllner mehr um Bierpfennige und Käsemärkte, um Salzheringe und Wolltuch kümmerten als um das große Haus für ihre kostbarsten Gebeine?

Ich hätte froh und stolz sein können über das neue Cölln, über die lärmenden Geschäfte auf den Märkten, die Menschen und den

Reichtum in den Patrizierhäusern. Ich hatte Ruhe, mein täglich Brot und auch die Muße, nachzudenken. Cölln war an diesem Erzbistum emporgewachsen wie Hunderte von Efeuranken an einem starken Baumstamm.

Ich musste plötzlich wieder an die Druiden denken, an nackte Menschen, die mit goldenen Sicheln bis in die Kronen alter Eichen stiegen, um dort die Misteln abzuschneiden. Doch weder Efeu noch Misteln konnten von Dauer sein. Sie waren Pflanzen: Lebewesen wie ich selbst. Und was keimte, aufblühte und Früchte trug, hatte wie alles Lebende auch stets den Samen für das Nächste und den eigenen Tod in sich. Mir war, als müsste ich fortan in größeren Zusammenhängen denken, nicht mehr bei alledem dabei sein, was in der Stadt geschah.

Mir wurde alles zu profan, zu sehr am Diesseits ausgerichtet, am schnellen Handel und den leiblichen Genüssen. Nein, in den Händlertruhen mit ihren Münzen und Kostbarkeiten, in all den gesiegelten Verträgen und den Zunftbüchern würde ich keine Antwort finden.

Aber die Zeiten meines Lebens unter anderen Menschen konnten noch nicht beendet sein. Ich musste wiederkommen … nochmals leben! Einmal? Zweimal? So lange jedenfalls, bis ich herausgefunden hatte, was an der Unverweslichkeit der Heiligen, an Wundern, *Knöchelschen* und Reliquien dran war.

Ja, all dies wünschte ich mir mit heißem Herzen, als ich an einem Sommermorgen in der Sonne saß und etwas wehmütig, aber mit einem Lächeln starb.

33. PEST! PEST! PEST!

DIE GANZE STADT starb unter der schrecklichsten aller Plagen. Nur noch selten läuteten Glocken, wenn das Knarren der Leichenwagen zu hören war. Riesige graubraune Ratten mit nackten rosa Schwänzen verfolgten uns in der heißen Sommersonne. Sie waren schon zahlreicher als die Trauernden mit ihren leer geweinten Augen und die Bettler, die am Straßenrand verreckt waren, weil sich niemand um sie kümmerte.

Gold und Münzen der Patrizier reichten nicht mehr aus, um Ärzte anzulocken, die als Schutz vor Ansteckung lederne Stulpenhandschuhe und weiße Vogelmasken mit gebogenen Schnäbeln trugen. Selbst die Mönche und Nonnen kamen nur noch selten, um für die Seelen der Erkrankten an ihrem Totenbett zu beten. Sie alle steckten sich ebenso an der grauenhaften Seuche an wie Priester, Huren, Kinder oder Alte.

Auch ich als Dominikaner und die drei ehemaligen Fleischergesellen aus der Rheinvorstadt in meiner Begleitung, wir ekelten uns vor dem Gestank der Leichen. Wir trugen Umhänge, die wir in Essigwasser getaucht hatten, dazu Leinentücher über Nase und Mund, die wir ebenfalls so oft wie möglich neu in Essig tränkten. Der scharfe, beißende Geruch war der einzige Schutz, auf den wir noch vertrauten – und auf die teergetränkten Wollhandschuhe, mit denen wir die bedauernswerten Opfer anfassten, wenn wir sie auf den Karren warfen. Wir nahmen uns nicht mehr die Zeit, sie in Tücher zu hüllen und mit Schnüren zusammenzubinden: Es gab kaum noch große Tücher, und was wir fanden, brauchten wir für die Umhänge.

Der Leichenkarren wurde uns auch diesmal wieder schwer, weil die beiden letzten Ochsen, die wir in den vergangenen Tagen vorgespannt hatten, am alten Markt zusammengebrochen waren. Mindestens ein Dutzend andere waren Tag für Tag ebenso wie wir unterwegs. Dreimal waren wir an diesem letzten Freitag im Juli des Jahres 1349 bereits den schweren Weg gegangen. Er führte uns von den Handwerkerhäusern in der Rheinvorstadt über den alten

Markt und den Domvorplatz durch die Tore in den Stadtmauern bis zum neu angelegten Gottesacker, der nur aus Gruben bestand, die sich in den letzten Tagen unablässig mit den Opfern dieser Strafe Gottes gefüllt hatten.

An einigen Massengräbern außerhalb der Kirchhöfe waren bereits Hunde am Werk, die den Sand wegscharrten und an den Knochen nagten. Bei jeder Fuhre hatten wir sieben Leichname mit dicken und schon teilweise geplatzten oder von den Ärzten aufgeschnittenen Beulen an den Achseln und in den Leisten bis zum Gottesacker gebracht. Viele Häuser in der Stadt waren bereits mit Brettern vernagelt und verlassen. In einigen verwesten mit süßlichem Gestank Pestleichen, die wir noch nicht fortgeschafft hatten.

Andere Männer, die nicht so ordentlich waren wie wir, würden kommen und diese Leichen ebenso wie die vielen Tierkadaver einfach in den Fluss werfen. Es waren dieselben, die überall in der Stadt in die Totenhäuser einbrachen, um sie auszurauben. Sie schleppten ihre Beute lauthals betend bis zu herrenlosen Schiffen und Booten am Rheinufer. Gleichzeitig tranken sie Unmengen von Bier und Wein, ehe sie zum Platz vor dem Rathaus zogen, um Männern und Frauen aufzulauern, die jetzt noch aus dem Judenviertel kamen. Wenn das geschah, stürzten sie sich hasserfüllt und mit lautem Geschrei auf ihre wehrlosen Opfer. Sie glaubten unbesehen, dass die Pestilenz von hier und nicht über die großen Handelswege und Flüsse aus Städten wie Koblenz, Frankfurt und Paris oder noch weiter aus entfernten Gegenden im Süden und im Osten bis zu uns gekommen war …

Während wir uns ächzend voran kämpften, hörten wir plötzlich einen Gesang, der närrisch und klagend zugleich klang.

»Elendige Peitscher!«, schnaubte Willi der Belgier neben mir. Der stiernackige Kerl gehörte zu den wenigen, die sich von Anfang an nicht um die Seuche geschert hatten. Er war einer der Rädelsführer jenes Aufstandes im vergangenen Herbst gewesen, bei dem die Fleischer der Stadt das Recht auf eine eigene Bruderschaft verloren hatten. Auch jetzt war Willi der Belgier nicht bereit, seine Ware künftig nach Gewicht und nicht wie bisher wie aus der Hand angeboten zu verkaufen.

»Die Leute wollen sehen, was sie kriegen und nicht, wie ich

sie mit gefälschten Gewichten betrüge«, war sein unverrückbarer Standpunkt.

»Aber das ist nun einmal der Lauf der Welt«, hatte ich ihm zu erklären versucht, während wir unsere Leichen schoben. Es lenkte uns ab, wenn wir nicht beteten oder stumpf an das Grauen dachten, das in den vergangenen Monaten bereits Millionen Menschenleben gnadenlos vernichtet hatte.

Jedes Mal, wenn wir an der neuen Kathedrale vorbeikamen, empfanden wir eine Mischung aus Hoffnung und Enttäuschung. Obwohl das Ausmaß des großen Südturms bereits deutlich zu erkennen war, glich die Kathedralenbaustelle in diesen Wochen eher einer verlassenen Ruine und einem Mahnmal für den Zorn des Allmächtigen. Weder der hohe Ostchor noch die bereits hochgezogenen Seitenmauern und der Stumpf des Südturms kündeten von irgendeiner Hoffnung oder einer Burg des Heils.

Und der Bau machte kaum noch Fortschritte. Wer hier mit Leichen auf den Karren schwitzend vorbeizog, konnte kaum glauben, dass im Inneren der angefangenen Kathedrale immer noch der goldene Dreifachschrein mit den kostbaren Gebeinen der Heiligen Drei Könige aufbewahrt wurde. Weder diese Reliquien noch irgendwelche anderen *Knöchelsche* in den Altären und Monstranzen, in edelsteingeschmückten Reliquiaren und verborgenen Kästchen unter den Altären hatten Tod und Elend auch nur ein einziges Mal bezwungen und verhindert. Anfänglich sprachen wir noch darüber, wie hoch die Türme eines Tages in den Himmel ragen würden. Der Ostchor hatte inzwischen ein spitzwinkliges Bleidach und steinerne Verzierungen, die wie die Fibeln der Goten und der Merowingerkönige aussahen.

»Krause Barbarenkunst«, murmelten manchmal die Franziskanermönche, die sich der Armut verschrieben hatten.

»Gotisch«, meinten ebenso abfällig die Rheinschiffer aus Holland. Für uns an den Leichenkarren hieß es nur, dass wir die Hälfte des Weges geschafft hatten, wenn wir an den hohen Strebbogen, den verästelten Fialtürmchen und dem gerade entstehenden Hauptportal zwischen den beiden Türmen vorbeikeuchten. Willi der Belgier hielt nicht viel von derart aufwendigem Zierrat an einem Gotteshaus.

Während die beiden anderen Fleischergesellen eher wortkarg

den Karren zogen, regte sich Willi immer wieder darüber auf, dass Geistliche inzwischen lange Haare und bunte Gewänder trugen, dass sie an Turnierspielen teilnahmen, sich in kurze und enge Hosen zwängten, die nicht einmal das Knie bedeckten, und dazu Wämser trugen, die an den Ärmeln aufgeschlitzt und mit bunten Tuchen gefüttert waren.

»Was sind das noch für Priester, die Gürtel mit Gold und Silber tragen, an denen kostbare Tressen und Täschchen, verzierte Messer und sogar Kurzschwerter hängen?«

»Eigentlich ist es gleichgültig, wie Kirchenmänner in der Stadt herumlaufen«, meinte ich. »Aber in der Kirche selbst und während des Gottesdienstes sollten sie tatsächlich keine blauen und grünen Stiefelchen oder durchbrochene Schuhe tragen, bei denen das eingeschnittene Leder beim Gehen um die Beine flattert.«

»Sie sehen wie Kriegsknechte und reiche Nichtsnutze aus«, knurrte der Belgier. »Passt ihr Mönche bloß auf, dass ihr nicht ebenso werdet wie sie.«

»Keine Sorge«, lachte ich, während ich eine verrutschende Leiche wieder in die richtige Lage schob. Sie fühlte sich immer noch warm an, aber das konnte auch an der sommerlichen Hitze liegen. Der Karren war in ein Schlagloch geraten, als wir den Flagellanten auf dem Weg ausweichen wollten.

Mindestens dreißig der Peitscher umringten uns. Sie griffen nach uns, dann kauerten sie sich in eigenartigen Stellungen auf die Erde. Jede Figur, die sie mit Armen und Beinen darstellten, sollte eine ihrer Sünden darstellen. Sie rissen sich die Kittel ab, dann schlugen sie sich mit nagelgespickten Lederriemen über die bereits mit schwarzem Blut verkrusteten Rücken.

»Kommt mit, kommt mit und tut Buße«, riefen sie uns mit heiser krächzenden Stimmen zu. »Lasst die Verseuchten stehen und geißelt euch lieber selbst für all eure Sünden und die Errettung der Welt.«

Sie griffen nach uns und wollten uns vom Karren mit den Pesttoten fortreißen. Dabei vermieden sie alle Bewegungen, die sie zu dicht an die Verseuchten heranbringen konnten.

»Weg da!«, schnauzte ich sie an. »Lasst uns durch und verschwindet.«

Willi der Belgier und die beiden anderen Fleischergesellen fackelten nicht lange. Sie schlugen mit ihren Fäusten zu und verschafften sich brutal Platz. Die Flagellanten heulten auf, bedachten uns mit einem Chor aus Flüchen und höllischen Verwünschungen. Mit ihren irrlichternden Blicken und ihren zuckenden Bewegungen kamen sie mir wie lebendige Tote vor. Ich biss die Zähne zusammen und stemmte mich mit der Schulter gegen den Leichenkarren.

»Das ist die letzte Fuhre heute«, keuchte ich. »Es macht keinen Sinn, wenn wir selbst so geschwächt sind, dass uns die Pest auch noch erwischt.«

Wir rumpelten durch ein nicht mehr abgeerntetes Kornfeld. Aus irgendwelchen unerklärlichen Gründen blieben die Ratten zurück. Sie folgten den singenden, pfeifenden und immer wieder laut nach der Gnade Gottes flehenden Flagellanten. Wir erreichten die letzte Grube. Schweigend nahmen wir die bereits erstarrten Körper der Pesttoten vom Karren. Die ersten drei waren Kinder, die nächsten drei junge Männer. Wir waren müde und erschöpft.

Und dann hoben Willi und ich die letzte Tote vom Karrenboden. Er hielt sie an den Schultern, ich griff nach ihren Füßen, und noch ehe ich richtig zupacken konnte, entglitt sie mir. Ich stolperte nach vorn und fiel auf die Knie. Willi konnte den Körper des jungen Mädchens ebenfalls nicht mehr halten. Wie zur Entschuldigung blickte ich in ihr Gesicht. Sie schlug die Augen auf und sah mich an. Obwohl mir fast das Herz vor Schreck stehen blieb, erkannte ich in ihrem Blick, dass sie tatsächlich lebte und uns verzieh.

»Apfelbaum«, flüsterte sie kaum hörbar. »Ich möchte unter einem Apfelbaum sterben.«

Noch ehe sie ganz ausgesprochen hatte, flohen die beiden Fleischergesellen, die uns bisher so treu begleitet hatten. Willi spuckte kurz aus und schnäuzte sich über den Handrücken. Er zeigte sich viel weniger schockiert als ich und die beiden anderen.

»Bleib du bei ihr«, sagte er dann. »Ich grabe die anderen ein.«

Er nahm zwei von den herumliegenden Schaufeln und stampfte über die gerade erst abgeladenen Leichen der Kinder und jungen Männer hinweg. Wortlos und schwitzend hob er die Grube an ihrem Rand noch etwas weiter aus. Von der Stadt her klang wieder das Läuten der Totenglöckchen. Irgendwo jaulte ein Hund in der Hitze. Ich hörte den Mittagsgesang der Mönche aus verschiedenen Klöstern und dann auch laute lateinische Gebete vor den Kirchen von Sankt Gereon und Sankt Ursula. Sankt Kunibert und die anderen Kirchen innerhalb der alten Stadtmauern waren zu weit entfernt. Doch dann stieg Rauch in der Nähe des Rathauses auf. Ich wusste sofort, dass wieder ein Haus im Judenviertel brannte.

»Mein Gott, mein Gott«, stöhnte ich. »Wohin soll das alles noch führen?«

Mit schwammigen Knien bückte ich mich erneut zu dem Mädchen. Ich hatte noch immer die Teerhandschuhe an. Vorsichtig schob ich ihr dreckiges, mit Blut und Eiter der anderen Körper verschmiertes Leinenhemd zur Seite. Die Pestbeulen unter ihren Achseln waren nicht aufgeplatzt und auch nicht angeschnitten. Sie sahen wie zwei Hühnereier mit bräunlicher Schale in einem rot geränderten Nest aus.

»Bring mich in unseren Garten«, sagte sie. Ich zog die Brauen zusammen und starrte sie nachdenklich an. Nein, dieses Mädchen hatte ich noch nie zuvor gesehen – weder in der Stadt noch in einem Kloster oder einem der Beginenhäuser. Ich kaute ein wenig auf meiner Unterlippe und blickte sie an. Sie sah nicht so aus, als wenn sie im nächsten Augenblick sterben würde. Aber was konnte ich tun? Ich war Mönch und kein Medicus. Gleichzeitig wurde mir klar, dass auch die Ärzte eher mit Zufällen als mit wirksamen Rezepten heilten. Sie schnitten die Pestbeulen auf, ließen die Kranken zur Ader und flößten ihnen Abführmittel ein. Nonnen und Hebammen hingegen, aber auch Mönche versuchten es neben Gebeten mit Knoblauch und Gewürzen mit Myrrhe, Safran und Pfeffer.

Wer nicht die Beulenpest bekam, sondern die Krankheit in seiner Brust verbarg, hörte bei jedem Husten und Niesen sofort wie einen Zauberspruch das Wort »Gesundheit«. Niemand wusste, wie das beschwörende Wort entstanden war, aber es hieß, dass es manchmal ebenso gut half wie auf kleine Lederstückchen gemalte dreieckige Augen Gottes oder das unsinnige »Abrakadabra«.

Ich hielt weder von der einen noch der anderen Methode besonders viel. Auch *Knöchelsche* und andere Reliquien trugen seit Jahrhunderten Anhängsel mit Fantasiebezeichnungen, die beweisen sollten, dass sie echt waren. Generationen von Mönchen hatten damit ihre Schreibkunst und einen unerschöpflichen Vorrat an Namen für Heilige, Engel, Märtyrer und Jungfrauen bewiesen. Gewöhnliche Menschen wurden zu dieser Zeit höchst selten auf die Namen von Heiligen getauft. Und wenn sie nicht getauft waren, war die Scheu vor den Erhabenen noch größer.

Wer ahnte schon, wie sehr ein Betmönch in strenger Zucht leiden musste, wenn er Tag um Tag Mädchennamen zu schreiben hatte. Ich lächelte, als ich daran dachte. Doch ich lächelte auch für sie, die jetzt sehr still, aber aufmerksam vor mir lag.

»In welchen Garten möchtest du?«, fragte ich behutsam. »Zu welchem Apfelbaum?«

»In deinen Garten«, antwortete sie matt, aber deutlich hörbar.

»Ich bin ein Mönch ... Dominikaner ... oder zumindest war ich das, bis uns die Pest, die Flagellanten und die Bürger Cöllns von unserem frommen Werk verdrängt haben.«

»Er ist wie unser Apfelgarten«, flüsterte sie mühsam. »Bring mich dorthin.«

Ich zog einen der beiden Teerhandschuhe aus. Mit meiner schwarzen Rechten berührte ich eine der Beulen in ihren Achseln. Sie fühlte sich sehr hart an. Aber es war keine Pest! Erst jetzt bemerkte ich, dass sie keine der kleinen, blauschwarzen Pusteln auf der Haut hatte, die überall als die eigentlichen Zeichen der Pest galten. Sie hatte jene andere Seuche, die so leicht mit der Pest verwechselt werden konnte!

»Milzbrand«, murmelte ich. Gleichzeitig sah ich noch eine andere, sehr kleine Wölbung in der Furche zwischen ihren Brüsten. Ich zögerte unwillkürlich, während sich der Gedankenstaub in mir zu einem Wirbel verdichtete. Für eine kleine Ewigkeit war ich unfähig, Hand und Finger auch nur eine halbe Spanne weiter zu bewegen. Ich hielt meine Hand genau in der Mitte über ihren Brüsten. Sie wurde heiß und immer heißer. Aber nicht von oben und durch den gleißenden Schein der Sonne, sondern durch ihr fleckiges Leinenhemd hindurch.

»Ja, Rheinold«, flüsterte sie. »Ich bin es ...«

Im selben Augenblick berührte mein teergeschwärzter Zeigefinger das Amulett. Ich zog ihr Hemd ein wenig zurück. Dann sah ich es – es war meine Amulettkapsel aus Bärenknochen.

»Was ist, Mönchlein?«, rief Willi vom zugeschütteten Grab her. »Packst du mit an? Oder soll ich die Karre allein in die Stadt zurückziehen?«

Ich zuckte zusammen und richtete mich schnell auf. »Wir müssen sie mitnehmen!«, rief ich ihm zu.

»Wozu das? Die Torwachen erschlagen uns, wenn wir mit einer Pestkranken zurückkommen.«

»Aber ich muss bei ihr bleiben«, stöhnte ich. »Koste es, was es wolle. Ich will sie bis in den Apfelgarten der Dominikanerschule bringen.«

»Mach, was du willst«, erklärte er. »Aber ohne mich.«

»Was muss ich dir geben, damit du mir hilfst?«

»Du hast nichts, wofür ich zu sterben bereit wäre«, lachte er trocken. Er warf die Schaufeln zur Seite und kam mit langsamen, wiegenden Schritten näher. Für eine Weile blickte er schweigend auf das kranke Mädchen.

»Sie muss sehr schön sein«, meinte er schließlich, »wenn sie die Seuche nicht mehr in ihren Klauen hat.«

»Du meinst …«

»Ich bin Schlachter, kein Arzt«, wehrte er sofort ab. »Aber ich habe schon viele Schafe und Kälber gesehen, die weiterlebten, obwohl das Beil sie bereits gut getroffen hatte. Ich sah auch schon Gehenkte lebend … und in den Kerkern eigentlich längst Verhungerte …«

»Du bist groß und stark«, sagte ich, denn mir kam eine Idee. »Wenn du dich jetzt umdrehst und einfach den Karren ziehst, siehst du nicht, was auf ihm liegt. Du wirst nur mein Gewicht ziehen und ihres überhaupt nicht bemerken.«

»Heißt das, du willst dich über sie auf unseren Leichenkarren legen?«

»Der Geist ist willig, aber das Fleisch ist schwach«, sagte ich und feixte etwas. »Warum soll ein Mönch in dieser Sommerhitze die Hilfe eines starken belgischen Schlachters ablehnen, der ihn zurück in die Stadt bringt?«

»Und mein Lohn?«, fragte Willi. »Ich akzeptiere alles, nur nicht die Handvoll gar nichts, die ihr so gern ›Gottes Lohn‹ nennt.«

»Würde dir eine Hand voll Goldmünzen in einem goldenen Becher genügen?«

Er riss die Augen auf und zeigte seine Zähne. Dafür hätte er mich auch einmal um die ganze Stadtmauer geschleppt. Das Dumme war nur, dass ich keine Ahnung hatte, woher ich Gold und Kelch auftreiben sollte, ohne es zu stehlen.

»Dann fass an, damit wir sie etwas weicher betten als auf der Fahrt hierher.«

»Es ist doch eigentlich ganz unwichtig, wo er die Münzen und den Kelch gestohlen hat«, sagte Ursa viele Monate später. »Hat er die Münzen und den goldenen Becher aus dem abgebrannten Rathaus, dann soll der Schatz der Lohn für eure Arbeit an den Pestleichen und für meine Errettung sein. Hat er es aber aus einem Judenhaus, dann wüsste ich nicht, wem er es zurückgeben sollte. Es gibt ja keinen Juden mehr in der ganzen Stadt.«

»Bei den Juden magst du recht haben«, sagte ich und holte sehr tief Luft. Die Erinnerung an das Massaker quälte mich den ganzen Winter hindurch. »Aber jeder Hehler wird sofort Alarm schlagen, wenn ihm Willi etwas anbietet, was dem Domkapitel, dem Fiskus oder auch der Stadt gehört hat.«

Willi der Belgier blieb manchmal tagelang verschwunden. Dennoch freuten wir uns jedes Mal, wenn er zurückkam, krügeweise den Met aussoff, den ich in verlassenen, halb verbrannten Lagerhäusern gefunden hatte, und sich irgendwann wieder trollte, indem er sagte: »Ich muss mal wieder ein paar Schritte gehen und für die Kathedrale sammeln.«

Wir lebten sehr zurückgezogen bis in die nächsten Sommermonate hinein. Von den Brüdern, die wir am Anfang noch gesehen hatten, war keiner mehr in der Stadt. Selbst im Winter und im Frühling waren sie nicht in den gespenstisch leeren, von Spinnweben durchzogenen Konvent zurückgekehrt. Am Anfang häufig und dann immer seltener ging ich allein durch das verlassene Refektorium, setzte mich manchmal auch in eine der vielen kleinen Zellen und blätterte in den wertvollen, aber staubigen Folianten in der Bibliothek. Dann dachte ich daran, wie viele kluge Köpfe, wie viele suchende und fromme Männer hier einmal gelebt hatten.

Viele von ihnen waren mit der Hoffnung auf einen Platz im Paradies gestorben. Doch auch die seltsame Freude über einen Tod des Leibes war inzwischen viel seltener geworden als in den Jahrhunderten, in denen Märtyrer den Übergang ins Jenseits als Neugeburt begrüßten. Gewiss, noch immer wurden Todestage anerkannter Heiliger als ihr Geburtstag angesehen. Doch war es wirklich so? Glaubten die Menschen noch, dass sie für ein frommes, gottgefälliges Leben zur Rechten Gottes sitzen und beim Jüngsten Gericht nicht für zu leicht befunden wurden? Gewiss, es wurde immer noch gesungen und gebetet, und wenn die Glocken riefen, füllten sich auch die Kirchen. Die Heiligen und viele andere *Knöchelsche* genossen nach wie vor Verehrung. Aber es wurden immer weniger, die auf das Heiltum der Reliquien, die Gnade Gottes und den Erlöser setzten. Inzwischen war die Mutter Gottes ihrem Sohn schon fast ebenbürtig. Und ebenso, wie jede Stadt und jeder König eigene Münzen schlagen ließen, hatten auch die Bischöfe Heilige ganz nach Bedarf ernannt.

Auf diese Weise hatte sich der Christenhimmel so sehr gefüllt, dass manch einer der Lebenden schon um den Platz für sich zu bangen hatte. Sogar die Engel hatten sich ohne jegliche Beschränkung wie die Fruchtfliegen auf einem faul gewordenen Apfelstück vermehrt – oder wie die Gebeine jener Jungfrauen, deren Zahl durch frommen Eifer und die Geschäftstüchtigkeit der Cöllner um das Tausendfache angewachsen war. Ich dachte manchmal, dass es vielleicht klüger gewesen wäre, wenn wir mehr auf die Juden gehört hätten. Nicht dass ich mich für einen Alten Bund mit Gott beschneiden lassen wollte, aber die Juden hatten sieben Himmel, so gut wie keine Heiligen und dadurch reichlich Platz für alle …

Wir waren noch sehr lange Zeit entsetzt über all das, was auch in unserer Stadt geschehen war. Aber wir konnten wieder hoffen, als wir hörten, dass schon ein halbes Jahr nach der großen Pest und dem Massaker an den Juden der Papst in Avignon einem Mann das Pallium überreichte, der zumindest ein geweihter Diakon war. Der neue Erzbischof hieß Wilhelm von Gennep. Der knapp vierzig Jahre alte Sohn eines Edelherrn stammte aus Dortmund, galt als guter Spendensammler oder, wie Ursa sagte, als ein Pfründenjäger …

Zumindest war er so geschickt, dass er schnell mit den Cöllnern einig wurde. Er öffnete der Stadt für all ihre künftigen Kriege die Festungen und bischöflichen Schlösser. Den Franziskanern bestätigte er Sankt Vinzenz und den Antoniterbrüdern ein Grundstück an der Schildergasse. Gleichzeitig verschärfte er die Bestimmungen für die Zucht und Lebensweise in den Klöstern und verfügte, dass der Besitz, den die Stadt den Dominikanern gestohlen hatte, nicht zurückgegeben werden musste.

»Das ist nun mal der Preis«, sagte Ursa, als ich mich einmal mehr über diese Ungerechtigkeit aufregte. Erst im darauffolgenden Sommer kamen der Prior und einige andere Dominikaner ins Kloster an der Stolkgasse zurück. Sie wurden erst wieder geduldet, als sie feierlich versprachen, dass sie in der Stadt auf alle Häuser, Erbschaften, Pachtzinsen oder ähnliche weltliche Güter verzichteten. Auf die gleiche mitleidlose Art einigten sich der Rat der Stadt und der Erzbischof auch über das Vermögen und den Nachlass der ermordeten Juden.

»Sie machen halbe-halbe«, berichtete ich Ursa, nachdem ich es in der Stadt gehört hatte. Sie sah mich nur an, lächelte kurz und ein wenig bitter. Dann sagte sie: »Hast du etwas anderes erwartet?«

Ich ging zu ihr und schloss sie in die Arme.

»Außerdem war der Prior vorhin hier«, sagte sie, während sie sich an mich schmiegte. »Er sagt, er kann es nicht mehr dulden, dass wir beide in Sünde hier im Kloster leben.«

»Was soll denn der Unsinn?«, fragte ich sofort. Ich nahm sie an den Oberarmen und drückte sie ein wenig von mir fort. Sie blickte zu mir auf, und ihre Schönheit war so groß, dass ich am ganzen Körper bebte.

»Es ist so«, sagte sie. »Du bist nun mal Dominikanermönch, und ich kann nicht mehr vorgeben, dass du an meinem Bett sitzt, weil die Pest mich plagt.«

»Mach dir darüber keine Gedanken. Wir bleiben hier, und wir bleiben zusammen, und wenn es sein muss, gehe ich dafür bis hoch zum Erzbischof.«

»Und was willst du ihm sagen?«

»Ganz einfach«, antwortete ich lachend. »Ich habe inzwischen in der Stadt so viel gehört, dass ich mir aussuchen kann, ob ich davon dem Prior der Dominikaner oder gleich dem Erzbischof berichte.«

»Ich verstehe kein Wort«, sagte sie vorwurfsvoll.

»Dann pass auf«, sagte ich und führte sie aus der Kammer, die wir zur Küche umgebaut hatten. Wir gingen durch den Kreuzgang bis in den Garten hinaus. Inzwischen gab es auch wieder genügend Wasser. Einige der Mönche hatten Vergnügen daran gefunden, große Kohlstauden mit roten, gelben und sogar violetten Blättern anzupflanzen. Wir gingen bis zum Apfelbaum und setzten uns auf die Bank, die uns an unseren allerersten Garten erinnerte.

»Also«, sagte ich dann, während ich wohlig in die Sonne blinzelte. Sie schmiegte sich so eng an mich, wie es gerade noch schicklich war. Aber keiner der Mönche lugte um irgendeine Säule des Kreuzganges. Wir hörten, dass sie in der Klosterkirche das Mittagsgebet sprachen.

»Es heißt auf den Märkten in der Stadt, dass einige der Ordensleute inzwischen wieder Spenden, die der Fabrik am neuen Dom zugedacht sind, in ihre eigenen Kassen leiten«, fuhr ich fort. »Ich kann nicht sagen, ob unser Prior auch dazugehört. Aber es gibt für meinen Geschmack zu viel Absolution gerade bei den Kaufleuten, die mit unserem Prior gut bekannt sind.«

»Vergiss nicht, dass wir immer noch an den Folgen der großen Pestilenz zu leiden haben«, gab sie zu bedenken. »So schnell kann die gewohnte Ordnung einfach nicht wiederkehren. Denk doch nur daran, wie viele Sterbende im letzten Augenblick noch ein Testament gemacht haben. Ich möchte überhaupt nicht wissen, wie viele Priester, Mönche oder Nonnen einfach zurückbehalten haben, was von all den Opfern der Pest für den Weiterbau der großen Kathedrale gespendet worden ist.«

»Ja«, sagte ich und presste meine Lippen zusammen. »Es ist sehr viel in Unordnung geraten in der Welt und in den Menschen selbst. Und ich bestreite auch nicht, dass viele Pfarrer, Mönche oder auch Männer wie unser guter Willi mit gefälschten Urkunden und Monstranzen angeblich für die Kathedrale und das Seelenheil der Spender betteln und in Wahrheit doch nur an sich selbst denken.«

»Was ist daran ungewöhnlich?«, wandte Ursa ein, während eine kleine Wolke vor die Sommersonne zog. »Warum spenden denn die Menschen? Doch nicht nur, weil sie Gutes tun wollen, sondern weil sie sich damit einen Vorteil, einen Ablass und ein ruhiges Gewissen erkaufen.«

Es war ein ungesetzlicher, aber sehr schöner Friede, in dem ich jahrelang mit Ursa lebte. Wir wohnten immer noch im Konvent der Dominikaner. In schneller Folge gebar sie mir fünf Kinder – drei Mädchen und zwei Jungen. Wir waren nicht verheiratet und lebten, streng genommen, in gotteslästerlicher Sünde und damit am Rande des Fegefeuers. Aber es gefiel uns so, und wir fühlten uns sehr wohl dabei.

Auch andere Kleriker waren schließlich nicht besser. Viele lebten mit den Auserwählten ihres Herzens und großer Freude an der Fleischeslust, die offiziell des Teufels war. Wir schickten unsere Kinder ohne Scheu in die Kirchen zum Gebet und in die Klosterschulen. Natürlich drohten Papst und Erzbischöfe allen Geistlichen und Mönchen, die lebten wie wir, ständig mit Exkommunikation. Diese Litaneien wurden so oft wiederholt wie das Amen in der Kirche, und sie bewirkten ebenso wenig wie die Androhung des Fegefeuers für alle Mönche, die weiterhin bunte Kapuzen trugen …

Die Schäden in den Straßen und die Unordnung in den Köpfen der Menschen wurden viel langsamer beseitigt als sonst. Trotzdem ging es in der Stadt selbst zügiger voran als auf dem Kathedralenbauplatz. Der Südturm des Bauwerks war inzwischen zwei Stockwerke hoch. Hier wurde immer noch gearbeitet. Ganz oben war wie ein schräger Kirchturm ein großer Kran aus Holzbalken gebaut worden. Es war, als hätten die Gesellen aus der Fabrik den stärksten Hafenkran wie auf Engelsflügeln bis ganz nach oben gehievt.

Ich war mit unseren Kindern so oft auf den Domplatz gegangen, um das wunderlichste Bauwerk Cöllns zu sehen, dass ich wie alle anderen inzwischen genau sagen konnte, wie viele Ave-Marias es dauerte, bis die große Eisenkralle einen der fertigen Steinblöcke vom Boden aufgenommen hatte, und wie viele Rosenkränze gebetet werden mussten, bis die schwere Last durch Menschenkraft im großen Tretrad des Turmkrans bis nach ganz oben gezogen worden war.

Neun Jahre nach der großen Pest kam die Seuche nochmals zurück. Und auch aus anderen Gegenden hörten wir, dass sie viele Städte noch immer wie ein Wolfsrudel umkreiste. Trotzdem wurde kurze Zeit später auch das Rathaus wiederhergestellt – mit einem neuen langen Saal, an dessen Stirnseiten jetzt ebenfalls steinerne Fialtürmchen und eine große Maßwerkrosette zur Verzierung angebracht waren. Es hieß, dass noch vor Weihnachten ein großer Hansetag im neuen Rathaussaal stattfinden sollte. Siebenundsiebzig Städte aus dem Norden des Reiches planten angeblich eine sogenannte Cöllner Konföderation gegen den Dänenkönig Waldemar IV. Doch das waren bisher alles nur Gerüchte …

Was den Bürgern in diesen Jahren durch gemeinsame Anstrengung gelang, blieb für die Erzbischöfe nahezu unerreichbar. Die Kirche war durch Kriege, Streitereien und Misswirtschaft derartig verschuldet, dass es nicht einmal mehr Schlösser, Mühlen oder Zollrechte gab, die jetzt noch verpfändet werden konnten. Als dann noch der Erzbischof von Trier den völlig überforderten neuen Erzbischof Engelbert III. als Koadjutor unterstützen musste, nahmen nicht einmal mehr die Stadtherren und die reichen Familien der Richerzeche die kirchliche Gewalt besonders ernst.

In der Stadt gab es inzwischen gut achttausend Fachwerkhäuser. Viele von ihnen sahen außen ziemlich verwahrlost aus. In gut der Hälfte von ihnen wohnten Familien, die für das Wohnrecht Mietzins zahlen mussten. Aber in den anderen täuschte der schlechte äußerliche Eindruck. Hier häuften sich oft kostbarste Güter, von denen andere nicht einmal träumen konnten.

In den Straßen der Reichen ließ der Rat Pützen bauen, die nach der Art von Ziehbrunnen Grundwasser nach oben holten. Als weiteres Privileg wurden an den Straßenenden eiserne Ketten als Schutz vor Mördern und Dieben von den Brücken zwischen den Häusern herabgelassen. Wer dann hineinwollte, musste mit harter Münze Männer mit Sturmlaternen oder kleinen Fackeln als Begleiter bezahlen.

Doch genau dieser Stolz und Hochmut, so zeigte sich bald, war der Anfang vom Ende der immer reicher werdenden Geschlechter …

Es war unser Ältester, den wir nach unserem alten Freund Willi getauft hatten, der eines Tages in unsere kleine Küche im Dominikanerkloster platzte. Ich war mit Ursa allein. Unser zweiter Sohn war bei seinem Lehrherrn. Er sollte Goldschmied werden. Unsere älteste Tochter ging einer Seidenweberin zur Hand, die beiden anderen lernten bei den Nonnen im Stift von Sankt Ursula lesen und schreiben.

»Unglaublich!«, stieß der dunkel gelockte Sechzehnjährige hervor. »Einfach unglaublich! Sie haben tatsächlich den hohen Ratsherrn Rütger Hirzelin vom Grin wie einen kleinen, namenlosen Hühnerdieb in den Turm geworfen.«

»Du machst Witze!«, platzte Ursa halb erschrocken, halb belustigt hervor. »Rütger Hirzelin ist seit vielen Jahren der angesehenste Patrizier der ganzen Stadt, und noch dazu ist er der oberste Wächter über alle Einnahmen und Ausgaben der Rentkammer.«

Ich blickte auf von meiner Schnitzerei an einer schönen großen Wachskerze und wunderte mich zugleich über Ursas heftigen Widerspruch. Sie war schon ein wenig drall geworden in den siebzehn Jahren, die wir jetzt zusammenlebten. Ich hatte dafür mein Haupthaar beinahe vollständig verloren. Man hätte sagen können, dass mich inzwischen eine gut gepflegte Volltonsur recht stattlich schmückte.

Aber da mein eigenes Bäuchlein ebenso wie ihre Schenkel und ihr Hintern noch straff im Fleische waren, freuten wir uns darüber, dass uns unsere Lust am Leben noch nicht den Rhein hinab davongeschwommen war.

»Darum geht es ja gerade«, berichtete Willi noch immer völlig aufgelöst. »Viele Zünfte und allen voran die Wollenweber waren von Anfang an dagegen, dass gerade Rütger Hirzelin zum Geldwächter ernannt wurde. Das alles hat damit zu tun, dass die Schöffen und der Rat sich vor ein paar Jahren das Recht von Kaiser Karl gekauft haben, am Bayenturm ein neues Zollhaus einzurichten.«

»Was hat dieser alte Streit mit dem zu tun, was du jetzt aufgeschnappt hast?«, fragte ich skeptisch.

»Immer mehr Genossen aus den Zünften kam das alles sehr verdächtig vor«, berichtete unser Ältester. Er hatte nach der Schule eine Lehrstelle bei einem Beisitzer der Rentenmeister gefunden.

»Besonders die vom Wollenamt und von der Gaffel Eisenmarkt haben mächtig Dampf gemacht. Mein Meister hat es selbst gesehen. Der ach so untadelige Rütger hat Geld der Stadt in seinem eigenen Hut versteckt und auch in seiner Hose. Sie haben ihm mit zehn erzürnten Webern aufgelauert, als er zum Mittagsmahl in sein Haus zurückging. Das Gold und Silber regnete direkt aus seinen Kleidern in den Straßenkot …«

»Und du?«, fragte Ursa sofort. »Was hast du damit zu tun?«

»Eigentlich nichts«, sagte Willi und hob die Schultern. »Ich habe nur aufgepasst, dass nichts verloren ging.«

»Moment, Moment«, unterbrach ich ihn. »Sag das noch mal. Wobei hast du aufgepasst?«

»Ich habe eingesammelt, was in die Schweinescheiße überall am Straßenrand gerollt ist. Ich war so schnell, dass ich sogar die Ratten unter den Eingangsstufen verscheucht habe.«

Für einen kurzen ängstlichen Moment kreuzten sich meine Blicke mit denen seiner Mutter.

»Du hast gestohlen!«, rief sie mit einer Mischung aus Angst und Ärger.

»Wenn Gestohlenes gefunden wird, gehört es doch dem Finder, oder?«

»Wer hat dir denn um Himmels willen diesen Blödsinn beigebracht?«, schnaubte ich streng, obwohl ich eigentlich darüber lachen wollte.

»Wenn alles stimmt, was über den Herrn Rütger Hirzelin gesagt wird, dann wird er durch ein ordentliches Schöffenurteil sogar sein Haupt verlieren«, lenkte Willi geistesgegenwärtig ab. »Ach ja, und dann ist da noch etwas anderes. Es heißt, dass der Papst in Avignon die große Palastburg an der Rhone aufgeben und nach Rom zurückwill …«

»Gebe Gott der Allmächtige, dass dann endlich alles wieder ins rechte Lot kommt«, seufzte Ursa und bekreuzigte sich gleich dreimal.

»Wenn wirklich stimmt, was Willi uns erzählt hat«, sagte ich ahnungsvoll, »dann kracht es weiter im Gefüge dieser Stadt. Zuerst die Erzbischöfe und jetzt auch noch die mächtigen und ach so ehrenwerten Geschlechter …«

»Hochmut kommt vor dem Fall«, setzte Ursa energisch hinzu

und rückte einen Eisentopf mit der Mittagssuppe hart von der Feuerstelle. »Und unrecht Gut gedeihet nun mal nicht.«

»Dann werden eben die Weber und die Maler, die Schmiede und die anderen Zünfte die Herrschaft in der Stadt erkämpfen«, verkündete Willi mit glühendem Gesicht.

»Du machst da nicht mit!«, warnte Ursa ihn sofort. »Versprich mir, dass du dich von allen Händeln und von den Barrikaden fernhältst, falls es dazu kommt. Aber zuallererst wasch dir die Hände. Sie waren schon gestern und vorgestern so dreckig! Hast du etwa damit gestohlene Münzen im Straßenkot gesucht?«

»Keine Angst, Mutter«, lachte Willi ein bisschen heiser. »Ich werde nicht für irgendeine Zunftfahne oder Falschgeld sterben.«

Er ging bis dicht ans Herdfeuer. Dann schüttelte er sich plötzlich und schnäuzte sich auf eine Weise, bei der mir augenblicklich das Blut in den Adern gefror. Ich sah, wie Ursa so schnell herumschwang, dass sie den Suppenkessel von der Feuerstelle riss. Es polterte und krachte, aber sie achtete nicht darauf. Mit angstvoll aufgerissenen Augen starrte sie unseren Ältesten an.

»Entschuldigt«, presste er hervor und versuchte, einen neuen Hustenreiz zu unterdrücken. »Nun gut, ich gebe zu, dass ich schon seit ein paar Tagen dem Herrn Hirzelin heimlich gefolgt bin. Es war so viel, was er jeden Mittag fortgeschleppt hat, dass ich der Versuchung einfach nicht widerstehen konnte. Und eine oder zwei Münzen fielen an der Treppe vor seinem Haus immer in den Dreck.«

Er nieste laut.

Ursa riss den Mund auf, wollte schreien, brachte aber keinen Ton hervor. Wir wussten beide, was wir befürchten mussten: Sie kam zurück; diese verdammte, grauenhafte Pest kam in die Stadt zurück.

Ich spürte einen eigenartigen Schmerz in meiner Brust. Ursa schüttelte den Kopf. Sie wollte es einfach nicht wahrhaben. Aber er war wieder da, der grauenhafte Tod. Für uns diesmal sogar vor vielen, vielen anderen Menschen in der Stadt.

34. DRUCKERSCHWÄRZE UND KAKAO

WER ES NICHT WEISS, der denkt nicht sonderlich darüber nach. Für mich war es erschreckend, wie sehr auch eine unsterbliche Seele unter den Schmerzen und dem Tod des Körpers leiden kann. Bei allem, was ich in fast eineinhalb Jahrtausenden buchstäblich erlebt hatte, war mir dieses große Rätsel immer unerklärlicher geworden.

Am Anfang, noch zur Zeit der Römer, war mir alles eher wie ein Wechselspiel des Zufalls vorgekommen. Man lebte, liebte, soff und kämpfte, bis der Tag zu Ende ging. Manch einer, der im Purpur aufwuchs, kam unerwartet und auf jämmerliche Weise um. Andere, zuvor Sklaven oder Namenlose, stiegen bis zum Elysium oder nach Walhall auf. Aber was zählten Ruhm und Ehre, goldene Thronsessel und Reichsäpfel aus Harz, die nur äußerlich vergoldet waren? Und wohin gingen alle, die einmal gelebt und nie zurückgekommen waren? Asche zu Asche – Staub zu Staub?

Oder gab es, wie die Juden und manche anderen behaupteten, von Anfang an nur eine festgelegte Zahl von Seelen, bei denen sich die männlichen und weiblichen ergänzten und füreinander vorbestimmt waren, oder wie sie sagen, »beschärt«?

Zwei Jahre nachdem die Pest mich und alle meine Lieben dahingerafft hatte, wurde auch Rütger Hirzelin entleibt. Aber die Zünfte gaben sich damit noch nicht zufrieden. Und weil ihnen die Schöffenurteile gegen andere Räuber zu lange dauerten, belagerten sie zuerst das Haus des Rats und dann den Kerker in der Hacht. Als ein noch nicht Verurteilter den Rebellen ausgeliefert wurde, köpften sie ihn noch auf der Straße. Auch das war den erbosten Handwerkern noch nicht genug. Sie prangerten weitere Machenschaften von Ratsmitgliedern an. Ein Sumpf brach auf, und immer mehr Abgeordnete aus den besten Familien der Stadt mussten Betrug und Unterschlagung eingestehen und sich in Haft begeben. Im Jahr darauf wurde der Aufstand der Weber und anderer Zünfte noch blutiger. Es kam zu offenen Straßenkämpfen. Die Schlacht zwischen dem Waidmarkt und dem Griechenmarkt beendete endgültig die Herrschaft der reichen senatorischen Familien.

Als das Jahrhundert ebenfalls zu Ende ging, waren die Gaffeln und die Ämter, wie die Zünfte jetzt genannt wurden, fast so stark geworden wie die früheren Erzbischöfe. Dennoch erschien mir all das nur noch sehr vordergründig. Ich fragte mich, was aus den vielen *Knöchelschen* und heiligen Gebeinen in der Stadt geworden war. Wo blieb die Kraft, die sie einmal besessen hatten? Und warum gab es mittlerweile nur noch so selten Wunder?

Mir schien, als würde sich die Stadt der ungezählten Kirchen und der noch immer nicht fertig gebauten Kathedrale immer mehr in ihre eigenen Mauern zurückziehen. Nach allem, was ich sah, hatte jetzt eine Zeit der Handwerker und des Handels mit den anderen Hansestädten begonnen. Aber die Stadt am Strom bezeichnete sich selbst immer noch als heilig. Gleichzeitig entwickelten sich neue Altäre für die Bürger und das Volk. Während auf dem Domplatz unermüdlich, aber viel zu langsam Stein auf Stein gesetzt wurde, protzten die Gaffeln und Ämter ebenso wie zuvor die Familien der Richerzeche mit Fassaden, neben denen manche Pfarrkirche schon bald wie eine armselige Hütte wirkte.

Ich sah immer wieder Prozessionen, in denen die Monstranzen mit *Knöchelschen* und anderen Reliquien um die ganze Stadt getragen wurden. Noch fröhlicher war das Fastnachtstreiben. Bei diesen Umzügen war fast ebenso viel erlaubt wie noch eine Generation zuvor beim wilden Treiben der Tänzer, die so lange zur Musik herumhüpften, bis sie ohnmächtig zusammenbrachen.

Fast nebenbei bekam ich auch noch mit, dass es in der Stadt inzwischen eine Universität gab. Sie interessierte mich nicht weiter, weil es hieß, dass den Studenten ein Thomas von Aquin, Albertus Magnus oder Meister Eckhart zu philosophisch und unverständlich seien. Das brachte mich wieder auf den Gedanken, dass auch im Tod eigentlich nichts verloren gehen kann. Hatte nicht Meister Eckhart oft genug gesagt, dass das Jenseits weder eine andere Zeit noch einen anderen Ort benötigt? Dass die Vorstellung von Himmel und Hölle nur bei Christen ein Oben und ein Unten kannte?

Wenn sich aber die Stadt ebenso weiterentwickelte wie nach der Herrschaft der Erzbischöfe, dann würden eines Tages aus Kirchen leere Hallen werden, während sich unter neuen Dächern immer mehr Märkte und Fastnachtsnarren drängten ...

Nur einige der geschäftigen Cöllner Händler und Kaufleute bekamen mit, dass in diesen Jahren unter den jüdischen Goldschmieden und eingeweihten Münzschlägern auch noch ganz andere *Knöchelsche* kursierten. Die jeweils nur mit einem Buchstaben verzierten Klötzchen kamen zunächst aus Avignon und dann aus Mainz – darunter auch von einem erfolgreichen Kupferstecher namens Johannes Gensfleisch vom Judenberg. Die beweglichen Lettern, wie diese Buchstaben genannt wurden, waren sehr klein und überaus sorgfältig aus Zinn und Eisen geschnitten. Es hieß, dass man mit ihnen künstlich schreiben konnte. Bei den Juden in Cölln herrschte sogar große Aufregung, weil einige annahmen, dass sich mit der neuen Kunst des Buchdrucks die Weissagung des Propheten Jesaja erfüllte, in der es hieß: »Das ganze Land wird voll sein von der Erkenntnis des Herrn.«

Aber es kam ganz anders. Schlimmer. Grausamer. Und pestartiger, als es je ohne den verdammten Buchdruck vom Judenberg in Mainz möglich gewesen wäre!

Ich sah die Menschen der Stadt, in der ich mich als Lebender oft aufhielt, wie einen Bienenschwarm um mich herum. Morgen für Morgen öffneten sich die Fenster der Häuser, und mit lautem Platschen wurden die Nachtgeschirre auf die ohnehin verdreckten Straßen entleert. Nur bei den Reicheren befanden sich die Abfallgruben hinter den Häusern oder in den Gärten. Doch auch hier blieb der Gestank unerträglich, obwohl der Rat der Stadt immer neue Vorschriften erließ.

Bei den Ratssitzungen wurden auch gleich Kleinhändler, Bartscherer und einige andere nicht sonderlich geachtete Berufszweige von der Wahl in den Stadtrat ausgeschlossen. Dazu gehörte auch, dass die Aufenthaltsgenehmigung für die Juden nicht mehr, wie üblich, um zehn Jahre verlängert wurde. Sämtliche Juden, die jetzt noch in Cölln wohnten, mussten auf die andere Rheinseite nach Deutz umziehen.

Ich kümmerte mich nicht mehr darum, wer in meiner Stadt gerade Erzbischof, Rektor der Universität oder Lektor bei den Klosterbrüdern war. Keiner von ihnen schien mir interessant genug. Doch dann, im selben Jahr, in dem das große Festhaus auf dem Grund der Familie Gürzenich mitten in der Stadt eingeweiht werden sollte, kam es noch vor Frühlingsbeginn zu einem neuen Hexenprozess. Er wurde abgebrochen, als die Betroffene Urfehde schwor.

Während sich die Gemüter der Cöllner Bürger schnell wieder erholten, blieb dieser Vorgang für mich selbst eine mahnende Erinnerung. Gleichzeitig fiel mir auf, dass jetzt nicht mehr der Klerus, sondern die Bürger in der Stadt selbst neue Vorschriften und Regeln erfanden. Nicht nur für Gottesdienste, Kirchen und die Verehrung der Heiligen: Es begann damit, dass den Dirnen durch eine hohe Kommission zwei Bezirke in der Stadt zugewiesen wurden, in denen sie sich aufhalten durften. Gleichzeitig verpflichteten sich die Ratsherren selbst, dass sie ihre Bärte kurz hielten und ihre Röcke bis zum Knie reichen ließen.

Was mir zunächst sehr läppisch vorkam, wurde von Jahr zu Jahr wichtiger. Barbiere mussten jetzt eine Prüfung ablegen, ehe sie als Chirurgen Arme oder Beine absägen durften. Den Mönchen und Nonnen wurde jedes bürgerliche Handwerk untersagt. Wer in der Stadt dazugehören wollte und älter war als zwanzig Jahre, musste in eine der zwei Dutzend Gaffeln aufgenommen werden und einen Eid auf den Verbundbrief leisten. Auch als Kaiser Friedrich III. den Cöllnern im September 1475 das Privileg einer freien Reichsstadt bestätigte, änderte sich nichts am Alltag in den Straßen. Genau genommen war die Stadt am Strom bereits seit vier Jahrhunderten eine offizielle Reichsstadt. Dennoch fühlten sich gerade die Geldsäcke geehrt, die sowohl dem Kaiser als auch seinen Gegnern nicht nur große Summen Geldes, sondern zugleich auch jede Menge Waffen zur Verfügung gestellt hatten …

Eigentlich war ich sehr froh, dass ich mich nicht unter den Lebenden befand, als sechs Jahre später die Gürtelmachergaffel und gleich darauf auch andere einen Aufstand anzettelten. Nach Jahrzehnten, die ich für verhältnismäßig ruhig hielt, stachen wieder Cöllner aufeinander ein, Flammen schossen aus den Häusern, und in den Straßen wütete Gewalt. Auch die Unterhändler, die sich Schickung nannten, konnten ihre Forderungen beim Rat der Stadt nicht durchsetzen. Noch am Fastnachtsmontag klirrten überall die Waffen. Der Aufstand scheiterte, und bereits am

Aschermittwoch wurden die Anführer auf dem Heumarkt hingerichtet.

Die Zeiten waren nun einmal so. Malende Mönche, Kupferstecher und Männer, die sich auf die Kunst des Holzschnitzens verstanden, wetteiferten darum, immer schlimmere Auswüchse darzustellen. Da wurden Heilige in Öl gekocht und ihre Gedärme mit Seilwinden aus dem Leib gerissen. Abgehackte Gliedmaßen hingen für die Raben an den Galgenbäumen. Und die Häupter von Hingerichteten lagen wie achtlos weggeworfene Kohlköpfe mit Fratzen an den Henkersstätten. Viele der neuen Buchdrucker in ihrer Offizin machten mit derartigen Horrorbüchern ebenso einträgliche Geschäfte wie vor Jahrhunderten die Erzbischöfe mit ausgegrabenen *Knöchelschen* und unverwesten Leichnamen.

Und aus den immer deftiger und blutrünstiger ausgeschmückten Märtyrerquälereien der alten Heiligen wuchs eine gnadenlose Lust und Gier nach immer neuen, immer grausameren Hinrichtungen und Strafen. Es war, als hätten überall die Menschen eine neue Lust am Leiden anderer entdeckt. Flammende Dolche, eiserne Jungfrauen und Gelenkebrecher gehörten längst zu den üblichen Darstellungen.

Es war ein Teufelskreis: Je weniger sich die Menschen in ihrem Alltag für die Leiden und Qualen längst vergangener Märtyrer interessierten, umso saftiger und fantasievoller musste das Martyrium ausgeschmückt werden.

Gleichzeitig wurden Schuldige für die Verwahrlosung der Sitten und die Abkehr von der Kirche gesucht. Die Juden allein reichten nicht mehr aus. Aber gab es das gefährliche, jeden Gläubigen bedrohende Böse nicht auch noch in ganz anderer Gestalt? Waren Hexen, Zauberer und Magier nicht von Anfang an mit Dämonen und dem Teufel selbst verbündet?

Wie die Pest, die in immer neuen Seuchenwellen auch die Stadt am Fluss heimsuchte, brach auch die böse Fäulnis der Gedanken und der Herzen gerade dort erneut aus, wo täglich neu von Folter und Grausamkeit gelesen und erzählt wurde. Es war nur ein ganz kleiner Schritt von den Leiden früher Heiliger zu den Strafen, die jetzt für die Schuldigen an allem Übel und dem Unglauben gefordert wurden. Wie schon mehrmals zuvor wurden plötzlich überall rothaarige Frauen für schlechtes Wetter und missratene Ernte, plötzlichen Wiegentod und bei Niedrigwasser aufgelaufene Rheinschiffe verantwortlich gemacht.

Die Welle immer neuer Anschuldigungen unterspülte jegliche Erfahrung und Vernunft. Sie riss auch diejenigen mit in den Strudel, die sich gegen willkürliche Verdächtigungen wehrten.

Buchdrucker konnten nicht mehr so schnell liefern, wie immer neue Grausamkeiten verlangt wurden. Gleichzeitig tauchten überall Traktate »von den bösen Weibern, die man Hexen nennt« auf. Ohne jeglichen Beweis wurden Frauen der Buhlschaft und des Beischlafs mit dem Teufel angeklagt. Sie sollten nachts auf Wölfen und im Sturmwind reiten, ehrbare Männer zu willenlosen Bocksgesellen machen und ihnen auch noch die Schwurhand führen, um sie zum Meineid zu verleiten.

Während in Rom im Vatikan Hurenhäuser eingerichtet wurden und die Kirchenzucht derartig verlotterte, dass nicht einmal mehr Päpste ihre Kinderschar versteckten, richtete sich die seit zwei Jahrhunderten erprobte Inquisition gegen Ketzer und Glaubensfeinde jetzt mit voller Wucht gegen jeden Verdacht auf heimliche Hexerei und Unzucht mit dem Teufel.

Das alles wäre vielleicht an mir vorbeigezogen. Aber ausgerechnet die unbarmherzigste aller Schmähschriften gegen die Frauen stammte von Mönchen, wie ich selbst einer gewesen war. Es war der »Hexenhammer« des Dominikaners Heinrich Kramer. Der Mann hatte bereits Ablassgelder unterschlagen und war dennoch zum obersten Inquisitor in Deutschland ernannt worden. Seine Anleitungen zur Erpressung von Geständnissen durch die Folter stammten nicht einmal von ihm. Sie wurden weit entfernt in Speyer gedruckt. Doch dann verfasste der Dominikaner Jakob Sprenger als Dekan der Cöllner Universität ein wohlwollendes, eigentlich privat gemeintes Gutachten.

Damit begann ein Unheil, das Millionen Frauen, Männer, Kinder und selbst Katzen und Hunde bereits mit dem ersten Verdacht auf Hexerei und Beischlaf mit dem Teufel auf grauenhafte Art und Weise zum Tode verurteilte. Und weder Unschuldsschwüre noch Geständnisse, weder Gegenbeweise noch sogenannte Gottesurteile hielten das Morden auf. Nichts half den angeklagten Hexen – weder die Anrufung der Heiligen noch irgendwelche *Knöchelsche* …

Zum ersten Mal in meinem Seelendasein im Jenseits hatte ich nur noch einen Wunsch: Ich wollte wieder einen Körper haben, einen Arm und eine Faust, mit der ich diesen Wahn zerschlagen konnte.

»Na?«, fragte sie. »Wie fühlst du dich? Immer noch tot?«

Ich schüttelte den Kopf, zog die Nase hoch und wischte unbedacht mit dem viel zu weit geschnittenen Ärmel meines schwarzen Meisterkittels über mein Gesicht. Sie prustete los, während ich noch immer vergeblich versuchte, irgendetwas in meinen Gedanken zu finden, woran ich mich aufrichten konnte.

»Deshalb nennt man euch also ›Meister der schwarzen Kunst‹«, sagte sie vergnügt. »Sieht aus wie Teer. Na komm schon her ... ich opfere dir eines von meinen Halstüchern für die Schmiererei in deinem Gesicht. Aber nur einmal. Und nur, weil es der erste Tag in deiner eigenen Offizin ist ...«

Erst jetzt erkannte ich sie in einem Sonnenstrahl, der mild gedämpft durch eines der gelben Fensterchen in die Werkstatt fiel. Das Licht schien auf die Kästen mit den vielen kleinen Fächern, die ich hütete wie einen Reliquienschrein. Ein warmes, glückliches Gefühl umfasste mich, als mir bewusst wurde, dass die zierlichen Klötzchen aus Metall mit Buchstaben an einem Ende allesamt mir gehörten. Sie hatten mehr gekostet als eins der neuen stolzen Bürgerhäuser, wie sie jetzt überall in der Stadt gebaut wurden.

»Warum sagst du, dass ich tot bin?«, fragte ich sie. »Und was soll die Andeutung von schwarzer Kunst?«

»Ist dies nun deine neue Offizin, oder willst du dich weiterhin wie ein Geselle benehmen, Rheinold von Druiden?«

Ich kniff die Augen zusammen, schüttelte nochmals den Kopf und verstand kein Wort. Ganz langsam Luft holen, dachte ich. Du träumst, Rheinold, bist ärgerlich gewesen, hast dich in deiner Seele verwundet. Und jetzt mischt sich allerlei krauses Zeug unter den Gedankenstaub ...

Ich sah, wie die junge hübsche Frau im Eingang der Druckerwerkstatt ein weißes Tüchlein von ihrem engen Mieder löste. Der Schlüsselbund an ihrem Gürtel klapperte, als sie mit behänden Schritten auf mich zukam. Ihre ungewöhnlich hellen, grünen Augen blitzten, und das Sonnenlicht legte einen Schein von Feuer in ihr rotes Haar. Ich war so erschrocken über ihre engelhafte Schönheit, dass ich nicht einmal daran dachte, ihr das Tüchlein abzunehmen. Sie drückte mich ein wenig von den Setzkästen fort ins Licht neben der großen neuen Druckerpresse.

Um ein Haar wären wir beide mit den Köpfen gegen den hohen, bogenförmig ausladenden Schwengel gestoßen, durch den die Stempelplatte auf der Gewindestange Papier und Druckstock mit seinen aneinandergesetzten Buchstaben zusammenpresste. Dann tupfte sie über mein Gesicht, rieb an meinen Nasenflügeln und strich sich dabei mit schneller Zungenspitze über die Lippen.

»Wann lernt ihr Jünger Gutenbergs endlich, dass Druckerschwärze hartnäckiger als Ruß und Teer an allem haften bleibt?«

»Ja, sag doch gleich, dass hier nur noch der Schwefel fehlt und dass die Bücher und Traktate, die ich drucken will, für viele Cöllner ohnehin nur Teufelswerk sind.«

»Du würdest diese Vorwürfe nicht hören, wenn du dich entschließen könntest, nur von der Universität zensierte Traktate, Bilderbibeln oder Stadtchroniken wie die von Meister Koehlhoff nachzudrucken.«

Sie lächelte mich an. Aber ich hörte den leisen Vorwurf.

»Ich werde weder Bilderbibeln noch blutrünstige Heiligenlegenden drucken«, sagte ich mit einer Beharrlichkeit, die mich selbst verwunderte. »Ich will auch nicht als Lohndrucker für irgendwelche Kaufleute schlechte und zensierte Bibelübersetzungen in die deutsche Sprache oder auch ins Niederländische herstellen. Das habe ich lange genug bei deinem Vater und zuvor beim Verleger Frans Birckmann in der Straße ›Unter Fettenhennen‹ machen müssen.«

Ich blickte auf die beiden großen, teuren Papierbogen, die ich allzu stark unter die Druckerpresse gequetscht hatte. Mir war, als hätte ich gute Gulden mit einem Hammer platt geschlagen. Denn das, was ich dort sah, ließ sich nicht einmal mehr verwenden, um sich den Hintern zu wischen.

Diesmal wurde mir der Eintritt in ein neues Leben wirklich schwer. Es war sehr eigenartig. Alles, was sich in diesem Raum der Buchdruckerwerkstatt befand, war mir vollkommen klar, jedes einzelne Gerät, jedes Winkeleisen und jeder Stapel Bütten oder Pergament. Ich kannte die Zusammensetzung der Druckerschwärze bis aufs Lot genau und wusste auch, wie viele verschiedene »o« und »u« und »t« sich unter den vielen tausend Buchstaben in meinen Setzkästen befanden. Aber ich konnte mich nur wie durch einen Nebel an die Dinge erinnern, die außerhalb der Offizin lagen.

Hier roch alles nach frisch gekalkten Wänden und Druckerschwärze. Von außen kam der prächtige Geruch von Kohlgemüse durch die offene Tür. Doch was war außerhalb des Hauses, der Druckerwerkstatt und der Küche? Ich wusste nicht einmal, in welchem Jahr ich diesmal lebte.

»Komm, hilf mir weiter«, bat ich und wollte sie in beide Arme schließen. Schneller, als ich sie fassen konnte, drehte sie sich mit weitem Rockschwung bis zur Eingangstür zurück.

»Hast du vergessen, was wir beide vereinbart haben?«, fragte sie scherzhaft drohend. »Du hast mein Erbteil nur gegen deine Zusicherung bekommen, mich nie mit Druckerschwärze an den Fingern oder an deiner Kleidung anzufassen. Außerdem sollst du dir die Hände waschen, ehe du dich zu mir an den Tisch setzt.«

»Sind wir etwa allein?«, fragte ich verwundert. »Gibt es denn niemand außer uns in diesem Haus?«

»Nein«, antwortete sie mit einem tiefen Seufzer. »Heute noch nicht. Aber ab morgen kannst du deinen eigenen Gesellen und Lehrjungen zeigen, wie man mit gefälschten Büchern sehr viel Geld verdienen kann oder sich mit richtigen schnell um Kopf und Kragen bringt.«

»Bitte!«, rief ich flehend. »Können wir nicht endlich diesen Streit beenden? Lass mich doch erst einmal wieder zu mir kommen. Dann bin ich gern bereit, noch einmal alles zu bereden.«

»Es ist zu spät, geliebter Rheinold«, sagte sie mit einem wehmütigen Lächeln. »Der Rat und auch die Universität wissen doch längst, dass du jetzt auch die fünfundneunzig ketzerischen Thesen und das Neue Testament von diesem Wittenberger Mönch nachdrucken willst.«

»Das haben auch schon andere vor mir getan«, erinnerte ich mich. »Auch hier in Cölln …«

»Aber da hatte ihm noch keine Universität öffentlich Ketzerei in seinen Schriften vorgeworfen. Ich kann dich einfach nicht verstehen, Rheinold. Warum begreifst du nicht, dass es nur unser

Unglück sein kann, wenn du dich gegen die Theologenfakultät in der heiligen Stadt Cölln wendest? Hast du vergessen, dass sie ihn verdammen, vor einen Reichstag zerren und ihn öffentlich widerrufen lassen wollen?«

Es war, als würde eine Wolkendecke über der Erinnerung an die jüngst vergangenen Jahre in mir aufreißen. Unter den Kohlgeruch mischte sich ein ganz anderer Duft: Kakao! Sie hatte wieder von dieser neumodischen Droge getrunken! Mir fielen wieder die erstaunlichen Berichte von den Seefahrten des Genuesers Cristoforo Colombo ein, der Indien über den Ozean nach Westen hin gesucht hatte. Darum hätte sich die Hanse schon vor hundert Jahren kümmern können, nicht nur um den Pelzhandel in London und irgendwo in Riga oder Nowgorod. Aber alles, was wir aus der neuen Welt bekommen hatten, war die Syphilis gewesen ...

Wir waren durch die große Diele und das Wohnzimmer mit den schweren Truhen bis in ihre Küche weitergegangen. Das ganze Haus wirkte neu und wie gerade erst erbaut. Ich wusste wieder, dass es tatsächlich so war. Die gerade Achtzehnjährige war eigentlich Johann Gymnich versprochen, der schon einige Zeit als Buchhändler und Verleger in der Stadt arbeitete. Und nur, weil ich gehört hatte, dass er ebenfalls eine eigene Offizin einrichten wollte, hatte ich mein junges Weib dazu gebracht, ihr Erbteil auf mich zu übertragen.

Wir waren schneller und erfolgreicher gewesen als Johann. Aber wir hatten uns auf gefährliche und sehr leichtsinnige Vereinbarungen mit anderen Verlegern und reichen Bibelhändlern eingelassen. Ich setzte mich an den blank gescheuerten, noch sehr neuen Küchentisch und wartete, bis sie mir eine Schale Kohlgemüse brachte. Es war kein Fleisch in dieser Krautsuppe, nur etwas Gänseschmalz, Kümmel und ausgelassener Schweinespeck. Ich sah, wie sie sich selbst nur einen halben Löffel Kohl in ihre Schale schöpfte, ehe sie sich zu mir setzte.

»Ist das schon alles?«, fragte ich. »Willst du nicht essen?«

Sie schüttelte den Kopf. Ihre Mundwinkel zuckten ein wenig, und ihre Augen füllten sich mit feuchtem Glanz.

»Ich habe dich so oft gebeten, doch auf mich zu hören«, sagte sie zu meiner allergrößten Verwunderung. Ich konnte mich nicht an etwas Derartiges erinnern.

»Wann hast du mich gebeten?«, fragte ich deshalb.

»Wieder und wieder, Rheinold. Seit ich dich kenne, schwärmst du von einer eigenen Offizin und davon, dass du mit der Wahrheit gegen Hexenhysterie, Inquisition und Folter, Märtyrerlegenden und den Ablasshandel kämpfen willst.«

»Das habe ich gesagt?«, fragte ich verwundert. Ich hielt den halb gefüllten Löffel mit Kohl vor meinen Mund.

»Du hast noch mehr gesagt«, meinte sie. »Du hast gesagt, es wäre sehr viel gottgefälliger, wenn mehr von den wunderschönen Thoraschriften und jüdischen Gebetbüchern gedruckt würden und weniger grausame Holzschnitte von Albrecht Dürer oder Lucas Cranach. Für diese Worte bist du doch vor drei Jahren bei Meister Peter Quentel rausgeworfen worden.«

»Und jetzt?«, fragte ich und zog die Brauen zusammen. »Jetzt drucke ich doch Bibeln, oder?«

»Ja, das ist richtig«, sagte sie. »Du willst das Neue Testament in großer Stückzahl herstellen. Ich weiß nicht, woher du das Geld dafür bekommen hast. Aber von den Juden kann es nicht sein, die anfangs viel von diesem Mönchlein hielten. Seit er sie mit ›Judensau‹ beschimpft hat, würden sie keinen Gulden mehr für diesen Luther geben.«

»Ich hab's geahnt«, stöhnte ich. »Ich hab's die ganze Zeit geahnt, dass du von Martin Luther sprichst.«

»Willst du jetzt sagen, dass du das vergessen hattest?«

»Ja«, sagte ich. »Und nicht nur das. Denn erst in diesem Augenblick fällt mir wieder ein, dass ja für heute Nachmittag ein öffentliches Feuer vorgesehen ist.«

»Du meinst die Bücherverbrennung auf dem Domplatz?«

Ich hob den Kopf und sah ihr in die Augen.

»Dann stimmt es also?«

Sie presste ihre Lippen fest zusammen. Dann nickte sie.

»Vielleicht wollen der päpstliche Legat und die Theologen von der Universität nur beim Kaiser Eindruck machen. Seit er in der Stadt ist, reden auch die Domherren von nichts anderem als einem öffentlichen Höllenfeuer für Martin Luthers Schriften.«

Wir kamen gerade noch pünktlich, mein Schwager Peter Quentel, Ursula und ich. Wir mussten von ihres Vaters Haus, das neben der

Brothalle am alten Cardo Maximus lag und den schönen Namen »Zur fetten Henne« trug, nur ein paar Quergässchen bis zum Domplatz laufen. Als wir den Platz erreichten, hatte das Spektakel schon begonnen. Wir drängten uns an einigen anderen vorbei, bis wir ein wenig windgeschützt vor der Fassade der Gerichtsgebäude an der Westseite des Platzes standen. Von hier aus konnten wir an dem Brunnen in der Mitte des Platzes vorbei bis zu den Stadtmauern der Rheinvorstadt sehen.

Es war, als wollten sie in der kalten und unfreundlichen Zeit zwischen Sankt Martin und dem Christfest erneut einen Angeklagten schmerzhaft und feierlich vom Leben in den Tod bringen. Aber das Inquisitionsgericht der Dominikaner hatte diesmal keine Magier oder Hexen, weder rothaarige Frauen noch vom Teufel besessene Katzen, sondern nur ketzerische Schriften zum Feuertod verurteilt.

Die feierliche Prozession zog langsam durch die Baustelle des Hauptportals auf der Westseite der großen Kathedrale. Heftige Windböen von Nordwesten her rissen an Kapuzen, Mänteln, Umhängen und farbenprächtigen Gewändern. Die Angehörigen des Domkapitels wurden von einigen Dutzend anderen Klerikern und sogar Mitgliedern des Rats begleitet. Wieder und wieder blickten einige von ihnen nach oben zum großen Stumpf des Südturms mit seinem im Wind knarrenden und gefährlich hin und her schwankenden Kranarm. Durcheinanderhastende Messdiener und Chorknaben machten Platz für eine Abordnung gelehrter Theologen, die direkt von der Universität her hinzustieß. Ich hatte erwartet, dass wesentlich mehr Cöllner das ungewöhnliche Spektakel ansehen wollten. Aber das Wetter zu Beginn dieses Dezembermonats war so schmuddelig und nass, dass sich nur einige hundert Neugierige am Dom eingefunden hatten.

»Bis auf die Professoren kein Weltlicher zu sehen«, rief mir mein Schwager zu. »Keiner der Fürsten, die noch vor einem Monat im Tanzhaus Gürzenich gesoffen und getanzt haben. Auch Karl V. ist nicht da.«

»Das hat er wohl mit dem Erzbischof verabredet«, meinte Ursula giftig. »Oder seht ihr irgendwo Hermann von Wied?«

Wir schüttelten den Kopf und stellten uns gegen den Wind ein wenig enger zusammen. Mir fiel wieder ein, wie heftig Peter Quentel sich gegen mich zur Wehr gesetzt hatte. Von Anfang an wäre es ihm zu seinem eigenen Gewinn lieber gewesen, wenn sich seine Schwester mit einem der bereits über die Stadtgrenzen hinaus erfolgreichen Drucker und Verleger vermählt hätte. So aber ließ er keine Gelegenheit aus, um gegen mich zu sticheln. Er hatte mir sogar angedroht, dass er selbst schneller als ich ein Druckrecht für das Neue Testament in der deutschen Übersetzung von Martin Luther kaufen würde. Noch war dieses Werk nicht fertig, aber das, was einige der Buchhändler und Drucker in Cölln bereits ohne Korrektur gesehen hatten, war ebenso außergewöhnlich wie der Ketzermönch aus Wittenberg selbst.

Ich kannte ihn nicht und hatte ihn nicht gesehen, als er vor sechs Jahren noch als kleiner Mönch am Schrein der Heiligen Drei Könige gekniet und bei den *Knöchelschen* von Kaspar, Balthasar und Melchior gebetet hatte. Aber der Mann, der inzwischen für Begeisterung und Streit zugleich sorgte, garantierte gute Druckauflagen und fantastische Gewinne, die schon ebenso erfreulich hoch waren wie die Kästen mit den Bußgeldern der herumziehenden Ablassmönche.

Das alles wusste außer Peter Quentel und mir nur noch seine Schwester. Gewiss – auch einige der anderen Buchdrucker und Verleger in der heiligen Stadt Cölln machten kein Hehl daraus, dass sie trotz aller Angriffe gegen die Thesen und Pamphlete des Wittenbergers gern an ihm verdient hätten. Aber an einem Tag wie diesem war es besser, wenn sich alle zur Verkündigung und Vollstreckung des Inquisitionsurteils einfanden.

Natürlich hatten wir uns alle gegenseitig in der Hand, weil wir Verbotenes verbreiten wollten und es auch bisher getan hatten. Doch während ich erst einmal gegen die Zensur verstoßen hatte, als ich heimlich die fünfundneunzig Thesen Luthers in einer Nacht zum Sonntag druckte, war Ursulas Bruder dabei gewesen, als vor drei Jahren die sogenannten »Dunkelmännerbriefe« die Universität von Cölln öffentlich geschmäht und lächerlich gemacht hatten. Dabei war es um den Streit gegangen, ob auch jüdische Bücher von der Inquisition gebannt, verboten oder auf einem Scheiterhaufen verbrannt werden durften.

Neben Hunderten von Cöllnern, die schon auf das große Schauspiel warteten, hatten sich sämtliche sonst verfeindeten Buchhändler und Verleger, Schriftsetzer und Drucker auf dem Domplatz eingefunden. Das Wetter wurde immer schlechter. Dann mussten auch noch eiligst vom Hafen herbeigeschaffte geteerte Leinentücher über die Reisigbündel des Scheiterhaufens gezogen werden. Der Wind peitschte Regentropfen aus den tief hängenden Wolken. Wo eigentlich eine große flammende Anklage ins Volk geschleudert werden sollte, begnügten sich der päpstliche Legat und die Inquisitoren damit, hastig ein paar der bekannten Anklagen gegen den Wittenberger auszurufen.

Viele hätten gern gehört, warum nach Luthers Meinung keine Geldbuße, sondern nur eine lebenslange Reue möglich sei. Aber die Rechtfertigungen der Inquisition gingen in Wind und Regen unter. Eilig wurden Fackeln aus dem unvollendeten Kathedralenbau herangetragen. Die Flammen flogen durch den Wind, und auch das Reisig nahm sie sofort an.

Nur mühsam schafften es die Mönche, Pergamentbogen und gebundene Bücher in das aufstiebende Feuer zu werfen. Nichts klappte so, wie sie es wohl vorgesehen hatten. Überall flogen flammende Papierfetzen über die Köpfe der johlenden und schon fast vergnügt aufschreienden Menge hinweg. Das Geopferte erhob sich in die Luft und weiter hoch bis in den Himmel.

»Seht ihr, die Reformation findet keinen Halt bei uns!«, rief mein Schwager aufgekratzt.

»Kommt jetzt!«, sagte Ursula und zog ihr Kopftuch stramm. »Ich möchte eine Schale heißen, bitteren Kakao.«

Ich sah sie an und konnte nicht verstehen, was all die Weiber in der Stadt so närrisch nach dem braunen Zeug machte. Ich fand Kakao genauso ekelhaft wie diesen Rauch von Tobak, der neuerdings aus ausgehöhlten Wurzelhölzern gesaugt und mit der Luft eingeatmet wurde …

35. DAS BIBELGESCHÄFT

DA WIR IN CÖLLN inzwischen auch eine Poststation der Herren von Taxis hatten, erreichten uns bestimmte Nachrichten schneller als in früheren Jahren. Noch im Winter erfuhren wir, dass sich der Wittenberger, den sogar ein Kardinal schon einmal »eine unheimliche Bestie mit tief liegenden Augen« genannt hatte, von nichts und niemandem einschüchtern ließ. Er war sogar so frech gewesen, die päpstliche Bulle, mit der ihm Acht und Kirchenbann angedroht worden waren, wenn er seine Lehren nicht sofort und vollständig widerrief, öffentlich vor einem Stadttor in Wittenberg zu verbrennen.

»Wenn er im Mai beim Reichstag in Worms alles widerruft, haben wir vergeblich unser gesamtes Vermögen in Bleilettern eingeschmolzen«, sagte ich zu Ursula, als wir wieder einmal in der Küche saßen. Die Frühlingssonne war schon warm genug, deshalb hatten wir ein Fenster halb geöffnet. In meiner Offizin arbeiteten inzwischen zwei Gesellen und zwei Lehrjungen. Für Ursula hatten wir eine Hausmagd aufgenommen und dazu noch einen Alten als Faktotum, der die Wäsche trug und sich um den Garten kümmerte. Seit mein junges Weib guter Hoffnung war, sorgte ich dafür, dass nicht mehr nächtelang bei Kerzenlicht Buchstabe um Buchstabe in den Winkeleisen aneinandergefügt wurde. Wie viele andere Drucker in der Stadt war auch ich ganz begierig darauf, die Schriften und Traktate des widerspenstigen Gelehrten Luther nachzudrucken. Seit seine Thesen wie ein Lauffeuer in jeder Stadt für Unruhe und Aufruhr sorgten, bewegte sich nach langer Zeit wieder etwas in den Herzen vieler Christen.

»Im Grunde sagt er doch nur, was schon die Kirchenväter gewusst haben«, meinte Ursula, während sie mir zum zweiten Mal von ihrer köstlichen Hühnersuppe mit angebratenen Dinkelbällchen auftat. »Er will nur noch die drei Sakramente Taufe, Beichte und Abendmahl. Und er sagt, dass der ganze Ablasshandel ein einziger Betrug ist, weil jeder, der getauft ist, auch als

Priester gelten muss ... auch mit dem Recht, anderen die Sünden zu vergeben, ohne dass dabei gehandelt oder Geld bezahlt werden muss.«

»Das ist es ja«, sagte ich und schlürfte etwas Suppe. »Wenn sich diese Ansicht durchsetzt, dann bricht das ganze kirchliche Gebäude wie ein Kartenhaus zusammen. Dann ist es aus mit den Wundern, der geheimnisvollen Kraft der Heiligen, Reliquien und *Knöchelschen*. Und dann zerplatzt auch jene Lehre von der wundersamen Wandlung, mit der in jeder Messe Brot zu Fleisch und Wein zu Blut des Herrn wird.«

»Das mag ja alles sein«, sagte sie. »Außerdem schadet es bestimmt nicht, wenn wieder etwas frischer Wind durch die Gewänder von Bischöfen und Priestern weht. Der Doktor Luther will doch nur, dass Gottes Wort endlich wieder mehr gilt als diese menschenverachtenden Regeln und Gesetze, die wie böses Unkraut jede Spur von Gnade überwuchert haben.«

»Und die Heiligen?«

»Die zeichnen sich schon dadurch aus, dass sie gottgefällig und vorbildlich gelebt haben«, sagte sie. »Das ist schwer genug ...«

»Das bestreitet er auch nicht«, gab ich zurück. »Aber er sagt, dass die Verdienste unserer Heiligen nicht durch eine Heilskraft, eine übersinnliche und magische Natur dieser Menschen, entstand, sondern ganz allein durch ihren eigenen unerschütterlichen Glauben, selbst über ihren eigenen Tod hinaus.«

»Moment mal«, sagte Ursula und legte sich die flache Hand auf den Leib. »Meinst du etwa, dass dieser Doktor Luther etwas von der Kraft des Unsichtbaren und der Unsterblichkeit der Seelen weiß?«

»Bewegt es sich schon?«, fragte ich und lächelte ihr zu. Wir hörten, wie die Tür in der Diele ging. Gleich darauf trat ihr Bruder ein und entschuldigte sich für die Störung.

»Ich dachte, dass ihr euer Mittagsmahl bereits beendet habt«, sagte er. »Wenn ihr erlaubt, setze ich mich ein Weilchen zu euch.«

Sie bot ihm Suppe an, aber er schüttelte den Kopf. »Ich habe schon gegessen. Mich treibt die Sorge hierher. Das geht auch dich an, Rheinold von Druiden. Seit ihr einverstanden wart, dass ich allein die Offizin unseres Vaters weiterführe, hat die Quentelei nur noch Schulden gemacht. Ich brauche dringend neue Schriften.

Und wenn es sein muss, eben nicht das Neue Testament, sondern meinetwegen andere Bibeln, die sich kämpferisch gegen Luthers Lehren wenden.«

»Was?«, fragte Ursula. »Willst du etwa beides gleichzeitig verlegen?«

»Ich habe keine andere Wahl mehr«, antwortete ihr Bruder. »Wenn Luther auf dem Reichstag widerruft, ist alles, was wir von ihm gedruckt haben, nur noch ein paar Weißpfennige wert. Widerruft er aber nicht, dann stecken viele Drucker hier in einer bösen Falle. Die Bücher, die noch nicht verkauft sind, werden konfisziert oder sind nur noch Makulatur ...«

Wir sprachen noch den ganzen Nachmittag darüber, wie wir uns verhalten sollten. Als wir endlich ohne jedes Ergebnis auseinandergingen, legte mir Ursula die Hand auf die Schulter. Noch ein halbes Jahr zuvor hätte sie meinen Druckerkittel nicht so unbesorgt angefasst.

»Was ist eigentlich aus deinem Amulett geworden?«, fragte sie. Ich hob die Brauen und blickte sie verwundert an.

»Das ist dir aufgefallen?«, fragte ich. »Es liegt in meinem kleinen Setzkasten, in dem ich seltene Ligaturen und einige besonders schöne Initialen aufbewahre, die noch von Meister Gensfleisch oder auch Gutenberg aus Mainz stammen sollen.«

»Leg es wieder an«, sagte sie. »Ich glaube, dass wir alle hier etwas Hoffnung brauchen.«

»Hoffnung?«, fragte ich sie. »Worauf?«

»Dass vielleicht doch noch alles gut wird. Obwohl ich fürchte, dass es zunächst entsetzliche Kriege zwischen denen geben wird, die die alte Ordnung und die Macht weiterhin festhalten wollen, und den anderen, die so wie Martin Luther denken.«

In dieser Nacht lagen wir noch lange beieinander. Als dann der Mai kam, deutete zunächst nichts auf großartige Veränderungen hin. Wir hörten, dass der Reichstag den Mann aus Wittenberg tatsächlich zum Ketzer erklärt hatte. Er fiel in Acht. Aber Friedrich der Weise von Sachsen gewährte ihm Zuflucht auf einer seiner Burgen. Und bereits kurz darauf erfuhren wir durch die Reiter der Taxis-Post, dass er jetzt sogar die ganze Bibel ins Deutsche übersetzen wollte.

Könnt ihr einen Geruch oder ein Geräusch sehen, eine Farbe hören oder einen Geschmack mit den Spitzen eurer Finger ertasten? Das sei nicht möglich, werdet ihr sagen. Ich aber sage noch mehr:

So, wie es ist und wie es euch erscheint, kann es nicht sein!

Ja, ihr habt richtig gelesen. Und ich meine es ganz genau so. Denn das, was jedem einigermaßen mit Vernunft gesegneten und wachen Menschen als wahr und wirklich erscheint, muss ganz einfach falsch sein. Weil es nicht ausreicht, nur seine fünf Sinne – oder sieben – zu benutzen und alles andere abzulehnen, weil es nicht geschmeckt, gerochen und gehört, ertastet oder gar gesehen werden kann. Wie misst man Hoffung? Wie viele Meilen dehnt sich Sehnsucht aus? Wie schwer wiegt Trauer, und bis in welchen Himmel reicht das Glück?

Und selbst wenn ihr es wissen solltet – könnt ihr es beweisen? Na also!

Ich war nach den letzten Gesprächen mit meinem Schwager und Ursula so enttäuscht von unserer eigenen Feigheit, dass ich fortan nichts mehr druckte, was irgendetwas mit den katholischen oder auch evangelischen Lehren zu tun hatte. Drei Monate nach dem Reichstag in Worms wurde unser erster Sohn Johann geboren. In den darauffolgenden sieben Jahren gebar Ursula fünf weitere Kinder. Zwei davon, ein Mädchen und ein Junge, starben, noch ehe sie das erste Lebensjahr vollendet hatten.

Ein noch größeres Unglück ereilte mich im Sommer des Jahres 1529. Ich war auf dem Weg zur Hinrichtung von zwei protestantischen Ketzern, die bei Melaten auf dem Scheiterhaufen verbrannt werden sollten. Der ehemalige Platz für die Aussätzigen war inzwischen zur Richtstätte geworden. Viele der Cöllner waren dagegen gewesen, aber der Prediger Adolf Clarenbach und sein Student Peter Fliesteden waren vom geistlichen Gericht und vom Cöllner Inquisitor Jakob van Hoogstraten wegen lutherischer Umtriebe zum Tode verurteilt worden. Sie hätten schon eher ihr Leben lassen müssen, aber während des Sommers hauste ein böser Schüttelfrost in der Stadt. Er kam aus England und strafte die Menschen mit Fieber und Krämpfen. Und weil der Anlass günstig war, behaupteten die Geistlichen sofort, dass dies alles Gottes Strafgericht und ein Fingerzeig dafür sei, dass man Ketzer nicht lange einkerkern, sondern am besten sofort verbrennen solle.

Ich ging zusammen mit Peter Quentel zur Richtstätte vor den Toren der Stadt. Ursula konnte uns nicht begleiten. Sie war hochschwanger und hatte gerade das englische Fieber überstanden. Eigentlich hätte ich bei ihr bleiben sollen, aber dann trieb es mich doch zu dem Spektakel hinaus.

An der Richtstätte hatten sich bereits Hunderte von Schaulustigen, gierigen Weibern, Bettlern und Tagelöhnern versammelt. Neben der Galgenstätte, wo noch die Gebeine von zuvor Hingerichteten hingen, war ein Baumstamm in den losen Boden gerammt. Über den Teerkochern lagen gespaltene Holzbohlen zu einem Kreis geschichtet rund um den Stamm. Die beiden Delinquenten waren bereits mit dem Rücken zum Stamm festgebunden. Ihre Hände waren mit Ketten gefesselt, während sie zwischen Kopf und Schultern in Wasser getauchte Hanfschlingen trugen, an denen kleine Säckchen mit Schießpulver befestigt waren.

Ich merkte sofort, dass eine andere Unruhe als sonst auf dem Richtplatz herrschte. Viele murrten und schimpften darüber, dass die beiden nach ihrer Meinung aufrichtigen und anständigen Männer verbrannt werden sollten. Auch die Verurteilten selbst wehrten sich laut schimpfend gegen den Spruch des Inquisitors. Sie beschimpften ihn als Pilatus und Christenverfolger.

Ich selbst fühlte mich zusätzlich unwohl, weil es mir wie billige Sensationsgier vorkam, dass ich Ursula in ihrer schweren Stunde allein ließ, um mir statt des neu entstehenden Lebens das Ende von zwei anderen anzusehen. Schließlich wurde ich so unruhig, dass ich bereits ging, als den Verurteilten mit dichten weißen Wolken aus dem Weihrauchfässchen ein wenig Milde und Betäubung zuteilwurde.

»Berichte mir heute Abend, wie alles gewesen ist«, sagte ich noch schnell zu meinem Schwager. Dann wandte ich mich um und eilte in die Stadt zurück. Warum nur – warum hat die gewalttätige öffentliche Beendigung von Leben so viel Macht und Faszination über uns Menschen?

Ich hatte die Stadtmauern noch nicht erreicht, als ich den ersten Knall von der schon weit zurückliegenden Richtstätte hörte. Ich zuckte zusammen. Gleich darauf knallte es noch dreimal. Diesmal war kein Totenglöckchen erforderlich, um den Cöllnern, die den vierfachen Pulverknall gehört hatten, mitzuteilen, dass die

Verurteilten nicht mehr waren. Die Gnade der Inquisitoren bestand darin, dass sie am Hals durch Schießpulver zerfetzt wurden, an ihrem eigenen Blut in den Lungen starben und nicht mehr auf die Schmerzen durch die Flammen und das Rösten des eigenen Fleisches warten mussten.

Ich war noch immer wie benommen, als ich schließlich unser Haus erreichte. Schon als ich an der halb fertigen Kathedrale vorbeilief, spürte ich, dass irgendetwas nicht stimmte. Meine Gesellen standen vor dem Haus, das Faktotum lehnte halb in sich zusammengesunken neben der Tür, und sogar die Magd hockte auf den beiden Stufen zum Eingang und hielt ihr Gesicht in den Händen verborgen. Sie alle machten mir wortlos Platz, als ich näher kam.

»Was ist?«, rief ich ihnen zu. »Was habt ihr?« Sie senkten gleichzeitig die Blicke, aber sie antworteten mir nicht.

Ich stieß das grauhaarige Faktotum zur Seite, rammte mit meiner Schulter die Haustür auf und stürmte wie von Teufeln gejagt in unsere Bettkammer. Noch ehe ich sie erreichte, hörte ich leises Wimmern aus der Küche. Ich achtete nicht auf meine Kinder, sondern stürzte an der Hebamme vorbei.

Als ich den Medicus sah, wusste ich, dass ich zu spät kam. Ein Priester stand neben dem Bett mit den ordentlich aufgeschüttelten Kissen. Weder die großen Leinentücher noch die großen Zuber mit heißem Wasser für die Geburt waren zu sehen. Während alle anderen in der Kammer den Kopf wandten und mich mit großen Augen verzweifelt anstarrten, bewegte sich Ursula nicht mehr. Ich verzog meinen Mund, wollte sie ansprechen, dann schreien. Aber ich brachte kein einziges Wort hervor.

»Es ist ein Knabe«, sagte der Priester mit sanfter Stimme. »Auf welchen Namen soll er getauft werden?«

Ich musste mich derartig beherrschen, dass ich nur noch rote Kreise vor meinen Augen sah. Alles in mir stürmte und wirbelte durcheinander. Sollte ich mich freuen über die Geburt eines weiteren Sohnes? Oder sollte ich die englische Krankheit, Gott und das Schicksal verfluchen, weil es mir meine geliebte Ursula genommen hatte?

»Martin!«, stieß ich grimmig hervor. »Er soll Martin heißen nach dem Heiligen … und nach dem Doktor Luther in Wittenberg.«

Ich ging ein volles Jahr in Trauer. In dieser Zeit ruhte auch die

Arbeit in meiner Offizin. Ich war einfach nicht in der Lage, Lehrjungen und Gesellen das abzufordern, was ich selbst nicht mehr leisten konnte. Ich sorgte dafür, dass unsere Kinder gute Ammen und Aufsicht von den Beginenfrauen hatten. Und ich selbst bekam neue Aufgaben durch ein grandioses Vorhaben meines Schwagers Peter Quentel.

Auch er wollte in diesen unsicheren Jahren keine Bibeln und keine streitbaren Pamphlete mehr drucken. Stattdessen träumte er von einem großen Werk, das wie ein Wandteppich mindestens vier Schritt breit die gesamte Ansicht der heiligen Stadt Cölln zeigen sollte, so wie sie sich für den Betrachter von der Deutzer Seite darbot. Aber Peter wollte noch viel mehr. Er bestand darauf, dass jede Pfarrkirche und jedes wichtige Gebäude auf der Zeichnung so zu sehen sein musste, als würden keine anderen Häuser die Sicht darauf verdecken.

»Du willst also etwas zeigen, was in Wirklichkeit niemals so zu sehen ist«, sagte ich, als ich verstanden hatte, was er meinte.

»Ja«, antwortete er mir mit einem Leuchten in den Augen. »Es muss doch möglich sein, die ganze Ansicht unserer Stadt nicht einfach abzuzeichnen, sondern sie so darzustellen, wie sie in unseren Köpfen ist – mit jedem Türmchen, jedem Erker, jedem Mauervorsprung und einfach so, als würden wir nicht nur die Fassade und das Angesicht jedes einzelnen Gebäudes abbilden, sondern auch gewissermaßen sein Innerstes und seine Seele.«

Ich war so erstaunt über diese Vorstellung des Mannes, der lange Jahre gegen mich gewesen war, dass ich ihm mit aufrichtigem Herzen meine volle Unterstützung zusagte. Er ahnte nicht, dass er damit zu meinem eigenen Ansehen und Ruhm beitrug, denn ich war es, der dem Maler und Holzschnitzmeister Anton Woensam zeigte, was er sehen und in die Ansicht unserer Stadt einarbeiten sollte. Es war ein Blick, der sich durch Mauern nicht behindern ließ und zusätzlich auch noch alle wichtigen Verbindungen zu vergangenen Epochen darstellte.

Während wir arbeiteten, beschaffte Peter noch ein Gedicht mit dem Titel »Flora« und Lobpreisungen für die Stadt in einem Rahmen aus neununddreißig kleinen Kästchen.

Ich werde nie vergessen, wie wir nach einer langen Nacht das erste Einzelblatt des großen Werks aus unserer Druckerpresse holten. Als wir dann Wochen später auch die anderen Blätter gedruckt und zusammengefügt hatten, konnten wir uns stundenlang nicht sattsehen an den vielen Einzelheiten, die alle irgendeine ganz besondere Bedeutung für uns oder für die Stadt besaßen.

Das große Panoramabild zeigte selbst die Stützbalken an den Mauervorsprüngen, dann die Mühlenhäuser mitten im Fluss und viele Oberländer- und Niederländerschiffe mit ihrer Takelage, dazu die Kirchenhäuser und die Türmchen und über ihnen lichte Wolkenhaufen, in denen jene Großen aus der Geschichte der ehemaligen Colonia Claudia Ara Agrippinensium dargestellt waren, die inzwischen längst von Bischöfen und Herrschern zu Heiligen geworden waren …

Wir wurden gerade noch so rechtzeitig mit dem Druck von neun einwandfreien Papierbogen fertig, dass Peter einen kompletten Satz Kaiser Karl V. und seinem Bruder, dem Erzherzog Ferdinand von Österreich, überreichen konnte, als dieser in der halb fertigen Kathedrale zum deutschen König gewählt wurde. Der Habsburger war als Nachfolger für Kaiser Karl vorgesehen. Eigentlich hätte die Wahl in Frankfurt stattfinden müssen, aber dort liefen die Bürger bereits, wie in vielen anderen Städten, zu den Protestanten über …

Zwei Jahre nach dem aufwendigen Geschenk zeigte der Rat der Stadt erneut, dass er standhaft und katholisch bleiben wollte. Heiden und Sektierer wurden aus der Stadt gewiesen. Gleichzeitig brannte erneut ein Scheiterhaufen in Melaten. Sein Opfer war der erste Wiedertäufer, der in Cölln als Ketzer hingerichtet wurde. Ein Jahr später brannte das nächste Feuer. Weitere Wiedertäufer mussten unter das Schwert. Keiner meiner Nachbarn verstand, warum sich diese Männer und Frauen frohen Herzens zu Märtyrern ihrer eigenen Lehre machten. Ich hätte ihnen dazu viel aus der Vergangenheit erzählen können, doch niemand hatte dafür einen Platz in seinem Herzen …

Obwohl die Täufer überall im Reich mit der Todesstrafe bedroht wurden, eroberten sie die Stadt Münster mit einem schrecklichen und grausamen Regiment. Während in vielen Städten Klöster aufgelöst, Mönche und Nonnen verheiratet und die Messe abgeschafft wurde, behaupteten die Wiedertäufer, dass nicht die Kinder, sondern nur Erwachsene getauft und zu den Auserwählten gerechnet werden dürften. Sie beriefen sich auf Luther und die Reformatoren Calvin, Zwingli und sogar den zum Aufruhr gegen alle Obrigkeit predigenden Thomas Müntzer.

»Jetzt treiben sie es aber doch etwas zu weit!«, schnaubte mein Schwager, als er mit den neuesten Nachrichten aus aller Welt von der Poststation zurückkam. »In Münster sagen sie, dass sie wie die ersten Christen im alten Jerusalem leben wollen. Alles Eigentum wurde zum Allgemeinbesitz erklärt. Katholiken und auch Lutheraner sind geflohen, und einer von den niederländischen Kaasköpfen hat sich selbst zum König dieses Neu-Jerusalem ernannt. Aber weißt du, Rheinold, was ich wirklich glaube?«

»Ich nehme an, du wirst es mir jetzt sagen.«

»Ja, Schwager. Genau das werde ich. Nach meiner festen Überzeugung wollen die Wiedertäufer nur der Unzucht und der Wollust frönen. Der selbst ernannte König hat sich bereits sechzehn Frauen als angebliche Eheweiber genommen.«

»Reicht man den Protestanten erst einmal den kleinen Finger, kommen auch bald Fanatiker unter ihnen und wollen schon bald eine eigene Kommune«, sagte ich ohne jeden Spott. »Aber ich glaube nicht, dass der Doktor Luther mit diesen Auswüchsen und schlimmen Sekten einverstanden ist.«

»Sie werden ihn schon kriegen«, antwortete Peter. »Er ist zwar nicht der Einzige, der die Kirche reformieren will, aber ich hoffe, dass nach den schlimmen Auswüchsen sehr schnell die alten Kräfte wieder stark werden.«

Es waren wohl auch die Berichte von der festen Haltung der Cöllner Geistlichkeit, des Rates und der angesehenen Bürger, die dazu führten, dass gerade hierher die kämpferischen Männer eines Ordens geschickt wurden, von dem es hieß, er sei ein straff geführter Stoßtrupp des Papstes und des Vatikans. Die Jesuiten begannen mit ihrer beharrlichen Arbeit in einem kleinen, unscheinbaren Haus unmittelbar neben der Stadtmauer. Zwei Jahre später wurde der Cöllner Erzbischof Hermann von Wied vom Papst exkommuniziert und abgesetzt. Nun will ich nicht behaupten, dass es die Jesuiten waren, die über ihn beim Papst Bericht erstatteten. Schließlich wussten auch noch viele andere, dass der Erzbischof längst zu den Lutheranern konvertiert war …

Ich hatte bereits einige Jahre zuvor meine ersten Theaterstücke geschrieben. Sie wurden ebenso wie andere außerhalb der Kirchen aufgeführt. Es war ein seltsames und widersprüchliches Leben in der Stadt. Einerseits machten viele Bürger ausgezeichnete Geschäfte auf den Märkten oder mit der Hanse. Sie feierten und waren ausgelassen, doch andererseits lockte es auch ganz besonders die Weiber, wenn immer wieder Ketzer, Wiedertäufer und Protestanten angeklagt und hingerichtet wurden.

Was mich selbst eigenartig berührte, war die noch immer unvollendete große Kathedrale. Jahrelang passierte kaum noch etwas in den Bauhütten der ehemaligen Fabrik. Immer mehr Steinmetzen, Mörtelmischer und Zimmerleute waren inzwischen zu anderen Bauvorhaben überall in der Stadt abgewandert. Wer sich auf Schnitzereien verstand, arbeitete nicht mehr am Chorgestühl, sondern stellte Fassadenschmuck und Prunksessel für die reichen Kaufleute her. An den Werftplätzen wurden zunehmend Männer gebraucht, die mit Axt, Holz, Beitel und Sägen umgehen konnten. Hinzu kam, dass nach der letzten großen Einfügung eines Glasgemäldes am nördlichen Langhaus keine weiteren Stifter mehr auftraten.

Auch die Stadt hatte kein Geld mehr übrig für ein so gewaltiges Bauwerk. Zu viele andere Pläne waren inzwischen wichtiger. Das Rathaus brauchte eine neue Vorhalle, der Rat wollte eine bessere Polizei, die Universität verlangte Geld. Und auch die neu eingerichtete Cöllner Börse wurde bereits zu klein. Dies und einige hundert weiterer Verpflichtungen ließen das unvollendete steinerne Gebirge mitten in der Stadt langsam zu einem Menetekel für vergangene Visionen werden. Trotz aller Lippenbekenntnisse glaubte kaum noch jemand daran, dass die Kathedrale wirklich fertiggestellt werden sollte.

Ich ging in diesen Jahren oft am Flussufer vor den Mauern der Rheinvorstadt entlang, betrachtete die Schiffe und das rege Treiben an den Ladeplätzen. Hier entstanden neue Baustellen mit großen Holzkränen. Der andere aber, der schon so lange auf dem Stumpf des Südturms stand, bewegte sich inzwischen eigentlich nur noch bei Sturm und Wind. Dann war das Knarren seiner alten Balken in der ganzen Stadt zu hören. Manch eine Mutter schloss die Bitte in ihr Nachtgebet mit ein, dass keines ihrer Kinder jemals zu dicht am Südturm spielen mochte, wenn sich das morsch werdende Gebälk eines Tages löste und nach unten brach.

Als es zu kalt am Fluss wurde, ging ich so oft wie möglich in das überdachte Mittelschiff, das aber immer noch nicht fertig war. An schönen Herbsttagen stand ich still zwischen den hohen Säulen und blickte voller Ehrfurcht auf das harte, bunte Licht, das durch die Glasfenster in scharfkantigen Balken bis auf den Boden herabschlug. Ich sah dem Farbentanz im Staub rund um die Lichtstrahlen so lange zu, bis meine eigenen Gedanken sich wehmütig wieder daran erinnerten, was wir einmal gewollt, gehofft und auch geplant hatten.

In dem Jahr, in dem ich fünfundsechzig wurde, verließen auch die letzten Meister und Gesellen den Bauplatz an der Kathedrale. Nur dass der große Kranarm auf dem Südturm der Basilika nicht abgerissen wurde, blieb ein kleines Zeichen dafür, dass noch immer Hoffnung war. Vielleicht ... an irgendeinem Tag der Zukunft würden die Menschen wieder daran glauben, dass es noch andere Wege in den Himmel gab als Feuer oder Schwert, mit dem die Andersgläubigen und Zweifler jetzt vernichtet wurden.

Ich wartete, bis die Novemberstürme die Straßen leer fegten, dann ging ich in dem Dom bis zum Schrein der Heiligen Drei Könige. Ich wusste, wo die Stelle war, an der ich hinter großen Edelsteinen ein kleines Türchen öffnen konnte. Dort hatte ich vor vielen Jahren mein schwarzes Amulett versteckt. Ich streichelte noch einmal über das warme Teerholz. Dann drehte ich mich um und ging zum Rhein hinab.

Aber ich brauchte mich nicht selbst zu töten. Sie griffen mich – wahrscheinlich in der Hoffnung, mich als Hexer, Magier der Schwarzen Kunst, Wiedertäufer und Drucker schlimmster Ketzereien anklagen zu können. Mein Herz war schon schwach, und so entzog ich mich auf diese Weise dem Leben und der Inquisition. Die Häscher nahmen alles, was ich bei mir hatte, ehe sie von mir abließen. Als dann mein nackter Leib in aller Frühe von einem Jauchefahrer aufgefunden wurde, war er zu namenlos für ein rechtschaffenes christliches Begräbnis.

36. DIE ZEITRÄUBER

ZUM ERSTEN MAL konnte meine Seele im Jenseits die Geschehnisse unter den Lebenden so erkennen, dass mir das Aufeinanderfolgende wie ein einziges großes Gemälde erschien. Mir fiel ein, dass schon die frühen Mönche ganze Geschichten in Szenen, die eigentlich nacheinander geschahen, in einem einzigen Bild vereint hatten. Daran musste ich denken und an das große Stadtpanorama, an dem ich auch ein wenig mitgewirkt hatte. Auch dort hatten wir viele der Häuser und Kirchen sowohl von vorn als auch von beiden Seiten zugleich gezeichnet.

Niemand konnte die Fülle aller Einzeldarstellungen mit einem Blick erfassen. Aber es ist kein Widerspruch, wenn ich sage, dass ihr bei dieser großen Stadtansicht das Ganze und das Einzelne zugleich erkennen könnt. Ihr müsst euch nur entscheiden, ob euer Blick vom großen Bayenturm ganz links, von Groß Sankt Martin oder dem Kranturm der noch nicht fertigen Kathedrale oder von Sankt Kunibert am rechten Rand gefangen werden soll. Alles steht fest und ist fein säuberlich gezeichnet. Und doch entscheidet der Betrachter selbst, wie sein Blick reisen soll und was er dann dabei erkennt. Dabei sehen wir viel mehr als unsere Augen – und schon ein Bruchteil reicht für ein ganzes Bild in uns, dass eigentlich überhaupt nicht da ist.

Nehmt nur den Blinden, der plötzlich sehen kann! Er, der den Raum bisher nur im eigenen Gedankenstaub erlebt hat, wird voll Erschrecken denken, dass ihn die Wirklichkeit belügt, wenn er die Augen öffnet. Er sieht den Bierkrug, aber nicht den weggedrehten Henkel *hinter* dem Krug. Sein Auge sagt die Wahrheit: aus *seiner Sicht* und *seinem Blickwinkel* hat dieser Krug nun einmal keinen Henkel. Was zu beweisen und zu beschwören ist! Erst die Erfahrung und die Fähigkeit, mehr zu sehen, als durch den Augenschein beweisbar ist, macht aus einem Blinden einen Gläubigen, der auch das Übersinnliche, das jenseits aller Sinne liegt, bejaht und gegen alle Angriffe verteidigt.

Es gibt sie einfach nicht, die sogenannte Realität oder die absolute Wahrheit. Beides ist immer ein Ergebnis von Vereinbarungen. Und wer in sich hineinsieht … wer seine eigenen Gedanken nicht sofort erschlägt, der träumt nicht, sondern beginnt allmählich zu verstehen. Auch die Visionen, die Wunder und Heiligen …

Für mich waren die Jahre nach meinem letzten Tod ebenfalls ein schweifendes Erkennen. Ich sah fast hundert Jahre zugleich – wie das große Panorama oder auch wie die aus vielen bunten Glasscherben zusammengefügten Kirchenfenster der Cöllner Kathedrale. Aber die Seele ist nicht mehr von den fünf oder sieben körperlich erlebten Sinnen gefesselt und gefangen. Sie muss den Blick nicht wandern lassen, muss keine Töne voneinander unterscheiden, muss nicht prüfend riechen, schmecken oder tasten, um das Ganze zu erkennen.

Ich überlegte, warum sich alles immer mehr verändert hatte. Es mochte viele Gründe geben, die mit Königen und Kriegen, Erfindungen und dem Handel zu tun hatten. Aber für mich war klar, dass die Leiber der Heiligen, die *Knöchelsche* und all die anderen Reliquien Tausende von Menschen in Bewegung gebracht hatten. Wallfahrten, Kreuzzüge und Pilgerreisen hatten das Leben mehr verändert als die Gier nach Macht und Reichtum. Mit der Kunst der Mönche war das Wort nur für die Eingeweihten und die Kleriker zugänglich gewesen. Erst mit den kleinen Klötzchen, den beweglichen Buchstaben, den Setzern und den Druckern, den profithungrigen Buchhändlern und Verlegern war das Wort wie ein warmer Regen über die erstarrten Rituale und die kalt gewordenen Herzen gekommen.

Und dieses Wort bewegte inzwischen mehr als alle heiligen Reliquien zusammen. Dennoch lebte die Verehrung von Überresten ungewöhnlicher Menschen und der Materie, die in ihnen oder in ihrer Nähe gewesen war, immer weiter. Einige der klügsten Köpfe an den Universitäten versuchten sogar, aus dem Stand der Sterne und dem Zusammenspiel der Elemente eine Formel für das Unerklärbare abzuleiten. Manche glaubten, dass diese Alchimisten nur Blei in Gold umwandeln wollten, ich aber ahnte, dass sie mit dem Stein der Weisen viel mehr als die Transformation lebloser Metalle suchten. Es war die Kraft, das Heilige, die Seele aller Dinge, die sie mit Destillierkolben, Feuer und Rauch und magisch tropfenden Phiolen einfangen und erkennen wollten.

Ich hörte von Doktoren und Magistern, die sogar Edelsteine vom Schrein der Heiligen Drei Könige stahlen. Sie schabten etwas von den Skeletten ab und brachten alles heimlich in ihre Laboratorien. Sie zerstampften Bergkristall, Jaspis und Karneol in großen Messingmörsern, gaben frisch destillierten Branntwein hinzu, verdampften, sublimierten und trennten dann die Asche. Sie rösteten den Knochenstaub, vermischten ihn mit Muttermilch und mit Urin, gaben ein Mus aus ungeborenen Lämmern hinzu und sprachen alle Formeln, die es zwischen den Magiern Arabiens, den Eingeweihten der Kabbala und den Steinkreisen der Kelten am Rand des Kontinents gab.

Während am Anfang die Bücher und Traktate vor allem die Evangelien und die Lebensgeschichten von Heiligen verbreitet hatten, forderten sie zunehmend zum Kampf der Gläubigen untereinander auf. Während der Osten des Reiches von der Ostsee bis zum rechten Mainufer bei Mainz und im Norden bis an die Ems durch und durch protestantisch war, blieb im Westen bis zur Loire hin die katholische Liga stark. Calvinisten oder Hugenotten, wie die Protestanten in Frankreich hießen, gerieten in der Bartholomäusnacht des Jahres 1572 in grauenhafte Massaker. Als dann in den Niederlanden ein Aufstand gegen das katholische Regiment der Habsburger ausbrach, wurde es durch den spanischen Statthalter grausam niedergeschlagen.

Ihr werdet es nicht glauben, aber ich schwöre bei allem, was mir heilig ist: Die Katholiken stahlen ihren Glaubensfeinden auch noch die Zeit!

Ja, ihr habt richtig gelesen! Dieselben Christen, die die Zeit mit einem Alpha und einem Omega, einem Anfang durch die Schöpfung und einem Ende zum Jüngsten Tag, als unveränderlichen Weg und gerade Linie eingeführt hatten, ließen volle zehn Tage im Oktober einfach verschwinden! Von einem Tag zum anderen waren sie nicht mehr da.

Die Cöllner folgten damit der von Papst Gregor XIII. beschlossenen Reform des Kalenders, den wir vor anderthalb Jahrtausenden von Julius Cäsar erhalten hatten. Gewiss, die Neuordnung war überfällig und vernünftig. Da sie jedoch von einem Papst verordnet worden war, konnten die Protestanten ihr nicht zustimmen. Die Folge war ein großes Durcheinander in Verträgen, Märkten und Terminen für alle Warenlieferungen. Und keine Frage, wer dabei den größten Schaden nahm …

Hunderte von verstörten Flüchtlingen fanden in Cölln Zuflucht. Die Stadt nahm sie auf, wie sie seit Jahrhunderten immer wieder Zugewanderten eine neue Heimat geboten hatte. Hier lebten zu dieser Zeit siebenunddreißigtausend Menschen, von denen eintausendsechshundert einer geistlichen Berufung folgten. Dazu doppelt so viele Dienstboten und etwas mehr als tausend Studenten.

Seit der ersten großen Pest hatte sich die Bevölkerungszahl der Stadt kaum verändert. Es war genügend Platz für alle da, und weite Teile des Stadtgebiets innerhalb des großen Mauerrings bestanden noch immer aus kleinen Wäldchen, Busch- und Ackerland. Trotzdem wurde von den Kanzeln von Anfang an mit aller Härte gegen die protestantischen Flüchtlinge gewettert. Viele Bürger von Cölln waren völlig anderer Meinung und protestierten heftig gegen die Schmähreden der Geistlichkeit. Schließlich hatten sie in den vergangenen Jahren gute Geschäfte mit den jetzt zu ihnen geflohenen Kaufmannsfamilien gemacht.

Aber der Rat der Stadt war feige und ohne großen Widerspruch. Und so mussten alle reformierten ausländischen Christen das »hillige Cölln« verlassen. Zusätzlich verlangte der Erzbischof, dass jeder Bürger, der in eine der Gaffeln aufgenommen werden wollte, zuvor auf seine Zuverlässigkeit als Katholik überprüft werden sollte. Wer protestantisch war, durfte schließlich auch nicht mehr Ratsherr sein. Gleichzeitig beschloss der Rat der Stadt, dass alle Gaffeln Männer abstellen mussten, um die Tore, Türme und Bollwerke der Stadtmauern zu überwachen. Die Goldschmiede erhielten die Mauer um den Bayenturm, die Maler das Severinstor, die Steinmetzen den Abschnitt vom Ehrentor bis zum Gereonstor. Die Gürtelmacher und das sogenannte Fleischamt trafen sich am Kunibertsturm, ebenso wie die Harnischmacher und die Schneider am alten Frankenturm der Rheinvorstadt. Hier waren auch die Gaffeln der Kannengießer und das Wollenamt mit der Verteidigung der Stadt beauftragt.

Die Zeiten wurden immer unruhiger. Wie so oft zuvor lag ein böser Kriegsgeruch in der Luft. Und dann kam es tatsächlich zum Streit zwischen den katholisch gebliebenen und den bereits evangelisch gewordenen Landständen, Grafen und Herzögen.

Anlass war die Absetzung von Erzbischof Gebhard Truchsess. Er hatte sich gegen die Finsternis des Papsttums gewandt und war protestantisch geworden, weil er seine Geliebte heiraten wollte. Gleichzeitig wollte er das Erzstift wie ein weltliches Fürstentum behalten. Das Domkapitel war darüber so erbost, dass es den streng katholischen Ernst von Bayern zum neuen Erzbischof wählte.

Truchsess nahm seine Absetzung nicht hin. Ich fand es zunächst amüsant, dass meine Stadt auf einmal zwei christliche Oberhirten hatte, aber der Streit zwischen dem evangelischen und dem katholischen Erzbischof von Cölln konnte nichts anderes heißen als Krieg.

Die Protestanten und ihr Erzbischof gaben nicht auf. Ich sah, wie protestantische Truppen über den Rhein nach Bonn fuhren, um die Absetzung ihres Bischofs Gebhard Truchsess zu verhindern. Ich sah auch, wie Truppen aus demselben Lager in Deutz eindrangen und die Abtei in Brand setzten. Königswinter wurde belagert, das Schloss Poppelsdorf beschossen und die Godesburg mit sehr viel Schießpulver einfach in die Luft gesprengt. Andernorts wurden Protestanten von Katholiken einfach aufgehängt oder gleich im Rhein ersäuft. Die hasserfüllten, gnadenlosen Kämpfe uferten derart aus, dass sogar völlig unbeteiligte Reisende und Kaufleute, die auf dem Weg von Jülich zum Wochenmarkt in Cölln waren, von erzbischöflichen Truppen eingekreist und überfallen wurden. Dreihundert Männer, Frauen und sogar Kinder blieben erschlagen in ihrem Blut im Matsch der kaum gepflügten Äcker liegen.

Aber ich sah auch großes Leid, das nichts mit Glaubenskriegen und bischöflichen Pfründen zu tun hatte. Fünfzig Menschen starben, als ein Fährschiff im Rhein kenterte und versank. Cöllner Bürger zerstörten unter dem Schutz von fünfhundert spanischen Soldaten die neuen Häuser, die in Mühlheim den Anfang für eine neue Stadt am Fluss bilden sollten. Sie wollten nicht, dass irgendjemand ihre Vorrechte beschnitt.

Dann kam die Pest erneut und forderte an jedem Tag mehr als hundert Tote. Und wieder wurden Schuldige für diese Strafe Gottes gesucht. Es gab keine Juden mehr in der Stadt – aber gab es nicht Weiber genug, die man aller möglichen Schandtaten verdächtigen konnte?

Drei unglücklichen Cöllnerinnen wurde nacheinander in ausführlichen Gerichtsverfahren nachgewiesen, dass sie ein Bündnis mit dem Teufel hatten und auch zum Hexensabbat gefahren waren. Und wieder brannten Feuer in Melaten.

Nach dem dritten Scheiterhaufen geschah in Prag ein Fenstersturz, dessen Ursache ich nie ganz verstanden habe. Er wurde zum Anlass für einen Krieg, der auf grausamste Art nur noch Foltertod und verbrannte Häuser zwischen dem Meer im Norden und den Alpen kannte. Aber diesmal schützten die drei Heiligen, deren Kronen mittlerweile das Cöllner Wappen und die Fahnen zierten, die große alte Stadt am Rhein vor den Gräueln der Verheerung.

Auch in den folgenden Jahren dachte ich immer wieder mal an mein Amulett aus Knochen. Aber mir war, als würde ich es nicht benötigen und nicht mehr tragen wollen. Ich machte mir noch nicht einmal Gedanken über meinen Widerwillen gegen alles, was nicht hieb- und stichfest war.

Auf der Flucht vor den Heerscharen der Protestanten hielten sich zu dieser Zeit erneut viele Verfolgte in Cölln auf – auch der Erzbischof von Mainz und die Bischöfe von Worms, Osnabrück und Würzburg. Mönche und Nonnen zahlten hohe Summen für die Anmietung von Bürgerhäusern. Die unbeschuhten Karmeliterinnen kamen aus Brüssel und Antwerpen, die Clarissen aus den Niederlanden.

Die frommen Flüchtlinge ließen den Rat der Stadt ebenso vorsichtig werden wie die Zünfte und die Handwerker, die neben neuen Kunden auch neue Konkurrenz befürchteten. Die ersten Missstimmungen gab es bereits. Bisher musste jeder, der ein Buch kaufte, die Einzelbogen für sehr viel Geld bei einem Buchbinder fertigstellen lassen. Doch jetzt boten sogar schon Drucker und Verleger dieses Geschäft an. Es fehlte nur noch, dass die Müller Brot buken, die Weber Kleider nähten und die Ärzte Gliedmaßen absägten …

Inzwischen hatte Friedrich Spee von Langenfeld auch seine »Cautio Criminalis« unter Pseudonym gedruckt. Trotzdem wurde sofort erkannt, wer der Verfasser war. Friedrich Spee war Professor in Trier, aber sein Orden entfernte ihn von diesem Amt, sodass er nur noch als einfacher Pater wirken durfte. Trotzdem sorgte sein Werk für ungeheures Aufsehen. Mit seinen scharf gestellten Fragen hatte der Beichtvater von Katharina Henoth doch noch erreicht, dass überall über die Grausamkeit der Folter und die Willkür der Hexenverdächtigungen geredet wurde.

An der großen Kathedrale ruhten noch immer alle Bauarbeiten. Der große Holzkran auf dem Südturm knarrte bei Wind und Wetter. Aber an Sonntagen und zu besonderen Anlässen wurden die Glocken laut und weithin dröhnend geläutet.

Die Arbeit für die achtseitige Sonntagszeitung, die ich zusammen mit Johann Mertzenich Woche für Woche in der Windgasse herstellte, nahm mich voll und ganz gefangen. Es gab viel über die »Zeitungen zu berichten, welche sich jüngst hin und wieder in verschiedenen Landen und Orten verlaufen und zugetragen hatten«, wie wir es auch auf dem Titel unseres Blattes nannten. Der große Krieg und seine Folgen beschäftigten uns immer mehr.

Inzwischen wusste ich, dass dieser kriegsauslösende Prager Fenstersturz eigentlich nur eine Flegelei gewesen war. Kaiserliche Beamte waren dabei nicht getötet, sondern nur auf einen Misthaufen geworfen worden, wo sie vielleicht sogar hingehörten. Aus dem Böhmisch-Pfälzischen Krieg war ein Dänisch-Niedersächsischer Krieg geworden und schließlich sogar ein Schwedischer. Österreich und Spanien, die spanischen Niederlande und Burgund bildeten dabei die katholische Liga. Die anderen Niederlande, die Schweden und ihre Verbündeten stritten für das evangelische Lager. Dies alles hätte unser gut befestigtes Cölln nicht weiter interessieren müssen; wir waren nach wie vor neutral. Dann aber, im Oktober des Jahres 1632, drang der schwedische General Graf Baudissin vom Westerwald her bis ins Bergische Land auf der östlichen Rheinseite vor.

Wir hörten mit Erschrecken, dass er das Herzogtum Berg und das Kurfürstentum Cölln von den spanischen und kaiserlichen Truppen säubern sollte. Zu dieser Zeit wandte sich unser Freund Joost van den Vondel mit einem Bittgedicht an den Schwedenkönig Gustav II. Adolf. Er bat ihn, die Stadt von Krieg und Eroberung zu verschonen. Die Cöllner Ratsherren versuchten, sich zwischen allen Fronten einfach hindurchzuschlängeln. Sie erlaubten den Schweden, in kleinen Gruppen auf den Märkten in der Stadt einzukaufen; gleichzeitig schickten sie neunhundert Stadtsoldaten auf die andere Rheinseite nach Deutz, um die Festung so schnell wie irgend möglich gegen die vordringenden Protestanten auszubauen.

Aber es war bereits zu spät. Die Cöllner mussten sich schon einen Monat später bis in die Pfarrkirche von Deutz zurückziehen. Viele kamen um, ehe sie von den Schweden eingeschlossen wurden. Natürlich liefen Johann, ich und viele andere immer wieder zum Rheinufer. Wir wollten sehen, was unsere eigenen Kanonen gegen die Protestanten ausrichten konnten. Es war nicht ungefährlich, denn auch die Schweden schossen über den Fluss zurück. Manchmal liefen ganze Gruppen von Cöllner Bürgern vor den umherfliegenden Kanonenkugeln davon.

»Da kommt wieder eine!«, riefen dann die jungen Männer, die sich mutig bis vor die Rheinvorstadt gewagt hatten. Sie machten sich einen Spaß daraus, so lange wie nur irgend möglich vor dem heranfliegenden Geschoss zwischen der Stadtmauer und den noch nicht rheinabwärts in Sicherheit gebrachten Schiffen zu bleiben. Zumeist klatschten die Geschosse nur ohne jede Wirkung in den Fluss. Einige aber schafften es und sorgten für Schrecken, Tote und Zerstörung in den engen Gassen und den Häusern der Rheinvorstadt.

Zwei Tage nach der Eroberung von Deutz gelang der Cöllner Artillerie ein einmaliger und zugleich schrecklicher Glückstreffer: Mit einem gleißenden, vielfach gezackten Blitz flog die Pfarrkirche von Deutz in die Luft. Sämtliche Zuschauer auf der westlichen Rheinseite rissen vor Schrecken und Bewunderung die Münder weit auf. Erst dann erreichte uns der ungeheure Krach. Es war kein einzelner Knall, sondern eine Serie von immer neuen Explosionen. Es sah aus, als wäre drüben auf der Ostseite des Rheins ein flammender Vulkan ausgebrochen, der Steine, Holzbalken, Menschen und Pferde in Rauch- und Feuerwolken ausspie …

Erst später hörten wir, was tatsächlich geschehen war. Es hieß, dass eine der großen Eisenkugeln aus den mit Weihwasser besprengten Cöllner Kanonen das Pulverlager der eigenen Soldaten in der Deutzer Pfarrkirche getroffen hätte. Andere hingegen behaupteten, die Schweden seien bis zu den Eingeschlossenen vorgedrungen und hätten Lunten an die Pulverfässer gelegt. Tatsache ist, dass mindestens dreihundert Männer, Frauen und Kinder bei diesem schrecklichen Ereignis umkamen.

Die Katastrophe von Deutz sorgte noch lange für Gesprächsstoff. Erst als ein Jahr später der neue Schrein für den vor vier Jahrhunderten grausam massakrierten Erzbischof Engelbert von Berg fertiggestellt war, war dies für die Cöllner ein neues interessantes Thema. Der silberne, teilweise vergoldete Schrein zeigte in mehreren Bildern das Leben und den Leidensweg des ermordeten Kirchenfürsten von seiner Geburt bis zur Erhebung zum Märtyrer. Ohne dass ich es wollte, geriet ich bei der Umbettung der Gebeine sogar in Streit mit Johann Mertzenich. Der Sarkophag zeigte die zehn heiligen Amtsvorgänger von Engelbert. Johann meinte, wir sollten ihn ebenfalls als Heiligen bezeichnen.

»Nein, Johann«, widersprach ich. »Das dürfen wir nicht tun. Es ist schon zu viel Schindluder mit Heiligen, Reliquien und *Knöchelschen* getrieben worden. Ich habe nichts dagegen, dass die Bischöfe und ihre Gebeine mit Respekt und Achtung aufbewahrt werden. Aber nicht mehr und auch nicht weniger, als dies sämtlichen Verstorbenen zukommt.«

»Was soll das?«, stieß Johann Mertzenich vollkommen überrascht aus. »Bist du von Sinnen? Oder willst du freiwillig als Ketzer sterben? Wenn wir unser Blatt verkaufen wollen, müssen wir uns anpassen ...«

Er wusste ebenso gut wie ich, dass dieser Erzbischof nie selig- oder heiliggesprochen worden war. Im Streit um diese Frage zerbrach unsere langjährige Freundschaft. Wir sahen uns nur an und wussten, dass wir so nicht mehr zusammen an einer Zeitung arbeiten konnten.

Ich ging davon und lebte fortan von meinem Ersparten.

Die Schweden zogen wieder ab, aber der Krieg ging weiter. Bei meinen Müßiggängen durch die Stadt sah ich viel Elend und zerlumpte Menschen in den Straßen – aber auch vornehm gekleidete Bürger und Flüchtlinge, die zu Pferd oder in Kutschen mit ihrer Dienerschaft und viel Gepäck bis in die schützenden Mauern der Stadt gekommen waren.

Ein Mann, dem die Cöllner besonders wohlgesinnt waren, wurde sogar mit Jubel und Hochrufen empfangen, als er zusammen mit drei Dutzend seiner Kampfgefährten durch das Severinstor einritt. Es war der berühmte und überall siegreiche Generalleutnant Jan von Werth. Seit er die von Franzosen besetzte Feste Ehrenbreitstein eingenommen hatte, konnten endlich auch wieder die blockierten Rheinschiffe mit den Waren der Cöllner Kaufleute flussauf bis zu den Protestanten in Frankfurt und flussab zu den Holländern fahren.

Jan von Werth hatte mit seiner Armee die Franzosen in der Rheinfestung so lange belagert und ausgehungert, bis von zweitausend Mann nur noch jeder zehnte, zum Skelett abgemagert, durch die Tore taumelte. Dass seine eigenen Soldaten dabei auch meuterten, weil er sie nur mit einem Hungerlohn bezahlt hatte, schmälerte den Ruhm des großen Feldherrn nicht, der irgendwo in Bayern als Stallknecht aufgewachsen war. Auch dass seine Soldateska schließlich überall Dörfer geplündert, Bauern erschlagen und ganze Städte ausgeraubt hatte, nahmen ihm die Cöllner nicht besonders krumm. Schließlich war der Rhein endlich wieder frei. Und dafür erlaubten sie ihm sogar, dass er ein großes Haus mit Garten und dazu einige Zinshäuser aus seinem Beutegeld erwarb. Niemand in der Stadt und im Rathaus fragte, wie viele Unschuldige dafür von zügellosen Landsknechten grausam gequält, erschlagen und beraubt worden waren.

Ein Jahr später beobachtete ich, dass sich die Ursulinen aus Lüttich ohne Erlaubnis durch den Rat ebenfalls in einem kleinen Haus bei Sankt Gereon einrichteten. Es waren inzwischen so viele Orden in der Stadt, dass selbst die Priester und die Pfarrer in den Kirchen nicht sagen konnten, wer alles innerhalb der starken Stadtmauern Zuflucht gefunden hatte.

Schließlich kam auch noch die Königin von Frankreich. Maria von Medici floh bereits seit einem Jahrzehnt vor dem Kardinal Richelieu, und niemand wollte sie haben. Erst als Kaiser Ferdinand III. und der englische König Karl I. den Rat der Stadt um Milde baten, fand sie Asyl und Wohnung in der Sternengasse. Als sie starb, blieb unklar, ob es der Wundbrand oder Gift war …

Ich galt inzwischen als der verschwiegenste der ehemaligen Cöllner Zeitungsleute und durfte deshalb zusehen, als ihr Leichnam einbalsamiert wurde. Ihre Gebeine sollten nach Saint-Denis, in die Grablege der Merowinger und der anderen Könige Frankreichs überführt werden. Aber als Dank dafür, dass sie der Rat der Stadt auch gegen wütendes Geschrei und die Belagerung ihres Wohnhauses durch den Straßenpöbel in Schutz genommen hatte, verfügte sie in ihrem Testament, dass ihr Herz in der Dreikönigskapelle der immer noch nicht fertigen Kathedrale beigesetzt werden sollte.

Vielleicht lag es daran, dass ich sehr viel Zeit hatte, vielleicht aber auch an diesem eigenartigen und ungewöhnlichen Vermächtnis, dass mir erneut eine Veränderung bei den Cöllnern auffiel. Nach einem Jahrhundert wilder Glaubenskämpfe, Ketzerverfolgungen und protestantischer Vernunft gegen den einfachen, demütigen Wunderglauben und die Verehrung der Heiligen besannen sich immer mehr Cöllner erneut auf die große Zeit der *Knöchelsche*. Kurz nachdem das Herz der Königin von Frankreich seinen Ruheplatz in der Dreikönigskapelle gefunden hatte, stiftete der kaiserliche Gesandte Johann Krane eine Kammer für mehr als hundert goldene und silberne Büsten, Kopfreliquiare und Halbfiguren der heiligen Ursula und ihrer Märtyrergefährtinnen.

Als ich zum ersten Mal ins südliche Seitenschiff der Kirche von Sankt Ursula eintrat, verschlug es mir beinahe den Atem. Nie zuvor hatte ich einen derartig schönen und wertvoll ausgestatteten Reliquienraum gesehen. Ich wusste zwar, dass es in der Kirche von Sankt Ursula schon länger eine »Gülden Kammer« gab. Auch in der großen Kathedrale und in anderen Kirchen wurden die Köpfe von Skeletten und die Gebeinknochen in Regalen und kleinen Wandnischen aufbewahrt. Aber das, was ich hier sah, war wirklich einmalig!

Ich hielt die Luft an und blickte mich ungläubig nach allen Seiten um. An sämtlichen vier Wänden sah ich eine Holzverkleidung mit ungezählten Nischen. Hier standen Totenschädel ... Crania ... in langen Reihen, senkrecht und waagerecht und unter dem Gesims sogar in zwei Reihen hintereinander. Doch das Erstaunlichste waren die Schildbogen an allen vier Wänden bis zur Decke hinauf. Hier war das Gebein aus dem heiligen Boden des Ursulinenfriedhofs so nebeneinander angebracht, dass *Knöchelsche* um *Knöchelsche* einen erhebenden und gleichzeitig erdrückenden Raumschmuck bildete.

Ich kam mir plötzlich vor, als würde ich inmitten all der Skelettteile selbst jeden einzelnen meiner Körperknochen spüren. Und dann lief mir, ohne dass ich irgendetwas dagegen tun konnte, ein heißer und fast heiliger Schauder über den Rücken. Meine Knie wurden weich, und meine Hände öffneten sich wie zur Anbetung. Ich erkannte die Gebets- und Andachtszeichen, ja ganze Worte in Latein, bei denen jeder Buchstabe aus kleinen *Knöchelschen* gebildet wurde.

Mir war, als müsste jeden Augenblick ein Licht der Gnade und der Erkenntnis aus all den Totenschädeln und Gebeinen an den Wänden aufleuchten, als müssten sämtliche an alle Heiligen gerichteten Fürbitten und andächtigen Worte der Verehrung sich hier zu einer ungeheuren Kraft vereinen.

Ich stand nur da und wartete. Und immer wieder rannen Wellen eines mächtigen, überirdischen Gefühls durch meinen Körper. Ich fühlte mich eingefangen und getragen, ganz so, als würde ich bereits schweben. Gleichzeitig presste sich etwas sehr hart gegen meine Schläfen. Es war, als würde sich der Schrecken einer Folterkammer mit aller Kraft um meinen Kopf krallen. Ich fühlte mich sehr frei in meinem Herzen und zugleich wie von einer starken Hand ergriffen. Nie zuvor hatte ich etwas Ähnliches erlebt. Aber ich ahnte, dass ich zum ersten Mal das Heiltum der Reliquien spürte.

37. IM GLOCKENTURM

DIE GROSSEN GLOCKEN im unvollendeten Südturm der Kathedrale dröhnten so laut und mächtig, dass ich mir vorkam, als ob mich ein überirdisches Gewitter gleich den Posaunen von Jericho und dem Zusammenbrechen des Erdenreichs am Jüngsten Tag jedes Mal von einem Rand des Universums bis zum anderen schwingen ließ.

Ihr glaubt mir nicht, könnt euch nicht vorstellen, dass der Klöppelschlag gegen die Glocken auch eine Seele in Bewegung setzen kann? Dann hört sie euch selbst einmal an, wenn ihr den Mut habt, euch nur ein, zwei Schritte neben sie zu stellen. Das ist kein Halleluja und kein Harfenspiel von Engeln, sondern die Faust Gottes, die mit voller Härte jeglichen Nichtsnutz im Gedankenstaub zerschlägt. Ihr könnt nur hören, fühlen und empfinden. Die Töne tragen euch, hüllen euch ebenso ein wie der Anblick der Gebeine der heiligen Jungfrauen in der goldenen Kammer.

Ich fühlte mich selbst schon wie einer dieser Glockentöne; in seinem Hin-und-Her-Schwingen blickte ich über die Stadt hinweg. Ich sah sie unzerstört, auch nach dem großen Krieg, der dreißig Jahre gedauert hatte. Aber auch noch nach dem Westfälischen Frieden in der Stadt Münster waren überall neue Festungswerke an die Stadtmauer gebaut worden. Jedes von ihnen sah wie ein steinerner Schiffsbug aus, der in den ebenfalls scharfkantig und in Zickzacklinien vor den Mauern verlaufenden Wassergraben ragte. Cölln war ebenfalls zu einer halbmondförmigen Festung am Westufer des großen Stroms geworden. Als eine Art kleine, arg geschundene Schwester lag Deutz auf der anderen Seite.

Dann kauften die Deutzer die sogenannte fliegende Brücke vom kaiserlichen Feldzeugmeister. Die große, schwimmende Insel trieb alle Viertelstunde wie ein riesiges Uhrpendel, das an Seilen in einer Verankerung mitten im Stromlauf hing, von einer Seite auf die andere. Kein Pferd musste die gewaltige schwimmende Plattform ziehen, kein Ruderer sie treiben. Ein paar Mann reichten aus, um die Steuerruder gegen die Strömung zu stemmen. Allein durch diese Kraft konnten jetzt viele Menschen und sogar Fuhrwerke mit schwerer Fracht von einem Anleger zum anderen gebracht werden.

Während die Glocken der Kathedrale noch immer in mir dröhnten, fragte ich mich, warum ich niemals auf dem Turm gewesen war. Der Blick von hier über die Häuser zeigte die Kirchtürme, die Bollwerke und den figurengeschmückten Turm des Rathauses aus einer Ansicht, die mich unwillkürlich an die Stadtansichten des Karthografen von Arnold Mercator erinnerte.

Ich fragte mich, warum ich nicht schon früher darauf gekommen war – er musste oft in der luftigen Höhe gewesen sein, wenn er die Stadt zu seinen Füßen so skizziert hatte, wie sie sonst nur ein Vogel sah …

Ich schwang so eingebettet in die Glockenschläge durch die Zeit, dass ich weder die Auflösung des Rates während des Gülich-Aufstandes noch den riesigen Walfisch sonderlich beachtete, der eines Tages rheinaufwärts geschwommen kam und viele Menschen an den Ufern erschreckte. Nur wenn es immer öfter aus den Gassen und Straßen gotterbärmlich bis zum Glockenturm hinauf stank, wünschte ich mir manchmal, dass der Rhein mit seinen Frühlingshochwassern auch einmal Ernst machte. Aber er kam nicht weit. Selbst die Eisschollen scheiterten an den Mauern der Rheinvorstadt. Sie stapelten sich mehrfach übereinander, drängten immer weiter, aber auch das genügte nicht, um dem Fluss einen Weg in die oberen Stadtteile zu brechen.

Auch früher schon hatte es Jahrzehnte gegeben, in denen die Stadt nach außen hin stark wirkte und innerlich verrottete. Mir war die Schweinepisse in den Straßen nichts Neues. Auch Misthaufen an Gartenmauern und der Müll neben Hauseingängen konnten mich nicht schrecken.

Ein bisschen wehmütig dachte ich an die Zeit zurück, in der es Römerthermen oder Badehäuser in der heiligen Stadt gegeben hatte. Jetzt puderte sich nur, wer es sich leisten konnte, trug schwere Mäntel und Röcke und setzte sich nicht nur stinkende Lockenperücken, sondern auch noch riesige Filzhüte mit Krempe auf wie die spanischen Händler.

Viele der Frauen auf den Märkten trugen Leinenblusen, Mieder und dazu bauschige, bis zum Boden reichende Röcke und Unterröcke. Bei den Männern herrschten enge Beinkleider und taillierte Mäntel vor, die bis zu den Oberschenkeln reichten. Einige trugen auch keck über die Schultern geworfene kurze Reitermäntel, wie sie schon bei den römischen Legionären Mode gewesen waren.

Die Jauchekuhlen und die Abtritte in den Gärten der feinen Bürgerhäuser durften nur noch nachts geleert werden. Aber gerade im Winter verbreitete sich der Gestank der ausgegossenen Gülle von den gefrorenen Feldern schneller und schärfer als an Sommertagen. Erst als sich völlig unerwartet ein ganz anderer Duft in den Gestank mischte, löste ich mich ein wenig aus meiner Glockenseligkeit und beobachtete, wie zugewanderte Italiener mit der Destillation ihres Aqua Mirabilis begannen. Sie waren halbe Alchimisten, die Feminis und Farinas. Bald hieß es, dass ihr Wunderwasser aus dem Öl von Südfrüchten und sehr viel Alkohol jede nur denkbare Krankheit, der der menschliche Körper anheimfallen konnte, augenblicklich heilte. Besonders bei den Damen aus den besseren Familien wurden alle nur erdenklichen Unpässlichkeiten und Leiden zum Vorwand für einen Schluck Alkohol aus dem Kramladen von Johann Maria Farina gegenüber dem Jülichsplatz.

Das eigentliche Geheimnis wurde nur flüsternd und hinter vorgehaltener Hand weitererzählt. Dennoch sprach sich sehr schnell herum, dass das Wunderwasser fast genauso duften sollte wie in der Vergangenheit die unverweslichen Leiber der Heiligen.

Als dann der prunksüchtige, aus Bayern stammende Cöllner Kurfürst und Erzbischof Joseph Clemens von Wittelsbach im spanischen Erbfolgekrieg auf die Seite Frankreichs übertrat, gerieten die Cöllner erneut zwischen die Mahlsteine der großen Politik. Die Stadtmiliz war nur ein paar hundert Mann stark. Die meisten Angehörigen der Cöllner Funken übten neben ihrem Wachdienst auch noch ein Handwerk aus, um die Familien zu ernähren.

In seiner Not beschloss der Rat, zusätzlich zehntausend brandenburgische und Pfälzer Soldaten aus den regulären Reichstruppen in die Stadt zu holen. Rund eineinhalb Jahrtausende waren vergangen, seit sich die Colonia Claudia Ara Agrippinensium schon einmal als große Garnison und Heerlager gezeigt hatte. Diesmal herrschte kein Frieden in der Stadt. Während außerhalb der Stadtmauern die Franzosen drohten, galten innerhalb der Stadtmauern schon kurz darauf die Protestanten wieder als Feinde aller Rechtgläubigen.

Mir kam das Hin und Her in diesen Zeiten nur noch beschämend vor. War das noch meine Stadt? Mein lichter und geheimnisvoller Druidenhain, die junge Ubiersiedlung, die stolze CCAA, die Colonia der Franken? Manch eine Gasse, manche Häuserflucht hatten sich in den Jahrhunderten kaum mehr verändert als ein Mensch, der Stürme übersteht und altert. Anderes lebte nur noch in der Erinnerung. Und ganz bestimmte Punkte überall in der Stadt kamen mir vor wie Aussichtstürme zurück in die Vergangenheit. Dort war die Schräge einer Böschung zum Fluss hinab noch ganz genauso wie vor mehr als tausend Jahren. Die Bergkuppen des Siebengebirges im Südosten hatten sich nicht verändert, der Rhein floss immer noch nach Norden, und große Steinplatten mit römischen Buchstaben gab es ebenfalls in großer Fülle.

Aber die Fremden, die die Stadt besuchten, rümpften die Nase über Schmutz und Klüngel, Kleingeistigkeit und Widerstand des Rates und der Zünfte gegen jede Neuerung. Nur die »Cartuffeli« wurden in diesen Jahren begeistert von den Cöllnern aufgenommen. Die seltsame, fast wie eine Reliquie aus der neuen Welt gehandelte Mehlfrucht hieß »Tartüffel«, wenn sie aus dem Süden kam. Aus den Niederlanden und auf Schiffen bis zur Rheinvorstadt gebracht, nannte sich die gleiche Frucht »Aardappel«, und über die alten Hanseverbindungen aus England kam die gleiche Ware mit dem anspruchsvollen Namen »Pataten« auf die Cöllner Märkte.

Trotz solcher Neuerungen ging es nicht recht weiter mit der großen Stadt am Strom. Mir war, als hätte sie den »Midrasch«, wie die Juden sagten, das Gedächtnis aus der Zukunft für sich selbst, verloren. Cölln wusste nicht mehr, was es sein sollte. Die Traditionen waren nur noch zähe Erbgewohnheiten, und die Stadt schien ohne Erneuerung und in ihrem Werden ebenso stillgelegt wie der Bau der großen Kathedrale.

Es war ein wunderschöner, sonniger Oktobertag. Während die ganze Stadt in ängstlicher Erwartung verstummt und fast erstarrt war, fühlte ich mich so zufrieden, dass ich aus dem kalten Schatten vor dem Westportal der Kathedrale weit hervortrat. Hier konnte ich mich in der milden Morgensonne wärmen; hier hatte ich meinen festen Platz, und niemand konnte mir irgendetwas vorschreiben.

Nun gut, ich war nicht reich und gehörte auch nicht zu den sechstausend Cöllnern, die nach den offiziellen Zählungen von ihrer eigenen Hände Arbeit, durch den Handel mit Waren aller Art, durch Mietzins oder das Ererbte leben konnten. Ich war kein Angehöriger des Stadtrats, kein Domherr und kein Professor an der Universität. Ich war nicht einmal Mitglied bei den Funken, Bauer oder Tagelöhner unten am Hafen. Aber ich trug mein Amulett wieder. Ich konnte mich nicht daran erinnern, wann ich es aus dem Dreikönigsschrein genommen hatte und ob ich es schon trug, als mich meine beiden Nachbarn vor genau fünf Jahren zu sich nahmen. Aber seit jenem Tag gehörte ich zu einer Gemeinschaft, die stärker, wilder und viel freier war als alle Handwerkerverbände, Mönchsorden oder kaiserlichen Truppen.

Ich war ein Bettler. Manchmal sogar ein Dieb. Mein Platz in Cölln umfasste den mittleren Bereich an den steinernen heiligen Figuren zwischen beiden Türen – bis zu jenen unsichtbaren, aber starren Grenzlinien, die drei Schritt links und drei Schritt rechts neben meinem Platz verliefen. Nachbar zum Norden hin war Mäusedreck, ein rotbärtiger, verschlagen wirkender Tabakraucher. Er hinkte so vollkommen, dass er längst selbst glaubte, er sei bei einer Schlacht schwer verwundet worden. Das Dumme war nur, dass er jeden Tag von einem anderen Feldzug grummelte.

Mäusedreck hatte die Kontrolle über die kleinen Krämerläden für Andenken und angeblich geweihte *Knöchelsche* im Bereich des Nordturms, von dem erst ein paar Säulen und beschlagene Steine übereinanderstanden.

Nach Süden hin herrschte der Cöllner Bauer. Der hagere ehemalige Glockengießer mit der im schmelzenden Metall verbrannten rechten Hand hatte sich seinen Bettlernamen nicht selbst gegeben; dazu war sein Respekt vor der berühmten Heldengestalt der freien Reichsstadt Cölln viel zu groß. Er war auch nie ein Bauer gewesen, sondern ein Tüftler, der schon dem Erz ansah, wie es als gegossenes Eisen klingen würde. Doch da er sich von Anfang an um die wilden Rosen am Fundament des Südturms gekümmert hatte, trug er den Namen inzwischen wie selbstverständlich.

Wir drei waren mittlerweile die Einzigen, die noch die Stellung hielten. Viele der anderen hatten sich an diesem warmen Herbstmorgen bereits zum Hahnentor in der Westmauer der Stadt aufgemacht. Vor diesem Tor sollte heute etwas geschehen, was es neunhundert Jahre lang nicht mehr in Cölln gegeben hatte ...

Mein Platz an der Westfassade war nicht der allerbeste. Aber die Eingänge zu den Querschiffen und den Reliquien im Ostchor wurden von Schwurgemeinden der Bettler und Diebe beherrscht, mit denen nicht zu scherzen war. Selbst an den höchsten kirchlichen Feiertagen ließen sie keinen Besucher der Messe ungeschoren wieder aus den Kirchen. Dann bildeten sie, wie in einer Armee, Spaliere mit krallenartig ausgestreckten Händen. Einige von ihnen hatten es zu einer wahren Meisterschaft in der Darstellung des Grauens und der Bedürftigkeit gebracht, die ihnen mindestens ein Stück Brot und Käse und einen Schluck saures Bier für den Tag einbrachte. Dann sahen sie wie die Dämonen und die Fratzen aus, die überall im angefangenen gotischen Dom die besten Vorbilder abgaben.

Jetzt waren diese Haufen zum Hahnentor im Westen aufgebrochen. Sie wollten schneller sein als die wirklich Kranken, die Hinkenden und die Blinden. Denn das war allen Cöllnern klar: Die Franzosen kamen als Sieger in die Stadt und nicht so wie die in Belgien schwer geschlagenen Reichstruppen des Kaisers im fernen Wien ...

Wir machten uns nichts vor. Auch wir Bettler wussten, dass die Franzosen unberechenbar waren. Seit mich Mäusedreck und der Cöllner Bauer als halb verhungerten Zehnjährigen aufgelesen und dann mit Strenge und Brot zu ihrem scharfen Wachhund ausgebildet hatten, wusste ich, dass es überall Ordnung und Gehorsam geben musste. Aber was sollten wir von Männern halten, die erst vor Jahresfrist ihren König hingerichtet hatten und die sich jetzt mit jungen wilden Generälen gegen alle wendeten? England, Holland und Sardinien, Spanien, Portugal und das Deutsche Reich lagen wie ein Eisenring um die Aufständischen unter der Trikolore.

»Freiheit, Gleichheit, Brüderlichkeit«, sangen inzwischen schon die Straßenjungen überall in Cölln, und die ersten Handwerker und Tagelöhner in den Kneipen und Kaschemmen schlugen schon mit ihren Bierkrügen auf die Bohlentische und beschworen dabei eine »unteilbare Republik«.

Kaum jemand, der sich nicht schon längst ausgemalt hatte, wie es sein würde, wenn sich Cölln tatsächlich dem Franzosenheer ergab und wenn nicht mehr Kaiser, Geistlichkeit und Adel, sondern die gesetzgebende Versammlung freier Bürger über alles herrschte.

»Was stehst du da herum, Rheinold?«, rief mir Mäusedreck mit seiner Fistelstimme zu. »Sind dir die Knochen abgestorben? Oder schläfst du schon im Stehen?«

Ich fuhr aus meinen weit schweifenden Gedanken. Die Sonne wurde immer wärmer. Ich spürte, wie sich nach der kühlen Nacht mein Körper langsam wieder belebte.

»Müssen wir denn wirklich hierbleiben, wenn die halbe Stadt den Eroberern entgegenzieht?«

»Wir bleiben hier«, antwortete der Cöllner Bauer. »Ich schwöre dir: Es zahlt sich aus, dass wir als Einzige standhaft geblieben sind und unsere schöne Kathedrale schützen.«

»Schön?«, kicherte Mäusedreck. »Schön nennst du diese hässliche Ruine? Von mir aus können die Franzosen das ganze Pack erschlagen, das uns den Weg zu den schönen Pfründen an den Eingängen zum Chor versperrt. Einsammeln und in Uniformen stecken! Die Weiber gleich als Marketenderinnen übernehmen! Das wäre es, was mir an diesem schönen Tag gefallen könnte. Aber nun gut, ich bin bescheiden … Habt ihr beide etwas dagegen, wenn ich auf eure Seite in die Sonne komme?«

»Rück schon rüber«, knurrte der Cöllner Bauer. »Jetzt kommt hier doch kein Schwein zum Beten.«

»Nein«, lachte ich. »Wahrscheinlich nicht mal das.« Und dann hörten wir sie mit ihren eigenartigen, mitreißenden Gesängen. Das laute, fröhliche und wilde Lärmen näherte sich vom Neumarkt her wie eine Art Hochwasser aus Jubel und Begeisterung. Schneller und ohne jeden Widerstand drängte es durch alle Straßen, alle Gassen, flutete über die große Nord-Süd-Achse und erreichte schließlich die Rheinvorstadt und den Domvorplatz vor der Kathedrale.

Ich starrte die französischen Eroberer mit großen Augen an. Ich weiß nicht, was ich eigentlich erwartet hatte. Vielleicht war mein Bild von bewaffneten Truppen noch zu sehr von den Römern oder den längst verschwundenen kaiserlichen Truppen des Reiches infiziert. Diese jedoch, die jetzt zum ersten Mal nach neun Jahrhunderten ohne Kampf in die Stadt am Fluss eindrangen, sahen eher wie arme Hunde oder von einem Ohr zum anderen feixende Bauernlümmel aus. Sie hatten rote, grüne, gelbe und noch ganz andere Uniformjacken an. Jeder trug, was er irgendwo als Waffe vorgefunden hatte. Aber noch mehr als alles andere erstaunte mich bei dieser Armee des Volkes, der Gleichheit und der Brüderlichkeit, dass nicht ein einziger der singenden Soldaten Schuhe trug.

Dann sah ich, dass sich auch Frauen und junge Mädchen unter die Reihen der barfüßigen Soldaten gemischt hatten. Einige gingen eingehakt und beschwingt schunkelnd schon in den ersten Reihen zwischen ihnen. Auch sie sangen mit ihren hellen Stimmen das Siegeslied des Volkes. Und eine von ihnen, mit langem, keck wehendem Blondhaar, strahlte ausgerechnet mich vergnügt und fröhlich an. Nicht nur mein Amulett schickte glühend heiße Wellen durch meinen ganzen Körper. Denn die dort mit den Soldaten der Republik als Befreierin von Cölln direkt auf mich zukam, war keine andere als Ursa …

Wir sahen uns so lange strahlend und wie verzaubert an, dass wir überhaupt nicht bemerkten, was weiter auf dem Domplatz und in der Stadt geschah. Ich sah, wie sie ihre Lippen bewegte, konnte aber kein Wort verstehen. Auch sie hörte offensichtlich nicht, was ich ihr immer wieder zurief:

»Wo warst du denn? Wie kommst du jetzt hierher?« Sie hob die Schultern, lachte und versuchte, sich durch die tanzenden und trinkenden Soldaten und ihre Begleiterinnen bis zu mir vorzudrängen. Endlich schafften wir es und prallten im Gedränge mit einem Ruck zusammen. Meine Arme umfassten sie schneller, als ich denken konnte. Ich presste sie an mich, drückte und küsste sie so heftig, dass wir beide fast den Halt verloren.

»Mon dieu!«, stieß sie begeistert aus, als ich ihr endlich wieder Luft ließ. »Mach das noch mal!«

Sie musste mich nicht zweimal bitten. Wir küssten uns, als hätten wir uns tausend Jahre lang nicht gesehen.

»Und jetzt mal ernsthaft«, keuchte ich dann. »Wo warst du? Und woher kommst du?«

»Na, ich war hier«, antwortete sie vergnügt. »Die ganze Zeit. Und heute früh gegen neun Uhr bin ich hinter den beiden Wagen hergelaufen, mit denen der Bürgermeister und die Deputierten vom Rat den Franzosen entgegengefahren sind.«

»Wozu denn das?«

»Sie haben ihnen am Hahnentor die Stadtschlüssel übergeben.«

Ich merkte genau, dass sie mir geantwortet hatte und doch wieder nicht. Die eine Wirklichkeit mochte die Übergabe der Stadt an die Franzosen sein. Aber die andere, die sie selbst betraf, hatte sie wieder einmal unbeantwortet gelassen.

»Komm weg hier«, rief ich und zog sie durch das Gedränge der Bewaffneten und unter ausgefransten, schmutzigen Trikoloren hindurch bis zur Westfassade der großen Kathedrale. Mäusedreck und der Cöllner Bauer hatten sich gegen unsere ungeschriebenen Gesetze schon bei Tageslicht bis zur kleinen Pforte am Glockenturm zurückgezogen.

Normalerweise war die steinerne Wendeltreppe nach oben bis zum Einbruch der Dunkelheit für alle Bettler in der Stadt verbotenes Gebiet. Nur ausgewählte Mönche, schwangere Mädchen und ein paar Kranke durften sich tagsüber die achtundneunzig Stufen bis zur ersten Tür im oberen Geschoss zurückziehen. Aber auch diese Auserwählten waren schon zu viele, denn wer vorbeiwollte, musste in der engen Röhre des Aufgangs mühsam über Arme, Beine oder ganze Körper steigen.

Wer nochmals einunddreißig Stufen höher bis zur zweiten Tür wollte, musste an Mäusedreck, den Cöllner Bauer, die große Bettlerkasse für die Allerärmsten und an mich bezahlen. Und ganz nach oben bis zum hölzernen Drehturm des alten Krans kam außer mir überhaupt niemand, denn das war mein Bereich.

»Niemand oben!«, schnauzte ich Mäusedreck an. »Heute hat niemand auch nur eine schäbige Münze an uns gezahlt!«

Mein rothaariger Bettlernachbar kicherte wie irre. Er hatte sich wieder eins von den Farinafläschchen besorgt. Der gläserne Behälter sah wie Apothekenmedizin aus. Aber ich wusste sehr genau, dass er Aqua Mirabilis enthielt. Mäusedreck duftete aus allen Poren nach dem Cöllnisch Wasser der Farinas, das er wie einige der eleganten Damen in der Stadt mit etwas Pflaumensaft halbwegs genießbar gemacht hatte.

»Krieg den Palästen!«, kicherte Mäusedreck. »Friede den Hütten! Erlösung von der Sklaverei!«

»Du bist besoffen«, bemerkte ich schlicht.

»Nein, Bürger Rheinold, ich bin der Rächer der Verarmten, der Robespierre der Cöllner Rheinfront ...«

»Mach Platz, sonst köpfe ich dich mit der flachen Hand!«, lachte ich ihn an. Es war die einzige Sprache, die er verstand. Er schleuderte sein Hinkebein zur Seite, hüpfte ein wenig und verneigte sich vor uns wie vor einem edlen Spender. Ich zog Ursa in den Raum, aus dem die Wendeltreppe nach oben führte. Bis auf einige in Decken gehüllte Mütter mit Kindern war der düstere Eingangsraum des Turmes vollkommen leer. Unsere Schätze bewahrten wir viel weiter oben auf.

»Was ist das?«, fragte sie neugierig, aber ohne jede Scheu.

»Hier wohne ich«, grinste ich. »Aber viel weiter oben ... bei den Glocken.«

»Und da willst du jetzt ...?«

»Etwa hier?«, fragte ich. Sie sah mich prüfend an. Dann schüttelte sie wieder fröhlich lachend ihren Kopf. Wir waren etwa gleichaltrig und wussten beide, was wir meinten. Unsere Hände fanden sich. Dann liefen wir die ganzen einhundertneunundzwanzig Stufen bis zur zweiten Tür hinauf, als wären es nur zwanzig.

Es gab nur vier Schlüssel für die hölzerne, eisenbeschlagene Pforte. Drei davon hatten Mäusedreck, der Cöllner Bauer und ich, der vierte lag beim Dompropst, der die Mönche zum Glockendienst einteilte. Aber die Kleriker hatten uns unseren halb fertigen Turmbau zu Babel freiwillig überlassen. Ebenso wie das gesamte Domkapitel waren sie vor den heranrückenden Franzosen auf die andere Seite des Rheins geflohen. Sie würden sehr weit laufen müssen, bis sie wieder auf Katholische trafen ...

Ich kam nicht mehr dazu, Ursa die mächtigen Glocken in ihrem hölzernen und teilweise schon eisernen Gestühl zu erklären.

Weder die »Speciosa«, die auch Marienglocke genannt wurde, noch »Die Kostbare« oder »Die Schöne« benötigten wir. Wir hörten auch so, wie alle Glocken des Himmels und der Erde in uns klangen. Während unten in der Stadt die barfüßigen Eroberer Gasse um Gasse und Haus um Haus in Besitz nahmen, während sie Möbel auf die Straßen schleppten, Kannen und Geschmeide, Schinken und Weinfässchen zusammenstahlen, hatten Ursa und ich einen wunderschönen Blick über die sonnige Rheinebene.

Wir genossen den späten Nachmittag, die Wärme auf den Dächern unter uns und auf den Steinen des Südturms, fühlten uns eingebettet in den weiten Kranz der Schäfchenwolken und der gelb-roten, noch mit Sommergrün versetzten Farbtupfer der Wälder, Büsche und Felder. Trotz Kriegsgetümmel und Eroberung, lärmender Soldaten und Gesang in der ganzen Stadt stiegen draußen vor den Toren noch immer weiße Rauchfäden von Kartoffelfeuern auf. Es sah aus, als kämen sie aus Weihrauchfässchen, wie sie die Kirchenmänner auf ihrer Flucht achtlos weggeworfen hatten.

Während wir uns küssten und umarmten und gar nicht dicht genug zusammen sein konnten, kam es mir vor, als hätten wir eine ganz neue Ebene entdeckt, zwischen unseren Körpern, die sich vor wildem Leben aufbäumten, und unseren jubelnden Seelen. Es war das Gegenteil jenes Fegefeuers, von dem die Priester sagten, dass es nach dem Tod des Körpers zwischen Hölle und Himmel brannte.

»Wo warst du nur die ganze lange Zeit?«, fragte ich sie nochmals, als ich sie wieder einmal ermattet, aber glücklich in meinen Armen hielt.

»Ich war nie weg, lieber Rheinold«, antwortete sie lächelnd, küsste mich zwei-, dreimal hintereinander und drückte mich dann, so fest sie konnte, an sich. »Das weißt du doch, du Dummkopf. Ich war doch niemals weg aus deinem Leben ... aus deinen Träumen und Gedanken ...«

»Nein, warst du nicht«, gab ich zu. »Aber es ist trotzdem seltsam. Du warst immer da, immer bei mir. Auch wenn ich dich ein Jahrhundert nicht gesehen habe.«

»Vielleicht ist es ja das«, meinte sie und drückte mich ein bisschen von sich weg. »Vielleicht gehören wir zusammen wie die zwei Seiten einer Münze. Der eine Teil ist männlich, der andere weiblich.«

»Oder wie die Elixiere der Alchimisten«, sagte ich lachend. »Wie Feuer und Erde, Wasser und Luft. Und wenn uns hier einer hört, denkt er bestimmt, dass wir auch Zauberer oder sogar Heilige sind.«

»Mit diesen Dingen ist von jetzt an Schluss«, sagte sie. »Und was da unten noch etwas durcheinandergeht, wird sich sehr schnell ordnen.«

Wir standen auf und lehnten uns an die Mauerkante, an der seit fast zweihundertfünfzig Jahren nicht mehr gebaut worden war. Der große hölzerne Kranarm und das Haus des Drehturms wirkten jetzt, als warteten sie nur darauf, dass eine große Fahne der Freien, Gleichen und Verbrüderten an ihm festgemacht wurde, um fortan über der heiligen Stadt Cölln zu wehen.

Weder an diesem noch am nächsten Tag kamen Franzosen oder Cöllner auf den gleichen Gedanken wie wir. Stattdessen wurde auf dem Neumarkt ein Holzstamm aufgerichtet, von dem zuvor die Äste abgeschlagen worden waren. Gleichzeitig mit der feierlichen Aufstellung des Freiheitsbaumes begleitete eine sechzig Mann starke Musikkapelle die Ratsherren vom Rathaus bis zum Neumarkt.

Während die Franzosen das Revolutionslied »Ça Ira« spielten, musste der Stadtrat wie bei einem feierlichen Hochamt einmal um den aufgestellten Freiheitsbaum herumgehen. Obwohl alles ganz anders, neu und revolutionär sein sollte, erinnerte uns all das auch ein wenig an die vertrauten Liturgien.

38. BETTLER UND SCHÄTZE

URSA UND ICH WOHNTEN noch eine Weile im Kranhaus über der Glockenstube. Wir besorgten uns die Assignaten, wie das neue Papiergeld genannt wurde, und tauschten dafür sogar sämtliche Münzen ein, die ich zusammen mit Mäusedreck und dem Cöllner Bauern in einem Mauerloch des Glockenturms versteckt hatte. Zu unserer Schatzkammer gab es keinen direkten Zugang vom Turm aus. Nur wir drei wussten, wie wir hineingelangen konnten. Wir mussten dafür an den Gerüstlöchern des Ostchors bis zum Dach hinaufklettern, von dort aus im Inneren des Kirchenschiffs wieder hinab bis zum angefangenen Säulengang des Triforiums und von dort aus wie an einer Schiffsreling entlang bis zur verborgenen Luke, die bereits der erste Baumeister der Kathedrale an dieser Stelle vorgesehen hatte. Wir hörten, dass sich insgesamt zwölftausend Soldaten in der Stadt befanden. Die Cöllner stöhnten, aber sie quartierten dennoch alle ein. Viel schlimmer war es, dass im Jahr darauf der Karneval verboten wurde. Im Frühling eroberten die barfüßigen Kämpfer der Republik weitere Gebiete auf der linken Rheinseite. In der Stadt selbst sorgten die Franzosen schnell und sehr erfolgreich für Sauberkeit und Ordnung. Sie ließen Misthaufen beseitigen und alle Häuser fortlaufend durchzählen und mit Nummern von 1796 bis 7404 versehen.

Während einige Idealisten noch glaubten, dass sie die neuen Herren mit Denkschriften über die alte republikanische Tradition der Ubier beeindrucken konnten, vereinbarten diese über die Köpfe des geflohenen Domkapitels und des Erzbischofs hinweg mit dem Papst in Rom ungeheuerliche Dinge. Kein Cöllner hätte es je auch nur im Traum für denkbar gehalten, dass plötzlich fast hundert Klosterkirchen, Stifte und Abteien, die Klöster selbst und die Kapellen nur noch schlichte verlassene, aufgegebene Häuser sein sollten.

Kein Teufel hätte mehr darüber triumphieren können, dass all die Kirchen und die stolzen Bauwerke ohne Weihrauch, ohne Gebete und ohne Glockenklänge auskommen sollten. Das Konkordat zwischen der Republik Frankreich und Papst Pius VII. verkündete die Säkularisation all dieser Gebäude. Dadurch verloren Tausende von Mönchen, Nonnen, Priestern, Handwerkern und Rheinschiffern, die all diese Gemeinschaften versorgt hatten, Unterkunft und Einkommen. Nur vier Hauptpfarrkirchen blieben bestehen.

In diesen gottlosen Zeiten, in denen es innerhalb von Cölln weniger Heilige und Reliquien gab als zu irgendeinem Zeitpunkt in den vergangenen tausend Jahren, wurde ich an einem wunderschönen Morgen durch einen hellen Aufschrei Ursas aus dem Schlaf gerissen.

»Rheinold, Rheinold!«, rief sie so begeistert, dass ich mich schlagartig aufrichtete und mit dem Kopf gegen einen morschen Balken in unserem Kranhaus stieß. »Komm schnell, komm schnell! Ein Wunder …«

Ich sprang auf und stolperte so schnell auf sie zu, dass ich mir meine Hose gerade noch über ein Bein ziehen konnte. Dann starrte ich durch die aufgeklappte hölzerne Luke in Richtung Westen. Mein Blick folgte Ursas ausgestreckter Hand, und dann sah ich, was dort tatsächlich wie eine große, runde und sehr hübsch bemalte Wolke langsam, von der Sonne angeleuchtet, über den Dächern Cöllns aufstieg. Genauso hatte ich mir immer eine Himmelfahrt vorgestellt. Doch das, was jetzt so wundersam und faszinierend aussah, war kein Gottessohn und auch kein Heiliger, kein Engel und kein Luftdämon, sondern eines dieser falschen Wunder, die nur eine leere Hülle waren und deren Leben nur aus heißer Luft bestand. Aber ich wusste, dass auch dabei nicht alles Lug und Trug sein konnte. Mäusedreck hatte schon vor ein paar Tagen geschworen, dass in einem Weidenkorb sogar zwei oder drei Luftschiffer von einem derartigen Fesselballon in die Höhe getragen werden konnten.

»Kein Wunder«, sagte ich deshalb zu Ursa. »Nur leichtgewichtige Franzosen.«

»Wo siehst du die?«, fragte sie sofort zurück.

»Ich sehe sie nicht. Aber ich weiß, dass sie irgendwo darunter hängen.«

»Nun gut«, gab sie enttäuscht zurück. »Hoffentlich kommen

sie nicht auf den Gedanken, dass sie von hier oben ebenso gut die ganze Stadt überblicken könnten.«

»Mal uns den Teufel nicht an die Wand«, stöhnte ich. Ich tastete über die langsam größer werdende Beule an meiner Stirn. »Hier können wir ohnehin nicht mehr lange bleiben.«

»Und wohin sollen wir?«, fragte sie sofort. »Es gibt da unten doch nicht mehr die kleinste freie Besenkammer.«

Sie hatte recht. Und doch wussten wir beide, dass unsere Zeit auf dem Südturm der Kathedrale langsam zu Ende ging. Es gab keinen besonderen Grund dafür, aber ich sagte: »Wir hausen jetzt schon seit zehn Jahren hier im alten Kran. Ich sage nicht, dass es uns schlecht dabei gegangen ist. Aber ich kann das Knarren und das morsche Holz einfach nicht mehr ertragen. Ich möchte wieder unter Menschen und so wie alle anderen wohnen ...«

»Denkst du, ich will das nicht?«, fragte sie und sah mich aus ihren großen Augen an. »Wie oft in den vergangenen Jahren habe ich davon geträumt, dass es wieder so werden könnte wie früher!«

»Du auch?«, erwiderte ich verwundert. Wir hatten nie über unsere vergangenen Leben gesprochen. »Denkst du etwa auch an ...?«

»Apfelbäume?«, fragte sie, noch ehe ich das Wort gesagt hatte. Dann nickte sie sehr heftig. »Ich komme sofort mit nach unten, wenn du einen Garten mit einem Apfelbaum für uns beide findest.«

Wir wussten beide, dass es so etwas für ein Paar wie uns in der ganzen Stadt nicht gab. Trotzdem sahen wir uns verschmitzt lächelnd an. Und dann liefen wir hintereinander so schnell die Wendeltreppe im Südturm hinunter, wie wir es seit Jahren nicht mehr getan hatten.

Als wir endlich unten waren, umarmten wir uns wie zwei frisch Verliebte, dann liefen wir durch eine Stadt, die uns bekannt und trotzdem neu vorkam. Die Franzosen hatten in diesen zehn Jahren so viel verändert – manchmal vergaßen wir fast, dass Cölln einmal zu den größten und wichtigsten Städten des gesamten Deutschen Reiches gehört hatte, dass an manchen Tagen ebenso viele Pilger zu Besuch gekommen waren, wie sie Einwohner zählte, dass sie die kostbarsten Reliquien beherbergte und dass sie nach wie vor vom Erbe ihrer großen Römerzeit zu erzählen wusste. Jetzt aber hatten die Franzosen neue Straßennamen erfinden lassen.

Wir wussten, dass die vielen neuen Namen von Ferdinand Franz Wallraf stammten, der immerhin der letzte Rektor der Universität gewesen war. Er hatte den Eid auf die Republik Frankreich verweigert und war auch mit seiner Denkschrift an den Nationalkonvent nicht durchgekommen. Darin hatte er gemeinsam mit einigen anderen aufrechten Cöllnern versucht, den Franzosen nachzuweisen, dass die Stadt am Rhein eigentlich schon vor zwei Jahrtausenden eine Republik der Ubier gewesen sei. Das war selbst den Revolutionären zu viel gewesen. Aber auch die Fleißarbeit mit vielen intelligent übersetzten Straßennamen hatte den klugen Professor Wallraf nicht weitergebracht ...

»Habt ihr schon gehört?«, rief uns der Cöllner Bauer entgegen, als wir am späten Nachmittag zum Südturm zurückkamen. »Diese seltsamen Franzosen wollen doch tatsächlich auch noch einen Kaiser für ihre Republik krönen. Der General Napoléon Bonaparte soll der Glückliche sein.«

»Das ist doch Unsinn!«, stieß ich hervor. Doch Ursa lachte plötzlich hell auf.

»Muss sich denn alles wiederholen?«, meinte sie glucksend. Ich sah sie verständnislos an.

»Hast du vergessen, wie man da oben Geschäfte macht?«, fragte sie mich vergnügt. »Hat nicht schon Karl der Große die Kaiserkrone von einem Papst erhalten?«

»Du meinst, dass Pius VII. jetzt auch diesen Napoleon krönen wird?«

»Wie ich die kenne, krönen die sich sogar selbst«, knurrte Mäusedreck und wischte sich mit dem Handrücken über die Nase. »Wenn erst wieder ein Kaiser da ist, ist auch ein neuer Erzbischof nicht weit.«

»Was meinst du damit?«, fragte der Cöllner Bauer.

»Na, dass bald wieder Mönche und Nonnen kommen werden. Und dann werden die letzten Klöster für Leute wie uns unbezahlbar.«

»Meinst du etwa, wir sollten uns ein Kloster kaufen?«, fragte ich verwundert.

»Wir müssen ja nicht gleich übertreiben«, beschwichtigte Mäusedreck. Er zeigte an der unvollendeten Kathedrale entlang. »Aber was ist zum Beispiel mit dem Priesterhaus da vorn am Ostchor? Noch steht es leer, weil keine Priester mehr ausgebildet werden.«

»Das ist doch viel zu groß für uns«, meinte der Cöllner Bauer.

»Ich sage ja auch nicht, dass wir das ganze Seminar kaufen müssen. Der Teil zum Fluss hin mit dem kleinen Garten hinter den Mauern würde schon reichen für ein paar Apfelbäume.«

Ursa und ich starrten mit großen Augen auf Mäusedreck. Dann blickten wir uns gegenseitig an. Wir wunderten uns beide, dass wir nicht darauf gekommen waren. Dann lächelte sie plötzlich, und ihre Lippen formten ein einziges Wort: »Apfelbäume!«

»Los, Männer!«, rief ich aufgeregt. »Holt unser Geld! Und dann sofort zum Rathaus! Wir kaufen uns das Haus.«

Obwohl ich eigentlich nicht recht daran geglaubt hatte, bekamen wir es tatsächlich, das alte Priesterseminar. Erst nach und nach erfuhren wir, wie viele ehemalige Kirchenbauten inzwischen in Lazarette und Kasernen, Militärbäckereien und Getreidespeicher umgewandelt worden waren. Aber die schlimmste Demütigung widerfuhr der immer noch hoch über der Stadt aufragenden, niemals zu Ende gebauten Kathedrale. Hier wurden Stroh- und Heuballen in den Seitenschiffen übereinandergestapelt. Zwischen den schlanken gotischen Säulen entstanden Gatter und Verschläge. Und eher beiläufig verwandelte sich das ganze Kirchenschiff schließlich in einen Pferdestall der französischen Armee.

Ende September humpelte Mäusedreck so nachlässig in die ehemalige Kapelle des Priesterseminars, dass er mir schon wie durch ein Wunder gesundet vorkam.

»Was ist los?«, rief ich ihm entgegen. Ich hatte aus den Resten des früheren Altars und dem inzwischen nutzlos gewordenen Gestühl einige hölzerne Stiegen gezimmert, auf denen Ursa Äpfel für den Winter lagern wollte. Sie war so stolz auf unseren kleinen Apfelgarten, dass sie immer wieder davon schwärmte, wie schön es sein würde, wenn wir im Winter, wie schon vor langer, langer Zeit, Bratäpfel essen konnten, wenn draußen Eisschollen auf dem Fluss trieben und die Holzscheite im Kamin des abgeteilten Speisesaals knackten.

»Der Kaiser kommt!«, stieß Mäusedreck triumphierend hervor. »Napoleon und dazu noch Kaiserin Josephine!«

»Na, dann kann der gute Ferdinand Franz Wallraf ja endlich wieder einmal stolze Hymnen und Lobgedichte verfassen«, lachte ich. »Seit sie ihm die Universität geschlossen haben und seine Denkschrift über die Ubierrepublik nur Gelächter hervorgerufen hat, sehnt er sich doch danach, endlich mal wieder etwas zu preisen.«

Ursa lachte glucksend im Hintergrund. Aber Mäusedreck guckte nur neben die Reste des abgewrackten Altars.

»Dir werden sie auch noch dein Lästermaul zustopfen«, knurrte er. »Und dann ist Schluss mit all den Uhren, Winkelmessgeräten und dem Zauberkram vom Dachboden, der uns bisher kaum etwas eingebracht hat.«

»Gräme dich nicht, Tünnes, wenn du nichts davon verstehst«, stichelte Ursa. Seit wir alle gemeinsamen im neuen Stockpuppentheater von Johann Christoph Winters gewesen waren, neckten wir Mäusedreck damit, dass er so viel Ähnlichkeit mit dem trinkfreudigen, knollennasigen Tünnes in den fröhlich gespielten Schwänken hatte.

»Und du bist wohl lieber das Bärbelchen als Ursa«, gab Mäusedreck sofort zurück. Wir nahmen uns unsere gegenseitigen Neckereien nicht übel. Ebenso wie das Hänneschen-Theater, wie die Puppenbühne um den Hanswurst Tünnes auch genannt wurde, hatten viele Cöllner gemerkt, dass die Zeiten der Besatzung und der Republik leichter zu ertragen waren, wenn nicht alles allzu heilig und zu ernst war.

Wir gingen gern zu derartigen Belustigungen. Seit wir im Priesterseminar wohnten, galten wir auch nicht mehr als Bettler. Es gab keinen besonderen Grund dafür, dass wir uns diesmal mit der Reparatur von Uhren, militärischen Messgeräten und allerlei anderen optischen und feinmechanischen Gerätschaften befassten. Das Ganze hatte sich ergeben, als wir zusammen mit dem Ostteil des Priesterseminars auch noch einen kleinen Laden mit einer Werkstatt kaufen konnten, in dem es zwar keine wertvollen Uhren mehr gab, aber dafür eine Unmenge von zurückgelassenen Geräten und Werkzeugen, mit denen längst geflohene Handwerksmönche allerlei Uhren und Messgeräte gepflegt und repariert hatten. Allein die vielen kleinen Rädchen waren ein Vermögen wert.

Während mir das alles nicht besonders zusagte, entdeckte Ursa in den kleinen Kästchen mit Federn, Zifferblättern, Ankern und winzigen Schräubchen auch eine hastig auf Pergament gekritzelte Skizze mit der Aufschrift: »Kether+Jessot, 1+9=10 … das Eine ist das Ganze.«

Ich wusste sofort, was das bedeutete. Es war Jahrhunderte her, seit ich in der jüdischen Gemeinde Cöllns gelernt hatte, was der Sephirot, der Baum der zehn Erkenntnissphären in der Kabbala, ausdrücken sollte. Kether war in dieser gezeichneten Erklärung für Himmel und Erde der anfängliche Wille Gottes. Dann folgten die Ebenen der Weisheit und der Intelligenz, der Liebe und der Strenge … doch erst an neunter Stelle Jessot, der Grund für alles, was unsichtbar und sichtbar existierte. Es war der Grund aller zeugenden Kräfte und damit auch der Grund für den anfänglichen Willen, den Plan und die Idee.

»Wenn Kether die Idee von etwas ist«, sagte ich nachdenklich, »und Jessot die Umsetzung in die Existenz, dann …«

»Dann gibt es einfach keinen Anfang und kein Ende«, ergänzte Ursa. »Dann ist der Weg das Ziel und jede Frage bereits ihre Antwort. Vielleicht war das die Schlange vom Baum der Erkenntnis … die Schlange, die sich selbst in den Schwanz beißt …«

»Oder sich auffrisst, weil alles immer wiederkehrt … gehäutet, neu … dieselben Seelen … in immer neuen Körpern und Wirklichkeiten …«

»Und nichts im Universum geht verloren«, sagte ich nachdenklich, »selbst wenn es scheinbar stirbt …«

»Vielleicht meinen alle das Gleiche«, sagte sie. Ich hob die Brauen und sah sie fragend an.

»Wandlung«, sagte sie lächelnd. »Heiliger Geist, Sublimation und Auferstehung.«

Ich werde nie behaupten, dass der kleine Zettel mit den Worten aus der jüdischen Kabbala mehr war als ein kleiner Zettel. Trotzdem bekamen wir an diesem Tag plötzlich Lust darauf, ohne irgendeinen Grund auf den Dachböden des alten Seminars zu stöbern. Wir sprachen nicht darüber, aber ich wusste, dass sie so wie ich die ganze Zeit an alte Drudenfüße dachte, an Weltmodelle, schmale Authentik-Zettel für die *Knöchelsche* von Märtyrern, auffliegende Tauben in den chemischen Destillierkolben der Alchimisten oder dreieckige Augen als Symbole für die Allmacht Gottes.

Sie fragte mich nicht, was wir auf den Dachböden wollten, und ich fragte sie nicht. Aber der Plan und die Idee für eine Schöpfung waren mir plötzlich wieder so geläufig wie in den unvergesslichen Stunden, in denen Meister Gerhard die große Westfassade der Kathedrale gezeichnet hatte, und bei den Gesprächen, wie ich sie von Meister Eckhart gehört hatte. Mehr noch – als ich den winzigen Papierfetzen in der Hand von Ursa sah, erinnerte ich mich wieder an das Vermächtnis jener Druiden, die vor vielen, vielen Jahren unseren Untergang und den Tod nicht hatten aufhalten können.

Obwohl mich diesmal kein Amulett erinnerte oder leitete, zog es mich wie von Engeln oder durch irgendeine andere geheimnisvolle Kraft geführt immer weiter nach oben. Es waren zwei Dachböden übereinander. Der erste war fast vollständig leer geräumt. Bis auf einige zerbrochene hölzerne Kruzifixe, wertlose Weihwasserschalen und ausrangierte Heiligenbilder fanden wir nur Müll und Gerümpel zwischen den beiden Giebelwänden.

Es war der Cöllner Bauer, der mit einem abgewetzten Hexenbesen aus Reisig gegen eine Falltür über unseren Köpfen stieß. Augenblicklich standen wir in einer dichten Staub- und Dreckwolke. Wir schimpften wie die Rohrspatzen. Mäusedreck stieg über den Arm mit der amputierten Hand und von dort auf die Schultern des Cöllner Bauern. Ich selbst folgte auf demselben Weg, nachdem Mäusedreck die Luke über uns zurückgeklappt und mit einem Band festgezurrt hatte. Und dann entdeckten wir den Schatz, von dem wir jetzt lebten …

Ich werde nie die spitzen, schon fast lüsternen Freudenschreie Ursas vergessen, als wir ihr nach und nach unsere Fundstücke vom zweiten Dachboden nach unten reichten. Wir fanden in gut einem Dutzend staubiger Kisten jahrhundertealte Taschenuhren und Pendelwerke, Astrolabien für die Koordinaten des Himmels, Proportionalzirkel, fast zweihundert Jahre alte geometrische Büchseninstrumente, Kompassdosen, Sternenuhren, Davidsquadranten und Sextanten, wie sie die Cöllner Schiffer benutzt hatten, wenn sie an der Westküste Frankreichs entlang bis ins Mittelmeer oder noch weiter fuhren. Auch wenn die Magister und Professoren der Priesterschule große Sammler gewesen waren, hätten sie niemals all das wertvolle Gerät zusammentragen können. Wir nahmen daher an, dass es sich bei unserem Fund um hastig beiseitegeschaffte Schätze aus dem erzbischöflichen Palais oder gar aus der Kathedrale selbst handelte …

Innerhalb weniger Monate hatten wir unendlich behutsam einen kleinen Kreis von interessierten Cöllnern mit einem Teil unserer Schätze bekannt gemacht. Einer unserer besten Kunden war ein gewisser Sulpiz Boisserée, dessen Vater noch vor der Französischen Revolution von der Maas kommend in Cölln sesshaft geworden war und das Handelshaus von Nicolas de Tongre übernommen hatte. Bereits als wir uns kennenlernten, sagte Boisserée kokett, dass sein Vorname an das alte römische Geschlecht der Sulpicier erinnern sollte.

»Angenehm«, antwortete ich lächelnd. »Rheinold von Druiden. Auch ein recht alter Name …«

Am selben Tag, an dem die französische Kaiserin mit starker Migräne und verschleiertem Gesicht in Cölln eintraf, machten Ursa, Mäusedreck, der Cöllner Bauer und ich das Geschäft all unserer Leben mit genau diesem Sulpiz Boisserée. Keiner von uns achtete auf den Jubel der Menschen unten in den Straßen, als am Tag darauf auch noch der Kaiser, von Krefeld kommend, mit großem Gefolge durch das Hahnentor einritt.

Wir wühlten uns durch den Schmutz und den Staub des oberen Dachbodens immer weiter nach Osten vor. Die wirren Haare von Sulpiz waren seit zwei Tagen schmutzverklebt, seine Fingernägel abgebrochen und sein geknotetes Halstuch um den Stehkragen nur noch ein Drecklappen. Doch seine Augen leuchteten in diesen Stunden heller als alle Sterne, während er uns Stück um Stück zeigte, was wir gemeinsam an Bildern und jahrhundertealten Kleinodien retten konnten.

»Auch auf anderen Dachböden in den säkularisierten Gebäuden war unheimlich viel versteckt«, erklärte er uns, während wir staubiges Brot aßen und einen guten Tropfen Ahrwein tranken, den uns der Cöllner Bauer beschafft hatte. Wir mussten bei unserer Suche sehr umsichtig vorgehen, denn nach wie vor kontrollierten Unmengen von Gendarmen, Grenadieren und Husaren sämtliche Straßen rund um den Blankenheimer Hof, in dem der Kaiser in diesen Tagen wohnte. Und dann, als ihm zu Ehren ein riesiges Feuerwerk über der festlich geschmückten Stadt abgebrannt wurde, schluchzte direkt vor mir der allzu romantisch veranlagte Sulpiz Boisserée so herzerweichend auf, dass nicht nur mir angst und bange wurde.

»Oh, meine geliebten Freunde«, stammelte er ein ums andere Mal. »Ihr könnt nicht ahnen, wie leicht und groß mir das Herz wird bei dem, was ich hier sehe.«

Die anderen hoben nur ihre Schultern und starrten auf große, halb vergilbte Pergamentstücke, auf denen sie kaum einige dunkle Linien erkennen konnten. Auch ich brauchte eine ganze Weile, bis mich auf einmal die Erleuchtung wie mit einem harten Sonnenstrahl traf.

»Das ist ...«, stammelte ich, »das ist doch der Plan ...«

»Der Plan der Westfassade«, stieß Sulpiz Boisserée unter Tränen hervor. »Wir haben ihn wiedergefunden, den großen Plan von Meister Gerhard.«

Für einen Augenblick war alles so feierlich und still wie vor der Wandlung bei einem Hochamt.

»Und was heißt das alles?«, platzte Mäusedreck in das andächtige Schweigen hinein.

»Das heißt«, antwortete Sulpiz Boisserée, »das heißt, dass es jetzt wieder eine Hoffnung gibt für die Kathedrale und das große Werk. Mit diesem Plan wird zum zweiten Mal der Grundstein gelegt. Jetzt können wir Menschen begeistern und Spenden sammeln, ein Komitee gründen und das ganze Volk gegen den Eroberer Napoleon vereinen. Begreift, was das heißt! Begreift die Größe dieser Stunde, meine geliebten, teuren Freunde.«

Wir sprachen noch sehr lange darüber, ob es nun Zufall, Fügung oder ein Wunder gewesen war, dass wir ausgerechnet den Fassadenplan von Meister Gerhard auf dem zweiten Dachboden des Priesterseminars gefunden hatten. Er war nicht ganz vollständig gewesen. Aber wenig später erfuhren wir, dass unser Freund Sulpiz schon die ersten Mitstreiter für den Weiterbau des großen Cöllner Doms gefunden hatte.

In den folgenden Jahren durchsuchte er zusammen mit seinem Bruder noch viele weitere Dachböden, Abstellkammern und Kellergewölbe in verstaatlichten Gebäuden, die lange Zeit im Zeichen des Kreuzes gestanden hatten. Die Gebrüder Boisserée konnten sich dabei voll und ganz auf uns verlassen. Auch wenn wir inzwischen ehrenwerte Bürger geworden waren, hatten wir nie vergessen, woher unsere ersten Münzen stammten. Wir teilten brüderlich mit vielen anderen, die nicht so viel Glück wie wir gehabt hatten. Auf diese Weise erfuhren wir auch von vielen weiteren Verstecken und erhielten manchen Hinweis auf verborgene Kammern und geschickt zugemauerte Speicher. Die Gebrüder Boisserée brachten nach und nach viele der auf diese Weise geretteten Gemälde auf die andere Rheinseite und bis nach Heidelberg. Auf irgendeinem Weg fand sich später auch noch in Darmstadt ein Teil des Plans von der großen Westfassade.

In diesen Jahren wurde Cölln zu einer schon fast ganz normalen französischen Stadt. Viele Cöllner sprachen Französisch schon fast ebenso gut wie Deutsch oder Cöllsch. Aus falschem Mokka wurde Muckefuck, und die Mütter warnten ihre Töchter, nicht bei den »Tentes« der Soldaten vor der Stadt »Fisimatenten« zu machen …

Der Kaiser in Paris schaffte per Dekret den eigenartigen Revolutionskalender wieder ab. Im selben Jahr schlossen sich sechzehn deutsche Reichsfürsten zum Rheinbund zusammen und erklärten vor dem Reichstag in Regensburg, dass sie nicht mehr zum Heiligen Römischen Reich Deutscher Nation gehören wollten. Unter diesen Umständen legte der Habsburger Franz II. die Kaiserkrone nieder und erklärte das Römische Reich nach mehr als fünfhundert Jahren Habsburger Herrschaft als nicht mehr existent …

Auch wenn wir all das nur als Unbeteiligte von Händlern, Reisenden und aus den Zeitungen erfuhren, ging es uns letztlich doch etwas an. Auch die Juden wurden durch ein schändliches Dekret Napoleons diffamiert, benachteiligt und erneut zu Bürgern zweiter Klasse herabgesetzt. Zwei Jahre später mussten wir den Cöllner Bauern nach Melaten bringen. Er war so stolz und aufrecht gestorben, wie er gelebt hatte.

Obwohl er nur noch eine Hand hatte, war er immer in seinem

Herzen Glockengießer geblieben. Auch als der bergische Textilfabrikant Bemberg eine Baumwollspinnerei in der Stadt errichtete, hatte uns der Cöllner Bauer vor allen anderen gezeigt, welches neues Wunder in einem kleinen, gut gesicherten Haus neben der Werkhalle verborgen war. Wir dachten zuerst, dass er sich seinen Lebenstraum erfüllt und eine eigene Glocke gegossen hatte. Doch dann sahen wir ein fürchterlich schnaufendes Ungeheuer, das nach allen Seiten heißen Rauch ausstieß und von dem große Lederriemen über Kreuz zwischen Wagenrädern aus Eisen an langen Stangen hin und her liefen.

»So etwas gibt es in der ganzen Stadt nicht noch einmal«, erklärte er uns stolz. »Seht hier die Feuerung. Darüber steht der Wasserkessel. Und diese Nüstern dort schnauben für die Pferdestärken, mit denen Dampf in jene Pumpen dort hineingepresst wird ...«

Nein, es war keine Glocke, an der er mitgearbeitet hatte, sondern die erste große Dampfmaschine für eine Cöllner Baumwollspinnerei.

Als sie sich gleich am Anfang überhitzte und heißer Dampf mit ungeheurer Kraft nach allen Seiten zischte, gehörte er zu den unglücklichen Opfern, die so sehr verbrüht wurden, dass sie nur wenig später daran starben.

Die Franzosen hatten schon einige Zeit zuvor Order gegeben, dass außerhalb der Stadt ein zentraler Friedhof eingerichtet werden sollte. Niemand durfte mehr sein Grab neben einer Pfarrkirche bekommen. Wie bei den Römern sollten die Toten weit im Westen vor der Stadt beigesetzt werden. Der Platz, an dem bereits die Leprakranken unter Quarantäne gehalten worden waren, an dem gehenkt, geköpft und auch verbrannt worden war, gefiel den Cöllnern nicht; er war zu weit entfernt. Aber die Franzosen duldeten die alte Bequemlichkeit nicht mehr.

Mäusedreck fand viel schlimmer, dass jetzt auch Cöllnisch Wasser von Farina und den anderen nicht mehr als Heilmittel, sondern nur noch als Parfüm gegen den Gestank verkauft werden durfte.

»Die Franzosen wollen tatsächlich, dass das ganze Rezept öffentlich gemacht wird«, beklagte er sich bei Ursa. »Aber was nutzt schon ein Wunderheilmittel, eine Reliquie oder ein Zauberwasser, bei dem jeder wissen darf, woraus es gemacht ist und warum es wirkt.«

»Was hast du denn dagegen?«, fragte ich ihn. »Es kann dich doch nur vor Betrügern schützen, wenn du weißt, was drin sein soll.«

»Mann, Rheinold! Bist du dumm!«, rief Mäusedreck entrüstet. »Was ist denn Wunderbares daran, wenn jeder das Geheimnis kennt?«

Ich starrte ihn mit großen Augen an. Mir war, als hätte dieser kleine, jämmerliche Mann mir gerade jetzt die einfachste Antwort auf all die Fragen gegeben, die mich seit fast zwanzig Jahrhunderten immer wieder beschäftigten.

Als Napoleon Cölln dann auch noch zu einer seiner »guten Städte« ernannte, verschwanden die Erinnerungen an die große Zeit der Heiligen und ihrer *Knöchelsche* sogar aus dem Cöllner Wappen. Statt der drei Kronen der Weisen aus dem Morgenland zierten jetzt drei goldene Bienen in einem roten Feld das Wappenschild der Stadt. Einige Zeit später kam der Kaiser noch einmal nach Cölln. Wir wussten alle, dass er auf der anderen Rheinseite in Mülheim durch ein großes Glockengeläut empfangen worden war. Aber in Cölln bemerkte kaum jemand den heimlichen Besuch Napoleons.

»Haltet mich nicht für verrückt«, stammelte Mäusedreck an diesem kalten Novemberabend des Jahres 1811. »Ich bin vielleicht betrunken von diesem elendigen Parfümwasser, aber ich schwöre, dass ich ihn gesehen habe.«

»Wen hast du gesehen? Und wo?«, fragte ich kopfschüttelnd.

»Kaiser Napoleon. Wen denn sonst?«, sagte Mäusedreck und bemühte sich, seinen Schluckauf zu verbergen. »Er wohnt, wie ein paar Freunde wissen wollen, im Hause Zuydtwyck in der Gereonstraße. Aber ich schwöre euch, ich habe ihn auf der anderen Seite des Grundstücks gesehen – dort, wo keine Fahnen und Girlanden mehr hängen ... er hatte nur einen Mohren bei sich, als er an den Armen, Kranken und Bettlern entlangging. Er sah die ganze Scheiße und das wahre Elend dieser Stadt ...«

Es war unglaublich, vollkommen absurd. Ursa und ich brauchten lange, bis wir Mäusedreck so weit hatten, dass er uns Einzelheiten berichten konnte. Aber offensichtlich sagte er die Wahrheit, denn bereits Tags darauf ließ der Rat der Stadt verkünden, dass der Kaiser zwölftausend Francs zur Linderung der allergrößten Not für seine Untertanen in Cölln gestiftet habe.

»Wenn das eine Art Ablasshandel mit seinem eigenen Schicksal ist, dann kommt es zu spät«, sagte Ursa, als ich ihr davon berichtete. »Napoleons Zeit ist vorbei. Wahrscheinlich ahnt er längst, dass sich die Preußen von ihm abwenden und mit den Engländern und Russen gegen ihn verbünden werden …«

»Du meinst, dass er aus diesem Grund rechtzeitig etwas für den eigenen Seelenfrieden tun will?«

»Auch Kaiser sind bekanntlich Menschen«, lächelte sie nachsichtig. »Selbst wenn sie dichter an den Heiligen und Göttern stehen als Menschen, so wie wir …«

Ich sah sie an und lächelte. Wir wussten beide, was wir dachten. Denn nicht zum ersten Mal hatte Ursa mit schon prophetischer Begabung vorausgesehen, wie die Dinge sich entwickeln würden.

Wir redeten nicht nur in unserem Priesterseminar über die Dinge, die auch für Cölln immer bedenklicher wurden. An einem Abend, an dem ich Ursa zu einem Essen in eines der kleinen Restaurants in der Rheinvorstadt ausführte, sprachen wir, wie so oft in der letzten Zeit, darüber, wie kläglich die große, siegreiche Armee des Franzosenkaisers im russischen Winter gescheitert war.

»Der Kaiser ist nach Paris geflohen«, flüsterte uns einer der Ratsherren vom Nebentisch aus zu.

»Soll er doch fliehen, wohin er will«, warf ein anderer ein. »Die vermaledeite Kontinentalsperre gegen England hat mich mehr getroffen als alle Siege oder Niederlagen von Tauroggen, Jena und Auerstedt oder gar die Völkerschlacht bei Leipzig im vergangenen Oktober.«

»Wer weiß, wo das alles noch enden wird?«, meinte ein anderer Ratsherr. »Ich habe mein gesamtes Geld auf den Britischen Inseln verloren – aber nicht durch die Franzosen, sondern gegen diese aufgehetzten Arbeiter, die sich Maschinenstürmer nennen und einfach alles kurz und klein schlagen, was doch so wunderbare, wertvolle Mechanik ist …«

»Hoffentlich passiert das nicht auch bei uns«, warf Ursa ein. Sie sah mich an, und ich hob die Schultern.

»Manche Entwicklungen lassen sich einfach nicht aufhalten«, sagte ich, und alle anderen stimmten mit tiefem Seufzer zu.

Bereits am Abend des nächsten Tages trat ein, was sich schon lange abgezeichnet hatte: Am 14. Januar des Jahres 1814 versammelten sich die wenigen noch in der Stadt anwesenden französischen Soldaten und Beamten. Viele Cöllner begleiteten sie mit gemischten Gefühlen bis zum Neumarkt. Einige ließen die abziehenden Franzosen hochleben. Andere beschimpften sie zum Abschied noch.

Ich war mit Mäusedreck und ein paar anderen, die während der Franzosenzeit sehr gut gelebt und auch verdient hatten, bis zum Hahnentor gegangen. Dort standen bereits Hunderte von Menschen in der Kälte und warteten darauf, dass der kommandierende General der französischen Armee feierlich mit seinen Männern die Stadt verließ. Auch in mir regten sich sehr eigenartige Gefühle. Die zwanzig Jahre, die ich jetzt im französischen Cölln verbracht hatte, gehörten zu den angenehmsten in meinen vielen Leben. Doch dann, als ich zurückkehrte und den traurig in den kalten Himmel ragenden Kranarm auf dem unvollendeten Südturm der Kathedrale sah, ahnte auch ich, dass der Abzug der kaiserlichen Truppen und Beamten vielleicht den Weg frei machte für eine neue Ära, eine ganz neue Zeit.

Die Ablösung geschah ohne Trompetensignale und Kanonendonner. Nachdem die letzten Franzosen die einstmals heilige Stadt verlassen hatten, kamen auf kleinen Booten neue Soldaten über den großen Strom. Als erster stieg im Jubel von vielen hundert neugierigen Cöllnern ein wilder Kerl ans Land, von dem es hieß, dass er ein Kosakenunteroffizier der Russen sei. Er war gestiefelt und gegürtet, trug einen langen Säbel und eine hohe Mütze, die ganz anders aussah als die viel zu leichte Kleidung der Franzosen. Auf Anhieb glaubten jetzt die vielen Zuschauer, wie schwer es für den Kaiser der Franzosen vor den Toren Moskaus gewesen sein musste …

Jubelnde Menschen begleiteten die Russen und die kurz darauf ebenfalls über den Fluss setzenden Preußen vom Freihafen über die Rheinvorstadt bis zum Rathaus. Und gerade jene, die zwanzig Jahre lang besonders eng mit den Franzosen zusammengearbeitet hatten, begrüßten jetzt die neuen Herren als Befreier.

Wir alle taten uns in den folgenden Tagen und Wochen schwer, mit den Preußen auszukommen. Sie lachten weniger als die Franzosen und benahmen sich auch auf den Straßen, als seien sie in ihren Kasernen. Als dann auch noch bekannt wurde, dass der Wiener Kongress die gesamten Rheinlande dem Königreich Preußen zugeschlagen hatte, lief manchem von uns ein Schauder des Entsetzens über den Rücken.

»Gewiss, wir waren eigentlich nie richtige Franzosen«, meinte Mäusedreck, »sondern eigentlich immer ordentliche Deutsche. Aber mussten sie uns in Wien gleich damit bestrafen, dass wir »Schnäuzerkowskis« werden?«

»Du wirst dich dran gewöhnen, Tünnes«, lachte Ursa gutmütig.

»Habt ihr nicht gehört, was neulich sogar der Bankier Schaaffhausen gesagt hat?«

»Nein«, meinte ich kopfschüttelnd. »Was denn?«

»›Jesse, Maria und Josef‹, soll er seufzend ausgestoßen haben, ›da heiraten wir aber in eine sehr arme Familie ...‹«

Ursa und ich lachten, weil Mäusedreck den Ausspruch des Bankiers auch noch im Dialekt des Hänneschen-Theaters wiederholt hatte.

»Und dann auch noch in eine protestantische«, meinte Ursa und wedelte mit allen Fingern ihrer rechten Hand.

»Aber immerhin ist der Dreikönigsschrein wieder im Dom«, sagte ich. »Außerdem habe ich gehört, dass sich der Preußenkönig bereits als Kronprinz für die Ansichten der fertigen Kathedrale interessiert hat, die unser Freund Sulpiz Boisserée schon vor ein paar Jahren anfertigen ließ.«

»Du meinst, dass sich der König in Berlin für einen Weiterbau der Kathedrale hier am Rhein erwärmen ließe?«, fragte Ursa ungläubig. Ich hob die Schultern. Wir sahen uns in die Augen, und beide entdeckten wir, dass da irgendetwas war – eine Vermutung vielleicht, eine Hoffnung, ein Plan. Oder vielleicht auch nur ein wenig dichter werdender Gedankenstaub ...

Als der Frühling einkehrte, wurden an allen öffentlichen Gebäuden preußische Adler angebracht. Die ganze Stadt verwandelte sich in eine Festung. Königlich-preußische Bataillone rückten ein. Sie hatten den Befehl, Cölln zur stärksten Festung im gesamten Westen Deutschlands auszubauen.

Bereits im Herbst kam König Friedrich Wilhelm III. selbst in die Stadt. Wir sahen ihn, als er und sein Gefolge durch den Dom geführt wurden. Obwohl ich nicht zu den Honoratioren, zum Stadtrat oder zum königlich-preußischen Offizierskorps gehörte, hatte ich mir eine Einladung beschaffen können. Allerdings waren dafür zwei alte Winkelmessinstrumente für den Obristen und Festungskommandanten erforderlich gewesen. Wir wussten schon, dass die Preußen Sauberkeit der Patina des Alters vorzogen. Deshalb hatte Mäusedreck mit Salz und Essig die Zieleinrichtungen für die Kanonen aus dem Dreißigjährigen Krieg so sehr zum Glänzen gebracht, dass sie fast wie neu aussahen.

Mich überraschte nicht, dass auch Ferdinand Franz Wallraf unter den Ehrengästen in der Nähe des Königs stand. Er hatte sich inzwischen, ebenso wie unser Freund Sulpiz Boisserée, um die Rettung von Kunstwerken verdient gemacht, die in der Franzosenzeit in den säkularisierten Kirchengebäuden geblieben waren.

Und dann, als sich der Preußenkönig bereits abgewandt hatte, um zum Neumarkt zu fahren, wo er ein Frühstück im Haus der Loge einnehmen wollte, sah ich plötzlich am alt und klein gewordenen Professor Wallraf vorbei das kleine, rechteckige Loch an der Stirnseite des Dreikönigsschreins. Es war, als hätte irgendjemand einfach ein Stück aus der goldenen Verkleidung des dreifachen Sarges herausgebrochen. Ich stand für einen Augenblick wie versteinert in der Kathedrale. Um mich herum wandten sich Offiziere, hohe Beamte und Angehörige des Stadtrates dem Ausgang zu. Nur ich blieb stehen, als hätte ich vergessen, wie man einen Fuß vor den anderen setzt.

»Nicht da«, flüsterte ich tonlos. »Mein Amulett ... es ist nicht da ...«

39. TRÄUME UND IDEALE

»DAS SICHTBARE IST VORÜBERGEHEND, aber das Unsichtbare ist das Unvergängliche.«

Ich war mir nicht ganz sicher, ob der Apostel Paulus das in seinem Brief an die Korinther gesagt hatte, ob ich mich an Gespräche aus meiner Zeit als Jude erinnerte oder ob dahinter noch eine viel ältere Erkenntnis steckte, die ich irgendwann einmal von einem Druiden, einem Händler, einem Priester im Mercurius-Tempel oder einem der Gelehrten an der Universität gehört hatte.

Der Gedankenstaub in meiner Seele, meine Hoffnungen und Sehnsüchte, ja selbst mein Weiterleben nach dem Tod wären für die fantasielosen preußischen Zensoren ebenso wenig greifbar gewesen wie für die eifrigen Gendarmen und die »aufgeklärten« Wissenschaftler, die behaupteten, dass sich alles vom Verstand her beweisen und erklären ließ.

Wie schon so oft zuvor, konnte ich alles in meinem Umfeld beobachten und nachempfinden, ohne dass ich einen Körper hatte, der mit seinen Sinnen direkt an dem vielfältigen Geschehen teilnahm. Ich betrauerte die Hungersnot und die Missernten in den Jahren nach der Übernahme der Stadt durch die Preußen. Es war im selben Jahr, in dem die Stadt auf allerhöchste Kabinettsorder ein neues Stadtwappen bekam: drei Kronen im oberen roten Schild unter dem doppelköpfigen Reichsadler und darunter elf Flammen in einem weißen Feld. Die kleinen Flammen konnten wie schon früher einmal einfach ein Symbol für den königlichen Hermelinmantel der heiligen Ursula sein – aber auch je eine Flamme für jeweils tausend der Märtyrer-Jungfrauen.

Einige Cöllner waren sehr stolz auf das neue Wappen, aber die meisten hatten mit der harten Gegenwart zu kämpfen, nicht mit den Legenden der Vergangenheit. Fast die Hälfte der einundvierzigtausend Einwohner von Cölln waren auf Almosen angewiesen. Sie aßen Notsalat aus bitterem Klee und kochten Suppen aus Löwenzahn und Birkenrinde. Brot für die Hungernden gab es für die Notpfennige der Stadt, und gegen Wucherer mussten die Behörden harte Aufseher einsetzen.

Auf dem Rhein tauchte eines Mittags ein ziemlich großes Schiff ohne Mast und Segel auf, das ungemein schnell stromaufwärts dampfte. Sofort sammelten sich Hunderte von Neugierigen an den Ufern. Nur wenige in dieser Menge begriffen, dass mit den Dampfschiffen wieder eine neue Zeit für die Stadt am Strom begann. Denn diese Schiffe wurden nicht mehr gerudert, vom Wind getrieben oder von Treidelpferden an den Ufern gezogen. Und sie konnten ohne umzuladen leicht an Cölln vorbeifahren …

Und dann geschah etwas, was mir wie eine Umkehr der Ereignisse in der realen Welt vorkam. Ich war an einem Schreck gestorben, der mich gepackt hatte, als der Preußenkönig sich vom Dreikönigsschrein abwandte und ich das Loch sah, in dem ich immer wieder mein kleines Amulett versteckt hatte. Ich konnte einfach nicht begreifen, dass diese Wirkung, die mich wieder einmal von aller Erdenschwere und von meinem Körper befreit hatte, *vor* den Ereignissen eingetreten sein sollte, die ich jetzt überdeutlich beobachtete.

Ich sah ins Innere des großen Ostchors meiner Kathedrale. Inmitten tiefster Dunkelheit entdeckte ich ein kleines Licht, dann sah ich den Dreikönigsschrein. Das schwer bestickte Tuch über dem Dreifachsarkophag schimmerte matt im Licht einer kleinen Blendlaterne. Ich sah den barfüßigen Mann, der nur noch eine alte Uniformhose und ein zerfetztes Hemd anhatte. Gleichzeitig sah ich wie bei einer Uhr, die rückwärts läuft, was mit diesem Mann *zuvor* geschehen war. Er hatte sich im Dom einschließen lassen, als der Abend nahte. Ja, er war aus dem Klingelpütz entflohen, war eingefangen worden, desertiert …

Ich sprang zurück und ordnete meinen Gedankenstaub. Jetzt brach der Dieb, ohne zu zögern, wertvolle Edelsteine, goldene Figurinen und ganze Teile der alten Goldschmiedearbeiten aus den Seitenwänden des Dreikönigsschreins. Der Gedankenstaub in mir wurde unwillkürlich so fest zusammengepresst, dass ich sehen konnte, wie der Dieb die Klappe aufbrach, hinter der mein Amulett lag. Aber das war unmöglich – vollkommen absurd! Ich war gestorben, weil ich diesen Diebstahl bemerkt hatte. Und das war nach den irdischen Kalendern *vor* dem geschehen, was ich gerade erst sah. Ich würde mich wohl nie daran gewöhnen!

Der Schänder des Reliquienschreins in der Kathedrale wurde bereits eine Woche später in der Stadt Münster festgenommen. Er verriet nach einer ordentlichen Tracht Prügel und ein paar Tagen Dunkelhaft in einer feuchten Zelle, an welcher Stelle am Rheinufer er die goldenen Figuren und die großen Edelsteine versteckt hatte. Aber mein Amulett war nicht dabei.

Im Jahr darauf wurde das Erzbistum wieder eingerichtet, das unter Kaiser Napoleon aufgehoben worden war. Die alten Fährschiffe auf dem Rheinstrom und die fliegende Brücke wurden durch eine neue, über vierhundert Schritt lange Konstruktion aus Holz abgelöst. Unser romantischer Freund Sulpiz Boisserée veröffentlichte die Geschichte und Beschreibung des Doms mit Ansichten und Aufrissen, an denen auch der Berliner Baumeister Karl Friedrich Schinkel mitarbeitete.

Im selben Jahr durften die Cöllner wieder in den Tag und Nacht geöffneten Wirtshäusern Karneval feiern. Ordentlich, wie die Preußen waren, erließen sie sogar Vorschriften für den Ablauf und das »festordnende Komitee«. Dem ersten Rosenmontagszug mit sehr viel Erbsen, gipsernem Konfetti und einem großen Fischwagen des Helden Karneval folgten weitere Figuren, Masken und Verkleidungen vom alten Hanswurst-Hännesche bis zur Prinzessin Venezia. Das ausgelassene Treiben erinnerte mich überdeutlich an die »Carri navales«, die von Rhein bis zum Isis-Tempel gezogen waren, und an die englische Prinzessin Isabella, die vor mehr als sechshundert Jahren von trunken musizierenden Narrenmönchen in die Stadt geleitet worden war.

Die neue Fröhlichkeit der Cöllner wurde durch sorgsam ausgearbeitete preußische Anordnungen so gut reglementiert und durchgeführt, dass zwei Jahre nach dem ersten Umzug sogar Johann Wolfgang von Goethe ein Lobgedicht auf die großartige Inszenierung dieses Volksvergnügens schrieb.

Im selben Jahr lockerten sich die strengen Sitten in der heiligen Stadt noch mehr. Direkt an der neuen Rheinbrücke machte ein großes Badeschiff fest, in dessen Innerem für zehn Silbergroschen warm und kalt gebadet werden konnte. Auch diese neue Mode verwirrte mich ein wenig, da mir nicht klar war, warum Kabinen in einem Schiff eingerichtet werden mussten, wenn doch der ganze Fluss zum Schwimmen zur Verfügung stand.

Und noch ein wichtiges Ereignis kam ebenfalls aus Preußen. Etwas vollkommen Unglaubliches war im fernen Berlin geschehen: Preußische Staatsbeamte hatten dem König vorgeschlagen, hundertundviertausend Taler für den Dombau in Cölln bereitzustellen. Ich hätte jubeln müssen, aber irgendetwas störte mich an dieser unerwarteten Großzügigkeit: Ich wurde einfach den Verdacht nicht los, dass hinter der ungeheuren Summe etwas ganz anderes steckte als die frommen Wünsche von Beamten …

Im August des Jahres, in dem im Frühlingssturm der Turm der Kirche von Sankt Kunibert einstürzte und das Dach durchbrach, schlug auch die Juli-Revolution in Frankreich bis nach Cölln durch. Auch in den folgenden Jahren gab es immer wieder Unruhen, die von Soldaten und Gendarmen hart und rücksichtslos beantwortet wurden.

Haltet mich nicht für ungläubig oder gar verschlossen gegenüber dem Neuen. Bei beidem ist eher das Gegenteil richtig. Schließlich hatte auch ich schon einmal Gold und Hacksilber gegeben, damit die Westfassade des alten Doms fertiggestellt werden konnte. Aber was in diesen Jahren durch Fortsetzung des großen Baus unternommen wurde, hatte nur wenig mit der Ehre Gottes oder dem großen Haus für die Gebeine der Heiligen Drei Könige zu tun.

Es waren ein anderer König und ein anderes Paradies, dem die neu aufflammende Begeisterung der Menschen galt. Und dieses Paradies sollte bereits auf Erden Wirklichkeit werden. Es hieß »Nation« und sollte die bestätigen, die gleicher Herkunft waren und die gleichen Anschauungen über die Welt besaßen. Wo früher Heilige verehrt und angebetet worden waren, da verlangte jetzt dieser eigenartige und nur schwer zu fassende Begriff der Nation Opfer und Martyrium, Hingabe und Verehrung.

Das alles kam mir in seiner übertriebenen und feierlichen Sprache schon fast gotteslästerlich vor. Überall in Deutschland schwärmten die Romantiker jeglicher Couleur von Rückbesinnung auf die großen mittelalterlichen Werte. Es wurde Mode, irgendeiner Vereinigung anzugehören und sich gleichzeitig von allen anderen Nachbarn zu unterscheiden.

»Gleiche Brüder, gleiche Kappen«, ordnete der Kommandeur der Kavalleriebrigade in Cölln an. Zugleich schlug er vor, dass als Unterscheidungsmerkmal für die Eingeweihten jede Gruppe im Karneval ein andersfarbiges Käppchen aufsetzen sollte.

In diesen eigenartigen Zeiten gestattete der Preußenkönig, dass das echte Carmeliterwasser der Klosterfrau Maria Clementine Martin auf dem Etikett nicht mit einem Kreuz, sondern nur mit einem Preußenadler verziert werden durfte. Wenig später wurde der Karneval erneut verboten, weil die Anspielungen gegen Staat und König allzu dreist geworden waren. Das strenge Regiment verschärfte sich so sehr, dass es zum offenen Streit zwischen dem Staat und dem Erzbischof von Cölln kam. Erzbischof Clemens August Freiherr von Droste zu Vischering lehnte kategorisch ab, die Kinder aus Mischehen zwischen Katholiken und Protestanten nach der Religion des Vaters erziehen zu lassen. Er beharrte auf dem Recht der Kirche und ließ sich lieber in die Festung Minden verbannen, als seinen Glauben zu verraten …

Hätte ich in diesen Jahren einen Körper besessen und als Cöllner unter anderen Cöllnern gelebt, wäre ich wahrscheinlich ebenfalls verwirrt gewesen über all das Widersprüchliche, was jetzt auf die Stadt zukam. Monat für Monat und Jahr für Jahr erlebten die inzwischen fünfzigtausend Cöllner mit, wie sich ihre Stadt immer schneller veränderte. Überall wurden neue Fabrikgebäude und Manufakturen errichtet. In einer alten Ziegelhütte wurde der erste Gussstahl hergestellt. In Ossendorf entstand eine Fabrik, die aus dicken Rüben feinen Zucker kochen konnte. Und überall wurden Eisenbahnstrecken gebaut. Schon bald führte der »eiserne Rhein« von Cölln bis nach Antwerpen. Die Handelskammer gründete eine Dampfschifffahrtsgesellschaft für den Fahrbetrieb nach Mainz. Sogar der Obermeister der Cöllner Seilerzunft setzte jetzt eine Dampfmaschine für die Herstellung von Drahtseilen ein.

Aber auch das große künstlerische Erbe, das in der Franzosenzeit beinahe in alle Himmelsrichtungen zerstreut worden wäre, erhielt jetzt einen Ehrenplatz in der lauten und geschäftigen Stadt am Rhein. Nach dem Tod des großen Sammlers Ferdinand Franz Wallraf erbte die Stadt Hunderte von Gemälden und wertvollen Gegenständen aus der Vergangenheit. Jetzt erhielt Wallraf als Einziger den Ehrentitel »Erzbürger Cöllns« und ein eigenes Museum für seine unschätzbare Sammlung.

Auch in den folgenden Jahren gab es immer wieder Unruhen. Insgeheim sehnten sich die Cöllner trotz der neuen Technik überall nach der guten alten Zeit, in der viele Arbeiten angeblich von Heinzelmännchen über Nacht erledigt worden waren. Immer mehr Menschen begeisterten sich für die vergangenen Jahrhunderte, in denen alles so schön geordnet, übersichtlich und idyllisch gewesen war. Ich wusste, dass es all dies zwar gegeben hatte, dass es aber bestenfalls eine Seite der Medaille gewesen war. Doch wie das Morgenrot den Himmel wie in einem Farbenrausch erobert, so ließen sich Romantiker und glühende Verehrer der Nation durch nichts von ihrer Vorstellung des schönen Scheins abbringen.

Künstler wie Schinkel und Caspar David Friedrich malten gotische Dome, die wie märchenhafte Burgen und Visionen eines neuen Babylon aussahen. König Friedrich Wilhelm III. lehnte einen Dombauverein für Cölln noch ab. Erst als sein romantisch eingestellter Sohn König Friedrich Wilhelm IV. gekrönt wurde, konnte am 4. September 1842 der Grundstein für den Weiterbau des Doms gelegt werden. Doch nicht nur ich, sondern auch viele Cöllner ahnten, dass hier kein großes Gotteshaus, sondern ein Monument weltlicher Macht erschaffen werden sollte. Und aus verklärtem Morgenrot wetterleuchtete es schon.

Die Preußen und ihre Verbündeten hatten die Franzosen wieder vertrieben – nicht aber die Ideen, die seit der Revolution von 1789 nach Deutschland eingesickert waren. Cölln musste sich in diesen Jahren auch dem Neuen öffnen. Hier kreuzten sich die Straßen aus allen Himmelsrichtungen, prallten die französischen Ideen mit den ungelösten Fragen zusammen, die durch immer mehr Menschen innerhalb der Stadtmauern gestellt wurden.

Seit dem Abzug der Franzosen hatte sich die Bevölkerung der Stadt fast verdoppelt. Aber der Kampf um Brot und Arbeit, Recht und Freiheit ließ sich durch die alte Biedermeierordnung und die starre Obrigkeit nicht mehr länger zügeln. Der Staat hatte Angst vor seinen Bürgern und vor ihren freiheitlichen Ideen. Die preußische Zensur im fernen Berlin verbot die gerade erst gegründete

»Rheinische Zeitung«. Ihr Chefredakteur Karl Marx wich nach London aus. Selbst harmlose Straßensänger und Bauchredner wie Franz Andreas Millowitsch waren den preußischen Beamten zu gefährlich. Sie verboten ihm, mit seiner Wanderbühne durch die Städte und Ortschaften des Rheinlandes zu ziehen. Er durfte nur ein kleines Theater auf der anderen, der »scheelen« Rheinseite eröffnen.

Wie ein böses Vorzeichen brannte es in der Altstadt. Viele Häuser wurden zum Opfer der Flammen. Die Arbeiter aus den Fabriken gingen auch in den folgenden Jahren für mehr Gerechtigkeit auf die Straße. Die Stimmung konnte sehr schnell wütend werden, dann wieder fröhlich und ausgelassen. Bei der Brigittenkirmes in der Pfarre Sankt Martin zwischen Fischmarkt und dem alten Markt kam es schließlich sogar zu heftigen Tumulten zwischen preußischen Soldaten und fröhlichen Besuchern.

Mein Gedankenstaub kreiste so intensiv um die Ereignisse meiner Heimatstadt, dass ich mehrmals glaubte, allein durch meinen Willen und meine Seelenkraft wieder einen Körper zu bekommen. Aber es war wie bei den Versuchen, die ihr alle kennt – wenn man mit aller Kraft aufwachen will oder daran denkt, im Bett liegend ein Bein oder auch nur die Finger zu bewegen, und plötzlich fürchtet, dass der Kopf vergessen hat, wie dies geschehen soll. Aber war nicht die gesamte Welt das Ergebnis von Wille und Vorstellung? Ich hatte das irgendwann gehört, nur jetzt fehlten mir die Flügel eines Engels, die Wunderkraft der Heiligen und vor allem auch der Glaube daran, dass meine Seele aus dem Jenseits wie ein Geist, ein Dämon oder ein Teufel in den Körper irgendeines Menschen fahren könnte. Trotz aller Leben, die ich bereits gelebt, und aller Tode, die ich gestorben war, fehlte mir ganz einfach eine Ebene der Erkenntnis. Oder war gerade das vielleicht sogar das Fegefeuer, in dem ich so viel sehen und dennoch nichts im Wortsinne begreifen konnte?

Ich roch förmlich das Fluidum der Revolution, vermischt mit dem Gestank der Armut und dem Durst der Seelen, den Leibern, die verhungern mussten, wenn die da oben die da unten weiterhin so schamlos ausbeuteten. Über zwei Jahrtausende hinweg hatte ich immer Mächtige und Schwache, in Purpur Lebende und in der Scheiße Hausende gesehen. Ehe die Franzosen kamen, waren

Tausende von Cöllnern ebenso arm gewesen wie jetzt die Arbeiter aus den Fabriken. Doch diese Armen waren als Stand der Bettler anerkannt gewesen – wer aber jetzt die Faust gegen Ausbeuter und Herren hob, konnte erschlagen oder erschossen werden, nur weil er Mensch sein wollte ...

Armenärzte wie Andreas Gottschalk und der Priester Adolf Kolping versuchten, jeder auf seine Weise, gegen das Elend anzugehen. Doch längst kreiste überall das in London veröffentlichte »Kommunistische Manifest« von Karl Marx und Friedrich Engels. Gleichzeitig wurde in Paris die Monarchie gestürzt und erneut die Republik ausgerufen. Schon im März forderte das Volk auch auf dem Cöllner Rathausplatz Freiheit der Rede und für Versammlungen. Der Ruf nach demokratischen Gesetzen wurde so laut, dass Soldaten aufmarschierten und die Demonstranten vertrieben. Aber schon vierzehn Tage später versammelten sich die Demokraten im Café Royal von Franz Stollwerck in der Schildergasse. Sie trafen sich bei Musik und französischen Chansons und begannen ihre Revolution, indem sie Stollwercks Café in Deutsches Kaffeehaus umtauften.

Hier hörten sie, dass am 20. März Soldaten auf Befehl des Königs ein Blutbad unter den Demonstranten in Berlin angerichtet hatten. Nur Stunden später zogen empörte Cöllner vom Stollwerck-Cafe in der Schildergasse bis zum Dom. Mutige Männer kletterten am Mauerwerk empor. Ganz oben hissten sie die schwarz-rot-goldene Fahne als Symbol des Widerstandes und der Demokratie.

Nur wenig später trat das erste Parlament auf deutschem Boden als Nationalversammlung in der Frankfurter Paulskirche zusammen. Auch im Cöllner Großgefängnis Klingelpütz brach eine Revolte aus. In ihrer Not stellte die Verwaltung zwanzig Kompanien mit sechstausend Mann für eine Bürgerwehr auf.

Es schien, als wäre damit wieder Ruhe eingekehrt. Karl Marx kam nach Cölln zurück und gab Die Neue Rheinische Zeitung heraus. Hinter vorgehaltener Hand meinte er, dass bei dem angeblichen Blutbad in Berlin nur zwei Schüsse gefallen wären. Aber das stand natürlich nicht in seiner Postille. Es war derselbe Sommer, in dem fünf neue Fenster im großen Kirchenschiff enthüllt werden konnten. Das Erdgeschoss war inzwischen vollendet. Alle Seitenschiffgewölbe waren geschlossen, und das Triforium als Säulengang war ebenfalls fertiggestellt. Obwohl der große Bau erst eine provisorische Decke trug, reichte das Kirchenschiff der Kathedrale zwischen dem Ostchor und den unvollendeten Türmen bereits siebenundzwanzig Meter hoch.

Aber noch immer brodelte es in Cölln. Es roch nach Staatsfeinden und weiterhin nach Revolution. Deshalb kamen außer Friedrich Wilhelm IV. keine weiteren Fürsten nach Cölln, als die Stadt ein großes Dombaufest veranstaltete, mit dem der sechshundertste Jahrestag der ersten Grundsteinlegung gefeiert wurde. Gleichzeitig wurden die fünf wunderbaren gläsernen Gemälde in fünf prächtigen Fenstern des neuen Kirchenschiffs enthüllt. König Ludwig I. von Bayern war nicht nach Cölln gekommen, aber sein Geschenk versöhnte ...

Einen Monat später brachen erneut Unruhen in den Straßen aus. Mitte September wählten fünftausend Cöllner Karl Marx und Friedrich Engels in ihren Sicherheitsausschuss. Vier Tage später waren es sogar siebentausend Cöllner, die sich auf dem historischen Schlachtfeld des Sieges gegen die Macht und Willkür der Erzbischöfe in Worringen versammelten. Zusammen mit den Kommunisten und Sozialisten wie Ferdinand Lassalle forderten sie die »Rote Republik« ... Neun Tage später wurde der Belagerungszustand über die ganze Stadt verhängt. Damit war die Revolution in Cölln beendet.

40. EIN DOM FÜR DEN KAISER

»RHEINOLD, WACH AUF! Es stürmt so sehr!« Ich schrak hoch und starrte in die Dunkelheit. Irgendetwas klapperte. Gleichzeitig jaulte ein Sturm um mich herum, obwohl ich selbst kein Lüftchen davon spürte. Für einen Augenblick war ich verwirrt und wusste nicht, ob ich noch immer körperlos beobachtete oder ob ich mich wieder einmal unter den Lebenden befand. Irgendetwas schepperte laut, aber merkwürdig gedämpft über das Straßenpflaster.

Ehe ich richtig begriff, was geschah und wo ich mich befand, stürzten Dutzende von Erinnerungsstücken auf mich ein. Sie fügten sich wie bunte Scherben ohne besondere Bedeutung zu einer ganzen Reihe bunter Kirchenfenster, die mich sofort an die Fassade des großen Gotteshauses erinnerten. Trotzdem fehlte mir jeglicher Bezug dazu und jede Vorstellung davon, wer ich war.

Das einzig Konkrete war der warme, weiche Frauenkörper neben mir. Er gab mir Halt und Schutz und ließ mich auf sehr angenehme Art erwachen. Für eine Weile wollte ich überhaupt nicht wissen, wer ich war und ob ich wieder lebte. Aber dann streichelte sie mich so angenehm, dass sich meine Lebensgeister wieder regten …

»Wie spät ist es?«, fragte ich und wunderte mich über meine tiefe Stimme. »Und welches Jahr schreiben wir jetzt?«

»Unsere Standuhr in der Diele hat vorhin sechs geschlagen«, sagte sie mit einem tiefen, wohligen Seufzer. »Und wenn du es genau wissen willst: Heute ist der 29. Februar anno 1868 – ein Schaltjahr, wenn dir das schon etwas sagt.«

»Irgendetwas Besonderes?«, fragte ich. »Etwas, das ich wissen müsste?«

»Nein«, antwortete sie und schmuste mit mir. »Nur, dass es eine wunderbare …«

»Eine was?«

»Eine wunderbare Nacht mit dir war.«

Ich dankte allen Himmeln, dass sie mein Gesicht nicht sehen

konnte. Sicherlich hätte sie gemerkt, wie verwundert und verwirrt ich in diesem Augenblick aussah. Ich hatte nicht die leiseste Erinnerung an das, wovon sie sprach. Gleichzeitig fiel mir auf, dass ich eigentlich auch in meinen anderen Leben unverschämtes Glück gehabt hatte. Ich dachte an den Druidenhain, an das Pferd von Karl dem Großen und an die anderen Situationen, in denen ich nichts ahnend durch das unsichtbare Tor zwischen dem Jenseits und der Welt der Lebenden gegangen war. Hätte ich nicht genauso gut auf einem Scheiterhaufen als Ketzer zu mir kommen können? Oder wenn bereits der Schatten eines Schwertes mein Gesicht berührte? Ich war niemals ein sehr kleines Kind geworden, kein Greis, aber auch kein Priester und kein Cöllner Ratsherr. All meine Leben hatten in einem Mittelfeld gelegen – weder zu hoffnungslos noch zu hochmütig und mächtig ...

»Haben wir noch immer unser Auskommen mit den Uhren und den mechanischen Gerätschaften?«

»Nein«, sagte sie und knabberte an meinem Ohr. »Wir sind beide dreiundzwanzig Jahre alt und hatten schon Erfolge als Schauspieler und Sänger im ›Vaudeville‹.

»Was?«, fragte ich verdutzt, während mir weitere Einzelheiten aus den vergangenen Jahrzehnten einfielen. »In diesem riesigen Theater für Singspiele und Operetten neben dem Deutschen Kaffeehaus von Franz Stollwerck?«

»Genau dort«, antwortete sie. »Seit der ›Orpheus in der Unterwelt‹ von unserem Jacques Offenbach dort seine Erstaufführung hatte, tanzt und singt die ganze Stadt noch viel mehr als früher in der Karnevalszeit.«

»Merkwürdig«, brummte ich. »Wirklich sehr merkwürdig. Zweitausend Jahre lang war ich ein miserabler Sänger. Und jetzt sagst du, dass wir sogar davon gelebt haben.«

»Und das sogar so gut, dass uns dieses Haus in der Kleinen Budengasse gehört.«

»Wie?«, fragte ich. »Und was ist mit dem Priesterseminar?«

Sie lachte so vergnügt, dass sie mich damit ansteckte. »Was glaubst du wohl, was alles abgerissen wurde für den Bauplatz an der Kathedrale? Die große Brücke und der Bahnhof gleich daneben. Dort ist jetzt nichts mehr so, wie wir es noch gekannt haben. Aber wenn wir Glück haben, bekommen wir vielleicht ein Engagement bei Millowitsch. Da kannst du dann diesen Filou Schäl spielen.«

»Vielen Dank«, antwortete ich. »Immer noch besser als den Versager Tünnes.«

»Jetzt einmal ernsthaft, Rheinold. Weißt du tatsächlich nicht, dass wir ein wunderbares Engagement für das Theater in der Komödienstraße haben?«

»War das nicht abgebrannt?«

»Schon wieder aufgebaut«, entgegnete sie. Ich runzelte die Stirn und blickte durch die Fenster ins erste Morgenrot über den Cöllner Dächern.

»Meine Erinnerung reicht bis zum Ende der 48er-Wirren hier«, sagte ich und richtete mich etwas auf. »Was ist danach passiert? Weißt du es?«

»Ja, einiges weiß ich schon«, antwortete sie. »Im Jahr darauf starben mehr als tausend Menschen an einer fürchterlichen Choleraepidemie. Es gab Prozesse gegen die Kommunisten. Aber die ganze Revolution ist irgendwie versandet. Inzwischen gibt es übrigens nach eineinhalb Jahrtausenden wieder eine feste Brücke über den Rhein. Sie führt von Deutz direkt auf die Kathedrale zu. Kurz vor dem Ostchor biegen die Schienen für die Eisenbahn nach Norden in den Zentralbahnhof ab.«

»Eine Brücke und ein Bahnhof«, sagte ich. »Hat es nichts anderes in diesen zwanzig Jahren gegeben?«

»Lass mich doch erst mal ausreden«, lachte sie und kuschelte sich wieder dicht an mich. »Vielleicht freut es dich ja, dass der Dreikönigsaltar von Stephan Lochner jetzt nicht mehr im Rathaus, sondern im Dom aufgestellt ist.«

»Wie weit ist der Bau inzwischen?«, fragte ich.

»Am Anfang lief alles nur sehr mühsam«, erzählte sie mir. »Aber die Südfassade ist jetzt siebzig Meter hoch, und das Langhaus und das Querhaus tragen inzwischen sogar einen eisernen Dachstuhl und einen hübschen Dachreiter, dort, wo sich beide Dachfirste kreuzen.«

»Dann könnte doch auch die Trennwand abgetragen werden, die den Ostchor seit Jahrhunderten auf der Westseite verschließt.«

»Sie ist bereits verschwunden«, antwortete Ursa. »Aber du hast recht. Sie stand genau fünfhundertundsechzig Jahre lang. Aber der Bau würde noch weitere Jahrhunderte dauern, wenn inzwischen nicht die Lotterie genehmigt worden wäre.«

»Die Lotterie?«, fragte ich. »Für eine Kathedrale? Das ist doch nicht dein Ernst! Da könnte ich genauso gut mein Lederband vom Amulett in kleine Stückchen schneiden und als Reliquien oder Druidenzauber verkaufen.«

»Tu's doch!«, lachte sie fröhlich. »Du ahnst ja nicht, welch erstaunlich hohe Summen da zusammenkommen. Auf der Bauhütte am Dom arbeiten inzwischen fünfhundert Steinmetzen, Rheinold. Das sind mehr, als manchmal in einem ganzen Jahrhundert dort tätig waren. Seit vier Jahren wächst auch der Nordturm immer höher. Er hat schon fast die Höhe unseres alten Südturms erreicht.«

»Das ist unmöglich!«, sagte ich ungläubig. »Ein solcher Turm kann niemals in so kurzer Zeit gebaut werden.«

»Vergiss nicht, dass wir inzwischen auch Dampfmaschinen und ganz andere Werkzeuge als früher haben«, sagte sie. »Und wenn wir uns nicht zu lange bei unserem Frühstück aufhalten, können wir heute sogar sehen, wie über den Gerüsten unser alter Kran abgebrochen wird.«

»Aber das dürfen sie doch nicht!«, protestierte ich empört. »Dieser hölzerne Kran auf dem Südturm der Kathedrale ist ein Wahrzeichen für Cölln wie …«

»Wie was?«

»Wie die vielen Kirchen, das Halbrund der Stadtmauer und der Karneval.«

Ich merkte selbst, dass meine Argumente schwach waren. Wenn es wirklich stimmte, dass es inzwischen wieder eine feste Brücke über den Rhein gab, dass die Kirche Maria ad Gradus und all die anderen Gebäude rund um die Kathedrale nicht mehr standen – was blieb dann noch von jenen Plätzen, Straßen und Gässchen und den Häusern, die uns vertraut gewesen waren?

War denn das alles überhaupt noch unsere Stadt?

Ich wusste, dass das Herz mir schwer sein würde, wenn ich hinausgehen und zusammen mit vielen anderen Cöllnern zuschauen würde, wie ein Symbol, das uns so wertvoll wie ein Wappen war, einfach abgerissen wurde. Ein alter Kran nur, der die Jahrhunderte in Sturm und Krieg stets überdauert hatte. Altes Metall, knarrendes Holz, Bolzen und Balken, ein schräger Mastverhau, der selbst schon Flagge war, Erkennungszeichen und ein lieb gewordenes Fossil. Doch etwas fehlte diesem alles überragenden Symbol. Es war nicht heilig, kein Stück vom Kreuze Christi und nicht einmal ein *Knöchelsche* von irgendeiner namenlosen Jungfrau ...

Niemand in der ummauerten und längst überfüllten Stadt konnte trauriger über den Abbruch des großen Krans auf dem Südturm der Kathedrale sein als Ursa und ich. Wir hatten viele Wohnungen gehabt und in mehreren Häusern gelebt, aber das Kranhaus hoch dort oben war wie ein Adlerhorst gewesen, in dem wir uns über der besetzten Stadt jahrelang sehr wohl gefühlt hatten.

Als wir dem Abbruch nicht länger zusehen mochten, gingen wir gemeinsam in den Botanischen Garten. Die *Flora*, die von Peter Josef Lenné angelegt worden war, zog uns mit ihren schönen alten Bäumen und dem großen Kuppelbau aus Glas und Eisen an diesem Tag mehr an als das hochgebaute Kirchenschiff der Kathedrale.

Ursa trank heiße Schokolade, und ich nahm einen Kaffee mit Cognac. Wir lauschten eine Weile der Kapelle und betrachteten die nach und nach eintreffenden Neugierigen, die wir bereits auf dem Domplatz gesehen hatten. Viele von ihnen kannten uns. Sie begrüßten uns, und einige schickten Ursa sogar Blumensträuße mit ihren kleinen, ganz persönlichen Billets ...

Das ganze Jahr über vermieden wir, soweit es ging, den Blick nach oben. Jedes Mal, wenn wir dann doch zu den Gerüsten an den Türmen hinaufsahen, kam es uns vor, als würde dort schon längst nicht mehr die Vision vom himmlischen Jerusalem weitergebaut, sondern eine Art Kopfbahnhof zum Ruhm des Reiches und des Kaisers.

Wir spielten allabendlich im Theater an der Komödienstraße, doch unser Erfolg hielt nicht lange an. Zuerst brannte unser Theater ab, dann auch noch das Aktientheater in der Nähe der Flora.

Im Jahr darauf erklärte Frankreich uns den Krieg. Wir waren ziemlich erbost über so viel Frechheit, obwohl einige Edelkommunisten in den Cafés behaupteten, dass der Reichskanzler Fürst Bismarck der ganzen Angelegenheit diplomatisch etwas nachgeholfen haben sollte. Als aber im August König Wilhelm I. auf der Fahrt zur Front im Cöllner Bahnhof ankam, waren wir selbstverständlich dabei. Eine riesige Menschenmenge empfing den Monarchen mit Jubel und Begeisterung. Niemand glaubte daran, dass der Krieg gegen die Franzosen besonders lang oder gar blutig werden könnte. Kurz vor Weihnachten bat der Zentrale Dombau-Verein den König in Berlin um einige der erbeuteten französischen Kanonen. Sie wollten eine neue Glocke daraus gießen lassen.

Es dauerte dann doch länger, als wir es erwartet hatten. Als im Jahr darauf auch noch die Karnevalsumzüge ausfielen und die privaten Bälle um Mitternacht beendet werden mussten, begriffen auch die Optimisten unter uns, dass dieser Krieg kein einfacher Spaziergang war. Erst im Sommer konnten die heimkehrenden Soldaten mit Glockengeläut, Kanonendonner und endlosem Jubel wieder begrüßt werden.

Ursa und ich mussten noch ein weiteres Jahr warten, bis wir wieder ein Engagement bekamen. Wir stritten manchmal, weil wir uns inzwischen zu gut kannten und unsere Ersparnisse uns schneller als erwartet durch die Finger flossen. Andererseits wollten wir nicht zugeben, dass wir uns kaum noch von den einfachen Menschen unterschieden, die Tag um Tag mit grau gewordenen Gesichtern zu den Fabriken in der Südstadt zogen. Von hier aus waren in den letzten Jahren immer wieder Choleraepidemien und andere Krankheiten über die Stadt gezogen. Wir hatten Angst davor, dass wir eines Tages auch dort landen würden, wo die Armut und das Elend nur noch wenig Hoffnung lassen.

Besonders Ursa grauste bei dem Gedanken, so menschenunwürdig leben zu müssen wie die Arbeiterinnen in den Fabriken. Nicht einmal Sklaven und Bettlern war es in all den vielen Jahrhunderten der Cöllner Stadtgeschichte schlechter gegangen.

»Diese Mädchen und Frauen haben keine Chance in ihrem Leben«, sagte sie immer wieder. »Auch wenn es dir zu simpel klingen mag, sage ich doch, dass sie nur noch davon träumen, dass ein Mann sie schwängert, damit sie heiraten können und nie wieder in die Fabriken zurückmüssen.«

»Und du denkst wirklich, dass sie an einen Weißen Ritter glauben?«

»Was sollen sie denn sonst tun?«, erwiderte Ursa vollkommen ernst. »Nie zuvor ist es Mädchen und Frauen in diesen Stadtteilen so schlecht gegangen wie heute. Ihr Kerle wart schon immer menschenverachtend, wenn die holde Weiblichkeit ihren Reiz und ihre zarte Unschuld an euch verloren hat. Aber früher gab es viel mehr Ehre und Anstand bei den Männern ...«

Es hatte keinen Zweck, mit ihr über derartige Fragen zu streiten. Und ich verkniff mir jeden Kommentar zu allen Ansätzen von Gleichberechtigung und ähnlichen Irrlehren. Glücklicherweise öffnete sich im September der Vorhang wieder für uns, als wir zur Eröffnung des neuen Stadttheaters an der Glockengasse »Minna von Barnhelm« gaben.

In dieser Zeit kümmerten wir uns wenig um die Auseinandersetzungen zwischen dem preußischen Staat und der katholischen Kirche. Seit das Erste Vatikanische Konzil 1870 verkündet hatte, dass der Papst ab sofort unfehlbar sei, gab es auch bei uns in Cölln eine Gegenströmung der alten Katholiken. Viele von ihnen waren Staatsbeamte. Als sie von der offiziellen Kirche und dem Erzbischof Paulus Melchers unter Druck gesetzt wurden, nutzte Fürst Bismarck die Gunst der Stunde: In kurzer Folge wurden in Berlin Gesetze ausgearbeitet, die der Kirche viele ihrer Privilegien nahmen. Melchers protestierte und wehrte sich lautstark gegen die Bevormundung. Dennoch wurde der Kulturkampf zwischen Preußen und der Kirche immer härter. Als der Erzbischof sich weigerte, über ihn verhängte Geldstrafen zu zahlen, wurden seine Möbel zwangsversteigert und er selbst in Haft genommen.

»Es klingt unglaublich«, berichtete mir Ursa eines Morgens. »Zehntausende von Katholiken stehen vor dem Klingelpütz und singen!«

»Damit wird keiner in Berlin gerechnet haben«, sagte ich.

»›Wir sind im wahren Christentum‹, singen sie immer wieder«, erzählte Ursa.

Das war im März gewesen. Und erst Anfang Oktober wurde der Erzbischof aus der Haft entlassen.

Im Jahr darauf musste das Priesterseminar in der Marzellenstraße schließen. Drei Wochen später floh Erzbischof Melchers über die Grenze in das Franziskanerkloster nach Maastricht. Der preußische Gerichtshof erklärte ihn daraufhin für abgesetzt. Nach dem Recht der Kirche blieb Paulus Melchers weiterhin der Erzbischof von Cölln, aber für den Staat hatte die fast fertiggestellte große Kathedrale keinen geistlichen Oberhirten mehr …

Freilich, das Leben in Cölln ging auch ohne Erzbischof weiter. Der Festungsring der Stadtmauer quetschte die Menschen immer enger zusammen. Der alte Stadtkern hatte einfach nicht mehr genug Platz für mehr als hunderttausend Cöllner, neue Häuser und Fabriken. Beinahe jeden Tag gab es neue interessante Nachrichten. Wir waren schon nicht mehr in der Lage, beim späten Frühstück oder wenn die Zeitung kam, alles zu besprechen, was sich wieder einmal in der Stadt ereignet hatte. Wir hörten von einem neuen, wunderbaren Verbrennungsmotor, für den Nikolaus August Otto ein Patent erhalten hatte, von Pferdebahnen und der Gründung der Sozialistischen Arbeiterpartei Deutschlands. Aber das größte Ereignis in diesen Jahren fand am 16. Oktober statt – einen Tag nach der Setzung des Schlusssteins im hohen Dom.

»Genau genommen ist doch der Dom schon vor drei Monaten fertig gewesen«, sagte Ursa, als die Cöllner am Straßenrand für einen kurzen Moment etwas leiser wurden. Es sah aus, als würde jeden Augenblick die Kutsche mit dem Kaiser kommen.

»Stimmt«, antwortete ich ihr und zog sie behutsam in den Schatten der Häuser an der Hohe Straße, wie der alte Cardo Maximus der Römer inzwischen genannt wurde. »Eigentlich hätte die ganze Feier schon am 15. August stattfinden können – am Jahrestag der Grundsteinlegung.«

»Ist denn das noch wichtig?«, fragte Ursa und blickte mich mit verschmitztem Lächeln an.

»Ja, wenn es sechshundert Jahre gewesen wären, sechshundertfünfundzwanzig oder eine andere runde Zahl. Aber so hat es eben sechshundertzweiunddreißig Jahre und drei Monate gedauert, bis wir die Vollendung des neuen großen Doms feiern konnten.«

»Feiern werden ohnehin nur die Preußen«, sagte sie leise. »Oder nennst du das etwa ein Jubelfest, bei dem der Erzbischof und der Klerus ausgeschlossen werden?«

Ich beugte mich ein wenig näher zu ihr. »Das soll nach Menschenmengen und Begeisterung aussehen. Aber die meisten haben den Befehl erhalten, hier zu sein, wenn Seine Majestät, der Kaiser, nebst seiner Gattin Augusta ankutschiert kommt.«

»Sei bloß still!«, stieß sie erschreckt hervor. »Du redest dich sonst noch um Kopf und Kragen!«

»Dann wäre ich nicht einmal der Einzige«, blieb ich bei meinem Grimm. Wir hatten im Theater lange überlegt, wie wir gegen all die Ungeheuerlichkeiten protestieren konnten, mit denen sich Berlin anmaßte, über unsere Stadt am Rhein und unsere Kathedrale zu bestimmen. Viele der Cöllner fanden es empörend, wie selbstherrlich und rücksichtslos der Staat von dem Gebäude Besitz ergriffen hatte, das eigentlich immer ein Haus Gottes und ein Heim für die Gebeine der Heiligen Drei Könige sein sollte. Doch jetzt sah das gewaltige Bauwerk eher wie ein steinernes Schiff aus, das für seinen Stapellauf geschmückt war.

Wie zum Hohn wehten von den mächtigen Gerüsten an den beiden Kirchtürmen Dutzende von schwarz-weiß-roten Fahnen und Flaggen mit den kaiserlichen Symbolen. Nicht eine einzige trug ein christliches Kreuzeszeichen oder einen Hinweis auf den verbannten Erzbischof. Zusätzlich hatten übereifrige Beamte einen Pavillon an der Südseite des Domes aufgerichtet. Er war größer, als manche Pfarrkirche in der Stadt je gewesen war. Der Kaiserpavillon schien den Offizieren und Ministerialen aus Berlin fast noch wichtiger zu sein als der größte Kirchenbau der Welt, der vor mehr als sechs Jahrhunderten zur Ehre Gottes begonnen worden war.

Die kaiserliche Kalesche näherte sich schnell. Es schien, als würde sich das Kaiserpaar nicht sonderlich wohlfühlen in unserer Stadt. Aber die Cöllner applaudierten auch nur ausgesprochen spärlich. Wenn mir und Ursa das bei irgendeiner Theatervorstellung so passiert wäre, hätten wir uns am nächsten Tag kaum wieder auf die Straße gewagt …

Unter all den vielen hundert Uniformen und feierlich gewandeten Honoratioren und geladenen Besuchern aus den anderen Provinzen des Kaiserreichs waren kaum Priester zu sehen. Allein der fast achtzigjährige Weihbischof Johann Baudri erwartete das Kaiserpaar vor dem hellen neuen Hauptportal. Er trug, wie die allerersten Christenpriester in der Stadt, die schwarze Soutane eines Domdechanten. Als die kaiserliche Kalesche hielt und die Majestäten ausstiegen, erhob sich doch noch eine Art pflichtgemäßer Jubel. Doch gleich darauf verstummten alle Rufe.

Sämtliche Cöllner, die doch noch zu dem Ereignis gekommen waren und sich nicht wie die Mitglieder des Dombau-Vereins und viele andere einflussreiche Bürger in »würdiger Zurückhaltung« verweigert hatten, blickten jetzt auf das Kaiserpaar und den alten Mann, der sie als einziger Vertreter der katholischen Kirche vor der Kathedrale erwartete. Der schon gebrechliche Weihbischof ging nicht einen einzigen Schritt auf den Kaiser zu. Mehr noch – er fürchtete den Zorn des weltlichen Herrschers nicht, als er dem Kaiser ins Gesicht sagte, dass er selbst daran schuld sei, wenn er an diesem großen Tag nur von einem alten Mann und nicht vom Erzbischof der großen Erzdiözese Cölln empfangen würde.

Kaiser Wilhelm I. überging mit einem kalten Lächeln den Mut des Weihbischofs. Er tat einfach so, als wäre alles in bester Zucht und Ordnung. Und dann hörten wir und die anderen Umstehenden in der Nähe, was der Kaiser auf den Vorwurf des alten Mannes zu sagen hatte: »Seien Sie versichert, dass wie stets auch an diesem von der gesamten Nation freudig begangenen Tag das Walten ungetrübten Gottesfriedens allüberall im Reich das Ziel meiner unausgesetzten Sorge und meiner täglichen Gebete bleibt.«

Es war beschämend, deprimierend und für viele von uns so traurig, dass wir uns nur noch abwenden konnten, um unsere Tränen zu verbergen. Der Kaiser missachtete das große Werk. Wir sahen nicht, was er im Inneren der Kirche tat, aber wir wussten, dass keine Messe gelesen und kein Hochamt gefeiert wurde. Schon nach kurzer Zeit verließen Seine Majestät samt Gemahlin die große Kathedrale wieder.

»Komm«, sagte ich zu Ursa. »Ich kann das alles einfach nicht ertragen …«

Sie weinte noch, als wir uns umwandten und mit anderen, die ihre Köpfe ebenfalls gesenkt hatten, in Richtung Rathaus liefen. Ich blieb wie vom Schlag getroffen mitten auf der Straße stehen. Hinter uns lärmte das Volk auf dem Domplatz. Ich nestelte am alt gewordenen Lederband an meinem Hals. Er war schon lange ohne Amulett.

»Was hast du, Rheinold?«, fragte Ursa und legte ihre Hand auf meinen Arm. Ich konnte ihr nicht antworten, denn irgendetwas umhüllte schwer und dunkel meine Seele. Zum ersten Mal in meinen vielen Leben spürte ich, dass etwas in mir wirklich starb …

Wir hatten nicht mehr sehen wollen, wie der Kaiser mit einem großen Staatsakt die Urkunde der Domvollendung unterschrieb. Vom großen Traum, der über Jahrhunderte hinweg allen am Bau Beteiligten wie ein überirdisches Ziel vorgekommen war, blieb kaum noch etwas übrig.

Mochten der Kaiser, die Schwarzfräcke und die mit großen Haubenhüten geschmückten Damen bewundern, wie die Bauleute die kaiserliche Urkunde bis zur einhundertsiebenundfünfzig Meter hohen Spitze des Südturms hinaufzogen, um sie dort in den Schlussstein einzusetzen – uns kam das alles wie ein Sakrileg und die endgültige Verfälschung eines großen, einmaligen Planes vor. Am Anfang waren das Wort, der Plan und die Idee gewesen. Was jetzt noch übrig blieb, klang nur noch leer und tönern in den Ohren vieler Cöllner.

Viele versammelten sich in den Kaffeehäusern und spülten ihren Zorn mit Kölsch hinunter. Einige weinten noch immer. Andere saßen bewegungslos und mit geballten Fäusten an ihren Tischen. Wiederum andere versuchten mühsam, die ganze Angelegenheit mit sarkastischem Humor zu überspielen. Der bittere Spott und die vielen Bierchen sorgten schließlich dafür, dass der Tag der Domvollendung doch noch einigermaßen friedlich zu Ende ging. Dennoch spalteten der Stolz über das neue Weltwunder und die Verbitterung über die falschen Fahnen an den Türmen immer noch die Menschen in der Stadt. Während die einen drei Tage lang das hehre Denkmal zum Heil des Vaterlandes mit pompösen Umzügen und einem Festbankett feiern wollten, ließ der Kaiser, weil ihm das mehr als das große Bauwerk zusagte, den Umzug mit historischen Trachten aus zwei Jahrtausenden der Stadtgeschichte gleich zweimal an sich vorüberziehen. Dafür blieb er dann dem großen Galaessen fern, das die reichen Cöllner ihm und dem Dom zu Ehren veranstalteten …

Als endlich alles vorbei war und die Stadt wieder ohne kaiserliches Gepränge weiterlebte, beruhigten sich ganz allmählich wieder die Gemüter. Ganz anders die enttäuschten, von allen Feiern ausgeschlossenen und zutiefst gedemütigten Kirchenmänner, die Mitglieder des Dombau-Vereins und viele Katholiken, die sich heimlich dafür schämten, was aus der großen Kathedrale nun geworden war. Einige der Älteren verhehlten nicht, dass sie statt der beiden spitzen Maßwerkhelme und der steinernen Kreuzblumen auf den beiden Türmen viel lieber wieder den alten Holzkran auf dem halb fertigen Südturm gesehen hätten. Zu diesem Unwillen passte es auch, dass schon bald das Gerücht die Runde machte, der Südturm sei sieben Zentimeter kleiner geraten als sein Zwilling an der Nordwestseite des Doms.

»Zu schnell gebaut und hochgepeitscht«, meinte einer der Steinmetzen, die bis zum Schluss in der Bauhütte mitgearbeitet hatten. Er war inzwischen schon für ein neues großes Werk vorgesehen, das seit einiger Zeit die Menschen in der Stadt ebenso beschäftigte wie die Vollendung der Kathedrale. Es hieß, dass nach den Jahren des Aufbaus jetzt ein ebenso großer Abrissplan Wirklichkeit werden sollte. Die Stadt hatte sich offiziell darum bemüht, die mittelalterliche Stadtmauer und die Festungen von den Finanzverwaltungen des Kaiserreichs zurückzukaufen. Noch war nichts entschieden, aber wenn sich endlich alle Beteiligten auf einen vernünftigen Preis einigen könnten, dann würde dieser Handel das alte Cölln im Halbkreis seiner Mauern endgültig auslöschen und zerstören …

Mir kam es vor, als wären beide Ereignisse unmittelbar miteinander verknüpft. Die Stadtmauern hatten die Cöllner über Jahrhunderte hinweg vor allen weltlichen Feinden geschützt. Jetzt aber war die Macht des Kaiserreichs mitten in der Stadt hochgemauert worden. Wenn überhaupt, dann musste sich der Stadtrat jetzt entschließen und die Gunst der Stunde nutzen, wenn die große Stadt nicht an sich selbst ersticken wollte …

Keiner in der Stadt hatte so wie wir die Anfänge miterlebt und das Fortschreiten des Baus durch die Jahrhunderte begleitet. Aber auch denen, die in den vergangenen Jahrzehnten gesehen hatten, wie schnell die große Kirche unter den Händen Hunderter von Bauleuten immer weiter emporwuchs, war ein Beigeschmack geblieben, irgendein Mangel in der Heiligkeit des Gotteshauses.

»Es mag ja sein, dass alles wunderbar, großartig und ohnegleichen in der ganzen Welt ist«, sagte Ursa eines Abends nach einer

Vorstellung, die ihr und mir wieder einmal sehr viel Applaus eingebracht hatte. Wir waren müde und erschöpft, legten die Beine auf kleine Schemelchen und schminkten uns, wie mehrmals in der Woche, im Gaslicht vor dem Spiegel unserer winzigen Garderobe ab. Ursa benutzte, wie üblich, auch Watte und Cöllnisch Wasser, auf dem der Name von Franz Maria Farina verzeichnet war.

»Damit geht auch wieder ein Stück Kölner Tradition verloren«, sagte sie. »Und da nun niemand mehr den Namen Farina ungefragt benutzen darf, will der Enkel von Wilhelm Mülhens sein Cöllnisch Wasser tatsächlich nach der Hausnummer in der Glockengasse benennen.«

»Eine Hausnummer ist doch kein Name«, lachte ich.

»Er sagt, dass er jetzt aus Trotz sein Rheinveilchenparfüm mit der Bezeichnung »4711« verkaufen will«, lächelte sie und tupfte sich die letzten Schminkespuren aus den Augenwinkeln. Ich beugte mich zu ihr hinüber und küsste ihre frisch nach Veilchen duftenden Wangen.

»Mir ist es gleich, wie dieses Eau de Cologne heißt«, sagte ich. »Aber untersteh dich, irgendetwas anderes zu nehmen.«

Es war seit Monaten das erste Mal, dass wir beide wieder frei und fröhlich lachen konnten. Noch im Frühsommer waren wir dabei gewesen, als Kölner Bürger in großen Scharen bis zum Gereonshof gezogen waren. Wir wollten miterleben, wie die mittelalterliche Stadtmauer mit einem großen Sprengsatz ihre erste Bresche erhielt. Der Oberbürgermeister verhehlte nicht, dass mit dem Abriss der großen Maueranlagen auch ein Stück der Kölner Seele und der Heimat vieler Bürger weggesprengt wurde.

Wir schrien auf, als der dumpfe Knall die erste Lücke in den Schutzwall schlug. Eine dichte Staubwolke erhob sich über Hunderten von Zuschauern. Die meisten hielten sich die Ohren zu, weil sie noch einen Schlag erwarteten. Und mitten in die abwartende Stille rief der Oberbürgermeister von den Trümmern herab: »Was unsere Altvorderen erbauen mussten, damit Köln groß wurde, das müssen wir jetzt sprengen, damit Köln nicht klein werde.«

»Für elf und eine Dreiviertelmillion Mark«, stellte Ursa erschaudernd fest. Ich nickte, denn diese Summe hatte die Stadt für ihre eigene alte Mauer und die daraus entstandenen preußischen Festungswerke an den Militärfiskus bezahlen müssen. Es tat uns allen weh, als wir daran dachten, was der Abbruch der Stadtmauer wirklich bedeutete. Auch dass das Hahnentor und einige andere Torbauwerke als Erinnerung an vergangene Jahrhunderte erhalten bleiben sollten, war nur ein Trostpflaster, wenn auch ein sehr schönes und sehr sentimentales …

In den folgenden Jahren dehnte sich die Stadt wie bei einer Überschwemmung, einem Hochwasser aus Häusern und Menschen nach Norden, Süden und nach Westen aus. Dort, wo der Mauerring die Stadt umschlossen und geschützt hatte, wurden breite Straßen angelegt. Die einzelnen Abschnitte der Ringe waren teilweise über hundert Meter breit. Die neue Stadtgrenze schlug einen weiten Bogen um ein Gebiet von mehr als tausend Hektar.

»Das alles dehnt sich jetzt wie umgekippter Grießbrei nach allen Seiten aus«, stellte Ursa fest, nachdem wir einen ganzen Sonntag lang in einer kleinen Kutsche durch die neuen Vorstädte gefahren waren. Es war nicht ungefährlich gewesen, denn überall in den Fabrikgebieten liefen schreiende, barfüßige Kinder über die Straßen, auf dem Ring ratterte eine Pferdestraßenbahn, und Omnibusse fuhren bis zu allen wichtigen Straßen und Plätzen in der Innenstadt.

Einige Jahre später brannte nicht nur in ausgewählten Häusern das neue Licht aus dem Elektrizitätswerk am Zugweg, sondern auch die ersten elf elektrischen Bogenlampen an der Trankgasse und der Schildergasse. Als Ursa das an einem etwas feuchten Abend zum ersten Mal sah, kam sie vollkommen aufgelöst nach Hause.

»Wie ein Heiligenschein!«, stieß sie immer wieder hervor. »Das ist ein Licht ganz ohne Gas und Glühstrümpfe … und es strahlt golden wie auf den Bildern von den Heiligen …«

»Lass das bloß keinen Priester hören«, lachte ich spöttisch. »Sonst heißt es noch, dass du Ketzerlehren verbreitest … von elektrischen Heiligen, Opferkerzen, die man mit einem Schalter einfach anknipsen kann, oder sogar von selbst leuchtenden Knöchelschen …«.

Sie schmollte eine Weile, aber dann kam sie doch wieder und schmiegte sich an mich.

Eines der größten Wunder für uns waren aber die neumodischen Zauberapparate, durch die man Stimmen hören und sogar mit anderen Menschen sprechen konnte, die einige Häuser weiter oder sogar in einer anderen Stadt die gleiche Wunderkiste hatten.

»So etwas müsste es auch im Jenseits geben«, seufzte Ursa, nachdem wir aufgeregt die ersten eigenen Versuche hinter uns gebracht hatten. »Ein Telefon im Himmel oder bei den körperlosen Seelen – das wäre doch die Antwort auf den verlorenen Traum von einer himmelwärts ragenden Kathedrale, durch die wir bis zu Gott aufsteigen können …«

Ich lachte nur und nahm sie in den Arm.

»Mir würde reichen, wenn ich mein Amulett im Diesseits oder Jenseits wiederfinden könnte«, sagte ich mit einem tiefen Seufzer.

»Müssen wir denn begreifen, wie das alles zusammenhängt?«, fragte sie. »Ich jedenfalls fand es manchmal ziemlich deprimierend, wenn ich erkannte, wie etwas funktioniert, was mir zuvor wie ein sehr schönes Wunder vorgekommen war.«

»Aber die Neugier«, sagte ich, »die Sehnsucht, zu erkennen, die ist es doch, die uns vorantreibt und immer weitermachen lässt.«

»Das mag bei dir der Fall sein«, lächelte sie. »Ich finde, dass es reicht, wenn man einfach glücklich ist.«

Wir bewarben uns gemeinsam im Theater der Reichshallen am Neumarkt. Aber die Familie Millowitsch fand, dass wir beide das gewöhnliche und manchmal etwas derbe Cöllner Platt nicht gut genug beherrschten.

»Es war ja auch nur eine hübsche Idee«, meinte Ursa lächelnd. Wir wussten beide, dass wir für den frechen Ton doch vielleicht zu alt geworden waren.

Als dann kurz vor der Jahrhundertwende Willi Ostermann als Komponist und Sänger überall humoristische Erfolge feierte, schrieben wir ihm einige seiner besten Lieder – vielleicht auch nur, weil wir Millowitsch beweisen wollten, dass unser Cöllsch nicht schlechter war als seines …

Ich gebe zu, dass weder Ursa noch ich jemals mit der neuen Elektrischen vom Dom zur Flora gefahren sind. Wir mochten auch die überall auftauchenden Fahrräder nicht und verzichteten auf einen eigenen Anschluss an das Telefonnetz. Als das neue Theater am Habsburger Ring eröffnet wurde, erhielten wir vom langjährigen Direktor des alten Theaters zwei Ehrenkarten. Aber wir kamen nicht mehr zur Premiere und zu den anderen großen Aufführungen in dieser Zeit, sahen weder Offenbachs Oper »Hoffmanns Erzählungen« noch die große Sarah Bernhardt als Kameliendame im Stadttheater.

Wir gingen einfach weg aus dieser laut gewordenen Zeit, indem wir aufhörten zu leben.

41. VON KRIEG ZU KRIEG

ES GIBT KEIN TELEFON im Jenseits. Seit sogar Blitz und Donner auf der Erde nicht mehr als Wunder galten, sondern sich erklären ließen, hatte sich die Welt mehr und mehr entzaubert. Obwohl wir kurz vor unserem Tod uns noch beinahe verschwörerisch angesehen hatten, wenn wir von den Wundern der unsichtbaren Elektrizität sprachen, half uns diese geheimnisvolle Energie nicht weiter. Auch von meinem Amulett war keine Spur zu sehen.

Seit die Protestanten, die Franzosen und schließlich auch noch die Preußen die Verehrung der *Knöchelschen* für Aberglaube, Unwissenheit des Volkes und sogar frommen Betrug durch die Priester geschmäht hatten, war vieles von der Hoffnung und dem großen Traum von einer alles ordnenden göttlichen Allmacht kaputt geredet worden. Auch in Köln blieb unvergessen, dass zur Einweihung der großen Kathedrale keine Glocke in den Kirchen der Katholiken geläutet hatte und dass der große Bau selbst nicht der Erzdiözese oder dem Erzbischof gehörte, sondern sich selbst. Genau genommen musste jeder Erzbischof erst den Dompropst um Erlaubnis fragen, wenn er den größten Kirchenbau der Welt betreten wollte.

Es kam mir vor, als hätte sich nicht nur die alte Ordnung aufgelöst, sondern die ganze Stadt am Strom. Dazu gehörte auch der kleinliche Streit, ob sich die ehemalige Colonia nun Coellen oder Cölln, mit C oder mit K schreiben durfte. Schließlich befahl der Kaiser, dass es Cölln zu heißen hatte. Die große Stadt am Strom war inzwischen durch die Eingemeindung vieler Vorstädte wie Bayenthal, Lindenthal, Ehrenfeld und Deutz zu einer noch größeren Stadt geworden. Was bei dem Abbruch des siebenhundert Jahre alten Mauerrings begonnen hatte, verzehnfachte inzwischen das ehemalige Stadtgebiet.

Als Ursa und ich im vierten Jahr des zwanzigsten Jahrhunderts erneut starben, lebten in Cölln bereits mehr als vierhunderttausend Menschen. Dennoch konnten all die fauchenden Maschinen, die elektrischen Motoren, Telefone und all die anderen aus dem

Verstand geborenen Wunderwerke der Technik nicht verhindern, dass die Menschen wieder etwas glauben wollten, was nach Jahrzehnten von Aufklärung und Fortschritt angeblich längst überwunden war.

Zweihundert Jahre nach der Wiedererrichtung der Kapelle mit dem Gnadenbild der schmerzhaften Mutter Gottes zogen mehr als siebentausend Menschen in einer großen Wallfahrt vom Cöllner Dom aus auf die andere Rheinseite nach Kalk. Mir war schon früher mehrfach aufgefallen, dass die einst so große und fanatische Verehrung der Heiligen und der Reliquien mehr und mehr eine ganz andere Gestalt annahm. Ich hatte nicht besonders darüber nachgedacht.

Gewiss – auch bei den Evangelischen hatte es immer einige Gläubige gegeben, die für die Verehrung der Heiligen eintraten. Auch in der Umgebung von Martin Luther hatten adlige Herren Sammlungen von *Knöchelschen* und anderen Reliquien zusammengetragen, die nach Tausenden gezählt wurden. Doch das, was seit der schwülstigen Zeit des Barock und den Träumen der Romantik übrig geblieben war, entwickelte sich zunehmend zu einer Mode, die mich erstaunte und zugleich faszinierte.

Ich wunderte mich sehr über die Schwärmereien von einer hoch gebenedeiten Königin des Himmels, von einer Mutter Gottes als der heiligsten Gestalt aller Religionen und von der unbefleckten Empfängnis der gleichzeitig als schmerzensreich Gepriesenen. Einerseits konnte ich nichts Unrechtes an diesem neuen Mutterkult und der Marienfrömmigkeit entdecken. Andererseits verstand ich nicht, wie Keuschheit, Zölibat, Beichte und unbefleckte Empfängnis mit dieser kultischen Verehrung, Hingabe und Liebe zusammenpassten.

Mir kam dabei immer wieder das wunderschöne Bild der Maria im Rosenhag von Stephan Lochner in den Sinn. Gleichzeitig dachte ich, dass eigentlich jede Mutter für ihre eigenen Kinder als Heilige und unbefleckte Göttin galt. War es das, was hier immer deutlicher eine Art Gegengewicht zur lauten, zackig demonstrierten Männermacht in Uniform bildete?

Ich sah, während ich im Frieden der Körperlosigkeit verweilte, wie sich in meiner Stadt bei den Lebenden sehr vieles immer schneller wandelte. In der Glockengasse wetteiferte die große Synagoge mit anderen Gotteshäusern. In der Schildergasse zog der Weltkinematograf als neuer Musentempel die Menschen durch ein technisches Wunder an. Es waren »lebende Bilder« zu sehen, die sich so bewegten wie Menschen, Tiere und die vielen Fahrzeuge auf Schienen und Straßen.

Die Bahn fuhr inzwischen nicht nur nach Bonn, sondern auch nach Bergisch Gladbach. Auf der anderen Rheinseite wurden ebenfalls die Festungsanlagen gesprengt, und neue Brücken wuchsen über den großen Strom. In einigen Zusammenkünften der Gebildeten wurde über eine Friedensbewegung ebenso gesprochen wie über das Elend neuer Zuwanderer aus allen Teilen des Deutschen Reiches. Frauen durften wieder politische Vereine bilden.

Aber die Allerärmsten, die jetzt für einen Hungerlohn in die Fabriken überall am Rhein eintreten wollten, konnten ihre eigene Not nicht in der Sprache der Cöllner Bürger ausdrücken. Viele kamen von weit her – aus Österreich, Ungarn und Russland, Italien oder Polen. Einige von ihnen schafften es. Andere fraßen den Abfall, den die Alteingesessenen achtlos weggeworfen hatten.

Die Stadt beschäftigte Hunderte von Arbeitslosen mit der Zerkleinerung von Pflastersteinen. Trotzdem ließen sich die Cöllner die närrischen Versammlungen und den Karneval nicht nehmen. Auch als am Pfingstsamstag des Jahres 1908 der große Klöppel der Kaiserglocke abbrach und aus dem Südturm bis zum Domvorplatz hinunterstürzte, sahen nur wenige darin ein böses Vorzeichen …

Als dann aber in Berlin ein junger Monarch verkündete: »Unsere Zukunft liegt auf dem Wasser«, da dachte ich: »… oder sie fällt hinein.« Der Wilhelm II. mochte eben seinen alten Onkel Eduard in London nicht. Und dann mauschelte jeder gegen jeden überall in Europa. Alle Völker fühlten sich plötzlich bedroht und eingekreist.

Anfang 1914 mussten sogar Sonderzüge eingesetzt werden, um Tausende von Schaulustigen zum Rosenmontagszug in die Stadt zu bringen. Der Zug bestand aus zweiundsiebzig Gruppen, die noch einmal die Mächtigen in Berlin kritisieren und verspotten durften. Es war das letzte Mal für die kommenden zwölf Jahre.

Im Frühjahr griff die große Stadt, die auf dem rechten Rheinufer schon Kalk, Poll und Vingst verschlungen hatte, nach einem riesigen neuen Happen Land. Mülheim, Dellbrück und Rath wurden geschluckt. Damit gehörte jetzt auf der rechten Rheinseite fast so viel Land zum Cöllner Stadtgebiet wie auf der linken …

Wir Menschen am Rhein wussten von Anfang an, wie wichtig Wasser ist. Als dann im Sommer desselben Jahres die Schüsse von Sarajewo fielen, trafen vor den Cafés und Restaurants eingesessene Cöllner zu patriotischen Kundgebungen zusammen. Andere protestierten gegen die Kriegsgefahr. Und als die Mobilmachung erfolgte, verwandelte sich die Stadt schnell in ein großes Heerlager, in dem die Uniformierten immer wieder von der Zivilbevölkerung bejubelt wurden. Auch bei unseren Feinden ging es zur Sache.

Von einem Kaufmann namens Wilhelm Ostermann aus London, der wohl nicht mit unserem berühmten Liedermacher Willi Ostermann verwandt ist, hörte ich kurz darauf, dass der deutsche Botschafter und Stellvertreter des deutschen Kaisers mit Musik und über einen roten Teppich zum extra für ihn eingesetzten Sonderzug auf der Victoria Station geleitet worden war. Hunderte von »Engelländern« auf dem morgendlichen Weg in die Büros der City nahmen vor dem deutschen Fürsten Lichnowsky respektvoll ihre Hüte ab. Und im Zug zum Fährschiff gab es Toast mit Schinkenrührei für alle – auf Kosten der Regierung in London. Ostermann sagt, er selbst, der Fürst und dessen dichtende Ehefrau Mechtilde hätten alle mehrmals genommen. Am Tag darauf begann der Krieg. Und einen Monat später versenkten die Engländer, die über Jahrhunderte hinweg die besten Handelspartner Cöllns gewesen waren, den deutschen Kreuzer, der den Namen »Cöln« trug. Von den 485 Besatzungsmitgliedern überlebte nur ein Mann.

Noch im ersten Kriegsjahr wurde vom Erzbischof ein Altarauto für die Feldgottesdienste beschafft, in dessen Inneren ein Beichtstuhl eingebaut war. In der ersten Zeit bejubelten die Cöllner noch die Truppen aller Waffengattungen in ihren Eisenbahnwagen, die mit frischem Grün geschmückt waren. Aber je mehr Krüppel und Verwundete von den Schlachtfeldern im Westen an den Rhein zurückkamen, umso klarer wurde allen, wie entsetzlich dieser neue große Krieg war.

Nicht einmal die Glocken läuteten noch so, wie die Cöllner es gewohnt waren. Sie wurden abgenommen und zu Kanonenkugeln umgeschmolzen. Gleichzeitig spürten auch die Zurückgebliebenen, wie das Sparbrot schmeckte, für das ein gewisser Konrad Adenauer das Rezept entwickelt hatte. Je länger der große Krieg dauerte, umso mehr hungerten die Cöllner. Lebensmittelmarken und Notgeld gehörten schon bald ebenso zum Alltag wie die inneren Kämpfe zwischen Obrigkeit und rebellierenden Sozialdemokraten. Der städtische Beigeordnete Konrad Adenauer, der auch eine fleischlose Wurst zum Patent anmelden ließ, wurde Oberbürgermeister. Im vierten Kriegsjahr fielen die ersten acht Bomben aus Flugzeugen auf Cölln. Ich sah, wie die mittelalterlichen Domfenster in großer Verwirrung ausgebaut und fortgeschafft wurden. Hunderte von Kieler Matrosen besetzten die Rheinbrücken. Ich sah, wie Oberbürgermeister Adenauer eine Bürgerwehr organisierte, wie sich auf der anderen Seite aus Tausenden von kriegsmüden Soldaten und Deserteuren Arbeiter- und Soldatenräte bildeten und wie schließlich einer der Aufständischen auf ein Auto kletterte und schrie: »Nieder mit dem Krieg! Es lebe die sozialistische deutsche Republik!«

Einen Tag später rief ein anderer das Gleiche in Berlin … Es war zu spät. Wie seinerzeit die Franzosen, kamen die Eroberer auch diesmal wieder von Westen her. Dreißigtausend Soldaten marschierten über die Aachener Straße in Cölln ein. Diesmal waren es Briten. Anders als die ärmlichen, zerlumpten Kämpfer der Französischen Revolution trugen die »Engelländer« nagelneue braune Uniformen. Sie wussten schließlich, was sich gehörte, wenn sie die »Osterlinge« in Cölln besuchten, die sie schon lange kannten. Vom Jahr darauf an wurde die Stadt mit »K« geschrieben.

Als dann eine Dekade später ganz andere braune Uniformen mit 39,6 Prozent der Wählerstimmen stärkste Fraktion im Rat der Stadt wurden, musste ich nur nachfragen, was unser Oberbürgermeister Konrad Adenauer davon hielt. Die Antwort überraschte mich nicht: Er war am Tag darauf schon morgens aus Köln geflohen – noch ehe die Banausen der SA und die scharf gedrillten Recken der SS unser Rathaus stürmten. Natürlich setzten sie den Adenauer ab und dafür einen willfährigen Parteigenossen ein.

Auch der neue Reichskanzler Adolf Hitler ließ sich am Rhein blicken. Ich hörte selbst von gestandenen Kölnerinnen, dass sie von diesem Mann fasziniert waren und sogar von ihm träumten. Ich hatte in fast zwei Jahrtausenden schon zu viele Helden und auch Maulhelden gesehen, um meine Skepsis vorschnell aufzugeben. Als der Mann aber drei Jahre nach seiner Machtübernahme deutsche Truppen über die Rheinbrücken in das eigentlich entmilitarisierte Rheinland marschieren ließ, freute auch ich mich darüber. Aber mir schwante bereits, dass hinter angeblich so edlen Zielen auch dunkle Wolken heraufzogen. Nichts in der Ewigkeit oder im Jenseits lässt sich wägen, messen oder kalkulieren. Doch der Gedankenstaub vergisst nicht. Aber es gibt keine Möglichkeit, aus Erlebtem und Erlittenem vergangener Leben irgendetwas zu lernen. Auch nicht von anderen. Alles muss immer wieder neu und selbst erfahren werden.

Die meisten von uns waren wie im Rausch in jenen braunen Jahren. Vielleicht war es zuerst ein hoffnungsvolles Aufblicken nach langer Demütigung und Scham. Doch dann wuchs der Stolz auf Ehre, Vaterland und Volksgemeinschaft. Die ganze Welt blickte auf dieses Dritte Reich, feierte unsere Olympiade, unsere Technik und unsere fast schon himmelwärts fliegenden, alle Bedenken im Staub zurücklassenden Ziele. Natürlich hätten wir es sehen können – gerade in Colonia. Wir kannten sie doch, die falschen Propheten, die Brandstifter und die Pogrome gegen die eigenen Nachbarn. Hinterher weiß man's immer besser. Ich hätte schreien müssen – so wie einige Todesmutige auch. Als ich es tat, war es bereits zu spät.

Ich weiß nicht, was mich mehr erschreckte – das vielstimmige Auf- und Abschwellen der Sirenen oder das zaghafte, wie aus geschlagenen Körpern klingende Geläut einzelner Glocken. Der Fliegeralarm lag nun schon so lange wie eine unheimliche Lärmdecke über der gesamten Stadt, dass sich die Menschen auch in dieser Nacht mehr vor dem Heulen fürchteten als vor den paar Bomben, die auch schon früher einzelne Häuser zerstört hatten.

Dennoch war die Nacht vom 30. zum 31. Mai 1942 von Anfang an unvergleichbar. Ich spürte, dass diesmal all das Klagen der Sirenen und das Geläut etwas Fürchterliches ankündigten. Mir war, als würde ausgerechnet jetzt und hier direkt im Dom von Köln das große Ende beginnen, vor dem die Christen sich seit nun schon fast zweitausend Jahren fürchteten ...

Hilflos, schmutzig und total verschwitzt fand ich mich wie ein paar verwirrte junge Flakhelfer genau dort wieder, wo der Schrein der Heiligen Drei Könige versteckt worden war. Mir fiel sofort auf, dass die Gebeine fehlten. Gleichzeitig spürte ich, dass sie irgendwo in der großen Kathedrale versteckt sein mussten. Auch wenn ich manches Mal in der Vergangenheit nicht so recht an das Heiltum und die Wirkung der *Knöchelsche* geglaubt hatte, empfand ich jetzt bei aller Angst eine ungeheure Sicherheit und Ruhe in mir.

Das erste Bombardement kostete vierhundertachtzig Tote und fünftausend Verletzte. Ich war kaum siebzehn Jahre alt, aber ich war nicht wie die anderen jungen Burschen in der Nähe geflohen, als verirrte Bomben britischer Flugzeuge die Stellungen westlich der Stadt getroffen hatten. Im Gegenteil: Ich hatte sie sogar angelockt, mit hohen Druidenfeuern in Lichtungen auf freiem Feld. Das sollte bereits die vorausfliegenden Pfadfinderflieger und dann die vielen Bomber täuschen. Niemand von uns gläubigen Jungen ahnte, dass die verdammten Tommys die Stadt am Rhein schon brennen sahen, wenn sie den Ärmelkanal überquerten und über Holland anflogen.

Ich hielt noch immer einen Holzsplitter von der Ladefläche des Lastwagens fest, unter den ich mich mit ein paar anderen im allerletzten Augenblick geworfen hatten. Er war zerfetzt worden, ebenso wie die Gesichter meiner Schulfreunde und der Hitlerjungen, die schon lange aufgeregt gefiebert hatten, endlich auch einmal nachts dabei zu sein.

Kein anderer aus meinem Fähnlein hatte überlebt. Kein anderer war den langen Weg von unseren Feuern westlich der Stadt bis in den Dom gekommen. Aber was nützte das? Dieses neue Leben, das mir gerade erst bewusst wurde, war bereits drauf und dran, wieder zu enden. In einer Minute, in fünf oder vielleicht erst in zehn.

Gegen die Flugzeuge, die sich am Nachthimmel unserer Stadt näherten, half weder das lächerliche Bellen der Flakgeschütze noch das Gekritzel der Funkenstriche von der Leuchtspurmunition am Himmel. Für einen Augenblick dachte ich daran, was wohl passieren würde, wenn ich durch irgendeinen Zufall überlebte. Wie sollte ich erklären, dass mir nicht draußen, wie den anderen, Arme und Beine abgerissen worden waren, dass ich noch einen Kopf besaß, noch sehen, hören und mich fürchten konnte?

Ich kam nicht mehr zu einer Antwort. Rings um mich herum schrien die Menschen auf, die sich in das große Gotteshaus geflüchtet hatten. Als durch die Fensteröffnungen bereits flackernder Explosionsschein in die Kirchenschiffe blitzte, erkannten auch die Mutigsten, dass selbst die Strebepfeiler und Säulen keinen Schutz vor Fliegerbomben boten.

Während an einigen Stellen die Menschen knieten und beteten, drängten andere bereits zu den Treppen in die älteren, tiefer gelegenen Kellerräume zu den Überresten des alten Doms aus der Zeit der Karolinger. Ich zögerte nur einen kurzen Moment, während der Sarkophag der Heiligen Drei Könige im Blitz und Donner golden und überirdisch leuchtete. Die Tücher und die Bretter, die den Sarkophag geschützt hatten, waren wie von einer Sturmböe abgerissen.

Ich kam nicht mehr dazu, irgendetwas zu tun. Ein Schwall von heißer, funkendurchglühter Luft raste durch das Mittelschiff der hohen Kathedrale. Gleichzeitig donnerte es über mir. Der Boden bebte. Und dann brachen schwere Brocken aus den Strebepfeilern, den Gewölben, dem Triforium und den Fenstern der Obergaden nach unten. Obwohl ich keins der ungeheuer vielen Flugzeuge am Himmel über Köln sehen konnte, wurde mir klar, dass es Hunderte, wenn nicht gar Tausende sein mussten, die sich in dieser Nacht über die große Stadt am Rhein hermachten.

Das Grauen in der Kirche wurde so groß, dass ich nicht einmal mehr die Schreie von Verwundeten und das schrille Kreischen von Frauen hörte, die aus schierer Angst in den Feuersturm hinausliefen. Bei alldem war ich wie gelähmt. Ich kam mir vor, als wäre ich in diesem neuen Leben direkt auf einem Scheiterhaufen geboren worden.

Kein liebendes Weib, keine Ursa, die mich erwartete und mir bei meinen ersten Schritten half. Kein schöner Tag, an dem ich mich an meine Rolle in einem neuen Stück, an neue Nachbarn und die Veränderungen in der Stadt gewöhnen konnte. Nein, diesmal war ich in Sodom und Gomorrha aufgewacht.

War denn das Ende des großen Krieges wirklich noch keine fünfundzwanzig Jahre her? Hatte sich Adolf Hitler nicht gerade erst Köln und die Rheinlande ins Deutsche Reich zurückgeholt? War nicht der Jubel von Olympia auch in meiner Stadt groß gewesen, obwohl sich Köln zuerst und gleichzeitig mit Berlin um dieses große Fest des Sports beworben hatte?

Wieso merkte ich eigentlich erst jetzt, dass all die Fahnen, Uniformen, Aufmärsche und Paraden auch nicht viel anders ausgesehen hatten als damals bei den Römern in ihrem Tausendjährigen Reich? Das Deutsche Reich würde nicht einmal hundert Jahre überdauern.

Ich spürte, wie ein Steinstück auf meine linke Schulter prallte. Aber es schmerzte mich nicht, denn zugleich sah ich den roten Feuerschein, der inzwischen schon den gesamten Domplatz eingehüllt haben musste.

Noch etwas anderes fiel mir ein: Tünnes und Schäl hatten in diesem Dritten Reich auch viel zu lange ihren Mund gehalten – auch vor kaum vier Jahren noch, als in der zynisch so genannten Reichskristallnacht die Synagogen in der Glockengasse, in Ehrenfeld, Mülheim und Deutz in Flammen aufgegangen waren –, als immer mehr Kölner in Lager und Gefängnisse gesperrt wurden und als dann wieder einmal ein Krieg gegen irgendwelche anderen ausbrach. Gegen die anderen aus dem falschen Stamm, dem falschen Volk und der falschen Rasse. Doch diesmal schien ich selbst zu denen zu gehören, die hart für das gestraft werden mussten, was sie vielleicht nicht selbst getan, aber auch nicht verhindert und bekämpft hatten.

Ich fühlte, wie mich eine neue Druckwelle gegen die Säulen schleuderte. Mühsam raffte ich mich wieder auf und stolperte bis zu den Treppenstufen am südlichen Querschiff. Dort waren kaum noch Menschen zu sehen. Ich torkelte die Stufen hinab, irrte in den katakombenähnlichen Räumen herum und verlor sofort die Orientierung. Über mir dröhnte das Gestein. Aber noch mehr verwirrte mich, dass ich auf einmal niemanden mehr sah.

Plötzlich wurde mir klar, dass ich die ganze Zeit etwas gesehen hatte, obwohl schon längst kein Strom mehr da war für die Kellerlampen an der Decke. Das Licht in allen Gängen und in den Räumen stammte nicht von den blauen oder gelben Leuchtfarben an den Wänden, sondern von gelben Kerzen aus reinem, köstlich duftendem Bienenwachs.

Wer kam dazu, mitten im Krieg bei einem Bombenangriff, wie ihn die Welt noch nie gesehen hatte, Wachskerzen anzuzünden, um sie überall zwischen den alten Säulen der ersten Kirche unter dem großen Dom zu verteilen?

Ich spürte, wie die Erregung in mir nahezu unerträglich wurde. Mein Atem wurde schwerer, und meine Wangen glühten. Ich ahnte es. Nein, noch viel mehr, ich wusste plötzlich, dass sie da war. Noch ein-, zweimal schluckte ich trocken. Dann bog ich um eine Säulenkante aus alten Feldsteinen. Und da sah ich sie.

Sie hockte vor der Mumie der angeblichen Merowingerfürstin und ihrem toten Sohn, in dessen Helmband ich vor langer, langer Zeit meinen eigenen Namen eingezeichnet hatte. Überall verbreiteten die kleinen Kerzenflammen ein weiches, goldenes Licht zwischen den Kellermauern und den alten Säulen.

»Ursa!«, stieß ich heiser hervor und sank vor ihr auf die Knie. Sie sah mich an, und sie war schön wie nie. Ich achtete nicht auf die Uniform, sah nur ihre volle weiche Brust, mit der sie das Neugeborene in ihren Armen säugte.

»Ursa!«, rief ich nochmals. Aber ihr Blick strafte mich bestenfalls mit unwilliger Verachtung.

»Ich heiße Ulla«, stellte sie abweisend und voller Stolz klar. In all dem Chaos und der kleinen Lichtinsel im Domkeller konnte ich nicht erfahren, ob sie nun Ursa war oder nicht.

Ich fragte sie in dieser Nacht nicht noch einmal. Ohne dass wir es beide besonders wollten oder gar verabredet hätten, blieben wir zusammen. Zuerst hielt ich nur meinen Arm über sie und ihren Säugling, als ein paar kleine Steinbröckchen von der Decke fielen. Dann gab ich ihnen meine Jacke. Und schließlich holte ich mit den Resten eines alten Eimers aus der Grabkammer Wasser vom nahe gelegenen achteckigen Taufbrunnen tief zwischen den Fundamenten der großen Kathedrale.

Ein paar Tage später entdeckte ich, dass sich ganz in der Nähe die großen Bunkeranlagen befanden, in die sich viele Kölner bei jedem neuen Bombenangriff flüchteten. Jedes Mal, wenn ich in der Nähe dieser Bunkereingänge vorbeiging, musste ich an das alte römische Dionysos-Mosaik denken, das fast zwei Jahrtausende unter dem Schutt der immer neuen Häuser und Gebäude auf der Südseite des Doms versunken war. Es war erst wieder aufgetaucht, als die Kölner im Jahr zuvor einen Luftschutzbunker gegen die tödlichen Sendboten gegraben hatten.

Nach einem dieser Fliegerangriffe war der Kölner Erzbischof und Kardinal Karl Joseph Schulte innerlich verblutet. Er war einundzwanzig Jahre lang das Oberhaupt der Katholiken in der Erzdiözese gewesen. Während er sich anfänglich noch gegen die Politik der Nationalsozialisten gewehrt hatte, war er nach einem Gespräch mit dem Reichskanzler Adolf Hitler sehr zurückhaltend geworden. Er unterschied sich dabei nicht besonders von anderen Gottesmännern, die nach dem Abschluss des Konkordats zwischen der Reichsregierung und dem Vatikan im Juli 1933 kaum ihre Stimme gegen das erhoben hatten, was danach geschehen war …

Nachfolger des zögerlichen Oberhirten war erst vor einem Monat der bisher unbekannte Josef Frings geworden. Ich war dabei gewesen. Obwohl das offizielle Deutschland derartige Feiern kaum noch zuließ, hatten sich Tausende von Kölnern mitten im Krieg in der Kathedrale und auf dem Domplatz eingefunden, um gegen all die Gottlosigkeit und ihre mörderischen Folgen öffentlich zu protestieren.

Ich hatte auch gesehen, dass gleich danach weitere Schätze und Reliquien abtransportiert worden waren. Es hieß, dass sie in Bergstollen irgendwo in der Eifel eingelagert werden sollten. Schon dabei hatte ich das Gefühl, dass alles nur noch schlimmer werden könnte. Denn auch immer mehr Menschen verließen freiwillig oder unfreiwillig die bedrohte Stadt.

Ich fragte Ulla nicht, wo ihre Familie war und wann sie wieder an die Sonne wollte. Sie weinte nicht, sprach kaum mit mir und sang nur leise am kleinen Köpfchen ihres Kindes. Sie musste Unmengen von Wachskerzen gehortet haben, denn während ich draußen nach etwas Essbarem, ein paar Kleidungsstücken und Milch für den kleinen Jungen suchte, blieb sie jedes Mal still und mit ihrem eigenartigen Lächeln in der alten Grabkammer zurück.

In all den Jahren, seit die Römer meine Stadt gegründet hatten, war ich nur einige Male einem Mädchen wie dieser Ulla begegnet.

Ich fühlte innerlich, dass sie Ursa sein konnte, aber dann spürte ich, dass etwas von ihrer Seele fehlte ...

Ich dachte an die erste Ursa, die ich nicht halten konnte und an den Syrer Lucas verloren hatte. Und ich dachte an die leise singende Begine, die mir Käsebrot und manchmal auch etwas Obst oder Gemüse zur Bauhütte gebracht hatte ...

Wir blieben auch in den folgenden Monaten in unserem eigenartigen, kostbar und edel wirkenden Versteck. Ich schleppte ein paar Türen aus den Ruinen heran, Decken und Koffer mit allerlei Hausrat, die irgendwer bereits für seine Flucht gepackt hatte. Einmal gelang es mir sogar, mehrere Kartons mit Wehrmachtskonserven, Seife aus Frankreich, Seidenstrümpfen, einem Stapel Dollarnoten in braunem Packpapier und eine Kiste Kölnischwasser aus einer halb ausgebombten und verlassenen Dienststelle der Partei zu holen. Trotzdem musste ich aufpassen. Kettenhunde der Wehrmacht, Blockwarte, streunende Deserteure und aus den Baracken von Ford und anderen Fabriken geflohene Fremdarbeiterinnen tauchten immer wieder in der Nähe meines Verstecks auf.

Ich war in dieser Zeit nicht gläubig, bestenfalls ein wenig abergläubisch. Das galt sowohl für die Gebeine der Heiligen Drei Könige als auch für die mumifizierten sterblichen Überreste jener Frau und jenes Kindes, die vor eineinhalb Jahrtausenden noch enger zu mir gehört hatten als jetzt das Mädchen Ulla und ihr kleiner Sohn.

Wir lebten im Versteck der kostbarsten aller Kölner Reliquien länger als ein Jahr. Jedes Mal, wenn ich wieder hinausging, sah ich mehr Zerstörung. Die Stadt zerfiel schneller als nach dem Ende des römischen Imperiums. Auch die Ruinen waren größer, schrecklicher und auf skelettartige Weise nackter. Der Hansesaal des Rathauses, das Wallraf-Richartz-Museum und sogar die Gürzenich-Festsäle hatten schon längst kein Dach mehr.

Mir war, als würden immer mehr der kurz zuvor noch stolzen prächtigen Gebäude zu Teilen eines riesigen Gerippes von einem Lebewesen, das einmal eine Stadt gewesen war. Irgendwann hörte ich, dass bereits eine Viertelmillion Menschen in Köln ohne Obdach waren. Aber das Schlimmste waren nach wie vor die Nächte. Mit ihrem Lärm krachender Stabbomben, Phosphorkanistern, Feuerschein und Explosionen waren sie viel mehr als ein bloßer Vorgeschmack auf die Hölle und das ewige Inferno.

Irgendwann wurde die Ruinenstadt auch noch zur Festung ausgerufen. Ich sah, wie unsere eigenen Soldaten auch noch die letzten Brücken über den großen Rheinstrom sprengten, wie Männer öffentlich erhängt wurden, hungernde Ausgebombte und entflohene Zwangsarbeiter aus den zerstörten Fabriken sich zu Räuberbanden zusammenschlossen und wie die Lebensadern der Stadt für Strom und Wasser, Gas und Eisenbahn nach und nach zerstört wurden. Und irgendwann war nichts mehr da, was noch zerstört oder verteidigt werden konnte …

Ich stand mit Ulla und dem Kleinen am Nachmittag des 6. März anno 1945 auf den Trümmern, die von der großen Bombenwunde im Nordturm unseres Doms stammten, und wartete wieder einmal auf die Befreier. Wir hörten nur noch sehr vereinzelt Schüsse. Es gab kaum noch Widerstand bei den Kölnern. Die meisten, die die Bombennächte überlebt hatten, versteckten sich in den Kellern der verbliebenen Gebäude.

Die lauten, fauchenden und rasselnden Panzer der amerikanischen Eroberer drangen wie dunkelgrüne Ritter mit Fußgefolge und Waffenknechten über die schuttbedeckten Straßen bis zum Dom vor. Noch einmal schoss ein Feuerstrahl in einen zurückgelassenen deutschen Panzer vor der Kathedrale. Noch einmal schrien ein paar Frauen auf, und waffenlose deutsche Landser warfen sich, ohne zu denken, in irgendwelche Mauerlöcher.

Wie oft schon waren fremde Bewaffnete in unsere Stadt am Rhein gekommen? Und wie vorsichtig und zugleich erleichtert hatten die Zurückgebliebenen die Eindringlinge erwartet? Diesmal waren es angloamerikanische Truppen, die zunächst die linke Rheinseite und den alten Stadtkern mit dem Dom in Besitz nahmen.

Ich sah, wie das Mädchen Ulla den Eroberern zuwinkte. Sie lächelte, und in ihren Augen stand ein Glanz, wie ich ihn noch nie bei ihr gesehen hatte. Einer der Rundhelme streckte ihr Schokolade entgegen. Ich trat nur einen halben Schritt nach vorn, rutschte etwas auf dem Ziegelschutt aus und wollte mich noch an ihr abstützen. Im gleichen Augenblick löste sich das durchgeschabte Lederband ohne das Amulett von meinem Hals. Es war in den Jahrhunderten sehr schmal und weiß geworden …

Sie sah, wie es herunterfiel. Mit ihrem Kind im einen Arm bückte sie sich. Der Soldat mit der Schokolade reagierte augenblicklich. Ich weiß nicht, was sie ihm und allen anderen über Volkssturm, Werwölfe und getarnte Flintenweiber eingetrichtert hatten. Vielleicht war alles auch nur ein unglücklicher Unfall. Ich hätte schwören könnte, sogar seinen Schuss gesehen zu haben.

Ich kann nicht sagen, ob es dieser Ami mit der Schokolade für Ulla war, der mich erschoss, oder irgendeiner der letzten Kölnverteidiger, versteckt in Trümmern und Ruinen.

42. DAS HEILIGE JAHR

ES HATTE NICHT WEHGETAN. Außerdem war ich nur einer von hunderttausend Kölnerinnen und Kölnern, die auf beiden Seiten des Rheins den Krieg nicht überlebten. Für einen kurzen Augenblick sah ich wieder den weißblau schillernden, eigenartig verdrehten Schlauch zwischen meinem toten Körper und mir selbst. Die geheimnisvolle Nabelschnur zwischen der zurückbleibenden Materie und der Freiheit des Gedankenstaubs erinnerte mich an die vielen Tode, die ich an diesem Platz bereits gestorben war. Aber auch an die ebenso großartigen wie manchmal grausamen Zeiten, die ich hier miterlebt hatte.

Der Krieg war vorbei. Das Dritte Reich, dessen Wahn von einer germanischen Wiedergeburt des tausendjährigen Imperium Romanum nicht einmal ein halbes Druiden-Jahrhundert Bestand gehabt hatte, und all die Schrecken von zwanzig Jahrhunderten lagen hinter mir. War das nun das Ende meiner Reise?

Von der Dreiviertelmillion Kölnern vor dem Krieg hausten die Überlebenden jetzt in Ruinen. Merkwürdigerweise waren es exakt so viele wie zu den besten Zeiten der Römer und im Mittelalter. Zehntausend waren es auf der linken Rheinseite und dreißigtausend auf der rechten, zusammen vierzigtausend ...

Aber die Türme des hohen, stolzen Domes standen noch. Rund drei Dutzend Bomben und Granaten hatten ihn beschädigt, aber nicht zerstört. Zwei Männer standen ebenfalls ungebrochen in den Trümmern. Der Erzbischof und Kardinal Josef Frings erinnerte die Überlebenden daran, dass der Gottesdienst bei den Christen von Anfang an auch ein Dienst an der Gemeinde gewesen war. Im Gegensatz zu der gnadenlosen Auslegung der Zehn Gebote und der Kirchenlehren in vergangenen Jahrhunderten ließ er in diesen schweren Zeiten sogar den Diebstahl von Lebensmitteln und lebensnotwendigen Waren für die Kölner zu, wenn sie dadurch überleben konnten. Schon bald hieß diese Art christlichen Teilens nur noch »fringsen«.

Der andere, der wie ein dritter Turm des Kölner Doms erneut

für die Stadt und ihre Menschen einstand, war der mehrfache Oberbürgermeister Konrad Adenauer. Bereits vier Tage vor der bedingungslosen Kapitulation des Deutschen Reiches wurde er von den Amerikanern wieder in sein altes Amt eingesetzt – so lange wenigstens, bis ihn die nachfolgenden Engelländer wieder rauswarfen.

In den Monaten danach kehrten immer mehr Kölner in die Trümmer zurück. Sie kamen aus ebenso zerstörten Städten, aus Verstecken in den Bergen, aus Scheunen in den Bauernhöfen und aus der Kriegsgefangenschaft. Sie wollten wieder aufbauen, leben und feiern, wollten dafür sogar »zu Foß no Kölle jon«.

Nach und nach kamen auch Kunstwerke, Heiligtümer und Reliquien wieder. Drei Jahre nach dem Ende des großen Krieges konnten die Kölner eine Woche lang die siebenhundertste Wiederkehr der Grundsteinlegung ihres Doms feiern. Noch klafften schlimme Schäden in der großen Kathedrale. Dennoch konnte zum ersten Mal wieder eine Messe in ihrem Inneren gefeiert werden. Tausende von Kölnern kletterten auf die Trümmerhalden rechts und links der Prozessionsstraße. Josef Frings führte den langen Zug mit dreißig Bischöfen, sechs Kardinälen und einem persönlichen Vertreter des Papstes an. Aber das Wichtigste an dieser Prozession war die Rückkehr der Reliquien, der *Knöchelsche* und des prächtigen Dreikönigsschreins.

Ein Jahr später wurde Konrad Adenauer der erste Kanzler der neuen Bundesrepublik Deutschland. Selbst die Kölner aus den anderen Parteien waren heimlich stolz darüber. Fünf Jahre nach dem Ende des Zweiten Weltkriegs konnten die neuen Stadt-Honoratioren, die teilweise sogar die alten waren, im notdürftig reparierten Gürzenich-Saal feiern. Trotz aller Not wurden die Straßen und Fassaden der Ruinen mit Fahnen und Girlanden geschmückt.

Nur wenige deutsche Städte waren durch den Zweiten Weltkrieg so gnadenlos zerstört worden wie Köln. Dennoch feierten Jung und Alt mitten in Trümmern ausgelassen die tausendneunhundertste Wiederkehr des Jahres, in dem die Grenzfestung am Rhein mit ihren Mauern, Kasernenanlagen und Veteranenhäusern zur römischen Reichsstadt erhoben worden war.

Ich beobachtete das alles mit einer Mischung aus Abstand und Interesse. Es war weniger als Heimweh und mehr als die Erinnerungen an einen Platz, an dem ich viele Male gelebt hatte. Mir entging nicht, dass selbst die evangelischen Christen in Köln etwas zu feiern hatten. Es war die hundertfünfzigste Wiederkehr des Tages, an dem ihnen Kaiser Napoleon das Recht auf freie Religionsausübung im katholischen Köln garantiert hatte. Auch als in den folgenden Jahren immer mehr Trümmerberge abgetragen wurden, neue Häuser, neue Straßen und neue Brücken über den großen Strom entstanden, beschäftigten mich wieder Wirbel aus Gedankenstaub, in denen ich mich fragte, was eigentlich eine Stadt wie CCAA, Colonia, Cölln und Köln ausmachte.

Was stand denn noch von den ursprünglichen Mauern? Was hatte überlebt? Und was war eigentlich ein Kölner? Musste der echte Kölner über Generationen mit der Stadt verwurzelt sein? Musste er Overstolz heißen oder irgendeiner anderen Familie mit einem großen Namen angehören? Musste er Kölsch trinken und auch sprechen, katholisch sein, in gewissen Wochen bunte Stoffschiffchen aufsetzen, wie närrisch schunkeln und mit Karamellbonbons um sich werfen? Formten die Stadt, der Dom, der Fluss die Menschen – diesen für viele Nachbarn allzu fröhlichen und manchmal derben Menschenschlag? Oder war es gerade die Mischung von Menschen aus allen Himmelsrichtungen, Rassen und Religionen über zwei Jahrtausende hinweg, die sich die Stadt und ihren Platz zum Leben immer wieder neu geschaffen und erhalten hatte?

Für mich war Köln eindeutig meine Heimat. So heilig und so unverwechselbar wie meine eigene Seele. Gleichgültig, wann und wo ich an diesem Plätzchen in der Welt gelebt hatte – es war für mich immer der Ort gewesen, an dem vor langer, langer Zeit einmal das Feuer der Druiden in einem heiligen Hain gebrannt hatte. Während ich sah, wie sich die Stadt erneut erhob, wie sie größer und mächtiger, reicher und glänzender wurde und wie sie sich bei ihrer wunderbaren Wiedergeburt auch wieder hässliche, verbrecherische Seiten zulegte, fragte ich mich erneut, warum ich manchmal mit Ursa und manchmal ohne sie all das erlebt hatte. Natürlich fehlte sie mir. Außerdem war ich ein bisschen traurig darüber, dass ich nie eine Erklärung dafür gefunden hatte, warum das Amulett einmal Einfluss auf mich hatte und dann wieder nicht …

Auch als ich eineinhalb Millionen Zuschauer bei einem neuen Rosenmontagszug in meiner Stadt sah, lenkte mich das nicht ab. Stattdessen dachte ich daran, was in der Zwischenzeit bei den Lebenden schon fast selbstverständlich geworden war: Die Ford-Werke, die ja eigentlich Amerikanern gehörten und dennoch ungezählte Lkws für die deutsche Wehrmacht und dann die sogenannten NATO-Ziegen produziert hatten, stellten nach wie vor Personenkutschen her, die keine Pferde mehr benötigten. Sie trugen in der Mitte ihrer Lenkräder das Kölner Stadtwappen mit den elf Flammen oder schwarzen Hermelinschwänzen als Symbol für die elftausend Märtyrer-Jungfrauen unter den Kronen der Heiligen Drei Könige.

Wie die Menschen, die zu dieser Zeit in Köln lebten, sah ich auf Bildern und Fernsehmonitoren die Explosionen von Atombomben, Ausbrüche von Vulkanen und schließlich sogar das Wunder eines Menschen auf dem Mond. Gleichzeitig besuchten Könige und Königinnen, Präsidenten und viele kluge Köpfe meine Stadt am Rhein. Einige bekannte Menschen waren hier in ganz unterschiedlichen Zeiten Ehrenbürger geworden – die Reichskanzler Otto Fürst von Bismarck und Adolf Hitler in anderen Zeiten als Konrad Adenauer, der Kunstmäzen Peter Ludwig, Willy Millowitsch oder der katholische Querschreiber Heinrich Böll. Letzterer wollte das eigentlich auch nicht, da er ohnehin den Nobelpreis bekam.

Manchmal, so kam es mir in den letzten Jahrzehnten vor der Jahrtausendwende vor, schien auch die provisorische deutsche Hauptstadt Bonn nur der Regierungsvorort meiner Stadt zu sein. Die beiden Städte hatten einen gemeinsamen Flughafen auf der anderen Rheinseite, und im Schloss der Kölner Erzbischöfe in Brühl fanden mehr Staatsempfänge statt als je in Potsdam oder in Berlin. Als jedoch Köln das Stadtgebiet ausweiten wollte, um dadurch auch endlich Millionenstadt zu werden, stand Bonn im Gegensatz zu Wesseling und Bergisch Gladbach nicht auf dem Wunschzettel der Kölner.

Zur selben Zeit wurde der Ratsturm in seiner alten gotischen

Form wieder an allen Seiten und über alle fünf Stockwerke hinweg mit mehr als hundert lebensgroßen und für Köln wichtigen Männern der Vergangenheit zwischen den Fenstern wiederhergestellt. Fast nur mit Männern, wohlgemerkt, was die Nachkommen der Beginen nicht lange ruhen ließ. Mit ihrem Frauengeschichtsverein setzten sie durch, dass wenigstens ein Dutzend Frauengestalten ebenfalls einen Ehrenplatz erhielten …

Farina gegenüber – die letzte Kölnischwasserfabrik in der Stadt – wurde an die Franzosen verkauft. Auch der Name »Glockengasse No. 4711« verschwand nach über hundert Jahren aus dem Kölner Firmenregister. Er wurde globalisiert und erhielt die Zusätze »Cologne«, »New York« und »Paris«. Erst dadurch fiel mir auf, dass sich in anderen Sprachen das ursprüngliche römische und fränkische »Colonia« viel länger erhalten hatte als in den späteren deutschen Schreibweisen. Änderte sich wirklich so viel dadurch?

Wie schon häufiger in der Vergangenheit blieben die heiligen Schätze in der Kathedrale nicht nur Objekte der Verehrung, sondern auch der Begehrlichkeit. Mit einer Ausrüstung für Bergsteiger gelangten Einbrecher durch einen Luftschacht in die Schatzkammer des Doms. Sie raubten eine Prunkmonstranz aus purem Gold mit vielen Edelsteinen, dazu liturgische Geräte und Juwelen, die Millionen wert waren, darunter einen Bischofsring, den Papst Johannes XXIII. seinem »Sohn«, dem Kardinal Frings, geschenkt hatte. Es wirbelte ein wenig in meinem Gedankenstaub, als ich wieder daran dachte, wie es wohl kam, dass alle Königs- oder Fürstenhäuser den größten Wert auf Nachkommen und Erben legten, diejenigen aber, die sich im Auftrag ihres Gottes mehren und ihren Glauben über alle Welt verbreiten sollten, jede Umarmung eines Weibes scheuen mussten wie der Teufel das Weihwasser.

Die ganze Stadt geriet in Aufruhr und versuchte, die Schätze und die Täter zu finden. Bei den Tätern gelang das mit Gottes und der Halbwelt Hilfe – bei den Schätzen nur zum Teil. Erneut kam mir alles, was mit dem Dom zu tun hatte, ein bisschen ungeklärt zwischen der Kirche, den Kölnern und dem Papst vor. Genau genommen gehörte der »Hohe Dom Köln« weder der Stadt noch dem Erzbischof oder den Gläubigen, sondern dem Metropolitankapitel – also sich selbst. Und noch präziser war es der jeweilige

Dompropst, den alle fragen mussten, die den Dom betreten wollten – der Erzbischof ebenso wie die Weihbischöfe und Domschweizer, der langjährige Dombaumeister Arnold Wolff und die Besucher, wenn sie in die Kellerräume oder auf den Südturm steigen wollten. Normalerweise setzten die Dompröpste ihr Hausrecht sparsam durch – bis auf besondere Anlässe, von denen einer ausgerechnet mich betreffen sollte. Doch dazu musste ich in ein neues Leben treten. Ich beschloss, noch die paar Jahre abzuwarten bis zur Vollendung eines zweiten Jahrtausends nach der christlichen Zeitrechnung. Also beobachtete ich weiter.

Als der Alterzbischof Josef Kardinal Frings mit einundneunzig Jahren starb, wurde sein Leichnam in einem großen Trauerzug zum Dom gebracht. Hunderttausend Kölner erwiesen ihm die letzte Ehre. Aber als dann zwei Jahre darauf das Fest der hundertjährigen Vollendung der Kölner Kathedrale gefeiert werden sollte, schickte der neue, aus Polen stammende Papst Johannes Paul II. nur einen Kardinal als seinen eigenen Vorboten zu »Roms treuer Tochter Köln«. Er selbst wollte erst im November 1980 kommen – zum siebenhundertsten Todestag seines Lieblingsheiligen Albertus Magnus und fast zweihundert Jahre nachdem zum letzten Mal ein Papst deutschen Boden betreten hatte.

Sieben Jahre später kam der Heilige Vater noch einmal. Vor siebzigtausend Gläubigen sprach er die als Jüdin geborene und als Karmeliternonne in Auschwitz ermordete Edith Stein im Kölner Stadion selig.

Derselbe Papst zwang im Dezember 1988 das Kölner Domkapitel, auch gegen dessen erklärten Willen den Kardinal Joachim Meisner aus Berlin zum neuen Erzbischof zu wählen. Mehr als hundertfünfzig Theologen protestierten schriftlich gegen das päpstliche Diktat. Mir kam das vor, als würden sie verlangen, dass die Sonne durch Volksabstimmung jetzt im Norden aufgehen sollte. Aber es gab noch Wunder, die auch die Aufständischen von Köln nicht leugnen konnten: Die Mauer in Berlin fiel ohne einen Schuss. Der rote Erzfeind brach zusammen, und als auch noch die nach dem Krieg geteilte Nation wieder zusammenfand, ging manches andere Ereignis im großen Trubel unter.

Vielleicht sind dies auch einige der Gründe dafür, dass sich ein Jahr nach der Wiedervereinigung nur der sozialdemokratische Regierungspräsident Franz-Josef Antwerpes darüber entrüstete, dass in der Stadt ohne amtliche Genehmigung eine ungeheure Gotteslästerlichkeit entstanden war. In vielen anderen Zeiten hätte die Tat zu bitterster Tortur und einem spektakulären Ketzerprozess geführt. Und die Verantwortlichen wären wahrscheinlich gevierteilt und gerädert, aufs Rad geflochten, enthauptet und verbrannt worden.

Auf dem Turm des alten Zeughauses, in dem über Jahrhunderte hinweg Waffen und Gerät für die Verteidigung der Stadt gelagert worden waren und vor dem heute noch eine Nachbildung des Bischofswagens aus der Schlacht von Worringen zu sehen ist, erhob sich plötzlich ein neues, golden glänzendes Idol. Aber es war kein Heiligenstandbild, keine Monstranz, kein überirdisch strahlender Königsschrein, nicht einmal das Zeichen eines Wunders.

Das Unglaubliche im Angesicht der Kathedralentürme war nichts als seelenlose Materie ohne jedes Heiltum ... ein Blechkasten ... ein in der Stadt bei Ford gebautes Auto ... von einem Künstler namens Schult golden verkleidet und wie zur teuflisch glänzenden Konkurrenz mit den nicht weit entfernten Kathedralentürmen auch noch mit riesigen, ebenfalls goldenen Engelsflügeln versehen.

Als ich das alles sah – und als ich zudem hörte, dass durch Papst Johannes Paul II. mehr Menschen selig- und sogar heiliggesprochen wurden als in allen vergangenen Jahrhunderten zusammen, da wunderte ich mich nicht darüber, dass mein eigenes *Knöchelsche,* mein unten im Dreikönigsschrein verstecktes Amulett, schon einige Jahrzehnte zuvor verschwunden war. Waren die Zeitalter der *Knöchelsche,* des Glaubens und der Wunder endgültig vorbei?

Ich sehnte mich wie nie zuvor nach Ursa. Nach ihren Küssen, ihrem Lächeln, ihrer Seele, ihrem Leib. Jetzt, kurz vor der neuen Jahrtausendwende, wünschte ich mit aller Kraft und allen Chaoswirbeln des Gedankenstaubs in mir, dass ich dann mit ihr zusammen unter den Lebenden in Köln sein durfte.

Der Oktobertag war ungewöhnlich warm gewesen. Wir trafen

uns wie üblich bei Anbruch der Dunkelheit in der Altstadt, warteten ebenfalls wie üblich eine Weile auf Ursa auf dem Eisenmarkt vor dem Hänneschen-Puppentheater. Auf einer Bank saß Willy Millowitsch aus Bronze.

Sie kam mit flottem Schwung und meinte lachend, dass ihr Casting beim WDR etwas länger gedauert habe. Seit sie wie Domian eine eigene, aber viel jüngere Mitternachtssendung bekommen sollte, hieß sie bei uns nur noch »Domina«. Sie mochte diesen Namen nicht, weil sie viel zu gut wusste, was wir damit meinten.

Sie küsste jeden von uns kurz auf die Wange, dann nahm sie ihren kleinen Juterucksack auf die andere Schulter und fragte, ob uns schon irgendetwas eingefallen sei.

»Für Silvester schon«, antwortete ich, »aber für heute Nacht noch nicht.«

»Mir würde da immer etwas einfallen«, grinste Phillip, ein zweiundzwanzigjähriger, eher behäbiger Belgier, der immer wusste, wie er Billigflugtickets auftreiben konnte.

Ursa schüttelte ihr blondes Lockenhaar über eine Schulter zurück, schnalzte dem Belgier kurz zu und sah mich plötzlich so an, als hätte sie mich nie zuvor gesehen: neugierig, interessiert, herausfordernd und mit einem leichten Lächeln um die Mundwinkel. Der Blick aus ihren hellen blauen Augen ging mir durch und durch. Ich sah in ihm in weniger als einer Sekunde tausend Fragen, tausend Antworten zugleich.

Es war, als würden wir im selben Augenblick erwachen – als würden sich zwei mächtige Stürme aus Gedankenstaub durch diese eher zufälligen Blicke zu einem einzigen vereinen. Erst kürzlich hatte ich im Internet gelesen, dass unsere Körper Teil der Seele sein sollten und nicht umgekehrt. Dass sich männliche und weibliche Seelen wie Energiefelder wechselweise verstärken oder behindern konnten. Genau das war es, was uns jetzt erneut passierte.

»Ach, du bist es!«, sagte ihr Blick.

»Wo warst du so lange?«, antwortete meiner. Wir sahen uns auch noch an, als die anderen bereits losgingen. Wortlos und lächelnd folgten wir ihnen. Wir achteten darauf, dass uns nicht allzu viele Touristen über den Weg liefen. Seit die Kölnbesucher auch die Ringe und die Lokale dort für ihre nächtlichen Ausflüge entdeckt hatten, wurde es immer schwieriger, unter uns zu bleiben. Auch in der Fußgängerzone der Altstadt lärmten nur Touristen.

Wenige Minuten später erreichten wir das Rheinufer. Wir schlenderten flussabwärts, und Phillip meinte, dass er gern mal wieder schwimmen würde, ehe es dafür zu kalt war. Ich hielt nichts mehr von derartigen Aktionen.

»Mich kriegt ihr nicht da rein«, sagte auch Kemal, ein vierundzwanzigjähriger durchtrainierter Türke, der in Köln geboren war und davon träumte, so lange als Sportarzt für den Fußballklub Galatasaray nach Istanbul zu gehen, bis sich der 1. FC Köln wieder nach oben gekickt hatte. Noch studierte er wie die beiden anderen in unserer Clique. Ich selbst hatte mir nach zwei Schnuppersemestern bei den Germanisten, den Theologen und den Betriebswirten erst einmal ein Sabbatjahr genehmigt und jobbte in Internetcafés, bei Straßenfesten und gelegentlich auch als Kölschzapfer hinter dem Tresen. Man hätte meinen Status aber auch als »Praktikant mit dem Karriereziel Volontär« bezeichnen können …

Ein paar allerletzte Ausflugsdampfer und andere Schiffe bewegten sich eher gemächlich über die dunkle Wasserfläche, während die endlosen Lichterschnüre der Autokolonnen über die Brücken zogen. Normalerweise gehörten noch andere Mädchen zu unserer Clique. Aber an diesem Abend lief eine Großveranstaltung mit der Gruppe Bläck Fööss. Wir mochten sie, aber diesmal hatten wir keine Lust.

Wie schon oft zuvor wollten wir unter der Hohenzollernbrücke hindurch einen großen Bogen bis zur Kirche von Sankt Kunibert schlagen, die erst im vergangenen Jahr zur Basilika geweiht worden war. Von dort aus war es nicht mehr weit zu ein paar Szeneläden, die noch nicht alle kannten …

Auf der Promenade am Adenauer-Ufer holte uns Jens ein. Er schnaubte etwas, grüßte lässig und trabte eine Weile wortkarg neben uns her.

»Was Neues?«, fragte Kemal.

»Ja«, antwortete Jens. »Die Sache klappt nicht.«

»Warum denn das?«, regte sich Phillip auf. »Das ging doch bisher jedes Jahr.«

»Aber in diesem Jahr geht es nun mal nicht«, beharrte Jens auf seiner Auskunft. Er interessierte sich für Kirchengeschichte, hatte aber genau genommen noch nicht richtig mit seinem Studium begonnen. Er trug einen schwarz glänzenden Pferdeschwanz und dazu einen kleinen goldenen Ring im linken Ohr. Er war der Intelligenteste, aber auch der Faulste von uns allen, obwohl er es als Schwerstarbeit ansah, wenn er aushilfsweise und höchstens einmal wöchentlich Schulklassen durch den Dom führte.

Jeder von uns machte kleine Klüngelgeschäfte. Ich mit falsch angemeldeten Internetadressen, Phillip mit seinen angeblich steuerfreien Last-Minute-Flügen und Kemal mit gewissen Präparaten von einem Freiburger Professor, die selbstverständlich an seiner Sporthochschule verboten waren. Das alles war nichts Besonderes in Köln. Nur Ursa war die Reine ... fast schon eine Heilige in unser Clique. Mir fiel ein, dass sie vor vielen Jahren schon einmal eine Gruppe organisiert hatte, die sich viel mutiger als wir, aber ebenso leichtsinnig über Vorschriften und Gleichschaltung hinwegsetzte. Einige der Edelweißpiraten waren damals in Ehrenfeld von den Nazis hingerichtet worden.

»Und wer ist diesmal zu Silvester auf dem Südturm?«, fragte ich. Wir blickten zur nächtlich aufragenden Kathedrale zurück. Eigentlich war es keine besonders originelle Idee gewesen. Aber Jens kam über die Domverwaltung an bestimmte Schlüssel, deshalb hatten wir beschlossen, dass wir den Jahrtausendwechsel ganz oben, aber trotzdem ungesehen und ein bisschen anders feiern wollten.

»Diesmal darf keiner hoch!«, sagte Jens wie nach einer langen Überlegung.

»Was heißt das?«, wollte Phillip wissen. »Die können doch den Turm nicht einfach absperren.«

»Doch, können sie!«, stellte Jens sachlich fest. »Es gibt zwar keine Pressemitteilung und nicht mal einen Aushang ...«

»Was denn dann?«, wollte Ursa wissen. Jens lachte kurz.

»Nur eine Anweisung von Dompropst Henrichs. Aber die ist ebenso gut wie ein elftes Gebot! Der Turm bleibt zu und damit amen! Keine Chance mehr. Und keine Diskussion.«

Obwohl es dunkel war, reichten die Straßenlaternen an der Uferstraße für mich und Ursa aus. Uns genügte ein kurzer, vielsagender Blick.

»Dann müssen wir uns eben etwas anderes einfallen lassen«, seufzte Phillip. »Vielleicht kann ich noch günstig Tickets für uns alle nach Rom zum Vatikan besorgen. Das wäre doch ein hübscher Auftakt für das heilige Jahr 2000 …«

»Rom ist Rom – und Köln ist Köln«, warf ich ein.

»Und ich würde gern wissen, wovor der Dompropst Angst hat«, flüsterte Ursa mir zu. »Der ist doch sonst nicht so humorlos.«

»Doch diesmal scherzt er nicht«, antwortete ich ebenso leise. In diesem Augenblick war alles klar für uns. Wir wussten, was wir tun würden. Allein und ohne alle anderen.

Die achtundneunzig Stufen bis zur ersten Tür an der engen Wendeltreppe kannte ich seit Jahrhunderten. Obwohl ich keine Schwierigkeiten mit den verschiedenen Türschlössern ganz unten gehabt hatte, kam es mir vor, als würden jeden Augenblick und nach jeder weiteren Stufe Häscher des Domkapitels mit großen schwarzen Tüchern über mich herfallen, mich einwickeln und mit Kordelseilen verschnüren, wie sie die Mönche um die Hüften trugen.

Wir hatten allen anderen absichtlich nichts gesagt. Und weil die große Stadt doch überall Augen und Ohren hatte, wollte Ursa über den anderen Weg nach oben kommen – den Weg, der vom Triforium in den noch mittelalterlichen Turmausbau führte. Ich wusste nicht, ob es diese geheime Querverbindung vom Kirchenschiff her überhaupt noch gab. Sie hatte mich beruhigt und gesagt, dass sie die neue Dombaumeisterin Barbara Schock-Werner ausfragen könnte. Zum ersten Mal in der Geschichte der Kathedrale hatte eine Frau die Leitung aller Arbeiten von Maß und Winkel, Stein und Holz.

Erst jetzt, als ich mich vorsichtig die nächsten einunddreißig Stufen bis zur zweiten Seitentür hinauftastete, wunderte ich mich darüber, wie leise mir das Pfeifen der ersten vorzeitigen Silvesterraketen vorkam. Ich kannte diese Stufen noch nicht. Sie waren erst im vergangenen Jahrhundert weitergebaut worden. Schneller und immer schneller lief ich höher. Irgendwo dahinter musste die Glockenstube sein. Ich zählte jede Stufe. Nach fünfundneunzig Stufen erreichte ich das Ende der engen Wendeltreppe. Ich trat in eine Halle, einen Saal, der gleich viel heller war. Blitze von draußen warfen ihr Licht zuckend auf eine viereckige Konstruktion: Die eiserne Treppe …

Ich sah mich um, doch niemand außer mir hatte sich in der Silvesternacht bis hierherauf gewagt. Ich suchte im Geknalle und in den vorzeitigen Blitzen weiter nach Ursa. Eigentlich hätte sie vor mir hier sein sollen.

Ich nahm die hundertfünfunddreißig Stufen wie in einem Käfig, der mitten im ansonsten ungenutzten vierten Geschoss des Südturms stand. Durch die acht hohen Fenster konnte ich bereits über die Dächer der Stadt hinwegsehen. Dann noch eine letzte Stufe, und ich erreichte die umlaufende Aussichtsplattform in fast hundert Metern Höhe.

Es war sehr kalt hier oben. Schritt für Schritt ging ich linksherum an den behauenen Steinblöcken des auch hier noch filigran wirkenden Steingespinstes im Maßwerkhelm entlang. Von unten sah man kaum, dass die beiden rund fünfzig Meter hohen Turmspitzen nicht massiv und auch kein Dach waren, sondern nur ein Stein gewordenes Schmuckgeflecht.

Ich schritt unter Schutzgittern der Galerie einmal um den ganzen Turm herum. Doch Ursa war nicht da. So weit ich sehen konnte, stiegen überall in der Stadt immer mehr Raketen auf. Es knatterte und krachte wie in den letzten Kriegstagen. Ich stoppte, überlegte und ging dann noch einmal in der anderen Richtung um den Turm.

»Wir haben falsch gedacht«, sagte sie plötzlich hinter mir. Ich zuckte so sehr zusammen, dass mir der Schreck bis in die Waden fuhr. Ruckartig drehte ich mich um.

»Wo warst du denn?«, stieß ich halb vorwurfsvoll hervor.

»Die Druiden konnten überhaupt nichts wissen von der Geburt Christi«, lachte sie fröhlich. »Und zwei Jahrtausende nach ihrer Rechnung wären eben mal sechshundert Jahre nach unserem Kalender. Es gibt daher nicht den geringsten Grund für irgendwelche Panik …«

Ich starrte sie völlig verwirrt an. Mit einer derartigen Begrüßung hatte ich nicht gerechnet. Aber dann seufzte ich sehr tief und sagte: »Du meinst, der Untergang der Welt, wenn es ihn überhaupt gibt, hätte irgendwann in der Mitte des sechsten Jahrhunderts passieren müssen.«

»Keine Ahnung«, sagte sie und kam einen Schritt auf mich zu. »Vielleicht meinten sie auch nur das Ende des römischen Imperiums. Das würde hinkommen nach der Druidenrechnung ...«

»Und was war dann mit all dem, was wir in der Zeit danach erlebt haben?«, fragte ich, noch immer etwas skeptisch.

»Meinst du nicht, dass wir hier etwas ganz anderes wollten?«, fragte sie. Ich ließ mich nicht noch einmal bitten. Wir fielen uns so heftig in die Arme wie schon seit Jahrhunderten nicht mehr. Auch wenn jetzt einige von euch das für zu romantisch oder kitschig halten sollten, bestehe ich darauf, dass just in diesem Augenblick der »Dicke Pitter«, diese wunderbare große Glocke, das neue Jahr einläutete. Nach und nach und mit Respekt folgten alle anderen.

Tausende von funkelnden Raketen stiegen auf, aber kaum eine davon erreichte unsere Höhe. Eng umschlungen blickten wir über unsere Stadt und über den in vielen Lichtern glänzenden Rhein hinweg. Wir sahen sogar, wie die Menschen auf der »Wappen von Köln« und vielen anderen Schiffen ihr Silvesterfeuerwerk abbrannten.

Ich weiß nicht, warum mir nach all den Jahren ein anderes Feuer am Fluss wieder einfiel. Ich hatte viele Feuer in Köln miterlebt, aber in dieser Nacht dachte ich plötzlich an ein Feuer, das fast zweitausend Jahre zurücklag. Es war der Brand im Hafen von Bonn, nachdem wir ein Flussschiff gestohlen hatten. Wir hatten es bis zum Hafen von Köln gebracht, um es dort unten gegen ein anderes Schiff auszutauschen. Es war uns nicht gelungen, denn das Schiff, das wir eigentlich stehlen wollten, war nie wieder aufgetaucht ...

Ich drehte mich etwas zur Seite, suchte nach der Stelle, an der es gewesen sein konnte. Nein – nicht bei der gleißenden »Wappen von Köln«, sondern mehr in der Altstadt, dort, wo jetzt Häuser standen. Irgendwann sollte da unten ja auch eine Art U-Bahn gebaut werden.

Der Jubellärm der Glocken und Schiffssirenen hörte sich von hier oben so herrlich an wie kaum etwas aus unserer Vergangenheit.

»Und?«, fragte Ursa, nachdem wir uns endlos lange umarmt und geküsst hatten. »Träumst du noch immer deinem Amulett nach? Oder begreifst du endlich, dass alles stärker wird, wenn einer für den anderen mitglaubt?«

»Du meinst, wir brauchen das alles nicht? Die Amulette und Reliquien, Monstranzen oder *Knöchelsche*?«

Sie lächelte. »Wir brauchen alles, was uns hoffen und an irgendetwas glauben lässt. Vordergründig vielleicht sogar Ayurveda, Feng-Shui und Designerlabel. Und die Erinnerungen, die mit den Hoffnungen verschmelzen.«

»Das fängt ja gut an, dieses dritte Jahrtausend«, grinste ich.

»Schon wieder falsch«, korrigierte sie mich. »Jetzt hat erst einmal das letzte Jahr des alten angefangen.«

»Also zum nächsten Jahreswechsel wieder hier oben?«

»O ja!«, freute sie sich und schmiegte sich so eng an mich, als würden unsere Körper, unsere Seelen und die Gedankenstürme in uns eins werden. »Von mir aus alle weiteren zweitausend …«

Ich blickte auf den Fluss und auf das Rathaus hinab. Mir war, als würde mich irgendetwas genau dorthin ziehen, wo vor zwei Jahrtausenden der Hafen vom Oppidum Ubiorum gewesen sein musste. Ich beugte mich vor. Und plötzlich flog ich wieder … wie damals, als die Druiden sich zum letzten Mal in unserem heiligen Hain versammelt hatten.

»Flieg, Rheinold, flieg – bis zum nächsten Krieg«, sang sie mir nach.

43. DER VARUSSCHATZ

IN DER NACHT zum 29. September 2004 neigte sich der Kirchturm von Sankt Johann Baptist siebenundsiebzig Zentimeter nach Westen. Ich hätte es verhindern können – nein, nicht verhindern, sondern voraussehen. Immerhin gehört die Kirche an der Zufahrt zur Severinsbrücke seit einem Jahrtausend zu den Eckpfeilern des Lebens hier am Fluss. Nicht mehr im romanischen oder gotischen Original natürlich. Aus diesen Zeiten sind nur noch Teile vorhanden. Aber auch sie haben das Bauwerk nicht standfester gemacht.

Zu dem genannten Zeitpunkt war ich noch gar nicht richtig in meinem vertrauten Jenseitszustand angekommen. Aber ich kenne Köln und die Menschen in dieser Stadt nun seit mehr als zwei Jahrtausenden. Nicht alle haben den Mumm, lässliche Lügen, die Todsünden der Gier und Eitelkeit, ihr Unvermögen und ihre Fehlplanungen zuzugeben. Sie suchen immer nach einer Ausrede, einem Schuldigen, dem unausweichlichen Schicksalsschlag oder – der modernen Absolution – einer schweren Kindheit.

Der Baum, der in Jahrhunderten auch mal zur falschen Seite fällt, die Wespe, die dem Pferd mit verheerenden Folgen in die Nüstern sticht, das Vaterland, das zu den Waffen ruft, der nichtsnutzige Lehrling oder Azubi, der schon für manchen Meister vor einem erzürnten Auftraggeber für den Pfusch herhalten musste – all das sind doch recht schwankende Brücken. Oder auch jämmerliche Feigheit: Angst um das eigene bisschen Reputation und Leben. Ich weiß, wovon ich spreche, auch wenn ich seit der Aufklärung mein *Knöchelsche* nicht mehr vermisse. Ich habe dieses Amulett mit seinem Schutzzauber verloren und existiere trotzdem.

Erst neuerdings denke ich wieder daran, wenn ich höre, wie viel Kraft, Wirkung und Wahrheit dubiosen Helden und Produkten aus Filmen und der Werbung zugetraut wird.

Es wäre mir egal, wenn nicht die Wissenschaften, ja sogar Computer und Bits und Bytes einbezogen würden. Selbst damit wird »gefringst«. Das nennt man dann im Zweifelsfall Chaostheorie oder auch wundersame Fügung. Die Hoffnung auf den

Daumen Gottes und ein wenig Spucke eines Heiligen gipfelt bei Planern und Ingenieuren dann in der Beschwörungsformel »Das geht schon so«.

Nun gut, es ging mal wieder *nicht* so. Die letzte Warnung kam am Vortag, als in vierzehn Metern Tiefe ein Versorgungsschacht unter der Kirche gebohrt wurde. Nein, nicht für eine Krypta oder ein Fitnesscenter für den Frauengeschichtsverein. Der neue Schacht gehörte vielmehr zu den sogenannten Baumaßnahmen für die neue, vier Kilometer lange Nord-Süd-Stadtbahn unter Trümmern und Relikten des alten Römerhafens und der weiteren Stadtjahrhunderte hindurch.

Natürlich hätten andere mehr auf ihr Bauchgefühl als auf die Berechnungen und Ausdrucke ihrer Computer hören sollen. Ich weiß, ich weiß, das Amt für Bodendenkmalpflege und das Römisch-Germanische Museum mit ihren mehr als hundert Experten können nicht überall gleichzeitig sein. Sie sind für viele genervte Anwohner schon jetzt eine Art fünfte Kolonne von »Time Bandits« an Dutzenden von Grabungsstellen im ehemaligen Colonia.

Natürlich sollte der Kirchturm bis zum Weltjugendtag wieder ordentlich himmelwärts gerichtet sein. Schließlich wurde Papst Benedikt XVI. erwartet. Aus Rom! Das ging mir durch und durch.

Rom war über Jahrhunderte oberste Instanz für Köln gewesen. Zuerst bei der Gründung und diesen Togaträgern als Cäsaren. Dann bei den Kaisern des Heiligen Römischen Reiches Deutscher Nation. Was das bedeutete, weiß eigentlich niemand mehr. Und dann bis hinein ins einundzwanzigste Jahrhundert durch die Erzbischöfe. Sie wären nicht geweiht und ins Amt gebracht worden ohne das unbedingte Versprechen, keinem anderen als Gott und/oder auch stellvertretend Rom zu gehorchen.

Der Papst aus Rom kam dann tatsächlich wie ein Engel angeflogen. Es war ein unglaubliches Fest für eine Dreiviertelmillion junge Gläubige auf dem Marienfeld. Ein *unglaubliches*? Man sollte vorsichtiger beim Umgang mit Worten sein. Der Kirchturm von Sankt Johann Baptist stand nämlich bei diesem Ereignis immer noch schief. Es dauerte ein ganzes Jahr, bis der Turm mithilfe von Hydraulikpressen wieder in seine alte Position gestemmt wurde.

Ich war dann doch noch sehr erleichtert darüber.

»Kannst du mal kommen?«

»Wenn du willst, immer.«

Ich hörte meine Stimme, starrte auf das bläulich leuchtende Handy in meiner Linken und las: »Donnerstag, 18. Januar 2007«.

Es war das erste Mal, dass ich durch eine SMS wieder in das Leben der anderen eintrat. Und dann gleich in einen wilden Sturm mitten auf der Domplatte. Ohne jeden Übergang wusste ich sofort, wo ich war. Natürlich war es Ursa, die mich rief. Wer sonst hätte mich überhaupt erreichen können? Offensichtlich hatten UMTS-Lizenzen und WLAN auch in der Ewigkeit und im Jenseits Gültigkeit.

Ich tastete das Datum weg. Mit dem Handrücken wischte ich mir über die Nase und sah nach oben. An den Gerüsten der Domtürme hoch oben flatterten knallend große Abdeckplanen. Aber kein Lichtzeichen und keine Spur von Ursa war unter dem finsteren, unheimlich aufgewühlten Januarhimmel zu sehen. Ich kam direkt vom Hauptbahnhof. Dort saßen Tausende von Menschen fest. Es schien, dass sie dort auch noch übernachten mussten, weil sie der Sturm mit dem Namen »Kyrill« nicht wegließ. Es klingelte erneut.

»Um 19.00 Uhr am Brunnen auf dem Roncalliplatz«, schrieb sie. »Tut mir leid, dass ich störe, aber ich liebe und brauche dich.«

Was kann es Schöneres für einen Mann geben als so ein Rückruf aus dem Jenseits! Zu diesem Zeitpunkt dachte ich noch, sie wolle mich einfach nur sehen und in die Arme nehmen. Ich sah keine Verbindung zum schiefen Turm, zu den Baumaßnahmen oder zum Sturm.

»Noch zehn Minuten«, zeigte mein Handy. Sonnenuntergang war erst vor zwanzig Minuten gewesen, aber es war finsterer als nach Mitternacht. Ich stand dort, wohin ich vom Südturm des Doms und gegen den ausdrücklichen Willen von Dompropst Henrichs nach unten geblickt hatte. Das Letzte, woran ich mich vom Jahreswechsel 1999 auf 2000 noch erinnere, waren die Raketen auf dem Rhein und ein blutrotes Glühen rund fünfhundert Stufen unter uns – genau dort, wo sich der jetzt abgedeckte Brunnen befand.

Überall in den Straßen blitzte es blau von Polizei und Feuerwehr. Nur noch ein paar schemenhaft sichtbare Kölner, die wie jeden Tag den Weg über den großen, freien Platz neben dem Dom nehmen wollten, kämpften sich tollkühn gegen die wilden Sturmböen voran. Ein Skater versuchte sogar, mit seiner Jeansjacke durch Sturm und Dunkelheit zu segeln. Er schaffte es bis kurz vor den Neubau des Turmeingangs am Dom, dann flog er schmerzhaft in die Absperrungen. Die anderen versuchten, in sicherer Entfernung vom Dom zu bleiben. Man konnte nie wissen, was da von oben herabstürzte …

Ich starrte auf die Balken der Brunnenabdeckung. Sie rüttelten und krachten. Für einen eigenartigen Moment sah es so aus, als würde sich irgendein darunter Eingesperrter mit großer Kraft befreien wollen. Unmöglich erschien mir das nicht nach allem, was ich bisher in der Stadt am Strom erlebt hatte. Ich stellte mich auf die Abdeckung. Gleichzeitig überschütteten mich Eindrücke meiner »Selbstorientierung«, wie das inzwischen hieß. Ich hatte diesen Übergang in ein anderes Bewusstsein jetzt schon oft erlebt, aber ich trat jedes Mal wie bei einem Erwachen in ein neues Leben. Für einen Moment fürchtete ich mich, wollte ins Jenseits zurück. Eigentlich hätten die Druidenjahrhunderte längst vergangen sein müssen. Und noch immer wusste ich nicht, was mit mir geschah.

In meinem letzten Leben war Ursa Moderatorin gewesen. Jetzt hatte sie ihre eigene Filmproduktion. Und ich, war ich etwa ihr Kameramann? Neue Bilder öffneten sich in meinem Bewusstsein. Dann stimmte alles wieder. Nein, ich war nicht bei Ursa angestellt, sondern freier Reporter. Irgendwie war ich froh darüber, dass sie mich nicht dazu überredet hatte, für Raab, Schmidt oder Jauch in Köln-Mülheim Comedy-Takes oder Interviews in den Fußgängerzonen zu drehen. Mülheim war nichts für einen Mann wie mich, der seine Leben stets in der Mitte von Colonia zugebracht hatte.

Ich hatte auch nicht vergessen, dass Mülheim in den religiösen Wirren von 1714 wohlhabende protestantische Kaufleute angelockt hatte, die im katholischen Köln nicht geduldet wurden. Die Mülheimer hatten das Stapelrecht als wichtigstes Privileg der Kölner rücksichtslos übergangen und den Kaufleuten erlaubt, ihre Waren schon außerhalb der Kölner Mauern auszuladen. Total verbohrt hatten sie sich lange geweigert, Kölner zu werden. Erst beim Ausbruch des Ersten Weltkrieges waren sie dann trotz aller Proteste geschluckt worden.

Eine späte Rache der Mülheimer bestand darin, dass aus ein paar alten Fabrikgebäuden eine der erfolgreichsten Studiolandschaften für TV-Produktionen entstanden war, viel bekannter als das Medienzentrum bei den Kölner Ringen.

Mein Können lag nicht bei Comedy oder Gags als Meterware, sondern eher im Vorausahnen von Ereignissen. Nach zweitausend Jahren in derselben Stadt bekommt man einen Nerv für vieles, was einfach in der Luft liegt.

Und genau dieses Kribbeln hatte ich plötzlich wieder. Doch wo war meine Kamera, mit der ich auf die Jagd ging, um schneller als andere sendefähiges Material zu liefern? Ich schmeckte doch bereits irgendetwas. Und kein anderer war da …

»Komm, Ursa, Mädchen! Wo steckst du denn?«

Auf der Ostseite des Platzes hatten die letzten Besucher das Museum längst verlassen. Trotzdem sah ich noch Licht in den Ausstellungsräumen. Dort, wo der flache Betonkasten mit den großen Fenstern viel zu dicht am Dom klebte, hatten vor fast zwei Jahrtausenden römische Patrizier gewohnt, getrunken und gespeist und sich von germanischen Sklaven bedienen lassen, später und etwas weiter zum Rathaus dann erzbischöfliche Bedienstete, Handwerker, Kaufleute und natürlich Ursa mit mir und unserem geliebten Apfelbäumchen im Garten.

Beim dritten Klingeln des Handys sah ich sie. Sie tauchte genau unter dem riesigen Veranstaltungsplakat im schwachen Licht des Museumseingangs auf. Neben mir rüttelten und krachten die Bohlen der Brunnenabdeckung immer bedrohlicher.

Auch Ursa entdeckte mich und winkte mich heran. Ein kalter Windwirbel erfasste sie wie ein kleiner, schmutziger Tornado und warf sie gegen die Mauer im Museumseingang. Sie brauchte Hilfe. Ohne groß nachzudenken, lief ich los. Unter mir rumpelte es. Ich sprang bis an die Kante der Holzbohlen über dem Brunnengeviert. Durch mein Gewicht verschoben sich die Balken fast eine halbe Handbreit. Aber genau das reichte. Im selben Augenblick schlug eine neue Sturmböe zu. Ich flog nach vorn, polternd verfolgt von der sich aufbäumenden Brunnenabdeckung.

Ursas Aufschrei drang wie durch eine weiche Wattewand gegen den Windschwall zu mir. Ich hörte nicht, was sie mir zuschrie, verstand kein Wort, nicht eine Silbe. Nur dass ich völlig gegen jegliche Vernunft und meine Panik zum Dom hin und nicht von ihm wegrennen sollte, begriff ich.

Die Holzbalken der Brunnenabdeckung krachten wie sich selbst zerlegende Katapulte von Legionären an mir vorbei. Und dann brachen sie in die großen Fenster des Römisch-Germanischen Museums.

Ein erster Einschlag. Scherbengewitter. Sturm des Triumphs. Das zweite Fenster. Nach einer Pause noch ein drittes. Weit vor mir schrie die Alarmanlage des Museums in schmerzhafter Empörung auf. Ich aber heulte beinahe vor Enttäuschung. Vielleicht als Einziger außer Ursa sah ich, wie das Museum, diese fast heilige Erinnerung an die Vergangenheit, durch Naturgewalten angegriffen wurde und verlor. Es stand nur deshalb derart dicht am Dom, weil hier im Zweiten Weltkrieg ein Bunker gebaut werden sollte. Dabei war jenes Dionysos-Mosaik entdeckt worden, über dem später das Museum wie ein Kultursafe gesetzt wurde.

Ich hatte keine Kamera dabei, nicht einmal eine Mini. Alles, was mir noch blieb, war der ärmliche Versuch, mit meinem Handy ein paar Aufnahmen bei Kunstlicht zu versuchen.

Ich stolperte und stürzte, aber das war nichts, was ich mit meinem Handy aufnehmen konnte. Nicht einmal die Bohlen der Brunnenabdeckung waren noch zu sehen. Sollten sie tatsächlich ins Innere gestürzt sein – bis in den Kellerraum mit dem wertvollen Mosaikfußboden?

Ich kämpfte mich bis zum Museumseingang vor. Am 18. Juni 1999 hatten die Regierungschefs der G-8-Staaten auf dem Mosaik ein viergängiges Abendessen und am Tag darauf ein dreigängiges Mittagessen an einem extra angefertigten runden Acryltisch zu sich genommen. Das fast fünfundsiebzig Quadratmeter große Dionysos-Mosaik bedeckte den gesamten Boden des ehemaligen Festsaals einer römischen Zwanzigzimmervilla. Natürlich war es mit enormen Kosten zuvor ebenfalls mit Acrylplatten abgedeckt worden. Doch warum waren diese durchsichtigen, schützenden Platten anschließend wieder entfernt worden?

Ich lief an den zerstörten Fenstern vorbei. Innen bewegten sich bereits die ersten Schatten. Wie viele von den anderthalb Millionen Mosaiksteinchen beschädigt, zerstört oder herausgebrochen waren, konnte weder ich noch irgendjemand sonst erkennen.

»Schnell weg hier!«, rief Ursa mir durch den Sturm zu. »Sonst kommen wir nicht mehr durch die Absperrungen. Hier geht es um Millionensummen für die Versicherungen …«

Ich hatte mich in all den Jahrhunderten immer wieder neu an sie gewöhnen müssen. Aber obwohl erst wenige Jahre seit unserem letzten Kuss vergangen waren, hätte ich sie nicht wiedererkannt, so frisch und aktiv sah sie mit ihrem roten Haar aus.

»Und wohin?«, schrie ich durch den Sturm. Kyrill schlug weiter zu, als wolle er die viel beschworene Klimaänderung beweisen.

»In unser Haus«, antwortete sie vom Sturm geschüttelt. »Wohin denn sonst?«

In den nächsten Tagen zappte ich immer wieder durch die Agenturmeldungen und alle Onlineberichte, die Bildmaterial über Kyrill veröffentlichten. Aber weder bei den Offiziellen noch bei den Privaten tauchten Filmaufnahmen von Kyrills Einbruch in das Museum auf. Ich erfuhr nur, dass Mitarbeiter des Museums noch in der Nacht die offenen Stellen provisorisch mit Holzplatten und Styropor verschlossen hatten, um die drohende Gefahr durch Feuchtigkeit und Kälte für die kostbaren Schätze in Inneren zu mindern.

Während der ganzen Zeit sah ich Ursa nur abends. Sie war damit beschäftigt, sämtliche Schadensberichte auszuwerten, die der Sturm in Köln und speziell am Dionysos-Mosaik angerichtet hatte.

»Was interessiert dich eigentlich so sehr daran?«, fragte ich schließlich, als wir eng umschlungen im Bett lagen. »Du tust ja fast so, als hättest du ein persönliches Interesse an den Schäden dieses Trunkenboldes Dionysos.«

»Professor Hellenkemper vom Römisch-Germanischen Museum hat inzwischen sogar Spezialisten aus Rom angefordert«, antwortete sie bereits schläfrig. »Immerhin beträgt die Versicherungssumme für das Mosaik schlappe fünfzehn Millionen Euro. Außerdem ist Dionysos viel mehr als ein antiker Saufkopp. Hast du denn nie gesehen, dass er auch Glück und Zufriedenheit bedeutet, so wie er umgeben ist von tanzenden Mänaden, musizierenden Satyrn, zahmen und wilden Tieren aller Art?«

»In den letzten zweitausend Jahren hatte ich zumeist etwas anderes zu tun«, brummte ich, doch da war sie bereits eingeschlafen.

Von irgendwelchen Schäden oder der Neigung des Turms von Sankt Johann Baptist war nichts mehr zu sehen. Dafür kamen die Bauarbeiten für die Nord-Süd-Bahn immer weiter voran. Den ganzen Sommer über streifte ich immer wieder mit einer kleinen, hochwertigen Handkamera durch die Innenstadt von Köln. Ich verkaufte die Kurzberichte an die Onlineausgaben von Zeitungen und an lokale Sender. Mir ging es nicht um Ruhm oder Geld. Ich wollte nur jenen Augenblick nicht verpassen, dem ich seit Kyrill entgegenfieberte, ohne ihn zu kennen.

Ich nahm an oberirdischen Führungen teil, in denen der Verlauf der Strecke für die unterirdische Nord-Süd-Bahn zu Fuß erwandert wurde. Die Verantwortlichen gaben sich alle Mühe, den Kölnern die Belästigungen und die vielen Baugruben mitten in der Altstadt zu erklären.

Irgendwann merkte ich, dass es mich auffallend oft zum alten Markt trieb. Das lag nicht am Possenspiel mit den mehr als hundert lebensgroßen Figuren des Rathausturms, die von vielen edlen Spendern gestiftet worden waren und inzwischen zerbröselten, weil sie aus zu weichem Stein gemeißelt waren. Kein Ruhmesblatt für die Künstler nach all den Erfahrungen anderer Steinmetzen beim Bau des Doms …

Ich hielt mich zumeist am Jan-von-Werth-Brunnen oder in einer der Kneipen in der Nähe auf. Ich war unruhig. Es war, als würde ich auf irgendetwas warten, von dem ich weder wusste noch ahnte, was es war. Doch es passiert nichts. Weder im Herbst noch zu Sankt Martin. Nur in der Baugrube direkt vor dem Rathausturm kratzten und gruben emsige Archäologen Tag für Tag römische Trümmerchen aus – ebenso wie in neun weiteren Löchern in der Stadt, in denen die Zugänge in die U-Bahn entstanden.

»Hast du gewusst, dass inzwischen mehr als hundert Experten den Boden der Altstadt durchwühlen?«, fragte ich Ursa, als wir zu Sankt Martin ganz altmodisch gebratene Gans essen gingen. Wir waren in einem Monat mit »r«, und ich hätte gern wieder einmal kutterfrische Seemuscheln versucht, doch Ursa bestand auf Gans mit Rotkohl.

»Vielleicht suchen sie dasselbe wie du«, antwortete sie lächelnd. Sie nahm ihre Gänsekeule, blickte mich mit großen grünen Augen wie eine Waldfee an und biss ganz langsam und genüsslich in den knusprigen Braten. Ich hätte verrückt werden können, als ich das sah.

»Hexe!«, zischte ich. »Magierin! Was planst du schon wieder?«

Sie kaute und konnte nicht antworten. Nur ihre Brauen bewegten sich vielsagend. »Fast zwei Millionen«, brachte sie schließlich hervor. Sie schluckte noch einmal und spülte mit Rotwein nach. »Fast zwei Millionen Überbleibsel aus der Römerzeit haben sie inzwischen ausgegraben. Allein eine Viertelmillion Tierknochen und anderthalb Millionen Scherben.«

Ich schnitt ein Stück von meiner Entenkeule ab. »Alles nur Abfall, als der alte römische Hafen zur Müllgrube wurde.«

Sie legte die angebissene Gänsekeule neben den unberührten Rotkohl auf ihren Teller. Ein Stückchen Knochen schien über den Rand zu ragen. Im ersten Moment dachte ich, es gehöre zur Keule. Aber es lag neben dem Teller und sah seltsam verkohlt aus. Doch dann drehte sich plötzlich alles um mich. Ich kannte das kleine, noch immer vom zweitausend Jahre alten Teer schwarze *Knöschelche.*

»Mein Amulett!«, konnte ich nur noch keuchen. »War das … haben das Hellenkempers Männer ausgegraben? Oder hast du das dem obersten Schatzgräber von Köln geklaut?«

Sie lachte laut auf. Von den Nebentischen blickten die Gäste zu uns herüber. »Pst!«, machte ich schnell. Sie zwinkerte mir zu und beugte sich vor. Ihr rotes Haar fiel nach vorn, als sie flüsterte:

»Rheinold, Geliebter, seit wann vermisst du es denn?«

Ich konnte sie kaum verstehen im fröhlichen Lärm des Restaurants.

»Ich habe es vor den Franzosen gerettet … Napoleon … aus dem Schrein der Heiligen Drei Könige …«

Ich fühlte wilde Empörung in mir. »Davon hast du nie etwas gesagt. In zweihundert Jahren nicht.«

»Tut mir leid«, meinte sie kokett. »Iss jetzt deine Gänsekeule. Kalt schmeckt sie nicht mehr.«

Warum? Warum kam ich seit zwei Jahrtausenden einfach nicht

klar mit diesem rätselhaften Wesen? Nur weil sie weiblich und deshalb anders war als ich?

Ich konnte nicht mehr zählen, wie oft wir glücklich waren, gehungert und gefroren und miteinander geschlafen hatten. Wenn ich an all die Kinder dachte, die wir gezeugt und zusammen aufgezogen hatten – ein kleiner Stadtteil von Köln kam da schon zusammen. Nicht ganz vielleicht, aber zumindest mehr als bei unseren Türken oder in dieser gut besuchten Altstadtkneipe …

»Du brauchst dein *Knöchelsche* wieder.« Ich hörte ihre Stimme wie durch dichten Nebel. »Wenn wir nicht sofort handeln, stoßen die Bautrupps im Schacht vor dem Rathaus auf dein Schiff …«

»Auf mein Schiff?«

Ich muss in diesem Augenblick ziemlich dämlich geguckt haben.

»Das Lastschiff, das du Kaiser Augustus' Statthalter in Germanien vor zweitausend Jahren gestohlen und im alten Hafen versenkt hast. Mit dem Schatz, den Varus nicht mehr zurückfordern konnte!«

»Wieso?«, stammelte ich. »Und warum? Und was hast du vor?«

»Wir haben nur eine Chance«, sagte sie, fast schon beschwörend.

»Und die wäre?«

»Du musst alle Archäologen und Techniker von der Stelle weglocken, an der dein Schiff im Schlamm liegt.«

»Und warum?«

»Damit das nächste Stück der Betonwand unten im Tunnel gebaut wird, ehe die Wachhunde von Professor Hellenkemper etwas entdecken und ›Bingo‹ schreien.«

»Geht das denn?«

»Nicht ganz, denn die nächste Betonwand wird das Schiff sehr weit vorn zertrümmern. Das Schiff ist rund fünfundzwanzig Meter lang. Ein Stück davon wird sich nicht mehr hinter der Wand verbergen lassen. Ich habe ein paar alte Vasen und Gläser aus dem Museum mitgenommen, als alle sich um das Dionysos-Mosaik kümmerten. Genau diesen falschen Schatz musst du jetzt in der Baugrube finden …«

»… damit in der Zwischenzeit die Betonwand vor dem eigentlichen Jahrtausendschatz alles verschließt.«

»Na endlich!«

Ich schob die Lippe vor. »Ich fürchte, das klappt nicht«, sagte ich. »Denn was passiert, wenn nach meiner Ablenkung die Betonwand steht und dann doch Teile des Boots entdeckt werden? Hellenkempers Leute sind Profis. Die übersehen nichts.«

»Lass das meine Sorge sein«, sagte sie mit einem verführerischen Lächeln. Vorsichtig nahm ich das *Knöchelsche* von ihrem Teller. Ich hatte kein Halsband mehr. »Nimm du es so lange«, sagte ich und wischte es an meiner Serviette ab. »Vielleicht hilft es, wenn du jemanden bezirzen musst.«

In den folgenden Tagen verhielten wir uns genau wie vereinbart. Ursa kümmerte sich um Bauleiter, Ingenieure, Archäologen und Politiker. Es fiel ihr nicht schwer, ein paar Gerüchte zu streuen und die zehn Kölner Grabungen mit einem anderen großen Ereignis in Verbindung zu bringen. In gut einem Jahr begann das Bimillennium der Varusschlacht, besser bekannt als »Schlacht im Teutoburger Wald«.

Ich dachte daran, wie Publius Quinctilius Varus auf dem Marsch vom Sommerlager an der Weser zurück ins Winterquartier mit drei Legionen in einen Hinterhalt der Germanen geraten und vernichtend geschlagen worden war. Doch Varus war nicht von Colonia, sondern von seinem Legionslager Castra Vetera bei Xanten losgezogen.

Zwei Jahrtausende später war das für Köln und die Kölner bisher nicht mehr als ein Schulterzucken wert. Stattdessen hatten sich drei Orte, die unbedingt mit dieser Katastrophe in Verbindung stehen wollten, zusammengeschlossen, um das welthistorische Ereignis gebührend zu feiern. Haltern am See, Kalkriese bei Osnabrück und Detmold mit dem Hermannsdenkmal hatten sich nach langer Eifersüchtelei zusammengetan, um sich unter dem Titel »Imperium, Konflikt, Mythos – 2000 Jahre Varusschlacht« Touristen und Fördermittel zu teilen. Zur Freude aller hatte sowohl die Kanzlerin die Schirmherrschaft übernommen als auch der Präsident des Europäischen Parlaments, denn der wiederum hatte seinen Wahlkreis in der Gegend von Osnabrück.

Ursa musste nichts weiter tun, als ein paar Saatkörner zu legen.

Wir wussten seit der Zeit von Augustus, wie politische Propaganda funktioniert. War Colonia nicht schon zur Zeit von Varus wichtiger gewesen als Haltern, Detmold oder ein Museumspark irgendwo kurz vor den norddeutschen Mooren?

Und wenn man jetzt in Köln vielleicht Reste eines Frachtschiffs finden würde, auf dem Getreide, Wein und Öl für die Legio XVII, XVIII oder XIX von Quinctilius Varus transportiert worden war? Schon das allein hätte allen anderen die Schau gestohlen. Mir wurde heiß, als ich an den wahren Schatz dachte.

Sie durften ihn nicht finden.

Die Zeit war noch nicht reif für alle Wahrheiten und Geheimnisse von Köln.

Ich spürte, wie meine Füße im Schlamm und Schmutzwasser kalt wurden. Ich hatte Stiefel an, gelbe Plastikstiefel, einen weißen Overall und einen weißen Helm, wie ihn sonst nur die Bauleiter im Schacht tragen durften. Die eigentlich wichtigen Männer um uns herum, die sich aufs Zupacken und die vielen herumhängenden Elektrokabel verstanden, trugen rote Anzüge und Helme. Aber auch sie sahen ein wenig ratlos aus. Ganz so wie große Kinder, die zu Ostern ein Nest gefunden hatten, in dem über Nacht keine bunt bemalten Eier mehr lagen.

Es hatte geklappt. Und doch wieder nicht.

Nur noch die große Plane war da und unter ihr ein paar Bretter wie von einem vermoderten Pferdeschlitten, die wir beim Bau des Doms im Steinbruch auf der anderen Seite des Flusses benutzt hatten. Wir standen in fast zwölf Metern Tiefe zwischen aufgeschütteten Sandhaufen, Baumaschinen und schweren Gerüsten im matschigen Grund. Hier wurde den ersten Kamerateams und Journalisten mit ihren unmöglichen Gummistiefeln und schlecht sitzenden Schutzhelmen in der dunklen, feuchten Tiefe der Fund gezeigt, der eine Sensation sein sollte. Enttäuscht und beinahe beleidigt starrten alle auf die paar Holzbohlen im Schlick. Sie waren zusammen nicht viel größer als zwei Tischtennisplatten. Irgendwie erinnerte mich der Fund an die verdammten, zerstörerischen Balken der Brunnenabdeckung auf der Domplatte.

»Das also ist es!«, verkündete Professor Hansgerd Hellenkemper der Meute der drängenden Medienleute. Mir klang er so ergriffen, als hätte Köln den Kyrill als vierten Heiligen König bekommen.

»Wie ein Geschenk zum Nikolaus«, knurrte ein Fotograf.

»Ich denke eher an einen verspäteten Aprilscherz«, warf Ursa ein. Sie hatte gleich zwei Kameramänner mitgebracht. Hellenkemper blickte irritiert auf.

»Wie meinen Sie das?«

»Na ja, am ersten April hat doch die römische Zeitung Il Giornale berichtet, man habe beim Bau der dritten Metrostrecke in Rom in dreißig Metern Tiefe eine geheimnisvolle, bisher völlig unbekannte antike Fabrik entdeckt.«

»Boah, so tief!«, stieß ein Reporter einer Kölner Boulevardzeitung aus. »Geht es hier auch noch tiefer?«

»Das wäre wohl doch zu heftig«, warf Ursa ein. »Selbst in Rom können sich seit Romulus und Remus nicht so viele Zivilisationsreste übereinandergeschichtet haben!

»Obwohl«, gab Hellenkemper gut gelaunt zu bedenken, »in Troja wäre das möglich.«

»Gott sei Dank wollte Schliemann da keine U-Bahn bauen«, warf ich ein und ließ für einen Moment die Kamera sinken. »Der war nur scharf auf Ruhm und Gold.«

»Was ist mit dem eigentlichen Schiff?«, rief der Mann vom Revolverblatt. »Und wann wird diese Mauer wieder eingerissen? Gibt es dahinter einen Varusschatz oder nicht?«

Ich spürte, wie ich zitterte. Genau das war die eine, alles entscheidende Frage. Ich wagte einen kurzen Blick zu Ursa. Sie stand mit dem Rücken zu mir, doch dann hob sie ganz langsam, fast schon triumphierend ihre rechte Hand. Und zwischen ihren Fingern erkannte ich ein kleines schwarzes Etwas: Mein *Knöchelsche*. Irgendwie musste es gewirkt haben. Aber bei wem?

»Die Betonwand hat das Schiff durchschlagen«, erklärte Professor Hellenkemper. »Und es ist richtig – der größere und wahrscheinlich viel interessantere Teil liegt jetzt unerreichbar auf der anderen Seite.«

»Na und?«, fragte ein bekannter Journalist. »Kommt man denn da nicht ran? Hier gibt es doch genügend Werkzeuge und Maschinen …«

Einer der Ingenieure aus der Bauleitung drehte sich zu ihm um.

»Klar, wenn euer Verlag die Ausfallkosten übernimmt, stoppen wir den gesamten Bau der Nord-Süd-Bahn und bohren extra für euch kleine Gucklöcher.«

»Wie in die Berliner Mauer«, rief jemand lachend. »Und die konnte auch eingerissen werden! Man muss et nur wolle!«

»Wenigstens ein Versuch«, schlug ein anderer vor. »So wie in der Cheopspyramide. Da haben sie einen kleinen Roboter mit Kamera am Bug durch einen engen Schacht losgeschickt.«

»Warum nicht gleich den Rhein absperren und den ganzen Römerhafen durchsieben?«

Die Umstehenden lachten. Nur ich blieb weiter angespannt.

»Keine Chance«, wehrte der Museumsdirektor ab. »Bereits die Restaurierung dieses Wrackteils wird verdammt viel Geld kosten und voraussichtlich bis 2011 dauern.«

»Aber der Rest auf der anderen Seite dieser Betonwand ...«

»Den lassen wir genau dort, wo er bisher auch schon war.«

»Noch einmal zwei Jahrtausende?«, fragte Ursa. Sie war wahnsinnig! Wie konnte sie derartig riskant spielen? Aber die meisten lachten erneut. Der Professor drehte sich zur Seite. Aus irgendeinem Grund blickte er mir direkt in die Augen.

»Nein, nicht noch einmal zwei Jahrtausende«, sagte er mit einem wissenden Lächeln. »Aber hundert vielleicht. Wir wollen doch spätere Generationen von Archäologen auch etwas finden lassen. Und denen wird eine bessere Technik als uns zur Verfügung stehen.«

Ich weiß nicht mehr, warum alle in der Gruppe plötzlich still waren. Sogar die Pumpen, Baumaschinen und entfernten Ventilatoren schwiegen. Ich habe Ursa auch später niemals gefragt, wie sie den Direktor des Römisch-Germanischen Museums dazu bewogen hat, den Urtrieb aller Archäologen einfach aufzugeben und nicht weiterzugraben.

»Zumindest wissen die dann, wo sie suchen sollen«, hörte ich mich sagen. »Köln läuft ja nicht weg.«

Ursa lächelte und spitzte die Lippen. Jetzt hatten wir Zeit für uns. Mindestens hundert Jahre, wenn es nach dem weitsichtigen Professor ging.

NACHWORT

Ja, so war das mit Ursa und mit mehr als zweitausend Jahren Köln am Rhein. Natürlich alles aus meiner Sicht als jemand, der nie in Köln gelebt hat, und schon deshalb ohne Anspruch auf Vollständigkeit, geschweige denn Vollkommenheit.

Viele Namen, die in diesen zweitausend Jahren ebenso wichtig gewesen sein mögen, habe ich wahrscheinlich nicht gebührend gewürdigt. Agrippa von Nettesheim gehört ebenso dazu wie Sela Jude, die 1230 den ersten Kölner Beginenhof ermöglichte. Oder auch Fygen Lützenkirchen, die 1437 als erste Frau einen Meisterbrief als Seidenmacherin erhielt.

Andere Menschen habe ich in den Beschreibungen meiner verschiedenen Leben in Köln nur kurz erwähnt, da sie an anderer Stelle ausführlicher gewürdigt werden. Sie alle und auch die heutigen in dieser Stadt lebenden oder an ihr interessierten Leser mögen mir verzeihen.

Die Stadt ist gelassen ins Jahr 2000 gegangen. Ohne den weltweit befürchteten Computercrash, die Endzeitkatastrophe oder die Wunder der allerletzten Tage. Sie ist nicht so kokett wie Paris, nicht so hochnäsig wie London, nicht so chaotisch wie Rom oder katastrophal wie Kalkutta oder Mexiko-Stadt. Sie hat keine namenlosen Straßen wie Tokio, aber auch keinen Broadway und keinen Kurfürstendamm, nein, nicht einmal einen Platz der Republik oder ähnliche hehre Gevierte. Dafür hat sie eine windige Domplatte und einen Roncalliplatz südlich der Kathedrale, an dem ich meine rein fiktiven Kölner Leben zugebracht habe.

Gerade der Roncalliplatz, dieser eher langweilige und leere Ort, der lange Zeit überhaupt keinen Namen hatte, ist für mich seit zweitausend Jahren das eigentliche Herz der Stadt. Er trägt den Namen des freundlichen Papstes Johannes XXIII. – auch wenn der Außenstehende sich fragen mag, warum denn das riesige Geviert nach dem Circus Roncalli benannt wurde. Nicht ganz zu Unrecht vielleicht bei den häufigen Veranstaltungen und Prozessionen hier. Aber so ist das eben mit Köln. Man darf auch diese Stadt nicht nach dem ersten Augenschein beurteilen.

Vielleicht braucht man tatsächlich mehr als zwei Jahrtausende, um Köln ein bisschen zu verstehen, nicht nur beim Kölsch und auf den Ringen, sondern von innen.

Für Fremde oder Imis, wie hier die Zugezogenen heißen, bleiben die vielen Heu-, Neu- und sonstigen Märkte ebenso verwirrend wie die Unmöglichkeit, auf den Hauptverkehrsstraßen mit dem Auto auf die andere Straßenseite zu kommen, ohne dabei mehrmals die Brücken über den Fluss zu überqueren – was allerdings auch eine Geste der Zusammengehörigkeit für die rechtsrheinischen Stadtgebiete sein könnte.

Der fürsorgliche Stil der Stadtväter lässt sich auch daran erkennen, dass die Innenstadt nicht etwa nur vom Dom, den vielen anderen Kirchen und dem Rathausturm geprägt wird, sondern zugleich auch von alle Zeiten überdauernden Baustellen, einer tollen Kölnarena, und dem Musical Dome, der wie ein blauer Quakfrosch am Rheinufer hockt, und einem Gebäudesammelsurium namens Westdeutscher Rundfunk mit einer Bauklotzarchitektur, die nicht nur dem Betrachter quer im Magen liegt, sondern auch dem Stadtbild. Wie anheimelnd ist es dann für den Wanderer, wenn er doch überall einen Rest Römermäuerchen oder ein Vereinslokal der Kölner Funken in einem trutzigen mittelalterlichen Stadttor entdeckt.

Sie ist sich selbst über zwei Jahrtausende treu geblieben, die Colonia. Mit einer fröhlich-selbstbewussten Lebensart, die man nicht lieben muss, aber zumindest bewundern. Und weil es so viel Spaß gemacht hat und schon wieder ein paar Jahre vergangen sind, gibt es als Zugabe ein Kapitel mehr.

Et es, wie et es – et kütt, wie et kütt.
Und et hätt noch immer jot jejange.

Thomas R.P. Mielke
Berlin, im Sommer 2008

PERSONEN

Adenauer, Konrad – (1876–1967), Oberbürgermeister, entwickelt Sparbrot und mehr, Präsident des Preußischen Staatsrates, zeitweise im KZ, erster Bundeskanzler

Adolf I. von Altena – 1193–1205 Erzbischof, abgesetzt durch den Papst

Adolf von Berg – Graf, besiegt 1288 Erzbischof Siegfried von Westerburg in der Schlacht von Worringen

Agilolf – 746/747 Bischof, nach 748 erschlagen, Heiliger

Agrippina die Jüngere – (15–59), in der Siedlung der Ubier, der späteren Colonia, geboren und Namensgeberin der »Colonia Claudia Ara Agrippinensium«

Albertus Magnus – (1193–1280), als »doctor universalis« gut für magische Legenden, Weihbischof, Heiliger

Alkuin – (735–804), Leiter der Hofschule in Aachen und wichtigster Berater Karls des Großen

Ammianus Marcellinus – (330–395), Grieche, Historiker, besucht Colonia und will Geschichte besser als Tacitus schreiben

Andreas Gottschalk – (1815–1849), Arzt, politisch in der neuen Arbeiterbewegung aktiv

Anno II. von Steußlingen – 1056–1075 Erzbischof, muss mit einem Aufstand in Colonia fertig werden und inzwischen ebenfalls ein Heiliger

Antwerpes, Franz-Josef – 1978–1999 Regierungspräsident, »letzter Kurfürst von Colonia«

Arbogast der Ältere – († 394), römischer Feldherr fränkischer Herkunft, Statthalter von Gallien

Arcadius – 395–408 römischer Kaiser im Osten des Reiches

Arminius – (16 v. Chr. bis 19 n. Chr.), Cherusker vom großen Weserbogen, geadelter römischer Ritter im Stab von Varus, lockt 9 n. Chr. mit mehreren Germanenstämmen drei römische Legionen in die Falle der »Schlacht im Teutoburger Wald«

Arnold – wird 1261 Nachfolger von Meister Gerhard als Kathedralenbaumeister

Attila – (395–453), König der Hunnen, war allen Legenden zum Trotz selbst nie in Colonia

Augustus – (63 v. Chr. bis 14 n. Chr.), geb. als Gaius Octavianus, gilt als erster römischer Kaiser, obwohl er Wert darauf legt, nur Princeps, also Erster, zu sein

Aulus Vitellius – (um 12–69), wird im Vierkaiserjahr von den germanischen Legionen in Colonia zum Kaiser ausgerufen, aber von Gegnern in Rom im Tiber ertränkt

Baudri, Johann – (1804–1893) Weihbischof, lenkt die Geschicke der Kölner Diözese, als Erzbischof Melchers 1875 ins Exil geht

Benedikt XVI. – Joseph Alois Ratzinger, Kardinal und ab 2005 deutscher Papst, besucht sofort Colonia

Birckmann, Frans – erwirbt 1526 das Haus »Zur Fetten Henne«, das zum Zeichen seiner Druckerei wird

Bismarck, Otto von – (1815–1898), 1871 Fürst, 1890 Herzog, erster Reichskanzler des Deutschen Reiches

Boisserée, Sulpiz – (1783–1854), Kunstsammler, begeisterte durch seine Beschreibung sogar Goethe für den Weiterbau des Doms

Böll, Heinrich – (1917–1985), Nobelpreisträger und Verfasser des Werkes »Doktor Murkes gesammeltes Schweigen«

Bruno – (925–965), Bruder von Kaiser Otto I., Kanzler des deutschen Reiches, ab 953 Erzbischof von Colonia

Calvin, Johannes – (1509–1564), Reformator und Begründer des Calvinismus

Childebert – 656–662 Merowingerkönig von Metz, der Adoptierte

Childerich I. – (436–482), Sohn von Merowech, erster fassbarer König der Merowinger westlich des Rheins

Chilperich II. – (670–721), Frankenkönig aus dem Haus der Merowinger

Chloderich – Sohn von Sigibert I., 509 Merowingerkönig in Colonia, zieht nach Paris um

Chlodwig I. – (466–511), fränkischer König aus der Dynastie der Merowinger, wird als Begründer des Frankenreichs angesehen

Clarenbach, Adolf – 1529 wegen lutherischer Umtriebe mit Pulvergürtel hingerichteter Prediger

Claudia Pulchra – (* um 12 v. Chr.), Großnichte von Augustus und dritte Ehefrau von Publius Quinctilius Varus

Clemens August II. Freiherr Droste zu Vischering – 1835–1845 Erzbischof, lehnt Mischehen ab, geht ins Gefängnis und gilt als »Bekennerbischof«

Colombo, Cristoforo – (um 1451–1506), genuesischer Seefahrer, dem gemeinhin die Entdeckung Amerikas zugeschrieben wird

Constantius II. – (317–361), Sohn von Konstantin dem Großen und Kaiser des Römischen Reiches

Cranach, Lucas – (1472–1553), einer der bedeutendsten deutschen Maler der Renaissance

Dagobert II. – (652–679), Merowingerkönig von Metz, überlässt die Amtsführung seinem Majordomus Pippin II. dem Mittleren

Dagobert III. – (699–716), Merowingerkönig mit Majordomus Pippin II. dem Mittleren

Dietrich I. von Hengebach – 1208–1212 Erzbischof, abgesetzt im Namen des Papstes

Domian, Jürgen – (* 1957), Journalist, Radiomoderator und Beichtvater nach Mitternacht

Domitian – (51–96), ab 81 römischer Kaiser, macht Colonia zu einer Hauptstadt

Dürer, Albrecht – (1471–1528), bedeutender deutscher Künstler zur Zeit des Humanismus und der Reformation

Eduard VII. – (1841–1910), ab 1901 König des Vereinigten Königreichs von Großbritannien und Irland, hält nichts vom Neffen Wilhelm II.

Engelbert I. von Berg – 1216–1225 Erzbischof, wird in einem Hohlweg überfallen und ermordet

Engelbert II. von Falkenburg – 1261–1274 Erzbischof, legt sich mit den Patriziern von Colonia an und wird 1268 aus der Stadt vertrieben

Engelbert III. von der Mark – 1364–1368 Erzbischof, vom Papst frei ernannt

Engels, Friedrich – (1820–1895), Politiker und Unternehmer, schreibt mit Karl Marx das »Kommunistische Manifest«

Ernst von Bayern – (1554–1612), ab 1883 Erzbischof von Köln

Euphrates – zwischen Maternus und Severin der zweite Bischof von Köln in der Mitte der 330er Jahre, wegen Arianismus abgesetzt

Ewaldi – zwei angelsächsische Missionare, werden um 690 im Raum Dortmund zu Märtyrern, ihre Reliquien werden 1074 nach Colonia gebracht

Farina, Johann Maria – (1685–1766), braut ab 1709 in seinem Kramladen ein Wunderwasser

Ferdinand III. – (1608–1657), Erzherzog von Österreich aus dem Hause Habsburg, ab 1637 römisch-deutscher Kaiser

Flavius Eugenius – 393–394 durch Arbogast Gegenkaiser im Westen

Flavus – (* ca. 15 v. Chr.), Cherusker, Bruder von Arminius (Hermann) und wie dieser römischer Bürger und geadelter Ritter

Fliesteden, Peter – 1529 wegen lutherischer Umtriebe mit Pulvergürtel hingerichteter Student

Franz II. – Kaiser, beendet 1806 das Heilige Römische Reich Deutscher Nation

Friedrich – (um 1020–1084), ab 1064 Bischof von Münster

Friedrich Barbarossa – (um 1122–1190), ab 1152 römisch-deutscher König und ab 1155 Kaiser des Heiligen Römischen Reiches

Friedrich I. von Schwarzenburg – 1100–1131 Erzbischof, besiegt 1114 Kaiser Heinrich V. in der zweiten Schlacht von Andernach

Friedrich II. – (1194–1250), ab 1220 römisch-deutscher Kaiser, gilt als ein Wunderwesen unter den Herrschern des Mittelalters

Friedrich III. – (1452–1493) 1475 römischer Kaiser, bestätigt 1475 Colonias Privileg als freie Reichsstadt

Friedrich Spee von Langenfeld – (1591–1635), Jesuit und Professor für Moraltheologie, lässt 1631 unter Pseudonym seinen Protest gegen Folter und Hexenverdächtigungen (die »Cautio Criminalis«) drucken

Friedrich von Isenberg – (vor 1193–1226), Graf, Großneffe und Mörder von Erzbischof Engelbert I.

Friedrich Wilhelm III. – 1770–1840 König von Preußen, lehnt den Weiterbau des Doms ab

Friedrich Wilhelm IV. – 1840–1858 deutscher König, fördert den Dombau

Friedrich, Caspar David – (1744–1840), malt die Natur romantisch und geheimnisvoll

Gajus Julius Cäsar – (100–44 v. Chr.), römischer Feldherr, protokolliert seinen Gallischen Krieg und wird als Diktator auf Lebenszeit im Senat ermordet

Gebhard I. von Waldburg-Trauchburg – (1547–1601), Kurfürst und 1577–1583 Erzbischof von Köln

Gereon – nach der Legende ein Offizier der Thebäischen Legion, die in der Nähe der Colonia wegen ihrer christlichen Glaubens komplett getötet und dadurch zu Märtyrern geworden sein soll

Gero – 969–976 Erzbischof, führt die Gesandtschaft, die 972 Theophanu aus Konstantinopel mit Otto II. nach Rom geleitet

Gregor II. – 715–731 Papst, hat Streit mit Bilderstürmer Leo

Gregor VII. – 1073–1085 Papst, belegt Heinrich IV. mit Kirchenbann

Gregor XIII. – 1572–1585 Papst, führt 1582 den gregorianischen Kalender ein

Grimoald d. Ä. – (um 620–662), Majordomus Austriens, Sohn von Pippin I., lässt seinen Sohn Childebert vom Merowingerkönig Sigibert III. adoptieren und dadurch König werden

Gunthar von Cölln – 850–863 Erzbischof, exkommuniziert

Gustav II. Adolf – (1594–1632), König von Schweden, unterstützt mit großem Heer die deutschen Protestanten gegen die katholischen Kaiserlichen

Gymnich, Johann – Buchhändler, eröffnet 1520 eine eigene Offizin und begründet damit die Kölner Drucker-Dynastie

Hadrian II. – 867–872 Papst, Viertes Konzil von Konstantinopel

Heinrich I. von Müllenark – 1225–1238 Erzbischof

Heinrich IV. – 1056–1106 deutscher König, Kaiser des Heiligen Römischen Reiches ab 1084

Heinrich V. – 1111–1125 deutscher Kaiser, streitet mit Papst und Erzbischof

Hellenkemper, Hansgerd – (* 1945), historischer Geograph, seit 1980 Direktor des Römisch-Germanischen Museums in Köln, verzichtet auf das Heben eines Römerschiffs

Henoth, Katharina – Postmeisterin, 1627 bekanntestes Opfer der Hexenverfolgung in Colonia

Henrichs, Bernard – (1928–2007), Dompropst von 1985–2003 und »Ritter des Ordens wider den tierischen Ernst«

Hermann II. – 1036–1056 Erzbischof, Bruder der Äbtissin Ida, Enkel von Kaiser Otto II.

Hermann V. von Wied – 1515–1547 Erzbischof und Kurfürst von Cölln, gleichzeitig als Hermann II. Fürstbischof von Paderborn, konvertiert zu Lutheranern, abgesetzt und exkommuniziert

Hildebold – 787–818 erst Bischof, dann erster Erzbischof von Cölln, zugleich Kanzler und Erzkaplan von Karl dem Großen

Hildegar – (* um 753) erster karolingischer Bischof Kölns

Hildegard von Bingen – (um 1098–1179), Benediktinerin, Äbtissin, gilt als erste Vertreterin der deutschen Mystik im Mittelalter

Flavius Honorius – (395–423) etwas dekadenter römischer Kaiser im Westen mit Zuflucht in Ravenna

Hoogstraten, Jakob van – (um 1460–1527) lässt 1529 als Inquisitor in Colonia Ketzer verbrennen

Ida – um 1025–1060 Äbtissin von Sankt Maria im Kapitol, Schwester von Erzbischof Hermann II., Kunstmäzenin

Irene – (752–803), römische Kaiserin im Ostreich, als Ehefrau Karls des Großen angedacht

Jan von Werth – (1591–1652), Graf und Reitergeneral, belagert von Colonia aus erfolgreich die Feste Ehrenbreitstein

Joachim Kardinal Meisner – (* 1933), 94. Bischof in der Nachfolge des heiligen Maternus auf dem Stuhl des Kölner Erzbischofs

Johannes Gensfleisch vom Judenberg in Mainz, genannt Gutenberg – (um 1397–1468), erfindet in Europa den Buchdruck mit beweglichen Lettern

Johannes Paul II. – 1978–2005 der erste polnischer Papst, spricht vor 70.000 Gläubigen im Kölner Stadion die Nonne Edith Stein selig

Johannes XII. – 955–963 der einzige Papst, der minderjährig sein Amt antritt, krönt 962 mit Otto dem Großen erstmals einen deutschen König zum Kaiser

Johannes XXIII. – 1958–1963 Papst, Zweites Vatikanisches Konzil

Josef I. Kardinal Frings – 1942–1969 Erzbischof, darf fast erblindet seinen Pater zum Zweiten Vatikanischen Konzil mitnehmen

Joseph Clemens von Bayern – 1688–1723 Erzbischof, gleichzeitig Bischof von Lüttich, Hildesheim, Freising, Regensburg

Julian – (331–363), bekannt als Julian Apostata, ab 361 römischer Kaiser

Julius Civilis – (* 25) aus vornehmem batavischen Geschlecht an der Rheinmündung und Präfekt einer Auxiliarkohorte, führt einen germanischen Aufstand gegen Rom an

Karl der Große – 768–814 König des Frankenreichs, römischer Kaiser ab 800 durch Papst Leo III. Sein Kanzler und Erzkaplan Hildebold ist zugleich erster Erzbischof in Colonia

Karl II. – (823–877), genannt der Kahle oder auch Landlose, jüngster Sohn Ludwigs des Frommen, Kaiser ab 875

Karl III. – (839–888) genannt Karl der Dicke, aus der Familie der Karolinger, von 876 bis 887 ostfränkischer König, von 879 bis 887 König von Italien, von 885 bis 887 westfränkischer König und ab 881 römischer Kaiser

Karl IV. – (1316–1378), römisch-deutscher Kaiser zur Zeit der großen Pestepidemie von 1349

Karl Joseph Kardinal Schulte – 1920–1941 Erzbischof, hält die »Treue zum Führer für einen Grundsatz des heiligen Glaubens«

Karl Martell – (um 688–741), »der Hammer«, Stiefsohn von Plektrud, Majordomus, Großvater Karls des Großen, besiegt 732 die Sarazenen und macht nie eine Krönungsvereinbarung mit einem Papst

Karl V. – (1500–1558), von Erzbischof Hermann von Wied in Aachen zum deutschen König gekrönt, 1530 letztmals von einem Papst zum Kaiser gekrönt

Karlmann – (vor 714–754), Sohn von Karl Martell, 742–747 Majordomus in Austrien, Alamannien und Thüringen

Kolping, Adolf – (1813–1865), Priester gegen das Elend, ruft Gesellenvereine ins Leben

Konrad – (um 922–955), genannt der Rote, verliert 953 auf dem Reichstag in Fritzlar sein Herzogtum Lothringien und 955 auf dem Lechfeld sein Leben

Konrad I. von Hochstaden – 1238–1261 Erzbischof, verleiht Colonia 1259 das Stapelrecht für Warentransporte auf dem Rhein

Konstantin der Große – 306–337 römischer Kaiser in Nova Roma, nach ihm Konstantinopel genannt

Kramer, Heinrich – Dominikaner, schreibt 1486 nach der sogenannten Hexenbulle von Papst VII. auf Lateinisch den »Hexenhammer« als Prozess- und Gesetzbuch

Kunibert – 626–648 Bischof, gründet die Kirche des heiligen Clemens, die später nach ihm Sankt Kunibert genannt wird

Lambert – 703–705 Bischof von Maastricht, von Dodo getötet

Lassalle, Ferdinand – (1825–1864), Schriftsteller, Arbeiterführer und Gründervater der SPD, fordert die Rote Republik

Lenné, Peter Joseph – (1789–1866) eröffnet 1864 den botanischen Garten »Flora«

Leo III. – 795–816 Papst, flieht zu Karl dem Großen und krönt ihn später zum Kaiser

Livia Drusilla – (58 v. Chr. – 29 n. Chr. in Rom), dritte Ehefrau des römischen Kaisers Augustus, intrigante Mutter von Drusus und Tiberius

Lochner, Stephan – (um 1400/1410–1451), malt wunderschöne Bilder für den Dreikönigsaltar, Ratsherr der Schildergaffel

Ludwig der Fromme – 814–840 König, dritter Sohn Karls des Großen, 813 zum Mitkaiser ernannt

Ludwig II. – (806–876), genannt der Deutsche, erhält 843 bei der Teilung des Frankenreichs das Gebiet, das ungefähr dem heutigen Deutschland entspricht

Ludwig III. – (um 835–882), genannt der Jüngere, zweiter Sohn von Ludwig dem Deutschen

Ludwig IX. – (1214–1270), genannt Ludwig der Heilige, von 1226 bis 1270 König von Frankreich

Ludwig, Peter – (1925–1996), Fabrikant in Aachen und Museums – Mäzen in Colonia

Luther, Martin – (1483–1546), theologischer Urheber und Lehrer der Reformation

Magnus Maximus – 383–388 römischer Kaiser durch Legionäre in Britannien

Marcus Lollius – verliert 16 v. Chr. als Statthalter in Germanien durch Überfälle der Germanen am Rhein die Adler der fünften Legion

Marcus Vipsanius Agrippa – (63–12 v. Chr.), römischer Feldherr und Politiker, Freund und Schwiegersohn von Augustus, Schwiegervater von Quinctilius Varus

Maria Clementine Martin – (1775–1843) darf ab 1829 den preußischen Adler auf ihrem »Klosterfrau Melissengeist« führen

Maria von Medici – (1575–1642), Königin von Frankreich, bekommt Asyl in Colonia

Martin – (316–397), Legionär, zerteilt seinen Mantel, Nationalheiliger der Franken

Marx, Karl – (1818–1883), Chefredakteur der Rheinischen Zeitung, flieht nach London

Maternus – 313/314 erster geschichtlicher Bischof in Colonia

Meister Eckhart – (um 1260–1328), eigentlich Eckhart von Hochheim, Theologe, Philosoph und Mystiker

Meister Gerhard – († 1260) erster Baumeister des Doms

Meister Koehlhoff – Buchdrucker der 1499 veröffentlichten Stadtchronik

Merowech – in der Mitte des 5. Jahrhunderts legendärer Namensgeber der Merowingerkönige

Millowitsch, Franz Andreas – (1793–1875), Bauchredner, wird preußischen Beamten suspekt

Millowitsch, Willy – (1909–1999), beliebt für exakte Pointen, und man kann seit 1992 neben ihm in Bronze sitzen

Mülhens, Wilhelm – bekommt 1792 als Hochzeitsgeschenk von einem Mönch eine geheime Rezeptur und macht aus einer Hausnummer eine erfrischende Tugend

Müntzer, Thomas – (1489–1525), radikaler Theologe gegen Papst und Ständeordnung

Napoleon Bonaparte – (1769–1821), französischer General, Staatsmann und Kaiser

Nero Claudius Cäsar – 54–68 römischer Kaiser, trägt den ehrenvollen Namenszusatz »Germanicus«

Nero Claudius Drusus – (38–9 v. Chr.), Stiefsohn von Augustus und Bruder von Tiberius, führt mehrere Feldzüge vom Rhein bis zur Elbe

Nero Claudius Germanicus – (15 v. Chr. bis 19 n. Chr.), Sohn von Drusus, findet die Reste der drei Legionen aus der Varusschlacht und kämpft weiter gegen den abtrünnigen Arminius

Norbert von Xanten – (1080/1085–1134) begleitet als Kaplan Kaiser V. nach Rom, von 1126–1134 Erzbischof von Magdeburg und Heiliger

Offenbach, Jacques – (1819–1880), in Köln geboren als Jakob Offenbach, wird in Paris Begründer der modernen Operette

Ostermann, Willi – (1876–1936), will zu Fuß nach Köln gehen und schafft damit die Kölner »Nationalhymne«

Otto I. der Große – 962–973 Kaiser des Heiligen Römischen Reiches, unterstützt durch seinen Bruder Bruno, Erzbischof in Colonia

Otto II. – 973–983 Kaiser des Heiligen Römischen Reiches, Ehemann von Theophanu

Otto III. – 996–1002 Kaiser des Heiligen Römischen Reiches, Sohn von Theophanu

Otto IV. – 1198–1218 deutscher König, ab 1209 Kaiser des Heiligen Römischen Reiches

Otto, Nikolaus August – (1832–1891), erhält 1877 ein Patent für seinen Verbrennungsmotor

Overstolz, Gerhard – führt die Bürger von Colonia bei Worringen 1288 gegen den Erzbischof und kommt mit vielen hundert anderen um

Overstolz, Matthias – Drahtzieher, Opfer oder heldenhafter Verteidiger beim blutigen Kampf 1268 an der Ulrepforte

Paulus Kardinal Melchers – 1866–1885 Erzbischof, 1874–1885 im Gefängnis Klingelpütz und im Exil, ab 1885 Kurienkardinal

Phillip von Schwaben – (1177–1208), bis zu seiner Ermordung römisch-deutscher König

Phillip I. von Heinsberg – 1167–1191 Erzbischof, Reichskanzler unter Kaiser Barbarossa

Pippin I. – der Ältere, bis 640 Majordomus in Austrien, Vater von Begga, Großvater von Pippin II.

Pippin II. – der Mittlere, 687–714 Majordomus von Austrien und Neustrien, 752–768 König, Vater von Karl Martell, Urgroßvater von Karl dem Großen

Pius VII. – 1800–1823 Papst, von Napoleon unter Druck gesetzt und ins Gefängnis gebracht

Plektrud – (um 650–725) aus austrasischem Adel heiratet um 670 Pippin II. den Mittleren und wird dadurch Karl Martells Stiefmutter, ihr Sarkophag steht in der Kirche Maria im Kapitol

Postumus – 260–269 der erste Kaiser des Imperium Galliarum, das im Jahre 260 aus den abgefallenen Westprovinzen des Römischen Reiches entsteht

Publius Quinctilius Varus – 7–9 Statthalter in der neuen römischen Provinz Groß-Germanien, verliert durch Arminius drei Legionen und sein eignes Leben irgendwo im »Teutoburger Wald«

Quentel, Peter – Verleger und Ratsherr, druckt Luther-Bibeln und 1525 bis zum Verbot die ersten Bogen der englischen Tyndale-Version des Neuen Testaments

Radbod – († 719), heidnischer Herzog der Friesen, greift Colonia an

Raganfrid – († 731) neustrischer Majordomus und Gegner Plektruds, zieht 716 bis vor Colonia

Rainald von Dassel – 1159–1167 Erzbischof, beschafft die Heiligen Drei Könige aus Mailand, stirbt an der Pest

Reinald I. von Geldern – (1255–1326), Graf und Sohn Ottos II, verursacht die Niederlage des Erzbischofs Siegfried von Westerburg in der Schlacht von Worringen

Richard von Cornwall – 1257–1272 deutscher König ohne große Lust dazu

Rigmudis – wird 1223 als eine Begine aus der Mittelschicht genannt

Rütger Hirzelin vom Grin – Ratsherr, vom Rathaus geworfen, 1370 wegen Unterschlagung von Stadtgeldern von rebellierenden Webern geköpft

Schaaffhausen, Abraham – gründet 1791 die erste deutsche Privatbank und Aktiengesellschaft in Köln

Schinkel, Karl Friedrich – (1781–1841), Berliner Baumeister, zeichnet Ansichtspläne für den Weiterbau des Doms

Schock-Werner, Barbara – seit 1999 Dombaumeisterin und Leiterin der Dombauhütte

Segestes – römerfreundlicher Cheruskerfürst um 9. n. Chr., Vater von Thusnelda und Segemund, warnt Varus vor dem Verrat von Arminius

Sergius I. – 687–701 Papst, ernennt Willibrord zum Missionsbischof

Severin – († 397), dritter Bischof in Colonia, kann Engel singen hören

Siegfried von Westerburg – 1275–1297 Erzbischof, verliert bei Worringen einen Krieg gegen die Bürger von Colonia

Sigibert I. – 561–575 fränkischer Kleinkönig, genannt »der Hinkende«, schlägt bei Zülpich die angreifenden Alamannen

Sigibert III. – (630–656), Merowingerkönig von Metz, schenkt Bischof Kunibert Ländereien

Silvanus – († 355) Oberbefehlshaber der fränkischen Truppen in Gallien, wird 355 in Colonia für 28 Tage zum römischen Gegenkaiser ausgerufen

Sprenger, Jakob – (1435–1495) Dominikanerprior in Colonia, galt lange als Mitverfasser des »Hexenhammers« von 1487, befürwortet ihn aber nie öffentlich

Stein, Edith – (1891–1942), ehemals jüdische Karmeliter-Nonne, im KZ umgekommen, 1987 im Kölner Stadion seliggesprochen, 1988 in Rom heiliggesprochen

Stollwerck, Franz – eröffnet 1839 eine Hustenbonbon-Fabrik und 1847 das Café Royal mit Platz für zweitausend Personen

Theodosius I. – 379–394 römischer Kaiser im Osten des Reiches, erhebt das Christentum zur Staatsreligion

Theophanu – (um 955–991), Ehefrau Kaiser Ottos II., elf Jahre Mitkaiserin und 7 Jahre Kaiserin des Heiligen Römischen Reiches, in Sankt Pantaleon beigesetzt

Theudebald – 714/715 Majordomus, Sohn von Grimoald II. und Enkel von Plektrud

Theuderich I. – 511–533 fränkischer Merowinger-König von Reims

Thomas von Aquin – (um 1225–1274), Schüler von Albertus Magnus in Köln, später Philosoph, Kirchenlehrer und Heiliger

Thusnelda – († 17 n. Chr.), Tochter des Cheruskerfürsten Segestes, Ehefrau von Arminius, nach seiner Ermordung im Triumphzug durch Rom geführt

Tiberius Julius Cäsar Augustus – (42 v. Chr. bis 37 n. Chr.), nach dem vergöttlichten Princeps Augustus erster Kaiser Roms, beendet das Eroberungsprojekt Germanien

Ursicinus – Befehlshaber in Gallien, 355 in Köln in eine Intrige des Franken Silvanus verwickelt und selbst nicht weniger intrigant

Ursula – um 452 als legendäre Prinzessin von Britannien, angeblich mit elftausend Mägden bei Colonia von Hunnen umgebracht

Valentinian II. – (371–392), bereits vierjährig von den Legionären zum Kaiser vom Westen des Imperiums ausgerufen

Vondel, Joost van den (1587–1679) – schreibt ein Bittgedicht an Schwedenkönig Gustav II. Adolf und wird später Hollands berühmtester Dichter

Wallraf, Ferdinand Franz – (1748–1824), Botaniker, Mathematiker, Theologe und Kunstsammler, zum 75. Geburtstag im Jahr 1823 erster Ehrenbürger Kölns

Wibert von Gembloux – Sekretär Hildegards von Bingen, begleitet 1164 die Gebeine der Heiligen Drei Könige von Mailand nach Colonia

Wilhelm I. (1797–1888) – weiht als Kaiser 1880 den Dom ohne Erzbischof ein

Wilhelm II. – (1859–1941), deutscher Kaiser und König von Preußen von 1888–1918

Wilhelm von Gennep – 1349–1362 Erzbischof, vom Papst frei ernannt

Wilhelm von Holland – 1254–1256 nach der Schlacht von Worringen unlustiger deutscher König

Willibert – 870–889 Erzbischof, auf Wunsch von König Ludwig dem Deutschen direkt vom Mainzer Erzbischof geweiht

Willibrord – (658–739) erster Missionar nördlich der Alpen, Abt von Echternach, 695 unter dem Namen Clemens Erzbischof der Friesen

Winfried – (671/672–754) ab 719 Bonifatius, 722 mit Erlaubnis von Karl Martell Missionsbischof in Hessen, Thüringen und Bayern, bekommt 745 vom Papst Colonia als Metropolitansitz zugewiesen, muss sich aber wird fränkischem Widerstand beugen und wird bei den Friesen zum Märtyrer

Winters, Johann Christoph – Kölner Schneider, gründet 1802 das Stockpuppentheater am Eisenmarkt, genannt »Hänneschen-Theater«

Wittekind – germanischer Anführer vom großen Weserbogen, 785 in Attigny getauft mit Karl dem Großen als Pate

Woensam, Anton – (1492–1541), fertigt 1531 den großen Panorama-Holzschnitt der Stadtansicht von Köln

Wolff, Arnold – 1972–1998 Dombaumeister

Zwingli, Ulrich – (1484–1531), Zürcher Reformator

Einige Jahreszahlen und Angaben weichen in den Quellen voneinander ab.

LITERATURAUSWAHL

aus einer Fülle von Kölnbüchern

Alexander, Beatrix: Der Kölner Bauer, Köln 1987

Bab, Bettina/Regenbrecht, Katharina: Rheintöchter, Schifferinnen, Badenixen und Kindsmörderinnen – Kölner Frauenleben am Rhein, Köln 1999

Franken, Irene/Schneider, Inka: Köln – der Frauen-Stadtführer, Köln 1995

Fuchs, Peter (Hrsg.): Chronik zur Geschichte der Stadt Köln, 2 Bde., 2. Auflage, Köln 1992

Kier, Hiltrud/Ernsting, Bernd/Krings, Ulrich (Hrsg.): Der Ratsturm – Seine Geschichte und sein Figurenprogramm. Stadtspuren – Denkmäler in Köln, Band 21: Der Ratsturm, Köln 1996

Kaltwasser, Ute: Der Kölner Dom, wie ihn keiner kennt, Köln 1998

Lange, Sophie: Wo Göttinnen das Land beschützen – Matronen und ihre Kultplätze zwischen Eifel und Rhein, Sonsbeck 1994

Mick, Elisabeth: Köln im Mittelalter, Köln 1990

Signon, Helmut: Alle Straßen führen durch Köln, Köln 1982

Wolff, Arnold/Diederich, Toni: Das Kölner Dom Lese- und Bilderbuch, Köln 1990

von Ziebolz, Gerhard (Hrsg.): Franzosen in Köln, Köln 1999

Weiterhin: Archive der Stadt Köln und der Erzdiözese sowie Veröffentlichungen der Kölner Museen, des Landes Nordrhein-Westfalen und im Internet

Mitarbeit und Manuskript: Astrid Ann Jabusch, www.annjabusch.de

INHALT